In der Reihe „Karl Mays Magischer Orient" sind bisher erschienen:

Band 1 – Alexander Röder *Im Banne des Mächtigen*
Band 2 – Alexander Röder *Der Fluch des Skipetaren*
Band 3 – Alexander Röder *Der Sturz des Verschwörers*
Band 4 – Alexander Röder *Die Berge der Rache*
Band 5 – Alexander Röder u. a. *Sklavin und Königin*

Thomas Le Blanc (Hrsg.) *Auf phantastischen Pfaden*
Eine Anthologie mit den Figuren Karl Mays

Karl Mays Magischer Orient

Band 5

Sklavin und Königin

von

Alexander Röder, Karl-Ulrich Burgdorf, Friedhelm Schneidewind und Jacqueline Montemurri

mit einem Prolog von Thomas Le Blanc und einem Epilog von Tanja Kinkel

KARL-MAY-VERLAG
BAMBERG • RADEBEUL

Herausgegeben von
Thomas Le Blanc und Bernhard Schmid

Illustration: Elif Siebenpfeiffer
Umschlaggestaltung: Petry & Schwamb, Freiburg
Druck: GGP Media GmbH, Pößneck
ISBN 978-3-7802-2505-4
www.karl-may.de

Thomas Le Blanc

Prolog
Eine Befreiung

Ich war erschöpft wie schon lange nicht mehr. Ich spürte, dass ich zur Bewahrung meiner inneren Kraft dringend eine längere Ruhepause benötigte, in der ich nicht ständig auf mögliche neue Gefahren zu achten hatte oder gegen böse Menschen ankämpfen musste. Mein Kopf fühlte sich leer an, meine Gedanken schweiften ständig ab, und ich tat mich schwer, mich zu konzentrieren. Meine Glieder waren schwer wie Blei, ich hing mehr auf meinem Pferd, als dass ich aufrecht saß, und ich spürte, dass ich beim Reiten einzunicken drohte. Glücklicherweise war Rih ein derart kluges Tier, dass er selber seinen Weg fand, indem er einfach Halef und dessen Pferd folgte und mich sicher durch die Berge Adschariens trug.

Hinter mir lag ein monatelanges Abenteuer, das auf dem Basar in Basra begonnen und uns in die Al-Badiya-Wüste geführt hatte, in die Dschesireh zu den Haddedihn, dann nach Istanbul, einmal quer durch den südlichen Balkan von Ost nach West bis ins österreichische Dalmatien und dann wieder von West nach Ost übers Schwarze Meer ins wilde Kurdistan und schließlich in den noch wilderen Kaukasus. Zwei schier übermächtige Bösewichter mussten besiegt werden, Al-Kadir und der Schut, und quasi nebenher zahlreichen ihrer Vasallen, Unterhäuptlinge und falschen Bewunderer das unsaubere Handwerk gelegt werden.

Und ich hatte bei diesen Abenteuern einige sonderbare Erscheinungen kennengelernt, die manche Menschen um mich herum als Magie bezeichneten, die mir aber zutiefst fremd geblieben waren, nicht in mein wohlgeordnetes Weltbild gepasst, ja, mich gelegentlich regelrecht verstört hatten. Vieles ließ sich als Aberglaube deuten, als Täuschung aufdecken, mit modernem wissenschaftlichen Denken erklären – doch blieb auch vieles für mich wie aus einer fremden Welt stammend, regelwidrig und nicht in die gewohnten Sinnzusammenhänge zwischen Natur und menschlicher Beherrschung passend. Auch waren mir einige Wesen begegnet, die aus einer anderen Schöpfung stammten, sowie Menschen, die allein dem Bösen huldigten, dem Chaos Vorschub leisteten und der Versuchung nachgaben; und nicht gegen all diese Mächte halfen meine Fäuste und meine Feuerwaffen – aber zuletzt doch mein Glaube an das Gute im Menschen.

In all diesen Monaten war mein treuer und tapferer Gefährte Halef mir stets zur Seite gewesen, und den größten Teil des Weges hatte mich mein ebenso treues Pferd Rih getragen. Mit dem aus königlichem Haus stammenden Scheik Haschim gewann ich in dieser Zeit einen neuen und engen Freund, dem ich mittlerweile auch mein Leben anvertrauen würde. Welchen Platz allerdings die Hexe Qendressa in meinem Leben eingenommen hatte, wusste ich nach all ihren mehr als widersprüchlichen Aktionen nicht zu sagen. Und zum Schluss hatte sogar die allgütige Marah Durimeh geholfen, dass die unvermeidlichen Überbleibsel des Bösen sich doch noch in etwas Nützliches verwandelten. Stets auf Ausgleich und auf Frieden bedacht, hatte sie mit ihrem mächtigen Wort Streitende versöhnt und vor allem Qendressa ihres Fluchs enthoben, sodass diese nun erstmalig die Chance bekam, sich für ein neues selbstbestimmtes Leben zu entscheiden – wobei wir zu diesem Zeitpunkt allerdings noch nicht wussten, ob sie sich der weißen Seite ihrer Hexenexistenz zuwenden konnte oder ob Marah Durimeh ihr all ihre Zauberkräfte genommen hatte.

Ich war jetzt all dieser Begegnungen und Erfahrungen müde und nahm mir ganz egoistisch das Recht, nur noch nach Hause zu wollen. Mein Leben sollte wohl ein einziges Abenteuer sein, erlebt auf allen Kontinenten und gefordert durch vielfältige Gefahren, aber niemand konnte ständig unter Hochspannung leben, und auch mein Lebensmotor benötigte Ruhepausen, wenn er sich nicht verkanten oder heißlaufen wollte.

Außer Halef begleitete mich noch David Lindsays wagemutige Nichte Ann aus dem Kaukasus heraus nach Batumi, einer alten Stadt mit Tiefwasserhafen in der Südostecke des Schwarzen Meers, die zwar noch zum Osmanischen Reich gehört, nach der das zaristische Russland aber längst seine machtvolle Hand ausgestreckt hat. Dort sollte Lindsays privater Dampfer warten, mit dem ich hoffte, zur gegenüberliegenden Meeresküste, nämlich zum Mündungsdelta der Donau, zu gelangen, um dann ein Linienschiff zu besteigen, das mich flussaufwärts bis nach Preßburg oder Wien befördern sollte. Den restlichen Weg nach Radebeul würde ich mich der immer besser vernetzten Eisenbahn anvertrauen.

In dieser beschaulichen sächsischen Kleinstadt, in der ich nicht mit dem Revolver unter dem Kopfkissen und dem Bowiemesser griffbereit neben dem Bett schlafen musste, gedachte ich zunächst eine ganze Woche lang Schlaf nachzuholen, außerdem wieder einmal deutsche Küche zu genießen – und dann all die spannenden Abenteuer noch einmal im Geiste nachzuerleben, während ich sie für meine Leser niederschrieb.

Wir waren am frühen Abend noch in dem Küstengebirge, das Batumi umschließt, da gelangten wir in ein zwar kleines, jedoch recht ansehnliches Dorf, an dessen Eingang uns ein pfiffiger Junge abfing und uns und unseren Pferden den Han seiner Familie zur Übernachtung anpries. Er gestaltete seine Werbung so eloquent, dass selbst der wortgewandte Halef schmunzeln musste. Da ich keine Sehnsucht nach der lauten und geschäftigen Hafenstadt verspürte, beschlossen Halef und ich, hier im Dorf zu nächtigen. Ann Lindsay mokierte sich ein wenig über meine Müdigkeit; sie war so munter, dass sie allein weiterreiten wollte, um den Hafen nach dem Schiff ihres Onkels abzusuchen und ihn auf unser Kommen am Folgetag vorzubereiten. Um beweglicher zu sein, ließ sie das Packpferd, auf dem sich auch ein Teil ihrer Ausrüstung befand, in unserer Obhut.

Der Junge schilderte die Ställe und das Essen in den rosigsten Farben; die Zimmer sollten nach seinen Worten sogar mit richtigen Betten ausgestattet sein. Der Han stellte sich uns tatsächlich als ein recht großes Anwesen vor, mit einem zweistöckigen Haupthaus, zwei Anbauten, mehreren Ställen, die einen Hof umschlossen, sowie weiterem umzäunten Gelände drumherum, das zur Aufnahme von Pferden, Zugochsen, Kamelen und sogar Ziegen Platz bot. Doch als wir die Zimmer besichtigten, erwiesen sich die von dem Jungen als Betten bezeichneten Schlafstätten als auf dem Holzfußboden liegende Tierbälger, die mit altem Stroh gefüllt waren, das an einigen Stellen längst herausbrach, und die darauf liegenden Wolldecken waren von Schmutz durchzogen und zerschlissen. Außerdem musste man nicht zweimal hinschauen, um zu erkennen, dass diese sogenannten Betten bereits bewohnt waren: von einem munteren Völkchen blutsaugender *böcekler*, wie der Türke sie nennt: Insekten, Kerfen aller Art, vornehmlich zur den Menschen und seinen Lebenssaft liebenden Gattung der Bett- oder Hauswanzen gehörig. Solche aktiven Bettgenossen wollten wir allerdings meiden.

Da war es im für die Pferde vorgesehenen Stall um vieles sauberer und angenehmer; deshalb wählten wir ihn für unser Nachtlager. Statt altem Stroh gab es hier frisches Heu, und auf Rihs kräftigen Flanken zu liegen war dermaßen bequem und beruhigend, dass ich – obwohl es erst früher Abend war – binnen weniger Augenblicke eingeschlafen war, während Halef noch vor sich hin plapperte und sich ärgerte, den Lockrufen des Jungen am Dorfeingang gefolgt zu sein:

„Sihdi, meinst du nicht, ich sollte diesem Halbwüchsigen, dessen Großmaul dem weit offenen Rachen eines kaukasischen Bären gleich ist, die heilsamen Segnungen meiner freundlichen Kurbatsch zuteil werden lassen, um ihn auf den Allah wohlgefälligen Pfad der Wahrhaftigkeit ...“

Weiteres hörte ich nicht mehr, da der antike Gott Morpheus mich bereits in seine sanften Arme genommen hatte.

Doch wenn ich auch rasch eingeschlafen war, so bedeutete das nicht, dass mein Gefahreninstinkt ausgeschaltet war. Mitten in der Nacht wachte ich von einem Geräusch auf, das ich zunächst nicht identifizieren konnte, und spürte auch eine leichte Unruhe bei Rih, dem ich sogleich mit einem sanften Streicheln zeigte, dass ich aufmerksam geworden war, woraufhin er sich sofort wieder entspannte.

Am Eingang des Stalls, nur halb beleuchtet von einer Öllampe, die an einem Wandhaken hing, stand eine kleine Gruppe von Personen, die sich in unterdrückter Lautstärke stritten. Neben einem hochgewachsenen Mann, der in einen teuren Reisemantel gekleidet war und sichtlich nicht zu den Armen dieser Welt gehörte, standen drei von Kopf bis Fuß verhüllte Personen, in denen ich aufgrund der Art ihrer Kleidung und der devoten Haltung dem Mann gegenüber seinen Harem vermutete. Soweit ich das im Halbdunkel erkennen konnte, trugen sie alle einen Tschador, den traditionellen dunklen Umhang, der ihren gesamten Körper verbarg, und auch von ihren Gesichtern konnte ich aufgrund eines Tuchs nur einen Augenschlitz erkennen. Der Mann mochte ein Kaufmann sein, der mit seinen Frauen reiste und in diesem Han noch zu sehr später Stunde eine Unterkunft suchte.

Ich lag im Dunkeln und halb im Heu, sodass ich vom Eingang her kaum ausgemacht werden konnte; aufgrund meines niedrigen Blickwinkels hatte ich aber auch keine optimale Sicht auf das Geschehen. Dennoch nahm ich wahr, dass, während zwei der Frauen mit gesenktem Kopf und weitgehend unbeweglich neben ihrem Herrn standen, die dritte offensichtlich wegen irgendeiner Sache heftige Widerworte gab und sich in keiner Weise unterwürfig oder demütig zeigte, wie das sonst Frauen im Orient taten. Der Mann ließ sich aber nur einmal einen Widerspruch auf seine Vorhaltung gefallen, beim zweiten Mal fuhr er die Frau so deutlich an, dass sie sofort sichtlich zusammenzuckte und verstummte. Ich konnte zwar kein Wort der Auseinandersetzung verstehen, erkannte jedoch mit wachsender Anspannung, wie der Mann derart in Rage geriet, dass die zwei anderen Frauen sich leise zur Seite schoben und dabei versuchten, sich kleinzumachen, um den zu erwartenden

Auswüchsen seiner Wut zu entgehen. Er griff nun die dritte Frau körperlich an, packte sie grob mit beiden Händen, drehte sie herum, beugte sie nach vorne, sodass ihr Oberkörper fast in die Waagrechte kam, schob ihre dunkle Bekleidung an den Hüften etwas hoch und klappte das gesamte mehrlagige Unterteil ihres Habits dann über ihren Rücken, sodass unvermittelt ihr nacktes Gesäß zu sehen war. Dann holte er aus und begann sie mit der flachen Hand auf ihr Hinterteil zu schlagen.

Nun verhält es sich leider so, dass Frauen, die schon in den europäischen Ländern nicht alle Rechte von Männern besitzen, im Orient sogar vollkommen rechtlos sind, als Eigentum ihres Ehemannes angesehen werden, dem sie in allen Dingen gehorchen müssen und der auch über ein jederzeitiges und nahezu unumschränktes Züchtigungsrecht verfügt. Für einen Fremden ist hierbei eine Einmischung eine unmögliche Angelegenheit, dennoch konnte und wollte ich nicht zulassen, dass diese Frau – gleich ob sie tatsächlich irgendeine Schuld auf sich geladen hatte oder nicht – derart gedemütigt und verletzt wurde.

Ich wählte eine anonyme, aber dennoch wirksame Einmischung. Ich stupste Rih ein wenig an, sodass er geräuschvoll schnaubte, sich regte und aufstand, zeigte mich aber weiterhin nicht, um das Delikate der Situation nicht herauszufordern.

Der Mann reagierte unmittelbar. Er erkannte die Silhouette eines sich bewegenden Pferdes und konnte sich nicht länger sicher sein, allein zu sein. Blitzschnell warf er die Bekleidung der Frau wieder herunter und richtete ihren Körper gerade auf, denn natürlich durfte kein Fremder einen Körperteil seiner Frau sehen und schon gar nicht einen solch intimen. Dann schob er seine Frauen zusammen, rief verärgert nach seinen Dienern und verschwand aus meiner Sicht.

Jetzt erst erhob ich mich, schlich mich zum Stalleingang und lugte vorsichtig hinaus. Ich sah ihn, wie er sich nun Richtung Haupthaus des Hans bewegte. Dort standen seine Reit- und Packpferde, die seine Diener nicht in den Stall, in dem ich mich befand, sondern in einen eigens abgesteckten Corral neben dem Haus trieben. Zwei Diener verblieben dort zur Bewachung; der Mann, seine drei Frauen und ein weiterer Mann begaben sich ins Haus.

Ich verfügte mich nun wieder in den hinteren Teil des Stalls und versuchte, für den Rest der Nacht neuen Schlaf zu finden – was mir aufgrund der miterlebten entwürdigenden Szene erst nach einer Weile gelang. Halef hörte ich schnarchen; er hatte von all dem nichts mitbekommen.

Am nächsten Morgen wurde ich schon früh wach. Da ich in der Nacht bei Rih eine ihn schmerzende Stelle gespürt hatte, führte ich ihn sogleich hinaus, um mir die mögliche Verletzung bei Tageslicht genauer anzuschauen. Sie erwies sich als ein nicht unerheblicher Hautriss an der Bauchunterseite, vermutlich beim Durchreiten eines Gebüschs durch besonders harte Dornen verursacht. Es war eine an sich harmlose Verletzung, die aber dann gefährlich werden konnte, wenn sie sich entzündete. Da der Riss jedoch recht lang war, musste er außerdem Schmerzen verursachen, und die wollte ich Rih wenn möglich ersparen. Ein Brei aus keimtötenden Kräutern, der zudem das Eindringen von Schmutz verhinderte, sollte ihm Linderung und Heilung bringen.

Ich redete beruhigend auf ihn ein, da meine Untersuchung wohl auch nicht ganz schmerzlos gewesen war, und erklärte ihm, dass ich mich um die Wunde kümmern wollte. Dabei formulierte ich meine beruhigenden Worte, ohne mir zunächst dessen bewusst zu sein, in Deutsch. Offenbar war ich doch noch nicht ganz wach. Rih mochte sich vielleicht wundern, nicht die gewohnten arabischen Laute zu hören, da es aber in unserer Kommunikation ohnehin auf den Tonfall und nicht auf die Wortinhalte ankam, zeigte er mir, dass er meine Zuneigung und mein Verständnis für seine Schmerzen verstand.

Gerade in dem Augenblick, da ich mit Rih sprach, gingen die drei verhüllten Frauen, begleitet von einem Diener, an mir vorbei und strebten offenbar auf die hinter dem Stall befindliche

Latrine zu. Hier hatte der Hanci, der Besitzer des gastlichen Anwesens, statt einen Latrinengraben auszuheben, einfach an die Rückseite des Stalls drei Holzkisten stellen lassen, neben die Pfähle in die Erde gerammt waren, um sich daran festhalten zu können. Man hockte sich für seine Notdurft einfach über diese Holzkisten, und mit dem Wasser aus einem daneben stehenden Eimer konnte man sich anschließend reinigen. Die tragbaren Kisten ließen allerdings vermuten, dass die Einrichtung nicht allein der Bequemlichkeit diente. Die menschlichen Fäkalien fanden offenbar ebenso wie der tierische Dung aus dem Stall Verwendung als Dünger auf den Feldern.

Eine der drei Frauen zuckte, während sie an uns vorbeiging, kurz zusammen und wendete ihren Kopf ein wenig in meine Richtung, ging aber ebenfalls weiter. Hatte sie etwa auf meine deutschen Worte reagiert? Ich blickte den Frauen zunächst hinterher, bis sie hinter dem Stall verschwunden waren.

Ich war allerdings neugierig geworden, was meine kleine Beobachtung bedeutete – und ob sie überhaupt etwas bedcutete. Deshalb tat ich so, als untersuchte ich Rih noch immer, und sprach auch weiter auf ihn ein. Er hatte gegen diese bleibende Zuwendung natürlich nichts einzuwenden, und da Halef noch den Schlaf des Gerechten schlief, hatte ich auch alle Zeit der Welt für mein Abwarten.

Und tatsächlich geschah etwas.

Die drei Frauen und ihr männlicher Begleiter kamen nach einer Weile denselben Weg wieder zurück. Eine der Frauen begann plötzlich ihre Schritte etwas kürzer anzulegen, sodass sie, genau als die Gruppe mich passierte, ein wenig hinter den anderen zurückblieb. Sie schob sich außerdem etwas näher an mich heran, und während sie an mir vorbeiging, hörte ich sie in deutscher Sprache flüstern: „Rettet mich, Effendi! Ich wurde als Sklavin verkauft ...“ Dann war sie vorbei.

Hier am Rande des Kaukasus deutsche Worte, fern von Deutschland, am östlichen Ende des Osmanischen Reichs, ausgesprochen von einer vollverschleierten Frau, die zum

Harem eines türkischen Herrn gehörte! Ich war zutiefst erschrocken darüber, dass ich hier in meiner Muttersprache um Hilfe gebeten wurde. Doch mehr noch als die unerwartete deutsche Sprache hatte mich das Wort „Sklavin“ in Aufregung versetzt, und es stand für mich sofort außer Frage, dass ich helfen, dass ich die Frau retten musste, selbst wenn ich mich dabei in Gefahr begab! Ich sah es als meine Pflicht an, alles Menschenmögliche zu tun, um einen anderen Menschen, der in akuter Not war, daraus zu befreien – nur wer nicht wegsieht, wird der Verantwortung, die jeder für seinen Umkreis hat, auch gerecht. Eine solche Aufgabe spornte außerdem sofort meinen Tatendrang an!

Bei den wenigen Worten meinte ich, eine dialektale Färbung herausgehört zu haben, die ich aber noch nicht zuordnen konnte. Deshalb konnte ich auch nicht sagen, ob die Frau tatsächlich eine Deutsche war oder vielleicht eine Europäerin, die aus einem Nachbarland stammte und Deutsch zu sprechen gelernt hatte.

Jetzt ging es darum, möglichst rasch einen brauchbaren Plan zu entwickeln, wie dieser Frau zu helfen – ja, wie sie zu befreien war! Dazu benötigte ich Halef, dazu benötigte ich mehr Informationen über ihren Herrn und was er heute vorhatte, und dazu musste ich außerdem irgendeinen Trick ersinnen, wie ich die Frau über meine Vorgehensweise in Kenntnis setzen konnte, ohne dass gleichzeitig jemand anderer meiner Absichten gewahr wurde.

Wie aufs Stichwort sah ich Halef jetzt aus dem Stall kommen, sich noch ein wenig verschlafen reckend, aber bereits voll mit seinem fröhlichen Tatendurst und seinem alltäglichen Optimismus. Ich winkte ihn zu mir her, führte Rih aus dem Hof des Hans heraus auf eine freie Wiese, wo ich ihn grasen ließ, und berichtete dort Halef in aller Kürze, aber doch vollständig, was ich heute Nacht gesehen und heute Morgen gehört hatte.

Ich hatte recht daran getan, dass wir uns etwas vom Han entfernt hatten, denn Halef machte seinem Zorn sofort mittels einer Schimpftirade Luft. Seine Ehrerbietung für seine geliebte Ehefrau Hanneh übertrug er gerne auch auf andere Ehefrauen: Kein Ehemann durfte seine Angetraute schlecht behandeln!

Impulsiv, wie er nun mal war, wollte er außerdem sofort lospreschen: „Wir stürmen ins Haus, lassen den prügelnden Herrn meine Kurbatsch spüren und nehmen ihm seine Frau einfach weg. Er hat ja immer noch zwei. Außerdem“ – und hier dachte er nur logisch – „ist der Agha doch viel besser dran, wenn er sich mit einem solch widerspenstigen Wesen nicht länger herumärgern muss. Wir befreien ihn sogar von einer Last.“

„Lieber Halef“, bremste ich ihn, „man kann einem Mann seine Frau nicht so einfach wegnehmen, selbst wenn er sie schlecht behandelt. Wir setzen uns damit ins Unrecht.“

„Aber, Sihdi, er schlägt sie! Und auch noch auf den nackten ...! Ich kann das Wort gar nicht aussprechen. Und sie sagt, dass sie seine Sklavin ist.“

„Ja, deshalb will ich ihr ja auch helfen. Aber nicht so, dass wir anschließend verfolgt werden und sie somit Gefahr läuft, wieder zu ihrem Ehemann zurückgebracht zu werden. Das würde ihr Los nur noch schlimmer machen. Wir müssen ihre Befreiung auf eine Weise arrangieren, dass kein Verdacht auf uns fällt und sie außerdem so verschwindet, dass man sie nicht mehr auffinden kann. List geht immer vor Gewalt.“

Jetzt lächelte er verschmitzt. „Du willst mit mir einen Plan schmieden.“ Dann setzte er sich auf die Wiese. „Also lass uns schmieden!“

Ich schmunzelte und folgte seinem spontanen Platznehmen. So saßen wir uns mit untergeschlagenen Beinen gegenüber. Rih blickte einen Moment verwundert zu uns hinunter, dann aber erlosch sein Interesse wieder und er kümmerte sich mehr um die vereinzelten süßen Kleepflanzen, die sich zwischen dem härteren Gras herauszupfen ließen und eine herrliche Frühstücksbeilage abgaben.

In wenigen Worten erörterten wir die Möglichkeiten, die sich uns boten – in Art und Zeitpunkt allerdings davon abhingen, wie lange der Mann mit seinen Frauen noch bleiben wollte. Halef, der ja selten um ein Wort verlegen ist, brachte deshalb zunächst durch einen kleinen Plausch und ein etwas größeres Bakschisch beim Hanci in Erfahrung, dass der Agha ein vermögender anatolischer Kaufmann war, der mit seinem Harem, zwei Dienern und einem Eunuchen reiste und irgendwelche Waren zu verkaufen hatte – der Gastwirt wusste allerdings nicht welche, und wollte es wohl auch nicht wissen. Im Laufe des Tages erwartete dieser Agha noch einige geschäftliche Gesprächspartner, die mögliche Käufer seiner unbekannten Waren sein mochten. Deshalb wollte er auch noch mindestens eine Nacht im Han bleiben. Wir hatten also Glück.

Im Augenblick saß der Agha bei einem opulenten Frühstück im großen Gastraum des Hans und ließ sich vom Wirt bedienen. Sein vom Eunuchen bewachter dreiköpfiger Harem war auch dabei, saß jedoch etwas abwartend abseits und bekam seine Speisen erst nach dem Agha serviert.

Ich ging nun gemeinsam mit Halef ebenfalls in den Gastraum hinein und inszenierte dort ein mit ihm abgestimmtes Gespräch, das dazu gedacht war, wichtige Informationen an unterschiedliche Personen zu übermitteln.

Ich sprach zunächst den Hanci an, aber so, dass alle anderen anwesenden Personen das Gespräch mitbekamen: „Mein teures Pferd hat sich eine kleine Verletzung zugezogen. Könnt Ihr uns eine Kräuterfrau oder einen Apotheker hier im Ort nennen?“ Gleichzeitig winkte ich Halef heran, der ein paar Münzen in seiner Hand spielen ließ.

Der Wirt, von einem offenbar weitgereisten Effendi so höflich angesprochen, beeilte sich natürlich, behilflich zu sein, beschrieb den kurzen Weg zu einer Kräuterfrau im Dorf und nahm dafür dankend das bescheidene Bakschisch entgegen.

Daraufhin sprach ich zu Halef: „Geh und hole zum Einreiben etwas Beinwell, aber möglichst keine Tinktur, sondern als Salbe. Und übermittle der Kräuterfrau noch die lateinischen Angaben zur Zubereitung: ‚Schützt Bauchschmerzen vor und geht mehrfach zur Latrine, wir holen Euch hier heraus.‘ Sie weiß dann Bescheid, wie sie die Salbe anrühren soll.“

Ich hatte zwar zu Halef gesprochen, aber in türkischer Sprache und so laut, dass alle anderen es mitbekommen mussten. Eine Salbe aus aufgekochten und mit Bienenwachs versetzten Beinwellwurzeln war bei Verletzungen von Mensch und Tier ein gebräuchliches Mittel, das auch jeder besseren Kräuterfrau vertraut sein musste. Insoweit handelten wir vollkommen unauffällig. Der eingeschobene, angeblich lateinische Satz wurde von mir aber in deutscher Sprache ausgesprochen. Die versklavte Ehefrau würde ihn sicher verstehen, da sie mich ja auf Deutsch angesprochen hatte. Da alle anderen Anwesenden aber mit hoher Wahrscheinlichkeit weder Deutsch noch Latein sprachen, würde der Sinn der Worte von sonst niemandem aufgenommen werden.

Halef nickte, sprach ein eifriges „Ich eile, Sihdi!“, und war schon zur Tür hinaus.

Es dauerte keine halbe Stunde, bis er wieder zurückkam. Nun inszenierten wir mitten im Hof des Hans eine langwierige Einreibeprozedur mit zwischenzeitlichen leichten Bewegungsübungen mit Rih. Die Frau hatte uns offenbar verstanden, denn kaum waren wir eine Weile zugange, verließ sie schon das Haus, begleitet vom Eunuchen, und ging hastig hinter den Stall. Wir schauten uns unauffällig um, doch leider waren noch zu viele Personen in der Nähe, sodass wir diesmal nicht eingreifen konnten und die Frau nach dem Besuch der Latrine wieder unbehelligt ins Haus zurückgehen lassen mussten. Dabei bemühten wir uns, es so aussehen zu lassen, als ob wir uns weiterhin um Rih kümmerten.

Ihren Mann sahen wir nun das Haus verlassen und allein ins Dorf gehen. Da er uns keines Blickes würdigte, schien er sich auch nicht dafür zu interessieren, was wir machten. Möglicherweise waren seine Geschäfte etwas halbseiden, und er wollte nicht dadurch Aufmerksamkeit auf sich lenken, indem er uns ansprach. Wir hofften natürlich, dass die Frau seine Abwesenheit jetzt ausnutzte, und tatsächlich mussten wir nicht lange warten, da kam sie erneut heraus, während der sie begleitende Eunuch jetzt einen sichtlich verärgerten Eindruck machte.

Diesmal waren wir allein auf dem Hof.

Wir folgten zur Latrine, und als sich beide Personen hinter dem Stall befanden und somit vom Haupthaus aus nicht mehr sichtbar waren, wollte ich den Eunuchen mit meinem Jagdhieb auf seine Schläfe ausschalten. Darin war ich besonders geübt, und deshalb hatte man mir im Wilden Westen den Kriegsnamen Old Shatterhand gegeben: die Schmetterhand. Doch Halef kam mir zuvor. Mit einem Grinsen im Gesicht warf er über den Mann eine Handvoll von einem magischen Pulver. Und tatsächlich bewegte der Eunuch sich plötzlich nicht mehr, schaute mit leeren Augen in die Luft – und bekam erkennbar nicht mehr mit, was um ihn herum geschah. Halef hatte offenbar irgendwo einen Verwirrungszauber erstanden, den er jetzt einsetzte. Gewitzt, wie er war, fand er auf unseren Reisen immer wieder einen Händler, der ihm Utensilien für praktische Alltagsmagie besorgte.

Jetzt musste alles sehr rasch geschehen! Ich spürte fast, wie unser Blut etwas schneller in unseren Adern kreiste und wie mich die Aufregung belebte. Eine Haremsentführung war schon eine heikle Angelegenheit, die – wenn sie denn herauskam – böse ins Auge gehen konnte.

Mit einem leisen und knappen „Komm!“ zogen wir die Frau einen schmalen Seitendurchgang entlang in den hinteren Bereich des Stalls hinein, wo Halef bereits aus dem Gepäck von Ann Lindsay eine Hose und ein Paar Schuhe, von mir ein Hemd und eine Jacke und von sich selbst ein Turbantuch bereitgelegt hatte. Die Frau nahm zunächst ihr um den Kopf gebundenes schwarzes Tuch ab und öffnete ihren Tschador, und uns bot sich nun ein weiblicher Kopf mit heller Gesichtsfarbe und harten, leidenden und tiefeingeschnittenen Zügen, meerblauen Augen und kurzgehaltenem blonden Haar. Die Frau war keine 30 Jahre alt.

„Mein Name ist Marijke van Beverningh, ich stamme aus Utrecht. Ich wurde vor drei Jahren entführt und auf einem arabischen Sklavenmarkt verkauft“, sagte sie nur. Eine Niederländerin also, deshalb der Akzent.

Ich stellte mich mit meinem deutschen Namen vor und ergänzte dann: „Hier im Orient nennt man mich jedoch Kara Ben Nemsi. Ich bin auf der Heimreise nach Deutschland und kann Ihnen eine Passage auf einem britischen Dampfer anbieten, der in Batumi im Hafen wartet.“

Sie nickte knapp, dann schlüpfte sie bereits aus ihrem Habit. Beim nun erforderlichen Umkleiden ging es um ihr Leben, da war Scham fehl am Platz, und so vermochten Halef und ich uns lediglich aus Höflichkeit ein wenig zur Seite zu drehen. Während ich mit einem scharfen Pfiff Rih herbeirief, begann Halef schon die Lasten des Packpferds neu zu verteilen, damit es nun auch eine Reiterin tragen konnte. Wir bekamen aus den Augenwinkeln mit, wie die Niederländerin in Windeseile die Kleidung wechselte, und für einen Augenblick – bevor sie das bereitgelegte Hemd überzog – erblickte ich auf ihrem nackten Rücken eine ganze Landschaft mit halbverheilten Narben als auch frischen und offenen Striemen, die von beständigen Züchtigungen ihres Mannes zeugten. Halef hatte ihr bei der Kräuterfrau außerdem noch einen Tiegel mit irgendeiner Paste besorgt, die sie nun auf Gesicht und Hände auftrug, um eine dunkle Hautfarbe vorzutäuschen. Währenddessen trat Halef wieder zu ihr und wickelte ihr einen Turban um den Kopf, unter dem das blonde Haar verschwand. Binnen weniger Augenblicke hatte sie eine vollständige Verwandlung ihrer äußeren Erscheinung vorgenommen: Mit Jacke, Hose und Turban mochte sie, wenn man sie nicht allzu genau betrachtete, nun als Mann durchgehen. Und nach meinem bisherigen Eindruck schien sie auch die Nerven dazu zu besitzen, das mit ihrer Körperhaltung vorzutäuschen.

Wir führten unsere Pferde aus dem Stall, und während die Niederländerin und ich auf dem Hof unsere Pferde bestiegen und den Han bereits zügig verließen, ging Halef noch einmal ins Haupthaus zum Hanci, um unser Nachtlager plus einige verzehrte Lebensmittel zu bezahlen – und tat das, ohne wie sonst noch einmal um den Preis zu feilschen. Dann folgte er uns. Es begann ein angespannter Ritt.

Das Risiko, dass es möglicherweise jemandem auffiel, dass jetzt wieder eine dritte Person bei uns war, nachdem Ann Lindsay uns doch gestern verlassen hatte, erschien mir nicht allzu groß. Wir konnten einen heimischen Führer gedungen haben, oder unsere Begleitung war gerade wieder zurückgekehrt, um uns abzuholen, oder jemand, der dasselbe Ziel hatte, mochte sich uns angeschlossen haben – harmlose Erklärungen gab es durchaus, außerdem würde kaum jemand alle Reisegruppen durchzählen oder sich überhaupt für sie interessieren. Noch konnte das Verschwinden der dritten Haremsfrau nicht ruchbar geworden sein.

Der Eunuch würde sich, sobald er aus seiner Erstarrung erwachte und entdeckte, dass die Frau, auf die er zu achten hatte, auf dem gesamten Gelände des Hans nicht mehr auffindbar war, vermutlich ohne Lärm und unverzüglich in die Berge schlagen. Denn er musste sicher sein, dass der Zorn seines Herrn sich zunächst auf ihn richten würde und ihn vielleicht sogar das Leben kosten konnte. Wenn wir Glück hatten, verdächtigte der Agha vielleicht sogar den Eunuchen, seiner Frau zur Flucht verholfen zu haben, und verfolgte ihn. Dennoch konnten wir nicht wissen, ob wir nicht doch von irgendjemandem beobachtet worden waren, den wir nur nicht bemerkt hatten. Wir hatten lediglich einen Vorsprung, den wir klug nutzen mussten.

Nicht hastig, aber doch mit raschem Trab durchritten wir nun das Dorf, ohne dort dem Agha zu begegnen, und machten uns auf den direkten Weg nach Batumi. Außer Sichtweite des Dorfs hätten wir gerne unsere Pferde zu einer schnelleren Gangart angetrieben, doch das war auf dem mittlerweile stark bergabwärts gerichteten Weg zur Hafenstadt leider nicht möglich. Die Berge engten Batumi sehr ein, sodass alle Wege von der Topografie her steil angelegt waren. Es ging jetzt also langsamer voran, als uns lieb war, doch natürlich wollte sich niemand den Hals brechen. Außerdem begann es diesig zu werden, was die Sicht beeinträchtigte. Der Wind, der beständig vom Schwarzen Meer her wehte, brachte viel Feuchtigkeit mit, die an den Berghängen wieder kondensierte.

Wie ich es bei meinen Abenteuern nicht selten erlebt habe, erfuhr jedoch unsere Befreiungsaktion nun eine Belohnung durch eine himmlische Hand, und es bewahrheitete sich das Sprichwort, dass das Glück stets dem Tüchtigen zuteil wird. Denn kaum waren vor uns die Umrisse von Batumi schemenhaft hinter der feuchten Luft zu erkennen, kam uns auch schon Ann Lindsay entgegengeritten. Sie hatte das Schiff ihres Onkels entdeckt, hatte auch mit ihm gesprochen und wollte uns nun den Weg zum Liegeplatz des Dampfers weisen.

Wir hielten für einen Augenblick an und setzten sie mit wenigen Worten von unserem Abenteuer in Kenntnis. Daraufhin stimmte sie mit uns überein, dass wir nicht nur rasch, sondern vor allem gründlich verschwinden mussten, und zwar bevor wir in Verdacht gerieten. Sie führte uns mitten durch die ausgedehnten Teeplantagen, die Batumi an den Berghängen säumen und unsere Nasen mit einem herrlichen Aroma umfingen. Nachdem wir die ersten Häuser der Stadt passiert hatten, gelangten wir dann ohne größere Umwege durch die verwinkelten Straßen und Gassen in den ausgedehnten Hafen und dort zur Mole, an der der Dampfer festgemacht hatte. Von der architektonischen Schönheit der Stadt, die in der Antike das Tor zum sagenhaften goldreichen Land Kolchis gewesen sein soll, bekam ich deswegen nichts mit.

Am Anlegeplatz angekommen, gab Ann dem Kapitän sofort die Order, den Kessel zu befeuern, und als der Lord entspannt und in frischgebügeltem Karo vom Sonnendeck herunterkam, um uns zu begrüßen, waren wir schon abgestiegen, hatten die

Pferde um das Gepäck erleichtert und führten sie vorsichtig über die Planken auf das Vorderdeck.

Lindsay breitete die Arme weit aus, um mich zu begrüßen, und achtete dabei weder auf Halef noch auf unsere unbekannte Begleitung. „Master Kara, welch eine Freude, Euch zu sehen!“

Ich unterbrach ihn: „Verzeiht meine Unhöflichkeit, die Begrüßung können wir gleich nachholen. Wir haben eine Begleiterin aus dem Königreich der Niederlande, die wir ihrem Mann entführt haben und die sofort außer Landes muss.“ Ich deutete auf die verkleidete Frau van Beverningh. „Könnt Ihr Befehl zum sofortigen Auslaufen geben? Wir erklären Euch anschließend alles.“

Da Lord Lindsay es gewohnt war, in meiner Gegenwart die spannendsten Abenteuer zu erleben, reagierte er blitzschnell und befahl den Kapitän zu sich. Die gesamte Mannschaft war bis auf zwei Matrosen an Bord, und da die beiden sich glücklicherweise in Schiffsnähe am Kai aufhielten, konnten sie mit ein paar kurzen Pfiffen herbeigerufen werden. Unser restliches Gepäck sowie noch an Land befindlicher Schiffsproviant wurden binnen Minuten verladen, dann wurde die Planke eingezogen, die Taue wurden gelöst, und da das Schiff im Hafen keinen Anker gesetzt hatte, sondern nur vertäut gewesen war, konnte es sofort langsame Fahrt aufnehmen. Mit Abmeldungen bei der Hafenmeisterei nahm es ein Kapitän sowieso nicht so genau, und da die Liegegebühr für eine Woche im Voraus entrichtet war und die Zollbeamten noch ihre ausgedehnte Mittagspause hielten, kümmerte sich auch keine Behörde um den plötzlich davonreisenden englischen Dampfer.

Noch stand der Kessel nur unter mäßigem Dampf, sodass auch die Fahrtgeschwindigkeit noch zu wünschen übrig ließ. Aber der Kapitän beorderte zwei zusätzliche Matrosen in den Kesselraum, um ordentlich zu befeuern, sodass das Schiff dann doch an Fahrt nach Westen aufs offene Meer hinaus aufnahm.

Als alle Aufregung sich ein wenig gelegt hatte und die Häuser der Stadt immer kleiner wurden, lud Lindsay uns auf das

Oberdeck ein, um erstmal gemeinsam Tee zu trinken, Tee aus Britisch Indien, und ließ auch ein paar Sandwiches dazu reichen: natürlich aus Rücksicht auf Halef ohne Schinken, stattdessen mit hellem Putenfleisch, Ei und Salatblättern, wahlweise mit oder ohne georgischen Ziegenkäse, sowie natürlich das unvermeidliche Teesandwich mit Gurke und Ei. Für das Toastbrot hatte Lindsay übrigens eigens einen britischen Bäcker statt eines Kochs an Bord genommen, wie er verriet, denn er hatte das orientalische Fladenbrot für eine Zeitlang über.

Ich stellte nun Marijke van Beverningh vor, die sich bereits die dunkle Paste etwas aus dem Gesicht gewaschen hatte und jetzt ohne Turban zwischen uns saß, und bat sie, ausführlich zu berichten, was ihr widerfahren war. Denn auch ich kannte ja nur den allerletzten Teil ihrer Geschichte.

„Mein Mann stammte aus einer Familie von Kunstschreinern und führte in Utrecht eine Möbelmanufaktur in vierter Generation“, begann sie in fließendem Englisch, das ich für Halef leise ins Arabische übersetzte. „Er stellte hochwertiges Privatmobiliar her, war auch spezialisiert auf Restaurierungen von Möbeln und führte deshalb ein großes Lager mit den verschiedensten, auch exotischen Holzarten, das ständig aufgefüllt werden musste. Vor etwa drei Jahren hatte ich meinen Mann auf einer Einkaufsreise in den Orient begleitet, außerdem war sein jüngerer Bruder bei uns. In Larnaka auf Zypern charterte er ein Schiff komplett mit Mannschaft, mit dem wir nach dem libanesischen Tarabulus übersetzen wollten, um dort vor allem Zedernholz und Zypresse einzukaufen und das dann auf dem Seeweg zurück in die Niederlande zu bringen.“

Sie machte eine Pause, dann fuhr sie mit belegter Stimme fort:

„Etwa auf halber Strecke, mitten auf dem Meer, enttarnte sich der Schiffskapitän als Pirat. Er nahm meinem Mann all sein Geld ab, das er für den Holzeinkauf bei sich führte, tötete ihn und seinen Bruder, indem er beiden mit einem Säbel den Kopf abschlug, warf die Leichen über Bord und nahm mich gefangen. Statt nach Tarabulus, das zur osmanischen Provinz eines christlichen Mutasarrif gehörte und wo ich vielleicht noch Hilfe bekommen hätte, wurde ich zum weiter nördlich liegenden Hafen von Tartus gebracht, das eine jahrhundertelange Seeräubertradition besitzt, und dort an einen Araber verkauft – ja, ich habe gesehen, wie der Kapitän Geld für mich bekam. Dieser Araber, dessen Namen ich nie erfahren habe, verschleppte mich bis nach Abu Dhabi, wo ich zusammen mit vielen anderen geraubten europäischen Frauen auf einem öffentlichen Sklavenmarkt angeboten wurde."

Ich hörte Halef leise grummeln und fluchen, während der Lord erregt aufstand und seinem Zorn laut Luft machte: „Ich werde dem Vertreter der britischen Admiralität in Istanbul Meldung machen. Zypern gehört zwar noch nicht uns, aber wir verhandeln mit der Hohen Pforte und haben auch bereits Flottenteile in Larnaka stationiert. Madam, wenn Ihr mir angeben könnt, wie das Schiff hieß, das Euer ermordeter Gatte gechartert hatte, dann könnten wir da vielleicht ansetzen."

Natürlich war sie an einer Auffindung und Bestrafung des Piratenkapitäns interessiert – doch sie wollte mehr, viel mehr. Die drei Jahre hatten ihren Mut und ihre Willenskraft keineswegs gebrochen. Sie schien mir eine unbeugsame Frau zu sein, denn sie brannte förmlich darauf, etwas gegen diesen Handel mit Europäerinnen zu unternehmen. Wenn man ihrem Bericht folgte, gab es regelrechte geheime Sklavenkarawanen, mit denen von der Mittelmeerküste bis zu den Emiraten an der Piratenküste des arabisch-persischen Golfs gefangene europäische Frauen transportiert und dort an reiche Araber verkauft wurden. Das schien ein einträglicher Wirtschaftszweig geworden zu sein, offenbar noch lukrativer als der einstige Handel mit männlichen Arbeitssklaven aus Schwarzafrika, und dieses verabscheuungswürdige Geschäft wurde auch von den Emiren der Trucial States, der mit dem britischen Empire vertraglich verbundenen Fürstentümer am Golf, mehr oder weniger offen geduldet.

Sie war zunächst von einem arabischen Scheik ersteigert worden, aber – wie sie es trocken ausdrückte: „Er hatte wohl keine rechte Freude an mir.“ Sie hatte sich keinen Augenblick lang unterwürfig gezeigt, hatte sich gegen all seine Begehren heftigst gewehrt und war von ihm nicht zu bändigen gewesen. Da sie körperlich recht stämmig gebaut war und ihn um Kopfeslänge überragte, hatte er sich auch nicht getraut, sie zu schlagen. Sie hatte ihm wohl schließlich Angst gemacht, was er sich natürlich nicht eingestehen konnte. Deshalb hatte er sie bereits nach wenigen Wochen dem türkischen Agha zum Geschenk gemacht, der sie dann gegen ihren Willen nach islamischem Ritus heiratete und als dritte Ehefrau legal seinem Harem einverleibte.

Was folgte, war ein einziges Martyrium. Er nahm sie mit ins nördliche Anatolien, in einen kleinen Ort an der Schwarzmeerküste, wo er wohnte und ein einträgliches Handelsgeschäft mit Waren aller Art führte. Sie wurde Tag für Tag gedemütigt, geschlagen, eingesperrt. Ihre Aufsässigkeit spornte ihn nur zu noch mehr Grausamkeiten an. Doch sie hatte nicht fliehen können – wie und wohin auch, denn nach osmanischem Familienrecht war sie seine rechtmäßige Ehefrau, und als Frau besaß sie sowieso keine Rechte.

Zur Art ihrer Folter und zum Ausmaß ihren Demütigungen äußerte sie sich nicht, an dieser Stelle verstummte sie und ihr Gesicht versteinerte. Sie war zwar erkennbar eine starke Frau, aber es überforderte sie dennoch, darüber zu reden – wofür wir natürlich Verständnis hatten. So war sie während der weiteren Fahrt sehr einsilbig und verschlossen. Sie zeigte Kälte und Härte nach außen und ließ weder Gefühle heraus, noch Mitleid an sich heran.

Nach zwei Tagen steuerte der Dampfer wieder die Küste an, wo wir Halef und Rih sowie die weiteren Pferde in Iyidere nahe Rize absetzten. Von dort aus wollte er quer durch Anatolien nach Hause zu den Haddedihn in der Dschesireh reiten.

Der Abschied fiel mir nicht leicht – aber ich wusste, wir würden uns beim nächsten Abenteuer im Orient wiedersehen.

Eine gute Woche später kam wenige Meilen vor der europäischen Küste die weißleuchtende Schlangeninsel, die Insula Serpilor, in Sicht, jener unrühmliche Ort, wo sich gerade einmal zwanzig Jahre zuvor die Flotten der westeuropäischen Großmächte gesammelt hatten, um an der Seite des Osmanischen Reichs gegen das zaristische Russland in den Krimkrieg zu ziehen – in einen Krieg, bei dem doppelt so viele Opfer an Krankheiten und Seuchen starben wie durch die eigentlichen Kriegshandlungen. Auch ich hatte den romanhaft ausgeschmückten Bericht meines Berliner Kollegen Hermann Goedsche gelesen, der unter dem Pseudonym Sir John Retcliffe und mit dem Titel „Sebastopol" als vierbändiger Romanzyklus erschienen war. Er hatte damals den Krimkrieg als Journalist vor Ort erlebt. Ich nahm mir vor, meinen Verleger auf ihn aufmerksam zu machen.

Dann gelangten wir am Donaudelta in den Hafen von Sulina, wo ich erfuhr, dass ich bereits zwei Tage später ab Tulcea eine Passage auf einem Dampfer bekommen konnte, der mich donauaufwärts brachte.

Lindsay versprach mir, Marijke van Beverningh zur Königlich-Niederländischen Botschaft in Istanbul zu bringen und ihr in der Stadt auch einen fürsorglichen Arzt zu suchen – und zu bezahlen. Sie umarmte mich spontan zum Abschied und dankte mir noch einmal für ihre Befreiung. Diesmal sah ich einige wenige Tränen in ihren Augen.

Ob sie für ihre Peiniger nun Rache oder Bestrafung wollte, das wusste ich da noch nicht. Aber ich hatte in mir das sichere Gefühl, dass sich unsere Wege wieder kreuzen würden.

Etwa fünf Monate später bekam ich von ihr einen Brief, den sie nach Radebeul gesandt hatte. Sie hatte tatsächlich eine Spur der Sklavenhändler gefunden und konnte genau angeben, wann eine weitere Sklavenkarawane mit europäischen Frauen in der Nähe von Katar eintreffen würde. Und sie bat mich um Hilfe, weil sie nicht wusste, wem sie in den Emiraten trauen konnte. Marijke van Beverningh wartete in Kairo im britischen Konsulat auf mich.

Ich fühlte natürlich sofort wieder das Brennen nach Abenteuer in mir. Also schickte ich einen Brief an Halef und einen an Scheik Haschim voraus. Dann vertraute ich mich der Eisenbahn an, um nach Triest zu gelangen.

Alexander Röder

Episode 1
An der Piratenküste

Erstes Kapitel
Von Kairo in die Wüste

Ich stand an der Reling des französischen Dampfers *Hirondelle*, der mich über das Mittelländische Meer geflogen hatte. Vor mir sah ich: Ägypten!

Doch ich kam nicht als Forscher in dieses Land, wollte nicht den Spuren von Richard Lepsius folgen, des aus Naumburg gebürtigen Begründers der deutschen Ägyptologie. Auch kam ich nicht als Tourist, mit dem Reiseführer von Baedeker in der Tasche. Gewiss kam ich auch nicht als Eroberer wie Napoleon. – Ich kam als Befreier. Dies mag groß und mächtig klingen, und tatsächlich verspürte ich auch ein erhebendes Gefühl, dass ich nicht allein als Abenteurer hierherkam, doch gab es da auch einen Fakt, der mich wiederum ernüchterte. Jene, die es zu befreien galt, waren mir gänzlich unbekannt. Ich wusste nicht, wo sie sich befanden, und auch nicht, wer sie gefangen und versklavt hatte. Was mein Wissen betraf, so herrschte in mir also die sprichwörtliche ägyptische Finsternis, doch war es mir wie stets gegeben, die Dunkelheit zu erleuchten, mit der Fackel der Rechtschaffenheit und der Flamme des Tatendrangs. Meine Leser mögen mir verzeihen, dass ich so sehr die Tugenden beschwöre und mich dem Pathos hingebe. Sie müssen aber eines verstehen, selbst wenn ich es ihnen kaum erklären muss. Ich war nun nach langer Zeit in der Heimat wieder in der Fremde, oder vielmehr: in der Ferne, denn der Orient ist mir keineswegs fremd.

Doch schwindet die Vertrautheit mit der Ferne, und jene knappe Hälfte eines Jahres, die ich jüngst in Deutschland, in Sachsen, im Meißner Land, in Radebeul verbracht hatte, war doch recht zehrend gewesen. Denn ich hatte lange Stunden, bei Tag und in der Nacht, in meiner Schreibstube gesessen und meine jüngsten Erlebnisse zu Papier gebracht; am Ende würden diese vier nicht wenig umfangreiche Romane füllen. Ich hatte während dieser Niederschrift noch einmal alles erlebt, was sich in der Wüste jenseits von Basra, in den Schluchten und Wäldern des Balkan und den Bergen Kurdistans und des Kaukasus zugetragen hatte: die Kämpfe gegen den Schut, gegen Al-Kadir und die Hexe Qendressa, die ich mit meinen Gefährten Halef, Haschim und Sir David gemeinsam gefochten hatte. Und die vielen Begebenheiten mit erstaunlichen Menschen und an seltsamen Orten.

Doch ein Stuhl am Schreibpult ist kein Sattel, und eine Schreibfeder ist kein Säbel. Die Feder mag auf ihre Art eine mächtige Waffe sein, doch spuckt sie nur Tinte und kein Blei wie Henrystutzen oder Bärentöter. Und die Stube, das Haus, die Straße, die Stadt sind beschauliche Orte im Vergleich zu den Höhlen und Burgen und Türmen, in denen allerlei Schurken hausten oder Hinterhalte legten. Die behagliche Wärme von Kamin und Herd ist kein vorsichtig geschürtes Lagerfeuer, ein Federbett ist keine Satteldecke. Und die karge Kost des Reisenden und Abenteuers schwindet vor der Fülle der sächsischen Speisen.

Es mag nun niemand glauben, ich hätte angesetzt und wäre faul gewesen. Aber nein! Wiegebraten und Wickelklöße, saure Fleck und Spinat mit Sardellen, Stockfisch mit Erbsen, Bratwurst mit Äpfeln, aber auch die bescheidenen Kartoffeln mit Quark und Leinöl waren mir köstliche Gerichte, mit denen ich mich für die geistige Arbeit stärkte. Aber so wie der Kopf viel Nahrung benötigt, braucht der Leib seine Betätigung. Und so wanderte ich zum Ausgleich durch die Sandsteinhöhen des Erzgebirges und den dunklen Tann und dachte mir beim Atmen der kühlen Luft so manches Mal: Dort, der Fels – gemahnt er nicht an die Karstgebirge im Land der Skipetaren? Der alte Turm, erinnert er mich nicht an den Karaul des Schut? Das verwitterte Forsthaus, scheint es nicht wie die Berghütte, in welcher ich die Hexe traf? Überall fühlte ich mich an meine Abenteuer erinnert und eilte sogleich wieder an den Tisch, um mit Wort und Schrift alles festzuhalten. Und wenn der Schweiß ebenso geflossen war wie die Tinte aufs Papier, belohnte ich mich hernach mit Kaffee und auch mit Kuchen.

Doch nun hatte ich die heimeligen Blümchentassen und schweren Hefegebäcke hinter mir gelassen. Es riefen Kahwe und Baklawa! Doch deren Süße würde ich mir erst verdienen müssen.

Die Seeluft hatte mich belebt und allen Schreibstubenstaub und Bücherseitendunst hinfortgeblasen. Ich hatte daheim alles aus mir herausgeschrieben, nun fühlte ich mich frisch und neu wie ein Bogen Papier, der jüngst aus der Bütte geschöpft worden war. Ich hatte zuhause kaum bemerkt, wie das Fernweh sich gemehrt hatte: Jetzt packte es mich mit Macht.

Und neu und ungewohnt war auch, wie bereits erwähnt, dass mich nun nicht die reine Abenteuerlust antrieb. Ich war nicht in meiner Profession als Reiseschriftsteller hier, sondern nahte als Helfer heran. Und dies auf den Ruf jener Frau hin, die ein schweres Schicksal erlitten hatte, welches sie mit meiner Hilfe jedoch glücklich hatte überwinden können, und die nun danach trachtete, auch anderen bedauernswerten entführten und versklavten Frauen zur deren Freiheit zu verhelfen: die tapfere und kluge holländische Dame Marijke van Beverningh.

Deshalb ihr brieflicher Ruf nach mir und deshalb meine Reise nach Kairo.

Drang und Not hatten aus den Zeilen gesprochen, und so eilte ich zu Beistand und Hilfe. Man mag mir nachsehen, dass ich daher nicht in schwelgende Beschreibungen verfalle, wie es dem Reiseerzähler gemeinhin geziemt. Doch wer kann Land und Leute, Sitten und Gebräuche, Bauten und Natur mit schönen Worten malen, wenn die harsche Ungerechtigkeit das Leben Unschuldiger bedroht?

Darum sei mein Weg nur knapp beschrieben: Ich ging von Bord, nutzte Bahn und Wagen – und stand dann vor der Botschaft der Briten in Kairo, zwischen den Zähnen eine Stange Bamberger Süßholz, denn wenn ich unterwegs bin, rauche ich nur in Gesellschaft.

Ich war vom Staub der Reise bedeckt, hatte eine kleine Tasche mit dem Nötigsten an der Hand und einen Seesack über der Schulter, aus dem zwei lederumhüllte Stangen ragten. So konnte es dem Unwissenden erscheinen. Mancher Brite, der mich sah, mochte an seinen nationalen Schlagballsport denken; wer mich kannte, wusste jedoch, dass es nur mein Henrystutzen und der Bärentöter sein konnten. Auf vielerlei mag ich auf Reisen und Abenteuern verzichten können, doch nicht auf diese treuen Gewehre.

Dass ich nun recht schwer, wenngleich nicht offen bewaffnet in eine Botschaft spazieren durfte, war allein der Tatsache zu verdanken, dass ich einen reichen und angesehenen Fürsprecher hatte und erwartet wurde.

Eilig führte mich eine Ordonnanz in einen kleinen Raum, der britisch und schlicht-orientalisch zugleich wirkte. Ich hatte keinen Blick für die Details, aus eingangs geschilderten Gründen, aber in diesem Augenblick des Eintretens konnte ich auch kaum einen Blick ringsum werfen, denn das Zimmer wurde von einer ganz bestimmten Person dominiert.

Sir David Lindsay kam mir entgegen, groß, dünn und in graukariertes Tuch gekleidet wie stets. Er begrüßte mich freundlich, auch erleichtert, aber ein wenig fahrig, sodass sich eine kurze Szene der Unbeholfenheit ergab:

Ich hatte im ersten Moment ja keine Hand zum Schütteln frei und musste doch das Gepäck ablegen, als ein Griffwechsel nicht taugte.

„*Well*“, begann Sir David eifrig, „Ihr seid da, glücklich und letztendlich. Die Fahrt war gut, ja? Aber was rede ich, Ihr seid ein erfahrener Reisender, so wie ich – warum mit *small talk* aufhalten, *indeed!*“

Er schritt zu einem kleinen Tisch und griff zu den Gläsern und Flaschen. Ich lehnte den Whisky ab, selbst wenn die Tageszeit angemessen war, und beschied mich mit Sodawasser. Sir David jedoch sah sich genötigt, seine Nerven zu stärken. Er schaute auf die kleine Uhr auf dem Schreibtisch.

„Es ist nicht mehr viel Zeit. Gleich kommt Mrs. van Beverningh ..."

Der Lord schaute für meine Begriffe nicht wie jemand, der seine Sekretärin erwartet, sondern ...

Ich muss an diesem Punkt wohl einiges erläutern: Sir David hatte mir vor einem halben Jahr einen Brief gesandt, in dem er mich über all das informiert hatte, was seit unserem Abschied geschehen war. Er hatte Marijke van Beverningh wie versprochen nach Istanbul begleitet und sich auch dort ihrer angenommen, was er in onkelhafter Anteilnahme schilderte: Zunächst hatte er einige Ärzte, sowohl örtliche *hekims* als auch ausländische *doctors* geprüft, um die Dame mit deren Hilfe von ihren Strapazen und Wunden genesen zu lassen. Dann hatte er sie zur Königlich-Niederländischen Botschaft begleitet, damit sie neue Papiere erhielt und von dort aus ein Lebenszeichen in die Heimat senden konnte – und auch die betrübliche Kunde übermitteln musste, dass der Ehemann und dessen Bruder zu Tode gekommen waren.

Während der Wartezeit und der Heilung zeigte Sir David sich großzügig und selbstlos wie gewohnt, sorgte für Kleidung, Nahrung, Logis. Doch die Dame war trotz ihres Schicksals ungebrochen und stolz. Sie nahm die milden Gaben nur an, weil sie diese sogleich umwidmete und gewissermaßen auf ein moralisches Soll-Konto übertrug, nein, um genau zu sein, führte sie sogar tatsächlich Buch und notierte alles, forderte Quittungen und Belege – um alles später zu begleichen. Dies rührte wohl von ihrer Ehe mit dem holländischen Geschäftsmann her, vielmehr kam es aber aus ihrem eigenem Wesen, das durch die schrecklichen Erlebnisse noch verstärkt worden war. Sie hatte in der Sklaverei kein Mitleid erfahren und wollte es nun auch nicht erhalten, lehnte die Gaben und Zuwendungen zwar vernünftigerweise nicht ab, führte aber strenge Rechnung.

„Aber wie“, klagte mir Sir David, „sollte ich ihr denn Rechnungen und Quittungen vorlegen, wo ich mich doch um dergleichen nie kümmern muss? Ich bin reich – ich setze nicht auf Skonto bei Barzahlung oder spiele mit Fristen. Ich habe kaum je Rechnungen in der Hand gehalten, und wenn, dann habe ich sie doch nicht gesammelt und abgelegt, sondern beglichen, und dann waren sie mir aus Augen und Sinn.“ Er seufzte. „Das hat Mrs. van B. mir ausgetrieben ...“

Endlich war dann Nachricht aus der holländischen Heimat gekommen – man war erfreut über das Lebenszeichen, betrübt über den Tod der Männer. Drei Jahre hatte man Schlimmes geahnt, doch die Geschäfte hatten weitergehen müssen, und so hatte ein Onkel die Firma übernommen.

„Dies nahm sie ungerührt hin“, bemerkte Sir David, „zumal die Firma unter der neuen Leitung florierte. Sie urteilte daraufhin, dass sie in Utrecht wohl nicht gebraucht würde, wenn dort alles zum Besten bestellt sei. Dafür könne sie dann Rache nehmen.“ Sir David leerte sein Glas und schluckte hart. „Kara Ben Nemsi, wir haben ja selbst gegen viele Schurken gekämpft und waren oft genug von Rache getrieben ...“

Ich schaute ihn mahnend an.

„Nun“, korrigierte er, „das ist mir manchmal unterlaufen, wenn ich mein Englischsein vergessen habe. Das bringt orientalischer Umgang so mit sich ...“

„Wenn man die Anlagen dazu hat, Sir David. Ihr wisst, dass es mir anders ergeht.“

„Ja, Ihr seid manchmal mehr Brite als ich, obgleich Ihr Deutscher seid. – Wie haltet Ihr es eigentlich mit den Rechnungen und Belegen?“ Er winkte ab. „Well, Mrs. van B. hatte von da an zwei Ziele: ihre Rache an den Sklavenhändlern – und es mir heimzuzahlen.“ Er schenkte sich Whisky nach. „Natürlich nur auf die Gelder bezogen, die ich für sie ausgelegt hatte.

Nein – ich habe gern bezahlt. Sie selbst meinte, ich habe es nur ausgelegt und sie wolle dies abarbeiten. Deswegen drängte sie mich dazu, sie als Dolmetscherin einzustellen."

„Eine treffliche Idee", sagte ich, und als der Lord empört schaute, fügte ich an: „Weil sie doch eine in vielen Sprachen bewanderte Dame ist. Wenn ich mich recht erinnere, waren das neben Holländisch und Deutsch eben Englisch und auch Französisch, dazu Türkisch und Arabisch."

„Ihr sprecht noch mehr Sprachen. Wozu brauche ich dann eine Dolmetscherin?"

„Ich bin aber nicht immer bei Euch, Sir David."

„Das ist wahr. Und deshalb habe ich zugesagt. Zu einem sehr hohen Gehalt."

„Doch nicht, damit die Schuld rasch abgeglichen ist?"

„Nein, weil sie auch gleichzeitig als Sekretärin und Gesellschafterin arbeitet. Sie hat eine hervorragende Handschrift, da brauche ich mich nicht mit meinem Reiseschreibpult abplagen."

„Aber warum Gesellschafterin? Sie schien mir nicht sehr gesprächig, was angesichts ihres Schicksals verständlich ist. Und seit wann benötigt Ihr selbst zerstreuende Unterhaltung?"

„Nun, es ist wahr. Sie redet nicht viel. Aber liest umso mehr."

„Ihr wollt jetzt nicht auf meine eigenen Bücher anspielen, Lord!"

„Keineswegs. Es geht ihr um Akten und Briefe und allerlei mehr. Das klingt aber offizieller, als es ist. Wir waren nicht in Archiven und Kontoren – oder eben doch. Sie hat die Geschäftsbeziehungen ihres seligen Gemahls genutzt, um hier und da anderen Geschäften nachzuspüren als dem Handel mit edlen Hölzern."

„Sklaven."

„Gewiss. Wir waren auf Zypern und im Libanon, zuvor eben in Istanbul und nun Kairo."

„Mir scheint, Ihr seid vielmehr der Reisebegleiter und Gesellschafter der Dame als umgekehrt."

„Nun, der Geldgeber mag ich sein. Die Informationen zu erlangen, kostete nicht nur Zeit, sondern auch Bakschisch. Der kam aber nicht auf das Konto der Dame. Davon konnte ich sie überzeugen. Ebenso, dass ich ihr ohne Entgelt das Schießen beigebracht habe. Sie wollte unbedingt mit Gewehr und Revolver umgehen können."

„Das kann man ihr nicht nachtragen, nach all dem, was sie erlebt hat", meinte ich. „Und da sie weiterhin in diesem Erdteil verblieben ist, in dem sich ihre Peiniger herumtreiben. Ich hoffe aber, dass sie gewissenhaft …"

„Aber sicher doch", unterbrach mich Sir David – obgleich er mich völlig missverstanden hatte: „Ich habe Mrs. van B. im Zielen und Schießen und der Waffenpflege unterrichtet und sie mit einem schönen Taschenrevolver von Webley & Son of Birmingham bedacht." Er musterte mich und senkte die Stimme. „Keine Waffe für Männer, wie wir es sind. Aber eine Dame kann wohl kaum einen großen Armeerevolver mit sich herumtragen." Sir David nickte nachdrücklich. „Dennoch ist Mrs. van B. gut gerüstet. Der Webley hat zwar nur fünf Schuss in der Trommel, aber nun, jene, die auf ihn schwören, nennen ihn *British Bulldog*, und das sagt so einiges – und macht mich nachgerade stolz."

„Euer Stolz hat nicht leiden müssen? Wollte Mevrouw van Beverningh das Geschenk nicht partout bezahlen?"

„No, no. Ich konnte sie an ihrem Namenstag damit überraschen. Und sie weiß wohl, dass wir Briten heikel sind, wenn es um Jagdutensilien geht."

„Aber Ihr habt doch gemeinhin nach Altertümern gejagt?"

„Meine neue Beute sind Piraten und *slave-traders*. Ich sehe dies sehr persönlich. Das Empire hat sich mit den anderen Europäern dafür eingesetzt, dass der Handel mit Sklaven im Reich der Osmanen verboten wurde. Doch leider ist das Geschäft zu lockend, da es viel Geld einbringt. Also wird das Verbot schändlich ignoriert. Es hilft wohl nur, die Bestien zu jagen, welche den hilflosen Frauen nachstellen.

Und der beste Jagdgefährte dafür werdet Ihr sein, Kara Ben Nemsi."

Da öffnete sich die Tür. Sir David zuckte zusammen und warf einen Blick auf die Uhr.

In den Raum trat Marijke van Beverningh.

Ihr Blick war so meerblau wie je und von gleicher Härte, wenngleich ihre leidgeprägten Züge durch die vergangenen Monate der Freiheit sich etwas gemildert hatten. Energisch und entschlossen waren ihr Kinn und die spitze Nase noch immer. Ihr blondes Haar war in den vergangenen Monaten wohl gewachsen, doch sie trug es streng aufgesteckt. Streng war auch ihre Kleidung, es war das, was man einen *hunting-dress* nannte, ein britisches Jagdkostüm mit eng taillierter Jacke, deren lange Knopfleiste wie aus Gewehrkugeln gebildet wirkte, und einem langen Rock, unter dem jedoch keine damenhaften Schnürstiefelchen hervorlugten, sondern eben robuste Reitstiefel. Die Farbe von Stoff und Leder war ein dunkles Khaki, über dem das helle Gesicht, das helle Haar leuchteten, die Augen aber waren nur hell von Farbe, nicht vom Blick, mit dem ich gemustert wurde.

„Sie sind da, Mijnheer Kara. Seien Sie bedankt", sagte Marijke van Beverningh. Sie war groß, und wenn ich auch bei unserem ersten Treffen bemerkt hatte, wie stämmig ihr Körperbau auch nach den Jahren des Leidens war, so schien sie nun mir selbst an Muskeln kaum nachzustehen. Ihr harter Händedruck bestätigte mir dies, als wir uns begrüßten. Diese Frau konnte Sir David wohl nicht nur als Sekretärin dienen, sondern auch als Leibwächterin. Jetzt fiel ihr Blick auf den Seesack.

„Eure Waffen. Sehr gut."

Ich nickte. „Gewiss sind es keine Golfschläger. Wenngleich ich bemerkenswert finde, dass das Wort *golf* dem holländischen *kolv* ähnelt, welches …"

„Ich würde die Sklavenhändler auch mit Keulen schlagen, Mijnheer Kara. Aber eine Kugel ist rascher. Warum sich mühen und die Hände beschmutzen?"

„Gewiss ..."

„Und wir sollten keine Zeit und keinen Atem mit dem verschwenden, was die Briten als *small talk* bezeichnen. Und zudem die Botschaft verlassen. Wir brechen auf. Wir haben eine weite Reise vor uns."

„Ich habe bereits eine hinter mich gebracht. Sie riefen mich und ich eilte."

Sie musterte mich. „Noch einmal, seien Sie bedankt. Aber Sie können verschnaufen, wenn wir am Golf von Persien angekommen sind. An der Piratenküste."

Zweites Kapitel
Ahlan sadiki, Halef!

Ich glaubte nun nicht, dass uns Zeit zum Verschnaufen bliebe, wenn wir erst den Landstrich erreicht hätten, an dem die Sklavenhändler ihr Unwesen trieben – ja noch weniger, wenn wir ihnen auf die Spur gekommen wären. Aber ich erkannte in den Worten der Holländerin den drängenden Wunsch, endlich Kairo zu verlassen. Wir würden uns also nach Katar begeben, zum Emirat auf jener Landzunge, die in den Golf von Persien ragt. Gewiss begann die sogenannte Piratenküste erst viel weiter östlich, in Abu Dhabi. Aber im übertragenen Sinne sind auch Sklavenhändler auf Kamelen nichts anderes als Seeräuber, die mit ihren Wüstenschiffen die Sandmeere unsicher machen.

Wir traten unsere Reise zu Pferd an. Die Dame vervollständigte ihre Jagdkleidung mit einem Hut, der ihr Gesicht beschattete, zudem trug sie ein Schleiernetz vor dem Gesicht. Sir David hatte mir enthüllt, dass sich die Holländerin in der Öffentlichkeit stets auf diese Art verhüllte. Ich vermutete, dass sie sich in den Jahren ihres Sklaventums so sehr an einen

Schleier gewöhnt hatte, dass sie dergleichen weiterhin freiwillig trug. Vielleicht lag ich mit meiner Interpretation auch falsch. Schließlich ist ein dünner Schleier in Europa durchaus ein modisches Beiwerk der Damen, nicht nur bei Bräuten oder Witwen. Eine Witwe war die Holländerin nun bedauernswerterweise, doch war ihr Schleier nicht schwarz und das Trauerjahr vorüber. Ich will nicht weiter über die Hintergründe spekulieren, denn es passte zum Wesen der Dame, die sich verschlossen und unnahbar zeigte, was mir nichts weniger als verständlich war. Bemerkenswert fand ich aber, dass Mrs. van B. – wie Sir David sie ja mit gewissem Respekt nannte, welcher an Ehrfurcht zu grenzen schien – im Damensattel ritt. Ich hatte dergleichen lange nicht gesehen, im Orient ohnehin nicht, doch auch in Europa ritten Damen gemeinhin auf „deutsche Art“, wie man eigenartigerweise die männliche Art zu reiten in Frankreich, Spanien und anderswo bezeichnet. Auf den Britischen Inseln hingegen hält man an der weiblichen Art des Pferdereitens für das weibliche Geschlecht fest, und so hatte Sir David nur allzu gern dem Wunsch entsprochen, einen Damensattel verfertigen zu lassen. Die Anekdote über den erstaunten arabischen Sattler erzählt der Lord bei Gelegenheit noch immer gern, ich aber will hier niemanden ob seiner Unwissenheit der Lächerlichkeit preisgeben. Ich hingegen war erstaunt, dass Sir David eine Art Leibwache mit sich führte, bestehend aus zwei schottischen Sergeanten, McIlroy und McMurray mit Namen. Diese ähnelten einander, waren wohl auch seit Langem miteinander vertraut und kleideten sich, nein, nicht im Kilt, im Schottenrock, sondern angemessen in Uniform für die Tropen, jedoch ohne ihre Herkunft zu verleugnen, denn ein jeder hatte eine Schärpe in seinen Klansfarben um den Leib gewunden. Ich wollte nun nicht scherzen, dass Sir David niemanden neben sich duldete, der gänzlich kariert gemustert einherging. Beide Schotten waren angemessen bewaffnet, mit Revolvern und Karabinern, und sie trugen sogar Klingen an der Seite, schottische Schwerter mit Korbgriff, die mich sehr an die Rapiere der Pappenheimer erinnerten, an jene Reitertruppe der Kaiserlichen im Dreißigjährigen Krieg. Nun, so hatte ich also einen gemeinsamen Namen für die beiden, auch wenn ich sie noch nicht persönlich kannte: Lindsays Pappenheimer.

Sir David hatte mich darauf hingewiesen, dass diese echten Schotten auch je einen Dolch trugen, einen *highlander's dirk*, der ihnen jedoch nicht im Strumpf steckte, da sie diesen mangels Kilt nicht so rasch würden ergreifen können, sondern eben im Stiefelschaft. Und flüsternd fügte der Lord hinzu, dass Mevrouw van Beverningh sich von den Schotten im Messerkampf hatte unterweisen lassen und nun ihrerseits einen Dolch im Stiefel trug. Wo sie aber den Bulldogrevolver verbarg, wussten wir beide nicht, und dezent wie wir waren, fragten wir auch nicht nach. Eine Handtasche trug die praktische Dame nämlich nicht, dafür aber einen Sonnenschirm, der mit khakifarbenem Stoff bespannt war. Allerdings muss ich bemerken, dass ich nie sah, wie Mevrouw van Beverningh den Schirm als einen solchen nutzte. Sie trug ihn wohl eher bei sich, um ihn bei Gelegenheit wie besagte niederländische *kolv*, eben als Keule verwenden zu können. Dass dies ein Beweis für die Streitbarkeit der Dame war, liegt somit auf, ja sogar in der Hand.

Wir hatten die Packpferde beladen lassen und ritten aus Kairo hinaus. Ich würde also die Hügelkette des Mokattam, von welcher man die Stadt so gut bestaunen konnte, später einmal besuchen müssen, ebenso die dortige Gjuschi-Moschee. Und auch all die anderen Ansichten Kairos würden auf mich warten müssen, gerade wie die Wunder der Pyramiden, die weit den Nil hinunter bei Gizeh lagen.

Wir wandten uns nach Osten und passierten Ismailia, Port Said und as-Suways, das der Welt besser bekannt ist als Suez und dessen Ruhm weniger in der Stadt selbst begründet ist als durch den gleichnamigen Kanal, der das Mittelländische Meer mit dem Roten Meer verbindet, seit wenigen Jahren erst, und der kein geringeres Wunder ist als die Pyramiden, beides

Monumente menschlicher Taten. Doch wir Reisenden konnten diesem kein Staunen und keine Aufmerksamkeit schenken, denn wir waren ausgezogen, um menschliche Untaten zu vereiteln.

Marijke van Beverningh hatte in ihren mühsamen Nachforschungen, die scheußliche Erinnerungen geweckt hatten, nicht nur den Ort ermittelt, an dem die Sklavenhändler sich regelmäßig einfanden, um die von ihnen entführten Bedauernswerten an widerliche Sklavenhalter zu verkaufen, nein, sie hatte noch mehr erfahren, was uns helfen mochte: die Namen der schlimmsten Schurken. Es war mit diesen nun wie mit vielen Verbrechern – sie trugen farbige und furchteinflößende Namen, von denen man nicht mehr zu sagen vermochte, ob sie sie sich selbst gegeben hatten, um Schrecken zu erzeugen, oder ob sie ihnen von anderen verliehen wurden, aus Furcht und Ehrfurcht gleichermaßen.

Der mächtigste unter den Sklavenhändlern und der skrupelloseste und erfolgreichste zugleich – zwei Dinge, die oft zusammen einhergehen, wenn nicht gar einander bedingen – war, so raunte und munkelte es, ein Mann mit Namen Youssef al-Fuladhy. Und dies bedeutete wohl nicht, dass er aus einem Ort namens Fulad stammte, von welchen es in Persien etliche gibt, sondern dass er sich für einen Mann aus Eisen hielt, oder gar aus Stahl, denn dies bedeutet das arabische Wort. Es mochte aber auch anklingen, dass er einen eisernen Willen, eisernes Verhandlungsgeschick besaß oder dass er seine Schulden nicht mit Gold und Silber beglich, sondern mit der stählernen Klinge. Ich wusste nun aus meiner Erfahrung mit Schurken und Verbrechern, dass die Furchtsamen viel reden, selbst wenn sie das Glück besessen haben, von einer tatsächlichen Begegnung mit den Unmenschen verschont geblieben zu sein. Doch diese meine Erfahrung sagte mir auch, dass dieser Gegner ein gefährlicher sein würde. Denn wer mit Menschen handelte, war selbst der übelste aller Menschen. Und dieser hatte als Kumpan einen nicht minder schlimmen Kerl an seiner Seite, der den Menschen wohl nicht allein als Ware sah, sondern geradezu als Vieh, und seine Opfer mit Brutalität behandelte, indem er oft die Schlagriemen schwang, weswegen er Abu Kurbatsch, Vater der Peitsche, hieß oder eben genannt wurde. Ein gewissenloser Menschenhändler einerseits und ein Sadist und Sklaventreiber andererseits waren also unsere Gegner.

Ich wollte nichts Schlechtes über Sir David und seine schottischen Pappenheimer sagen, den einen kannte ich lange Zeit, die anderen nur eine kurze Weile. Sir David war recht geschickt mit der Jagdbüchse, die anderen beiden wohl wegen ihrer Kämpferqualitäten ausgewählt. Doch war ich froh zu wissen, dass wir bald meinen alten Gefährten und Mitstreiter Halef in unserer Gruppe würden begrüßen können, denn er ist, obgleich klein und keck, ein furchtloser und erprobter Abenteurer und führt das Gewehr und den Yatagan mit gleichem Geschick. Ihm hatte ich noch vor meiner Abreise nach Kairo eine Depesche gesandt und wusste, dass sie ihn erreichen würde, denn ich habe meine Wege zur Übermittlung von Nachrichten, die bislang nie fehlgegangen sind. Und dies, zusammen mit gewissenhafter Planung und dem Überdenken von Reisewegen und Zeiträumen, hat noch stets dazu geführt, dass ich und die Meinen pünktlich zusammentrafen. Manche nennen es Schickung, ich nenne es Geschick. Dies traf auch nun wieder zu.

Wir hatten von Kairo aus den schnellsten Weg zum nördlichen Ausläufer des Golfs von Persien, dem Schatt al-Arab, eingeschlagen, dorthin, wo der Zusammenfluss der mesopotamischen Ströme Euphrat und Tigris sich ins Meer ergießt. Dies hatte uns über den Sinai und durch das Land des Jordan geführt. Gewiss war die Reise voller Strapazen, heiß und sandig. Doch uns trieb der Ruf nach Gerechtigkeit an – zumindest mich. Denn Marijke van Beverningh wollte Rache. Warum, mag mancher fragen, war ich sogleich bereit, diese vom Schicksal geschlagene Frau, die sich doch nie ihrem Los ergeben hatte, zu begleiten? Wer jetzt die Antwort nicht kennt, der kennt mich nicht. Denn ein jeder weiß, dass ich stets den Schwachen helfe, den Starken in Zeiten der Schwäche jedoch gleichviel. Nicht anders als Halef. Und den trafen wir nun. Er hatte sich von den Gründen der Haddedihn, jenem Stamm der Beduinen, dem er durch Freundschaft und schließlich auch Heirat verbunden war und welcher in der Dschesireh, im nördlichen Mesopotamien, seine Heimat hatte, schlicht nach Süden gewandt und war geritten, bis sich unsere Wege trafen.

Ahlan sadiki – hallo, mein Freund!

Wir begrüßten uns herzlich nach den Monaten der Trennung. Sir David und Halef tauschten Ehrbezeugungen aus, wie immer etwas linkisch, aber nicht weniger freundlich. Marijke van Beverningh gegenüber zeigte Halef die Würde, die ein stolzer Beduine mit Familie und Stammesamt einer Dame entgegenbringt, noch mehr, wenn er um deren Schicksal wusste und selbst an deren Befreiung beteiligt gewesen war. Er bot sich als Kämpfer und Beschützer an, und ich empfand bei seinen Worten Rührung und Verbundenheit, wenngleich auch einen seltsamen Schmerz, denn er nannte die Holländerin Sayida, also Herrin, wo doch bislang nur ich stets sein Sihdi gewesen bin, zumindest in Worten.

Den Schotten begegnete Halef von Kämpfer zu Kämpfer, mit Respekt, wenngleich Reserviertheit. Sie mögen sich ohnehin im Wesen gleichen, die Schotten bei den Briten und die Beduinen bei den Arabern. Wenngleich Halef nun ein Sohn des Maghreb, des Nordens Afrikas ist. Aber diese Ungenauigkeit sei mir in meinem Befund erlaubt.

Bei unserer Rast konnte ich Halef über unsere Gegner aufklären, gewissermaßen Kriegsrat halten. Er empörte sich über die Unmenschen, und wie es so die Art meines kleinen Gefährten ist, erregte er sich besonders über ein Detail, und dies gewiss, weil es ihn selbst betraf:

„Abu Kurbatsch?“, knurrte er und legte die Hand, wie oft, wenn er zürnte, auf den Knauf seiner eigenen Nilpferdpeitsche, die in seiner Schärpe steckte. „Wie kann man sich so nennen?“

„Aus dem gleichen Grund, wie sich der Schurke Abu Seif nach seinem Säbel benannte, den er so meisterlich beherrschte."

Dies war ein heikler oder vielmehr tragischer Punkt in unser beider Abenteurerleben, denn Abu Seif war der Mann gewesen, der Amscha, die Mutter von Halefs späterer Ehefrau Hanneh, entführt hatte – und er war auch der Vater von Hanneh, ebenso von Djamila, von der wir erst vor einem guten Jahr erfahren hatten, als wir sie zufällig bei einem Abenteuer trafen. Nein, gewissermaßen war sie sogar der Ausgang dieses Abenteuers gewesen. Die drei Frauen lebten nun wohlbehalten bei den Haddedihn. Abu Seif hatte bereits vor Jahren seine gerechte Strafe erhalten.

„Aber, Sihdi", meinte Halef, „man beherrscht doch die Kurbatsch nicht meisterlich, sie ist ein scheußliches Instrument, das selbst der roheste Geselle führen kann."

Ich schaute Halef zweifelnd an. Aber er selbst hatte doch früher dann und wann …

„Ich sehe deine Gedanken, Sihdi", sagte Halef. „Doch erinnere dich: Ich habe immer nur mit der Kurbatsch gedroht, sie aber nie benutzt."

Nun, das war ein wenig untertrieben. Aber ich wollte Halef nicht belehren. Er hatte sich über die Jahre sehr gebessert, was dies anbetraf. Und mit seinem nächsten Satz sprach er die reine Wahrheit:

„Ich war also nie wie dieser Peitschenmann, der den Riemen auf die Rücken der Sklavinnen schlägt. So ein Widerling! Und dumm dazu."

„Brutale Männer sind meistens dumm, Halef."

„Kluge Männer geben sich keine dummen Namen mit Waffen! Oder nennst du dich *Herr Stutzen* nach deinem Gewehr von jenem Schmied al-Eneri?"

Ich lachte leise. „Nein, Halef, das wäre mir nie eingefallen."

„Na siehst du. Eher könntest du dich *Herr des Windes* nennen, weil du so gut reiten kannst. Ich möchte dir also schöne Grüße ausrichten, von Rih!" Er zwinkerte.

Mich befiel neben der Freude auch ein wenig Trauer. Meine Leser werden sich schon gefragt haben, warum Halef nicht meinen prächtigen schwarzen Hengst Rih mit sich führte, der bei ihm gewissermaßen Kost und Logis genießt, wenn ich nicht im Orient bin. Aber ich hatte in meinem Brief an Halef gebeten, er möge Rih in den Gründen der Haddedihn belassen. Da wir Schurken an der Piratenküste oder eben an den Gestaden des Golfs von Persien jagen würden – wer wusste, ob wir nicht selbst ein Schiff oder auch nur ein kleines Boot nutzen müssten. Und meinen Rih am Ufer zurückzulassen, hätte ich nicht verantworten können. So nahm ich also mit einem anderen Ross vorlieb, einem guten Tier, das Sir David mit seinem Kennerblick für mich ausgewählt hatte.

Doch eines musste ich meinen Freund noch fragen: Wie es denn der Schwester seiner Ehefrau, also seiner jungen Schwägerin Djamila, ergangen sei und wie diese nun bei den Haddedihn lebte, im Kreise ihrer Familie, welche sie glücklich wiedergefunden hatte, wobei sie aber auch hatte erfahren müssen, dass Halef einst ihren Vater Abu Seif getötet hatte.

Halef presste die Lippen aufeinander und zuckte mit den Schultern. „Ach, Sihdi, ich glaube ein wenig Groll gegen mich ist noch in ihrem Herzen. Sie hat Abu Seif ja eben nicht wie wir allein als Schurken erlebt, sondern als Vater. Selbst wenn er ein Pirat war, hat er sie doch aufgezogen und so manches gelehrt, was ihr nützlich war, als sie in den Gassen Basras allein auf sich gestellt war."

Ich nickte. Wer waren wir, dass wir ergründen konnten, was Djamila innerlich umtrieb.

„Aber, Sihdi", sagte Halef mit leiser Stimme, „die Frauen helfen ihr sehr. Es ist wohl gut, dass ich so oft auf Reisen mit dir bin und nur dann und wann bei den Haddedihn. Die Zeit wird es richten." Dann reckte er sich ein wenig. „Ich glaube aber, dass Djamila bald eine tapfere Beduinenkriegerin sein wird, die ihrer Mutter Amscha und ihrer Schwester Hanneh in nichts nachsteht. Und ein wenig habe da auch ich geholfen –

schließlich wäre die freche Kleine nie nach Haus gekommen, wenn ich sie nicht verfolgt hätte, nachdem sie uns in Basra bestohlen hatte."

Ach, mein Halef! Aber wie Recht er doch hatte. Ich hoffte, dass ich die junge Kriegerin bald wiedersehen würde. Und ich ahnte, dass dies zu einem Abenteuer führen mochte.

Wir brachen auf. Sayida Marijke drängte dazu. Sie sprach kaum mit uns, hing ihren Gedanken nach und gönnte sich nur das Nötigste an Schlaf, Wasser und Speise. Ich konnte nur hoffen, dass dies nicht an ihr zehren würde, rein körperlich, wo ich doch wusste, dass ihr Geist und ihre Seele schon von den schrecklichen Erinnerungen verzehrt wurden und von ihrem brennenden Hass nicht minder. Vielleicht würde ich einmal ein Wort mit ihr wechseln müssen und ihr raten, dass kühle Entschlossenheit ein besserer Begleiter auf einer Schurkenjagd war. Doch so höflich und dankbar sie zu uns allen war, so mochte sie doch auf keiner Rast an Gesprächen teilhaben – wie hätte ich mir da erlauben können, sie zu belehren. So war meine nächste Hoffnung also, dass wir so rasch als möglich einen Erfolg in unserem Kampf gegen die Sklavenhändler erreichten, selbst nur einen kleinen, um das zerstörerische Lodern der Rachegöttin zu besänftigen. Ich selbst sah zunächst dem Zusammentreffen mit unserem letzten Mitstreiter entgegen: Scheik Haschim.

Drittes Kapitel
Schurken und Schmuck

Wir hatten bereits die Küste des Golfs von Persien erreicht, jenes Binnenmeers, das manche auch als Grünes Meer bezeichnen möchten, um dem Roten Meer einen Begriff entgegenzustellen. Doch dies wird sich wohl kaum durchsetzen, da es doch nur ein Kopfgespinst von Kartografen ist, die ihre Werke recht farbig gestalten wollen. Man mag nun sagen, dass das Rote Meer ohnehin nicht rot ist – außer bei Sonnenuntergang –, und da Grün die Farbe des Islam ist, man das Wasser zwischen der Arabischen Halbinsel und eben Persien doch ohne Weiteres so bezeichnen könne … aber nein, dies ist doch allzu bunt.

Das Meer war blau und sein Anblick nach Sand, Felsen und den gelegentlichen Oasen sehr willkommen und erheiternd. Selbst Mevrouw Marijke konnte ihre holländische Herkunft und die somit gegebene Verbundenheit mit der See nicht verleugnen und legte eine milde Miene auf, wenngleich sich ihre allgemeine Härte und Unnahbarkeit nur wenig änderten. Es mochte auch sein, dass sie bei den schimmernden Gewässern und den hellen Segeln darauf eben nicht an ehrbare Kauffahrer dachte, sondern nur an Sklavenhändler und Piraten.

Auch ich empfand die Reise an den Gestaden hinab nach Süden nicht als fröhliche Partie. Doch sind Rachedurst und Wuthunger nur schlechte Begleiter, denn sie lassen sich nicht stillen so wie die Bedürfnisse des Leibes. Rasche Reise und künftiger Kampf verlangen Kraft und Ausdauer, und dazu sind ausreichende Mahlzeiten nötig, die mit Freude eingenommen werden sollten, denn dann mag der Körper sie gut verarbeiten.

Es war nun so, dass wir Männer den vom Meer bereiteten Gastmählern tüchtig zusprachen. Frischer Seefisch ist etwas, dem man kaum widerstehen kann, wenn man dergleichen sonst nur geräuchert oder gepökelt auf Tisch und Teller sieht. Dem Briten ist der Hering aus dem Rauch, der *kipper*, eine ebenso geläufige Frühstückskost, wie es ihm die Sardine im Öl zur Teestunde ist. Ich selbst schätze den Salzhering in allerlei Bereitungen, allen voran das sächsische Häckerle, wenngleich ich wohl weiß, dass dieses aus Schlesien herstammt. Doch nur der frische Fang des Tages enthält all die kräftigen Säfte, die so wohlschmeckend sind und daran gemahnen, dass wir alle einst dem Meer entstiegen sind. Dies mag manchen ein fremder Gedanke sein, doch ich empfehle hierzu die Lektüre gewisser naturwissenschaftlicher Schriften, die sensationell anmuten, doch im Grunde nur wenig der althergebrachten Meinung entgegensprechen: Denn Gott der Herr schuf zuerst das Getier der Gewässer – warum also sollte es dem Menschen als Krone der Schöpfung nicht eine gute Speise sein?

Dies also waren unsere Tischgespräche, mit denen ich unter anderem Halef den Fisch an sich schmackhaft machen wollte, denn dieser Sohn der Wüste fremdelt mit dergleichen allzugern, trotz unserer langen Bekanntschaft und meines steten Strebens, ihm die Leckerheiten des Lebens nahezubringen.

„Nein, Sihdi“, beharrte Halef, „seit ich die Geschichte von Junus kenne, jenem guten Mann, den ihr Ungläubigen Jona nennt und der von einem Fisch verschluckt wurde, mag ich schon gar nichts mehr aus dem Meer essen. Wer weiß, was die Fische alles gefressen haben. Ziegen und Hammel begnügen sich mit Strauch und Kraut, das ist mir sicherer.“

Gut denn. Der eine, Halef, mochte keinen Fisch, die andere, Mevrouw Marijke, begnügte sich mit kärglichem Imbiss, den sie abseits von uns zu sich nahm, den Tisch statt voller Teller und Becher mit Papieren übersät, auf denen sie wieder und wieder die Orte und Namen las, die sie gleichsam führten und verfolgten. Ich konnte der Holländerin nicht näherkommen. Stets suchte ich das Gespräch, um ihr Beistand zu leisten und Hoffnung zu machen, doch sie nahm nur immer knapp die Fakten zur Kenntnis und bedankte sich mit hohler Stimme und leerem Blick. Selbst Sir David bemerkte, dass seine Mrs. van B. sich mit dem Herannahen unseres Reisezielpunkts immer weiter verschloss und oft die Fäuste ballte, die Lippen presste und die Augen kniff, zumindest wenn sie glaubte, wir sähen es nicht.

„Sie scheint mir immer mehr wie eine Auster, so hermetisch gibt sie sich“, sagte Sir David. „Doch in ihr wächst keine schimmernde Perle, sondern eine lodernde Kohle. Und ich fürchte, dass bald die Schale oder eben die Kesselwand gesprengt wird, wenn nicht ... *beg your pardon*, das ist ein unfeiner Vergleich. Doch Ihr wisst, was ich meine.“

Ja, das wusste ich. Und ich hoffte auf eine eigentümlich hilflose Weise, dass Scheik Haschim mit seiner Güte und Weisheit vielleicht etwas dazu beitragen konnte, diese arme, geschundene weibliche Seele, die innerlich so zürnte, etwas zu besänftigen. Ich fürchtete in der Tat die Stunde, an der wir auf die Sklavenhändler treffen würden. Ich wusste ja, dass Frau Marijke ihre Waffen trug, und wann und wo auch immer der Konflikt ausgetragen würde, es würde furchtbar sein. Ich hatte versucht, ihr klarzumachen, was stets meine Ansicht ist, nämlich, dass die Verbrecher nicht zu töten seien, sondern ihrer gerechten Strafe zugeführt werden müssten. Schließlich war der Sklavenhandel im Reich der Osmanen seit zwei Jahrzehnten verboten, und auch wenn Istanbul und die Hohe Pforte fern waren, so trug ich doch meinen Ferman bei mir, meinen Ermächtigungsbrief, durch den ich gegenüber den örtlichen Richtern und Bütteln und Offizieren mit einigem Nachdruck auftreten konnte. Selbst wenn wir die Verbrecher bis nach London treiben müssten, in ihrer höchsteigenen Sklavenkarawane, so würden wir ihnen ein Lebensende bescheren, das nicht aus dem raschen Tod bestand, sondern aus Jahrzehnten im Kerker.

Mancher könnte nun vielleicht fragen, wie dies denn angehen sollte, wo doch die Briten Verträge mit den Emiraten entlang der Golfküste geschlossen hatten, damit deren Piraten nicht mehr den Seeweg nach Indien, der Perle des Empire, unsicher machten? Was ja bedeutete, dass Britannien nur die Wellen des Persischen Meers beherrschte, sich aber an Land nicht in Angelegenheiten einzumischen hatte – wie könnte also England da helfen? Nun, nicht England, aber ein Engländer! Ich hatte den Plan, die gefangenen Verbrecher schlicht auf ein Schiff zu verladen, gechartert durch Barmittel aus der unergründlich tiefen und reich gefüllten Börse Sir David Lindsays, und mit diesem – dann sozusagen britischen – Schiff weiterzufahren. Vielleicht ließ sich auch ein wirklich britisches Schiff finden und als Transporter nutzen. Ich vertraute auf den Einfluss des Lords, ob nun aus Geld- oder Adelsgründen.

Wie ich also über die Schurken und das Meer nachdachte, kam mir ein Gedanke, den wohl Halef angestoßen hatte, mit seiner Erwähnung des Jona oder Junus. Ich wusste nun, dass von einem sehr alten Friedhof im persischen Isfahan die Legende geht, auf ihm sei Josua, der Sohn des Nun begraben. Der eine oder andere bibelfeste Zeitgenosse mag sich nun empören, wie ich denn hier vom einen zum anderen käme, denn Junus und Josua Ben Nun seien wohl allesamt in der Schrift erwähnt, hätten doch aber gar nichts miteinander zu schaffen und seien zudem durch Jahrhunderte getrennt. Ich würde entgegnen, dass ich beileibe nicht fahrlässig mit heiligen Schriften oder deren Personal umginge, seien es Bibel, Koran oder Torah. Aber da ich nun ein literarischer und auch musikalischer Mensch bin, seien mir auch rein lautliche Assoziationen erlaubt, zumal ich ja im biblischen Namensbereich bleibe. Ich hätte auch noch eine klangliche Volte zu Noah schlagen können, der im arabischen Nu heißt – aber nun, ich will die Anklänge und Gleichlaute nicht überstrapazieren. Doch jene Eingebung mag als Beleg dienen, dass Namen doch mehr sind als Schall und Rauch, wenngleich Schall und Rauch offensichtlich Zutaten eines Abenteuers sind. Also: Was nutzte mir mein klanglicher Gedankenweg zum Friedhof von Isfahan? Dieser Friedhof hieß aus mir unbekannten Gründen Tacht-e-Fulad, was „Thron aus Eisen" bedeutet. Ich fragte mich, ob jener oberste Sklavenhändler und Verbrecher, Youssef al-Fuladhy, sich vielleicht auf dergleichen bezog und möglicherweise Perser wäre. Dies weckte schlimme Erinnerungen, denn die beiden Feinde, die ich jüngst besiegt hatte, Ahmar Al-Kadir und sein Bruder Kara Nirwan, genannt der Schut, waren ebenfalls Perser gewesen.

Ich will nun nicht alles Böse in Persien verorten; nichts läge mir ferner, als diese große alte Kulturnation und ihre Menschen derart zu schmähen. Der große Kant aus Königsberg hatte ja einst vermerkt, dass die Araber die Spanier des Orients seien, die Perser jedoch die Franzosen Asiens. Wenn ich als Deutscher also, trotz aller historischen und jüngsten Probleme, nichts gegen Franzosen habe, wieso dann gegen Perser?

Aber ich konnte mich des Eindrucks nicht erwehren, dass hier und jetzt vielleicht aller schlechten Dinge drei sein mochten …

Als wir am Golf von Bahrain entlangritten, die namensgebende Insel vor der Küste im Blick, kamen vom Landesinnern drei Reiter heran. Sir David und die Schotten waren alarmiert, doch ich erkannte, nein, ich spürte, dass hier keine Gefahr nahte, sondern der langersehnte Freund.

Scheik Haschim zügelte sein Ross und grüßte.

„*Salaam*, Kara Ben Nemsi.“

„*Salaam*, Haschim.“

Wir musterten einander. Haschim zeigte das milde und weise Lächeln, das ich vermisst hatte, ohne dass es mir bewusst gewesen war.

„Ihr seid ohne Rih“, bemerkte Haschim.

„Und Ihr ohne Risha“, gab ich zurück.

„Wohl aus den gleichen Gründen“, nickte Haschim, und er hatte Recht. So wie ich meinen schwarzen Hengst, hatte er seine weiße Stute in guter Obhut belassen, wenngleich ich nicht wusste, wo dies sein mochte. Denn Haschim war als Reisender noch unsteter, als ich es war. Ich kehrte ja, wie jüngst, regelmäßig in meine Heimat und meine Schreibstube zurück. Von Haschim wusste ich jedoch nicht, ob er überhaupt noch ein Domizil in seiner Heimat besaß. Er entstammte dem Königsgeschlecht der Haschemiten, welche über den Hedschas herrschen, wie der westliche Teil der Arabischen Halbinsel genannt wird, und somit über die heiligen Stätten von Mekka und Medina. Haschim nun, obgleich Prinz, hatte seinen Thronanspruch zugunsten seines jüngeren Bruders abgegeben, um sich dem Studium der Wissenschaften und allerlei anderer Künste zu verschreiben und zum Erlangen von Kenntnis und Erfahrung nun durch den Orient zu reisen, wo ich ihm im vergangenen Jahr begegnet war. Es war nun an jenen anderen Künsten, die Haschim erlernt hatte und noch immer erlernte, etwas Besonderes. Sie mochten von abergläubischen Menschen auch die okkulten oder arkanen genannt werden, doch ich für meinen Teil glaubte daran nicht. In meiner jüngsten Zeit im Abendland hatte ich ein wenig darüber nachgedacht und war zur Ansicht gelangt, dass alles, was ich bislang in diesen Belangen erlebt hatte, wohl doch auf den Einfluss des Morgenlands zurückzuführen war, das die Sinne, wenn nicht betäubt, so doch empfänglich und schwärmerisch macht – so wie wir alle es aus den Märchen, ja, *Märchen*, aus Tausendundeiner Nacht kennen. Und von jenem Traum umfangen gebiert der Geist der Vernunft die Geister der Phantasie, die manchen gar zu weit von der Wahrheit forttragen.

Aber genug der Träumereien – ein klar denkender Mensch fragt nun, wie ich denn Haschim einen Brief hatte zukommen lassen können, wo er doch scheinbar rast- und wohnsitzlos durch den Orient reiste und heute hier, morgen dort zugegen war. Nun, Haschim hatte aufgrund seiner Herkunft die nötigen Mittel und auch seine Vertrauten, und so hatte ich von ihm bei unserem Abschied im vergangenen Jahr eine Adresse erhalten, die eines Mannes in Medina, der stets über den Aufenthalt Haschims unterrichtet war. Dieser Mann, Abu Ben Agar, vormalig aus Aleppo stammend, hatte seine Wege, wiederum Haschim an allen Orten des Orients rasch zu erreichen. Ich vermutete durch Brieftauben oder dergleichen, denn Haschims edler weißer Falke Manakir hatte mir zwar auch dann und wann eine Botschaft überbracht, als wir auf dem Balkan und in Kurdistan Abenteuer erlebten, aber Manakir befand sich stets bei Haschim und eben nicht in Medina.

Haschim war nun – wie er beiläufig erzählte – von Riad hergekommen, welches im Naschd liegt und somit unter Herrschaft des Hauses Saud. Dort hatte er in den Ruinen der alten Stadt Hadschar al-Yamama und auch in Al-Chardsch nach Dingen gesucht, die Musailima Ibn Habib betrafen, den sogenannten falschen Propheten, der vor zwölfeinhalb Jahrhunderten lebte und wirkte, in jener Zeit, als noch nicht alle Araber Muslime waren.

Ich fragte nicht weiter, was Haschim dort zu finden gehofft hatte. Mir war nicht nach Mystischem.

„Tragt Ihr noch den Musaddas?“, fragte Haschim.

„Ach, den Sechseckring?“, gab ich zurück. Das war jener Goldreif aus dem Besitz Al-Kadirs, den ich während unseres ersten gemeinsamen Abenteuers und dem Kampf gegen Al-Kadir und den Schut mit mir geführt hatte. Im Kampf gegen den Schut war das hübsche Ding ein wenig verbogen worden, doch Schimin, der Schmied hatte es wieder in seine eigentümliche Form gebracht. Und ja, ich trug ihn bei mir, an meiner Uhrenkette, als kleines Schmuckstück, wenngleich ich nicht eitel bin. Es mag etwas Nostalgie dabei sein. Dass ich die Uhr überhaupt trug, gegen meine Gewohnheit, wenn ich im Orient weile, hatte mit der jüngsten Passage per Schiff zu tun. Im Morgenland mag die Zeit wenig gelten, im Abendland umso mehr. Ich klopfte auf meine Westentasche und bejahte Haschims Frage.

„Dann mag es gut sein“, sagte er geheimnisvoll und lächelte. Damit wandte er sich den anderen zu und begrüßte sie. Halef und Sir David kannte er gut, und so erbot er der fremden Dame besondere Höflichkeit.

„*Salaam*, Sayadina Maryam. Kara Ben Nemsi schrieb mir von Euch, als er mich rief. Ihr erlaubt, dass ich Euch in Ehrerbietung diesen Namen gebe, um nicht den Euren zu unschönen Lauten aus meinem Munde werden zu lassen, denn meiner arabischen Zunge fällt es schwer, den Wohllaut des Holländischen gerecht nachzuahmen.“

„Danke, Scheik“, sagte Marijke van Beverningh. „Ich nehme die Ehre an, denn alle diese Namen rühren ja von Maria her, der Mutter Gottes.“ Sie schaute streng, als erwarte sie eine Reaktion des Scheiks.

Doch Haschim verneigte sich. „So steht es geschrieben und so sei es“, sprach er.

„Gut denn, reiten wir weiter“, befahl Frau Marijke. „Dank Euch, Scheik, dass Ihr weitere Krieger mitgebracht habt.“

Die beiden erwähnten Reiter waren Beduinen, zwischen deren Turban und Gesichtstuch nur die harten Augen hervorschauten. Sie waren schwer bewaffnet, mit Gewehren, Pistolen, Dolch und Säbel, und wirkten in ihrer Haltung tatsächlich wie die Leibgarde eines Prinzen, jedoch ohne allen Prunk. Ich sah, wie sich die Blicke kreuzten, zwischen ihnen selbst und den Schotten Sir Davids. Doch es lag keine Rivalität darin, sondern ein Erkennen von Männern gleicher Seele, selbst wenn sie von Blut und Herkunft tausend Meilen getrennt waren.

Ich glaubte, dass wir mit diesen vier Kämpfern gut gewappnet waren, wenn wir auf die Sklavenhändler trafen. Womit ich aber meinen alten Gefährten Halef und Sir David nichts absprechen wollte. Ebensowenig Haschim. Und noch weniger mir selbst.

Viertes Kapitel
Eine Karawane

Wir ritten also weiter, nach Süden, zur Halbinsel von Katar.

Ich fragte mich nun, warum die Nachforschungen Marijke van Beverninghs ausgerechnet einen Hinweis auf Katar ergeben hatten. Ich selbst wusste, wie die schreckliche Maschinerie des Sklavenhandels rund um Arabien ihre Räder und Achsen gesetzt hatte. Im Osten des mittelländischen Meeres, der levantinischen Küste, kreuzten die Piratenschiffe, um dort, wie es der Holländerin widerfahren war, europäische Frauen mit weißer Haut zu entführen. Gewiss war dies eine heikle Jagd für die Verbrecher, denn wo europäische Frauen waren, waren auch europäische Männer und auch Soldaten der Kriegsmarine, vorrangig der britischen, welche die Handelswege schützten. Doch wenn erst die bedauernswerten Opfer gefangen waren, hatten die Sklavenhändler leichtes Spiel: Die Frauen wurden wie Ware auf Karawanen verteilt, welche sich dann auf geheimen Routen zwischen den Meeresküsten bewegten und dabei das nördliche Arabien durchmaßen. Wir hatten den gleichen Weg genommen, waren aber niemandem begegnet – welch ungerechtes Glück für die Menschenschinder. Aber sie konnten sich leider auf solches verlassen. Denn gemeinhin begegneten sie auf ihren Wegen ohnehin nur Türken oder Arabern, die, ich muss es leider erwähnen, dem Sklavenhandel gleichgültig gegenüberstanden, sei es aus jahrhundertelanger Gewohnheit oder weil es ihnen nun von den europäischen Mächten verboten war. Und warum sollten sie auch fremde Frauen befreien? Es mochte auch eine Rache dafür sein, dass sich die Abendländer als Herren der orientalischen Lande aufspielten.

Am wahrscheinlichsten aber herrschten nur schlichter Geschäftssinn und Gier nach Gold. Dies wird nun befördert, wenn man keine Strafe befürchtet. Und derart sicher fühlten sich die Scheiks und Emire, welche vom Sklavenhandel profitierten. Der Westen und das Innere Arabiens gehörten zum Osmanischen Reich, die Emire der Ostküste waren frei von Istanbul und der Hohen Pforte, und London und das Empire ließen sie gewähren. Das Nichteingreifen in innere Angelegenheiten ist ein hohes Gut und jeder großen Macht gegenüber Schwächeren angeraten – doch wenn es um Verbrechen und Versklavung geht, sollte Menschenrecht herrschen, welches über dem Willen von kleinen Fürsten und Königen zu stehen hat.

Jene Emire regierten also am südwestlichen Rand des Golfs von Persien. Warum reisten wir dann nicht nach Oman, nach Dubai? Aber nun, was wusste ich schon von den Handelsgepflogenheiten der Verbrecher? Vielleicht stammten die Sklavinnen, die nun verkauft werden sollten, aus einem Beutezug nahe Persien oder gar Indien. Auch dort mochten sich die begehrten weißen Frauen finden lassen, und einem arabischen Herrn würden Europäerinnen und Inderinnen gleichermaßen exotisch und begehrenswert sein, nicht weniger als Frauen aus Afrika. Mir waren die Unterschiede ein Gleiches, so wie das Unrecht stets gleich schwer wog. Ich wollte ein jedes vereiteln oder rächen, so es mir denn gegeben war.

Kurz vor Sonnenaufgang sahen wir vor uns eine Karawane, die von Osten herkam, während wir aus Westen ritten. Wir hatten wie zuvor nur eine kurze Nachtruhe eingelegt und waren zeitig wieder aufgebrochen. Als die Linie der Kamele zu erkennen war, verspürte ich leise Enttäuschung. Es wäre mir lieber gewesen, wenn wir die Karawane entdeckt hätten, als sie noch im Nachtlager gerastet hatte. Dann hätte ich mich heranschleichen und spähen und vor allem lauschen können, um zu erfahren, um wen es sich handelte. Nun blieb nur der Blick aus der sicheren Ferne mit dem Teleskop. Ich zog also mein Fernrohr aus und schaute hindurch. Haschim war neben mir und tat es mir gleich.

Ich erkannte zunächst die schwere Bewachung. Große Männer mit schwarzen Gesichtern und langen Säbeln schritten neben Dromedaren einher, die schlank und kräftig waren, gezüchtet zum schnellen und ausdauernden Laufen, mit leichten Sätteln. Als ich mich fragte, warum diese afrikanischen Hünen zur Reiterei eingeteilt waren, wo sie doch mit ihrem Gewicht jenen Vorteil der Renndromedare zunichte machen würden, erkannte ich kleinere, arabische Männer, über deren Schultern Gewehre ragten. Ob sie nicht im Sattel saßen, um die Kamele frisch zu halten, oder sich nur die Beine vertreten wollten, vermochte ich nur zu ahnen. Ich sah auch einige Pferde von nicht übler Zucht, und auf ihnen ritten wohl die Führer der Karawane und die Händler. Ich will nun nicht urteilen, dass diese Männer nicht wie Sklavenhändler ausschauten – der Anschein trügt oft, wie ein jeder weiß, zumal sich Verbrecher nur allzu gern als ehrliche Geschäftsleute ausgeben. Und Äußerlichkeiten täuschen ebenso: Wer glaubt, dass alle Schurken hässlich und narbenbedeckt wären, wie in schundhaften Sensationsromanen geschildert, der kennt die Wirklichkeit nicht, wie ich sie kenne. Und auch ein anständiger Kaufmann mag Blessuren tragen und von schlechten Geschäften gebeutelt sein und dementsprechend finster dreinblicken.

Deutlicher aber als die Menschen zeugten wohl die Waren davon, um welche Art Karawane es sich hier handelte. Etliche Lastkamele, schwer beladen mit Ballen und Kisten, schritten schwankend einher, und es war keine weibliche Fracht zu sehen, die doch in Sätteln oder Sänften hätte sitzen müssen. Die Güter dieser Karawane waren wertvoll, wovon die Wachen zeugten, doch waren es wohl Tuche, Spezereien oder sonstiges, aber keine Menschen. Ich erinnerte mich an die Perlenschätze des persischen Golfs und an die mutigen Männer, die in den flachen Gewässern vor den Küsten Omans und Abu Dhabis nach Austern tauchten, um mit jenen die im Innern verborgenen kleinen Perlmuttgebilde emporzuholen. Es mochten sich also auch Beutel mit schimmerndem Inhalt an den Gürteln der Kaufleute befinden, welcher allein die abschreckende Bewachung rechtfertigte. Ob diese allerdings nicht erst die Räuber anzog, war etwas, das nicht ich zu bewerten hatte, sondern die Händler. Ich wusste nur, dass dies nicht die Männer waren, die wir suchten, nein, jagten. Vielleicht würden wir jenen noch auf dem Weg nach Dauha begegnen, der Hauptstadt Katars an der Ostküste der Halbinsel, jene Stadt, die manche modern auch Doha nennen. Die Chance, sie in der Wüste zu stellen, wäre mir recht lieb gewesen, denn erst einmal in der Stadt angelangt, am Ort des Sklavenhandels, hätten wir nicht allein die Schurken gegen uns, sondern gewiss auch die örtlichen Büttel und Soldaten. Wir waren Fremde, gar Europäer. Wir durften auf keine Hilfe hoffen, zumal wir ja auch die Erlöse gewisser Profiteure schmälern würden.

Doch der Weg nach Dauha war noch lang, vielleicht war uns das Schicksal gnädig, oder mehr noch: den gefangenen Frauen. Den Schurken weniger.

Ich ließ das Fernrohr sinken. Haschim spähte noch immer.

„Nun", sagte ich, „wir werden weiter reisen und suchen müssen. Es wäre auch zu trefflich gewesen, bei unserer ersten Begegnung die Gesuchten zu finden."

„Das Schicksal ist stets gnädig, Kara Ben Nemsi. Die Frage ist, für wen."

Ich nickte, dem konnte ich zustimmen, in aller Allgemeinheit.

„Dann lassen wir diese Karawane ziehen", meinte ich. „Sie mag hilfreich sein, denn die Sklavenhändler werden sie wohl meiden, nicht aus Gefahr der Entdeckung, sondern aus Gründen der Rivalität."

Haschim wandte den Kopf und blickte mich an. „Ihr habt nicht verstanden, Kara Ben Nemsi. Schaut noch einmal. Und nutzt den Musaddas!"

Haschims Forderung verwunderte mich, und mehr noch der etwas ungehaltene Klang seiner Stimme. Ich war ein wenig verstimmt, wollte aber glauben, es läge daran, dass wir eben zwei Männer mit starkem Willen und Eigensinn waren, und nun einige Monate getrennt gewesen, sodass sich eine gewisse Fremdheit ausgebildet hatte. Zudem waren wir ja auch noch nicht allzu lange Zeit Gefährten gewesen, da konnte so etwas schon geschehen, anders als zwischen mir und Halef oder Sir David, wenngleich Letzterer ja ohnehin seine charakterlichen Besonderheiten hatte, die manch anderer seltsam, zumindest aber überspannt nennen mochte – oder eben: britisch.

Dass Haschim aber zum zweiten Mal den Sechseckring ansprach, war mir nachgerade unangenehm. Als würde er diesen und mich als eine Einheit ansehen oder mich nur als vollständig begreifen, wenn ich den güldenen Tand nutzte. Ich spürte einen Druck im Magen, den ich nicht als Zorn begreifen wollte, eher als ein Unwohlsein aus Enttäuschung heraus. Aber diese Gefühle kannte ich allzu gut, und um sie handelte es sich nicht. Es war auch kein Hunger oder dergleichen, dennoch kam mir dieses Brennen auf ungute Weise vertraut vor. Ich hatte es damals oft verspürt, bei unseren gemeinsamen Abenteuern, immer wenn es hieß, dass jemand – Magie wirkte. Oder ein Zauber herrschte. All dies, was ich in den arbeitsamen, aber auch ruhigen Stunden in der Heimat abgetan, bezweifelt, fast verdrängt hatte und was mir nur auf den beschriebenen Seiten wahrhaftig vorkam, jedoch nicht mehr gegenwärtig war. Ich hatte Traum und Wirklichkeit geschieden – oder zumindest geglaubt, dies zu tun oder zu vermögen.

Kaum aber, dass ich wieder im Orient war, an der Seite Haschims, begann ich erneut diese seltsame Macht zu fühlen, die ich zum ersten Mal verspürt hatte, als wir Al-Kadir begegnet waren und ich ihn in einem Duell besiegt hatte. In einem Duell mit einem magischen Schachspiel. Denn Al-Kadir war ein Zauberer gewesen. Und auch Haschim war nicht nur ein Prinz und ein Gelehrter, auch er sollte ein Magier sein.

Ich lachte leise in mich hinein. Ich wurde wohl wunderlich, in meinen durchaus noch jungen Jahren. Aber noch seltsamer: Ich schien mich vom wahrhaftigen Reiseschriftsteller, der nur wiedergibt, was er erlebt hat, zum wahnhaften Märchenerzähler zu wandeln.

Nun, gegen Vermutungen gibt es ein probates Mittel: den Versuch. Um sich und andere zu überzeugen. Also griff ich in meine Westentasche und holte den Musaddas hervor, den ich aus einer Laune heraus bereits vor einiger Zeit von der Uhrkette gelöst hatte. Als hätte ich dergleichen geahnt ... Nein, es hatte andere Gründe gehabt, doch sie waren mir entfallen.

Ich wollte den Musaddas nicht wie ein Monokel vor die Augenhöhle klemmen und dann durch das Perspektiv spähen, und so schob ich den Ring flugs über das Okular des Fernrohrs, wohin er erstaunlicherweise gut passte, und schaute durch dieses jetzt so golden bewehrte Teleskop.

Unfassbar, was ich nun sah!

Die schwarzen Wachen und die kleinen Reiter waren unverändert, ebenso die Männer auf den Pferden, doch auf den Lastkamelen zeigte sich – die wahre Natur der Fracht! Ich sah dort keine Kisten und Ballen mehr, keine Säcke und Bündel. Stattdessen schwankten auf den Höckern der Dromedare zierlich gezimmerte Plattformen mit erhöhten Rändern, voller Kissen und mit aufragenden Stangen daran, die Baldachine zum Sonnenschutz trugen, von denen auch zur Seite gebundene schleierdünne Vorhänge hinabhingen. Und sanft auf diesen bequemen Lagern ruhend, sah ich – Frauen! Sie schliefen wohl. Die Gesichter waren verhüllt, doch erkannte ich hier eine Hand, einen Arm eine Schulter, und deren Haut war hell und weiß.

Doch waren diese Frauen die Opfer von Sklavenfängern oder der Harem eines reichen Mannes? Ich will damit nicht aussagen, dass eine Frau im Besitz eines Haremshalters nun keine Sklavin war. Es galt hier nicht, moralisch zu denken, sondern rein faktisch über das, was ich sah. Würde eine Sklavenkarawane ihre menschliche Fracht so gänzlich frei mit sich führen? Ich sah keine Fesseln oder gar Ketten, selbst wenn es nur die feinsten gewesen wären. Und solcherlei Sicherheitsmaßnahmen müsste es doch geben, auch bei all der Bewachung. Denn wenn eine Sklavenkarawane überfallen würde, etwa von rechtschaffenen Menschen, und die Sklavinnen wollten fliehen – würden die Bewacher diese wohl erschießen? Dann – man verzeihe meine Worte, ich versetze mich nur in die Gedanken von Schurken – wären ihre Waren doch dahin, noch bevor sie die Angreifer vielleicht besiegt hätten.

Ich wollte nun keine allzu einfache Rechnung aufmachen, nach der es ohne Ketten keine Sklavinnen gäbe. Aber ich wollte auch keine Männer angreifen, die so lebten, wie es ihre Tradition vorschrieb, nur weil die meine eine andere war.

„Ich sehe Euch grübeln“, flüsterte Haschim. „Aber ich ahne, dass Ihr über das nachdenkt, was Ihr nun seht, und nicht, warum Ihr es zuvor nicht gesehen habt!“

Nun ja, ich hatte die Sänften für Frachtballen gehalten, was ein unverzeihlicher Fehler war, aber vielleicht erklärbar mit …

„Magie, Kara Ben Nemsi“, sagte Haschim. „Die Sklavenkarawane führt nicht nur Bewaffnete, sondern auch einen Zauberer zum Schutz mit sich. Er hat den Anblick der Fracht für das Auge der Uneingeweihten verwandelt. Ihr aber seht das wahre Wesen der Dinge durch den Musaddas. Und weil Euch eine weitere Gabe zuteil wurde, könnt Ihr auch anderes schauen. Blickt noch einmal hindurch und öffnet Euren Geist.“

Ich wunderte mich, dass ich Haschims Wunsch folgte – doch nicht, weil ich diesem entsprechen und Haschim zu Gefallen sein wollte, sondern weil ich selbst etwas verspürte, eine Ahnung, die ich früher als Zeichen von Gefahr begriffen hatte, etwa wenn Feinde nahten. Nun war dies etwas anders … aber einerlei. Ich schaute durch das Teleskop mit dem Musaddas erneut auf die schlafenden Frauen und sah nun tatsächlich das, was mir zuvor verborgen war: Um Hälse und Handgelenke, auch um die Fußknöchel der weiblichen Wesen sah ich dünne, schimmernde Linien gewunden wie schwach leuchtende Schnüre. Und all diese führten von ihnen fort, von den Dromedaren, nein, *durch* die Dromedare nach vorn, wo die Führer der Karawane auf ihren Pferden ritten, bis hin zu einem dünnen Mann im Sattel mit glattem Gesicht und kralligen Händen, in deren Fingern er die Enden jener Fesselleinen hielt. Dies sollte also der Zauberer sein, und er hielt mit magischen Banden die Frauen – und diese waren somit Gefangene, Sklavinnen, und die Karawane eine von Sklavenhändlern!

Ich blickte Haschim entsetzt an. Magie! Und ich konnte sie kaum leugnen, denn was ich da sah, war keine Fata Morgana oder Sinnestäuschung meinerseits, die ich irgendwie hätte erklären können. Meine Nüchternheit, die ich mir in den Monaten am heimatlichen Schreibtisch erarbeitet hatte, war mit einem Schlag von mir gewichen. So war es also, im magischen Orient. Kaum war ich wieder zugegen, irrlichterte der Zauber um mich her. Aber ich wollte mich nicht allzu weit auf diesen fremden Pfad begeben, sei es gedanklich oder tatsächlich. Mochten die Männer der Karawane sich eben übernatürlicher Werkzeuge bedienen! Ob die Ketten nun aus Magie oder aus Eisen bestanden – man würde sie zerbrechen können! Und die Sklavenhändler mochten einen Zauberer unter sich haben – sie selbst waren dies wohl kaum und noch weniger Dschinne oder Dämonen, sondern schlichte Menschen!

Ich spähte erneut durch das Fernrohr und nahm die beiden Anführer ins Visier, deren Gesichter ich jedoch nicht ausmachen konnte. Der eine trug Turban und Gesichtstuch, er war groß und beleibt, doch muskulös. An seiner Seite erkannte ich einen großen Säbel, dessen Scheide und Griff golden glänzten und von denen grün blitzende Reflexe ausgingen. Ich nahm das Auge vom Okular – dies war kein Zauberwerk, sondern es waren Edelsteine, Smaragde wohl, in denen sich das Licht der Morgensonne brach. Vielleicht war es aber auch nur buntes Glas.

Der zweite Mann, klein und drahtig, wie mir aus seiner Haltung vermittelt wurde, da er in eine dunkle Dschellaba mit Kapuze gehüllt war, trug an der Seite eine Peitsche, neben der die Nilpferdgerte meines Halef wie ein Spielzeug wirkte. Mit einer solchen Kurbatsch würde sich wohl ein Mann schmücken, der sich selbst Abu Kurbatsch nannte.

Wieder schaute ich zu Haschim. Er nickte. Dies waren die Gesuchten!

Wir tauschten Blicke aus, denn die Namen konnten wir nicht laut ausrufen, weil unsere Gefährten in unserem Rücken sie hätten hören können. Und wenn sie erführen, dass Abu Kurbatsch und wohl auch Youssef al-Fuladhy sich direkt vor uns befanden – was würde wohl geschehen? Ich fürchtete, dass Marijke van Beverningh in ihrem Schmerz und ihrer Wut etwas Unbedachtes tun könnte. Ich hoffte, sie würde nicht töricht und lebensmüde handeln – aber konnte ich mir sicher sein? Eine gequälte Seele und brennender Zorn mochten eine Reaktion ergeben wie Karbid, das man mit Wasser versetzt: Wehe dem, der in der Nähe des verschlossenen Gefäßes weilte!

Aber was war mit uns selbst? Sollten wir angreifen? Rasch und ungeplant, nur weil sich die Gelegenheit ergab? Ich war stets darauf bedacht, mit Besonnenheit und Planung solcherlei Dinge anzugehen, wusste aber wohl, dass auch das Unvermittelte zum Erfolg führen konnte, wenn es Erfahrung und Instinkt gab, auf die man bauen konnte.

Haschim erkannte meine Gedanken – nein, gewiss las er sie nicht, denn ihm waren Einfühlungsvermögen und Auffassungsgabe geschenkt.

„Nein“, flüsterte er. „Wir könnten sie überwältigen, gewiss. Doch nur, wenn es Sklavenhändler wären, wie es sie gemeinhin gibt.“

Mir fuhr es brennend durch den Leib – waren die Männer doch …?

Haschim deutete auf den dünnen Mann bei den Anführern.

„Er hält, wie man so sagt, die Fäden in der Hand. Doch kann man sie ihm nicht entreißen. Dieser Mann der Schwarzen Künste ist mit den Seelenfasern der Sklavinnen verbunden. Ein Ruck, ein Gedanke, und die armen Geschöpfe …“

„… sterben?“

„Nein, ihre Seelen würden ihnen entrissen und sie selbst lebten weiter, willenlos und verdammt.“

„Das mag manchen Sklavenhalter nicht stören. Aber wir können sie nicht dieser Gefahr aussetzen. Was nützte ihnen ein freies Leben, wenn sie ihrer Seele bar wären.“

„Und ich vermag diesen Zauber nicht zu bannen. Der Nigromant hat seine eigene Seele verflochten – ja, Kara Ben Nemsi, er besitzt noch eine solche. Aber er ist selbst ein Sklave und muss stets neue Frauen in die leuchtenden Bande schlagen, denn er zehrt auch ein wenig von deren Kraft. Das ist sein Lohn und sein Leben. Würden wir ihn töten oder bedrohen ...“

„Ich habe verstanden. Wir können erst eingreifen, wenn er die Fesseln selbst gelöst hat. Am Zielort der Karawane."

„In Dauha. Auf dem Sklavenmarkt."

„Und dieser wird nicht unter freiem Himmel stattfinden, sondern heimlich, in einer Behausung ..."

„Ich sehe, es schmerzt Euch. Und Sayida Maryam wird es noch tiefer schmerzen. Wir müssen den Männern still folgen."

Ich nickte und schob das Teleskop ineinander. Wir würden den anderen die Lage erläutern und uns den Notwendigkeiten beugen. Ich sah bereits unseren Vorteil – in der Stadt würden wir eine größere Chance haben, rasch mit den Befreiten zu fliehen. Und dies auch – jene, die mich kennen, verwundert es nicht –, ohne die Schurken zu überfallen oder töten zu müssen. Ich hatte ja andere Pläne mit ihnen.

Fünftes Kapitel
In Dauha

Es behagte mir nicht, Marijke van Beverningh eröffnen zu müssen, dass wir eine Sklavenkarawane ausgemacht hatten, diese aber nicht angreifen konnten, sondern ihr in weitem Abstand bis nach Dauha folgen mussten. Als Grund gab ich vor, dass die Verbrecher gut bewaffnet waren – was eigentlich kein Hindernis sein sollte, denn das waren wir auch, noch dazu gute Kämpfer. Ich mahnte aber vor der Gefahr eines Angriffs, da dann die Sklavinnen verletzt werden könnten. Und zwar nicht durch fehlgehende Schüsse, sondern weil die Sklavenhändler wohl skrupellos genug wären, die Frauen zu töten, bevor sie in die Hände anderer gerieten, seien es Konkurrenten oder Befreier. Ich verschwieg die magische Natur der Fesseln, wies aber darauf hin, dass wir vielleicht Schwierigkeiten haben könnten, diese hier vor Ort zu lösen, und selbst dies mit Gefahren für die Sklavinnen verbunden sei. Ich sagte vage etwas von Gift, und Haschim bestätigte mich. Die anderen glaubten uns: So etwas trauten sie den Schurken zu. Halef aber hatte mir sehr wohl angesehen, dass es sich um etwas anderes handelte – denn er kannte seinen Sihdi gut. Und die Magie des Orients.

Sir David stimmte mir aus anderen Gründen zu.

„In der Tat halte ich es für geschickter“, verkündete er, „erst in Dauha zuzuschlagen, denn dort können wir nicht nur diese *slave-traders* zur Strecke bringen, sondern auch die Hintermänner und Hehler und was sonst noch an Gelichter dort sein Unwesen treibt. Wir warten also ab und greifen nicht an. Das ist strategisch und taktisch klug.“

Der Lord fühlte sich gewissermaßen als militärischer Berater unserer Strafexpedition, da er ja zwei Soldaten mit Unteroffiziersrang befehligte. Obgleich ich mich darüber wunderte, dass Sir David nicht seinen üblichen Anspruch der Unbesiegbarkeit oder zumindest Übermächtigkeit propagierte, so war ich froh, dass er die aktuelle Gefahr für die gefangenen Frauen bedachte – welche auch immer diese sein mochte.

Marijke van Beverningh überlegte kaum und stimmte zu, wenngleich ich sah, wie sie innerlich schwankte und es sie schmerzte, ihrer Rache noch nicht nachgehen zu können. Dennoch entschied sie sich richtig. Ich bewunderte ihre strikte Konzentration, denn ich selbst bin, wenngleich ebenfalls zielstrebig und hartnäckig, doch stets auf vielerlei bedacht und aufmerksam. Denn ich gebe ja nicht nur auf meine Umwelt in all ihren Facetten Acht, um mich und die Meinen zu schützen, sondern weil ich eben auch allem meine komplette Sinneshingabe erteilen muss, um später genau darüber berichten zu können. Doch die Holländerin schien mir allzu sehr auf ihr eines Ziel ausgerichtet. Sie hinterfragte also meine Aussagen und Einschätzungen nicht. Dies mochte daran liegen, dass sie mir vollends vertraute. Aber jenes völlige Fehlen von Neugierde oder Interesse verwunderte mich doch. Man verstehe mich nicht falsch: Ich meine damit nicht, dass ich davon ausging, eine Frau müsse allein ihres Geschlechts wegen stets alles ganz genau wissen wollen. Ich fürchtete hingegen, dass solcherart Scheuklappen einem jeden den Überblick nehmen und ihn auch Gefahren übersehen lassen. Gleichzeitig blickt man starr nach vorn – und sieht vielleicht Feinde, wo keine sind, weil man partout welche erkennen und unschädlich machen will. Deshalb fürchtete ich eine etwaige unbedachte Handlung jener so tapferen, aber vielleicht auch unberechenbaren Frau. Ich gebe zu: Marijke van Beverningh war mir ein verschlossenes Buch. Wer wusste, was geschah, wenn es geöffnet wurde …

Entlang der östlichen Küste von Katar ritten wir auf Dauha zu. Hier gab es im Landesinnern Salzwüsten und am Meer weite Mangrovensümpfe. Der beste Hafen von Katar lag in der Bucht von Dauha, der nächste vergleichbare in dieser Gegend erst wieder jenseits des von Inseln durchsetzten arabischen Golfs, an der Küste von Abu Dhabi bis zu Musandam.

Dauha nun war eine Stadt oder vielmehr Siedlung von kurzer, aber bewegter Geschichte. Sie wurde erst vor einem halben Jahrhundert gegründet, war jedoch danach stets örtlich und schicksalhaft mit dem nahen und kaum eineinhalb Jahrhunderte älteren Al-Bidda verbunden – insofern, dass europäische Chronisten beide verwechselten und gleichsetzten, von den unterschiedlichsten Schreibweisen von Engländern und Deutschen ganz abgesehen. Dies sind jedoch lässliche Dinge, bedenkt man die kriegerischen Auseinandersetzungen zwischen Stämmen und Nationen, die hier tobten. Zweimal wurde die Doppelsiedlung zerstört, im Krieg zwischen Bahrain und Katar, durch Kanonaden von See aus durch die Briten, und auch die verschiedenen Beduinenstämme mit ihren wechselnden Loyalitäten zu den größeren Mächten schonten Bauten und Menschen nicht. Nun lagen Dauha und Al-Bidda unter

Kontrolle der Osmanen, die ihre Truppen in die Festungsbauten gesandt hatten.

Es war die Stadt – ich will sie weiterhin Dauha nennen, denn unter diesem Namen steigt sie an Bedeutung – eine Ansammlung von tausend Häusern und vier- bis fünfmal so vielen Menschen. Sie lag am Scheitelpunkt einer schön gerundeten Bucht voller Korallenbänke, das Land ringsum sehr flach und sandig, sodass man die Siedlung von Land kommend auf zehn Meilen kaum auszumachen vermochte.

Als wir näherkamen, erkannten wir die genauere Gestalt der Stadt: Zum Zentrum hin erhob sich von den flachen Außenbereichen sachte ein Felsgrat, eine halbe Meile vom Ufer entfernt. Von diesem Grat reckten sich zwei niedere Hügel, die ein schmales Tal flankierten. Diese Hügel wiederum liefen in Sandbänke aus, mit natürlichen Kanälen flachen Wassers. Die Hügel trugen niedrige, aber trutzige Festungen, in der üblichen Bauweise des Landes errichtet aus Korallenfels und Kalkstein, der dunkel sandfarben ist und somit die runden Türme und Mauern mit der Wüste verschwimmen lässt, schaut man von See darauf. Doch derart geschützt ist der Hafen sicher, der das Ziel der Kauffahrer in ihren kleinen Dhaus mit den trapezförmigen Segeln ist und auch jenes der Kaufleute, die es in größeren Schiffen wagen, das Korallenmeer zu queren, welches voller Fährnisse ist. Doch die weiten Handelsrouten locken und all die Waren aus Mesopotamien und Persien und Indien und den reichen Ländern jenseits des Subkontinents.

So sahen wir also viele geblähte Segel in Weiß und Rot und anderen Farben, und im Hafen war das Wasser voll von Schiffen und das Land voller Menschen.

Hier würden wir gewiss Hilfe und einen Unterschlupf mit Kiel und Masten finden, wenn wir erst die Sklavinnen befreit hatten. Doch zunächst mussten wir uns ein Quartier suchen. Und den Ort des Sklavenhandels finden.

Ich kannte niemanden in Dauha, und auch Haschim hatte sich noch nie an diesen Teil der arabischen Halbinsel begeben, selbst wenn er sagte, man erzählte sich heimlich von einem Ort in den Salzmarschen zwischen Katar und Abu Dhabi, an dem seltsame Dinge vorgingen, denen er recht gern nachgegangen wäre. Doch dies musste warten.

Aus der Ferne konnten wir beobachten, welchen Weg die Sklavenkarawane einschlug, nachdem sie die Grenze zur Stadt passiert hatte. Es war uns gelungen, beim Herannahen an Dauha allmählich und unauffällig unseren Abstand zu verringern, und auch in den Straßen und Gassen vermochten wir trotz des Wimmelns und Wirkens all der Bewohner, Gäste, Händler, die einhergingen und sich umtrieben, dennoch auszumachen, zu welcher Karawanserei mit Lagerhaus sich die vermeintliche ehrbare Warenkarawane begab. Hier hatten wir also unseren ersten Anhaltspunkt.

Wir würden wechselnde Wachen aufstellen und die Örtlichkeit beobachten, um so in Erfahrung zu bringen, wann man die Sklavinnen dorthin bringen wollte, wo der Sklavenmarkt stattfand. Dass dies nicht an jenem nüchternen Ort geschehen konnte, lag auf der Hand: Zwischen Kisten und Säcken und Bündeln, mit Staub und Spinnweben, Sand und Stroh, würde kein reicher Mann seinen Goldbeutel erleichtern. Die Geschäfte mussten in einer angemessenen Lokalität stattfinden. Nicht unter freiem Himmel. Denn es mochten Briten auftauchen, um ihre Auflagen durchzusetzen, oder die Osmanen auf die Idee kommen, eben doch die Auflagen der Briten zu erfüllen, um ihrerseits die katarische Halbinsel ihrem Reich einzuverleiben.

Der Sklavenmarkt würde also verborgen stattfinden, in einem respektablen Haus, selbst wenn dies nur für das Äußere und die Einrichtung gelten mochte. Es war uns aber nicht angeraten, den schurkischen Händlern und ihrer erbarmungswürdigen Ware zu folgen, wenn denn die Stunde des Verkaufs nahte – dann wäre es zu spät. Wir mussten schon vorher wissen, an welchem Ort der Handel stattfand, um die Befreiung planen zu können.

Wir beschlossen, uns aufzuteilen. So konnten wir in drei Schichten wachen und weiterhin dreifach forschen, und dies zudem ohne das Aufsehen, welches wir als derart bunte Gruppe in gemeinsamem Logis erregt hätten. Haschim bot mit seinen Beduinen in Dauha ohnehin einen üblichen Anblick; auch Sir David und die Schotten waren als Briten nicht ungewöhnlich, zumal man Marijke van Beverningh leicht für die Gemahlin des Lords halten konnte. Dass die Dame alle nötigen Gespräche auf Arabisch führte und Sir David wohl besser schwieg, würde ihn kaum kümmern, diese Aufteilung kannte er seit einem Dreivierteljahr, und dankbar war er wohl auch. Halef und ich wollten uns zunächst im Hafen umschauen. Ich hatte so eine Ahnung, dass sich dies lohnen mochte – und dieses Gefühl stammte nun beileibe nicht von Goldringen oder überirdischen Gaben. Es war jenes, das mich auf all meinen bisherigen Reisen nie getrogen hatte: das Glück des Abenteurers oder eben die Fügung des Schicksals. Wir drängten uns durch das Gewimmel, nachdem wir eine billige, aber vertrauenswürdige Unterkunft in der Nähe besorgt hatten, wo wir die Pferde und das weniger wertvolle Gepäck unterstellen konnten.

Es war erstaunlich, unter all den Rufen auf Arabisch und Türkisch – respektive der unterschiedlichen Dialekte dieser beiden Sprachen – auch die Zungen Indiens zu vernehmen, wenngleich ich im Vorübergehen nur Hindi, Urdu und Tamil ausmachte. Was verwundert es also, dass ich aufhorchte, als ich wiederum Englisch mit irischem Akzent vernahm. Ich wandte mich hoffnungsvoll um, vielleicht war hier ein möglicher Vertrauter gefunden – doch der kleine, untersetzte Mann mit seinem runden, etwas traurigen Gesicht war kein Kapitän und auch kein Schiffseigner. Stattdessen war er mit einem langen Schlaks von Burschen dabei, allerlei Gepäck zu ordnen, aus dem vor allem Teleskope ragten. Ich vernahm, dass sie wohl nach Ar Ru'ays reisen wollten, einem Ort am nördlichsten Punkt der katarischen Halbinsel, welche von dem kleinen

Inselchen Ras Rakan gekrönt wird, was „Kopf des Ritters“ bedeutet. Und die beiden Briten wollten, soweit ich dies beim Vorübergehen richtig verstand, sich dort oben tatsächlich als Vogelkundler betätigen und „Spezies sammeln“. Nun, vielleicht waren sie auf den Spuren des Naturforschers Darwin unterwegs und wollten Finken fangen, wenngleich nicht auf dem südamerikanischen Archipel der Galapagos, sondern eben auf dem Kopf des Ritters. So hat eben jeder sein Pläsier, vor allem der Brite.

Als ich gegenüber Halef einen diesbezüglichen Scherz machen wollte, wurde ich unterbrochen, denn jemand hatte mich meinerseits entdeckt und rief mich an. Auf Deutsch!

Ich wandte mich um und sah – ich glaubte es kaum – den Kapitän Frick Turnerstick!

Sechstes Kapitel
Der Kapitän

Dies kam nun wahrlich als Überraschung! Turnerstick war ein Mann, den ich schon lange Zeit kannte und dem ich an vielen Enden der Welt begegnet war – wie sollte es auch anders sein, ich als Reiseschriftsteller und er als Handelskapitän! Uns verbanden Abenteuer in der Südsee und in Südamerika, in China und auf Inseln des Westpazifik. Wir hatten auch auf den sozusagen heimatnahen Gewässern des mittelländischen Meeres gekreuzt und vor der französischen Küste die Kerkerinsel If besucht, welche Berühmtheit erlangt hat durch den Roman aus der Feder des fruchtbaren Erzählers Dumas des Älteren über den dort Gefangenen Edmond Dantès, welcher glücklich flieht und unter anderem Namen zu Wohlstand kommt und dessen Schicksal mich immer seltsam berührt hat.

Frick Turnerstick war nun nicht, wie man vermuten mochte, ein Amerikaner oder Angelsachse, sondern ein nördlicher Landsmann von mir, ein gebürtiger Friese, der seinen Namen verenglischt hatte, um gewissermaßen international wirken zu können. Meine Leser mögen sich erinnern, dass meine eigenen amerikanischen oder arabischen Namen mir allerdings stets von anderen verliehen wurden und ich sie nicht selbst wählte.

Jetzt stand ich also erneut diesem originellen Seebären gegenüber – wenngleich er dem unwissenden flüchtigen Blick alles andere als originell erschien, gekleidet wie er war. Er trug einen langen dunklen Gehrock, durchgehend geknöpft wie einen Mantel. Die Knöpfe jedoch bargen schon ein erstes Geheimnis. Während jeder andere sie für übliche runde Knöpfe mit maritimem Ankersymbol ansehen musste, so wusste ich doch, dass sich unter dem schwarzen Lack pures Gold befand: gewissermaßen die eiserne Barreserve des Kapitäns, der sich somit als äußerst kluger Kauffahrer zeigte. Unter dem Kragen des Mantels sah man einen schlichten, weißen, nicht allzu hohen Kragen, den man gemeinhin Vatermörder nennt, obgleich diese schreckliche Bezeichnung auf einer Missdeutung des französischen Originalausdrucks beruht, welcher allerdings nicht weniger unappetitlich ist. Doch diese Gedanken verflogen, kaum dass man sah, was sonst noch am Hals Turnersticks zu entdecken war, nämlich ein adrettes schwarzes Halstuch, zu einer akkuraten Schleife gebunden. So streng und nüchtern seine Kleidung war – so heiter und flatterhaft war der Mann selbst: Er zuckte und zögerte kurz, dann packte er mich mit seinen beiden riesigen Händen und drückte mich an seine Hünenbrust.

„Liewer Charley“, tönte er in seinem unnachahmlichen Akzent, den ich von nun an besser nicht akkurat wiedergebe. Frick Turnerstick ist ein gewaltiger Radebrecher und Sprachvermischer, und dass er glaubt, eine jegliche Sprache der Welt sei dadurch beherrschbar, indem man ein paar vermeintlich typische Lautanhängsel der eigenen Mutterzunge hinzufügt …

nun, ich will mich in diesen Belangen nicht auslassen. Turnerstick ist ein kauziger, aber vortrefflicher Mensch: Es sei ihm verziehen.

Er trat in seinen riesigen geteerten Wasserstiefeln einen Schritt zurück und musterte mich mit seinem einen Auge, denn das andere hat er einst im Kampf gegen malaiische Piraten verloren und durch ein künstliches ersetzt. Er schniefte mit seiner kurzen Stülpnase, die ihm ein Faustschlag in der Jugend geschenkt hat, sodass seine Kneiferbrille verrutschte und sein ausladender Schnurrbart wackelte. Dann salutierte er mit der Hand am Schirm seiner schwarzen Lotsenmütze, die man nicht mit einer schlichten Schiffer- oder Seemannsmütze verwechseln sollte, denn sie hat einen breiten Steg, der ebenso wie der Schirm mit Eichenlaubstickerei verziert ist und zudem eine gedrehte Zierkordel besitzt. Diese Kopfbedeckung stand Turnerstick wesentlich besser als der monströse Sombrero, den er in Südamerika getragen hatte. Im gleichen Moment trat von hinten ein riesenhafter Friese heran, in welchem ich Hans Larsen erkannte. Ich nickte ihm freundlich zu.

„Ja, der blanke Hans ist noch immer mein Steuermann“, sagte Turnerstick und lachte, während der so doppelsinnig Bezeichnete ein wenig seufzte. Larsen hatte mittlerweile kein einziges Blondhaar mehr auf dem Scheitel, doch wie die sturmgezauste Nordsee sah sein Kopf nun wirklich nicht aus. Humor ist eben Geschmackssache. Dass Larsen aber eine gestrickte Mütze trug, sodass man seinen glänzenden Schädel gemeinhin gar nicht sehen konnte, und ihm wegen seines semmelgelben Bartes der Name „blonder Hans“ eigentlich besser und zudem noch wortwörtlich zu Gesicht gestanden hätte … nun, wer war ich, anderen Leuten Spitznamen zu verleihen!

Jetzt bemerkte Turnerstick auch Halef und schaute zu ihm hinunter. „Und das ist wohl Euer eigener Steuermann, Charley? Kein Friese, wie ich sehe, aber er muss sicher auch keine großen Steuerräder wuchten, sondern eher Kamelzügel halten.

Aber so ein Wüstenschiff braucht gleichwohl seinen Mann, und da reicht auch ein kleiner."

Turnerstick überlegte kurz, und ich sah es ihm an der Stülpnase an, dass er sich eine deutsche Begrüßung mit vermeintlich arabischen Endungen zurechtlegte. Bevor er aber „Gottallah zum Grussalem" oder dergleichen von sich geben konnte, sagte Halef seinerseits: „Guten Tag, Herr Kapitän" – und ich erkannte den vertrauten sächsischen Akzent des Lehrers Lohse, der auf meine Empfehlung bei den Haddedihn seinen Dienst tat.

Da staunte Turnerstick nicht schlecht, Hans Larsen nicht minder, und dann schallte ein zweifaches friesisches Lachen über die Korallenbucht von Dauha, das machtvoll genug war, eine Hallig zu versenken, und hier die Wellen bis zum Liegeplatz von Turnersticks Bark „The Courser" schwappen ließ.

Wir begaben uns in eine Hafenschänke und nahmen einen Trunk. Jeder bekam eine Schale mit *Qahwa helw,* den man auch katarischen Kaffee nennt und der, wie vieles in der Küche Katars, von der vergleichsweisen Nähe Indiens zeugt. Der Araber versetzt seinen Kaffee ja gern mit allerlei Gewürz, wobei Kardamom das gebräuchlichste ist. Bei diesem lokalen Mixtum nun kommen noch Nelken und Rosenwasser hinzu, vor allem aber Safran, was dem Kaffee eine gelbe Farbnote verleiht, welche noch strahlender wird, wenn man Milch hinzugibt. Wobei man dann nur den Kaffee durch Tee ersetzen müsste, um sich beim Trank nicht wie ein arabischer Derwisch, sondern wie ein indischer Yogi zu fühlen.

Belebend ist dieser wie immer stets süße Kaffee also nicht allein wegen des innewohnenden Koffeins, sondern auch durch die Gewürzhaftigkeit, welche jeden, der wie Turnerstick aus dem friesisch-holländischen Küchenkulturkreis entstammt, stets milde stimmt. Ich gab diese Trunkrunde aus, denn ich hatte eine Bitte an Turnerstick. Zunächst aber plauderte ich und fragte, was ihn denn in den Golf von Persien geweht hatte.

„Perlen“, sagte Turnerstick knapp. „Drüben in Abu Dhabi sind sie schon teuer, weil der Handel zu blühen beginnt. Hier gibt es sie noch wohlfeiler, sodass ich Profit machen kann.“

„Dann bin ich aber froh“, gab ich zurück, „dass Ihr Euch nicht auf ein kleineres Schiff verlegt habt, denn …“

„Aber nicht doch! Ich bin mit reicher Fracht aus China und Indien gekommen: Seide, Lackarbeiten, Silberschmuck und Schnitzereien. Auch Kleidung und Stiefel von dort, die hier ja exotisch wirken und dort zudem so überaus günstig gefertigt werden. Alles also, was die Herren Scheiks und Beduinen begehren, abgesehen von fremden Frauen ...“ Er verzog das Gesicht, leerte seine Schale und stellte sie hart auf die rohe Tischplatte. Dann forderte er eine neue und der Kaffeeschenk kam eilig heran.

„Genau das ist mein Anliegen“, sagte ich. „Ich will einem gewissen Sklavenhändler das abjagen, was dieser despektierlich Ware nennt, obwohl es versklavte Unschuldige sind. Aber es ist nicht angeraten ...“

„… die dann wieder freien Frauen mit Kamelen aus der Stadt zu bringen. Oder mit Pferden. Da müssten es schon Seepferde sein.“ Turnerstick lachte.

Larsen wechselte einen Blick mit Halef und winkte ab. Halef lächelte in sich hinein.

Turnerstick lehnte sich zurück. „Ihr braucht meine ‚Courser‘ ...“ Jetzt kam sein Qahwa, und als der Schenk sich abgewandt hatte, zog Turnerstick eine flache Metallflasche aus der Rocktasche und goss einen Schluck Genever in die Schale. Ich konnte den Wacholder riechen, der sich kühl und nordisch mit den heißen Gewürzen des Südostens maß.

„Wir verstehen uns“, nickte ich und meinte damit das Schiff, nicht den Schnaps. „Ich hoffe, Ihr sagt zu. Schließlich haben wir schon einmal Menschen aus Unglück befreit. Ihr erinnert Euch an Potomba und Pareyma in Papeete.“

Halef grunzte amüsiert, als er diese Namen hörte. Sie schienen ihm verständlicherweise fremd und seltsam.

Turnerstick hingegen schüttelte den Kopf. „Das ist nicht vergleichbar. Aber es braucht auch keine Vergleiche, uns zu überzeugen, Euch zu helfen. Schließlich habt Ihr wiederum uns selbst befreit, als wir in Uruguay von dem Schurken Carderas gefangen waren. Ach, da hatte ich auch noch mein schönes erstes Schiff, die ‚Wind' ..."

„Was ist mit ihr geschehen?"

„Ach, fragt nicht, fragt nicht", murmelte Turnerstick und tupfte sich mit einem Ende seiner schwarzen Halsschleife eine Träne vom gesunden Auge fort. Larsen schaute betreten. Dann aber fing sich Turnerstick wieder.

„Also denn, *mein Liewer!* Wann kann die Fracht verladen … ach, Schande, was sag ich! Wann kommen die Passagiere an Bord?"

„Ich weiß noch nicht."

„Einerlei, wir liegen noch zwei Tage hier. Wie viele werden es sein?"

„Ich weiß noch nicht."

Turnerstick musterte mich mit seinem Auge und zwirbelte den Schnurrbart. „Aber Ihr wisst schon, wo Ihr die Sklavinnen befreien werdet?"

„Wir forschen noch."

Turnerstick schaute sich in der Schenke um. „Nun, hier forscht es sich recht schlecht, wenn mir diese Meinung erlaubt ist."

„Wir haben Gefährten, die sich in der Stadt umhören und umschauen."

„Na, dann ist ja gut. Ich bin leider zum ersten Mal hier in Dauha und wüsste nicht, wo Sklavinnen gehandelt werden. Ich bin ja in Perlen unterwegs. Aber ich kann gerne Nachricht geben, wenn ich etwas mitbekomme. Sagt mir doch, wo ich Euer Quartier finde."

Dies tat ich und dann verabschiedeten wir uns bis auf Weiteres.

„Ein seltsamer Mensch“, befand Halef, als wir vom Hafen fortgingen. „Sind alle Seeleute so, wenn sie nicht nur ein oder zwei Meere bereist haben, sondern all die anderen auch?“

„Das mag sein, Halef, aber ich kenne ja nicht allzu viele. Ich denke aber, dass Kapitän Turnerstick ein ganz besonderer Seemann ist.“

„Mir scheint immer mehr, Sihdi“, meine Halef, „dass du nur sehr wenige nicht-besondere Menschen kennst ...“

„Zählst du dich dazu, mein lieber Halef?“

„Na, aber sicher, Sihdi! Und deshalb möchte ich auch zu gerne diesem Abu Kurbatsch die Peitsche entreißen, damit ich allein der Mann mit dem Nilpferdziemer bleibe!“

Wir trafen uns mit unseren Gefährten – und der Gefährtin. Für Außenstehende mochte es wie die Konjunktion von üblichen Reisenden oder Geschäftsleuten wirken: ein britisches Paar, ein arabischer Scheik und – nun, auch mich mochte man für einen Orientalen mit seinem Begleiter halten. Die Schotten und die Beduinen waren zur Wache und für Informationsdienste eingeteilt. Wobei das eigentliche Übermitteln von Nachrichten mit ein wenig Bakschisch von örtlichen Straßenburschen übernommen wurde. Denn abgesehen davon, dass die stolzen Krieger der so unterschiedlichen Stämme es unter ihrer Würde erachteten, durch die Gassen zu hasten, so wäre es doch vielleicht allzu aufmerksamkeitserregend gewesen. Wir wollten jedoch alles vermeiden, was uns verraten konnte – denn wir hatten ja nun keinen wirklichen Geschäften nachzugehen, und Touristen waren wir noch weniger. Marijke van Beverningh war ungehalten. Es brauchte lange, eindringliche und geduldige Erklärungen von Haschim und mir, dass es unmöglich sei, ihrem Wunsch, ja ihrem Drang zu entsprechen, das Lagerhaus, in dem die Sklavinnen gefangen gehalten wurden, sogleich zu stürmen und die Frauen zu befreien.

„Mevrouw Marijke“, sagte ich geduldig. „Wir sind, was die Wächter der Sklavenhändler betrifft, nicht sehr in der Unterzahl, was wir zudem durch unsere Kampfeskraft wettmachen können. Aber ein Angriff verbietet sich, wegen zu großer Gefahr für die Frauen. Und zu vielem Aufsehen durch den Lärm, wenn es zu einem Schussgefecht käme. Wir müssen vor allem auf Heimlichkeit und List setzen, denn wir sind auf uns allein gestellt!“

„Mijnheer Kara“, sagte die Holländerin etwas weniger geduldig, „ich weiß sehr wohl, dass wir nicht auf die örtlichen Behörden und Büttel zählen können. Und leider, nach dem, was wir erfahren haben, ist es uns auch nicht gegeben, ein britisches Schiff vom Golf in den Hafen zu rufen.“ Sie warf einen strengen Blick zu Sir David, der wie gescholten dastand.

„Da habe ich gute Kunde“, sagte ich besänftigend. „Ich hatte ein glückhaftes Zusammentreffen mit einem befreundeten friesischen Kapitän. Wir können sein Schiff nutzen.“

„Dann handeln wir sogleich!“, rief die Holländerin energisch.

„Ich muss darauf hinweisen, dass auch mein Freund Turnerstick seine geplanten Geschäfte zu erledigen hat. Und seine Hilfe ist auch an die üblichen Bedingungen der Seefahrt geknüpft, wie Windrichtung und Wassertiefe, die Gezeiten also, und Papiere und Erlaubnisse ...“

„Das lasse ich nicht gelten!“, blaffte sie mit blau flammendem Blick. „Der friesische Pfeffersack soll nicht auf seinen Profit bedacht sein, sondern seiner Menschlichkeit nachkommen!“

Ich musste etwas streng antworten, obgleich ich sicher war, dass Turnerstick diesen despektierlichen Ausdruck, der aber gleichsam nur den wohlhabenden, also erfolgreichen Kaufmann bezeichnete, gar nicht als verletzend empfunden hätte. Nun, vielleicht ein wenig, weil man gemeinhin die Hamburger Hanseaten so bezeichnete, Turnerstick aber eben Friese war.

„Mevrouw! Ich darf daran erinnern, dass wir auf die Gefälligkeit Turnersticks angewiesen sind. Alles Geld des Lords mag uns wohl ein Schiff und eine Mannschaft kaufen können, doch ob wir damit auch Vertrauen erwerben, ist zu bezweifeln."

Es schmerzte mich, die Holländerin so auf ihr eigenes Schicksal hinweisen zu müssen, auf den betrügerischen Kapitän, der sich als Pirat entpuppt hatte. Allzuleicht mochte ein rasch mit Barmitteln überzeugter Schiffsführer sich angesichts der Sklavinnen versucht fühlen, diese selbst zu noch mehr Geld zu machen. Denn eines war sicher: Es wäre uns allen – der Holländerin, den Briten und Schotten, Scheiks und Beduinen, auch Halef und mir – nicht gegeben, die befreiten Frauen auf ihrer Flucht übers Meer zu begleiten. Deshalb war ein vertrauenswürdiger, ja befreundeter Kapitän die beste, die einzige Lösung.

Die Holländerin verschränkte die Arme, atmete tief. Ihre Augen schimmerten, doch sie wandte den Blick nicht ab, sondern nickte knapp. „Gut denn. Dann der Friese. Wann immer er bereit ist. Wir aber planen jetzt die Befreiung. Und setzen den Plan in die Tat um."

Dies war also geklärt, doch es gab ja noch ein anderes Problem. Haschim und ich konnten Marijke van Beverningh kaum enthüllen, dass wir die Sklavinnen gar nicht befreien konnten, solange diese in jene magischen Bande geschlagen blieben, sondern damit warten mussten, bis sie verkauft waren und der Zauberer der Sklavenhändler den Bann aufgehoben hatte, um die Frauen ihren neuen Besitzern zu übergeben. Und wenn wir es dennoch wagten, dieses Mysterium zu beschreiben – würde man uns glauben?

Ja, doch: Man würde uns glauben! Halef nahm sowieso alles Übernatürliche als gottgegeben an und Sir David hatte so seine Erfahrungen gemacht. Aber Marijke van Beverningh hielte es wohl nicht nur für Aberglauben, so wie ich noch vor Jahresfrist alles Magische bezweifelt hatte, nein, sie sähe es sicher als Ausrede an, als Zeichen von Abneigung und Widerwillen, als Zeugnis dafür, dass wir uns nicht mit ganzem Herzen der guten Sache hingeben wollten. Dies hätte ich persönlich als ungerecht empfunden, aber schlimmer noch, es hätte den Zusammenhalt unserer Gruppe gefährdet.

Niemand werfe mir vor, ich würde nun die Dame jener Sache zeihen, die gewisse Männer – welche der Franzose *chauvinist* nennt und der Spanier *macho* – rasch und gern ins Felde führen, wenn sie die Seelenlage, Gefühlswelt und Entscheidungskraft der Frauen despektierlich aburteilen wollen, namentlich die Hysterie.

Ich fürchtete nicht, dass Marijke van Beverningh hysterisch würde und Unbedachtes spräche oder gar täte. Nein, hier ging es allein um Schmerz und Weltsicht, beides mächtige Einflüsse auf einen jeden Menschen. Und es war nicht die Zeit und nicht der Ort, um die Holländerin mit der Tatsache von Magie und Zauberei vertraut zu machen. Es war wohl auch nicht nötig. Wir würden die Sklavinnen dann befreien, wenn sie nur noch von irdischen Ketten gebunden waren.

Das wäre also der Zeitpunkt. So blieb allein der Ort, der fraglich war.

Wir konnten nun kaum in Dauha herumfragen, wo denn demnächst Sklavinnen feilgeboten würden. Noch dazu hätten wir uns auf widerwärtige Weise nach ungläubigem weißen Fleisch erkundigen müssen, wenn wir uns nicht hätten verdächtig machen wollen. Dies widerstrebte mir. Und zudem war der Sklavenhandel der Reichen wohl ein sehr diskretes und verborgenes Geschäft. Da konnte kaum irgendjemand mitbieten, der nicht geladen war und somit ohnehin von geheimen Orten und Zeiten, ja gewiss auch geheimen Zeichen wusste.

Haschim nahm mich beiseite.

„Ich habe in den Gassen nach gewissen Zeichen und Markierungen Ausschau gehalten, aber nichts dergleichen entdecken können."

„Magische Symbole?"

„Keine Symbole, die magisch sind. Sie sind offen sichtbar, doch nur für Menschen mit Kenntnis bedeutsam."

„Gewissermaßen Zauberzinken“, sagte ich unbedacht und entschuldigte mich mit einer Erklärung, dass ich Gauner und Zauberer nicht in einen Hut werfen wollte.

Haschim lächelte. „Zauberer tragen doch keine Hüte, Kara Ben Nemsi. Nur auf den Bühnen Europas und Amerikas.“

„Und diese Zauberer sind gar keine, das weiß ich wohl.“

Wieder ernst wandte ich mich an die Runde.

„Es gibt anscheinend keine Anzeichen, keine Geheimzeichen, durch die Youssef al-Fuladhy mit Gleichgesinnten zu kommunizieren vermag.“

Marijke van Beverningh schüttelte verächtlich den Kopf. „So einfach ist es wohl kaum. Sklavenhändler plakatieren nicht. Hierzulande tut das niemand. Alle rufen laut und preisen ihre Waren an. Doch die Sklavenhändler flüstern nicht einmal.“

Ich stimmte selbstverständlich zu, in diesem Sinne hatte die Dame sehr Recht. Für alle anderen Geschäfte wurde allüberall und auf alle Arten geworben, nur eben für die offiziell verbotene Sache nicht. Wer einmal auf einem orientalischen Basar zu Gast war, weiß, dass das Anpreisen noch lauter und eindringlicher vonstatten geht als auf dem Markt einer deutschen Stadt, wo der eine oder andere Händler mit kräftiger Stimme seine Würste oder Fische bewirbt und dem Passanten manchmal gar aufdringlich aufschwatzt, oft mit anzüglicher Anrede. Da ist der Orientale doch höflicher und geschäftstüchtiger, denn statt derber Worte wählt er die Schmeichelei.

Sir David nickte. „Allerdings! Mir oder vielmehr der vermeintlichen Mrs. Lindsay ...“ – er wagte es nicht, die Holländerin mit einem ironischen Seitenblick zu bedenken – „... sind die Stoffe und Schals und anderen schönen Dinge so blumig anempfohlen worden, dass ich beinahe nicht hätte widerstehen können, obgleich mir doch der Sinn noch immer eher nach Altertümern aus Stein und Metall steht. Wie auch immer, diese Händler verstehen ihr Werbehandwerk.“

Da ich zuvor erwähnt hatte, dass auch Kapitän Turnerstick mit allerlei Waren handelte, sich aber vor Ort besonders für Perlen aus dem persischen Golf interessierte, ergänzte Haschim kurz, dass ihm ebenfalls solche angeboten worden waren. Da Perlen natürlich nicht auf offenen Marktständen gehandelt wurden und es verständlicherweise keine Auslagen der wertvollen Schätze gab, hatte man ihn im Gewühl diskret angesprochen: Ein hoher Herr mit zwei Leibwächtern suche doch sicher etwas Exquisites. Solcherlei könne er bei Interesse erwerben, es gäbe Perlen in vorzüglicher Qualität, schöner Form und in den Tönungen weiß und schwarz und rosenfarben. Haschim hatte jedoch höflich abgelehnt, worauf der respektabel aussehende Mann mit verständnisvoller Geste verschwunden war.

Sir David hob die Brauen. „Wer hätte gedacht, dass ein Händler oder Mittelsmann so dezent reagiert, wenn man kein Interesse zeigt. Das muss wohl an der Ware liegen: Edles Gut bedingt edle Manieren."

Halef hingegen meinte: „Sihdi, das wäre wohl etwas für den Kapitän!"

Ich aber wechselte einen Blick mit Haschim, und in diesem Moment begriffen wir beide: Die Perlen, die dieser Mann angeboten hatte, waren keineswegs den Muschelschalen entstiegen wie die schaumgeborene Venus. Sie kamen wohl auch vom Meer her, aber nur, weil man sie jenseits dessen gefangen hatte. Diese Perlen waren Menschen, genauer: die gesuchten Sklavinnen!

Siebtes Kapitel
Perlenhändler

„Wo habt Ihr diesen Perlenkoberer getroffen?", schnaubte Sir David, der in seiner Empörung einen erstaunlichen Londoner Unterweltsbegriff benutzte, den ich hoffe, hier einigermaßen treffend wiederzugeben. Trotz seiner derben Wortwahl hatte der Lord Recht: Wenn wir wüssten, wo dieser in Chiffren sprechende Schurke sich herumtrieb, um kenntnisreiche Kunden zu haschen, hätten wir eine gute Chance, den Ort des Sklavenhandels zu erfahren.

Haschim beschrieb den Ort, der auf dem Stadtplan Dauhas inmitten eines Dreiecks zwischen der Karawanserei, dem Markt und Haschims Quartier als Eckpunkten gelegen hätte. Dies mochte den Bereich einschränken, den wir nun abzusuchen hatten, vielleicht mussten wir auch auf Glück vertrauen. Es blieb auf jeden Fall keine Zeit zu verlieren. Ich vermutete, dass der Sklavenmarkt in einem Privathaus abgehalten würde, wohl verbunden mit einer abendlichen Zusammenkunft. Die Sonne sank, wir hatten nicht mehr viel Zeit, da wir noch einige Vorbereitungen zu treffen hatten.

Wir teilten uns auf. Sir David und Mevrouw Marijke würden zum Hafen gehen und Kapitän Turnerstick aufsuchen. Entgegen meiner vorigen Einschätzung schien es mir nun doch geraten, dass mit Hilfe der Börse des Lords und der Überzeugungskraft der Holländerin dem Kauffahrer eine frühere Abfahrt schmackhaft gemacht wurde – für alle Fälle. Notfalls müsste Sir David eben für entschädigenden Ausgleich möglicher entgangener Geschäfte sorgen.

Der weitere Plan war klar: Haschim und ich würden uns als reiche Männer ausgeben, die weiße Sklavinnen kaufen wollten. Spielten wir Rolle und Interesse gut, würden wir wohl eine Einladung erhalten.

Zunächst also stolzierte ich durch den Basar, Halef mit Dienergebaren hinterdrein, und begutachtete die teuersten Waren mit einer Arroganz und Hochnäsigkeit, die mir völlig fremd ist; doch da ich schon früher so manchen eigentümlichen Charakter vorgegaukelt hatte, gelang mir dies nicht allzu schwer. Vielleicht sogar allzu leicht und zudem erfolgreich, da ich Halef dann und wann still ermahnen musste, eine ernste Miene zu bewahren. Dass wir nun nicht edel gekleidet waren, sondern Reisekleidung trugen, die nur einigermaßen vom Staub befreit worden war, trug gerade zu unserer Scharade bei. Denn der wahrlich kluge reiche Mann geht nicht in Seide einher und trägt offenen Schmuck. Beides lockt Diebe an und führt zu überteuerten Preisen. Es gilt gewissermaßen die Umkehrung jenes „Kleider machen Leute", welches der Schweizer Erzähler Gottfried Keller vergangenes Jahr in seiner ebenso titulierten Novelle dargelegt hat. Gewiss spielen auch die Leute eine Rolle, unter die man sich mit seinen Kleidern begibt. Würde ich mich als Offizier ausgeben, in schmucker Uniform und träte im militärgläubigen Preußen auf, vielleicht in einem Randbezirk Berlins, dann könnte ich sicher einige schlichte Soldaten von der Straße weg rekrutieren, um …

„Ja, Sihdi", flüsterte Halef, dem ich diese meine Gedanken mitgeteilt hatte, als wir zum Zwecke weiterer Tarnung einen Imbiss aus Brot und Bohnenbrei mit Sesampaste zu uns nahmen und dem Verkäufer mit pikierter Miene kundtaten, wir hätten schon Besseres verzehrt. Dies tat mir aufrichtig leid, denn die Speise war sehr schmackhaft, doch ich musste in meiner Rolle bleiben. Ich würde mein Benehmen mit heimlicher Zusatzmünze vergelten.

„Ja, Sihdi", meinte Halef also, „wie wäre es dann, du nähmest jetzt eine türkische Uniform und würdest ein paar Soldaten zu unserer Verstärkung holen? Oder zur Ablenkung? Sie wären vielleicht nützlich, wenn wir das Haus der Sklavenhändler gefunden haben."

„Nein, Halef, das geht nicht. Woher sollte die Uniform stammen – einerseits. Und andererseits sehe ich eine solche *razzia* als niederträchtig an."

„Sihdi, ich bin enttäuscht: Du hast in deiner Heimat wohl zuviel Deutsch und zu wenig Arabisch gesprochen, und deshalb ist deine Aussprache dahin. Das Wort heißt *gazia*, und ich habe gar keinen Feldzug vorgeschlagen, sondern nur eine kleine Sache mit …"

„Ja, Halef, du hast Recht, zumindest zur Hälfte. Ich habe den Begriff im Lexikon gelesen, und er ist keine deutsche, sondern eine französische Verballhornung von *gazia*. Damit haben die Franzosen bei der Eroberung Algeriens militärische Aktionen gegen Seeräuber und Widerständler bezeichnet – aber wie auch immer: Wir verlassen uns besser auf uns selbst und verzichten auf die zweifelhafte Hilfe Dritter. Zumal ich glaube, dass auch der schlichteste Soldat stutzig würde, wenn ich ihm als Offizier befähle, gegen einen reichen Sklavenhändler zu handeln."

„Da, Sihdi", flüsterte Halef und deutete unauffällig zur Seite. „Ist das nicht der Mann, den Haschim uns beschrieben hat?"

Tatsächlich schlich ein verschlagen ausschauender Kerl durch die Menge der Passanten und musterte aufmerksam die Kunden der Stände, lauschte auch und war als Basarbesucher zweifellos nicht auf Waren, sondern auf Käufer aus. Ich wusste nun nicht, ob er uns schon zuvor beobachtet hatte, aber jetzt galt es, unser Schmierenschauspiel vom schnöselhaften reichen Mann besonders bravourös zu gestalten.

Ich rüffelte also noch einmal den Speisestandbesitzer und wandte mich brüsk zum Gehen. Unauffällig ließ ich eine verborgene Münze zurück. Ich hoffte, der Mann würde diese nicht für von mir verloren erachten und sie mir ehrlich hinterhertragen, sondern sie als angemessene Entschädigung sehen. Obgleich er sicher schon schlimmeres Benehmen erlebt hatte, wenn auch unbezahlt.

Dann setzten Halef und ich unseren Feldzug der vorgeblichen Arroganz und hochnäsigen Vornehmheit fort. An einem Stand für Taschen und Beutel ließ ich Halef den Spaß, in der vorjährigen Vergangenheit zu schwelgen und sein damaliges Verkaufsgespräch in Basra erneut aufzuführen, als er jenes geheimnisvolle Zauberzelt erwarb, welches sich unter Perlenstickerei verborgen hatte. Damals waren dies Glasperlen gewesen, und auch an diesem Stand gab es solche. Halef und ich ließen laut die Worte *Perlen* und *Frauen*, zumindest *Ehe-* und

Nebenfrauen erklingen, um es dem herannahenden Werber des Sklavenhändlers nur recht einfach zu machen, das Gespräch mit uns zu suchen.

Und tatsächlich:

„Ihr sucht Perlen, Herr?“, raunte der Verschlagene und kniff die Augen zusammen.

„Deshalb bin ich hier“, gab ich knapp zurück und bedachte den Buckelnden mit einem herablassenden Blick. „Aber für manche Frauen sind als Geschenk nur Glasperlen geeignet.“

„Nur wahre Perlen sind wahrer Perlen wert“, nickte der Verschlagene eifrig.

„Bist du Philosoph oder Verkäufer?“, fragte ich barsch. „Was willst du – oder was hast du im Angebot?“ Ich deutete auf seinen schlaffen Geldbeutel. „Abgesehen davon, dass du wohl keine Perlen bei dir trägst, kaufe ich derlei auch kaum auf der Straße!“

Die dürren Hände vollführten widerliche Gesten, als striche er durch Seidenschals – oder langes Frauenhaar. „Schöne Ware braucht schöne Gemächer. Mein Herr hat solches wie solches.“

Ich hob die Brauen, als würde ich seinc Rätselworte langsam begreifen.

„Das Angebot ist gering, aber vielfältig? Und dennoch neu? Keine Perlen, die schon … getragen wurden?“

Der Verschlagene lächelte. „Soeben eingetroffen. Verschiedenste Ware aus verschiedensten Meeren.“

„Wann kann ich sie sehen? Um mich zu entscheiden, wie ich sie fassen lassen könnte. In Gold oder Silber. Und ob ich nur Perlen für einen Ring, zwei Ohrgehänge oder eine ganze Kette kaufe.“

Die wässrigen Augen des Mannes glänzten. „Heute, am späten Abend. Bei Lampenschein schimmert die Ware wundervoll.“

„Nun“, sagte ich und gab mich endgültig als Kenner und erfahrenen Sklavenkäufer aus, „ich hoffe, dass die schwache Beleuchtung keine Makel verbergen soll. Früher wurde unter freiem Himmel gehandelt, da brachte das Licht der Sonne alles hervor."

„Keine Makel!", versicherte der Mann. „Beste Ware, in weiß und schwarz und rosenfarben ..."

„Dann sag mir den Ort!"

„Seid am Abend vor dem Brunnen bei der Moschee. Wir bieten unseren Kunden eine Sänfte, damit sie nicht selbst zu gehen oder reiten brauchen."

„Gut denn. Ich will mir ohnehin keine Wege und Orte merken müssen. Ich bin Lebemann und kein Kartenmaler!"

Ich wandte meine Aufmerksamkeit schon dem nächsten Stand zu, an dem ein Schreiber und Zeichner seine Künste feilbot. Zugleich winkte ich dem Verschlagenen, dass er gehen könne. Bevor er in der Menge verschwand, rief ich ihm hinterher und warf ihm hochnäsig und nebensächlich eine Münze zu, ohne auf seine Reaktion zu warten. Das war mein letzter Akt, bevor der Vorhang fiel. Ich meinte, dass mir die Vorstellung glaubhaft gelungen sein mochte.

„O Sihdi", sagte Halef, als der Verschlagene verschwunden war. „Manchmal machst du mir Angst, und ich bin froh, dass du nicht wirklich so bist, wie du vorgeben kannst zu sein."

„Es war mir keine Freude, Halef, es ist nur Mittel zum Zweck. Und ich fürchte, heute Abend wird es eine Wiederaufführung geben, bei der ich noch mehr leisten muss."

Doch für diesen Auftritt benötigten Halef und ich noch die passenden Kostüme. Auf dem Basar konnten wir in Reisekleidung einherschreiten, bei jenem abendlichen Treffen in dem geheimen Haus jedoch würden wir angemessener gewandet sein müssen. Ich fragte mich nun, woher wir derlei bekämen: Kaftane mit Stickereien, Gürteltücher und Kefije aus guten Stoffen und prächtig gefärbt oder zumindest rein und weiß und neu. Im Basar hatte ich keine Läden gesehen, die überzeugende Qualität angeboten hätten. Tuchhändler gab es, doch wäre es kaum möglich gewesen, eine angemessene Garderobe anfertigen zu lassen in solch kurzer Zeit. In den großen amerikanischen Städten gab es chinesische Schnellschneider, hier herrschte orientalische Gemächlichkeit. Schade auch, dass sich hier noch nicht die europäische Gepflogenheit der tragfertig geschneiderten Kleidung nach den sogenannten Konfektionsgrößen durchgesetzt hatte, auf deren Vertrieb sich zwei findige holländische Brüder – übrigens deutscher Abkunft – vor gut dreißig Jahren verlegt hatten. Ich wollte nun keinen Stoßseufzer von mir geben, warum nur Marijke van Beverningh aus einer Möbeldynastie stammte und nicht aus dem Textilmodengewerbe. Aber gut, selbst dann hätte ich ja kaum von ihr verlangen können, rasch die Nadel und den Faden zu schwingen …

Und dann dachte ich: Wozu nach Holland streben, wenn ein Friese so nah ist? Hatte Frick Turnerstick nicht von seiner reichen Fracht von Stoffen – und Kleidung gesprochen? Da würden wir uns doch wohl bedienen können! Träten wir mit ungewöhnlicher, weil fremdländischer, aber dennoch prächtiger Kleidung auf, würden wir noch unverdächtiger erscheinen, denn Reichtum blendet den Armen ebenso wie den Gierigen.

Auf dem Weg zurück zum Hafen begegneten wir Haschim. Er lächelte, jedoch ungewohnt grimmig.

„Ich kenne den Ort. Nach Sonnenuntergang werden die Sklavinnen verkauft."

Halef schaute zu Haschims Beduinen. Zurzeit hielten wohl die Schotten an der Karawanserei Wache.

„Habt Ihr den Sklavenhändler verfolgt?", fragte ich. Zweifellos hatte al-Fuladhy seine Ware an den Handelsort verbracht, und das früher, als ich vermutet hatte.

„Nein, ich habe nochmals den Mann getroffen, der mir neulich vermeintliche Perlen verkaufen wollte und den ich da leider missverstand." Haschim blickte finster, lächelte dann aber erneut.

„Den trafen wir ebenfalls“, sagte ich. „Wir wurden eingeladen. Aber der Ort blieb noch geheim.“

„Ich besitze Wege, einen Mann zum Sprechen zu bringen!“

„Aber Haschim“, rief Halef, „das klingt ja schrecklich! Habt Ihr etwa …?“

„Nicht doch, guter Halef“, gab Haschim zurück. „Woran auch immer Ihr denkt, so war es nicht.“

„Ihr habt in seinem Kopf gelesen!“, hauchte Halef.

„Nein, er hat es mir selbst gesagt, auch wenn er sich nicht mehr daran erinnert. Ebenso wie er sich nicht daran erinnert, dass ich zunächst ablehnte und er mich ein zweites Mal traf.“

Ich schaute Haschim ernst an. „Dies ist eine mächtige Gabe, die Ihr da angewendet habt.“

„Seid unbesorgt, Kara Ben Nemsi. Diese Macht über den Geist habe ich nur bei schlechten Menschen. Und ich wende sie nur äußerst selten an. Wenn die Zeit drängt.“

„Ihr seht aber, dass Halef und ich Ähnliches erfahren haben … nun, noch nicht alles. Ein wenig Zeit bräuchte es noch. Aber wie gut, dass Ihr den Ort kennt. So müssen uns die anderen heute Abend nicht ins Unbekannte folgen und Gefahr laufen, entdeckt zu werden.“

„Um nicht entdeckt zu werden oder vielmehr nicht entlarvt zu werden, brauchen wir als Gäste wohl ...“

„… Larven, Masken“, nickte ich. „Ich denke, wir können Kapitän Turnersticks Fracht als Kostümverleih nutzen.“

„Ihr seht unsere Mission doch nicht als Auftritt auf einem Maskenball!“ Haschim hob eine Augenbraue, die sich derart skeptisch wölbte, dass ich erstaunt war.

„Aber nein, Haschim. Ihr dürft mich nicht des Unernstes verdächtigen. Doch müssen wir überzeugend sein. Davon hängt der Erfolg ab. Wir können bei dieser Befreiung nicht auf Kampf und Feuerkraft setzen, sondern nur auf List und Täuschung.“

„Gewiss. Dazu ist wohl das nötig, was man im Deutschen *Spielfreude* nennt.“

Ich war von Haschims Kenntnis nicht sonderlich überrascht, angenehm war es dennoch.

Dann aber sprach Halef: „Und wenn wir die Schurken übertölpelt haben, kommt hernach die *Schadenfreude*."

Ach. Wieder schüttelte ich innerlich den Kopf über den Lehrer Lohse. Dennoch mochte ich Halef gern zustimmen. Wenngleich ich hoffte, den Sklavenhändlern nicht nur ihre jetzigen Gefangenen abzujagen, sondern ihnen endgültig das schändliche Handwerk zu legen.

Der Wirt des Quartiers, in dem Halef und ich logierten, war nicht allzu verwundert, als ein paar kräftige friesische Matrosen einige Kisten und Ballen heranschafften, noch weniger, als diesen auch ein Kapitän im dunklen Gehrock folgte. In der Hafenstadt Dauha kannte man Teerjacken und Seebären und wie Meerfahrer noch genannt wurden und schaute kaum zweimal hin. Auch nicht, als ein prächtig gekleideter Scheik mit zwei stattlichen Beduinen mich besuchte. Der Wirt ließ gelassen Kaffee brauen und Kanafeh, Katayef und Baklawa vom Zuckerbäcker heranschaffen als Zubiss zum schwarzen Trunk. Ich muss nun nicht die Teige und Füllungen beschreiben, die Nüsse und Mandeln und Pistazien, denn so reichhaltig all dies war und Zunge und Gaumen beschäftigte, so waren Augen und Finger in der kurzen Zeit bis Sonnenuntergang doch wesentlich geforderter. Ich kam mir vor wie eine reiche Pariser Dame, die all die Einkäufe aus den Boutiquen und Galanteriewaren in ihr Heim zugestellt bekommen hatte und nun die Schachteln und Kistchen öffnete und den exquisiten Inhalt hierhin legte, dorthin legte und auch endlich anprobierte.

Allerdings waren es orientalische Herrenkleider, die Halef und ich versuchten, und der Begriff des Orients war nun so weit gefasst, wie ihn sich ein Europäer nur denken mag. Aus China und Indien stammten sie, und damit erlaube ich mir eine gewisse Laxheit und fasse diese weiten Kulturräume ganz schlicht zusammen – denn es war keine Zeit für wissenschaftlich korrekte Ethnografien jeglicher Art.

Halef und ich schlüpften also in Gewänder und Schuhe, bis wir etwas Passendes und Angemessenes gefunden hatten. Halef wählte seine Kleider recht bunt und eher fernöstlich, während ich mich schlichterer, indischer Schnitte und Stoffe bediente. Wir erschienen aber nun nicht wie dem Reich der Mitte oder dem Subkontinent entsprungen, sondern noch immer als respektable und gar nicht verkleidet wirkende Herren Arabiens, die sich nur ein wenig Extravaganz erlaubten. Dass dies sich auch auf blitzende Ringe und Ketten ausdehnte, war zwangsläufig. Haschim wies mich darauf hin, den Musaddas nicht zu vergessen.

Ach und Haschim! Ich wusste nicht, woher er die veritablen Prinzenkleider hatte, die er am königlichen Leib trug. Ich bezweifelte, dass er sie winzig klein gefaltet in seinem Gepäck getragen hatte, seit er den väterlichen Palast verlassen hatte … aber was wusste ich schon? Außer, dass wir jetzt, ja, gerüstet waren, um die Sklavenhändler heimzusuchen.

Unser Plan war nun, dass Sir David und seine Schotten in der Nähe des Handelsorts, welcher ein wenig auffälliges Haus am Stadtrand war, sich ebenso unauffällig aufhalten sollten, mit einem oder zwei Wagen, um die befreiten Sklavinnen zu transportieren. Marijke van Beverningh würde ebenso anwesend sein, um die dann wohl glücklichen, aber sicher verschreckten Frauen zu beruhigen. Dann würden wir sie zunächst in eine Unterkunft am Hafen bringen, wo sie bis zum Auslaufen von Turnersticks Schiff verborgen ausharren sollten – bewacht von uns, falls wir verfolgt würden und Vergeltung befürchten müssten.

Dies waren Unwägbarkeiten, die mich sehr beschäftigten. Ich hatte nun schon oft Gefangene befreit, ob aus den Fängen von Schurken in den Weiten Amerikas oder Kerkern in den Bergen und Wüsten des Orients. Doch dort war ich stets freier im Handeln gewesen und hatte, nebst weniger Gefährten, auch die Möglichkeit gehabt, robustere Methoden anzuwenden. Es verbot sich aber alles Stürmen der unbekannten Örtlichkeit, und …

In diesen Augenblick stürmte Sir David in den Raum. Er war aller britischen Gelassenheit ledig und schnaufte und keuchte und seine Augen flackerten unstet, als er rief:

„Mrs. van B. ist verschwunden!“

Achtes Kapitel
Ein Sklavenmarkt

Ich sprang auf.

„Wie ist das geschehen?“

Der Lord schluckte.

„Wir waren am Hafen, und ich sprach ein wenig mit Skipper Turnerstick, *technical talk and such*, auf welcher Werft er seine ‚Courser‘ hat bauen lassen, denn ich trage mich ja mit dem Gedanken, eine neue Yacht in Auftrag zu geben, vielleicht etwas weniger luxuriös, dafür modern und robust, und …“

„Sir David, Mylord, *pray tell* – kommt zur Sache!“, rief ich.

Halef stieß einen entsetzten Laut aus. „Hat man Sayida Maryam entführt?“ Er schaute bestürzt zu Haschim, als wolle er damit ausdrücken, dass Mevrouw van Beverningh wohl nicht abhanden gekommen wäre, wenn Haschim und seine Beduinen dabei gewesen wären.

„*Yes, yes*“, haspelte der Lord. „Wir hatten gerade Wachwechsel gehabt, und McIlroy and McMurray hatten Posten von den Herren *Bedouin* übernommen …“

„Aber seitdem sind doch zwei Stunden vergangen!“ Ich spürte heiße Enttäuschung und Sorge – wie hatte das geschehen können?

Der Lord schluckte hart. „Ich war im Bootsgespräch vertieft, und die *Scotsmen* hatten von ein wenig Trubel an der Karawanserei berichtet ...“

„Weshalb wissen wir davon nichts?“ Ich schaute verzweifelt in die Runde der besorgten Gesichter. Halef tippte fahrig auf dem Griff seiner Kurbatsch herum, die er in seiner chinesischen Drachenmusterschärpe trug.

„Es kamen dort nur ein paar Kisten an, keine Sklavinnen!“, erklärte der Lord.

Ich schalt mich selbst – ich hätte deutlicher auf die tückische Tarnung der Sklavenhändler hinweisen sollen. „Und Mevrouw van Beverningh?“

„Die wollte im Hafen herumschauen. Sie mochte nicht mit Skipper Turnerstick plaudern.“

Ob dies nun an einer Abneigung zwischen Holländern und Friesen gelegen hatte, an den Männergesprächen oder den Männern an sich, vermochte ich nicht zu sagen. Ich hoffte nur, Mevrouw Marijke hatte nichts Unbedachtes getan – oder eher noch: nichts allzu Bedachtes und Geplantes.

„Wo sind die Schottenmänner?“, fragte Halef. Da hatte er Recht, und ich schaute Sir David etwas ungehalten an.

„Ja, wo sind Eure Pappenheimer?“

Sir David wirkte verwirrt, auch weil er sich sehr grämte, sagte aber dann mit gerümpfter Nase: „Die suchen die Mrs. …“

Es knarzte auf der Schwelle und herein trat die Besagte!

Marijke van Beverningh hob ihren dünnen Gesichtsschleier und steckte ihn an der Hutkrempe auf. Ihren zusammengefalteten Sonnenschirm hatte sie wie einen Gehstock über den Unterarm gehängt. Sie blickte streng über uns entgeistert dreinschauende Herren und musterte knapp die neuen Kleider von Halef und meiner selbst.

„Warum die Aufregung, meine Herren?“, fragte sie und zog die Handschuhe aus, um sie in den Gürtel zu schieben. „Während Lord und Kapitän über Schiffchen redeten, habe ich stattdessen weitere Wagen besorgt, um die zweifellos gewachsene Zahl der Sklavinnen nach der Befreiung zum Hafen zu bringen."

„Aber wie …?", entfuhr es Sir David. Ich wusste, er sagte dies nicht, weil er an Mevrouw van Beverningh zweifelte, sondern weil sie eine Frau war – eine Frau in jenem Teil des Morgenlands, das von strengen Gläubigen beherrscht wurde und in dem eine Frau keine Rechte besaß, geschweige denn Geschäfte tätigen durfte.

„Ich war selbstverständlich nicht bei dem Fuhrmann von zuvor", erklärte sie mit strenger Miene. „Ich habe von einem Landsmann von Ihnen erfahren, Lord, der hier ein Unternehmen für Spedition eröffnet hat, für Kaufleute aus dem Okzident. Aus gewissen naheliegenden und auch anderen Gründen." Sie wies mit einer beidhändigen Geste an ihrem Leib entlang. „Der Gentleman hat mir sogar Rabatt gegeben."

Die Kaufmannswitwe besaß zweifellos Verhandlungsgeschick.

„Ein sehr netter Mensch", befand sie. „Fredrick Fettes mit Namen. Ein Schotte aus Aberdeenshire."

„Aber Sie hätten mir doch sagen müssen, dass Sie …!", rief Sir David.

„Ich bin Ihre Sekretärin und Gesellschafterin", gab die Dame scharf zurück. „Auch Ihr *dolmetsch*, ihr *terdschüman*, wenngleich ich eine *terdschü-woman* bin. Aber Sie sind nicht meine *nanny*, Mylord!"

„Und – und – Sie nicht die meine!", schnappte der Lord. „Mich hier vor allen zurechtzuweisen! Und Ihr Ton dazu! Sie klingen, *beg pardon*, wie ein *chimney-sweep*, ein Schornsteinfeger!"

„Die bringen bekanntlich Glück", meinte Mrs. van B. schulterzuckend und stützte sich auf ihren Schirm. „Leider nicht den Frauen, denn es sind ja weitere hierher verschleppt worden." Sie schaute schmaläugig auf mich und Haschim. Ob sie mehr wusste oder ahnte, als sie sagen wollte? Nun, sie beherrschte wohl schlicht das kaufmännische Einmaleins und konnte so zwei und zwei zusammenzählen, auch ohne Ahnung von magischen Dingen zu haben.

„Die Herren dürfen nicht glauben, dass Sklavenhändler ihre Ware offen transportieren. Sie wissen sie zu verbergen – nicht vor den Behörden, sondern vor der Konkurrenz."

Haschim musterte Mevrouw Marijke ebenso wie ich.

„Schauen Sie nicht so! Glauben Sie, die Sklavinnen werden auf Kissen gebettet? In Kisten werden sie gesteckt! Betäubt! Zumindest jene, die nicht als besonders gelten und somit nur als … Zuverdienst verkauft werden!" Sie stach mit der Spitze des Schirms auf den Boden. Wir alle zuckten zusammen ob des scharfen Lauts – nein, eher weil Marijke van Beverningh nicht mehr kühl war, sondern wütend.

„Also!", forderte sie. „Wann schlagen wir zu?"

In diesem Augenblick polterten die beiden Schotten in den Raum. Sie nahmen Haltung an, als sie Sir Davids mürrischen Blick sahen, aber der winkte nur ab.

Mrs. van B. sagte etwas auf Gälisch. Die Schotten waren so überrascht, dass sie knapp lachten, aber dann rasch wieder ernst wurden. Die anderen schauten verwirrt, doch amüsiert. Mir war es recht: Es ist immer gut, einen Kampf mit heiterem Geist zu beginnen, denn der Ernst kommt von selbst.

Bevor wir aufbrachen, ließ es sich die gestrenge Dame nicht nehmen, mir und Halef die Krägen zu richten. Dies war nun keine Gouvernantengeste, sondern damit zu vergleichen, als Damen des Mittelalters den Rittern vor dem Turnier oder der Schlacht ihre Gunst schenkten. Wir erhielten nun keine Seidentücher, sondern zumindest ich eine geflüsterte Botschaft, die mir Ansporn und Mahnung zugleich war und wohl auch genau so beabsichtigt:

„Sie enttäuschen mich doch nicht, Kara Ben Nemsi? Befreien Sie die Frauen, strafen Sie die Schurken!"

Mevrouw Marijke trat einen Schritt zurück und senkte den Blick. Dann wandte sie sich um und an Sir David.

„Fahren wir, Mylord!“, sagte sie und verließ den Raum.

Sir David schaute mich an. Er zog einen Zettel aus der Innentasche seiner Jacke. „Das ist die Rechnung für die Wagen.“ Ich erkannte die Handschrift der Holländerin. Der Lord seufzte und folgte der Dame. Draußen hörte ich ihn einigermaßen streng mit den Schotten reden. Schließlich versprach Sir David seinen Pappenheimern, dass sie bald Gelegenheit bekämen, die Schwerter zu nutzen. Ich hoffte, dass dies nur Worte des Ansporns waren, um die Aussicht auf die kommende Wache und Eskorte erträglich zu machen. Bemerkenswert fand ich aber, wer in diesen Augenblicken wem die mutmachenden Sätze vergönnte. Nun, wer wäre ich, wenn ich eine Dame enttäuschen wollte, zumal in solch edler Absicht.

Zuvor mussten Halef und ich aber die edlen Männer spielen, welche unedle Wünsche hegten, namentlich sich Sklavinnen zu erwerben. Wir fanden uns also zu besagter Zeit an besagtem Ort ein. Es war dunkel geworden, nur wenige Lichter brannten in den Fenstern, selbst die Moschee war kaum beleuchtet. Am Brunnen wartete schon die Sänfte – wir hatten uns bewusst mit unserem Auftauchen Zeit gelassen, denn Herren mögen gegenüber Gleichen pünktlich sein, Händler jeder Art wurden mit dieser Ehre nicht bedacht, sie würden ja mit Geld entschädigt.

Ich begrüßte den Sänftenführer sogleich mit dem Vorwurf, dass wir nicht an unserer Wohnstatt abgeholt worden waren, wenngleich ich genau wusste, dass dies aus zweifachen Gründen der Diskretion nicht möglich war. Der Mann nahm es hin, er hatte dies wohl allzu oft vernommen. Stattdessen musterte er uns unauffällig, aber genau und verglich unsere Erscheinung mit der Beschreibung, die er von dem Verschlagenen erhalten hatte.

Dann öffnete man uns die Vorhänge der Sänfte, wir ließen uns auf die Polster fallen, und schon ruckte unser Transport nach oben und voran, von den vier muskulösen Trägern bewegt.

Ich wusste, Haschim würde zur gleichen Zeit von einem anderen Platz fortgetragen zu dem Ort, den wir bereits kannten. Und zu welchem auch Sir David und Mevrouw Marijke unterwegs waren.

Halef und ich schaukelten in der Sänfte dahin. Die Vorhänge waren schwer und dicht, wenngleich man draußen ohnehin kaum etwas hätte erkennen können, da die Beleuchtung wegen der schwindenden Lichter in Häusern und an Straßenecken immer dürftiger wurde. Ich glaubte aber, dass die übertriebene Geheimhaltung zum Geschäft gehörte. Die reichen Kunden sollten den Kitzel des Heiklen und Verbotenen spüren, obgleich der formell untersagte Sklavenhandel ja nicht wirklich geahndet wurde.

Da saßen Halef und ich nun: in fremden Kleidern und ohne die vertrauten Waffen. Denn diese mitzunehmen war uns freundlich untersagt worden. Klingen und Gewehre, auch Revolver wurden im Haus nicht geduldet, um den Wettstreit der Bieter auf Worte zu beschränken, sodass nicht der bessere Kämpfer oder Schütze den Preis erringen sollte, sondern nur jener mit der reicher gefüllten Börse und dem höheren Zahlungswillen. Auf meinen Einwand, dass ich und gewiss auch die anderen Kunden bei den mitgeführten Summen doch auf Sicherheit bedacht sein mussten, entgegnete man, es sei alles aufs Beste bestellt: Niemand würde es wagen, das Haus der Auktion zu überfallen, auch nicht die Gäste auf dem Weg dorthin. Die konkurrierenden Händler ebenso wie niedrigste Taschendiebe und Räuber wagten dies nicht, wenngleich aus anderen Gründen: der Sorge um das eigene Geschäft sowie der Furcht vor strenger Strafe – nicht vonseiten der Behörden, sondern von innerhalb jener geheimen oder eben doch nicht so geheimen Handelsorganisation.

Was mich und Halef in unserer Rolle als Sklavenkäufer beruhigen sollte, beunruhigte uns als jene, die wir wirklich waren.

Gewiss vermisste ich den Henrystutzen und den Revolver, weil ich doch zu Kampf und Befreiung auszog, oder eben:

getragen wurde. So musste ich mich eben auf meine Fäuste verlassen und nicht auf Kugeln. Immerhin war Halef die Kurbatsch gestattet worden, wohl weil man dachte, dass diese hilfreich sei, wenn man die neu erworbenen Sklavinnen mit sich fortführte. Vielleicht wurde aber auch ein Transport gestellt, fiel mir nun ein. Ob am gleichen Abend oder am nächsten Tag? Wir hatten auch die Möglichkeit erwogen, mit Sir Davids Barmitteln einfach alle Sklavinnen käuflich zu erwerben – und die Rettung ganz ohne Aufregung vonstatten gehen zu lassen. Aber Mevrouw Marijke verwahrte sich dagegen. Die Sklavenhändler sollten nicht bezahlt werden – sondern zahlen!

Wir kamen zum Halt und wurden aus der Sänfte komplimentiert. Ich blickte mich unauffällig um, denn ein Sklavenkäufer kümmerte sich nicht um den Ort des Handels und ein hochnäsiger Reicher noch viel weniger, zumindest nicht darum, in welcher Richtung der Hafen lag, was man an der Lage der beiden Hügel mit den Festungen leicht ausmachen konnte, die sich gegen den Sternenhimmel abhoben und zudem durch die Wachlichter zu erkennen waren. Lichter und Lampen gab es auch an diesem Ort reichlich, und die schlichte Fassade des Hauses war, wenn nicht prächtig, doch einladend illuminiert. Es war ein gänzlich normales Gebäude für diese Gegend, wenngleich breit und langgestreckt: zweistöckig aus Ziegeln und Kalkputz, an der Front ein Bogengang, darüber der weite Balkon mit seinen gemauerten Geländerpfosten und den hölzernen Querstangen dazwischen. Aus der Wand des Vorbaus wie auch des zweiten Stocks ragten die Enden der *danchal*, jener dünnen, mit Erdpech bestrichenen Balken, welche, mit Bambusstreifen und Mangrovenwurzeln verwoben, die Decken und Böden trugen und für die Bauten dieser Gegend typisch waren. Auch sah ich die *marazim*, hölzerne Halbröhren, die das Wasser der raren, aber dann heftigen Regenfälle ableiten sollten.

Ich betrachtete dies aber nicht aus Interesse an der Baukunde, sondern allein, weil ich mir auch Gedanken darüber machte, wie ich an diesem Ort einer möglichen Verschärfung der Situation begegnen konnte. Ich prüfte also kurz die Fluchtwege und die Art des Gebäudes selbst, es mochte von Nutzen sein.

Zwei Diener traten aus dem Eingang unter den Bögen hervor, und zwischen ihnen schritt ein beleibter Mann in wohl teurer, aber nicht protziger Kleidung, mit langem Bart, der zweifellos gefärbt war, so schwarz und glänzend wie er war. Der Feiste hob die kurzen Finger, die mit allzu vielen Ringen besteckt waren, und streckte uns begrüßend die Hände entgegen.

„Willkommen in meinem Haus! Freunde der Luluad und Dschumana! Ihr werdet hier ein prächtiges Angebot finden – wenngleich nicht zu wohlfeilem Preis."

Er fletschte anzüglich die Zähne, und zwar dreimal: bei den beiden Worten für „Perle" und bei dem Wort „Preis".

„Wahre Pracht ist ihren Preis wert", gab ich zurück. „Mag sich hier beides treffen – zu unser beider Vorteil." Dabei berührte ich wie zufällig die beiden wohlgefüllten Münzbeutel, die ich links und rechts am Gürtel trug wie ein *gunslinger* des Wilden Westens seine Revolver. Mir war es angemessen erschienen, diese Prahlerei einmal nachzuahmen.

Wenn sich nun jemand fragt, warum wir nicht höflich unsere Namen ausgetauscht hatten – darauf wurde verzichtet. Man wollte diskret sein.

Man bat uns dennoch unter großen Gesten hinein, in den *majilis*, den Gastraum, der sehr ausgedehnt und prächtig geschmückt war. Mir war diese Haremsatmosphäre unangenehm, und so ließ ich mich nicht beeindrucken von den grellfarbigen Tüchern, welche zwar einzelne Bereiche abtrennten, jedoch nicht verhüllten, dass sich dort Diwane und Sitzkissenberge befanden, gewissermaßen in Separees. Auch blendeten mich nicht die durchbrochenen Lampen aus Metall, welche irrlichternde Reflexe über das glänzende Gold und die schimmernden Steine sandten. Ich musste nichts berühren oder näher beäugen, um zu wissen, dass es nur Messing und Glas war, täuschender Tand. Dies war also kaum das private Heim des reichen Händlers, sondern nur ein Bühnenbild für das schändliche Schauspiel des Sklavenverkaufs. Allerdings sah ich auch ein paar Vogelkäfige mit prächtigen Exoten, und diese paradiesischen Tiere waren wohl eine Leihgabe aus dem Haushalt des Gastgebers.

„Ara, Kakadu, Tukan ...“, murmelte Halef, während uns ein Diener zu unseren Plätzen geleitete. Der Lehrer Lohse hatte jüngst wohl den Brehm mit unseren gefiederten Freunden durchgenommen.

Ich begutachtete das Angebot der Erfrischungen auf den kleinen Tischen und Taburetts. Das Konfekt auf den Tellern und Schalen war mannigfaltig, und die Früchte waren frisch.

„Sichelschwanz, Fadenhopf, Wimpelträger ...“

Der Tabak für die Tschibuks roch äußerst gut, und die Weine würden zweifellos auch edel sein. Neben den Gläsern und Pokalen sah ich tatsächlich Flaschen mit französischen Etiketten. Ich ging davon aus, dass die Kosten auf die Sklavenpreise aufgeschlagen würden.

„Paradicsclstern ...“

Paradiesel … Waren all diese Vögel wirklich in den Käfigen? Oder konnte Halef nicht den Schnabel halten, im Gegensatz zu den Tieren? Ich blickte auf und erkannte – die Wesen in den Käfigen waren nur ausgestopfte Bälge. Sie waren reine Dekoration, störten somit nicht durch Singen und Krächzen oder gar Reden die kommenden Attraktionen.

„Leopardelpanther!“

Ich wollte Halef bitten, die Scherze zu unterlassen, als ich schon das Fauchen vernahm. Eine gefleckte Großkatze fletschte die Zähne, blieb aber auf ihren Platz gekauert. Die goldene Kette um ihren Hals hätte sie kaum zurückgehalten. Das Tier gehorchte wohl nur dem Willen seiner Herrin, die auf einem Diwan lag, schwarz verhüllt bis auf die Augen, die mich greller anblitzten als die falschen Schmucksteine. Eine schlanke Hand fuhr dem Leoparden über den Kopf. Ich sah Muster aus

Hennafarbe auf den Fingern, die mir gänzlich untraditionell erschienen, sondern vielmehr …

„Da drüben ist Haschim“, flüsterte Halef, und ich sah unseren Freund mit seinen Beduinen in den *majilis* treten. So würde er wohl einen Thronsaal beschreiten, wenn er die Königswürde nicht abgelehnt hätte.

Dann wurden wir von dem Diener auf unsere Kissen komplimentiert. Andere Gäste, Kunden, Käufer hatten es sich bereits bequem und gemütlich gemacht und sprachen den angebotenen Wohltaten zu. Im Hintergrund, verborgen hinter den Schleiern, die sich vor Wänden und Türöffnungen befanden, sah ich etliche Männer, kräftig und bewaffnet. Dies war also die Bewachung, welche für die Sicherheit der Kunden und ihrer Börsen sorgen sollte. Ich glaubte, einige der großen Afrikaner aus der Karawane al-Fuladhys zu erkennen.

Haschim saß uns schräg gegenüber, denn all die abgeteilten Bereiche öffneten sich auf die Mitte des Raums hin. Dorthin trat nun der beleibte Mann mit den Ringen.

Die Auktion der Sklavinnen begann.

Neuntes Kapitel
Schwert und Peitsche

„Willkommen, Freunde der Perlen!“, tönte der Beleibte und klimperte mit seinen beringten Fingern durch die Luft. Er drehte sich um sich selbst, um seine Worte in alle Richtungen der Anwesenden zu wenden.

„Ihr edlen und wohlhabenden Käufer werdet am heutigen Abend vieles in makelloser Gestalt erblicken und mit euren geübten Augen viele Beispiele der Lieblichkeit schauen, welche seltene Zierden eines jeden Hauses sein werden!“

Ich konnte nur einen Teil der anderen Gäste erkennen: Es waren vor allem Männer in gesetztem Alter und mit untersetzten Körpern, mit gierigem Blick und gierigem Gaumen, denn sie sprachen den gereichten Köstlichkeiten reichlich zu. Aber auch einige hagere, finster dreinschauende Asketen waren darunter, die das Konfekt verschmähten und nur am Weinpokal nippten, wohl um nüchtern die Preise zu kalkulieren. Es stand ihnen gewiss auch der Sinn nach anderen Verlustigungen. Ob es die waren, die der Gastgeber nun ankündigte, konnte ich kaum wissen. Anderes befürchtete ich.

„Aber zuvor ein wenig Unterhaltung, um neben dem Leiblichen auch das Auge zu erfreuen oder sogar noch dessen Blick zu schärfen."

Auf einen Wink erklang Musik – wenngleich man niemanden sah, der dort aufspielte. Ich lauschte und schaute dann auf einen Punkt über dem Scheitel des Beleibten. Und tatsächlich sah ich, dass die Decke des Raumes ein zweifach mannsgroßes Loch, nein, eine Aussparung besaß, deren Ränder von Tüchern und Ketten behangen und so kaschiert waren. Das Innere des Kreises lag im Halbdunkel, doch von dort floss die Musik herab. Im oberen Geschoss musste sich ein Ensemble von Spielern befinden, welche die traditionellen Instrumente Dauhas nutzten: *al daf*, eine Art Tamburin, *al tabl*, die langgestreckte Trommel, sowie *tasat*, die wie Schellen oder Zimbeln benutzt wurden und doch nur Schalen aus Zinn waren. Auch erkannte ich den hohlen Klang des *galah*, eines großen Tonkrugs. Der Krug und die Schalen wurden gemeinhin von Perlenfischern benutzt, um von ihren Taten zu singen oder sich während der Arbeit über Wasser zu unterhalten. Dass dieserlei Musik nun bei der Auktion von Sklavinnen erklang, die verhüllend oder eben ganz enthüllend als Perlen bezeichnet wurden, schien mir empörend und despektierlich.

Nun kamen Frauen in dünnen Schleiern heran, die in der raschen Bewegung wehten und flogen, in vielerlei Farben und in mannigfacher Zahl. Es begann also ein Schautanz, der dem orientalischen Mann und dem europäischen Orientalisten ein prickelndes Gefühl vermitteln mochte, ich wandte mich jedoch uninteressiert ab und musterte die Gäste, die Kunden, vor allem aber das, man mochte sagen: Schallloch in der Zimmerdecke.

Meine planenden Gedanken wurden unterbrochen, als ich von der Seite angesprochen wurde. Ich schaute nach der Stimme und sah vor meinen Augen einen gewaltigen Säbel – mit Smaragden daran. Die Klinge steckte jedoch in der goldverzierten Scheide, ich wurde nicht vom blanken Metall bedroht. Stattdessen ragte ein Mann neben mir auf, den ich aufgrund des Säbels sogleich erkannte, obgleich ich nun zum ersten Mal sein Gesicht sah. Es war Youssef al-Fuladhy. Er war in schlichte Gewänder gekleidet, sein Smaragdsäbel war Prunk genug. Gleichzeitig zeichnete dieser ihn aus, als den einzigen offen Bewaffneten im Raum.

Er schaute mich von oben herab an, und so stand ich auf, um ihm von Angesicht zu Angesicht gegenüberzustehen. Neben mir erhob sich auch Halef. Al-Fuladhy würdigte ihn keines Blickes.

„Es scheint mir“, begann der Sklavenhändler, „dass Euch die Darbietungen nicht recht zusagen.“ Er wies auf die tanzenden Frauen mit den schwebenden Schleiern.

„Nicht mein Geschmack“, gab ich zurück.

Ich musterte mit arrogantem Blick das Gesicht vor mir. Es war hart und kräftig, mit kleinen schwarzen Augen und einem großen schwarzen Schnurrbart. Er schien mir tatsächlich kein Araber zu sein, sondern doch Perser oder von nördlich des Kaukasus herstammend. Einen Akzent erkannte ich jedoch nicht.

„Dann könnte ich Euch etwas bieten. Loransa al-Beri hat mir von Euch berichtet ...“

„Wer soll das sein?“

„Mein Zuträger. Ihr habt Ihn auf dem Basar kennengelernt.“

Der Verschlagene!

„Ich habe keinen Tee mit ihm genommen. Kennenlernen ist zuviel gesagt."

„Nun, dann hat er Euch jedoch erkannt. Als einen Mann mit gewissen Vorlieben."

Youssef al-Fuladhy musterte nun doch Halef, jedoch weniger sein Gesicht als seine Kurbatsch. Halef erkannte so wie ich den Zusammenhang, und wir wechselten einen Blick. Al-Fuladhy missverstand diesen – zu unserem Vorteil.

„Darf ich Euch bitten, mir zu folgen?", lud er uns ein und wies in Richtung des hinteren Hauses.

„Interessanter als dies kann es nur sein", gab ich gelangweilt zurück. Halef rückte seine Kurbatsch zurecht. Al-Fuladhy lächelte und ging voran.

Wir folgten einem Weg durch die abteilenden Tücher und Troddeln, ohne dass wir die anderen Gäste störten. Die Musik wurde leiser, als wir den Raum verließen, in einem schmalen Gang das Haus durchmaßen und zu einem Innenhof gelangten, der von Fackeln erleuchtet war. Ihr Schein ließ die Bogengänge ringsum in tiefe Schatten fallen, und die *danchal*, welche aus den Wänden über den Bögen ragten, wirkten wie schwarze Finger, die sich im flackernden Licht zu bewegen schienen.

An der gegenüberliegenden Seite des Hofs sah ich ein Tor, dessen Flügel standen offen, und ich konnte schwach weitere Gebäude erkennen, wohl Stallungen und Lagergebäude. Zu beiden Seiten des Tors sah ich zwei der schwarzen Wachen al-Fuladhys mit ihren riesigen Säbeln. Der Innenhof besaß einen großen Brunnen, dessen gekachelte Umrandung schimmerte, jedoch war der artesische Springquell versiegt, das Beckenrund trocken. In dem gemauerten Kreis drängten sich furchtsam zwei Dutzend Frauen, spärlich bekleidet, aber frisiert und geschminkt – die Sklavinnen! Die meisten besaßen helle Haut, helles Haar, doch auch einige Afrikanerinnen und Inderinnen waren darunter, und eine noch immer stolz dreinblickende Frau mit Zügen, die ich nicht genau im Orient verorten konnte. Ihr Blick traf sich mit meinem, und ich war erstaunt, dass es schien, als erkenne sie mich. Es mochte aber nicht meine Person sein, die jene Regung bei der Frau auslöste. Sie erkannte vielleicht mein Schauspiel und dass ich nicht der Grausame war, als der ich mich gab. Doch wenn es ihr gelang, mich zu durchschauen, dann musste ich auf der Hut sein!

Neben dem Brunnen lauerte der ausgezehrte Zauberer mit seiner straff über die Gesichtsknochen gezogenen Haut. Sein kahler Schädel schimmerte im Flammenlicht. Ich war versucht, den Musaddas hervorzuziehen, um zu prüfen, ob die magischen Fesseln der Frauen bereits gelöst waren, doch ich konnte es nicht wagen.

Auf der anderen Seite des Brunnens stand der Mann in der dunklen Dschellaba, deren Kapuze noch immer den Kopf bedeckte und ihn wie einen mittelalterlichen Henkersknecht erscheinen ließ. Zu seinen Füßen kauerte eine Sklavin mit dunkel schimmernder Haut – und ich erkannte mit Entsetzen, dass die Farbe ihres Körpers nicht allein von ihrer Herkunft herrührte und der Glanz nicht vom Schweiß der Angst, sondern von Blut, das aus Striemen und Schnitten ihres Leibes rann. Von Abu Kurbatschs Hand ringelte sich der Natternleib der langen Peitsche.

Youssef al-Fuladhy wandte sich an mich und Halef gleichermaßen. „Ihr könnt Euch vor dem Kauf in Stimmung bringen. Doch wenn Ihr die Ware beschädigt, müsst Ihr sie auch kaufen.“ Er zeigte auf Abu Kurbatsch und dessen erbarmungswürdiges Opfer. „Oder Ihr bringt zu einem Ende, was begonnen wurde. Das ist kostenfrei ...“

„Sehr entgegenkommend“, befand ich mit innerer Abscheu. „Das wird meinen Gefährten freuen.“ Ich bedeutete Halef die Erlaubnis, zu Abu Kurbatsch zu gehen, wandte mich aber al-Fuladhy zu. „Ich lege selbst keine Hand an. Der Ehrenmann beschmutzt sich nicht die Hände, sondern nutzt Auge und Ohr.“

Halef schlenderte hinüber, während er auf den Griff seiner Kurbatsch trommelte. „Das nennt Ihr eine Peitsche?“, fragte er Abu Kurbatsch. „Sie mag zwar lang sein, aber der Kenner bevorzugt eine solche wie die meine. Damit ist man näher am Geschehen.“ Nur ich vernahm den Unterton, der erkennen ließ, wie sehr Halef die Worte verabscheute. Sie verfehlten jedoch ihre Wirkung nicht. Abu Kurbatsch sah auf, und ich glaubte, seinen brennenden Blick im Dunkel der Kapuze zu spüren. Doch er wusste, dass er diese Beleidigung Halefs ertragen musste, denn dieser war in seinem Verständnis ein zahlungskräftiger Kunde wie auch ich.

Da sich Halef Zeit ließ und die Kurbatsch im Gürtel behielt, sprach ich zu al-Fuladhy. „Da wir von Waffen sprechen – einen prächtigen Säbel habt Ihr da. Ist er persisch?“

Al-Fuladhy zwirbelte ein Ende seines Schnauzbarts. „Gewiss. Ihr seid ein Mann der Genüsse – vielleicht auch der sanfteren? Der Dichtkunst und Poesie, der Erzählungen, welche nach langen Mühen auch den härtesten Mann entspannen mögen … Kennt Ihr die Legende von Arsalan?“

„Ein erbauliches Geschichtlein über geflohene Prinzessinnen, ägyptische Kaufleute und einen Thronerben, der am Ende obsiegt.“ Ich verzog das Gesicht. „Etwas süßlich.“

„Nun, das Interessante daran ist wohl der Gegenspieler, der ganz nach dem Geschmack von Männern wie uns ist: Fulad-Zereh!“

„Der gehörnte Dämon, welcher Malek Khazen, dem Feenkönig über das Land Zahrgiha, als General diente?“

„Ihr kennt die Geschichte! Ja, Fulad-Zereh diente als General, doch er fand dann seine Berufung darin, schöne Frauen zu entführen und …“

„… zu verkaufen?“

„Nun, er verschleppte sie in seinen Bau. Aber sogar ein Dämon, vielmehr noch ein Mann, kann doch nur für eine gewisse Anzahl selbst Verwendung finden ...“

Ich schaute wieder auf den Säbel. „Dann ist dies also ...“

Al-Fuladhy packte den Smaragdgriff und zog den Säbel, ließ die Klinge im Licht blitzen. „Shamshir-e Zomorrodnegar! Das

Schwert des Dämons, welches einst König Suleiman gehörte und seinen Träger vor aller Magie schützt!“

„Und die einzige Waffe war, die Fulad-Zereh töten konnte – was Arsalan auch gelang.“

„Nun, Dämonen sind überheblich und nicht so klug wie Menschen. Ich achte sehr auf meine Klinge.“

„Ihr wollt mir tatsächlich weismachen, dies sei Suleimans und des Dämons Klinge?“ Ich gab mich nicht allzu höhnisch – und hob dann sogleich die Hand, bevor al-Fuladhy antworten konnte. „Nein, nicht mich wollt Ihr täuschen. Aber all die anderen! Um Furcht zu schüren! Und deshalb seid Ihr wohl der Beste Eurer Profession.“

„Wohl erkannt, mein Herr!“, raunte al-Fuladhy und zwinkerte. „Gewiss ist dies nur ein recht guter Säbel. Die Smaragde sind nur Glas. Aber…“ – Er deutete auf dem Griff herum. – „… nach und nach ersetze ich sie durch echte. Dieser und dieser und diese dort. Und wenn ich einen wahren Smaragdsäbel besitze, setze ich mich zur Ruhe.“

„Ein erfolgreicher Mann und ein kluger dazu“, lobte ich. „Darf ich Eure prächtige Waffe und gleichermaßen Juwelenschatulle einmal führen?“ Ich wies zu Halef, der seine Kurbatsch bereitgemacht hatte. „Ich habe gern etwas in der Hand, wenn das Schauspiel beginnt. Aber aus verständlichen Gründen bin ich an diesem Ort meiner Waffen ledig.“

„Aber gewiss!“, tönte al-Fuladhy, blickte kurz auf meine beiden Goldbeutel und reichte mir den Säbel. Er lag gut in der Hand. Und dies war das einzige Gefühl, dass sich mir mitteilte, trotz meiner jüngsten Empfindlichkeit für magische Dinge. In mir regte sich nichts. Was daran liegen mochte, dass die Waffe eben allzu irdisch und nicht magisch war. Oder daran, dass Haschim nicht in der Nähe war, der mich stets der Magie näherbrachte. Aber über solche Hintergründe durfte ich jetzt nicht nachsinnen. Stattdessen musste ich handeln – vorgeblich und tatsächlich. Ich schwang den Säbel ein wenig und blickte über den Innenhof, in die Dunkelheit hinter dem geöffneten

Tor. Die Wachen blickten in die Finsternis und wussten nicht, dass sie ihrerseits beobachtet wurden.

„Ist es nicht etwas heikel, dass das Tor offensteht?“, fragte ich und ließ ein wenig Besorgnis in meine Stimme fließen.

„Aber Ihr dürft doch nicht besorgt sein! Hier gibt es keine Probleme mit Behörden wie andernorts. Und die lachhafte Konkurrenz wagt nichts – auch wegen dem, was Ihr in Händen haltet.“ Er zeigte zurück zum Haus. „Heute wird der Verkauf gut sein! Und mein Profit reichlich – neue Smaragde für Shamshir!“

„Nein. Für al-Fuladhy.“

„Für Fulad-Zereh!“, lachte der Sklavenhändler und stutzte dann. „Ich habe Euch meinen Namen nicht …“

Ich schwang den Säbel und legte die Klinge an seinen Hals. „Dennoch weiß ich, wer Ihr seid. Und wer ich bin? Ich bin Euer Arsalan!“

Al-Fuladhy wollte einen zornigen Befehl an seine Wache ausstoßen, doch es war schon zu spät. Halef stieß den Griff seiner Peitsche in die Kapuze Abu Kurbatschs. Dieser war so überrascht, dass er seinen Nilpferdziemer fallen ließ, und mit dem zweiten Stoß hatte Halef ihn auch schon betäubt, sodass er in seiner Dschellaba zu einem unordentlichen Haufen zusammensackte.

Der hagere Zauberer sprang in einem Satz zu seinem Herrn al-Fuladhy, hob die Krallenhände in einer magischen Geste gegen mich – und stutzte!

Ich lachte. „Shamshir schützt vor allem Zauber!“, rief ich höhnisch, und schon hatte Halef dem Magier seinen Kurbatschgriff über den blanken Scheitel gezogen. Auch dieser fiel besinnungslos zu Boden.

Am Tor gab es Tumult! Ein Fuhrwerk kam rasselnd zum Halt, dann prallten klirrend Klingen gegeneinander! Ich sah, wie sich die schwarzen Wächter des Sklavenhändlers im Kampf mit Lindsays schottischer Garde maßen, die ihre Pappenheimer schwangen, nein, es waren natürlich ihre schottischen

Schwerter, und sie nutzen sie meisterhaft, denn die Wächter schlugen mit ihren schweren Riesenklingen fehl, während die Schotten flink auswichen und Hieb auf Hieb setzten. Ich erkannte, dass die Wächter der Karawane wohl doch nur zur Abschreckung gedient hatten und keine geschickten Klingenkämpfer waren. Was Wunder! Ihre gewaltigen Säbel mochten beeindruckend und prächtig sein, aber sie waren doch eher Henkerswerkzeuge als Kriegerwaffen! Die Schotten führten einen wahren Schwerttanz auf, wenngleich ich wohl weiß, dass es in den Highlands viel mehr Tradition ist, das auf dem Boden liegende Schwert zu umtanzen. Ich meine selbstverständlich, dass die beiden Macs – man verzeihe, ich konnte sie hier nicht unterscheiden – sich tänzergleich und elegant bewegten und ihre Breitschwerter mit dem Korbgriff nicht minder. Und schließlich hatten ihre Klingen genug Blut gezogen, dass die schwarzen Säbelriesen ihre Waffen klirrend fallen lassen mussten und gegen die Torflügel sanken.

Youssef al-Fuladhy hatte die Darbietung wütend, aber regungslos betrachtet – sie war keinesfalls nach seinem Geschmack gewesen, was nicht allein an der eigenen Klinge an seinem Hals lag. Und Halef hatte den Mann, der sich Abu Kurbatsch nannte, mit dessen eigener Nilpferdpeitsche gefesselt. Der Schinder lag noch immer bäuchlings auf dem Boden, sein Kopf von der Kapuze verhüllt. Der Peitschenriemen war lang genug, um ihm Handgelenke und Fußgelenke so zu verbinden, dass er sich nicht rühren konnte.

„Ein feiner Zeitvertreib, Sihdi!“, rief Halef halblaut und steckte den Dolch des Mannes in seinen Gürtel.

Mittlerweile war Sir David durch das Tor geschritten, hatte seine Schotten beglückwünscht und sie mir entgegengesandt, während er selbst auf die verschreckten Sklavinnen im Brunnen zuging und in unelegantem Arabisch verkündete, dass die Rettung nahe sei. Dann wiederholte er das ganze auf Englisch. Was er hernach in versuchtem Französisch von sich gab, verstand selbst ich nicht. Sein Tonfall und seine Gesten mochten aber beruhigend genug sein, dass die europäischen Sklavinnen zweifellos begriffen, was gerade geschah.

McIlroy und McMurray traten zu mir – aus der Nähe ließen sie sich leicht unterscheiden – und richteten ihre Schwerter auf Youssef al-Fuladhy, damit ich den Säbel sinken lassen konnte. Ich nahm die Goldscheide und schob den Säbel hinein.

„Ich könnte die Smaragde herausbrechen, die du mir gezeigt hast. Als Entschädigung für die Frauen“, sagte ich. „Aber das ist nicht annähernd genug.“

Ich wandte mich an die Schotten. „Fesselt den Mann. *Please, me lads!*“

Die beiden hoben die Brauen und feixten. Der Akzent schien mir gelungen zu sein.

Während al-Fuladhys Hände in seine Gürtelschärpe geknotet wurden, ging ich zu dem reglosen Kahlkopf hin, den ich mit meiner Finte verwirrt hatte. Auch ihn fesselte ich mit dem langen Tuchstreifen, der ihm um den dürren Leib gewunden war. Dann folgte ich einer Eingebung und verband ihm die Augen mit seinem Halstuch. Ich durchsuchte ihn nur knapp nach Messer oder Dolch, mit dem er sich hätte befreien können, fand aber nur Dinge, von denen eher Haschim wusste, wozu sie dienten. Mir schienen sie nur sonderbar, da nicht alltäglich: ein paar Münzen von fremder Form, ein Bündel kurzer rechteckiger Stäbe, ein Rollsiegel und dergleichen. Ich stopfte sie in den seltsamen leeren Beutel aus Flechtwerk, der in den Gewandfalten verborgen war.

Ich hatte bereits gehört, dass eine Stimme wechselnd in sanftem Arabisch, auch Englisch und Französisch den Sklavinnen Mut und Hoffnung zusprach. Marijke van Beverningh hatte den Hof betreten. Ich blickte auf und sah, wie sie sachte, aber zur Eile drängend, die Frauen aus dem Brunnen und zum Tor geleitete, wo die Wagen standen; Sir David assistierte ihr etwas ungelenk.

Ich blickte zurück zum Hintereingang des Hauses. Noch immer vernahm ich die leise Musik, dennoch konnte jederzeit der

Gastgeber zur Auktion rufen und würde dann erwarten, dass al-Fuladhy und Abu Kurbatsch die Sklavinnen hereinbrachten. Oder er sandte nach ihnen. Bis dahin sollten wir verschwunden sein.

„Sihdi!“, rief Halef – zu laut!

Ich wandte mich um und sah Halef entsetzt auf den gefesselten Kahlkopf zeigen, der sich am Boden wand und kehlige Laute von sich gab, wobei er den Hals reckte, um die Stirn gen Himmel zu richten. Unter der Augenbinde rannen zwei Fäden Flüssigkeit heraus, die weder Tränen noch Blut waren. Ich roch plötzlich Rauch, und es schien mir, als würden die Enden der *danchal*, die ringsum aus den Wänden ragten, zu glühen beginnen. Dann aber stieß der Mann einen erneuten Schmerzenslaut aus. Ich wollte hinzulaufen, um wie auch immer zu helfen – da spürte ich etwas und schaute zurück. Haschim kam mit seinen beiden Beduinen aus dem Haus, noch immer klang die Musik. Haschim hatte die Hand erhoben und den Mund geöffnet, es sah aus, als habe er mir eine Warnung zurufen wollen.

Als sich unsere Blicke trafen, schaute er ein wenig erstaunt, lief dann aber an mir vorüber, wobei er mich wie flüchtig an der Schulter berührte. Ich begriff aber, dass er – etwas prüfen wollte. Dann beugte er sich rasch zu dem – nein, nicht zu dem Kahlköpfigen hinab, sondern zu der Tasche aus Flechtwerk, öffnete sie behutsam und kehrte sie rasch um. Die Münzen, die Stäbe, das Rollsiegel fielen zu Boden. Sie knisterten und – stießen einander ab, wie Magnetsteine. Der Kahlköpfige verstummte und lag still. Haschim blickte auf und deutete mahnend mit dem Finger auf mich.

„Dies dürft Ihr niemals wieder tun, Kara Ben Nemsi. Wenn Ihr wisst, dass jemand ein solcher ist, meidet seine Besitztümer. Rührt sie nicht an.“

„Aber ich habe nichts gespürt …“, begann ich.

Haschim lächelte milde. „Ihr dürft Euch nicht allzusehr auf das verlassen, an was Ihr nicht wirklich glaubt.“ Dann zeigte er auf den Smaragdsäbel. „Der falsche Shamshir hingegen … Aber das wisst Ihr ja selbst.“

Ich wog die Klinge in der Hand. Selbst in der Scheide spürte man, dass es ein guter Säbel war. Dann zeigte ich auf al-Fuladhy und Abu Kurbatsch.

„Was geschieht mit ihnen?“

„Wir nehmen sie mit“, sagte die Holländerin kalt. Das Fackellicht funkelte in ihren Augen. Sogleich schien mir der Vorschlag der Frau nicht gut – wer wusste, was sie …

Haschim hatte aus dem Hauseingang eine Öllampe geholt, zog den brennenden Docht heraus und goss das Öl in einem verschlungenen Muster auf die Gegenstände am Boden. Dann ließ er den Docht fallen. Schwache Flammen liefen über die vom Öl gezeichneten Linien und ein stechender Geruch stieg auf.

„Wir nehmen die Männer mit“, befand Haschim. „Hier werden sie zu rasch befreit. Und wir haben ausreichend Wachen.“

Ich nickte notgedrungen. Die Beduinen zerrten Abu Kurbatsch auf die Füße, nachdem Halef den Peitschenriemen mit dem Dolch des Mannes durchtrennt hatte, sodass dieser noch immer an Händen und Füßen gebunden war.

„Das war die Kurbatsch“, feixte er und wandte sich an die Beduinen. „Nehmt Abu Mehlsack und tragt ihn fort!“ Die Beduinen musterten Halef reglos. Haschim lachte leise und gab ihnen einen Wink, dann schleiften sie ihn zum Tor hinaus. Die Schotten eskortierten Youssef al-Fuladhy, indem sie ihm ihre beiden Schwerter an den Hals hielten.

Haschim nahm den reglosen Kahlkopf auf die Arme, dessen Körper dünn und leicht wie der eines Kindes schien. Ich blickte erstaunt. Haschim schaute ernst zurück. „Er wäre beinahe gestorben“, flüsterte er. „Selbst einer des Linken Pfads hat dies nicht verdient.“

Ich fühlte Schauder und Scham zugleich.

Haschim schüttelte den Kopf.

„Es ist gut. Wenn er erwacht, wird er leben, wenngleich nicht wie zuvor. Er wird nie wieder Sklavenketten führen. So ist es am Ende gleich."

Dann trug Haschim den Zauberer zum Tor. Halef und ich blieben zurück, schauten einen Augenblick über den leeren Hof. Die Musik verstummte. Dann gingen auch wir.

Zehntes Kapitel
Freiheit oder Tod

Die Wagen boten genug Raum für die befreiten Sklavinnen, sie drängten sich eng aneinander, furchtsam und noch nicht ganz begreifend, dass sie den Fängen der Sklavenhändler und den künftigen Käufern entronnen waren. Ich konnte nur ahnen, um wie vieles schrecklicher das von ihnen bisher erlittene Leid und Unrecht noch geworden wäre.

Marijke van Beverningh lenkte den einen Wagen selbst, den anderen Sir David, der keine Miene verzog, sodass ich seine Gedanken nicht einmal erahnen konnte. Wir anderen Männer saßen im Sattel, die Pferde hatten die Schotten für Haschim und seine Beduinen sowie für mich und Halef bereitgehalten. Die Schotten waren sich nicht zu fein, das dritte Gefährt zu lenken, die Beduinen wären dazu wohl kaum bereit gewesen. Leider mussten wir die Sklavenhändler auf eine Wagenfläche gemeinsam mit einigen Frauen verfügen. Mevrouw Marijke hatte dies den Befreiten erklärt, und die Mutigsten und Gefasstesten wurden für diese unangenehme Gesellschaft ausgewählt. Immerhin waren die Schinder allesamt ohnmächtig. Ich hatte al-Fuladhy einen tüchtigen Schlag über den Schädel geben müssen – mit dem Griff seines eigenen Säbels –, weil er begonnen hatte, die Damen widerwärtig zu schmähen, wobei dies wohl noch das Geringste war, das er ihnen je angetan hatte. Nun schwieg er endlich.

Obgleich wir alle zum Hafen strebten, nahmen wir unterschiedliche Wege durch die Stadt, um keine Aufmerksamkeit zu erregen. Halef und ich waren versucht, noch einmal an der Front des Sklavenhändlerhauses vorbeizureiten, gar zu lauschen, was sich drinnen an Enttäuschung und Empörung Bahn brechen würde, wenn man bemerkte, dass die begehrte Ware verschwunden war. Doch uns stand dann doch nicht der Sinn nach Schadenfreude. Denn schon morgen mochten dort neue Frauen verkauft werden. Eines aber war sicher: Diese würden nicht von Youssef al-Fuladhy geliefert und zuvor verschleppt worden sein. Immerhin dies würden wir, hoffentlich für immer, unterbunden haben.

Am Hafen erwartete uns Kapitän Turnerstick vor seinem angemieteten Lagerhaus, das leider nur ein größerer Schuppen war, baufällig noch dazu. Wir geleiteten die Frauen hinein. Mich schmerzte, dass wir sie hier unterbringen mussten, in Enge und Staub, doch es war nötig. Wir konnten sie nicht sogleich auf Turnersticks Schiff bringen, zumindest nicht in ihrer gesamten Zahl. Es musste allmählich und heimlich geschehen, denn die Büttel und Zolleintreiber strichen am Hafen herum, und diese waren gegenüber Ausländern misstrauisch und streng und zudem ohne Unrechtsbewusstsein, was den Sklavenhandel betraf. Und wir konnten nicht zulassen, dass die so glücklich befreiten Unglücksseligen erneut in Gefangenschaft gerieten, jetzt, wo Hoffnung aufgekeimt war, ja zu blühen begann.

Im schwachen Licht beschauten sich unsere beiden Gruppen: die Frauen, welche wegen ihrer Herrichtung für den Sklavenmarkt keine Ähnlichkeit mit dem besaßen, wie man sich gemeinhin jüngst befreite Gefangene vorstellt, denn bei solchen denkt man an verhungerte Gestalten, die schmutzigen Kerkern entstiegen sind und deren Augen durch lange Finsternis fast erloschen aus hohlwangigen, bleichen Gesichtern starren. Diese Maiden jedoch waren rosenwangig – und dies rührte nicht allein vom aufgetragenen Rot her, ebenso wenig wie ihre Augen nur wegen der Schminke groß und strahlend waren. Endlich hatten sie, nein, nicht allein begriffen, endlich waren sie sich sicher und fühlten sich gleichermaßen. Die jungen Damen waren wohl eine Augenweide, nicht allein für lüsterne Sklavenkäufer; doch was für einen Anblick boten wohl wir, die Befreier? Ein großer, nein großgewachsener, deutscher Schriftsteller, sein kleiner orientalischer Freund, ein englischer Lord, ein arabischer Scheik – und zwischen den beiden Reihen von Männern und Frauen stehend, die wahre Befreierin, Marijke van Beverningh, mit stolzem Blick.

Wir schauten uns also an, dankbar und zufrieden für den Augenblick, sicher auch glücklich, bis sich Frick Turnerstick räusperte und den traulich-erhabenen Moment störte.

„Liewer Charley, was machen wir mit all die Femkes, ich meine, den Ladies? Wir können sie kaum unten in die Bilge vom Schiff stecken. Und in Kisten packen oder Teppiche wickeln geht ja wohl auch nicht."

Marijke van Beverningh stieß halblaut eine holländische Verwünschung aus, die Turnerstick wohl verstehen musste, die ich hier aber nicht wiedergebe, wenngleich ich den ungalanten Einwurf des Kapitäns ebenfalls verurteilte. Stattdessen beruhigte ich die Gemüter mit handfestem Vorschlag:

„Wir verbergen sie vor aller Augen!"

„Wie das?", fragte Turnerstick, und Halef schaute ahnungsvoll zu Haschim.

„Nichts dergleichen", sagte ich nebenbei zu Halef, der gewiss an Unsichtbarkeit und Tarnkappen gedacht haben mochte. Auch Haschim wiegte den Kopf. Halef schien enttäuscht, aber sein Sihdi hatte ohnehin den besseren Plan:

„Wir verkleiden sie als Seeleute. Dann mischen sie sich unter Kapitän Turnersticks Mannschaft. Und damit die Tarnung tadellos ist, scheren wir ihnen das Haar!"

Ich weiß, dass dies ein harscher Plan war, und durch den Schuppen klangen entsetzte Laute. Doch in der Not muss jeder willig Haare lassen, vor allem wenn es ums Leben geht.

Also geschah es: Einige friesische Matrosen kamen vom Schiff, sie trugen Seesäcke mit überzähliger Kleidung für die Frauen. Ein weiterer hatte Leichteres dabei: Er war der Schiffsbarbier mit der Schere und entledigte die Frauen ihrer langen Locken und Tressen und glatter Haarpracht. Mevrouw Marijke hatte den Plan mit sanften, aber eindringlichen Worten erklären müssen. Nun ließen die je nach Gemüt entsetzten, tränenvergießenden oder auch teilnahmslosen Frauen die Prozedur über sich ergehen.

Wir Männer verließen den Schuppen, um vor seinen Wänden die Frauen zu bewachen und nicht mit unseren Blicken oder reiner Anwesenheit die Schmach zu verstärken. Die Frauen waren der Gefangenschaft entkommen und mussten es nun erleiden, wie Sträflinge im Zuchthaus geschoren zu werden. Auch wenn der Barbier ihnen das Haar nur männlich kurz schnitt, musste es ihnen so vorkommen. Marijke van Beverningh blieb, um ihnen Mut zuzusprechen und Beistand zu leisten, denn ihnen wurde viel abverlangt – ob körperlich oder seelisch oder beides, und in welchem Maße, mochte ich kaum zu erfassen.

Die Beduinen hielten Wache vor einem Verschlag, in den sie und die Schotten unsere noch immer ohnmächtigen Gefangenen geschleppt hatten. Zuvor hatten die beiden Wächterpaare sich gewissenhaft versichert, dass wir nicht verfolgt worden waren. Wir traten ein und sahen Youssef al-Fuladhy, Abu Kurbatsch und den kahlen Zauberer gebunden und reglos auf dem Boden kauern. Ohne ihre Waffen und ohne ihre Schwarze Kunst waren sie nurmehr erbärmliche Kerle und keine furchtbaren Schurken mehr.

Nun würden wir beraten, was mit ihnen geschehen sollte. Nachdem wir für die sichere Flucht der Frauen gesorgt hatten, ging es uns um die Bestrafung der Verbrecher. Erst danach würden wir unser eigenes weiteres Vorgehen beraten, wenngleich zwingend notwendig war, dass wir Dauha verließen – wir hatten vielerlei Gegner, die uns bald suchen würden: Sklavenhändler, Sklavenkäufer, die Behörden und Büttel gar. Doch diese Gefahr drohte wohl erst mit Morgengrauen.

Wir standen vor den Ohnmächtigen. Es war wohl gut, dass sie bewusstlos waren, wir wollten sie nicht wecken. Es schien besser, die Männer in ihrem Zustand der schamvollen Niederlage zu belassen und nicht durch Gespräche bei ihnen Trotz und Wut und damit Kampfeswillen zu wecken.

Deshalb war es mir lieb, dass sich Marijke van Beverningh um die Frauen kümmerte. Im Angesicht ihrer früheren Peiniger und Entführer wären sie verständlicherweise kaum ruhig geblieben, und wir mussten doch in aller Stille auf das Morgengrauen warten und auf das Auslaufen des Schiffs.

Wir hatten vieles abzuwägen. Ohne mich zum Juristen erheben zu wollen, besaß ich ein wenig Erfahrung im Aburteilen von Schurken. Im Wilden Westen Amerikas hatte ich dann und wann etwas abgehalten, was man wohl Präriegericht nennen könnte. Wer aber nun auf rohe Methoden sann, den musste ich enttäuschen. Wir würden die Männer, selbst wenn sie ruchlos und grausam waren und nicht nur Qual, sondern auch Tod verursacht hatten, nicht einfach wiederum töten. Ich wusste, dass Mevrouw Marijke dafür plädieren würde, aus verständlichen Gründen, doch ich war überzeugt, dass wir hierzu moralisch nicht im Recht waren.

Es war gleichwohl möglich, die drei Verbrecher in diesem Verschlag zu belassen. Nachdem das Schiff und wir selbst Dauha verlassen hätten, würde es einige Zeit dauern, bis sie gefunden würden. Ausreichend Vorsprung für uns alle – und doch würden die Schurken nicht bestraft werden und könnten weiter ihrem schäbigen Tun nachgehen.

Eine weitere Option war, die Sklavenhändler auf Turnersticks Schiff zu verfrachten, auf dass dieser sie im nächsten

Hafen an die Briten übergeben möge. Doch dem Kapitän neben den zwei Dutzend Frauen auch noch drei Verbrecher zu überantworten – das war wohl zu viel verlangt. Zudem wies Sir David darauf hin, dass die britische Admiralität auf ihrem Nichteinmischungspakt bestehen mochte: Die Verbrechen waren auf Gebiet der Osmanen und Katars geschehen, zudem sei keine Britin geschädigt worden, und deshalb würden die Sklavenhändler gewiss zurück nach Dauha verfügt – und wären wieder frei.

Nein, dies wäre empörend!

Ich seufzte – wären wir in einem gefestigteren Staatsgebilde, als es die Piratenküste und das Umland waren, so hätten sich hier die diplomatischen Vertretungen des einen oder anderen europäischen Landes gefunden und hätten die Verbrecher schlichtweg dort am Botschaftsgebäude abliefern können. Doch dies war uns versagt – und wiederum hätte es all die konsularischen und politischen Abwägungen gegeben, welche zu obig Erwähntem geführt hätten ...

Es war zum Verzweifeln! Und die Schurken in Umkehrung ihrer Verbrechen ihrerseits auf Kamele zu verladen und zunächst mit uns zu führen … Nein, wohin, und zu welchem Zweck? Wir hätten dann andernorts die gleichen Probleme zu lösen.

Ich ballte die Fäuste. Sir David schaute verdrossen. Halef riss die Kurbatsch aus dem Gürtel und trat zu al-Fuladhy hin.

„Halef, bitte!“, mahnte ich. „Auch ich bin ungehalten, doch …“

„Aber, Sihdi“, gab Halef zurück, „ich will ihn doch nicht schlagen, auch wenn er es verdient hätte. Er soll uns anschauen und selbst etwas sagen!“

Sir David knurrte. „Wir erfüllen keine Wünsche!“

„Nein“, entgegnete Halef, „aber wenn wir dem Scheusal ins Auge blicken, schenkt uns Allah in seiner Weisheit vielleicht eine Eingebung, wie wir Gerechtigkeit üben können.“

„Nun gut“, meinte ich. Dies hatte etwas für sich. Es ist leicht, über Abwesende zu reden, doch über Anwesende, wenngleich Ohnmächtige, zu richten, ist für den Rechtschaffenen schwer. Halef schob den Griff der Kurbasch unter al-Fuladhys Kinn und hob es an.

„He“, rief er, „stell dich nicht taub und tot! Schau deine Richter an!“

Der Kopf des Schurken sank schlaff zurück. Halef stutzte, ich sprang heran! Ich packte das Kinn des Verbrechers, hob sein Augenlid an – ich spürte keinen Atem, keinen Herzschlag!

Youssef al-Fuladhy lebte nicht mehr!

Hatte ich den betäubenden Schlag zu stark ausgeführt? Nein, das konnte nicht sein – ich hatte dergleichen schon zu oft angewendet. Dann hatte ich einen schrecklichen Verdacht – und untersuchte die Kleider des Toten auf Blutspuren. Ich war erleichtert, dass sich weder eine Stichverletzung noch eine Schusswunde fand. Ein wenig Scham verspürte ich wegen meiner unausgesprochenen, ja kaum deutlich gedachten Beschuldigung gegen …

„Er ist erstickt“, befand Haschim mit kundigem Blick.

Halef knurrte: „Hat er seinen letzten Sklavenhändlerschmaus wohl nicht bei sich behalten.“ Dann prüfte er den Puls von Abu Kurbatsch und nickte. „Der hat uns nicht verlassen, obwohl ich ihm tüchtig die Nase geprellt habe. Hört ihr ihn schnaufen?“

Ich lockerte das enge Halstuch al-Fuladhys und sah die Haut darunter verfärbt.

„Erwürgt“, sagte ich knapp und erhob mich, um eilig zum Schuppen zu gehen.

Drinnen ließen die letzten Frauen ihr Haar, die anderen waren kaum noch als solche zu erkennen, denn sie standen dort bereits als veritable friesische Seeleute mit tief ins Gesicht gezogenen Mützen und hochgeschlagenen Krägen der Bordjacken herum, wenngleich sie recht klein und schmal von

Körperbau waren und sich sichtlich unwohl in der groben Kleidung fühlten.

Ich trat an Marijke van Beverningh heran und verkündete ihr den Tod des Sklavenhändlers. Sie zeigte keine Freude oder Genugtuung, für einen Herzschlag flackerte Enttäuschung über ihre Züge.

„Al-Fuladhy war auf dem Wagen der Schotten“, erinnerte sie sich und schaute zu einer Gruppe Frauen hin. Ich erkannte unter ihnen jene einzelne, die ich schon im Hof des Sklavenhauses bemerkt hatte, jene, die keine Europäerin und keine Inderin war. Auch jetzt begegnete sie meinem Blick stolz, geradezu kühn – als habe sie erkannt, was ich in diesem Augenblick dachte. Die Holländerin bemerkte beides.

„Nun, Mijnheer Kara, wollen Sie nach den Verbrechern nun auch über die Frauen Gericht halten und sie peinlichst befragen, welche von ihnen es nun getan hat? Es mag eine jede gewesen sein.“

Ich hob die Hände und drehte die Flächen nach außen, als wollte ich zeigen, dass ich unbewaffnet sei. „Es mag Schicksal gewesen sein“, entgegnete ich.

„Das mag es gewesen sein“, gab die Holländerin zurück. „Aber gehen Sie nun zurück zu den übrigen Schurken. Ich muss noch immer den Frauen beistehen und ihnen die Scheu davor nehmen, erneut unter fremde Männer zu fallen.“

„Die rechtschaffene friesische Seeleute sind! Es mag den Damen helfen, wenn sie sich für jene kurze Zeit als ebensolche ansehen. Aber es wird Ihnen gelingen, Mevrouw Marijke. Ich vertraue Ihnen.“

Sie schaute mich etwas skeptisch an. Dann nickte sie knapp und ging zu den Frauen zurück und ich zu den Männern.

In dem Verschlag empfing mich Haschim sogleich mit einer Entscheidung.

„Ihr mögt es mir nachsehen, Kara Ben Nemsi, doch ich denke, ich habe eine Lösung. Sie entstammt jedoch nicht dem irdischen Recht und Ermessen.“

Gewiss. Haschim würde magisch argumentieren. Doch angesichts unserer Lage, in der wir mit den üblichen Ansätzen nicht weiterkamen …

„Sprecht nur“, sagte ich freundlich.

Der Scheik lächelte und schaute zu meiner Hand, die ich unbewusst auf die Westentasche mit dem Musaddas gelegt hatte.

„Nun“, begann Haschim, „der Nigromant ist bald nur noch eine leere Hülle.“

Ich erschrak. „Habe ich ihm dies durch meine Unvorsichtigkeit …“

„Nicht völlig, wenn Euch dies ein Trost ist. Aber vor allem braucht er neue Kraft. Wären wir nicht eingeschritten, hätte man ihm im Sklavenhaus eine Sklavin gegeben, um …“

„Bitte, erspart mir die Einzelheiten.“

„Verzeiht. Aber es wäre nun Folgendes möglich: Wenn ich den Hexer in gewissem Rahmen seinen Durst stillen ließe ...“

„An Abu Kurbatsch ...“, vermutete ich.

„An eben diesem“, nickte Haschim. „Dann würden beide bis zum dritten Sonnenaufgang in eine Starre verfallen. Und Abu Kurbatsch erhielte eine Strafe, die wir ihm ohnehin zugestanden hätten.“

„Er wird doch nicht sterben?“

„Nein. Doch wenn er erwacht, wird er in diesen beiden Tagen um zwei Jahrzehnte gealtert sein. Als habe er diese Zeit im Kerker verbracht.“

„Und der Hexer?“

„Der wird seine Gier mit dem Leben bezahlen. Das Zuviel an Lebenskraft eines Einzelnen wird ihn töten, da es ihm nicht zusteht.“

„Ich verstehe. Deshalb war er auf der Sklavenkarawane an viele Gefangene gebunden. Damit auch jene nicht das erleiden, was Abu Kurbatsch bevorsteht.“

Haschim schaute mich mit Wohlwollen an. „Ihr begreift diese Dinge ...“

Ich winkte ab. „Schlichte Mengenlehre.“

Haschim stutzte.

„Eine neue Art der Mathematik, die zurzeit ein Gelehrter namens Cantor in Halle erarbeitet. Er nennt es noch Mannigfaltigkeitslehre, ich meine jedoch in aller laienhafter Bescheidenheit, dass Mengenlehre griffiger wäre."

„Ihr seid der Mann der Worte, Kara Ben Nemsi. Und vielleicht findet auch jemand irgendwann eine Formel, die die gesamte Welt erklärt und alles verbindet. Das wäre dann wohl – Mathemagie?"

Ich seufzte. „Möglich ist vieles. Aber schreitet nun zur Tat! Ich denke, Halef und ich sollten nicht zugegen sein, wenn …?"

„Ja. Kümmert Euch um die Frauen. Und erklärt Sayida Maryam schlicht, dass wir Abu Kurbatsch hier gefesselt zurücklassen. Es mag ihr nach dem Schicksal al-Fuladhys genügen. Außer, Ihr wollt ihr die Magie enthüllen ..."

„Besser nicht", meinte ich. Es würde schwierig genug sein, der Holländerin zu verkünden, dass der Urteilsspruch bereits ohne sie gefallen war.

Ich hatte mich geirrt. Marijke van Beverningh verspürte durch den Tod des Sklavenhändlers wohl eine solch tiefe Genugtuung, dass ihr das Schicksal seines Folterknechts gleich schien.

„Er wird seine Strafe erhalten", befand sie knapp. Und es schien mir, als habe sie ihren lang genährten Zorn dadurch besänftigt, dass sie nicht mehr nur planen und harren musste, sondern tatsächlich etwas bewirkt hatte: Zwei Dutzend freie Frauen rings um sie waren der Beweis dafür, selbst wenn diese nun wie Männer wirkten. Aber die Kaufmannswitwe wiederum hatte dennoch etwas geplant, nämlich ein unauffälliges Prozedere, wie man die Hälfte der friesischen Matrosen des Kapitän Turnerstick, die an Bord der „Courser" Dienst taten, durch die doppelte Anzahl verkleideter Frauen ersetzen konnte, ohne dass dies jemandem auffiel. Ich war tatsächlich verblüfft von der Akkuratesse, mit der in dieser frühen Stunde des ersten Lichts die echten und vorgeblichen Seeleute mit Warenbündeln auf den Schultern und Rücken – jene für die Frauen waren in ihrer Lastenschwere nur vorgetäuscht – zwischen Lagerhaus und Schiff sich bewegten, in einem seltsamen Hin und Her, das an Rösselsprung, Hammelsprung, Hopp-Frosch oder dergleichen gemahnte, vielleicht auch in Gedenken an die Echternacher Springprozession ... sodass sich am Ende mehr Matrosen auf dem Schiff befanden als zuvor – ohne dass Hafenmeister oder Büttelspitzel dies bemerkt haben mochten. Wer nun sagen wollte, dass zu dieser frühen Stunde doch ohnehin noch kein Orientale auf den Beinen wäre und nur die Deutschen und die *dutch*, wie der Engländer sagt, schon arbeiteten, den bitte ich doch, die Vorurteile von faul und fleißig genau zu überdenken: Diese Kategorien sind nicht nach Erdteilen oder Herkünften verteilt!

Nun denn: Der Kapitän verabschiedete unauffällig seine altgedienten Seemänner, die im Hafen zurückbleiben mussten und sich eine neue Heuer zu suchen hatten. Marijke van Beverningh verabschiedete sich von jeder einzelnen befreiten Sklavin und flüsterte ihr noch einige Worte zu.

Dann war der Abschied vollbracht.

Turnerstick gab mir, seinem „liewen Charley", die Hand und bedankte sich für das seltsame Abenteuer, was ich wiederum ein wenig seltsam fand. Aber so hat nun ein jeder seine Sicht der Dinge. Wir wussten die befreiten Frauen in Sicherheit, das war das Wichtigste.

Wer nun aber glaubt, dass dies alles damit endete, dass ich und meine Gefährten winkend am Hafen standen und dem Schiff hinterdrein blickten, welches der Sonne entgegensegelte – den muss ich in der Hoffnung auf jenes anrührende und sentimentale Bild enttäuschen.

Denn nun mussten wir uns Gedanken über unser eigenes weiteres Tun machen: Wir konnten nicht in Dauha verbleiben. Man hatte uns im Sklavenhaus gesehen, kannte trotz Verkleidung unsere Gesichter. Die Hintermänner der Schurken würden uns auf die Spur kommen, denn wir waren Fremde, die erst jüngst in die Stadt gereist waren, was vor allem bei Sir David und Mevrouw Marijke augenfällig war. Die Sklavenhändler würden sich alles wohl zusammenreimen und in diesen Stunden mit der Jagd auf uns beginnen, nachdem sie die aufgebrachten Käufer besänftigt hatten, die mit leeren Sklavenketten in ihre Heime hatten zurückkehren müssen.

Wer wusste, ob die Händler nicht auch noch den Zorn der Käufer gegen uns würden lenken können? Da wir also nicht wussten, wie viele Feinde wir gegen uns hatten und wann und wo diese angreifen würden, blieb uns nur: nein, nicht die Flucht – der Rückzug!

Es war uns verwehrt, ebenfalls mit dem Schiff Dauha zu verlassen – wir als Passagiere hätten bei den Kontrollen vor dem Auslaufen zu viel Aufmerksamkeit erregt. Und wir waren nun einmal nicht die Sorte Männer, die sich in Verschlägen unter Schandeckeln und Grätings versteckten. Abgesehen davon, dass es an Bord des tüchtigen Seekaufmanns Turnerstick gar keine leeren Verschläge gab.

Ein weiteres Schiff konnten wir nicht nehmen – es war niemandem zu trauen, den wir nicht persönlich kannten. Dies traf noch mehr auf die Behörden zu. Denn obgleich wir von Verbrechern gejagt würden, konnten wir uns eben nicht an die Büttel und Beamten wenden. Wir konnten nicht riskieren, zwischen die Mahlsteine der Macht und der Interessen zu geraten, die von Osmanen, Katarern, dem Hause Saud, auch Bahrain und gar England und Persien in steter malmender Bewegung gehalten wurden.

Man suchte also nach uns, verdächtigte uns. Ob zu Recht oder Unrecht hing leider von der jeweiligen Auffassung ab, und kluge Argumente oder ehrbare Absichten würden wenig gelten. Wir wären Gesuchte und Geächtete in allen Emiraten und Königreichen ringsumher – und unsere einzige Möglichkeit war, aus aller Augen zu verschwinden, indem wir einen

Weg nahmen, der uns fortbrachte, es aber den Verfolgern unendlich schwer machte, uns zu folgen. Einen Weg, der dazu beitragen sollte, dass man uns tot glauben und die Jagd auf uns einstellen würde.

In diese meine Überlegungen sprach Halef hinein: „Ach, Sihdi – da haben wir nun Sklavenhändler gejagt. Auf Geheiß der Holländerdame. Ich wünschte, wir hätten dies schon viel früher getan. Denn jetzt, wo ich gesehen habe, was diese Scheusale armen unschuldigen Frauen antun, wird es mir Angst und Bange um meine eigenen, also um meine Familie."

„Du brauchst doch keine Sorge um Hanneh und Djamila haben, denn …"

Halef schaute mich empört an. „Sihdi, nun sag bitte nicht, dass ich keine Sorge haben muss, weil die Sklavenhändler nur Frauen aus Europa oder Afrika oder Indien verschleppen! Wer weiß, ob nicht einen widerlichen Sklavenhalter nach Beduininnen gelüstet!"

„Ich wollte sagen, dass wohl kein Sklavenhändler es wagen wird, die tapferen Frauen der Haddedihn anzurühren! Und wenn doch, würde er es bereuen!"

„Allerdings! Und wenn sie mit ihm fertig sind, bekäme er noch meine Kurbatsch zu schmecken! Die einzig wahre Kurbatsch! Das hat wohl auch der lächerliche Kapuzenmann begriffen. Dem habe ich es gezeigt! Dem Hadschi Halef von den Haddedihn, habe ich gesagt, macht man seinen Ruf nicht streitig! Jetzt sollte er sich besser Abu Anf nennen! Nicht nur weil das *Vater der Nase* heißt, sondern weil das Wort genauso schnauft wie er!"

Mein guter Halef! Er ist manchmal etwas gehässig, aber hier musste auch ich lachen. Die Anspannung fiel für einen Augenblick ab, und das tat wohl.

Doch dann fuhr es mir kalt in den Nacken – was hatte Halef da gesagt? Was hatte er geäußert, in seinem Überschwang?

Nun, ich wollte ihn nicht schelten, denn der halb ohnmächtige Schurke würde dies kaum vernommen haben. So hoffte ich zumindest, denn schon oft hat ein unbedachtes Wort schlimme Folgen gezeitigt. Ich wollte Halef nicht mit geraunten Bedenken die Freude schmälern. Wir hatten obsiegt und die Gerechtigkeit dazu, doch tief in mir vermochte ich eine dunkle Vorausahnung nicht ganz zu verdrängen ...

Wir verließen den Hafen rasch und zum Glück ungesehen. Haschim hatte das Nötige verfügt und den Hexer mit Abu Kurbatsch ihrer beider Schicksal überlassen. Ich spürte allerdings tiefe Zweifel an dieser unirdischen Art der Strafe. Dennoch musste ich einsehen, dass uns keine andere Möglichkeit gegeben war. Um meinem Gewissen zu entsprechen, verhielt ich mich jedoch an anderer Stelle, wie ich es stets gepflegt habe: mit Gnade gegenüber den Gestraften. Ich brachte den Leichnam Youssef al-Fuladhys an die hintere Pforte einer kleinen Moschee, mit dem goldenen Säbel und den wenigen echten Smaragden als Bezahlung für ein Begräbnis – und dem überzähligen Wert als Spende an die Bedürftigen.

Flugs sammelten wir unsere Habseligkeiten und lösten unsere Quartiere auf. Dann schlugen wir die südliche Route ein. Wir waren als Verfolger nach Dauha gekommen und verließen es als Verfolgte. Dies war, trotz unseres Erfolgs gegen die Sklavenhändler, vor allem der Befreiung der Frauen, etwas, das sehr an unserer Moral zehrte.

Doch angesichts der Übermacht und ohne Aussicht auf Hilfe von Behörden und Militär blieb dem Klugen nur, das Land zu verlassen.

„When the going gets tough, the tough get going“, sagte Sir David. Er mochte einen Dichter zitieren oder ein Familienmotto, dies wusste ich nicht, doch es schien mir ein Spruch voller Weisheit in diesem Augenblick.

Wir wollten es unseren Verfolgern jedoch nicht einfach machen und deshalb den harten, den steinigen, den sandigen und heißen Weg wählen.

Mitten durch die Rub al-Chali.

Die Wüste des Todes.

Karl-Ulrich Burgdorf

Episode 2
Die Wüste des Todes

Elftes Kapitel
Ali

Der kleine Ort hieß Nabaa al-Schifaa, also ‚Quell der Heilung' oder, etwas freier übersetzt, ‚Gesundbrunnen'. Das Wasser, an dem wir uns dort nach unserem anstrengenden Ritt labten, schien, jedenfalls dem ersten Eindruck nach, zwar keinerlei gesundheitsfördernde Wirkung zu haben, aber es war frisch und kühl und belebte unsere Geister auf wunderbare Weise. Vielleicht aber war es ja genau das, was die Gründer dieses Orts mit der Bezeichnung ‚Gesundbrunnen' gemeint hatten.

Bereits auf dem Weg zum Brunnen hatten wir uns bei jedem, der uns entgegenkam oder am Wegesrand stand, um uns neugierig zu bemustern, nach dem besten Führer für einen Ritt in die Wüste erkundigt, und in seltener Einmütigkeit war uns die Antwort zuteil geworden: „Geht zu Ali, dem Wüstenkundigen. Das ist genau der Mann, den Ihr sucht. Täuscht Euch aber nicht: Er mag jung aussehen, aber er ist sehr erfahren und hat schon viele Karawanen sicher durch die Fährnisse der Rub al-Chali geleitet."

Und so machten mein getreuer Halef, Sir David Lindsay und ich uns auf den Weg, um jenen so hochgelobten Ali aufzusuchen, dessen Hütte man uns gestenreich als am anderen Ende des Dorfes liegend bezeichnet hatte. Scheik Haschim hingegen blieb vorerst am Brunnen zurück, um höchstpersönlich die Versorgung unserer Pferde mit Wasser und Futter zu überwachen. Für diese Tätigkeit, die man bei uns in Europa gewiss einem Subalternen anvertraut hätte, ist sich in den arabischen Ländern nicht einmal ein Fürst zu schade, da Pferde oder Kamele das größte Gut eines Beduinen darstellen und in den Augen von hochrangigen Personen eine ähnlich gute oder womöglich sogar bessere Behandlung verdienen als ihre menschlichen Untergebenen. Allerdings hatte Haschim uns versichert, dass er so bald wie möglich nachkommen würde, um den Führer selbst in Augenschein zu nehmen, denn immerhin hing von diesem ja in den nächsten Tagen und Wochen unser Leben ab, und da mochte Haschim sich keine Nachlässigkeit bei dessen Auswahl erlauben. Um Marijke van Beverningh zu beschützen, so hatte er gemeint, würden wohl die beiden schottischen Soldaten und die uns begleitenden Beduinen ausreichen.

„Sagt, mein lieber Sir", sprach mich mein alter Freund Lindsay von der Seite her an, während wir, von ein paar schmutzigen Kindern undefinierbaren Geschlechts umschwärmt, die sich köstlich über die graukarierte Erscheinung meines britischen Gefährten, fast genauso sehr aber auch über den gewaltigen Turban Halefs zu amüsieren schienen, langsam durch das in der Mittagshitze brütende Dorf schritten, „was hat es denn nun mit dieser Rub al-Chali so Besonderes auf sich? Scheik Haschim jedenfalls schien recht erschrocken, als Ihr Euren Plan erwähntet, quer durch die Wüste nach Hadramaut zu reiten, jenem sagenumwobenen südlichsten Teil der arabischen Halbinsel, der von den Wassern des Golfs von Aden umspült wird."

Ich beschloss, ihn ein wenig zu necken, was, wie ich aus Erfahrung wusste, nicht die schlechteste Art war, mit ihm umzugehen, und antwortete wie beiläufig: „Nun, in dieser Wüste wird es tagsüber extrem heiß."

Bei diesen Worten verzog Sir David das Gesicht so stark, dass sich selbst seine gewaltige Nase in verachtungsvolle Falten legte. „Was Ihr nicht sagt, Sir! Eine Wüste, in der es extrem heiß wird … *well*, das ist mal eine Neuigkeit. Vielleicht könntet Ihr das ja ein wenig präzisieren?"

Das konnte ich. „Während der meisten Tagesstunden erreichen die Temperaturen bis zu 60 Grad."

„60 Grad? Aber das ist lächerlich wenig! Wollt Ihr mich zum Narren halten, lieber Freund?“

„Verzeiht – ich meinte natürlich 60 Grad Celsius.“

„Immer Ihr Europäer mit Euren metrischen Systemen und diesem blöden Celsius! Da lobe ich mir doch solche einfachen, altehrwürdigen und sofort gut verständlichen Einteilungen, wie wir Briten sie bevorzugen, also Stone, Pound, Yard oder Fahrenheit …“ Dann stutzte er. *„Oh, I see, you're pulling my leg* – Ihr erlaubt Euch einen Scherz mit mir! Nun sagt einmal frei heraus: Wie viel sind diese vermaledeiten 60 Grad Celsius denn nun in Fahrenheit?“

Es fiel mir nicht schwer, das im Kopf auszurechnen. „140, Sir David.“

Bei dieser Zahl zuckte er sichtlich zusammen. „140 Grad Fahrenheit?“, explodierte er. „Das ist ja heißer als die Hölle! Und bei solchen Temperaturen sollen wir den ganzen Tag über reiten?“

„Nein, nein“, beruhigte ich ihn. „Tagsüber rasten wir unter Zeltplanen, die uns immerhin ein wenig Schatten spenden. Reiten werden wir bei Nacht. Genauer gesagt: von kurz vor Anbruch der Abenddämmerung bis vielleicht eine Stunde nach Sonnenaufgang.“

„Und wie sind die Temperaturen in der Nacht?“

„Auch nicht gerade angenehm, aber immerhin erträglich. Etwas über 0 Grad Celsius. So habe ich es jedenfalls daheim in einer Enzyklopädie gelesen, und Scheik Haschim hat es mir aus seiner eigenen Kenntnis bestätigt.“ Weil ich vermeiden wollte, dass der gute Sir David gleich noch einmal in die Luft ging, fügte ich rasch hinzu: „Was in etwa 35 bis 40 Grad Fahrenheit entsprechen mag.“

„Also ein Unterschied vom Tag zur Nacht von 100 Grad Fahrenheit …“

„… oder 60 Grad Celsius.“

„Na, von mir aus auch das. Aber Celsius hin, Fahrenheit her: Das ist nichts, was ein menschlicher Organismus so einfach aushält. Vom Backofen direkt ins Eisbad – ein schauderhafter Gedanke, meiner Treu!"

„Und das ist nicht alles. Hinzu kommt die extreme Trockenheit. Die Luftfeuchtigkeit soll dort bei nicht mehr als 20 Prozent liegen."

„Das habt Ihr auch aus Eurer gelehrten Enzyklopädie?" Er schüttelte sich mit allen Zeichen des Abscheus. „Sir David Lindsay als Dörrpflaume – das gefällt mir nicht. *No, Sir*, das gefällt mir ganz und gar nicht!"

„Mir auch nicht, Sihdi", warf Halef ein, der nun wieder zu uns aufschloss, nachdem er sich durch die Gabe von ein paar Münzen aus der Kinderschar hatte befreien können, die johlend um ihn herumtobte. „Mir wäre wirklich wohler zu Mute, wenn wir den Weg östlich über die Oase Liwa einschlagen könnten. Dort gibt es Wasser im Überfluss, die Hitze ist erträglicher, und unsere Verfolger werden wir sicherlich auch irgendwie abschütteln können."

„Wir wollen ja gerade das tun, was keiner unserer Feinde vermutet. Gerade weil der Weg über Liwa vernünftig wäre, sind wir dort in Gefahr. Nein, die direkte Route durch die Wüste ist unsere einzige Chance – auch wenn diese Wüste nicht einfach nur eine Wüste, sondern die Mutter aller Wüsten ist. Mit einem guten Führer, dessen bin ich sicher, werden wir es schaffen. Und nun wollen wir einmal schauen, ob dieser Ali wirklich der Mann ist, dem wir ohne Bedenken unser Leben anvertrauen können."

Denn während ich dies sagte, hatten wir die Hütte erreicht, in der jener legendäre Ali leben sollte.

Als ich dieses ärmlichen, windschiefen Baus ansichtig wurde, sank mein Mut doch um ein gutes Stück. Viel Geld konnte Ali mit seinen Diensten als Führer jedenfalls nicht verdienen, aber andererseits war dies eine arme Gegend, in der Dienstleistungen aller Art nicht eben fürstlich vergolten wurden, und wenn ein Führer in einem prachtvollen Haus residierte, hätte dies sogar eher den Verdacht in mir aufkeimen lassen, dass er zu solchen Reichtümern gekommen wäre, indem er Karawanen ins Verderben, will heißen: in einen Hinterhalt seiner räuberischen Komplizen, geführt hätte.

Bevor ich meinen Gedankengang noch vollenden konnte, war Halef schon vorgetreten und hatte mit dem Stiel seiner Peitsche an der krumm und schief aus Brettern zusammengezimmerten Tür angeklopft.

„Wer ist da?“, tönte es aus der Hütte zurück.

„Reisende, die einen Führer durch die Wüste suchen“, erwiderte Halef mit lauter Stimme. „Man hat uns gesagt, wir sollen nach einem Mann namens Ali suchen und schauen, ob er würdig ist, edle Fremde wie uns durch die Rub al-Chali zu geleiten. Also mach auf und zeig uns dein Gesicht, damit wir an deinen Zügen ablesen können, ob du ein ehrlicher und fähiger Mann bist. Wisse aber: Die, die vor deiner Hütte stehen und deine Dienste begehren, sind der berühmte Kara Ben Nemsi, Kämpfer gegen das Böse, wo immer es sein hässliches Haupt erhebt, zugleich aber auch ein großer Gelehrter, welcher aus dem fernen Abendland herbeigereist ist, um die Stämme unserer gesegneten Lande kennenzulernen und von ihrem Ruhm und ihrer Gastfreundschaft nach seiner Rückkehr Zeugnis abzulegen vor den anderen Großen seines Volkes; ferner sein Freund, der Inglesi Sir David Lindsay, wobei das Wörtchen ‚Sir‘, so klein es auch erscheinen und beim ersten Hinhören in deinen Ohren klingen mag, den erhabenen Rang dieses Herrn bezeichnet, welcher der eines Fürsten in seinem eigenen Lande, eben Inglesistan, ist; und schließlich ich, des großen Kara Ben Nemsi Freund und Begleiter, Hadschi Halef Omar Ben Hadschi Abul Abbas Ibn Hadschi Dawuhd al Gossarah vom Stamme der Haddedihn, dessen Ruhm gewiss auch bis in dieses bescheidene Dörfchen, das sich aus unerfindlichem Grunde Nabaa al-Schifaa nennt, gelangt sein wird.“

Innerlich musste ich über die großmächtigen Worte des Kleinen schmunzeln, bemühte mich aber, das unwillkürliche Zucken meiner Mundwinkel zu beherrschen, damit der Führer nicht etwa das Gefühl bekam, wir würden uns über ihn lustig machen – was auch wirklich nicht der Fall war, denn Halef meinte ja jedes Wort genau so, wie er es sagte. Das war nun einmal seine Art, und dafür liebte ich ihn, auch wenn er uns damit schon manches Mal in arge Schwierigkeiten gebracht hatte. Und auch hier hätte er vielleicht besser geschwiegen, denn wir wollten natürlich keine Aufmerksamkeit auf uns lenken.

Im nächsten Moment öffnete sich die Tür und der Führer Ali trat heraus.

Er war ein noch junger Mann, wohl kaum fünfundzwanzig Jahre alt, bartlos und mit den scharf geschnittenen, wie ausgedörrt wirkenden Gesichtszügen, wie man sie oft bei Angehörigen der Stämme am Nordrand der Rub al-Chali findet. Seine Miene hätte abweisend wirken können, wären da nicht die warmen, freundlichen Augen gewesen, die mich sofort für ihn einnahmen. Dies, so schloss ich – und darin sollte ich mich in der kurzen Zeit, die wir gemeinsam eines Weges zogen, immer wieder bestätigt finden –, war tatsächlich ein Mann ohne Arg, mithin ein Mann ganz nach meinem Herzen. Ob er auch ein so guter Führer war, wie alle Dorfbewohner, die wir fragten, uns versichert hatten, stand natürlich auf einem ganz anderen Blatt.

Eines an ihm aber war merkwürdig: In der Hand trug er einen Knotenstock, wie man ihn sich als Wanderer bei uns in Deutschland von den Bäumen schneidet, um in unwegsamem Gelände eine Stütze daran zu haben oder streunende Hunde damit abwehren zu können. Aus welchem Holz dieser Stab war, vermochte ich nicht auf den ersten Blick zu erkennen. Jedenfalls war er tiefschwarz, und darum mochte es sich vielleicht um Ebenholz handeln, auch wenn gerade dieser Baum hier in der Region nicht wuchs.

Nicht herausfordernd und auch nicht so, dass es ein unhöfliches Starren gewesen wäre, ließ Ali seinen Blick über uns, seine drei Besucher, schweifen. Dabei blieben seine Augen naturgemäß am längsten an Sir David hängen, was bei dessen für einen Araber höchst exotischer Erscheinung ja kein Wunder war, aber am Ende ruhte sein Blick auf mir. Offenbar hatte er mich als Anführer unserer kleinen Gruppe erkannt, was sehr für seine Menschenkenntnis sprach.

„Dann tretet ein“, sagte er höflich, aber ohne das geringste Zeichen von Unterwürfigkeit. „Ich bin Ali, und Ihr sollt in meinem Haus willkommen sein.“ Dann wandte er sich um und verschwand in den Schatten des Hütteninneren. Wir folgten ihm auf dem Fuße.

Drinnen war es nicht viel weniger heiß als draußen, aber immerhin waren wir hier vor der direkten Sonneneinstrahlung geschützt. Im Halbdämmer der Hütte brauchten unsere geblendeten Augen einige Zeit, bis sie wieder etwas erkennen konnten. Das Innere der Hütte, das sah man mit einem Blick, war nicht weniger ärmlich als ihr Äußeres, aber der erste Eindruck war trotzdem kein schlechter, da hier ganz offensichtlich auf Reinlichkeit und Ordnung größter Wert gelegt wurde. So schien der gestampfte Lehmboden erst vor kurzer Zeit gefegt worden zu sein, und die wenigen Haushaltsgegenstände lagen nicht überall verstreut herum, sondern hatten alle ihren rechten Platz neben der irdenen Kochstelle, was auf einen gut geführten Haushalt schließen ließ. Möbel gab es natürlich fast keine. Den Großteil des ‚Mobiliars‘ machten ein paar Sitzkissen nahe der Feuerstelle aus; den Hintergrund des Raums aber nahm ein leicht schäbiger Diwan ein, auf dem eine ungeheuer dicke alte Frau ruhte; neben ihr kauerte ein junges Mädchen auf dem Boden, das in der einen Hand eine Tonschale mit irgendeiner Speise hielt und in der anderen einen einfachen, geschnitzten Holzlöffel; ganz offensichtlich war sie gerade dabei, die alte Frau zu füttern wie ein kleines Kind. Als ich genauer hinschaute, sah ich, dass die rechte Seite des Gesichts der Alten grässlich verzogen war, sodass ihr eines Auge fast ganz geschlossen war und ihr Mundwinkel, aus dem ein wenig Speichel oder ein Rest ihrer Mahlzeit zu rinnen schien, schlaff herabhing. Auch die Beherrschung über ihren rechten

Arm mochte sie verloren haben, denn er lag reglos und wie verdorrt in ihrem Schoß. Irgendwann, wohl schon vor langer Zeit, hatte der Schlagfluss sie getroffen, und jetzt war sie ganz auf die Hilfe und Güte ihrer Familie angewiesen. Das junge, nicht unhübsche Mädchen neben ihr, das ihr jetzt rasch den Mund mit einem Tuch abwischte, musste also Alis Frau oder seine Schwester sein – wohl eher Letzteres, wie mir schien, denn die Ähnlichkeit zwischen Ali und dem Mädchen war unverkennbar, auch wenn sie einige Jahre jünger wirkte als ihr wüstenkundiger Bruder.

Ali hatte meinen Blick wohl bemerkt, denn er sagte schlicht: „Dies ist meine Mutter Asmaa, der Allah, der Allerbarmer, ein liebevolles Herz und frauliche Klugheit geschenkt hat. Was die Gesundheit angeht, so war er nicht so freigebig, aber auch dafür wird er seine Gründe gehabt haben, auch wenn wir Sterblichen diese manchmal nicht verstehen. – Und dies", er deutete auf das Mädchen, das sich, nachdem es seine pflegerischen Verrichtungen für den Augenblick beendet hatte, mit gesenktem Kopf scheu ein Stück tiefer hinter den Diwan zurückgezogen hatte, „ist meine Schwester Leila."

Sogleich trat ich näher an den Diwan heran und verneigte mich vor der verkrüppelten alten Frau. „Ehrwürdige Mutter", sagte ich, in der Hoffnung, dass nicht auch ihr Geist durch den Schlagfluss verkrüppelt worden war, „wir sind gekommen, um deinen Sohn Ali, von dem wir in ganz Nabaa al-Schifaa nur Rühmendes gehört haben, als Führer für einen Ritt durch die Wüste anzuwerben. Für den Fall, dass unsere Verhandlungen zu einem guten Abschluss führen, bitten wir dich um deinen Segen für unsere Reise, die gewiss nicht ohne Gefahren sein wird."

Irgendwie schaffte die Alte es, den Kopf ein wenig zu heben, und ihr eines noch funktionsfähiges Auge erwiderte meinen Blick mit einer solchen Intensität, dass ich das Gefühl hatte, bis in das tiefste Innere meiner Seele davon durchdrungen zu werden. Dann gab sie eine Art leises Stöhnen von sich, womöglich die einzige Art von lautlicher Äußerung, derer sie noch fähig war, und nickte zugleich ein paarmal leicht. Man hätte es für einen Tremor des Kopfes halten können, aber der Ausdruck ihres Auges hatte mich vollständig davon überzeugt, dass in diesem verkrüppelten Körper ein wacher und klarer Verstand wohnte.

Ich legte die Handflächen auf Brusthöhe gegeneinander und neigte noch einmal den Kopf. „Ich danke dir, ehrwürdige Mutter."

Ali schien diese Zwiesprache – wenn man es denn so nennen konnte – mit Wohlgefallen verfolgt zu haben, denn nun deutete er auf die Sitzkissen am Boden und lud uns mit einem „Nehmt Platz, edle Herren" dazu ein, mit den Verhandlungen zu beginnen.

Aber was sage ich da? Doch nicht gleich mit den Verhandlungen, o nein! Wie es in den arabischen Ländern üblich ist, wurden zunächst unzählige Höflichkeiten ausgetauscht, und es wurde über Gott und die Welt gesprochen, aber natürlich gerade nicht über das, was der eigentlich Grund unseres Hierseins war. Dann wurde der unvermeidliche Tee getrunken, den die scheue Leila inzwischen zubereitet und in kleine Tonschalen eingeschenkt hatte, und endlich, bestimmt eine halbe Stunde, nachdem wir die Hütte betreten hatten, kam die Sprache auf das, was uns hierhergeführt hatte.

„Ihr wollt mich also als Führer für eine Reise in die Wüste anwerben?", fragte er. Mir fiel auf, dass er auch jetzt den seltsamen Knotenstock nicht für eine Sekunde losließ; vielmehr hatte er ihn quer über seine Knie gelegt, und wenn er nicht gerade mit der rechten Hand seine Teeschale zum Mund führte, ruhte diese Hand immer auf dem etwas dickeren Knauf des Stocks.

„Durch die Rub al-Chali, ja", erwiderte ich, gespannt auf seine Reaktion.

„Zur Oase Liwa, meint Ihr gewiss. Der Weg dorthin wird uns allerdings ein gutes Stück durch die Wüste führen, das ist wahr."

Es hatte keinen Sinn, lange um den heißen Brei herumzureden. „Nicht zur Oase Liwa und also auch nicht am Rand der Wüste entlang. Wir wollen quer durch die Rub al-Chali, nach Hadramaut."

Fast wäre Ali aufgesprungen und hätte dabei seinen Tee verschüttet, aber in letzter Sekunde gelang es ihm doch noch, sich zu beherrschen. „*Durch* die Rub al-Chali, Herr? Ich hoffe, Ihr beliebt zu scherzen! Quer durch die Rub al-Chali ist noch niemand geritten, kein Beduine und erst recht kein fremder Reisender. Wer es versucht hat, ist aus ihrem Innern nicht wieder hervorgekommen und zieht jetzt mit der Geisterkarawane durch den Himmel vor dem Mond." – Was für eine seltsame Bemerkung, dachte ich; darauf würde ich später einmal zurückkommen müssen. – „Die Wüste, Herr, ist wie ein glühendes Maul, das Menschen und Kamele verschlingt und nicht einmal ihre Knochen wieder ausspuckt. Was kann Euch veranlassen, einen solch sicheren Weg in den Tod zu wählen? Folgt meinem Rat und schlagt Euch diesen Gedanken aus dem Kopf. Vergesst Hadramaut und geht zur Oase Liwa; dorthin werde ich Euch gerne führen, nicht aber in den feurigen Rachen der Bestie, von dessen wahrer Natur Ihr wohl keine Ahnung habt, sonst würdet Ihr nicht so leichtfertige Pläne hegen und sprechen wie ein … wie ein … Aber ich vergesse mich und bitte um Vergebung, denn es steht mir nicht zu, solch hohe und geehrte Gäste zu belehren."

Er hatte wohl „wie ein Narr" sagen wollen, und in gewisser Weise stimmte ich ihm darin sogar zu, auch wenn mir die Gefahren der Rub al-Chali im Vergleich zu denen, die uns von den rachsüchtigen Kumpanen der Sklavenhändler – und wohl mit voller Billigung der Emire – drohten, eher gering erschienen.

Im Stillen hatte ich mit einer solchen Reaktion übrigens schon gerechnet und war zu der Erkenntnis gelangt, dass, wenn dieser Fall einträte, nur absolute Offenheit weiterhelfen mochte. Und so erzählte ich Ali in gedrängter Form, was sich in den letzten Tagen und Wochen ereignet hatte, wobei ich natürlich alle unwichtigen Details wegließ, da mein Bericht sonst Stunden in Anspruch genommen hätte. Der Führer hörte mir aufmerksam zu, und wenn ich einmal einen Augenblick lang stockte, um die richtigen Worte zu suchen, traf mich sein aufmerksamer und, wie mir schien, verständiger Blick, als wolle er mich auffordern, nur getrost fortzufahren. Während ich sprach, ertönte hin und wieder ein leises Stöhnen und Seufzen der Mutter aus dem Hintergrund. Dies aber schien keinen Zusammenhang mit meiner Erzählung zu haben, sondern in irgendwelchen Schmerzen begründet zu sein, an denen sie aufgrund ihrer Erkrankung litt und die keines ihrer beiden Kinder zu lindern vermochte. In solchen Augenblicken war ich heilfroh, dass Halef mich bei seiner großmächtigen Vorstellung nicht auch noch, wie er es bisweilen gerne tat, als Arzt oder Heilkundigen gepriesen hatte. Mit den paar europäischen Medikamenten, die ich als Reiseapotheke in meiner Satteltasche bei mir führte, wäre ich wohl kaum in der Lage gewesen, der vom Schlagfluss verkrüppelten Frau zu helfen, und es wäre grausam gewesen, bei ihr und ihren Kindern falsche Hoffnungen zu wecken.

Als ich schließlich mit meinem Bericht geendet hatte, schüttelte Ali so heftig den Kopf, dass mir das bisschen an Mut, das ich unterdessen gefasst hatte, sogleich wieder sank.

„Nun verstehe ich, warum Ihr den Gefahren der Wüste trotzen wollt“, sagte Ali, und in seiner Stimme schwang Hochachtung mit. „Aber Euer Führer dorthin kann und werde ich nicht sein, auch wenn Ihr große Taten vollbracht und den Bestien, die andere Geschöpfe Allahs als Sklaven verkaufen, eine Niederlage beigebracht habt, von der man in dieser Gegend noch lange sprechen wird.“ Er hob die rechte Hand, wie um dem Einwand vorzubeugen, der mir tatsächlich schon auf der Zunge lag, und fuhr hastig fort: „Glaubt bitte nicht, ich sei feige! Allah weiß, dass ich schon manch einer Gefahr getrotzt habe, um den Lebensunterhalt für meine Familie und mich zu verdienen, was allein durch die Arbeit auf den Feldern der wohlhabenderen Männer dieses Ortes gar nicht möglich wäre. Aber es ist einfach nicht recht, Menschen in den sicheren Tod zu führen, auch wenn sie dies, so wie Ihr es tut, aus freien Stücken von mir begehren. Und dort draußen in der Wüste erwartet Euch nichts als der Tod, dessen könnt Ihr gewiss sein!" Seinen Knotenstock so fest umklammernd, dass die Knöchel seiner rechten Hand trotz der Bräune seiner Haut weiß hervortraten, fügte er dann noch den rätselhaften Satz hinzu: „Wäre ich mein Großvater, dann … Aber ich bin nur ich, und darum ist es unmöglich."

Bevor ich dazu kommen konnte, zu fragen, was er damit meinte, wurde draußen an die schiefe Holzlattentür geklopft.

„Darf man eintreten?", rief eine Stimme, die ich sofort als die Haschims erkannte.

„Das ist einer unserer Freunde, der sich noch um die Pferde gekümmert hat, bevor er uns hierher gefolgt ist", sagte ich zu Ali.

„Dann soll er mir willkommen sein, denn auch wenn unsere Verhandlungen nicht zu Eurer Zufriedenheit ausgefallen sind, so seid Ihr mir als Gäste doch hochwillkommen." Mit diesen Worten erhob er sich und trat an die Tür, um sie zu öffnen.

Was dann geschah, hätte ich in meinen kühnsten Träumen nicht erwartet, und auch Halef und Sir David verfolgten die Szene, die sich nun vor unseren Augen abspielte, mit offenen Mündern. Denn als Ali des Scheiks ansichtig wurde, fuhr er zurück wie vom Blitz getroffen, warf sich bäuchlings auf den Lehmboden und streckte Haschim den schwarzen Knotenstock entgegen, während er mit halb erstickter Stimme die Worte ausstieß: „Erhabener! Lasst Eure Gnade über mir walten und vergebt einem Unwürdigen, dass er den Stab der Macht, der allein solchen wie Euch gebührt, in seinen Händen hält!"

Zwölftes Kapitel
Der Stab der Macht

Obwohl Spross einer Herrscherfamilie, war Haschim zwar Respekt und Ehrerbietung gewöhnt, nicht aber, dass ein freier Beduine, und noch dazu einer, der nicht einmal seinem eigenen Stamm angehörte, sich so vor ihm in den Staub warf. An seinem Gesicht konnte ich ablesen, dass Alis Form der Unterwerfung ihn ärgerte und ihm beinahe körperliche Pein bereitete.

„Erhebe dich, Karawanenführer“, sagte er deshalb streng. „Wenn du zu mir sprichst, darfst du mir frei ins Angesicht schauen, ich werde dich deswegen nicht tadeln. Auch bitte ich dich, mich nicht ‚Erhabener‘ zu nennen, denn dieser Titel kommt allein Allah zu, dem einzig wahrhaft Erhabenen, gegen den wir Menschen nur Staub und Vergänglichkeit sind. Mein Name ist Scheik Haschim, und als Scheik magst du mich ansprechen, denn das ist der Rang, der mir durch Geblüt und Taten zusteht. Nun aber sage mir: Was ist das für ein Stock, den du mir da entgegenstreckst?“

Immer noch zögerlich, wagte es Ali nun, sich vom Boden aufzurappeln und immerhin in eine kniende Haltung überzugehen, wenngleich er den Blick weiterhin gesenkt hielt.

„Ich höre und gehorche, o Scheik“, sagte er. „Der Stock, über den Ihr Kunde begehrt, ist kein einfacher Stock, auch wenn er auf den ersten Blick so aussehen mag, sondern ein Stab der Macht. Spürt Ihr, der Ihr mit großer und seltsamer Magie begabt seid, das nicht?“

Wo eben noch Verärgerung Haschims Gesicht beherrscht hatte, zeigte sich nun schiere Verwunderung.

„Ihr spürt meine Magie?"

„Ja, da auch ich – wenngleich in unendlich viel geringerem Maße – damit begabt bin", antwortete Ali. „Die Kraft, die ich in Euch lese, war es, die mich veranlasste, Euch einen Erhabenen zu nennen. Verzeiht mir, wenn das unrecht war. Es soll nicht wieder geschehen."

„Die von dir erbetene Verzeihung will ich dir gerne gewähren. Aber nun wollen wir uns zu meinen Freunden setzen und Tee miteinander trinken, und während wir dies tun, wirst du uns berichten, was es mit dem Stock auf sich hat. Gestattest du, dass ich ihn einmal in die Hand nehme?"

„Es wäre mir und dem Stab der Macht eine große Ehre." Und damit streckte Ali Haschim den Knotenstock wieder entgegen, wobei mir auffiel, dass er in dem Augenblick, da der Stock von seinen Händen in die Haschims wechselte, einen winzigen Moment zu zögern schien, fast so, als falle es ihm schwer, den Stock auch nur für eine Minute loszulassen.

Haschim wog den schwarzen Stock lange in beiden Händen, dann führte er ihn an die Stirn und drückte ihn dagegen. Lange stand er so da, tief in sich versunken, bis er mit einer jähen Bewegung den Stock an Ali zurückgab und sich neben uns auf eines der Sitzkissen fallen ließ.

„Ich fühle nichts", sagte er. „Wenn dieser Stock – dieser Stab der Macht – Magie enthält, dann verbirgt sie sich gut vor mir. Aber du kannst sie spüren, sagst du?"

„Sie ist es, die mir hilft, Wasser in der Wüste zu finden. Allein der Stab hat mich zu dem berühmten Karawanenführer gemacht, als der ich Euch von den Bewohnern dieses Dorfes sicherlich empfohlen worden bin." Während dieser Worte hatte er in die Hände geklatscht, und sogleich eilte seine Schwester Leila mit frischem Tee und einem Schälchen für den neuen Gast herbei.

„Ich danke dir", sagte Haschim höflich, als sie ihm Tee einschenkte und ihm das Schälchen reichte. Leila schlug die Augen nieder, neigte dankend den Kopf und goss dann auch uns anderen nach. Anschließend verschwand sie wieder wie ein Schatten im Hintergrund des Raums und gesellte sich dort zu ihrer kranken Mutter, von der man nicht sagen konnte, ob sie das, was hier in ihrer Hütte vor sich ging, überhaupt mitbekam oder ob sie ganz in einer eigenen Welt aus Traum und Schmerz versunken war.

„Und nun", sagte Haschim, nachdem er getrunken hatte, „berichte meinen Freunden und mir, wie dieser ‚Stab der Macht' auf dich gekommen ist."

Sir David und ich hatten uns während dieses Gesprächs immer wieder verwunderte Blicke zugeworfen. Da sein Arabisch inzwischen zwar einigermaßen passabel, aber immer noch alles andere als perfekt war, hatte ich ihm die Übersetzung einiger besonders schwieriger Passagen zugeflüstert, und nun waren wir beide mehr als gespannt, was für eine märchenhafte Geschichte aus *Tausendundeiner Nacht* uns der Karawanenführer auftischen würde. Ali schien den Knotenstock ja offenbar für ein magisches Artefakt zu halten, eine Art von überdimensionalem Zauberstab. Halef hingegen hatte das Gespräch zwischen Scheik Haschim und Ali mit einer Gleichmut verfolgt, die auszusagen schien: ‚Na und? Hier geht es eben wieder einmal um Magie. Ist das denn nicht die natürlichste Sache von der Welt?'

„Der Stab", begann Ali seine Erzählung, „gehörte vor mir meinem Großvater, wie er aber in seinen Besitz geraten ist, das vermag ich nicht zu sagen, denn er hat nie zu mir davon gesprochen. Mein Großvater war ein mächtiger Magier, wenngleich bei Weitem nicht so mächtig wie Ihr, o Scheik, und ein großer Karawanenführer. Normalerweise", und hier seufzte er tief, „wäre der Stab nicht von meinem Großvater auf mich übergegangen, sondern zuerst auf meinen Vater, aber dieser starb in jungen Jahren, und es war mein Großvater, der meine Mutter, meine Schwester und mich zu sich in seine Hütte nahm, damit wir nicht ohne einen Beschützer elendiglich verdarben. Mich nahm er als seinen Lehrling an und brachte mir bei, in der Wüste zu lesen wie in einer Schriftenrolle und die geheimen Wasserstellen zu finden, die sich tief in ihrem Innern verbergen. Auf unseren Reisen durch die Wüste und auch hier in unserem Dorf sah ich ihn mit dem Stab, den Ihr einen Knotenstock nennt und der so viel mehr ist als das, viele Wunder vollbringen, von denen so ausführlich zu berichten, wie es ihnen gebühren würde, leicht einen ganzen Tag in Anspruch nehmen möchte. Wäre meine ehrwürdige Mutter Asmaa schon erkrankt, als mein Großvater noch lebte, so hätte er sie wenn auch nicht heilen, so doch mit Hilfe des Stabes ihr Leiden so sehr vermindern können, dass ihr die Schmerzen nicht mehr so zusetzen würden, wie sie es jetzt tun.

Aber er starb und als er seine letzte Stunde herannahen fühlte, rief er mich zu sich und ließ mich mein Erbe antreten. Denn wisset, o Scheik, und wisset, Effendis, dass der Stab der Macht nicht nach Belieben weitergegeben werden kann. Bis zum Tod seines Besitzers bleibt er mit diesem untrennbar verbunden, und erst dann, im Augenblick des Todes, kann seine Macht an den vererbt werden, den der vorige Besitzer dazu erwählt.

‚So nimm den Stab, kleiner Ali', sprach mein Großvater. ‚Ich weiß, du bist schwach und wirst wenig damit anfangen können, aber immerhin mag er dir helfen, die verborgenen Wasser in der Wüste zu finden, und das wird dich zu einem erfolgreichen Karawanenführer machen, der genügend Gold nach Hause bringt, um sich und die Seinen zu erhalten.' Ach, wie Recht er damit hatte! Ich *war* schwach, sodass ich die wahre Macht des Stabes nur wie von Ferne spürte, als sie, da mein Großvater starb, während wir beide zugleich den Stab berührten, in mich hineinfuhr wie ein greller Blitzschlag. Auch heute noch hat sie sich mir nicht wirklich offenbart, doch immerhin hat sie mir geholfen, zu dem geachteten Mann zu werden, der ich heute bin, und dafür bin ich ihr über alle Maßen dankbar. Trotzdem …"

Und dann brach es aus ihm heraus: „Er hätte Leila den Stab geben sollen, denn sie ist viel mächtiger und begabter als ich.

Sie hätte Wunder damit bewirken können, hätte unsere Mutter Asmaa von ihren Qualen erlösen können, aber …“

Unsere Blicke wanderten zu Leila hinüber, einem Schatten, der sich in anderen Schatten barg.

„Aber er hat ihn dir gegeben …“, sagte Haschim.

„Ja, weil Leila ein Mädchen ist. Er sagte zu mir: ‚Sie ist nur ein Mädchen. Ihr gebührt der Stab der Macht nicht.‘ Und ich habe mich seinem Willen gebeugt, weil ich nur ein Knabe und er mein verehrungswürdiger Großvater war.“

Nur ein Mädchen ... Wie froh ich in diesem Augenblick war, dass die stolze Marijke uns nicht zur Hütte des Karawanenführers begleitet hatte!

„Ich verstehe“, sagte Haschim. „Aber warum gibst du den Stab nicht einfach an sie weiter und korrigierst auf diese Weise den Fehler deines Großvaters?“

„Das werde ich tun, sobald ich sterbe“, erwiderte Ali. „Denn wie ich Euch schon zu erklären versuchte: Die Macht des Stabes ist an mich gebunden, solange ich lebe, und erst im Augenblick meines Todes kann ich sie an denjenigen weitergeben, den ich dazu auserwähle.“

Haschim wirkte jetzt sehr nachdenklich. „Und dann könnte sie deiner Mutter helfen, falls diese bis dahin noch unter den Lebenden weilt. Ich verstehe … Allah aber möge geben, dass nicht nur ihr, sondern auch dir noch ein langes Leben beschieden ist.“ Ganz sanft, ja beinahe liebevoll fügte er dann hinzu: „Gestattest du, dass ich einmal nach deiner Mutter sehe?“

„Gewiss, ja – wenn Ihr das wirklich tun würdet, o Scheik – mein Dank, er wäre Euch …“

Während Ali noch vor sich hinstammelte, hatte Haschim sich bereits erhoben und war zu der Kranken getreten.

„Erlaubt die Mutter des Karawanenführers Ali mir, sie zu berühren?“, fragte er Asmaa mit jener Feinfühligkeit, die ich während unserer gemeinsamen Abenteuer so an ihm zu bewundern gelernt hatte, denn normalerweise ist es einem

Beduinen, und sei er auch ein Scheik, nicht gestattet, eine Frau zu berühren, die nicht seiner eigenen Familie angehört.

Asmaa blickte ihn mit ihrem einen gesunden Auge an, dann nickte sie, genau wie sie es getan hatte, als ich einige Zeit zuvor mit ihr gesprochen und sie um die Erlaubnis gebeten hatte, ihren Sohn als Karawanenführer anwerben zu dürfen.

„Heilen kann ich dich nicht", sprach Haschim, während er ihr die rechte Hand auf die Stirn legte. „Das könnte allein Allah, der Allweise, der all unsere Leiden heilen wird, wenn wir eines Tages in sein Paradies eingehen. Aber den Schmerz, den kann ich dir nehmen, damit du deine Tage von nun an in Frieden und ohne Leid verbringen mögest." Und damit vollführte er einige Striche mit den Fingern über Stirn, Schläfe und Scheitel, wie es etwa auch europäische Magnetiseure tun, und murmelte dabei ein paar Worte, die wir anderen nicht verstanden und wohl auch nicht verstehen sollten. Mit einem Mal stieß Asmaa einen tiefen Seufzer aus und sank auf ihrem Diwan zurück.

„Sie wird nun schlafen", sagte Haschim, „und wenn sie erwacht, wird der Schmerz von ihr genommen sein."

Als er nach einem freundlichen Nicken in Richtung Leila wieder in unsere Runde zurückkehrte, hätte sich Ali beinahe von Neuem vor ihm in den Staub geworfen. Aber Haschim legte ihm nur freundschaftlich die Hand auf die Schulter. „Es ist das Geringste, was ich für dich und dein Haus tun kann."

Wunder der Suggestion! Ich zweifelte nicht daran, dass Asmaa wirklich nach dem Erwachen keinen Schmerz mehr spüren würde. Gewiss, er würde irgendwann zurückkehren, wenn der psychologische Einfluss Haschims nachließ, aber bis dahin würde sie eine etwas bessere Zeit verlebt haben, und das war keineswegs geringzuschätzen.

„Nun", warf ich an dieser Stelle ein, „dann werden wir jetzt am besten zu den andern zurückkehren, die uns sicherlich schon erwarten. Bevor Ihr kamt, Haschim, hat Ali uns nämlich erklärt, dass er uns auf keinen Fall durch die Wüste nach Hadramaut führen würde, da es unmöglich sei, die Rub al-Chali lebend zu durchqueren. Darum werden wir uns wohl auf die Suche nach einem anderen Karawanenführer machen müssen, damit wir so bald wie möglich zu unserer Reise aufbrechen können. An einem Ort wie Nabaa al-Schifaa wird es davon ja gewiss mehrere geben, da des Öfteren auch mehrere Karawanen von hier losziehen werden."

Das, worauf ich gehofft hatte, geschah. „Sagt das nicht, Effendi!", rief Ali aus. „Natürlich werde ich Euch durch die Wüste führen, denn eines solchen Undanks sollt Ihr mich nicht zeihen müssen. – Außerdem", fügte er dann nach einer kleinen Pause noch hinzu, „wusste ich, als ich Euer Ansinnen ablehnte, ja noch nicht, dass Ihr unter der Führung eines so mächtigen Mannes wie Scheik Haschim steht."

Haschim und ich tauschten einen raschen Blick. Eigentlich hatten wir nie darüber gesprochen, wer der Anführer unseres Trupps sein sollte, und im Grunde war es ja auch egal. Darum nickte ich nur beinahe unmerklich.

„So sei es also", sagte Haschim mit einem leichten Lächeln auf den Lippen. „Nun nenne mir deinen Preis, denn von Dankbarkeit allein können deine Mutter und deine Schwester gewiss nicht leben, bis zu zurückkehrst."

Ali nannte einen Preis, der sehr moderat war, und Haschim zahlte ihm die Hälfte davon sofort in Gold aus. „Die andere Hälfte", sprach er, „wirst du in Hadramaut erhalten, dazu ein gutes Bakschisch sowie die Kamele und alles an Ausrüstung, was uns bis dahin noch verblieben ist."

Er wandte sich an uns. „Ihr seid doch damit einverstanden, meine Freunde?"

Ein einstimmiges Gemurmel von Sir David, Halef und mir bestätigten ihm das.

„Dann", fuhr Haschim fort, „sollten wir uns jetzt auf den Weg machen, um erst einmal die Kamele und die nötige Ausrüstung zu beschaffen, die ich gerade so großzügig dem guten Ali übereignet habe, ohne sie überhaupt schon zu besitzen." Seine Augen blitzten vor Lachen. „Und nun, Ali, führe uns zum besten Kamelhändler von Nabaa al-Schifaa, auf dass wir uns mit Reittieren versorgen."

„Das werde ich tun", sagte Ali. „Und seid gewiss: Weil ich dabei bin, wird man nicht versuchen, Euch übers Ohr zu hauen, sondern Euch einen fairen Preis machen, so wahr ich Ali der Karawanenführer heiße!"

Als wir auf dem Weg zum Kamelhändler an der Quelle vorbeikamen, stellte ich zu meiner Verwunderung fest, dass dort im Schatten der Dattelpalmen nur noch Marijke und die beiden schottischen Sergeanten auf uns warteten. Haschims Beduinen hingegen waren mitsamt ihren Pferden nirgendwo zu sehen.

Fragend blickte ich Haschim an. „Was ist aus Euren Leuten geworden, mein Freund? Patrouillieren sie in der Gegend, um nach etwaigen Verfolgern Ausschau zu halten?"

Haschim schüttelte den Kopf. „Ich habe sie heimgeschickt", sagte er. „So viele Kamele, wie wir bräuchten, um mit ihnen allen durch die Wüste zu ziehen, werden wir hier an diesem Ort nicht finden, und fänden wir sie, dann könnten wir sie wahrscheinlich nicht bezahlen."

Ich wusste nicht, ob ich mich über diese eigenmächtige Entscheidung ärgern oder sie gutheißen sollte. „Aber wenn sie den Sklavenhändlern in die Hände laufen …?"

„Es sind Beduinen, und Beduinen unter Beduinen fallen nicht weiter auf. Wenn hingegen wir versuchen würden, zur Küste zurückzukehren …"

„Da habt Ihr allerdings Recht, mein guter Scheik", mischte sich Sir David in das Gespräch ein. *„We would stick out like a sore thumb* … nein, eher *like a whole bunch of sore thumbs*. Ach, Kara Ben Nemsi, wie sagt man das mit den *sore thumbs* eigentlich auf Arabisch?"

Während ich Haschim mehr schlecht als recht in dessen Muttersprache zu erklären versuchte, was Sir David mit seinem ‚ganzen Bündel weher Daumen' gemeint hatte, hatte sich unser graukarierter Freund schon wieder jemand anderem zugewandt, nämlich der Holländerin und den beiden Schotten, die er in kurzen Worten auf Englisch vom erfolgreichen Ausgang unserer Verhandlungen in Kenntnis setzte. „Und jetzt“, sagte er gerade zu ihnen, „sind wir unterwegs zu einem *camel trader*, um uns mit ein paar tüchtigen Wüstenschiffen zu versorgen.“

„Kamele“, warf Halef erklärend ein, „mit starken Fesseln und strammen Höckern, alt genug, um erfahren zu sein, und jung genug, um noch in ihrer vollen Kraft zu stehen; ihr Alter aber werden wir am Zustand ihrer Zähne erkennen, die ein Stück weit abgekaut sein müssen, aber noch nicht morsch und faulig sein dürfen. Ja, gerade solche Tiere werden wir brauchen, damit die Rub al-Chali unter ihrem Tritt erzittert und es nicht wagt, uns den Durchweg zu verstellen!“

„Wobei wir dann wohl zusätzlich zu einem tüchtigen Batzen Gold auch unsere Pferde mit in den Kauf geben müssen“, rief ich ihnen zu. „McIlroy und McMurray sollen sie schon einmal holen, damit der Händler sie ebenso begutachten kann wie wir seine Kamele.“

Hätte Haschim seine ‚Feder‘ dabei gehabt und ich meinen Rih, hätte ich niemals den Vorschlag gemacht, durch die Wüste nach Hadramaut zu gehen, da mir von Anfang an klar gewesen war, dass wir unsere Pferde würden zurücklassen müssen. Die, auf denen wir bei unserem Abenteuer bisher unterwegs gewesen waren, konnten wir hingegen getrost einhandeln. Was hätten wir auch sonst mit ihnen machen sollen? Für die Wüste waren sie jedenfalls ungeeignet, so gute Dienste sie uns auch bei der Verfolgung der Sklavenhändler geleistet hatten.

Während wir alle miteinander unseren Weg zu dem Kamelhändler fortsetzten, ließ ich meinen Blick in die Ferne schweifen. An diesem schönen, wasserreichen Ort mochte man sich kaum vorstellen, dass hier die Rub al-Chali begann, die schrecklichste und lebensfeindlichste aller Wüsten, das glühend heiße Wirklichkeit gewordene Maul der Hölle, das

Menschen und Tiere verschlang und nicht einmal ihre Knochen wieder ausspie.

Ali schien meine Gedanken erraten zu haben, denn plötzlich sagte er zu mir: „Nur die, die von der Wüste für stark befunden werden, kehren aus ihr zurück, Effendi. Doch wie stark einer auch immer sein mag: Niemand, der in der Wüste war, ist jemals wieder derselbe, denn er ist geprüft worden, und das hat ihn zu einem anderen Menschen gemacht. Wir haben hier ein Sprichwort: ‚Wenn du in die Wüste ziehst, hält die Wüste Einzug in dir.‘ Ihr habt es vielleicht schon einmal gehört?“

Nein, dieses Sprichwort kannte ich nicht. Aber mir fiel eine Begegnung ein, die ich vor vielen Jahren gehabt hatte, nicht hier in Arabien, sondern im jetzt so fernen Deutschland. Damals war ich in den Schulferien in der Sächsischen Schweiz gewandert, und wie es unter jungen Menschen ‚auf der Walz‘ manchmal vorkommt, war ich ein paar Tage lang mit einem anderen, mir bis dahin unbekannten Wanderer meines Alters durch die Lande gezogen, ohne jemals seinen Nachnamen zu erfahren. „Ich bin der Fritz“, hatte er sich am ersten Tag unserer Bekanntschaft vorgestellt, und auch ich hatte ihm nur meinen Vornamen genannt. Gleich an diesem ersten Tag hatten wir die Bastei erklommen, jene majestätische Felsklippe, die zweihundert Meter hoch über dem Elbtal aufragt. Und während Fritz sich ein Stückchen vorbeugte und mit kurzsichtigen Augen in die Tiefe spähte, hatte er einen Satz gesagt, der mir damals sehr philosophisch vorkam und an den ich nun anlässlich jenes arabischen Sprichwortes denken musste: „Wenn du in einen Abgrund blickst, blickt der Abgrund auch in dich hinein.“

Seltsam, wie dicht doch manchmal abend- und morgenländisches Denken beieinander liegen!

Dreizehntes Kapitel
Nacht über der Wüste

„Sie sind doch Reiseschriftsteller, Mijnheer Kara. Wie würden Sie dann Ihren Lesern die Wüste beschreiben, durch die wir gerade ziehen?“

Es war eine schwierige Frage, die Marijke mir da unvermittelt stellte – zwei Tage, nachdem wir das kleine Örtchen Nabaa al-Schifaa wieder verlassen hatten. Wir ritten Seite an Seite durch die Nacht, Teil einer kleinen Kamelkarawane, die den aberwitzigen Versuch unternahm, die Rub al-Chali im Südteil der arabischen Halbinsel zu durchqueren. Bei Tag wäre eine solche Durchquerung angesichts der hier herrschenden, wahrhaft mörderischen Temperaturen vollends unmöglich gewesen; bei Nacht hingegen konnte man sie immerhin wagen, jedenfalls dann, wenn man mehr als nur ein bisschen lebensmüde war oder man keine andere Wahl hatte. Sobald die Sonne unter- und der zunehmende Mond und die Sterne aufgegangen waren, fielen die Temperaturen nämlich rasch bis fast auf den Gefrierpunkt, beinahe so, als sauge der gestirnte Himmel über uns die Hitze des Tages auf und leite sie in den Weltenäther zwischen den Planeten ab. Gegen bittere Kälte aber kann man sich mit Umhängen und Decken schützen, während es vor der Hitze des Tages kaum einen Schutz gibt. Sobald die Sonne wieder hinter dem Dünenhorizont erschien, zügelten wir deshalb unsere Kamele, stiegen ab und spannten große Leinwände aus, unter denen wir den Tag über rasteten und ein wenig Schlaf zu finden versuchten, was besonders in der Mittagshitze, die wie flüssige Glut vom Himmel herabzutropfen schien, kein einfaches Unterfangen war.

Aber bis zum Sonnenaufgang waren es noch Stunden, und bis dahin würden wir noch viele Meilen zurücklegen, die uns unserem ersten Ziel – einer Wasserstelle mitten in der Wüste, von der unser Karawanenführer gesprochen hatte – ein ganzes Stück näherbrachten.

Wie viel näher, das war natürlich eine Frage, die sich vorab nicht beantworten ließ. Denn nicht zuletzt hing dies davon ab, welche Hindernisse sich uns in den Weg stellten. Vielleicht würden wir ja wieder auf eines der Wadis stoßen, die um diese Jahreszeit natürlich ausgetrocknet waren und uns zu einem größeren Umweg zwingen mochten, wie es gerade vorgestern noch passiert war. Auf jeden Fall aber erwartete uns wie in jeder Nacht ein wahres Labyrinth von Sanddünen, manche flach und leicht zu passieren, andere steil und von den Kamelen an jener Stelle, an der wir sie erreichten, unmöglich zu erklimmen. Da wir nach Süden zogen, lagen diese Dünenkämme nämlich stets quer zu unserem Weg, und wir konnten nicht einfach den Tälern dazwischen folgen, sondern mussten wieder und wieder an Stellen, an denen dies möglich war, die Dünen kreuzen, sodass wir uns im Grunde in einer Zickzacklinie fortbewegten. Eine Weile folgten wir einem Dünental, fanden dann eine Stelle, an der ein Erklimmen der Düne rechts von uns so gerade eben möglich war, trieben unsere Kamele hinauf und ritten anschließend eine Weile auf diesem Kamm weiter, bis wir wieder an eine Stelle kamen, an der wir hinunter in das nächste Tal schlittern konnten. Und so fort, wieder und wieder, bis allein schon die Eintönigkeit dieser Reise an unseren Nerven zu zehren begann, von all den anderen Fährnissen, die uns auf unserem Weg noch begegneten, einmal ganz zu schweigen. Die Tageshitze und die nächtliche Kälte waren nur zwei davon. Von den anderen will ich hier nur die Sandflöhe nennen, die uns die tägliche Rast im Sand mit ihrer geselligen Anwesenheit nicht eben angenehmer machten.

Während ich auf ein paar Datteln und einem Streifen getrocknetem Ziegen- oder Kamelfleisch herumkaute – der einzige Proviant, der uns neben steinharten Fladenbroten zur Verfügung stand – und diese frugale Mahlzeit mit einem Schluck unseres kostbaren und deshalb streng rationierten Wassers hinunterspülte, dachte ich über Marijkes Frage nach. Zum Glück hatte ich sie nicht auf der Stelle beantworten müssen, da die Holländerin inzwischen, vom sanften Schaukelgang ihres Reittiers gewiegt, in einen leichten Schlummer gefallen war.

Wie sollte ich die Wüste beschreiben? Oder, um wahrhaftiger zu sein: Wie *konnte* ich sie beschreiben?

Tatsächlich fiel mir dazu nur jene abgedroschene Metapher ein, die Generationen von Reiseschriftstellern vor mir benutzt hatten und die auch Generationen von Reiseschriftstellern nach mir wohl noch benutzen würden: Die Wüste ist wie ein Meer, aber wie ein unendlich langsames, unendlich geduldiges Meer – ein Meer mit erstarrten Wellen. Jedenfalls *wirkten* sie wie erstarrt, obgleich sie das in Wirklichkeit keineswegs waren, denn der unablässig wehende, aber keinerlei Kühlung bringende Wüstenwind treibt diese Wellen in einem steten Geriesel von Sandkörnchen vor sich her, aber so langsam, dass das menschliche Auge nicht in der Lage ist, diese fortwährende Veränderung wahrzunehmen. Gesetzt, man würde über einen Zeitraum von mehreren Wochen, Monaten oder gar Jahren alle vierundzwanzig Stunden eine fotografische Aufnahme desselben Stücks der Wüste machen, und gesetzt, man sähe sich diese belichteten Platten mit einem noch zu erfindenden Projektionsapparat in rascher, womöglich sekündlicher Folge an, dann und nur dann würde man sehen, dass die Wüste in Wirklichkeit ein stetes Gewoge ist. Dünenkämme werden zu Dünentälern, Täler zu Kämmen, und das alles durch den Wind, der darüber hinweggeht und die Kämme verschiebt, sodass nichts in der Wüste Bestand hat. Wie auf dem Meer gibt es in der Wüste keine ‚Orte'. Begräbt man einen Menschen in ihr, wird sein Grab ein paar Tage oder Wochen später bereits von ihr verschluckt, und dort, wo man seiner hätte gedenken wollen, ist nur noch eine Düne, die sich in nichts von Millionen anderer Dünen unterscheidet. Tatsächlich kann man in der Wüste sogar ertrinken, nur eben nicht in Wasser, sondern in Sand. Ich spreche hier natürlich vom Treibsand, jener Erfindung des Satans, die schon so manchen Wüstenreisenden das Leben gekostet hatte; darüber habe ich etwa in meinem Buch *Durch die Wüste* ausgiebig berichtet.

Aber auch der ganz gewöhnliche, der sozusagen alltägliche Sand, durch den sich unsere Karawane Nacht für Nacht voranschleppte, hatte seine Tücken. An vielen Stellen wären Pferde mit ihren zierlichen Hufen darin bis über die Fesseln versunken, was sie für einen solchen Wüstenritt denkbar ungeeignet machte. Breitfüßige Kamele hingegen bewegten sich beinahe wie auf Schneeschuhen über die endlose Sandfläche hinweg, was einer der Gründe war, warum wir unsere Pferde gegen diese seltsam trägen, aber zugleich fast unermüdlichen Wüstentiere eingetauscht hatten. Ein weiterer Grund war natürlich, dass Pferde der unnatürlichen Hitze einer Wüste wie der Rub al-Chali kaum mehr entgegenzusetzen haben als wir Menschen, während Kamele Hitze wie Kälte und den Wechsel zwischen selbst den extremen Temperaturen mit einer schier unbegreiflichen Gleichmut ertragen. Außerdem sind sie von einer wundersamer Genügsamkeit, was die Nahrung und vor allem das Wasser betrifft, da sie sowohl Flüssigkeit als auch Fett in ihren Höckern und wohl auch noch an anderen Stellen ihres Körpers zu speichern vermögen, sodass sie in der Lage sind, tagelang mit den allerspärlichsten Rationen von beidem auszukommen.

Ebenso abgedroschen wie die Metapher von der Wüste als Meer ist auch die Metapher von den Kamelen als ‚Wüstenschiffen'. Aber auch hier wollte mir selbst nach längerem Nachdenken keine bildhafte Beschreibung einfallen, die zutreffender gewesen wäre als diese. Wer jemals Kamele gesehen hat, die eines hinter dem anderen in einer Karawane durch die Wüste ziehen wie Schiffe auf dem Weg in einen unserer großen

Seehäfen, wird verstehen, was ich meine. In diesem Falle kam noch hinzu, dass unsere Kamel-‚Schiffe' sogar ringsum dicht mit einer Art von Fendern behängt waren. Natürlich waren das nicht elastische, mit Sand gefüllte Fender aus Kautschuk, wie sie oft außenbords an Schiffen hängen, damit diese nicht gegen Kaimauern oder die Planken benachbarter Schiffe reiben. Vielmehr handelte sich um unseren überlebensnotwendigen Vorrat an wassergefüllten Ziegenbälgen, die, sicher festgezurrt, von den Flanken der Kamele herunterbaumelten – ein erhebliches Zusatzgewicht, das den stoischen Tieren seltsamerweise nichts auszumachen schien, sodass sie es klaglos noch zusätzlich zu ihren Reitern und der übrigen Ausrüstung durch die Wüste schleppten.

Vielleicht ist hier überhaupt die richtige Stelle, unsere kleine Karawane ein wenig näher zu beschreiben.

Vorneweg ritt natürlich Ali, der angeheuerte Karawanenführer. Er war in ein reges Gespräch mit meinem guten Halef vertieft. Um welches Thema es dabei ging, konnte ich mir leicht vorstellen. Alis sehnlichster Wunsch war es nämlich, so bald wie möglich die große Hadsch nach Mekka und Medina anzutreten, und nachdem er einmal erfahren hatte, dass Halef – jedenfalls nach eigenem Bekunden – nicht nur selbst ein Hadschi, sondern auch der Sohn und der Enkel eines solchen war, wurde er nicht müde, den Kleinen nach allen möglichen und unmöglichen Einzelheiten über die Rituale der Hadsch und die beiden heiligen Stätten Mekka und Medina auszufragen. Halef antwortete ihm, so gut er es eben vermochte, denn vieles von dem, was Ali wissen wollte, kannte er schließlich selbst nur vom Hörensagen. Wo er aber keinerlei sichere Aussagen mehr machen konnte, half ihm seine blühende Phantasie, über die ich mich in den Jahren unserer Bekanntschaft schon so oft amüsiert hatte, immer noch ein Stückchen weiter, sodass Ali regelrecht an seinen Lippen hing und von Tag zu Tag mehr in seinen Sehnsüchten bestärkt und angefeuert wurde.

Hinter diesen beiden folgten McIlroy und McMurray, die beiden schottischen Sergeanten, die uns im Kampf gegen Youssef al-Fuladhy, den Anführer der Sklavenhändler, so unschätzbare Dienste geleistet hatten. Im Gegensatz zu Halef und Ali ritten sie meist schweigend, denn sie kannten sich schon so lange, dass zwischen ihnen kaum noch Worte nötig waren. Gelegentlich schien einer der beiden einmal einen Scherz zu machen, denn der andere lachte dann jeweils kurz auf. Danach herrschte wieder die Stille freundschaftlichen Einvernehmens hinter ihnen.

Danach kamen dann Marijke und ich. Wie es schien, hatte die Holländerin vor allem mich zu ihrem Reisegefährten und Gesprächspartner auserkoren, sei es, weil ich sie damals zusammen mit Halef aus den Händen ihres türkischen ‚Ehemannes' gerettet hatte, sei es, weil es ihr angenehm war, sich mit mir auf Deutsch, das sie perfekt sprach, und manchmal auch ein wenig auf Holländisch, das ich allerdings nur unzulänglich beherrschte, unterhalten zu können. Mit Sir David wechselte sie gelegentlich auch ein paar Worte, nie aber mit Halef, Scheik Haschim oder unserem Karawanenführer Ali. Überhaupt zeigte sie sich weiterhin sehr schweigsam, und unsere Unterhaltungen, wenn man sie denn so nennen konnte, bestanden hauptsächlich darin, dass ich ihr auf ihre Bitte hin von meinen früheren Abenteuern in den verschiedensten Regionen des Morgenlandes erzählte. Besonderes Interesse zeigte sie an dem, was ich über die starken Frauen zu berichten wusste, denen ich auf meinen Reisen begegnet war. Also sprach ich zu ihr von Djamila, Hanneh und Amscha; von der zwielichtigen Qendressa; von den beiden ‚Löwinnen' Aferdita und Lindita; von Nebatja und der Omraka; von Ingdscha und der von mir zutiefst verehrten Marah Durimeh; und schließlich von Ann Lindsay, der Nichte Sir David Lindsays, dem sie wohl in Tapferkeit und Wagemut, zum Glück aber nicht im Aussehen nachschlug.

„So viele starke Frauen", kommentierte Marijke einmal eine meiner Erzählungen. „Und trotzdem wird der Orient durchweg von Männern beherrscht, von denen die meisten keinerlei Achtung vor unserem Geschlecht haben. – Aber“, fügte sie nach einer kleinen Pause noch hinzu, „bei uns in Europa ist es ja eigentlich nicht anders. Wir Frauen haben ja nicht einmal das Wahlrecht; und wie können wir unsere Interessen vertreten, wenn keine Frauen in den Parlamenten sitzen? Auf den Großmut der europäischen Männer werden wir uns wohl kaum verlassen können, wenn es darum geht, uns Frauen eine wirkliche Gleichberechtigung zu erstreiten.“ Darin musste ich ihr leider zustimmen, gab aber meiner Hoffnung Ausdruck, dass diese Verhältnisse sich eines Tages ändern würden – wenn nicht jetzt, dann vielleicht in ein paar Jahren oder schlimmstenfalls in ein paar Jahrzehnten.

Diese gut gemeinte Äußerung führte allerdings nur zu einem bitteren Auflachen von Seiten Marijkes, was mich veranlasste, ihr einen raschen Seitenblick zuzuwerfen, um festzustellen, ob sie mir wegen meiner Worte gram war. Erst jetzt fiel mir auf, wie hart ihr Gesicht bereits in dem halbem Jahr seit unserem ersten Kennenlernen geworden war, eine Härte zumal, die noch dadurch verstärkt wurde, dass der feine Wüstenstaub, der sich in jede Falte ihrer sonnenverbrannten Haut hineinfraß, ihre Züge um Jahre gealtert erscheinen ließ. Auch ihr ohnehin weizenblondes Haar war von der sengenden Sonne Arabiens noch weiter ausgebleicht worden, bis es fast greisenhaft weiß wirkte. Das Härteste an ihrem Gesicht aber war der Ausdruck ihrer Augen. Unter ihrer Kleidung mochten zwar die Narben von den Peitschenhieben und all den anderen Misshandlungen während ihrer Zeit in der Sklaverei nicht mehr zu sehen sein, aber man sah sie ganz deutlich in ihren Augen, die nicht umsonst auch ‚Spiegel der Seele‘ genannt werden.

Hinter uns ritten, sozusagen als Nachhut, schließlich noch Sir David Lindsay und Scheik Haschim. Genau wie die beiden schottischen Sergeanten wechselten auch diese beiden nicht viele Worte. Dies hatte seine Ursache darin, dass der ansonsten so redelustige Sir David noch stärker als wir anderen unter den Bedingungen des Wüstenklimas litt. *„It's better to keep my mouth shut"*, hatte er noch gestern zu mir gesagt. „Jedesmal, wenn ich ihn aufmache, kommt Sand hinein, und außerdem trocknet er dann noch mehr aus." Mir schien dies eine vernünftige Politik zu sein, und auch Haschim war es sicherlich nicht völlig unrecht, von dem bisweilen überschäumend seltsamen Redestrom des Engländers verschont zu bleiben.

Das also war unsere kleine Karawane: sieben Männer und eine Frau, in summa acht höchst unterschiedliche Menschen auf ebenso vielen Kamelen, die versuchten, einer der entsetzlichsten Wüsten des gesamten Erdballs die Stirn zu bieten. Ob es uns gelingen würde, hing zuallererst von einem der Männer ab: nämlich von Ali, dem Karawanenführer.

Vierzehntes Kapitel
Die Geisterkarawane

In diesem Moment tat eines der Kamele einen Fehltritt. Es war dasjenige, auf dem Sergeant McIlroy saß.

Sei es, dass McIlroy auf seinem Reittier eingedöst war und darum mit ihm zu dicht an den Rand des Dünenkamms geraten war; sei es, dass sich, von oben herab und unsichtbar, über einer Auskehlung der Düne eine dünne Sandbrücke gebildet hatte, die einen festen Untergrund nur vorgegaukelt hatte und durch die das Kamel mit einem seiner Hufe gebrochen war; sei es aus welchem unglückseligen Grund auch immer – jedenfalls kippte das Kamel plötzlich nach rechts weg, und Sergeant McIlroy, der mit dieser abrupten Bewegung nicht hatte rechnen können, wurde mit einem Ruck aus dem Sattel geschleudert und stürzte den Dünenhang hinab, gefolgt von dem mächtigen Leib des Kamels, das zwar noch versuchte, wieder sicheren Stand zu gewinnen, aber gegen die Gewalt der Schwerkraft machtlos war und im nächsten Augenblick aus unserem Gesichtskreis verschwand.

Wenn McIlroy bei seinem Sturz einen Schrei ausgestoßen hatte, dann war der im panischen Aufblöken des Kamels untergegangen.

„Schnell!“, rief Ali über die Schulter zurück. „Ein Stück weiter wird die Düne flacher, dort können wir hinunter.“

Während hinter uns aus der Tiefe das Blöken und Jammern des gestürzten Kamels heraufdrang, trieben wir unsere Tiere zu rascherer Gangart an, wobei wir bei aller Eile noch mehr als zuvor darauf achteten, uns möglichst weit vom Rand des Dünenkamms entfernt zu halten, um nicht das gleiche Schicksal zu erleiden wie McIlroy. Was ihm bei diesem Sturz zugestoßen sein mochte, wagte ich mir lieber nicht auszumalen, denn es ging dort bestimmt zwanzig oder dreißig Meter tief hinab, und auch der nachgiebigste Sand wird plötzlich hart wie Stein, wenn man aus großer Höhe auf ihn prallt. Auch meine Gefährten schienen allesamt unter Schock zu stehen, denn von den Befehlen abgesehen, mit denen sie die Kamele vorantrieben, sprach keiner von ihnen auch nur ein Wort, während wir durch die mondhelle Nacht dahineilten und die Minuten sich zu Ewigkeiten dehnten.

In Wirklichkeit dauerte es gar nicht einmal besonders lange, bis wir die Stelle erreichten, die Ali mit seinem geschulten Blick schon von Weitem erspäht hatte. Hier war in der Tat ein Abstieg möglich, wenngleich er immer noch gefährlich genug anmutete und unsere Kamele mehr den Abhang hinunterrutschten, als dass sie einen Fuß vor den anderen hätten setzen können.

Als wir endlich schweißgebadet unten angekommen waren, ließ Ali sein Kamel niederknien und sprang ab. „Besser, wir führen sie nicht dichter heran“, erklärte er. „Die Klagerufe ihres Artgenossen machen sie schon auf diese Entfernung nervös genug.“

Natürlich hatte er Recht. Also folgten wir seinem Beispiel und liefen zu Fuß in Richtung der Stelle zurück, an der McIlroy abgestürzt war, wobei wir bei jedem Schritt bis zu den Knöcheln einsanken. Es war eine kräftezehrende Art der Fortbewegung, und wir alle waren völlig außer Atem, als wir endlich am Ort des Unglücks ankamen.

Das erste, was wir dort sahen, war McIlroys Kamel. Verzweifelt versuchte es immer noch, auf die Beine zu kommen, aber das wollte und wollte ihm nicht gelingen, denn kaum hatte es sich halb aufgerichtet, da sank es auch schon wieder hilflos in den inzwischen völlig aufgewühlten Sand zurück. Dabei stieß es Laute aus, wie ich sie während meiner ganzen Reisen im Orient noch nie von einem Kamel gehört hatte. Die Qual, die in diesem Röhren und Blöken lag, griff mir so sehr ans Herz, dass ich es nicht über mich brachte, einfach an der geschundenen Kreatur vorbeizustürmen und sie ihrem grausamen Schicksal zu überlassen. „Schaut ihr nach Sergeant McIlroy“, rief ich den anderen zu. „Ich kümmere mich um das Kamel.“

Dass es nie mehr aufstehen würde, war mir auf den ersten Blick klar, denn bei dem Sturz hatte es sich mindestens zwei, vielleicht aber sogar alle vier Beine gebrochen. Einer der Hinterläufe war jedenfalls abgeknickt wie ein Zündholz, und der linke Vorderlauf sah noch schlimmer aus. Aus einem offenen Bruch stach ein Knochensplitter spitz hervor, eine Verletzung, die dem Tier bei jeder seiner verzweifelten Bewegungen die allerheftigsten Schmerzen bereiten musste. Hier gab es nur eines, was ich noch tun konnte, auch wenn der Gedanke daran mir alles andere als angenehm war.

Es war nicht das erste Mal, dass ich ein schwer verletztes Tier töten musste, aber es war das erste Mal, dass es sich dabei um ein Kamel handelte. In Nordamerika hatte ich einmal ein Pferd erschossen, das sich beim Sprung über ein Hindernis beide Vorderbeine gebrochen hatte. Bei Pferden heilen derartige Brüche nicht, und auch bei Kamelen ist das nicht anders. Sie in einem solchen Fall möglichst rasch und schmerzlos zu töten, stellt darum unzweifelhaft einen Gnadenakt dar, denn zum Tode verurteilt sind sie so oder so.

Auch das Kamel schien dies zu spüren, denn jetzt versuchte es nicht mehr länger aufzustehen, sondern ließ den Kopf in den Sand sinken und blickte mich aus seinen großen, vom Schmerz umflorten Augen unter den seidigen Wimpern an, die diesen Augen etwas so sehr Menschenähnliches geben. *Tu es rasch*, schien dieser Blick zu sagen. *Bitte, lass mich nicht länger leiden.*

Ich zog den Henrystutzen aus dem Futteral über meiner Schulter, in dem er zum Schutz gegen den Sand gesteckt hatte. Ich zielte kurz. „Vergib mir“, flüsterte ich. Dann krümmte ich den Finger und der Schuss ging los.

Er traf das Kamel mitten zwischen die Augen. Ein leiser Seufzer, so ganz anders als das klagende Blöken zuvor, drang aus der Kehle des Tiers, dann brach sein Blick. Ein letztes Zucken durchlief seinen Körper und schließlich lag es still. Das alles hatte kaum ein paar Wimpernschläge gedauert und schon rannte ich wieder los, hinter den anderen her.

Es brauchte nur wenige lange Schritte, bis ich sie erreicht hatte. Sie standen um etwas herum, das ich auf den ersten Blick nicht erkennen konnte, da sie es mit ihren Körpern verdeckten, aber natürlich wusste ich, was es war. Als ich näherkam, wandte sich Halef zu mir um und schüttelte ernst den Kopf.

In diesem Moment war mir klar, dass unsere schlimmsten Befürchtungen sich bestätigt hatten.

Sergeant Calvin McIlroy lag inmitten eines Durcheinanders von aufgeplatzten Wasserschläuchen auf einem im Mondschein seltsam schwarz schimmernden Fleck im Sand. Sein Kopf stand in einem unnatürlichen Winkel vom Körper ab und seine Augen starrten blicklos in den gestirnten Himmel. Schon der erste Aufprall nach seinem Sturz vom Kamel mochte ihm wohl das Genick gebrochen haben, und das hatte sich, so grausam es auch klingen mag, als wahres Glück für ihn erwiesen, denn unmittelbar darauf schien das Kamel mit seinem ganzen

Gewicht auf ihn gefallen und über seinen Körper hinweggerollt zu sein. Unter der Wucht dieses Aufpralls waren sowohl sein Brustkorb als auch sein Becken zerschmettert worden, und zwar so vollständig, dass man sie kaum noch als Teile eines menschlichen Körpers zu erkennen vermochte.

„Wir sollten ihn gleich jetzt und hier begraben“, sagte ich mit einer Stimme, die ich kaum mehr als meine eigene erkannte. „In der Hitze des Tages wird das gewiss nicht angenehmer werden.“

„You're absolutely right“, unterstützte mich Sir David, dem es offenbar genau wie mir bei dem Gedanken daran schauderte. *„Have we got a shovel in one of the saddle bags?“* Aber natürlich hatten wir keine Schaufel in einer der Satteltaschen, denn die Beduinen der arabischen Halbinsel kennen Schaufeln oder Spaten in unserem Sinne nicht. Stattdessen gab es nur ein paar flache Holzschaber, die Ali nun herbeiholte und mit deren Hilfe wir im Knien den immer wieder nachrieselnden Sand beiseitekratzten, eine trotz der Nachtkühle schweißtreibende Arbeit, aber gerade dadurch, dass sie so anstrengend war, half sie uns ein wenig, über den ersten Schock hinwegzukommen.

Als die Grube endlich tief genug ausgehoben war, um den Leichnam aufzunehmen, trat Sergeant McMurray vor Sir David und mich hin und salutierte zackig. „Mylord – Sir – Bitte um die Erlaubnis, die Kennmarke und die Papiere meines Regimentskameraden an mich nehmen zu dürfen“, sagte er. „Wenn ich nach Schottland zurückkehre, werde ich sie Sergeant McIlroys Familie in Abercrombie übergeben, nachdem ich mich beim Regiment zurückgemeldet habe, und ihr Bericht über sein Schicksal erstatten.“ Nach einer kleinen Pause fügte er noch hinzu: „Für eine Familie ist es immer ein großer Trost zu wissen, wie ein Angehöriger ums Leben gekommen ist und wo sich sein Grab befindet, obwohl sie es in diesem Fall natürlich nicht selber aufsuchen können.“

„Erlaubnis erteilt, Sergeant“, erwiderte ich ebenso förmlich, und Sir David murmelte ein *„Of course, man.“*

„Danke, Mylord. Danke, Sir.“ McMurray tat, was er angekündigt hatte, und nach einer kleinen Pause machten wir uns daran, den in ein Stück Zeltbahn gehüllten Toten in die Grube zu betten und diese zuzuschütten.

„Vielleicht möchten Sie ein paar Worte sprechen?“, erkundigte ich mich bei McMurray, als wir stumm um den flachen Sandhügel herumstanden, der nun die Stelle markierte, an der McIlroy seine letzte Ruhestätte gefunden hatte. „Ich meine, er war schließlich Ihr Regimentskamerad, und Sie kannten ihn von uns allen am besten.“

„Nun, ich bin kein großer Redner, Sir, aber … ja, vielleicht sollte ich wirklich ein paar Worte sagen.“ Und er verneigte sich über dem Grab und brachte irgendwie ein *„Fare thee well, Mousie“*, heraus. Mehr nicht. *Mousie*, ‚Mäuslein‘, war Sergeant McIlroys Spitzname im Regiment gewesen – nicht etwa nach dem berühmten Gedicht des schottischen Nationalpoeten Robert Burns, sondern wegen seines ein wenig spitzen Gesichts mit den immer geröteten Augenlidern und den spärlichen Barthaaren an Oberlippe und Kinn.

Danach sprachen wir vier Europäer das Vaterunser in unseren vier verschiedenen Sprachen und Dialekten – Sir David im wohltönenden Englisch der King James Bible, McMurray im rauen Dialekt seiner schottischen Heimat, Marijke auf Holländisch und ich auf Deutsch. Als wir geendet hatten, intonierten Halef und Scheik Haschim, die mit gesenkten Köpfen zwischen uns anderen gestanden hatten, aus der 32. Sure, as-Sadschdah, ‚Die Niederwerfung‘, den 11. Vers, der vom Engel des Todes handelt. Zum Abschluss steckte ich noch ein kleines Kreuz, das ich aus zwei Holzstäben gefügt hatte, auf das Grab, wohl wissend, das man davon bereits in wenigen Tagen nichts mehr sehen würde.

Einige hundert Meter von der Unfallstelle entfernt errichteten wir unser Lager für diesen Tag. Es war zwar noch längst nicht Morgen, aber nach den Ereignissen der letzten Stunde hatte niemand von uns große Lust, noch weiterzuziehen. Also wurden die Zeltstangen in den Boden gerammt, die Planen wurden darüber ausgebreitet, und dann legten wir uns alle, die unvermeidlichen Wasserschläuche neben uns, zur Ruhe nieder, um vor Anbruch der großen Hitze wenigstens ein paar Stunden Schlaf zu finden, was um die Mittagszeit mit ihren 60 Grad vollständig unmöglich war. Wer schlafen wollte, musste dazu die frühen Morgenstunden oder den frühen Abend kurz vor dem nächsten Aufbruch nutzen. Normalerweise gingen bei diesen Vorbereitungen für den Tag noch ein paar Scherzworte hin und her, aber diesmal hing jeder nur seinen Gedanken nach, gesprochen wurde nicht mehr viel.

Zu meiner eigenen Überraschung musste ich wohl auf der Stelle eingeschlafen sein, denn ich schreckte aus einem Traum hoch, als mich auf einmal eine Hand am Ärmel zupfte. Von einem Augenblick auf den anderen war ich hellwach. Im Mondlicht, das seinen silbrigen Schein über die Dünen ausgoss, erkannte ich Ali, der sich nicht zusammen mit uns anderen zum Schlafen niedergelegt hatte, sondern noch einmal hinüber zu den Kamelen gegangen war, die nach dem Tode ihres Artgenossen immer noch einigermaßen unruhig wirkten. „Was ist?“, flüsterte ich. „Warum weckst du mich?“

„Kommt mit, Effendi. Ich muss Euch etwas zeigen.“ Ali sprach ebenso leise wie ich, um die anderen nicht zu stören. „Ihr habt gezweifelt, doch nun werde ich Euch beweisen, dass ich nicht leichtfertig gesprochen habe.“

Ich hatte keine Ahnung, was er damit meinte, aber natürlich erhob ich mich und folgte ihm. Er führte mich ein paar Schritte von den Schutzzelten weg; dann, als wir außer Hörweite unserer Begleiter waren, blieb er stehen und deutete mit der Hand nach oben in den Himmel. „Seht selbst.“

Ich hob den Blick und versuchte der Richtung zu folgen, die Alis ausgestreckter Arm mir wies. Tatsächlich zeigte sie genau auf den Mond, und das Schauspiel, das sich mir dort bot, ließ mir den Atem stocken.

Vor dem Vollmond zogen Wolken dahin – aber das war völlig unmöglich, denn über der Rub al-Chali mit ihren 20 Prozent Luftfeuchtigkeit gab es weder bei Tag noch bei Nacht solche Wolken. Der Himmel war immer strahlend blau oder sternenübersät schwarz; nie aber wurde er von auch nur dem kleinsten Schleierwölkchen getrübt oder gar verdeckt. Doch wenn das keine Wolken waren – was war es dann? Sand, der in höheren Luftschichten vom Wind durch die Stratosphäre geweht wurde? Natürlich, das musste die Erklärung sein. So gut und logisch sie auch klang, erklärte sie im ersten Augenblick doch nicht, warum die seltsamen Schattenrisse vor dem Mond bei genauerem Hinsehen die Form einer über den Himmel eilenden Karawane annahmen: Kamele, die von ihren Reitern über das Firmament getrieben wurden, Ersatzkamele, die einfach so mitliefen, Sklaven auf Eseln und zu Fuß, Beduinen, Soldaten, alles durcheinander in völliger Lautlosigkeit und in sich ständig verändernden Formen, die zerflossen und sich zu immer neuen Gestalten zusammenfanden. Aber auch dafür würde sich ein logischer Grund finden lassen, wenn ich mir das Gehirn nur noch ein bisschen mehr zermarterte …

„Die Geisterkarawane“, riss Ali mich mit einem neuerlichen Flüstern aus meinen Überlegungen. „Habe ich es Euch nicht gesagt? Der Effendi Sergeant ist gestorben, und nun ist die Karawane gekommen, um ihn in ihre Reihen aufzunehmen …“

Nein, das konnte nicht sein! Entschieden schüttelte ich den Kopf. Abergläubische Beduinen wie Ali mochten dergleichen wohl glauben, nicht aber ein wissenschaftlich geschulter, rationaler Deutscher des 19. Jahrhunderts, so wie ich. Ein merkwürdiges Naturschauspiel war das, was Ali mir da zeigte, ganz gewiss – aber eben auch nicht mehr.

Nur: Wie sollte ich ihm, dem Beduinen, der geistig noch tief in einer Art von arabischem Mittelalter steckte und von Rationalismus und Aufklärung nichts wusste, begreiflich machen, dass hier ein einfaches Naturphänomen – Staub, der in höhere Schichten der Atmosphäre hinaufgewirbelt wurde – im Verein mit einer durch die Anstrengungen unserer Wüstenreise überreizten Phantasie vollkommen dazu ausreichten, uns in ein paar vom Zufall gebildeten Formen Menschen und Tiere erblicken zu lassen, die in einer Karawane zusammengeschlossen über den Himmel zogen? Ein ähnliches Phänomen hatte ich schließlich schon oft bei den Wolkenbildungen in unserer mitteleuropäischen Heimat beobachtet: Wolken, die zu Pferden wurden, dann zu Hunden, dann zu schwertschwingenden Kriegern, anschließend erneut zerflossen und mit einem Male fratzenhafte Gesichter bildeten, dahinschießende Delphine oder was auch immer. Also strebte der menschliche Geist offenbar danach, selbst den bedeutungslosesten Formen irgendeinen Sinn zu unterlegen. Hatte nicht schon der unsterbliche Barde aus Stratford-upon-Avon in dem berühmten Dialog zwischen Hamlet und Polonius gezeigt, dass man in ein und dieselbe Form alles nur mögliche hineinlesen konnte – sei es nun ein Kamel, ein Wiesel oder sogar einen Walfisch?

Während ich diesen Gedanken noch nachhing, wurde der Mond plötzlich wieder zu jener hellen Scheibe, die er über der Rub al-Chali normalerweise immer ist. Die Staubwolken waren vorübergeweht und nichts trübte mehr den Blick auf unseren Erdtrabanten – die perfekte Gelegenheit, das Thema abzuschließen, ohne Ali durch irgendwelche Erklärungen zu kränken oder gar ernsthaft zu beleidigen.

„Schau“, sagte ich und deutete auf den Mond. „Die Geisterkarawane ist weitergezogen. Zukünftig werde ich nicht mehr an deinen Worten zweifeln, denn nun habe ich sie mit eigenen Augen gesehen.“ – Was keine Lüge war, denn ich *hatte* sie gesehen, auch wenn es mir nach einigem Nachdenken gelungen war, sie mir als Phantom aus Staubschleiern und Einbildungskraft zu erklären. – „Ich bin dir zu Dank verpflichtet, dass du sie mir gezeigt hast, aber nun sollten wir uns schlafen legen, denn die Nacht, die sich jetzt ihrem Ende zuneigt, war sehr lang, und nach einem weiteren Tag unter der Glut der Sonne steht uns wieder ein anstrengender Ritt bevor.“

Da ergriff Ali meine Hand und drückte sie ganz fest. „Ich habe vielmehr dir zu danken, Effendi. Nicht alle Inglesi, Franschesi oder Alemani wären bereit gewesen, von ihrem Unglauben abzurücken, aber du warst es, und um deinet- und unser aller willen werde ich zu Allah beten, dass wir die Geisterkarawane auf unserer Reise nicht noch einmal zu Gesicht bekommen. Denn täten wir das, würde wieder einer von uns gestorben sein, und das möge der Allerbarmer verhüten. Schlafe wohl!" Mit diesen Worten ließ er meine Hand los und verschwand in Richtung der Zelte, um sich unter der Plane ein Lager zu bereiten. Sehr nachdenklich folgte ich ihm, wobei mein Blick immer wieder wie magisch von seinem Licht angezogen zum Mondhinauf wanderte. Aber nichts mehr regte sich dort, und meine überreizte Phantasie begann sich zu beruhigen und die Müdigkeit in mir ihr Recht zu fordern. Und bald lag auch ich wieder in tiefem Schlaf.

Fünfzehntes Kapitel
Ein Hinterhalt

„Wir werden verfolgt", sagte Haschim plötzlich.

Er hatte sein Kamel dicht an meines herangetrieben und sprach leise, damit die anderen uns nicht hörten und in unnötige Unruhe gerieten. Da wir gemeinsam die Nachhut bildeten und Marijke diesmal nicht neben mir, sondern neben Sir David ritt, ließ sich das glücklicherweise leicht bewerkstelligen.

„Woher wisst Ihr das?"

„Ich habe es schon seit gestern gespürt. Außerdem habe ich vorhin oben auf einem Dünenkamm einen Umriss vor dem Mond gesehen, als ich mich umblickte. Männer auf Kamelen. Die Sklavenhändler sind uns auf der Spur."

Das war ein harter Schlag, der zweite nach Sergeant McIlroys Tod vor drei Tagen. Ich zweifelte nicht an Haschims Worten, fühlte mich aber von einem Augenblick zum anderen zutiefst deprimiert. Mein ganzer Plan, meine ganze Idee einer Durchquerung der Wüste in südlicher Richtung nach Hadramaut hatten auf der Annahme basiert, dass die Sklavenhändler gar nicht auf die Idee kommen würden, dass wir uns in die todbringende Hölle der Rub al-Chali begeben würden. Denn die einzig denkbaren Fluchtwege hatten, wenn schon nicht übers Meer, dann entweder nach Osten oder nach Nordwesten parallel zur Küste geführt. Offenbar war mindestens einer von ihnen jedoch schlauer gewesen, hatte unsere Spuren in einer scheinbar unmöglichen Richtung gesucht und gefunden und war uns dann in den Rachen der Wüste hinein gefolgt. Und jetzt stand uns ein Kampf bevor, den ich hatte vermeiden wollen.

„Immerhin scheinen es nicht viele zu sein", fuhr Haschim fort, sodass ich vorerst keine Gelegenheit hatte, mich weiteren Selbstzweifeln hinzugeben. „Sechs oder acht Männer vielleicht … Damit dürften wir fertigwerden."

Bevor ich ihn noch fragen konnte, wie genau er sich dieses ‚Fertigwerden' vorstellte und was er damit meinte, die Anwesenheit der Verfolger schon seit gestern ‚gespürt' zu haben, stieß Ali einen leisen Warnruf aus und lenkte sein Kamel von dem Kamm, dessen Verlauf wir seit vielleicht einer halben Stunde gefolgt waren, in das nächste Dünental hinunter. Fürs Erste mussten Haschim und ich unser Gespräch unterbrechen, denn ein solcher Abstieg erforderte äußerste Konzentration von Tier und Reiter. So schlitterten wir wieder einen weiteren tiefsandigen Abhang – gefühlt war es bestimmt der einmillionste – hinunter, und ich gehe wohl nicht fehl in der Annahme, dass nicht nur ich, sondern ausnahmslos alle dabei an den armen McIlroy dachten, der sich bei genau so einem Abstieg den Hals gebrochen hatte – ein Schicksal, das auch jedem von uns drohte, wenn wir nicht die allergrößte Achtsamkeit an den Tag legten. Aus McIlroys tödlichem Unfall hatten wir immerhin die Lehre gezogen, dass wir in jedem Augenblick bereit sein mussten, mit einem kühnen Absprung aus dem Sattel so viel Abstand wie möglich von unserem Reittier zu gewinnen, sobald dieses ins Straucheln geriet. Obwohl der weiche Sand unseren Aufprall sicherlich abmildern würde, bestand auch bei einem solchen Vorgehen immer noch die Gefahr, sich ernsthaft zu verletzen, aber das war dennoch besser, als unter dem schweren Leib eines den Abhang hinabstürzenden Kamels begraben und womöglich zerquetscht zu werden.

Als wir glücklich unten angekommen waren, wandte ich mich wieder an Scheik Haschim: „Und was sollen wir Eurer Auffassung nach tun?“

Im Mondlicht konnte ich sehen, wie Haschim die Zähne bleckte. Es war ein sehr bedrohliches Lächeln, das für die Sklavenhändler, die uns verfolgten, nichts Gutes verhieß.

„Da sie uns schon bei unserer nächsten Rast überfallen könnten, müssen wir rasch handeln“, sagte er. „Wir legen einen Hinterhalt, und zwar gleich hier. *Rrrrrrr-eeeeeeeh!*“

Sein ohrenbetäubender Schrei – das arabische Äquivalent unseres deutschen „Brrrr!“ – veranlasste alle Kamele unserer kleinen Karawane, mit einem Ruck stehenzubleiben. Die Köpfe ihrer Reiter drehten sich zu uns um und Ali lenkte sein Kamel heran.

„Wollt Ihr schon Halt gebieten, Erhabener?“, erkundigte er sich demütig und mit gesenktem Blick bei Haschim. „Es ist noch lang hin bis zum Sonnenaufgang und wir könnten in dieser Nacht noch viele Meilen zurücklegen, bevor wir Rast machen …“

„Wir werden nicht Rast machen, sondern kämpfen.“ Nun winkte Haschim auch die anderen heran und unterrichtete sie mit wenigen Worten über seine Beobachtungen und seinen Plan.

Wie nicht anders zu erwarten, fiel die Reaktion unter den Mitgliedern unserer Expedition ganz unterschiedlich aus. Ali etwa wirkte im ersten Moment zwar sehr erschrocken, fasste sich dann aber rasch wieder – das Verhalten eines tapferen Mannes, der den Kampf nicht liebt, ihn aber auch nicht scheut, sobald er unvermeidlich wird. Mein getreuer Halef und Sergeant McMurray nahmen die Nachricht von Anfang an mit völligem Gleichmut auf, da sie, wenn auch sonst völlig unterschiedlich, beide erfahrene Krieger waren, die sich schon oft derart gefährlichen Situationen gegenüber gesehen hatten und aus Erfahrung wussten, dass es sich nicht lohnt, in Hektik oder Aufregung zu verfallen, bevor der eigentliche Kampf beginnt. Bis dahin würden sie einfach die notwendigen Vorbereitungen treffen, um dann im entscheidenden Augenblick ihr Bestes zu geben. Marijke hingegen …

Was Haschims Worte in ihr anrichteten, kann ich auch heute, in der Rückschau, immer noch nicht so leicht beschreiben. Möglicherweise hatte sie gehofft, nach unserem Abenteuer an der Piratenküste ein für allemal mit den Sklavenhändlern fertig zu sein; nun aber musste sie erkennen, dass dem nicht so war. Was würde geschehen, wenn nicht wir die Sklavenhändler, sondern die Sklavenhändler uns besiegten? Würde man sie dann genau wie uns andere auf der Stelle töten, weil man sie für dic Nicderlagc vcrantwortlich machte, die wir den Menschenschindern an der Piratenküste zugefügt hatten, oder würde man sie – ein wahrhaft entsetzlicher Gedanke! – erneut in die Sklaverei verkaufen, wo sie noch einmal all das an Schmerzen und Demütigungen, an Schlägen und Vergewaltigungen würde durchmachen müssen, was sie zuvor bereits erlitten hatte? Das waren die Gedanken, die man in diesem Augenblick in ihrem Gesicht beinahe so deutlich lesen konnte wie in einem offen aufgeschlagenen Buch, denn auf ihren Zügen im Schatten der Kapuze zeichnete sich ein so kreatürliches Entsetzen ab, wie ich es selten bei einem Menschen erlebt hatte. Ihre Erinnerung an die letzten drei Jahre war mit einem Schlag wieder da!

Der Einzige, der mit offener Begeisterung auf Haschims Worte reagierte, war natürlich – ganz seinem Naturell entsprechend – Sir David Lindsay. „Einen Hinterhalt legen? *Capital idea!"*, rief er aus. „Hinter den nächsten Hügelkamm legen – Gewehre im Anschlag – warten, bis die Kerle *come sliding down the hillside* – und dann Feuer frei! *Yes! Capital idea! Capital idea!"*

„Nein, mein verehrter Freund aus Inglesistan, so werden wir es nicht machen." Täuschte ich mich oder spielte bei diesen Worten ein leises Lächeln um Haschims Lippen? „Euer Plan ist gut und macht Eurem Kriegertum alle Ehre, aber mein Plan sieht ein wenig anders aus. Zuerst müssen wir die Kamele in Sicherheit bringen. Ali, das wirst du übernehmen, und zwar gemeinsam mit der Sayida Maryam." Haschim blieb bei seiner förmliche Anrede der Holländerin. „Anschließend werden Kara, Halef, Sergeant McMurray, Ihr, Sir David, und ich uns auf eine Weise verteilen, die ich Euch später noch näher bezeichnen will." Er ließ seinen Blick prüfend über die Versammlung gleiten. „Euch, Halef, möchte ich bitten, für dieses eine Mal auf Euren so prächtigen Turban, die würdige Zierde Eures ebenso würdigen Hauptes, zu verzichten und Euch mit der Kapuze Eures Umhangs zu begnügen, da es andernfalls ein wenig schwierig sein möchte, Euch in der Weise zu tarnen, wie ich es beabsichtige. Seid Ihr alle einverstanden?"

„Nein, ich bin nicht einverstanden. Ich kann genauso gut mit einem Gewehr umgehen wie ein jeder von Ihnen, und deshalb werde ich hierbleiben. Soll Ali die Kamele allein in Sicherheit bringen!", fauchte Marijke. Sie wollte kämpfen, schon um ihrer inneren Dämonen willen.

„Das werden Sie nicht, *Mevrouw*." Meine Stimme klang in meinen eigenen Ohren harsch und fremd, als ich diese Worte aussprach. „Sie werden mit Ali gehen, genau wie Scheik Haschim es befohlen hat. Natürlich können Sie mit einem Gewehr umgehen, das haben Sie längst bewiesen, aber hier kommt es auf etwas anderes an, nämlich auf Kampferfahrung. Und über die verfügen wir, Sie aber nicht. Außerdem halte ich es sehr wohl für möglich, dass unsere Verfolger Sie als Erste ins Visier nehmen werden, wenn der Kampf beginnt, da sie genau wissen, dass Sie es waren, die mit Ihrer Hartnäckigkeit den Untergang ihrer Bande herbeigeführt haben. Darauf müssten wir anderen uns einstellen, und das würde uns in unserer Kampfbereitschaft hemmen. Verstehen Sie das denn nicht? Bei einem solchen Hinterhalt wären Sie eine Belastung, kein zusätzlicher Nutzen. Also gehen Sie bitte mit Ali!"

Von allen Seiten richteten sich ungläubige Blicke auf mich. Kara Ben Nemsi, der von Halef so verehrte edle Sihdi, der eine Frau, und noch dazu eine *weiße* Frau, anschnauzte? Ja, genau das hatte ich getan, doch jetzt kam es erst einmal darauf an, Marijke aus der Schusslinie zu bringen, und dazu war mir in diesem Augenblick beinahe jedes Mittel recht.

Tatsächlich hatte ich instinktiv genau den richtigen Ton getroffen, denn statt sich noch länger in eine Diskussion mit uns einzulassen, wandte sich Marijke auf der Stelle ab und trieb ihr Kamel ein Stück weit von uns fort. Dort brachte sie es zum Stehen und wartete darauf, dass Ali ihr mit den anderen Tieren folgte.

„Dann lasst uns beginnen." Haschims Worte brachen den Bann, und wir ließen die Kamele niederknien, um absteigen zu können. So schwer es ihm auch fiel, musste Halef sich nun, Haschims Weisungen folgend, von seinem prächtigen Turban trennen, den er in einer der Satteltaschen verstaute. Er entnahm den Taschen einige Meter Seil, die wir für den Fall bei uns führten, dass im Zuge unserer Wüstendurchquerung einer von uns oder eines der Kamele aus einer Treibsandfläche gerettet werden musste, ein Missgeschick, das uns zum Glück bisher noch nicht widerfahren war. Jetzt konnten wir die Seile dafür benutzen, die Sklavenhändler zu fesseln, wenn sie uns denn lebend in die Hände fielen.

Während Halef dies vorbereitete, gab Haschim unserem Führer Ali letzte Anweisungen. Vor allem befahl er ihm, noch zwei weitere Dünen zu überqueren, bevor er Halt machte, damit die herannahenden Sklavenhändler nicht durch das Schnauben eines unserer Kamele misstrauisch gemacht würden.

Zurückkehren sollten Ali und Marijke auf keinen Fall, bevor sie nicht von einem Boten dazu aufgefordert würden. Falls aber kein Bote kam, dann müssten sie davon ausgehen, dass wir den Kampf verloren hatten und wahrscheinlich alle tot waren. In diesem Fall sollten sie versuchen, sich allein zu dem Wasserloch durchzuschlagen, von dem Ali gesprochen hatte, und anschließend ihren Weg nach Hadramaut fortsetzen.

Dass die Sklavenhändler ihnen dann folgen würden, diesen Gedanken schob ich jetzt völlig aus meinem Kopf.

„Und hier, nehmt auch das", warf Sir David, der dem Gespräch aufmerksam gefolgt war, plötzlich ein. „Falls wir den Kampf verlieren, werde ich es wohl nicht mehr brauchen." Mit diesen Worten hielt er Ali seine Börse hin, die trotz der hohen Preise, die wir in Nabaa al-Schifaa für die Kamele bezahlt hatten, immer noch schwer von Gold und britischen Pfundnoten war. Seine Stimme klang dabei ungewohnt ernst. Seine Begeisterung angesichts der Idee eines Hinterhalts für die schurkischen Sklavenhändler war echt gewesen; seine Besorgnis nun war es ebenso.

Fast ehrfürchtig nahm Ali die Börse entgegen, und dann tat er etwas, womit wir alle nicht gerechnet hätten: Er küsste erst Scheik Haschim, dann Sir David und schließlich auch mir die Hand. „Möge Allah Euch segnen, Erhabener, und Euch, Effendis, auch. Ich werde beten, dass Ihr diesen Kampf gewinnt." Und damit drehte er sich, griff die Kamele bei ihren Zügeln und führte sie von uns fort. Wir sahen ihm noch lange nach, wie er gemeinsam mit Marijke und den Tieren in der Nacht verschwand.

„Und nun?", drängte dann Sir David.

„Und nun werden wir unsere Positionen einnehmen – nicht oben auf dem Dünenkamm, sondern hier unten im Tal. Kara und ich postieren uns so, dass wir unseren Verfolgern von vorne entgegentreten können, Halef und der Sergeant verbergen sich rechts und links von unserer Spur, und unser Freund aus

Inglesistan wartet in ihrem Rücken, sodass wir unsere Verfolger von allen Seiten in die Zange nehmen können."

„Aber es gibt hier keine Deckung, Scheik Haschim!", rief Halef aus. „Hier ist nichts als Sand, und hinter Sandkörnern kann man sich nicht verstecken!"

Wieder bleckte Scheik Haschim seine Zähne zu jenem bedrohlichen Lächeln, das ich in dieser Nacht schon einmal an ihm beobachtet hatte und das allein den Sklavenhändlern galt. „Doch, genau das werden wir tun. Wir verstecken uns hinter Sandkörnern." Als er unsere verständnislosen Gesichter sah, winkte er uns, ihm zu folgen. „Ich werde es Euch sogleich erklären, Freund Halef. Hier zum Beispiel", er wies auf eine flache Vertiefung im Boden zu unseren Füßen, die eben, darauf hätte ich schwören mögen, noch nicht dagewesen war, was aber natürlich unmöglich war, „werdet Ihr Euch flach auf den Bauch legen und Euren Umhang über Euch und Euer Gewehr breiten. Dann bedecke ich Euch mit einer dünnen Schicht Sand, und wenn unsere Verfolger herannahen, springt Ihr auf mein Kommando hin auf und bedroht sie mit Eurer Waffe. Und genau so machen wir anderen es auch. Wir müssen nur aufpassen, dass kein Sand in die Gewehrläufe und -schlösser eindringt, denn dann könnte es gefährlich sein, damit zu schießen."

Mit einem Schlag wurde mir klar, woher Haschim diese außergewöhnliche Idee hatte. „Wie ein Rochen, der sich am Meeresgrund unter Sand versteckt, bis seine Beute naht …!"

Haschim lächelte anerkennend. „Genau das, Freund Kara."

„Aber wird der Sand nicht zu schwer auf uns lasten, sodass wir Schwierigkeiten haben aufzuspringen?"

Haschims Lächeln vertiefte sich. „Vertraut mir. Ich weiß, was ich tue. Der Sand wird leichter auf Euch lasten als ein dünner Stoffschleier, und es wird Euch keine Mühe kosten, ihn abzuschütteln. Ihr müsst nur warten, bis ich das Kommando gebe, und auf gar keinen Fall versuchen, schon vorher aufzustehen, denn das könnte fatale Folgen haben."

Wie durch ein Wunder fanden sich überall dort, wo Haschim uns postieren wollte, flache Vertiefungen. Als ich mich in diejenige hineinschmiegte, die der Scheik für mich ausgewählt hatte, fühlte sich der Sand angenehm kühl an. Ein paar Stunden später nur, und der Plan hätte sich nicht ausführen lassen, denn dann wären wir im unter der Sonne glühend heiß gewordenen Sand gegart worden wie ein Eintopf in einer nordafrikanischen Tajine, der traditionellen Kasserolle der Berber.

Haschim half mir, den Umhang über mich zu schlagen. „Haltet Euch bereit", flüsterte er mir noch zu, bevor es um mich dunkel wurde. „Wir werden nicht lange warten müssen, denn die Verfolger sind uns dicht auf den Fersen." Dann spürte ich, wie ein bisschen Sand auf meinen Rücken rieselte – viel weniger, als ich erwartet hatte, kaum eine Handvoll wohl. Und trotzdem sollte ich ganz davon bedeckt sein? Im Grunde war es unmöglich, aber ich beschloss, Scheik Haschim trotzdem zu vertrauen, und ich war mir sicher, dass auch die anderen das tun würden. Schließlich hatte er schon oft genug Proben seines außergewöhnlichen Könnens abgegeben – und wenn er behauptete, dieser Hinterhalt werde gelingen, dann gab es keinen Anlass, an seinen Worten zu zweifeln.

Sechzehntes Kapitel
Ein Wiedersehen mit einem alten Feind

Mit seiner Behauptung, die Sklavenjäger seien uns dicht auf den Fersen und wir würden nicht lange auf sie warten müssen, behielt Haschim Recht. Und das war auch gut so, denn Halefs quecksilbriges Temperament hätte mir bei einer längeren Wartezeit doch einige Sorgen bereitet, und auch Sir David besaß bisweilen eine recht kurze Lunte, was seine Fähigkeit zu geduldigem Warten betraf. Wegen Sergeant McMurray machte ich mir hingegen keinerlei Gedanken, denn der hatte durch stundenlanges Wachestehen bei Wind und Wetter vor irgendwelchen militärischen Einrichtungen ja reichlich Erfahrung darin.

Mit einem Mal nahmen meine durch das reglose Liegen aufs Äußerste geschärften Sinne eine leichte Erschütterung des Bodens wahr, ausgelöst von den schweren Kamelen unserer Verfolger, welche eben in diesem Augenblick von dem hohen Dünenkamm herabgerutscht kamen und sich am Fuße der Düne sammelten, um erneut unsere Spur aufzunehmen und ihren Weg entlang dieser fortzusetzen. Ein leiser Ruf verriet mir, dass man die Spur gefunden hatte; und dann begann eine neue Art von Vibration durch das Stampfen der Hufe auf dem sandigen Boden, als die Tiere sich, angetrieben von ihren Reitern, gemächlich in Bewegung setzten. Nun musste gleich Haschims Kommando ertönen …

Und da war es auch schon!

„Auf!“, hörte ich seine Stimme, die seltsamerweise mehr in meinem Kopf als in meinen Ohren zu ertönen schien. Aber mir blieb keine Zeit, mich länger mit diesem Phänomen zu beschäftigen, denn jetzt galt es, mutig und entschlossen zu handeln. Mit einem Satz war ich auf den Beinen, schüttelte den Sand von meinem Umhang ab – aber waren dort überhaupt jemals mehr als ein paar Körnchen Sand gewesen? – und riss das Gewehr hoch, um es auf die Sklavenhändler zu richten, die keine zehn Schritte vor mir hoch droben auf ihren Reittieren thronten. Vor und neben mir taten es vier andere Gestalten mir gleich – weiße Gespenster, die so plötzlich aus dem Sand aufgetaucht waren, dass es selbst weniger abergläubischen Menschen, als diese Araber es waren, einen heiligen Schrecken eingejagt hätte, der noch dadurch verstärkt wurde, dass die sechs Männer, denn mehr waren es nicht, sich von allen Seiten den Mündungen geladener und entsicherter Gewehre gegenüber sahen.

„Rrrrreeeeeeeee!“, dröhnte Haschims Stimme durch die Nacht. „Die Hände hoch! Ihr seid umzingelt. Wer zur Waffe greift, stirbt!“

Nicht nur die Kamele gehorchten seinem Befehl und blieben mit einem Ruck stehen. Auch die Sklavenhändler wagten nicht den geringsten Widerstand. Keiner von ihnen riskierte es, das Gewehr gegen uns zu erheben. Stattdessen fuhren ihre Arme so hoch in den Nachthimmel, wie es ihnen nur eben möglich war, um uns zu demonstrieren, dass sie auch nicht den geringsten Gedanken auf eine mögliche Gegenwehr verschwendeten.

Mit einer Ausnahme – und das war ihr Anführer!

Ich hatte ihn im selben Augenblick erkannt, als ich mein Gewehr auf ihn richtete, denn sein Kamel war genau mir gegenüber zum Stehen gekommen, und sein Gesicht und seine Gestalt waren absolut unverkennbar.

Der Anführer unserer Verfolger war niemand anderes als Abu Kurbatsch, jene Bestie in Menschengestalt, der mit seiner wahrhaft entsetzlichen Peitsche aus Nilpferdhaut, der er seinen Namen verdankte, unzählige Menschen zu Tode geprügelt oder zum Krüppel geschlagen hatte. Natürlich nur schwarze Arbeitssklaven; die ‚weiße Ware‘, wie er sie nannte, rührte er nicht an, um ihren Verkaufswert zu erhalten. Was uns bevorgestanden hätte, wenn es ihm gelungen wäre, uns zu überrumpeln und uns in seine Gewalt zu bringen, wagte ich mir in diesem Augenblick nicht auszumalen.

Doch konnte dieser Gedanke meine Kaltblütigkeit nicht beeinträchtigen. Als er trotz Haschims Befehl sein bereitgehaltenes Gewehr hochriss, schoss ich bereits, doch da ich auf den Körper gezielt hatte, war er natürlich nicht sofort tot, sondern vermochte mit seinem Finger noch den Abzug zu betätigen. Und da ich genau in der Schussbahn seiner Flinte stand, pfiff die Kugel auch auf mich zu, obwohl er im Grunde vermutlich nicht wirklich auf mich gezielt, sondern rein reflexmäßig geschossen hatte. Ich spürte den dumpfen Schlag an meiner rechten Schulter und wusste im selben Moment, dass ich getroffen war.

Es war nicht das erste Mal, dass ich eine Kugel eingefangen hatte, aber angeschossen zu werden ist etwas, an das man sich nie wirklich gewöhnt – ein traumatisches Erlebnis, das alles um einen herum mit einem Schlag seltsam irreal werden lässt. Schmerzen verspürt man im ersten Moment nicht, die kommen erst später, aber das gesamte Nervensystem gerät in Aufruhr, das Blut pocht jäher durch die Adern, und das Gehirn verarbeitet nur noch die allernötigsten Eindrücke und merkt sich davon nur das, was absolut überlebensnotwendig ist, sodass man sich später an manches nicht mehr erinnern kann, was sich in diesen ersten Augenblicken ereignet hat. Vermutlich hat die Natur es in ihrer unendlichen Weisheit so eingerichtet, um den Körper im Fall einer Verwundung ganz auf Kampf oder Flucht einzustellen; denn sich von Unwichtigem ablenken zu lassen, hieße die letzte Chance auf ein Fortbestehen als denkendes und fühlendes Wesen leichtfertig zu verschenken. Dieser merkwürdige Zustand, den man vielleicht als eine Form von gleichzeitiger Gedämpftheit und Gehobenheit beschreiben könnte, dauert indes nicht lange an. Spätestens nach ein paar Minuten brechen Nervensystem und Kreislauf regelrecht in sich zusammen, es folgen Schwindel und Benommenheit, und dann setzen auch die brennenden Schmerzen ein, die niemand, der sie einmal gespürt hat, je wieder vergisst.

Unmittelbar nach meinem Schuss und nahezu im selben Moment, als Abu Kurbatschs Gewehr losging, knallten noch vier weitere Schüsse, abgefeuert von Haschim, Halef, Sir David und Sergeant McMurray. Die vier trafen ihr Ziel mit tödlicher Präzision, sodass Abu Kurbatschs vierschrötiger Körper von den Geschossen regelrecht durchgeschüttelt wurde. Das Gewehr entfiel seiner Hand – er griff sich an die Brust – sein Mund öffnete sich wie zu einer letzten lästerlichen Verwünschung – und dann rutschte er langsam – die Hand, die sich inzwischen tiefrot färbte, immer noch auf die Vorderseite seines

Umhangs gepresst – seitlich von seinem Kamel und plumpste schwer aus der Höhe des Sattels hinab auf den sandigen Boden, wo er reglos und seltsam verkrümmt liegen blieb, die furchtbare Nilpferdpeitsche, der er seinen Namen verdankte, immer noch zusammengerollt auf dem Rücken.

Abu Kurbatsch, der Schrecken aller Sklaven der arabischen Halbinsel und einer der übelsten Menschenschinder, denen ich auf meinen Reisen jemals begegnet war, war tot.

Was dann geschah, nahm ich nur noch wie durch einen Schleier wahr, während ich mit der linken Hand nach meiner verletzten Schulter tastete, um festzustellen, was für einen Schaden Abu Kurbatschs Kugel dort angerichtet haben mochte.

„Die Waffen weg, oder Ihr seid des Todes wie Euer Anführer!“, schrie Scheik Haschim.

Flinten, Pistolen und Messer flogen in hohem Bogen in den Sand.

„Und jetzt lasst die Kamele niederknien und steigt ab!“

Auch diesem Befehl gehorchten die überlebenden Sklavenhändler ohne jeglichen Widerstand. Der Tod ihres Anführers schien ihren Willen endgültig gebrochen zu haben, der wohl schon vom Ritt durch die Rub al-Chali erodiert war. Vielleicht hofften sie aber auch, ihre wie aus dem Nichts aufgetauchten Bezwinger durch solch bedingungslosen Gehorsam milde zu stimmen und auf diese Weise ihr wertloses Leben noch zu retten, das sie, wären sie ihresgleichen in die Hände gefallen, mit tödlicher Sicherheit verloren hätten.

Während die Kamele sich mit den üblichen knochenerschütternden Rucken auf dem Boden niederließen, kam Halef, langsam rückwärtsschreitend und das Gewehr unverwandt auf die Banditen gerichtet, zu mir herüber, da er aus den Augenwinkeln bemerkt hatte, dass ich schwankend und seltsam teilnahmslos dastand und den Henrystutzen nicht mehr in der rechten, sondern in der jetzt blutigen linken Hand hielt.

„Du bist verletzt, Sihdi!“, rief er erschrocken aus. „Deine Schulter …“

Ich versuchte, den Kopf zu schütteln, aber allein der Versuch dieser Bewegung löste eine Welle von Schwindel und Übelkeit aus. „Es ist nichts“, presste ich zwischen den Zähnen hervor. „Nur eine Fleischwunde, der Knochen scheint heil zu sein. Kümmere dich lieber darum, die Gefangenen zu binden.“

„Ich höre und gehorche, Sihdi“, erwiderte Halef. „Danach aber werde ich gleich wiederkommen und mich um dich kümmern.“

Inzwischen waren die Sklavenhändler von den Kamelen gestiegen und warteten darauf, gefesselt zu werden, eine Aufgabe, die sogleich von Halef und Sergeant McMurray übernommen wurde, während Scheik Haschim und Sir David die wie ein Häuflein Elend dastehenden Banditen weiter mit ihren Gewehren in Schach hielten.

„Und nun setzt euch in den Sand und rührt euch nicht von der Stelle“, forderte Haschim sie auf. „Wer Widerstand leistet, wird auf der Stelle erschossen.“

Wortlos gehorchten die Sklavenhändler und ließen sich zu Boden fallen, denn Halef und der Sergeant hatten sie so gründlich verschnürt, dass sie sich nicht mit den Armen abstützen konnten. Auch ich verspürte jetzt keine Kraft mehr, um aufrecht zu stehen, und mit einem Mal fand ich mich ebenfalls auf dem Boden wieder.

Halef schien inzwischen Scheik Haschim von meiner Verletzung unterrichtet zu haben, denn dieser kam nun zu mir geeilt und kniete sich neben mir nieder. „Zeigt her“, sagte er. „Leider muss ich Euren Umhang an der Schulter auftrennen, aber anders kann ich den Stoff nicht von der Wunde lösen.“

Willenlos ließ ich geschehen, dass er mit seinem scharfen Dolch Ärmel und Schulter meines Umhangs zerschnitt. Obwohl er dabei so behutsam wie nur möglich vorging, durchschoss mich trotzdem eine neue Welle von Schmerz, aber irgendwie gelang es mir, die Zähne zusammenzubeißen und nicht den geringsten Laut einer Klage von mir zu geben.

„Ihr habt sehr großes Glück gehabt, Freund Kara Ben Nemsi“, hörte ich Haschims Stimme dicht an meinem Ohr und trotzdem wie aus weiter Ferne. „Die Kugel hat den Knochen wohl gestreift, ihn aber nicht zerschmettert. Was mir nicht gefällt, ist allerdings, dass die Knochenhaut verletzt ist … So etwas kann schlimme Folgen haben. Aber ich werde sehen, was ich tun kann, damit Ihr unbeschadet davonkommt und Euren Arm in ein paar Tagen wieder bewegen könnt.“

Aus einer Innentasche seines Umhangs zauberte er einen kleinen Salbentiegel hervor, dessen Verschluss er sodann aufschraubte. „Die Salbe riecht nicht gut, aber sie wird Euch Eure Gesundheit alsbald zurückgeben, also zürnt ihr bitte nicht und auch nicht dem Arzt, der sie Euch verschreibt.“

Was immer er mir da auf die Schulter strich: Die Salbe roch nicht nur widerwärtig, sie brannte auch wie Feuer in meinem von der Kugel Abu Kurbatschs zerrissenen Fleisch. Aber dann murmelte Haschim ein paar Worte und strich mir sanft mit der Hand über die Schläfe, und der Schmerz ließ nach. Sogar der Schleier, der in den letzten Minuten zwischen mir und der Welt gelegen hatte, hob sich ein wenig, sodass ich meine Umgebung wieder mit wacheren Sinnen beobachten konnte.

„Jetzt noch ein Verband“, sagte Haschim, „und Ihr seid schon wieder so gut wie neu.“ Da mein Umhang ohnehin ruiniert war, schnitt er zu diesem Zweck einfach ein paar Stoffstreifen vom unteren Saum ab, wickelte sie um Schulter und Oberarm und verfertigte dann aus einem weiteren, diesmal aber dreieckigen Stück Stoff eine Schlinge, die er hinter meinem Nacken verknotete, damit ich meinen Arm in ihr ruhigstellen konnte. „Fertig. Könnt Ihr uns nun helfen, die Gefangenen zu bewachen, damit ich Halef losschicken kann, um Ali und Frau Maryam zurückzuholen?“

„Das werde ich noch schaffen“, meinte ich.

Da ich mit dem lädierten Arm jedoch einige Mühe hatte, aufzustehen, half er mir hoch. Den Henrystutzen hängte ich, wiederum mit seiner Hilfe, mir über den Rücken, und einige

Augenblicke später nahm ich an der Seite meiner Gefährten Aufstellung. Meinen Revolver hatte ich fest in der linken Hand, denn ich war gewohnt, beidhändig zu schießen.

Die Sonne war schon beinahe aufgegangen, als Halef, Ali und Marijke mit den Kamelen zurückkehrten. Halef, der inzwischen natürlich wieder seinen überdimensionalen Turban trug, kam sogleich zu mir gelaufen und war ganz Sorge, Scham und Bedauern. „Vergib mir, Sihdi, dass ich mich nicht gleich selbst um dich gekümmert habe“, bat er mich mit so treuherzigem Augenaufschlag, dass ich ihn am liebsten in den Arm genommen hätte, was aber angesichts seiner Mannesehre und meiner Schulterverletzung ein höchst unpassendes Verhalten gewesen wäre. „Aber Scheik Haschim meinte, als Heilkundiger sei er die bessere Wahl, um deine Verletzung zu versorgen, und darin musste ich ihm Recht geben. So bin ich seinen Befehlen gefolgt, habe Stricke um die Unwürdigen dort gewunden und Knoten darein geknüpft, die selbst ein Entfesslungskünstler auf dem großen Basar von Basra nicht würde lösen können, und dann bin ich durch die Wüste gelaufen, auf die höchsten Dünen hinauf und von ihnen wieder in die tiefsten Täler hinab, und habe am Ende des Weges nicht nur unsere Freunde und unsere Kamele gefunden, sondern diese auch wieder sicher hierher zurückgebracht.“

„Da hast du recht gehandelt“, beruhigte ich ihn. „Es war Scheich Haschims Plan, nach dem wir die Sklavenhändler überwältigt haben, und so ist er in diesem Augenblick auch unser Kriegsherr, dessen Befehl ich mich ebenfalls unterstellt habe. Darum ist es nur löblich, dass auch du seinen Anordnungen gefolgt bist. Und“, so fügte ich hinzu, „er ist wirklich ein trefflicher Arzt und hat mich auf das Beste versorgt, auch wenn ich meinen rechten Arm naturgemäß für einige Tage nicht werde benutzen können.“

„Dann will ich dein rechter Arm und deine rechte Hand sein, bis die Verletzung ganz geheilt ist!“, rief Halef beinahe entzückt aus. „Solange ich an deiner Seite bin, wird es dir an nichts mangeln. Ich werde dir die Speisen reichen, und später, wenn …“

Wahrscheinlich hätte er noch lange weiter über die Hilfen phantasiert, die er mir zuteilwerden lassen wollte, aber unsere Aufmerksamkeit wurde durch Marijke abgelenkt, die eben zu Scheik Haschim sagte: „Und was wollt Ihr mit denen da machen?“ Dabei wies sie auf die fünf Gefangenen, die vor ihr auf dem Boden kauerten.

„Was würdet *Ihr* denn mit ihnen machen, Sayida Maryam?“, erkundigte sich Haschim.

„Erschießen natürlich – genau, wie Ihr es mit der Bestie dort drüben gemacht habt!“ Damit war offensichtlich Abu Kurbatsch gemeint, dessen Leiche immer noch dort lag, wo sie vom Kamel in den Sand gestürzt war. „Oder denkt Ihr, sie hätten etwas Besseres verdient? Es sind Mörder und Sklavenhändler, und sie haben Leid und Tod über Unzählige gebracht – über Männer, Frauen und Kinder. Für die ist eine Kugel beinahe noch zu schade!“

Haschim schüttelte den Kopf. „Abu Kurbatsch haben wir im Kampf getötet. Seine Männer aber sind gefesselt und können sich nicht wehren. Sie zu erschießen, wäre kaltblütiger Mord, und ich ermorde keine Gefangenen.“

Im Stillen konnte ich ihm darin nur zustimmen. Eben dies war eine Haltung, die auch ich wieder und wieder gepredigt hatte, sei es unter Beduinen und anderen Völkerschaften in den Ländern Arabiens oder unter den Indianern Nordamerikas, leider aber nicht immer mit Erfolg. Dass Haschim sie nun ebenfalls vertrat, ließ ihn in meiner Achtung weiter steigen.

Marijkes nächste Worte ließen mir aber das Blut in den Adern gefrieren. „Ihr müsst es ja nicht selber tun, wenn Ihr zu empfindsam dazu seid. Geht nur ein wenig zur Seite, und ich will das für Euch erledigen.“ Bei diesen Worten nahm sie ihr Gewehr hoch. Herr im Himmel, zu was für einer Furie hatten die Jahre der Sklaverei diese stolze Frau bloß werden lassen!

Doch Haschim sah sie nur so lange stumm an, bis sie ihr Gewehr wieder senkte und sich widerwillig abwendete.

„Ach bitte, ihr hohen und edlen Herren“, rief einer der Gefangenen, die unser Gespräch über ihr Schicksal aufmerksam verfolgt hatten, plötzlich mit kläglicher Stimme zu uns herüber, „wir bitten Euch, lasst Gnade walten! Abu Kurbatsch hat uns gezwungen, mit ihm zu reiten. Wären wir ihm nicht gefolgt, hätte er uns und unsere Familien umgebracht.“

Bei diesen Worten fuhr mein Freund Halef auf wie von der Tarantel gestochen. „Lügt nicht, ihr Sklavenhändlergesindel!“, donnerte er. „Hätten wir euch nicht hier aufgelauert, ihr hättet uns noch in dieser Stunde die Kehle durchgeschnitten, ohne mit der Wimper zu zucken. Und jetzt winselt ihr um Gnade? Peitschen sollte man euch, bis euch die Haut in Fetzen vom Körper hängt, genau wie ihr es mit euren bemitleidenswerten Opfern gemacht habt. Und ich hätte nicht übel Lust, gleich jetzt damit anzufangen!“

Dabei tastete seine Hand nach seiner eigenen Nilpferdpeitsche, mit der er zum Glück normalerweise nur zu drohen pflegte. Dass er wirklich Schläge damit austeilte, hatte ich bisher nur selten erlebt, und wenn er es einmal tat, dann nur gegenüber ganz ausgepichten Erzschurken und selbst da auch nur zur Mahnung und Warnung, also in Maßen. Diesmal aber schien es ihm außerordentlich ernst damit zu sein, und deshalb trat ich rasch vor und legte meine Hand beruhigend auf seinen Arm.

„Ich stimme Haschim bei. Wir dürfen nicht auf dieselbe Stufe herabsinken wie diese Mordbuben. Sie zu töten oder sie auch nur so grausam zu peitschen, wie ein Abu Kurbatsch es getan hätte, wäre eine Sünde, die unser Gewissen für alle Zeiten belasten würde. Ich denke, wir sollten sie ihres Weges ziehen lassen – natürlich ohne ihre Waffen, aber mit ihren Kamelen und mit gerade so viel Wasser, dass sie den Rand der Wüste erreichen können. Den Rest ihrer Wasservorräte nehmen wir an uns.“

„Well spoken, Mister Kara Ben Nemsi!“, mischte sich in diesem Augenblick Sir David in das Gespräch ein. „Wollen diesen Bestien zeigen, dass wir *civilized people* sind und kein mörderischer Abschaum. Und ihren Anführer, diesen abscheulichen Abu Kurbatsch, mögen sie gleich mitnehmen, damit sein Leichnam die Wüste nicht länger beschmutzt!“

Haschim nickte. „Genau so werden wir es machen, ob es der Sayida Maryam und dem wackeren Halef nun behagt oder nicht.“

Dass es ‚Sayida Maryam‘ nicht behagte, konnte man sehr deutlich an ihrem Gesicht ablesen. Es funkelten Tränen der Wut in ihren Augen. In diesem Augenblick musste sie uns, ihre Freunde und Retter, nicht viel weniger hassen als die Sklavenjäger, die sie am liebsten mit eigener Hand getötet hätte. Halef hingegen ließ sich leichter beruhigen, und nachdem er noch ein paar Flüche von sich gegeben und mehrmals verachtungsvoll ausgespuckt hatte, erklärte auch er sich damit einverstanden, dass wir unsere Gefangenen nicht nur lebend, sondern auch mit unzerpeitschter Haut ihres Weges ziehen ließen.

Keine halbe Stunde später ritten die fünf überlebenden Sklavenhändler auf ihren Kamelen nach Norden, um ihre Waffen und einen Teil ihrer Wasservorräte erleichtert. Wir schauten ihnen vom Kamm der nächsten Düne nach, bis sie aus unserem Gesichtskreis verschwunden waren, und machten uns dann daran, im Tal unser Lager für den Tag aufzuschlagen.

Ob es ihnen gelungen ist, lebend den Rand der Wüste zu erreichen, weiß ich nicht. Aber wenn, dann mag der Anblick des getöteten Abu Kurbatsch ihren Kumpanen dort einen so heiligen Schrecken eingejagt haben, dass sie es sich vielleicht eine Weile lang gut überlegt haben, ob sie weiter dem gefährlichen Geschäft des Sklavenfangens und Sklavenhandelns nachgehen sollten.

Jedenfalls hoffte ich das, aber wie ich die Menschen kenne, mag es wohl eine vergebliche Hoffnung gewesen sein.

Siebzehntes Kapitel
Der Stich des Skorpions

Am elften Tag unserer Reise, zwei Tage, nachdem wir den *„point of no return“* überschritten hatten, wie Sir David es nannte – jenen Punkt, an dem unsere Wasservorräte so weit zur Neige gegangen waren, dass wir nicht mehr darauf hoffen konnten, wieder nach Nabaa al-Schifaa zu gelangen, ohne unterwegs zu verdursten –, erreichten wir die Wasserstelle, die Ali uns verheißen hatte.

„Da! Palmen!“, rief Halef und wies mit der Hand voraus. „Wir haben es geschafft! Gut hast du das gemacht, Freund Ali! Du bist ein Karawanenführer ganz nach meinem Herzen.“ Und er trieb sein Kamel mit lauten Zurufen voran, den Palmen entgegen, die vor uns am Horizont im Mondlicht aufgetaucht waren.

Wir anderen folgten ein wenig langsamer, auch wenn wir seine Begeisterung teilten. Der Gedanke, unsere Wasserschläuche auffüllen und unsere Gesichter mit dem kostbaren Nass benetzen zu können – Letzteres eine Wohltat, auf die wir angesichts der schwindenden Vorräte seit gestern vollständig verzichtet hatten –, erfüllte unsere Herzen zwar mit einer ebenso großen Freude, wie Halef sie verspürte, aber unsere Kamele waren müde, und es machte keinen Sinn, sie unnötig anzutreiben. Noch viele Tage würden sie nachts durch die Wüste trotten und tagsüber die glühende Hitze ertragen müssen; da galt es, ihre und natürlich auch unsere Kräfte zu sparen, um unser aller Chancen zu verbessern, die Rub al-Chali zu bezwingen und den legendären Hadramaut gesund und munter zu erreichen.

Als wir langsam den Palmen immer näher kamen, sah ich, dass auch Halef nicht mehr so schnell vorangaloppierte wie gerade eben. Tatsächlich wendete er jetzt sogar sein Kamel, und zugleich ertönte sein klagender Ruf: „Sihdi! Sihdi! Die Palmen! Sie sind …“

Mehr verstand ich nicht, denn jetzt wurde Halefs Stimme von einem noch lauteren Schrei aus dem Munde Alis übertönt. „Nein! Das kann nicht sein!“ Und er trieb nun ebenfalls sein Kamel voran, so schnell es nur laufen konnte. Bei den Palmen zügelte er es jäh, ließ es niederknien und sprang in den Sand, kaum dass sein Reittier die dafür nötige Liegeposition eingenommen hatte. Aber statt aufzustehen, blieb er am Boden knien und fing an, wie ein Verrückter im Sand zu scharren, wobei er jammernde Töne ausstieß, die mich im ersten Augenblick beinahe an die Rufe eines Klageweibs erinnerten und uns allen durch Mark und Bein gingen.

„Oh my god“, flüsterte Sir David. *„They are dried up!“*

Ja, die Palmen waren verdorrt – bloße Stümpfe mit ein paar ausgetrockneten und dann vom Wüstenwind zerfaserten Wedeln daran. Und auch sonst vermochten wir kein Fleckchen Grün auszumachen, keine Büsche, kein Gras – rein gar nichts wuchs hier, das auf das Vorhandensein einer Leben spendenden Quelle hingewiesen hätte. Das Wasserloch selbst war vom Sand zugeweht, der Grund darum herum rissig und knochentrocken. Da mochte Ali auch noch so verzweifelt mit den Händen im Sand herumkratzen: Hier gab es kein Wasser mehr, und hätte er noch so tief gegraben. Die Quelle war ausgetrocknet, vor wie langer Zeit, vermochte niemand zu sagen. Umso besser konnte ich Alis Verzweiflung begreifen: Er, der berühmte Karawanenführer, der beinahe schon legendäre Kenner der Rub al-Chali, dem wir unser ganzes Vertrauen geschenkt hatten – er hatte uns nicht zum Wasser, sondern in den sicheren Tod geführt. Diese Erkenntnis war es, die ihn so völlig in sich zusammenbrechen ließ, und nicht etwa die Tatsache, dass auch er selbst dem Tode geweiht war. Er hatte versagt, er fühlte sich schuldig, und das zerriss ihn innerlich mit einer solchen Heftigkeit, dass es mich nicht gewundert hätte, wenn er nach alttestamentarischer Sitte sich die Haare büschelweise ausgerissen und Sand anstelle von Asche auf sein Haupt gestreut hätte.

Rasch trieben wir unsere Kamele die letzten Meter bis zu der ausgetrockneten Quelle und stiegen ebenfalls ab. Als Erster war Halef bei dem Verzweifelten, der immer noch wie wahnsinnig im Boden herumwühlte, und legte ihm kameradschaftlich einen Arm um die Schultern.

„Verzweifle nicht, mein guter Ali“, sagte er mitfühlend. „Wenn diese Quelle versiegt ist, dann ist auch das Allahs Wille, selbst wenn wir im ersten Moment nicht begreifen, warum er uns so hart prüfen will.“ Und er half Ali beim Aufstehen und führte ihn beiseite, zu einem der Palmenstümpfe, sodass er sich daran anlehnen konnte. Wir anderen scharten uns um die beiden und ließen uns in den um diese Nachtzeit noch kühlen Sand sinken. Während wir dies taten, hörten wir Ali vor sich hin murmeln – was er sagte, konnten wir jedoch nicht verstehen. Zugleich tastete er nach dem ‚Stab der Macht‘, der in seinem Gürtel steckte, und holte ihn hervor, sodass er sich nun mit beiden Händen daran klammerte. Als zöge er neue Kraft daraus, wurden seine Worte nun deutlicher.

„Du hast mich hierhergeführt“, flüsterte er, und mir wurde mit einem Mal klar, dass er die ganze Zeit über nicht mit uns, sondern mit dem Stab geredet hatte, als sei dieser ein lebendiges Wesen. „Du hast mir gesagt, hier sei das Wasser, dessen wir zu unserer Rettung bedürfen, aber hier ist kein Wasser, und nun müssen wir alle sterben. Habe ich denn deine Botschaft falsch verstanden, oder … oder …“ Hier zögerte er, als traue er seinen eigenen Gedanken nicht. „… oder hast du mich betrogen? Bin ich deiner vielleicht nicht mehr würdig, o Stab? Verachtest du mich für meine Schwäche? Antworte mir, denn ist es so, dann will ich …“

Und dann geschah etwas, das so entsetzlich war, dass ich mich noch heute scheue, es niederzuschreiben.

Alis Flüstern verwandelte sich von einem Augenblick zum andern in einen Aufschrei. Ein jäher Krampf schien seinen Körper zu durchzucken, und er bäumte sich auf, wobei er den ‚Stab der Macht' wie in höchster Verzweiflung an seine Brust drückte. Dann erstarb der Aufschrei wieder und an seine Stelle trat ein ersticktes Röcheln. Schaum trat aus Alis Mund, seine Beine begannen zu schlegeln, sein Kopf ruckte vor und zurück, und seine Augen verdrehten sich, bis sie nach innen zu blicken schienen und nur noch das Weiße in ihnen zu sehen war. Langsam rutschte er an der Palme herunter, und dann …

… huschte etwas Kleines, sehr, sehr Schnelles unter seinem Körper hervor und versuchte, den Schutz eines nahegelegenen Bodenspalts zu gewinnen. Im selben Augenblick sauste der Kolben von Halefs Gewehr herunter und zerschmetterte das dahinjagende Etwas, das sich später bei näherer Untersuchung als winziger Skorpion herausstellte. Skorpione gehören zu den Wesen, die auch in trockenen Einöden leben können und für ihre seltenen Feinde Gift produzieren. Mit seinem Stachel hatte er sein Gift in Alis Körper verspritzt. Viel konnte es bei einem so kleinen Tier nicht gewesen sein, aber es hatte ausgereicht, um dem Leben unseres neuen Freundes ein grässliches Ende zu setzen.

„Erhabener …"

Es war beinahe ein Wunder, dass Ali es noch schaffte, etwas zu sagen, während sein Körper von immer heftigeren, geradezu knochenbrechenden Krämpfen geschüttelt wurde und blutiger Schaum aus seinen Mundwinkeln floss. „Erhabener …"

Scheik Haschim, der es sich in Alis Hütte in Nabaa al-Schifaa noch verbeten hatte, in einer solchen Weise angeredet zu werden, sprang vor und kniete neben Ali nieder. „Ich bin hier."

„Nehmt den Stab." Diese Worte waren kaum mehr als ein Röcheln. „Er ist Euer. Er … führt Euch … zu Wasser." Und damit hielt er Haschim den schwarzen Knotenstock hin, das Erbe seines Großvaters, das er den ‚Stab der Macht' genannt und in das er so großes Vertrauen gesetzt hatte. Beinahe widerwillig nahm Haschim den Stab entgegen. Im selben Augenblick sank Alis Kopf zurück, seine konvulsivischen Bewegungen hörten auf und er legte seinen Geist zurück in die Hände Allahs, des Allerbarmers, der einem so guten Mann wie ihm gewiss einen Platz in seinem Paradies bereiten würde.

Im selben Augenblick indes, als Ali für immer verstummte, begann nun Scheik Haschim zu schreien. Sein Körper wurde wie von einer unsichtbaren Faust nach hinten geschleudert und in den Sand geworfen, während seine Hände sich so fest um den ‚Stab der Macht' krallten, dass seine Fingerknöchel im Mondlicht weiß hervortraten.

Vor vielen Jahren hatte ich einmal auf hoher See an Bord eines Segelschiffs einen Sturm erlebt, bei dem die elektrische Aufladung der Luft so gewaltig war, dass sich nicht nur an allen Mast- und Rahenspitzen, sondern auch an sämtlichen Metallteilen und teilweise sogar an den Fingerspitzen der Matrosen kleine blaue Flämmchen bildeten. ‚Sankt-Elms-Feuer' nennt man diese gespenstische, aber mit Hilfe der modernen Physik leicht zu erklärende Erscheinung. Solche Sankt-Elms-Feuer flackerten nun rund um Scheik Haschims Kopf auf; zugleich tanzten auch welche auf dem ‚Stab der Macht', den er mit den Händen umklammert hielt, und an vielen anderen Stellen seines Körpers. Wäre es nicht unmöglich gewesen, hätte ich angenommen, dass plötzlich ein unsichtbarer elektrischer Sturm über der Wüste tobte. Aber sich zu fragen, was dieses Phänomen ausgelöst hatte, blieb später immer noch genügend Zeit. Im Moment war die einzige Überlegung, die ich anstellte, die, ob wir Scheik Haschim in irgendeiner Weise helfen konnten.

„Bleibt … weg", brachte Haschim, der meine Gedanken zu erraten schien, zwischen zusammengepressten Lippen hervor. „Niemand … komme mir … zu nah. Zu … gefährlich."

Beinahe im gleichen Moment ließ das blaue Irrlichtern der Flammenzungen auch schon wieder nach. Die Flämmchen, die eben noch um seinen pechschwarzen Haarschopf getanzt waren, schienen sich dabei *in seinen Kopf* zurückzuziehen, aber das war natürlich unmöglich, eine optische Täuschung, die durch das vage Mondlicht sicherlich verstärkt wurde.

„Freund Haschim!“, rief ich aus, hielt mich aber seinen Anweisungen gemäß ein Stück weit von ihm fern. „Ist alles in Ordnung mit Euch?“

„Yes, what the devil did happen to you?“ Das kam von Sir David. „Es sah so aus, als hätte *a flash of lightning* Euch getroffen – als stündet Ihr am ganzen Körper in Flammen!“

Ohne auf unsere Fragen zu antworten, richtete Haschim sich nur mühsam auf, schüttelte sich am ganzen Körper wie ein Bär und fing an, den Sand von seinem Umhang zu klopfen. Mir fiel auf, dass er dabei den Knotenstock nicht für eine Sekunde aus den Händen legte. In diesem Augenblick dachte ich mir nichts dabei, aber später, an einem Tag, der nicht allzu fern in der Zukunft lag, würde ich wieder an diese scheinbar so unwichtige Tatsache zurückdenken, und erst da würde ich begreifen, was in den letzten Minuten vor sich gegangen war.

Wir begruben Ali, den zweiten Toten unserer Wüstenreise, nach guter moslemischer Sitte, in ein Leinentuch gehüllt, auf der Seite liegend mit dem Gesicht nach Mekka. Diesmal waren es Halef und Scheik Haschim, die als Glaubensgenossen zuerst seinen Tod beklagten, indem sie die Gebete und Suren der Trauer sprachen, die in einem solchen Augenblick üblich sind, und dann kamen wir vier christlichen Europäer, die als Angehörige einer anderen Religion zum Schluss der Trauerfeier leise in vier Versionen das Vaterunser murmelten. Aber glauben wir nicht alle an den einen Gott, und sind seine Bezeichnungen auf Erden nicht bloß Schall und Rauch?

Die Totenrede hatte auf eigenen Wunsch Halef gehalten, mit dem Ali sich während der gemeinsamen nächtlichen Ritte angefreundet hatte, sodass er uns allen für diese Rolle prädestiniert erschien. Er sprach von Alis Ruhm als Karawanenführer, den wir in seinem Heimatdorf Nabaa al-Schifaa von allen, die ihn kannten, vernommen hatten; von seinem Wunsch, bald nach der Heimkehr aus Hadramaut endlich seine Hadsch anzutreten und nach Mekka zu pilgern, ein Wunsch, nach dessen Verwirklichung er sich schon so lange gesehnt hatte und der durch seine zahlreichen Gespräche mit einem wirklichen Hadschi wie ihm, Hadschi Halef Omar Ben Hadschi Abul Abbas Ibn Hadschi Dawuhd al Gossarah, so brennend geworden war, dass er diese heilige Pilgerfahrt am liebsten gleich sofort angetreten hätte, was aber natürlich gänzlich unmöglich gewesen war, da er als getreuer Karawanenführer die ihm anvertrauten Reisenden schließlich nicht im Stich lassen konnte; und schließlich von Alis Mutter Asmaa und seiner jüngeren Schwester Leila, die ihren Sohn und Bruder nun niemals wiedersehen würden, es sei denn eines Tages im Paradies, und von all der Trauer und all dem Leid, das sie bis dahin in ihren Herzen verspüren würden; und von noch so vielen Dingen, die hier wiederzugeben ganz unmöglich ist, denn seine Rede war, wie bei Halef nicht anders zu erwarten, so lang und blumig, dass ich sie mir nicht in allen Verästelungen habe merken können. Auf jeden Fall rührte sie uns alle so sehr an, dass ich mich nicht schäme zu gestehen, dass ich mehr als nur ein paar Tränen vergoss. Und sogar in den Augen der in ihrer Verbitterung immer mehr erstarrten Marijke meinte ich an der einen oder anderen Stelle von Halefs Ansprache eine Träne blitzen zu sehen. Aber auch das kann natürlich, wie so manches andere in dieser Nacht, eine optische Täuschung gewesen sein.

Nachdem wir Alis Grab zugeschüttet und unser Lager aufgeschlagen hatten, versammelten wir uns zu einem Kriegsrat.

Wie sollte es nun weitergehen ohne Führer? Für den Weg zurück nach Norden wieder aus der Wüste heraus reichten unsere Wasservorräte nicht mehr. Zur Oase Liwa im Nordosten war es noch weiter. Und Wasserstellen im Süden kannten wir nicht.

Ich sah in den Gesichtern meiner Freunde eine erschöpfte Ratlosigkeit – bei allen außer bei Haschim. In seinen Augen blitzte plötzlich ein Feuer auf, wie ich es darin noch nicht hatte brennen sehen. Er zog den schwarzen Knotenstock aus seinem Gürtel und reckte ihn in die Höhe. „Was Ihr nicht wisst“, sagte er, „ist, dass es sich hierbei tatsächlich um einen ‚Stab der Macht‘ handelt. Ja, ich habe zuerst daran gezweifelt, als Ali uns davon sprach, weil ich ihre Existenz damals nicht spüren konnte, aber nun ist sie, wie Ihr alle gesehen habt, von Ali auf mich übergegangen.“ Meinte er etwa die bläulichen Sankt-Elms-Feuer, die um seinen Körper und sein Haupt gespielt hatten? Offenbar ja, denn nun fuhr er fort: „Es ist gewiss, dass dieser Stab die Fähigkeit besitzt, Wasser aufzuspüren. Ihm werden wir folgen, und zwar in *diese* Richtung.“ Damit wies er geradewegs nach Süden, hinein in den Glutofen des Mittags. „Wir gehen nirgendwo hin, außer nach Hadramaut, auch wenn es Euch zuerst so erscheinen mag, als würden wir einen Umweg dorthin wählen. Dort werden wir Wasser finden, vielleicht nicht gleich morgen, aber doch in einigen Tagen. So lange wird unser Wasservorrat gerade noch reichen. Wer mir nicht folgen will, der möge hierbleiben, um zu verdursten, oder den Weg zurückreiten, um ebenfalls zu verdursten.“

Besaß er vielleicht eine Art von hypnotischer Macht über uns? Plötzlich fiel unsere Erschöpfung wieder von uns ab, sein Vorschlag machte uns Mut, beflügelte uns regelrecht und ließ uns unter unseren Zeltbahnen in einer hoffnungsvollen Stimmung bis zum Abend ruhen.

Doch als wir nach einem Tag fürchterlichster Hitze unsere Zelte wieder abbrachen und das Grab unseres Freundes Ali hinter uns ließen, kam es mir dennoch so vor, als marschierten wir geradewegs in den Rachen eines Ungeheuers hinein, das nur darauf wartete, uns zu verschlingen.

Achzehntes Kapitel
Bitteres Wasser

Mit Alis Tod wendete sich alles zum Schlechteren.

Der größte Teil des Wassers, das wir den Sklavenhändlern abgenommen hatten, erwies sich als verdorben, weil die Ziegenschläuche vor der Befüllung nicht gründlich genug gereinigt worden waren. Eines der Kamele begann zu lahmen, sodass sich unser ohnehin quälend langsames Vorankommen noch mehr verzögerte. Daraufhin beschloss Haschim, das Wasser streng zu rationieren, was die Nebenwirkung hatte, dass unsere Münder kaum mehr genügend Flüssigkeit produzierten, um unsere tägliche Mahlzeit aus Datteln und steinhartem Kamel- und Ziegenfleisch auch nur halbwegs einzuspeicheln. Auf diese Weise wurde das Essen zu einer Qual, denn wir mussten die Nahrungsklumpen praktisch trocken herunterwürgen. Zu allem Überfluss schienen die Tage immer heißer zu werden und die Nächte immer kälter, sodass die Haut unserer Gesichter sich mit kleinen Bläschen übersäte, die, wenn sie aufplatzten, mehr und mehr wunde Stellen hinterließen, während zugleich die Salbe, mit der wir diese Stellen und das übrige Gesicht hätten einreiben können, nun rasch zur Neige ging. Kurz: Es war ein Höllenritt, und unter meinen Begleitern machte sich tiefer Pessimismus breit, ob wir die Durchquerung der Rub al-Chali schaffen und lebend Hadramaut erreichen würden.

Von all dem bemerkte ich indes nicht viel. Trotz Haschims Heilsalbe und der Tabletten aus meiner Reiseapotheke hatte sich meine Schulterwunde entzündet, und ein Fieber, wie ich es noch nie gekannt hatte, raste durch meine Adern. Als ich in der ersten Nacht nach Alis Tod beinahe vom Kamel gefallen wäre, weil ein jäher Schwindel mich packte und alles um mich herum sich zu drehen begann, banden Halef und Scheik Haschim mich im Sattel fest, damit ich mir nicht bei einem Sturz das Genick bräche. Das war sicherlich gut gemeint und erfüllte wohl auch seinen Zweck, aber es bewahrte mich leider nicht davor, bei jedem Schritt meines Kamels im Sattel vor- und zurückgeschleudert zu werden, sodass zu dem Schwindel auch noch eine Art von Seekrankheit hinzutrat, die mir fürchterliche Übelkeit bereitete und bestimmt dazu geführt hätte, dass ich mich vom Kamel herunter erbrach, wenn mein Magen dazu noch in der Lage gewesen wäre. So blieb es bei einem trockenen Würgen und Röcheln, das mitanhören zu müssen meinen Freunden wirkliche Pein bereitete. Deshalb konstruierten sie nach dieser ersten Nacht aus den Stangen und den Zeltbahnen eine Trage, auf der ich fortan liegen konnte und die an langen Seilen hinter dem Kamel her durch den Sand gezogen wurde. Das war besser, aber auch dann ging es nicht ohne ein ständiges Rucken und Schaukeln ab. So war es kein Wunder, dass meine Kräfte mehr und mehr schwanden und Halef, Haschim und Sir David sich größte Sorgen darüber zu machen begannen, ob ich nicht der Erste aus unserem Freundeskreis sein würde, der den Versuch einer Durchquerung der Rub al-Chali mit dem Leben bezahlte. Was Marijke, die seit meinen harschen Worten nicht mehr mit mir gesprochen hatte, dazu dachte, weiß ich nicht. Womöglich war sie so sehr mit sich selbst beschäftigt, dass sie sich überhaupt nur noch wenig Gedanken über mich und ihr Verhältnis zu mir machte, denn auch ihr als sehr hellhäutiger Holländerin setzte die Wüste ganz entsetzlich zu. Sie habe, so berichtete man mir später, in diesen Tagen und Nächten kaum mehr wie ein Mensch ausgesehen, sondern eher wie ein bleiches Gespenst; ihr Gesicht aber habe an einen Totenkopf erinnert.

Schlimmer als all die körperlichen Widrigkeiten aber waren für mich die Fieberträume, die mein Gehirn peinigten. In der ersten Nacht hatte ich, schwankend oben auf meinem Kamel, es immer noch vermeiden können, zum gestirnten Firmament und dem sich nun zum Vollmond gerundeten Trabanten unseres Erdballs aufzuschauen; in der zweiten Nacht, als ich rücklings auf meiner Trage lag, gelang mir dies nicht mehr, und darum wurde die beinern bleiche Mondscheibe zur Projektionsfläche all meiner Ängste und Visionen. Wieder und wieder sah ich die Geisterkarawane vor ihr herziehen, nun nicht mehr nur Sergeant McIlroy, sondern auch Ali im Schlepptau, die von den fratzenhaften Reitern der Karawane – Sklavenjäger, ohne Zweifel! – als menschliche Beute hinter sich durch den Sand gezerrt wurden, um auf irgendeinem arabischen Sklavenmarkt an neue, sadistische Herren verkauft zu werden. War es nicht Youssef al-Fuladhy, der die Geisterkarawane anführte? Und dort, jene vierschrötige Gestalt, die die Nachhut bildete und die Peitsche über McIlroy und Ali schwang, das war doch Abu Kurbatsch, der ja auch in dieser Wüste seinen Tod gefunden hatte! Und nun wandte Abu Kurbatsch sich mir zu, schwang drohend die Peitsche, der Riemen aus Nilpferdhaut sirrte durch die Luft zwischen Mond und Erde und traf meine Schulter, die aufplatzte und immer neue Schmerzwellen durch meinen geschundenen Körper jagte … Dann war die Geisterkarawane mit einem Mal verschwunden und ich sah andere Gespenster im Mond, den Mübarek, den Schut, Al-Kadir, die höhnisch zu mir heruntergrüßten, denn natürlich waren sie nicht tot, sondern würden wiederkehren, wenngleich in anderer Gestalt … und ich sah Qendressa, die auf einem Burak ritt, der sich unversehens unter ihr in einen Simurgh verwandelte und dann in einen Mantikor, der aber erschreckende Ähnlichkeit hatte mit dem Skorpion, dessen Stich Ali das Leben gekostet hatte … und jetzt kam auch die Geisterkarawane schon wieder zurück, nun angeführt von meinem alten Lehrer in der Volksschule, der mich so unbarmherzig mit seinem fingerdicken Rohrstock durchgeprügelt hatte, wenn ich meine Hausaufgaben wieder einmal nicht gemacht und mich stattdessen in fremde Länder und auf ferne Kontinente geträumt hatte … ja, jetzt erst begriff ich es: Abu Kurbatsch war seine Inkarnation, und der Mübarek auch, und Al-Kadir, und überhaupt …

An diesem Punkt verwirrten sich meine Gedanken vollends, und sie in diesem Bericht getreulich wiederzugeben hieße, nur noch ein Gestammel von Wortfetzen und Fragmenten auf diese Seite hinzusetzen. Das aber will ich meinen Lesern dann doch lieber ersparen. Möge es genügen, wenn ich sage, dass diese Nacht endlos war und damit auch die Schrecken, die mich zwischen Abend und Morgen heimsuchten. So und nicht anders muss es in der Hölle aussehen, und nicht einmal die Gebete, die ich zwischendurch in halbwegs klaren Augenblicken gen Himmel schickte, konnten mich daraus befreien. Irgendwann indes umfing mich eine gnädige Ohnmacht, und ich wusste nichts mehr.

Das Nächste, woran ich mich erinnere, ist, dass ich unter dem Schatten spendenden Schutz einer unserer Zeltplanen lag, während es draußen wieder einmal grell glühender Tag war. Neben mir knieten Halef und Haschim; Letzterer war gerade dabei, meine pochende und brennende Schulter mit Salbe zu bestreichen. Sein besorgter Gesichtsausdruck verriet, dass er alles andere als zufrieden mit dem war, was sich seinem ärztlichen Blick dargeboten hatte, als er mir den Verband abnahm. Ich schloss die Augen sofort wieder, zu schwach, sie länger offenzuhalten, zu schwach auch, um Haschim anzusprechen und ihn danach zu fragen, wie es um mich stand. Aber das fand ich alsbald schon durch bloßes Zuhören heraus.

„Es sieht so aus, als würde bald der Wundbrand einsetzen“, sagte Haschim zu Halef gewandt. „Wenn das geschieht, Freund Halef, dann ist Kara Ben Nemsi verloren. Meine Salbe und all meine Heilkünste können ihm in einem solchen Fall nicht mehr helfen.“

„Aber gibt es denn gar keine Möglichkeit mehr …?“

Halefs Stimme klang mehr nach einem Schluchzen.

Ich hingegen verfolgte das Gespräch in aller Seelenruhe, wie etwas, das mich gar nicht betraf. Es betraf ja auch gar nicht mich, sondern nur meinen Körper. Mein Geist hingegen irrte immer noch umher im Labyrinth der Fieberphantasien. Vielleicht war ja auch dieses Gespräch nur ein Teil davon, und Halef und Scheik Haschim waren nur Gestalten, die ich auf der Mondscheibe sah und die bald mit der Geisterkarawane weiterziehen würden, einem unbekannten Ziel entgegen, das nicht von dieser Welt war.

„Aber könnt Ihr denn gar nichts machen?" Halefs Schluchzen verwandelte sich in einen Aufschrei. „Ihr könnt ihn doch nicht einfach so sterben lassen! Er … wir … ich …"

Guter, treuer Halef! Eine Woge tiefer Zuneigung brach über mich herein. Es würde leicht sein zu sterben, wenn ein solcher Freund mir im letzten Augenblick die Hand hielt …

„Doch, es gibt eine Möglichkeit." Ein Ruck schien durch Haschim zu gehen. „Aber ich hatte gehofft, nicht zu diesem Mittel greifen zu müssen."

„Weil es ihm schaden wird?"

„Weil es *mir* schaden wird." Als ich die Augen öffnete, sah ich, dass sich auf seinem Gesicht eine Miene grimmiger Entschlossenheit abzeichnete. Was immer er tun wollte, es musste gefährlich sein. Vielleicht würde ich ja in der Lage sein, die Lippen zu öffnen und ihm zu sagen, dass er es unterlassen sollte? Für mich musste er eine solche Gefahr, worin immer sie auch bestehen mochte, doch nicht auf sich nehmen. Mich konnte er sterben lassen … Nein! Nein! Nicht sterben! Dann würde die Geisterkarawane kommen und mich holen und mich wegführen an einen Ort, an den ich nicht wollte … jedenfalls jetzt noch nicht … und meine Gedanken verwirrten sich wieder, schweiften hierhin und dorthin, taumelten am Rande eines Abgrunds entlang, den man ‚Bewusstlosigkeit' nennt …

„Er ist wach!", rief Halef aus. „Sihdi, Freund Kara, hörst du mich? Wir werden dich nicht im Stich lassen, dessen sei gewiss, denn ich, Hadschi Halef Omar Ben Hadschi Abul Abbas

Ibn Hadschi Dawuhd al Gossarah, schwöre es dir bei meiner Ehre und bei der Ehre meiner Vorväter, und zwar auch jener, die nicht in meinem Namen verewigt sind, denn wären sie es, würde mein Name so lang sein, dass ich einen ganzen Tag, nein eine ganze Woche oder gar einen ganzen Monat brauchen würde, um ihn auszusprechen, und das wäre doch gewiss wenig höflich jenen gegenüber, denen ich mich vorzustellen beabsichtige. Darum eben beschränke ich mich auf die Nennung meines eigenen Namens und desjenigen meines Vaters sowie meines Großvater, doch schwören will ich auch bei all den Ungenannten, die bis in die Abgründe der Zeit zurückreichen!“

„Ach, Halef, leicht ist es zu schwören, wenn ein anderer den Schwur erfüllen muss …“ Bei diesen Worten drückte Haschim mir in stiller Freundschaft die Hand. „Aber seid ohne Sorge, Kara Ben Nemsi, ich werde für Euch tun, was ich kann, auch wenn ich einen Preis dafür bezahlen muss. Denn sind wir nicht Freunde und würdet Ihr nicht dasselbe für mich tun?“

Ich versuchte zu nicken, aber mein Kopf war schwer und gehorchte meinem Willen nicht.

„Wohlan“, sagte Haschim mit einem tiefen Seufzen, „so sei es.“ Und bei diesen Worten zog er den schwarzen Knotenstock aus seinem Gürtel, in den er ihn gesteckt hatte, um die Hände für meine Behandlung frei zu haben.

„Was habt Ihr vor?“, erkundigte sich Halef erschrocken. Eine Frage, die ich womöglich auch gestellt hätte, wäre ich nicht zu schwach dazu gewesen.

„Ich werde die letzten in Karas Körper noch vorhandenen Kräfte der Selbstheilung stärken. Und da meine Kräfte dazu nicht ausreichen, muss ich mich anderer Kräfte bedienen – denen des Stabes der Macht.“ Er lachte bitter auf. „Was immer mich das kosten mag.“

Was dann geschah, war so völlig unspektakulär, dass es mir später schien, als seien Haschims Worte auch nur ein Teil meines Fiebertraums gewesen. Er berührte einfach mit dem Ende des schwarzen Stabes meine Wunde – schloss die Augen – konzentrierte sich – und öffnete die Augen wieder. „Es ist vollbracht“, sagte er. „Ihr werdet nicht am Wundbrand sterben. Aber das Fieber wird nur sehr allmählich nachlassen und es wird noch Tage dauern, bis Ihr wieder bei Kräften seid.“

Ich flüsterte ein „Danke!“, auch wenn es wahrscheinlich so unhörbar war, dass er es nicht verstehen konnte.

Genau in diesem Augenblick kam Marijke unter die Schutzplane gekrochen. „Das müssen Sie sich ansehen“, sagte sie einfach. „Sir David meint, dort draußen braue sich etwas zusammen.“

Ich spürte, wie mein Verstand sich ein wenig klärte. „Will … mit hinaus“, flüsterte ich, nun schon etwas lauter.

„Dann kommt.“ Halef und Scheik Haschim nahmen mich zwischen sich und halfen mir, mich aufzurichten. Gemeinsam torkelten wir aus dem Schatten der Plane hinaus.

Draußen warteten bereits Sir David und Sergeant McMurray, die beide in größter Erregung mit erhobenen Armen in Richtung Sonne wiesen. Sandschleier tanzten davor, weit entfernt zwar noch, aber so dicht, dass sie ihren gnadenlosen Glanz bereits jetzt recht deutlich milderten. Trotz meiner Benommenheit fiel mir auf, dass die Kamele, die nahebei lagerten, seltsam unruhig wirkten. Tatsächlich, sie veränderten ihre Stellung und wandten der Sonne ihre Hinterteile zu, so wie man es auch von anderen Tieren kennt, wenn ein Sturm herannaht. Nur dass es hier kein Regensturm war, der in wenigen Augenblicken über uns sein würde!

„Samum!“, schrie Scheik Haschim. „Schnell, schafft alles, was wir an Wasser und Proviant haben, unter die Plane!“

Halef, Sir David, Marijke und Sergeant McMurray rannten los, um seinen Befehl auszuführen. Haschim hingegen schleifte mich mehr, als dass ich ging, unter unser improvisiertes Schutzdach zurück, das ‚Zelt‘ zu nennen eine arge Übertreibung gewesen wäre, denn zu einem vollständigen Zelt fehlten ihm alle vier Wände. Aber wie sollten wir dann dem

Sandsturm trotzen? Schutz gegen die von oben herabbrennende Sonne war das eine, Schutz gegen die waagerecht wehenden Sandschleier eines solchen Samums etwas ganz anderes.

Haschim schien meine Gedanken zu erraten. „Macht Euch darum keine Sorgen, Freund Kara. Die Wände will ich wohl durch einen kleinen Zauber ersetzen.“ Damit ließ er mich auf mein Ruhelager sinken und stürmte wieder nach draußen, um den anderen zu helfen. Ich hingegen sank sofort in einen Schlummer, der sich als äußerst erquickend und heilsam erweisen sollte.

Als ich wieder daraus erwachte, tobte der Samum schon seit Stunden über uns. Wie durch ein Wunder drang trotzdem kein Sand unter unsere Schutzplane, sondern er wehte einfach daran vorbei. Drei Tage und Nächte sollte der Sturm dauern, während wir uns in fast völliger Dunkelheit auf unsere Decken kauerten und hin und wieder einen genau abgezählten Schluck aus unseren letzten Wasserschläuchen nahmen. Es war ein furchtbarer Wettlauf, der hier stattfand, denn hätte der Samum auch nur noch achtundvierzig Stunden länger seine gewaltige Kraft entfaltet und uns an der Weiterreise gehindert, wären wir hier an Ort und Stelle jämmerlich verschmachtet. So aber hatten wir gerade noch ein paar Tropfen – genug allerhöchstens für eine einzige Nacht – übrig, als der Samum endlich abflaute und wir uns aus der Sanddüne herausgruben, unter der unser Schutzdach inzwischen verschwunden war. Tatsächlich waren es ausschließlich die anderen, die gruben, während ich, der ich immer noch leicht fieberte und nach wie vor völlig geschwächt war, nur dabei zuschauen konnte und am Ende als Letzter auf allen vieren ans Tageslicht kroch. Denn Tag war es, nicht Nacht, und nun, da die Sandschleier sich verzogen hatten, brannte die Sonne bereits wieder ohne Gnade auf uns herunter, obwohl sie noch nicht einmal ihren höchsten Stand erreicht hatte.

Ein paar Schritte von der Stelle entfernt, an der wir aus dem Boden gekrochen waren, begannen sich ein paar kleinere

Sandhaufen zu bewegen. Kleine Lawinen rieselten an den Seiten der Hügel herab und dann standen unsere Kamele vor uns, die Höcker jetzt ein wenig schlaffer als zuvor, aber ansonsten unversehrt.

„Es hilft alles nichts!“, rief Haschim aus. „Wir müssen sofort weiter.“

„Sofort weiter? Bei Tag?“ Es war ein vielstimmiger Aufschrei, ein Ausdruck äußersten Entsetzens. „Wäre es nicht besser, bis zum Anbruch der Nacht zu warten, wie wir es sonst immer getan haben?“

„Und wenn der Samum erneut losbricht? Wir würden verdursten, wenn er seine Macht noch einmal an uns erprobt – und das, da die Wasserstelle, von der ich Euch sprach, gerade einmal einen knappen Tagesritt entfernt ist.“ Jetzt war er ganz der befehlsgewohnte Scheik. „Nein, wir reiten jetzt und nicht erst heute Abend. Wer das nicht will, mag mit seinem Kamel und seinem Anteil am restlichen Wasser und Proviant hierbleiben. Er findet uns andere dann im Süden an der Wasserstelle – wenn er es in der kommenden Nacht alleine bis dorthin schafft.“

Woher er wusste, dass die von ihm versprochene Wasserstelle nur noch einen Tagesritt entfernt war, war uns allen nach wie vor ein Rätsel. Aber was hätten wir anderes tun sollen, als ihm zu gehorchen? Schließlich war er der Einzige, der uns Rettung verhieß, und Alternativen gab es nicht. Darum rafften wir, wenngleich murrend, unsere wenigen Habseligkeiten zusammen und bestiegen im Angesicht der sich immer höher in den Zenit emporhebenden Sonne unsere Kamele, wobei Halef und Scheik Haschim mir allerdings noch einmal helfen mussten, denn allein schaffte ich es nicht. Meine Schulter hatte zwar inzwischen zu heilen begonnen, aber mein rechter Arm und meine rechte Hand waren immer noch sehr schwach. Immerhin konnte ich mich jetzt wieder mit der linken Hand am Sattel festklammern, sodass es mir möglich war, die ärgsten Schaukelbewegungen meines

Kamels auszugleichen. Und so ritten wir denn los, in der Glut des anbrechenden Mittags, die Kapuzen unserer Umhänge so tief wie möglich in die Stirn gezogen, um unsere Gesichter wenigstens ein bisschen vor den Strahlen der Sonne zu schützen.

Dass dieser Ritt die Hölle war, brauche ich meinen Lesern wohl nicht zu erklären. Vor Beginn unserer Reise hatte Sir David einmal die Befürchtung geäußert, sich in der Hitze der Rub al-Chali in eine Dörrpflaume zu verwandeln, und jetzt begann ich zu begreifen, dass diese Angst durchaus nicht unbegründet gewesen war. Unsere Körper waren ausgetrocknet bis zum Äußersten, und jeder genau abgemessene Schluck aus unseren immer leichter werdenden Wasserschläuchen führte ihm nur noch so wenig Feuchtigkeit zu, dass wir kaum noch etwas davon auszuschwitzen vermochten. Trat aber doch einmal der eine oder andere Tropfen Schweiß aus unseren vom Sand verstopften Poren, verdunstete er so blitzschnell wieder, dass wir kaum ein paar Sekundenbruchteile lang so etwas wie Kühlung dadurch verspürten.

Ich will nicht verhehlen, dass ich in einigen Augenblicken das Bedürfnis verspürte, in Tränen des Selbstmitleids auszubrechen, aber diese Schmach machte mir mein Körper unmöglich. Schweiß, Tränen und Speichel – nichts davon vermochte er mehr abzusondern, und selbst die Schleimhäute tief in meinen Lungenflügeln schienen inzwischen so ausgetrocknet, dass sie bei jedem Atemzug wie Feuer brannten. Ich führte zwar weder ein Thermometer noch ein Barometer mit mir, aber ich bin mir sicher, dass die Temperatur an diesem Tag und in diesem Schlund der Hölle auf mehr als 60 Grad Celsius stieg, während die Luftfeuchtigkeit ganz gewiss nicht einmal die von Forschungsreisenden berichteten 20 Prozent erreichte. Denn diese Forschungsreisenden hatten ja gerade eben nur den Rand der Rub al-Chali gestreift, sich jedoch nicht bis in ihr feuriges Herz hineingewagt.

Und dann, ganz plötzlich, waren wir am Ziel.

Während der letzten Minuten unseres Ritts hatte sich der Boden unter uns beinahe unmerklich verändert. Der Sand wich einem festeren Untergrund aus Stein, und dann tauchte vor uns etwas auf, das ich im ersten Moment für eine weitere Sanddüne hielt, das sich aber beim Näherkommen rasch als etwas völlig anderes erwies.

Felsen! Ein Labyrinth aus Felsbrocken, in die Wüste hineingekegelt wie aus dem Würfelbecher eines urzeitlichen Riesen, der sich die Zeit vor der Erschaffung der Welt mit ein bisschen Spiel vertrieben hatte. Und wo Felsen waren, da mochte auch eine Quelle sein, Grundwasser, das aus der Tiefe bis herauf an die Oberfläche drang … Aber warum war dann nichts davon zu sehen? Kein Gras, keine Palmen, überhaupt kein Leben, nur Steine, Steine, Steine … einfach ein Haufen Trockenheit, der nichts verhieß als den entsetzlichen Tod des Verdurstens.

„Seht!“ Halef wies hinauf zum Himmel, wir alle hoben den Blick, und dann begann irgendwer zu lachen, aber kein heiteres, sondern ein bitteres Lachen, in das nach und nach alle außer Scheik Haschim einfielen.

„Ist das das Wasser, das Sie uns versprochen haben?“, stieß Marijke keuchend hervor. „Wenn ja, dann werden Sie uns sicher auch erklären können, wie wir davon trinken sollen. Vielleicht, indem Sie es mit Ihrer Magie vom Himmel herabregnen lassen? Sie können doch so viele Dinge, Scheik, dann werden Sie bestimmt auch das noch schaffen, Sie … Sie …“

Ich hatte noch nie erlebt, dass sie den Scheik so direkt ansprach. Ihre letzten Worte gingen in einem Schluchzen unter, und auch mich würgte es in der Kehle bei dem Gedanken, was für einen grausamen Streich uns das Schicksal in diesen letzten Stunden unseres Lebens spielte.

Hoch über uns schwebte eine Fata Morgana am glühenden Himmel – das Abbild einer lieblichen Oase, in der dunkelhäutige Menschen Kamele an einen Teich führten und sie daraus trinken ließen, bevor sie sich selbst an dem Leben spendenden Nass erquickten. Und wir standen hier unten, in Hitze und Sand, unsere Wasserschläuche bis auf den letzten Tropfen geleert, und mussten mitansehen, wie Mensch und Tier tranken, während wir kurz vor dem Verschmachten standen.

Haschim schien genauso entgeistert wie wir. „Das – das verstehe ich nicht“, stammelte er. „Der Stab – er zeigt an, dass hier Wasser ist!“

„Aber der Stab hat doch schon Ali betrogen!“, rief Halef aus. „Warum nicht auch Euch? Es ist eine lügenhafte Magie, die in ihm steckt, und nichts Gutes geht von ihm aus. Zerbrecht ihn und werft seine Teile von Euch, denn wenngleich wir auch sterben müssen, so soll er wenigstens die, die nach uns kommen, nicht ins Verderben führen!“

„Noch sind wir nicht tot, Halef“, sagte ich. „Lasst uns absteigen und schauen, ob wir tiefer zwischen den Felsen vielleicht doch eine kleine Quelle finden – nicht ergiebig genug, um diesen Ort zu einer Oase zu machen, aber vielleicht ergiebig genug, um uns das Leben zu retten.“

Sogar in meinen eigenen Ohren klang das schwach, aber Halef schien es immerhin neuen Mut zu geben. „Du hast Recht, Sihdi“, meinte er. „Warte, ich will dir vom Kamel helfen.“

„Yes, well spoken“, stimmte Sir David bei. „Wenn wir aufgeben, dann erst mit dem letzten Atemzug. Bis dahin aber …“ Er hieß sein Kamel niederknien und schwang sich energisch von ihm herunter. Wir anderen folgten seinem Beispiel. Ein paar unsichere Schritte trugen uns zu den ersten Felsklötzen hin.

„Wartet“, sagte Scheik Haschim plötzlich. „Hier könnte es sein …“ Mit diesen Worten hob er den schwarzen Knotenstock, reckte ihn gegen die Fata Morgana, die noch immer höhnisch über uns am Himmel stand, und holte dann weit damit aus, um mit dem Stab gegen den Felsen zu schlagen. Während das schwarze Holz durch die Luft sauste, schien die Zeit rings um uns stillzustehen, und das Bild des schwarzbärtigen Haschim, der den Knotenstock schwang, vermischte sich mit anderen

Bildern, die ich vielleicht einmal in Illustrationen zum Alten Testament von Schnorr von Carolsfeld oder einem anderen ähnlich begnadeten Künstler gesehen haben mochte.

Moses, der seinen Stab hebt, um die Erstgeborenen Ägyptens zu verfluchen, weil der Pharao sein Volk nicht ziehen lässt … Moses, der seinen Stab hebt, um das Rote Meer zu teilen … Moses, der mit seinem Stab beim Zug durch die Wüste gegen einen Felsen schlägt, und der Fels öffnet sich und Wasser springt hervor, an dem die halb verschmachteten Israeliten sich laben können …

War es ein solcher Knotenstock gewesen wie der, den Scheik Haschim da in der Hand hielt, den Moses seinerzeit geschwungen hatte? Ja, war es vielleicht sogar *dieser* Stock, *dieser* ‚Stab der Macht' gewesen, mit dem er all die Wunder gewirkt hatte, die ihm in der Heiligen Schrift zugeschrieben werden? Was für ein verrückter Gedanke … Aber genau in dem Augenblick, als ich ihn dachte, traf der Stock mit einem lauten Krachen auf den Felsen auf. Das Gestein, das an dieser Stelle vielleicht ohnehin schon brüchig gewesen war, zersplitterte. Ein dicker Strahl schoss aus der entstandenen Öffnung: klares, frisches Wasser, das sich in einer Vertiefung im Boden sammelte und rasch einen kleinen Tümpel bildete. Zugleich aber begann die Fata Morgana über uns zu verblassen, beinahe so, als liefe ihr Wasser aus dem Teich dort ab und füllte den Tümpel zu unseren Füßen.

„Allahu akbar", stammelte Halef ergriffen. „Gott ist groß!"

Marijke sprang als Erste vor, warf sich am Rand des Tümpels auf die Knie und beugte sich nieder, um zu trinken. Fast in der gleichen Sekunde fuhr sie wieder auf, drehte sich zur Seite und begann zu keuchen und zu würgen, bis sie das ganze Wasser wieder ausgebrochen hatte, das sie mit dem ersten tiefen Zug in sich eingeschlürft hatte.

„Was, um alles in der Welt …?"

„Es ist Bitterwasser!", keuchte Marijke, und ihr ganzer Körper wurde von Schluchzern geschüttelt. „Bitterwasser!" Und dann fing sie wieder an zu würgen, um auch den allerletzten Rest des von Schwermetallen und anderen Substanzen untrinkbar gemachten Wassers wieder aus ihrem Körper herauszubekommen, bevor sie sich endgültig damit vergiftete.

Mehr bekam ich nicht mehr mit. Rings um mich begann die Welt zu schwanken und sich zu drehen. Verwaschene Farben zuckten vor meinen Augen und ließen die Gestalten meiner Freunde zu wabernden Schemen werden. *Sonnenstich!*, dachte ich mit einem letzten Rest an klarem Verstand, dann torkelte ich wie betrunken ein paar Schritte weiter und brach einfach zusammen, weil meine Beine mich nicht mehr tragen wollten. Während ich das Bewusstsein verlor, hörte ich immer noch das laute Klagen von Marijke in meinen Ohren. Dann war nichts mehr.

Neunzehntes Kapitel
Fieberträume

Keine zwei Schritte vor mir ringelt sich eine Schlange auf dem steinigen Untergrund. Ich bin mir sicher: Es ist eine Viper oder eine Puffotter, aber wieso ich mir so sicher bin, weiß ich nicht, denn sie hat keine Ähnlichkeit mit irgendeiner der Arten, über die ich daheim in Sachsen in den wissenschaftlichen Schriften etwas las, mit deren Lektüre ich mich auf diese Reise vorbereitet habe. Ihr dreieckiger Kopf pendelt langsam hin und her, und ihre geschlitzten Pupillen fixieren mich mit einem Starren, das mich zu lähmen scheint, denn als ich vor Entsetzen schreien und aufspringen will, dringt kein Ton über meine Lippen und meine Beine gehorchen mir nicht mehr. Erst jetzt merke ich, dass ich auf dem Bauch liege, in gleißendem Sonnenlicht, und erinnere mich vage, irgendwann gestürzt zu sein. So wird es also wohl in Ordnung sein, dass ich hier liege, aber wieso bin ich ganz allein in der Wüste, denn eben hatte ich doch noch Gefährten: Halef, Haschim, Sergeant McMurray, Marijke ...? Diese Gedanken versickern so schnell wieder wie Wasser im Wüstensand. Ich bin allein, und hier ist niemand außer mir bis auf die Schlange, die nun mein ganzes Gesichtsfeld ausfüllt. Sie ist mein Schicksal, und ihr muss ich mich stellen, daran führt kein Weg vorbei ...

Während die Schlange näherkriecht, spürt sie wohl meine Unruhe. Ihr Maul öffnet sich für einen Augenblick, als wolle es mich warnen, und ich sehe ganz deutlich die beiden Giftzähne, an denen winzige Tröpfchen der todbringenden Flüssigkeit glitzern, die, einmal in meine Adern gelangt, mich innerhalb weniger Sekunden töten werden, während ich mich in Krämpfen und entsetzlichen Schmerzen krümme. Aber noch stößt sie nicht zu, obwohl ich jederzeit damit rechne, sondern ringelt sich immer nur noch dichter heran, bis ich meine, das Schaben ihrer gelbbraunen Bauchschuppen auf den Felsen hören zu können. Nun schließt das furchteinflößende Maul sich wieder. Die gespaltene Zunge schnellt hervor, ein leises Zischen ertönt. Tssssssssss... Das hypnotische Züngeln wird schneller und schneller. Nur Zentimeter ist die Viper noch von meinem Gesicht entfernt. Jetzt ist der Augenblick gekommen, an dem sie zustoßen wird, an dem sie zustoßen muss ... und dann ...

... berührt die Spitze ihrer Zunge meine Stirn knapp oberhalb meiner Augenbrauen.

Die Berührung ist leicht und kühl, überhaupt nicht bedrohlich. Nicht bedrohlich? Aber was geschieht da mit mir? Wo sind meine Arme, meine Beine? Wieso ist mein Leib jetzt ein einziger schlanker Muskel, gespannt wie eine Stahlfeder, und wieso schlängelt er sich plötzlich vorwärts, über den von der Sonne glühendheiß aufgeheizten Boden hin zu dem Felsengewirr, das sich wie ein Gebirgsmassiv hoch über meinem Kopf erhebt? Und wo ist die Viper geblieben, die mich eben noch mit ihren geschlitzten Pupillen hypnotisiert und mit ihrer gespaltenen Zunge genau an der Stelle berührt hat, an der asiatische Mystiker das ‚Dritte Auge' vermuten, jenes Chakra, mit dem man ihrem abergläubischen Denken zufolge einen Blick in die Überwelt tun kann, was immer man darunter auch verstehen mag? Aber auch dieser Gedanke verdunstet wie Schweiß im unbarmherzigen Brennen der Sonne, und ich bewege mich weiter auf dem Bauch voran, rechts links rechts links, ein arm- und beinloses Schlängeln und Winden, und da erst beginne ich zu begreifen, zu was der Kuss der Schlange mich gemacht hat ...

Plötzlich wird es angenehm dunkel um mich herum. Ich bin in die Schatten zwischen den Felsen eingetaucht, in die Kühle der Erde, und verschwinde nun immer tiefer darin, winde mich in Spalten und Klüfte, tauche hinab in den Schoß der Erde, wo süßes Wasser, das ich mit meiner gespaltenen Zunge auf große Entfernung zu erspüren vermag, mich wie ein Ruf anlockt, wo aber auch Gefahren lauern, die ich noch nicht benennen kann, die aber offenbar so entsetzlich sind, dass niemand sich ihnen stellen sollte, der nicht über Kräfte verfügt, die weit über die von Menschen oder Schlangen hinausreichen.

Nein, dort will ich nicht hin! Ich beginne mich zu wehren, versuche diese schuppige Haut abzustreifen, in die ein böser Zauber mich gebannt hat, kämpfe mit aller Macht darum, mir allein durch die Kraft meines Willens wieder Arme und Beine wachsen zu lassen, wieder Mensch zu sein und nicht mehr Schlange. Und noch während ich verzweifelt darum ringe, mich zurückzuverwandeln, schließt sich die Schwärze um mich und löscht mich aus.

„Trinkt!"

Wasser benetzte meine Lippen, ein paar lauwarme Tropfen nur, aber von unbeschreiblicher Köstlichkeit. Sie rannen über meine ausgedörrte Zunge, meine Kehle hinunter, ich schluckte, schluckte …

„Mehr", krächzte ich.

„Langsam“, sagte die Stimme.

Und wieder ein paar Tropfen Wasser, köstlich, lebensspendend – und dann nicht nur ein paar Tropfen, nein, fast ein ganzer Schluck – doch das war unmöglich, denn wir hatten ja kein Wasser mehr, und das, was Haschim aus dem Felsen geschlagen hatte, war Bitterwasser gewesen, untrinkbar und jede menschliche Kehle verätzend …

Haschim! Jetzt wusste ich, wem die Stimme gehörte, die zu mir gesprochen hatte. Ich schlug die Augen auf. Tatsächlich schwebte über mir das bärtige Gesicht meines Freundes; dahinter schirmte eine unserer weißen Zeltplanen die gnadenlos herabbrennende Sonne ab. Also war es immer noch helllichter Tag, und ich konnte nicht lange bewusstlos gewesen sein. „Woher …“, brachte ich irgendwie hervor. Auch jetzt war meine Stimme noch nicht viel mehr als ein heiseres Krächzen, aber immerhin war das Sprechen nicht mehr ganz so mühsam wie noch einen Augenblick zuvor.

Haschim wusste sofort, was ich damit meinte. „Wir haben mittels Destillation aus dem Bitterwasser eine geringe Menge an klarem Wasser gewonnen.“

Vor meinem geistigen Auge erschien ein umgedrehter und leicht geneigter Topf, an dessen innerem Rand sich ein paar Tropfen bildeten und unendlich langsam in ein Gefäß rannen, erst verdunstet, dann wieder kondensiert ...

Ich versuchte einen Dank zu stammeln, aber der Scheik winkte ab. „Ihr habt einen Sonnenstich“, fuhr er fort, während er seine Hand behutsam auf meine Stirn legte, „und deshalb müsst Ihr eine Weile ruhig liegenbleiben. Versucht nicht, Euch aufzurichten; Euch würde nur schwindelig werden.“

Eine seltsame Kühle ging von seiner Hand aus, eine Kühle, die mich an etwas erinnerte …

„Geträumt“, flüsterte ich. „Die Schlange …“

Mit einem Schlag war Haschim ganz Aufmerksamkeit. „Eine Schlange ist Euch im Traum erschienen? Hier, trinkt noch einmal, und dann erzählt mir, was Ihr gesehen habt. Träume können von großer Bedeutung sein. Manchmal enthalten sie eine Botschaft, auch wenn wir diese im ersten Augenblick nicht zu entschlüsseln vermögen." Während er dies sagte, hielt er mir noch einmal den Wasserschlauch hin, aus dem er mir schon vorher zu trinken gegeben hatte, und ich saugte begierig die allerletzten Tropfen heraus. Dann war der Schlauch leer, und Haschim warf ihn achtlos beiseite.

Der Trunk hatte mich immerhin so weit erfrischt, dass ich behutsam den Kopf ein wenig drehen konnte. Offenbar lag ich noch genau an der Stelle, wo ich das Bewusstsein verloren hatte. Halef und die anderen warteten ein paar Schritte weiter unter einer anderen Zeltplane darauf, dass die entsetzliche Hitze des Tages endlich vorüberging. Zwar schauten sie manchmal besorgt zu Haschim und mir herüber, aber keiner machte Anstalten, sich zu erheben und nach meinem Befinden zu schauen. Ich konnte es ihnen nicht verdenken, denn schließlich waren sie genauso am Ende ihrer Kräfte wie ich. Der Einzige von uns, der noch so etwas wie Energie aufzubringen vermochte, schien in der Tat Scheik Haschim zu sein.

„Nicht wichtig … nur ein Traum …"

„Darüber zu entscheiden, überlasst getrost mir", wies Haschim mich streng, aber liebevoll zurecht. „Und nun erzählt. Ihr seid doch lange genug mit mir auf phantastischen Pfaden geritten, um zu wissen, dass ich über einige Fähigkeiten verfüge, die anderen Menschen nicht gegeben sind. Die Traumdeuterei, dessen seid versichert, gehört allemal dazu." Dabei blickte er mich so streng und doch zugleich so freundlich an, dass ich meinen Widerstand aufgab und ihm von der Schlange berichtete und wie sie meine Stirn mit ihrer gespaltenen Zunge berührt hatte, von den Schründen und Klüften, durch die ich gemeinsam mit ihr – oder eigentlich: eins mit ihr geworden – hinabgeglitten war, tiefer und tiefer, bis mich die Angst packte und ich plötzlich wieder in meinem eigenen Körper war.

Während ich sprach, hatte Haschim mit äußerster Konzentration zugehört. „Das ist in der Tat ein höchst merkwürdiger

Traum", sagte er. „Ich werde darüber nachdenken müssen, bevor ich ihn Euch deute. Nun aber schlaft. Das wird Euch Kraft geben und Eure Heilung fördern, damit Ihr morgen mit uns die Wege gehen könnt, die Euer Traum uns vielleicht weist." Bei diesen rätselhaften Worten verstärkte er den Druck seiner Hand auf meiner Stirn, die Kühle drang ganz in mich ein, und ehe ich mich versah, sank ich in einen tiefen und diesmal vollkommen traumlosen Schlaf.

Als ich erwachte, war es Nacht. Ich lag immer noch ein Stück von den anderen entfernt unter meiner eigenen kleinen Zeltplane, und jemand – wahrscheinlich Scheik Haschim – hatte eine Decke über mich geworfen, damit ich mich angesichts der rapide gefallenen Temperaturen nicht zu Tode verkühlte. Ich schien der Einzige zu sein, der wach war, denn von dort, wo die Freunde unter der großen Plane zwischen den Kamelen lagen, drangen nur leise Schnarchlaute an meine Ohren, die sich in das schwere Atmen der Kamele mischten. Sonst war es totenstill um uns herum und nirgends regte sich das geringste Anzeichen von Leben.

Nein, das stimmte nicht. Da war noch ein Geräusch, ein Schaben und Gleiten, als zöge oder schöbe jemand etwas recht Schweres über den sandigen Boden. Von einer Sekunde zur anderen fiel der letzte Rest von Benommenheit von mir und ich rollte mich trotz der Schmerzen in meiner rechten Schulter behutsam herum, bis ich auf dem Bauch zu liegen kam und in die Richtung schauen konnte, in der ich das merkwürdige Geräusch ausgemacht zu haben glaubte. Dort, vor den Felsen, dicht bei der Bitterwasser-Quelle, bewegte sich tatsächlich etwas. Ein Raubtier, hier in der Wüste? Wenn ja, dann war es ziemlich groß, gewiss nicht kleiner oder leichter als ein ausgewachsener Mensch.

Unwillkürlich tastete meine linke Hand nach einer Waffe, und erst, als sie ins Leere griff, wurde mir bewusst, dass ich im Moment völlig unbewaffnet war. Mein Henrystutzen – fort.

Meine Pistole und meine Messer – steckten nicht in meinem Gürtel. Wahrscheinlich hatte Halef das alles an sich genommen, denn was sollte ein Kranker schon mit Waffen anfangen, außer, dass er sich in seiner fiebrigen Benommenheit womöglich noch selbst damit verletzte?

Gut gedacht, Halef, aber jetzt könnte ich diese Waffen wirklich gebrauchen ...

Meine Hand tastete weiter, fand einen Felsbrocken, der nicht weit von meinem Kopf entfernt lag, und umklammerte ihn. Natürlich blieb mir immer noch die Möglichkeit, die anderen mit einem Warnruf zu wecken, aber bevor sie sich aus tiefem Schlaf emporgerappelt hätten, um mir zu Hilfe zu eilen, würde, was immer sich dort näherte, längst über mir sein. Vielleicht gelang es mir ja, es mit einem gezielten Schlag wenigstens so lange außer Gefecht zu setzen, bis meine Freunde da waren und ihm vollends den Garaus machten. Jetzt hatte es begonnen, sich langsam aufzurichten – richtete sich immer weiter auf …

Es war ein Mensch!

Ein Mensch, der mit schwankenden Schritten, so, als wüsste er nicht recht, wie man sich seiner Beine bedient, auf mich zugewankt kam. Und dann erkannte ich ihn.

Scheik Haschim!

„Haschim – was um alles in der Welt …?"

„Tsssssssss." Mehr als dieses Zischen brachte er nicht hervor, als er neben mir auf den Boden sank. Ich ließ den Felsbrocken fallen und griff mit meiner nun wieder freien Hand hin, um den Freund zu stützen. Im Sternenlicht sah ich, wie er sich mit der Zunge über die Lippen fuhr, und einen Moment lang war mir, als sei diese Zunge zwiegespalten wie die Zunge einer Schlange. Aber natürlich musste es sich dabei um eine Täuschung handeln, hervorgerufen durch die vom Sternenlicht geworfenen vagen Schatten und ungut verstärkt durch die Erinnerung an meinen Traum, denn als Haschim gleich darauf noch einmal mit einem kläglichen Rest von Speichel die aufgesprungenen Lippen benetzte, erschien mir seine Zunge wieder ganz normal.

„Was ist mit Euch, Freund Haschim?“, erkundigte ich mich erschrocken. „Wo wart Ihr? Was ist geschehen?“

„Geduld, Kara.“ Jetzt klang Haschims Stimme wohl in etwa so, wie meine geklungen haben musste, als ich aus der Bewusstlosigkeit erwachte. „Jetzt ist nicht die rechte Zeit, um darüber zu sprechen. Ich werde es Euch und den anderen später erklären, wenn ich geruht habe und wieder bei Kräften bin. Ihr solltet auch schlafen, denn morgen stehen uns große Anstrengungen bevor.“ Und mit diesen Worten erhob er sich, immer noch unsicher auf den Beinen, und torkelte in Richtung seines Schlaflagers davon.

Ob ich in dieser Nacht noch viel Schlaf fand? Auch wenn es überraschen mag: Ja, das tat ich. Zum einen forderte die Natur ihr Recht, denn immerhin hatte ich nicht nur einen Sonnenstich erlitten, sondern mein Körper kämpfte auch immer noch mit den Folgen der Schusswunde, die mir Abu Kurbatsch in den letzten Sekunden seines elenden Lebens zugefügt hatte. Zum anderen hatte ich auf meinen Reisen gelernt, selbst unter den schwierigsten Umständen zu schlafen, eine Fähigkeit, die sich jeder Abenteurer alsbald aneignen sollte, da Schlaf nun einmal überlebensnotwendig ist und man ihn sich daher durch nichts, aber auch wirklich durch gar nichts vergällen lassen sollte. Also drehte ich mich wieder auf den Rücken, zog die Decke bis zum Hals empor und war nach ein paar Augenblicken tief und fest eingeschlafen.

„Das Wasser ist da“, sagte Scheik Haschim. „Wir müssen nur dorthin gelangen, wo es fließt, und das wird nicht ungefährlich sein.“

Die Sonne stand bereits ein Stück weit am Himmel, die Temperaturen stiegen allmählich ins Unermessliche, und wir anderen saßen unter der großen Plane um den Scheik herum und lauschten seinen mysteriösen Worten, während wir zu einem späten Frühstück Datteln und getrocknetes Ziegenfleisch aßen, das wir mühsam im Mund einzuspeicheln versuchten, obwohl unsere Speicheldrüsen so gut wie keine Flüssigkeit zu diesem Zweck mehr hergaben.

„Aber das Wasser habt Ihr doch schon gefunden", klagte Sir David. „Da vorne aus dem Felsen fließt es, und es ist Bitterwasser, das kein Mensch trinken kann, von dem bisschen gefertigten Destillat abgesehen, das gerade mal unsere Lippen benetzt hat. *So what the devil ...?*"

„Ruft nicht leichtfertig den Scheitan an, Mylord", sagte Haschim streng. „Aber so ganz Unrecht habt Ihr nicht. Wir müssen tatsächlich hinunter, *in die Erde*, also dorthin, wo nach Euren und unseren weisen Büchern der Allböse wohnt. Ihm selbst werden wir dort nicht begegnen, aber vielleicht seinen Geschöpfen." Er deutete mit dem ‚Stab der Macht', mit dem er das Wasser aus den Felsen geschlagen hatte, auf den Boden zu seinen Füßen und fuhr fort: „Dort unten fließt noch anderes Wasser, und es ist rein und süß, doch wird uns der Abstieg in diese Tiefen auf eine fürchterliche Probe stellen. Aber es ist der einzige Weg, wenn wir überleben wollen. Seid Ihr also bereit, mir zu folgen und alles zu tun, was ich von Euch verlange, und wenn es Euch noch so seltsam erscheinen sollte?"

„Natürlich vertrauen wir Euch, Scheik Haschim ...", setzte ich eben an zu versichern, als ich von Marijke unterbrochen wurde. „Wenn ich Euch recht verstehe, müssen wir durch eine Art Höhle hinabsteigen, die Ihr in der Nacht irgendwie gefunden habt, und dort unten gibt es eine andere, nicht vergiftete Quelle?"

Hinabsteigen durch Schründe und Klüfte – ein Schauer rann meinen Rücken hinunter, und plötzlich war mir trotz der Gluthitze des beginnenden Tages merkwürdig kalt.

„So ist es. – Ah, ich sehe, in Euren Augen keimt Hoffnung auf ... aber eines müsst Ihr wissen: Wenn wir diesen Weg gehen, dann können wir nicht mehr zurück an die Oberfläche. Und die Kamele und einen Großteil unserer Ausrüstungsgegenstände können wir auch nicht mitnehmen – nur unsere Kleidung, unsere Waffen und alles andere, was wir am Körper tragen.“

„Auch das, was ich nicht am Körper, sondern auf dem Kopf trage?“, erkundigte sich Halef kläglich, während seine Hand nach jener voluminösen Zierde seines Hauptes tastete, welche er, dazu kannte ich ihn nun wirklich lange genug, unter keinen Umständen bereit sein würde aufzugeben.

Bei diesen Worten des Kleinen stahl sich der Anflug eines Lächelns auf das sonst so ernste Gesicht Scheik Haschims. „Ja, auch Euren Turban, Halef. Dafür verbürge ich mich.“ Wieder an uns alle gewandt, fuhr er sodann fort: „Nun, seid Ihr bereit, diesen Weg mit mir zu gehen?“

„Aber Hadramaut …“, sagte Sergeant McMurray zweifelnd. Es war eines der wenigen Male, dass er sich in unserer Runde überhaupt zu Wort meldete.

„Wir können dort unten unseren Weg nach Hadramaut fortsetzen – hoffe ich jedenfalls. Man hat mir zugesichert …“ An dieser Stelle brach er ab und ließ den Rest des Satzes ungesagt.

„Dort unten – wo immer ‚dort unten‘ auch sein mag – leben Menschen?“, rief Halef erstaunt aus. „Und Ihr habt sie getroffen, habt Euch mit ihnen verständigt …?“

Scheik Haschim breitete die Hände in einer Geste aus, die alles und nichts bedeutete. „Ihr werdet alles erfahren, wenn es an der Zeit ist“, sagte er schlicht. „Ich kann Euch nur bitten, mir zu vertrauen. Und ich wiederhole noch einmal: Es ist unsere einzige Chance zu überleben. Also: Werdet Ihr mit mir gehen?“

„Ich bin dabei“, meinte ich. „Euer Rat war bisher immer gut, und ich zweifle nicht, dass er es auch diesmal sein wird.“

„Ich komme auch mit“, schloss sich Halef sofort an.

Sergeant McMurray war auch dabei.

„Of course I'll come along too, old chap!“ Ist es notwendig zu sagen, dass das von Sir David kam?

Die Einzige, die bisher geschwiegen hatte, war Marijke.

„Und Sie, *Mevrouw?*“, fragte ich sie. „Wollen Sie uns begleiten oder möchten Sie lieber allein mit den Kamelen zurückbleiben?“

An der Stirn der Holländerin schwollen die Zornesadern. „Hätte ich auch nur einen einzigen Wasserschlauch, würde ich genau das tun“, antwortete sie mit der kompromisslosen Härte, die ich an ihr zugleich zu fürchten und zu bewundern gelernt hatte. „Aber da unsere Wasservorräte aufgebraucht sind, bleibt mir wohl nichts anderes übrig, als mich Ihnen anzuschließen. Mehr als sterben können wir schließlich nicht, und wenn ich vorher noch einen Schluck kriegen kann, soll mir selbst das recht sein.“

„Gut gesprochen!“, rief Sir David aus. „*By Jove*, Ihr habt wirklich Mumm, Mylady. – Aber“, dies zu Scheik Haschim gewandt, „was tun wir nun?“

„Ich muss noch eine letzte Vorbereitung treffen, dann können wir sogleich beginnen.“ Merkwürdig, dass er ‚beginnen‘ sagte und nicht ‚aufbrechen‘ …

„Seid Ihr damit einverstanden, dass wir die Kamele Alis Familie zum Geschenk machen? Ohne ihren Ernährer ist sie der bittersten Armut geweiht; und der Preis, den sie für die Kamele erlösen können, mag ausreichen, ihnen für den Rest von Asmaas Tagen ein auskömmliches Leben zu bescheren. Das Mädchen Leila wird sich dann schon fortzuhelfen wissen, denn es ist nicht unhübsch und wird bestimmt nach dem Tod der Mutter einen guten Mann finden, der es heiratet.“

Bei diesen Worten begann ich an Scheik Haschim zu zweifeln. Die Kamele Alis Familie zum Geschenk machen? Aber Alis Familie lebte in Nabaa al-Schifaa, viele Tagesreisen entfernt, und wir und die Kamele waren hier, mitten im Herzen der Wüste Rub al-Chali! Hatte die Sonne jetzt seinen Geist verwirrt; redete er womöglich irre?

Scheik Haschim hatte meine Gedanken offenbar erraten, denn er wandte sich zu mir um und lächelte. „Keine Sorge, Freund Kara – ich bin durchaus bei klarem Verstand. Anders als wir sind die Kamele bei Weitem noch nicht am Ende ihrer Kräfte angelangt, und ich bin mir sicher, dass sie den Weg zurück nach Nabaa al-Schifaa, in den heimatlichen Stall, auch ohne ihre Reiter finden werden. Wir müssen ihnen nur einen Brief mitgeben, in denen wir von Alis Tod berichten und der Familie die Kamele übereignen. Diesen Brief will ich sogleich schreiben, in meiner Satteltasche habe ich noch ein Pergament dafür. Derweil nehmt an Euch, was Ihr für die Weiterreise braucht. Denkt daran: Nur das, was wir am Leibe tragen, können wir auch mitnehmen."

Während wir unsere Ausrüstung zusammensuchten, zog der Scheik sich ein Stückchen von uns zurück und verfertigte jenen Brief. Womit er schrieb, wird mir ewig ein Rätsel bleiben, denn aus der Ferne schien es mir, als gleite nur die Spitze seines Zeigefingers über das Papier, aber wahrscheinlich war der Stift oder die Feder, die er benutzte, einfach bloß zu zierlich, als dass ich sie erkennen konnte. Woher er die Tinte nahm, die man für einen solchen Brief benötigte? Ich weiß es nicht und werde es wohl auch nie erfahren.

Als er fertig war, kam er zu mir herüber und gab mir den Brief zu lesen. Er war in feierlichstem Hocharabisch abgefasst und mit dem Abdruck von Haschims Siegelring beglaubigt und bestätigt. Welcher Hodscha oder Kadi auch immer dieses Schreiben in die Finger bekam – er würde es nicht anders als mit allergrößter Ehrfurcht und auch mit einem gerüttelt Maß an Angst lesen, denn was alles würde ihm jener mächtige Herr, der es verfasst hatte, nicht antun können, falls er die alte, verkrüppelte Asmaa um ihre Kamele zu betrügen versuchte? Nein, der Besitz der Tiere war Alis Mutter und seiner Schwester Leila sicher.

„Das ist gut und richtig geschrieben", nickte ich. „Kein Sultan hätte es besser abfassen können, o Scheik."

„Dann wollen wir es in die Satteltasche von Alis Kamel stecken", sagte Haschim. „Doch bevor unsere Weiterreise beginnt, muss ich noch ein Allerletztes tun …" Und nachdem er die Schenkungsurkunde in der Satteltasche verstaut hatte, ging er wie schon vor Beginn unserer Wüstenreise von Kamel zu Kamel, um ihnen seinen Odem in die Nüstern zu blasen. „Das wird sie für den Heimweg stärken und ihnen helfen, den Weg zu finden“, erläuterte er mir, und beinahe war ich geneigt, seinen Worten tatsächlich Glauben zu schenken, obwohl sie mir als Europäer vor diesen Tagen in der Wüste noch wie der allertiefste Aberglauben vorgekommen wären.

Zwanzigstes Kapitel
Der Kuss der Schlange

„Tsssssssssssss...“ Wieder ertönte dieses unheimliche Zischen, das ich schon in der Nacht zuvor vernommen hatte, und wieder kam es aus dem Mund Scheik Haschims. Was er damit bezweckte, wusste ich nicht, aber ich hatte eine düstere Vorahnung, die mir das, was nach den entsetzlichen Tagen in der Wüste noch als Feuchtigkeit in meinem Körper verblieben war, als kalten Schweiß auf die Stirn trieb.

Auch die anderen waren spürbar unruhig. Obwohl inzwischen die Sonne aufgegangen war und sie mit dem Voranschreiten des Morgens immer unbarmherziger auf uns herniederbrannte, lagen wir, nur unzulänglich durch unsere Umhänge geschützt, bäuchlings nebeneinander aufgereiht auf dem glühend heißen Boden, das Gesicht jenem Durcheinander aus Steinbrocken zugewandt, aus dem Haschim in der Nacht zuvor wie ein Schatten aufgetaucht war, und warteten darauf, was nun geschehen würde.

Haschim hatte uns eingeschärft, auf gar keinen Fall in Panik zu verfallen, und zwar selbst dann nicht, wenn das, was auf uns zukam, an unsere tiefsten Ängste rühren mochte. „Wenn

Ihr Furcht zeigt, seid Ihr verloren“, hatte er uns mehrfach eingehämmert. „Bleibt reglos liegen, lasst geschehen, was geschieht. Öffnet Euren Geist, lasst in ihn eindringen, was in ihn eindringen will. Vertraut mir: Nur so werden wir den Weg zum süßen Wasser finden, das tief unter den bitteren Wassern fließt.“

Haschim vertrauen? Nie zuvor im Leben war mir das so schwer gefallen!

„Tsssssssssssss...“ Erneut stieß Haschim das schlangenhafte Zischen aus, und diesmal war es noch lockender, noch einladender, noch fordernder. Zugleich streckte er, wie ich aus den Augenwinkeln sehen konnte, da er direkt neben mir lag, den ‚Stab der Macht‘ weit voraus in das felsige Terrain und vollführte damit eine merkwürdig wedelnde Bewegung. Fast sah es so aus, als krümme sich der Stab dabei selbst wie eine Schlange, anstatt fest und gradlinig zu bleiben, aber das war natürlich unmöglich. „Tsssssssssssss...“ Oh, es war unerträglich, dieses Zischen, ein widernatürlicher Laut, der in meinem Kopf hallte wie eine Anrufung des Bösen und der Hölle. Wann würde Haschim endlich damit aufhören? Wann würde endlich das eintreten, von dem er nur warnend gesprochen, aber rein gar nichts verraten hatte? Wann …

Und dann waren sie da.

Schlangen! Sie kamen aus dem Steinlabyrinth gekrochen, glitten in gemächlichen, wellenförmigen Bewegungen über den von der Sonne aufgeheizten Felsboden auf uns zu. Fünf waren es, das konnte ich erkennen, als ich den Kopf um eine Winzigkeit hob, und sie hatten alle Zeit der Welt. Sie wussten, dass wir auf sie warteten, aber sie beeilten sich nicht, zu uns zu kommen.

„Nicht bewegen!“, flüsterte Haschim mir zu. „Nicht bewegen, Kara, wenn Euch Euer Leben lieb ist!“ Und dann ertönte wieder sein „Tsssssssssssss...“, wie um die Schlangen zu beruhigen.

Natürlich – wir durften sie nicht reizen!

Langsam, ganz langsam ließ ich den Kopf sinken, denn jede schnelle Bewegung hätte die hochgiftigen Vipern zu einem Angriff verleiten können. Am liebsten aber wäre ich auf der Stelle aufgesprungen und davongerannt. Doch dafür war es zu spät, denn inzwischen hatten sich die Schlangen bis auf wenige Schritte genähert. Auch sie stießen jetzt ein leises Zischen aus, wie um auf Haschims Anrufung zu antworten. Zwischen ihren Kiefern züngelte prüfend die gespaltete Zunge hervor, nahm gleichsam unsere Witterung auf. Ich zweifelte keinen Augenblick daran, dass sie unsere Angst spüren konnten. Vielleicht nahmen sie sogar unseren Herzschlag wahr, der sich bei ihrem Anblick beschleunigt hatte, die Spannung unserer Muskeln, das Zittern unserer Hände.

Bei diesem Gedanken wurde ich seltsamerweise ruhiger. Wenn die Vipern spüren konnten, dass ich ihnen nichts Böses wollte, sondern einfach nur Angst vor ihnen hatte, würden sie mir nichts tun. Ich stellte keine Gefahr für sie dar, denn ich war ihnen in diesem Moment unterlegen, sie hatten die Macht über mich. Warum also sollten sie mich töten? Tiere morden nicht grundlos, wie Menschen es tun. Sie töten, wenn sie Nahrung brauchen oder wenn sie sich bedroht fühlen. Wir waren keine Nahrung für die Vipern, und eine Bedrohung stellten wir auch nicht dar. Folglich mussten wir uns keine Sorgen machen, konnten ganz ruhig abwarten, was geschah, genau wie Haschim es uns eingeschärft hatte.

Die Angst wich völlig von mir. Neugier und gespannte Erwartung traten an ihre Stelle.

Aber würde es den anderen genauso ergehen? Würden Halef, Sir David, Marijke und Sergeant McMurray die gleiche Gelassenheit an den Tag legen können? Marijke etwa …

Gewiss, sie war eine starke und tapfere Frau, aber ob ihre Seelenkräfte für das Bestehen dieser Feuerprobe ausreichen würden, stand auf einem anderen Blatt. Schlangen gehören seit der Frühzeit des Menschengeschlechts zu den Auslösern von Urängsten, vor denen keiner von uns gefeit ist. Frauen spüren meiner Erfahrung nach diese Urängste noch viel stärker als wir Männer, vielleicht, weil ihrem seelischen Erbe zugleich auch die Angst um die Kinder der Horde oder des Stammes eingeschrieben ist, die von kriechenden Reptilien, giftigen Spinnen oder anderem stechenden und beißenden Ungeziefer noch stärker bedroht sind als die Erwachsenen. Aber natürlich konnte ich nichts tun, ich konnte nur abwarten. Jeder von uns musste sich seinen Ängsten in diesem Augenblick ganz alleine stellen, ohne dass wir anderen ihm helfen konnten. Und wer die Prüfung nicht bestand …

Während mir diese Gedanken durch den Kopf schossen, kam die Schlange, die mir zugewiesen war – *zugewiesen? von wem? von Haschim?* –, immer näher herangekrochen. Ihr dreieckiger, schuppiger Kopf mit der bedrohlichen Zeichnung auf der Stirn wiegte sich langsam und wie hypnotisch hin und her, die gespaltene Zunge züngelte schneller und schneller hervor, und bald würde wieder das geschehen, was schon in meinem Traum geschehen war: Die Zungenspitzen würden mich an der Stirn berühren, dort, wo das ‚Dritte Auge' saß, und ich würde …

„Nein! Nein! Geh weg! Geh weg!"

Der Schrei gellte so laut in meinen Ohren, dass ich am ganzen Körper zusammenzuckte. Unwillkürlich drehte ich meinen Kopf in die Richtung, aus der er gekommen war, und was ich sah, ließ mir das Blut in den Adern gefrieren.

Es war nicht Marijke, die geschrien hatte. Es war McMurray, der schottische Sergeant, ein Mann, der seine Kaltblütigkeit in vielen gefährlichen Situationen während unseres Kampfes gegen die Sklavenhändler bewiesen hatte und von dem wir wussten, dass er weder Tod noch Teufel fürchtete, sondern ihnen kaltblütig und mit einem verächtlichen Lächeln auf den Lippen ins Gesicht sah. Mit dieser Bedrohung aber, die allzu tief an seine Urängste rührte, wurde er nicht fertig. Gerade als ich hinschaute, war er dabei, aufzuspringen und die Flucht vor der Schlange zu ergreifen, die sich unmittelbar vor ihm auf den

Steinen ringelte. Vergebens! Wie eine Stahlfeder schnellte sich der schwarzbraune Schlangenleib vom Boden hoch und flog mit weit aufgerissenem Maul auf den Sergeanten zu. McMurray schlug nach ihr, konnte aber nichts gegen die Schnelligkeit und Wucht ihres Angriffs ausrichten. Im nächsten Augenblick hatte die Viper ihre Giftzähne in den Hals unseres Freundes geschlagen. McMurray griff sich mit einem erstickten Röcheln an die Kehle … wankte … fiel …

„Nicht bewegen! Nicht bewegen, sonst müssen wir alle sterben!“ Haschims Stimme, laut und kommandierend, aber schon mit einer Spur Verzweiflung darin!

Als ich die Augen wieder von dem schrecklichen Anblick des sterbenden McMurray abwandte, sah ich, dass auch die anderen Schlangen nun aufs Äußerste gereizt waren und sich auf dem heißen Steinboden hin- und herwanden, jeden Augenblick zum Zustoßen bereit. Die Schlange vor mir hatte ihr Maul bereits weit aufgerissen, und ich sah aus nicht einmal einem Schritt Entfernung die Giftzähne darin, wie in meinem Traum. Es war ein entsetzlicher und äußerst schmerzhafter Tod, den diese Zähne verhießen, und da ich noch nicht vorhatte zu sterben, nahm ich all meinen Mut zusammen und und rief meinen Gefährten in einer Art Bühnenflüstern zu: „Tut, was Haschim sagt. Bleibt ruhig liegen. Dann wird nichts geschehen.“ Dass wir McMurray jetzt ohnehin nicht mehr helfen konnten, musste ich nicht eigens hinzufügen. Sein ersticktes Röcheln war bereits erstorben, und wie ich aus den Augenwinkeln sehen konnte, zuckte auch sein massiger Körper nur noch schwach. Ob die Viper immer noch an seiner Kehle hing, vermochte ich von dort, wo ich lag, nicht zu erkennen.

Haschims und meine Worte schienen Erfolg zu haben. Keiner der anderen bewegte sich, keiner schrie. Aber würden die Schlangen sich wirklich friedlich verhalten? Oder würden sie …

Ruhe und gespannte Erwartung ... Ruhe und gespannte Erwartung ...

‚Meine' Viper züngelte immer schneller nach mir, aber zugleich schloss sie das Maul, und die Pendelbewegung ihres keilförmigen Kopfs verlangsamte sich. Konnte sie meine Gedanken lesen? Nein, das nicht, entschied ich. Natürlich nicht – sie war nur ein Tier. Aber Tiere sind höchst empfindsam, was Gefühle angeht, wie ich bei meinem Umgang mit dem Araberhengst Rih oftmals bemerkt hatte. Jeder, der jemals einen Hund oder eine Katze besessen hat, wird mir darin zustimmen: Zumindest Säugetiere wissen ganz genau, was ihr menschliches Gegenüber gerade empfindet – sie sind empathisch, mitfühlsam. Traf dies auch auf Schlangen zu, diese wechselwarmen Reptilien, die vom Wesen her natürlich so ganz anders waren als warmblütige Wesen, dann hatten wir eine Chance, sie durch unsere eigene Ruhe ebenfalls zu beruhigen und auf diese Weise unser Leben noch irgendwie zu retten.

Ruhe und gespannte Erwartung ... Ruhe und gespannte Erwartung ...

Ja, es gelang!

Auch die anderen – Halef, Sir David und Marijke – schienen begriffen zu haben, wie sie sich verhalten mussten, um die Angriffslust der Schlangen zu besänftigen. Allmählich wurde das hektische Gleiten und Schaben von Schuppen auf Fels leiser, das Geringel der Schlangen weniger hektisch, und ich atmete fast unmerklich auf. Haschim, der neben mir lag, schien es nicht anders zu gehen, denn selbst er, der stoische, von nichts aus der Ruhe zu bringende Beduinenfürst, stieß einen leisen Seufzer aus, bevor er sich wieder daran machte, in seiner Schlangenbeschwörung fortzufahren. Aber beschwor er wirklich die Schlangen? Oder beschworen nicht vielmehr die Schlangen *uns*?

„Tssssssssssss..." Haschims beschwörendes Zischen wurde auf einmal von einem fünffachen Zischen aus den Mäulern der Schlangen beantwortet: „Tssssssssssss... tssssssssssss...

tsssssssssssss... tsssssssssssss... tsssssssssssss..." Wieder kamen sie näher, in jener langsamen Schlängelbewegung, die eben noch helle Panik in mir ausgelöst hatte, nun aber beinahe beruhigend und einschläfernd wirkte. Nein, Haschim hatte Recht. Sie wollten uns nichts tun. Sie wollten …

… mit uns kommunizieren …

… uns einen Weg zeigen …

… uns verwandeln …

Doch was von dem, was nun geschah, war Wirklichkeit und was Halluzination? Ich weiß es bis heute nicht. Die gespaltene Zunge ‚meiner' Schlange berührte nun tatsächlich meine Stirn, und zwar genau dort, wo ich es erwartet hatte, nämlich auf der Höhe des ‚Dritten Auges', jenes Chakras, das nach dem Glauben der Inder und anderer asiatischer Völker so viele wunderbare Eigenschaften in sich vereint. Die reptilische Kälte, die ich schon aus meinem Traum kannte, breitete sich in meinem Geist aus. Ich wurde ganz gelassen, ganz – Viper. Jede Form von Intellektualität fiel von mir ab, Sinneswahrnehmungen und Reflexe traten vollständig in den Vordergrund:

Das Schwarzweiß der Felsen, die hoch aufragten aus einer völlig ungewohnten Perspektive … die Wärme des Bodens, die jede Faser meines Körpers wohlig durchdrang und seine Beweglichkeit auf wunderbare Weise erhöhte … die raue und harte und manchmal brüchige Textur des Bodens unter meinem schuppigen Bauch … die unglaubliche Stahlfederspannung in der kraftvollen Muskulatur, mit deren Hilfe ich mich vorwärts wand, links – rechts – links – rechts – ein harmonisches Gleiten und Schlängeln und Ringeln, ad infinitum wiederholt und trotzdem immer wieder neu … der Duft von Stein und Sand und Staub auf meiner Zunge, und dazu fern, ganz fern eine Ahnung von Schatten und Kühle und Frische, ja, und auch von Wasser, das wir bald erreichen würden … und über all dem die kreatürliche Lust, einfach am Leben zu sein, da zu sein, wo man jetzt gerade war und nirgendwo anders, da zu sein in diesem Augenblick und keinem anderen, ein ozeanisches Gefühl des Jetzt und der Allgegenwart, das wir Menschen verlernt haben zu spüren, eingezwängt in die Hektik unseres Alltags, zerrieben von den Mühlsteinen unserer Gedanken, verloren in der Schwärze von Trauer und Angst. Hatte all das einen Sinn? Musste es einen haben? Nicht für die Schlange, zu der ich geworden war. Ihr genügte es zu *sein* – einfach und bedingungslos zu sein. Wer konnte mehr verlangen? Nicht ich. Nicht diese Schlange, die Kara Ben Nemsi hieß.

Mit einem Mal wurde es erst dämmerig und dann dunkel um mich, als ich fort aus dem Sonnenlicht kroch, hinein in schmale Spalten im Gestein, die viel zu eng für einen menschlichen Körper gewesen wären. Nur der biegsame Leib einer Schlange vermochte durch sie in die tiefsten Gründe der Erde vorzudringen, tiefer und tiefer hinab in Schatten und Dunkelheit, hin zu dem süßen, frei strömenden Wasser, das Leben und Labung verhieß. Aber der Weg dorthin war lang, immer neue Schründe und Klüfte taten sich auf, entlang an bodenlosen Abgründen kroch ich, geleitet von einem sicheren Sinn für den rechten Weg und darum nie zögerlich, wenn der Gang sich gabelte oder so eng zu werden drohte, dass selbst eine Schlange sich kaum hindurchwinden konnte. Aber irgendwie gelang es am Ende dennoch, und es ging weiter – weiter – weiter – immer noch tiefer hinab, bis ein Lichtschimmer aufglomm.

Und dann, eine Ewigkeit, nachdem wir unsere subterrane Reise angetreten hatten, waren wir da, wo immer dieses ‚Da‘ auch sein mochte, und mir wurde schwarz vor Augen.

Einundzwanzigstes Kapitel
Die sieben Skelette

„Wo sind wir?"

„Tief unter der Erde – dort, wo die süßen Wasser fließen."

Ich kannte die Stimme. Sie gehörte Scheik Haschim und sie klang warm und angenehm. Auf seltsame Weise schien sie mir neue Kraft zu geben und ich schlug die Augen auf. Blaues Dämmerlicht umgab mich. Was war das für ein Ort? Ich versuchte mich aufzurichten, sank aber sofort wieder mit einem Schmerzenslaut zurück. Mein rechter Arm …

Erinnerungen verwehten wie die Fetzen eines Traumes. Einige aber blieben haften: Abu Kurbatsch, der sein Gewehr hochriss – der Schuss – die Kugel, die meine Schulter streifte, nein: mehr als nur streifte – die Wüste …

Das hier war nicht die Wüste. Es war …

Mühsam hob ich die Hand, um mir über die Augen zu reiben. Die Finger waren blau und verstrahlten ein unheimliches Licht – genau so ein Licht, wie es mich von allen Seiten umgab. Mein Blick schweifte umher. Die Decke über mir und die Felswand neben mir waren von derselben blauen Masse überzogen, die auch auf meine Finger abgefärbt hatte: Pilze, Moose, Flechten, dicht miteinander verwoben und in einer Weise leuchtend, wie man es in meiner Heimat etwa von Glühwürmchen kannte, nur dass dieses Licht hier blau war und nicht von einem weißlichen Gelb.

„Wartet. Ich helfe Euch auf."

Haschims starker Arm legte sich um meine Schultern und zog mich hoch. Endlich war ich in der Lage, den Kopf in alle Richtungen zu drehen, auch wenn es mich mehr anstrengte als alles, was ich je zuvor in meinem Leben unternommen hatte. Der Anblick, der sich mir bot, war überwältigend.

Wir befanden uns in einer riesigen Höhle, die kaum zwanzig Meter hoch sein mochte, sich aber in alle Richtungen unendlich weit zu erstrecken schien. Mitten durch diese Höhle, nur wenige Schritte von uns entfernt, strömte ein breiter Fluss sehr gemächlich dahin, ein Fluss, der eine wunderbare Kühle ausstrahlte, deren Verlockung ich keine Sekunde länger glaubte, widerstehen zu können. So musste das Paradies aussehen, auch wenn man es uns damals in Sachsen auf der Sonntagsschule ganz anders dargestellt hatte: Wasser, Unmengen davon, immer neu und frisch herangetragen von einem Fluss in einer Höhle unter einem bläulichen Himmel aus Fels und organischer Substanz.

„Trinken“, flüsterte meine ausgetrocknete Kehle. Ich versuchte, mich aus Haschims helfendem Griff zu befreien, denn ich sehnte mich nach nichts mehr, als mich in die Fluten dieses Flusses zu stürzen, Wasser wie durch alle Poren in meinen ausgedörrten Körper aufzunehmen, zu trinken, zu trinken, zu trinken, bis ich den Fluss leergetrunken hatte und zu einem Meer wurde, in dem sich alles Wasser dieser Welt gesammelt hatte.

Scheik Haschims starke Hand hielt mich zurück. „Das würde ich nicht tun“, sagte er eindringlich. „Nähert Euch dem Fluss mit Ehrfurcht, dann werden sie Euch nichts tun, und Ihr werdet trinken dürfen. Stürzt Ihr Euch aber hinein …“

Ich war zu schwach, um mich gegen ihn zu wehren. Mehr von ihm gehalten und geführt als auf meinen eigenen Beinen stehend taumelte ich auf das Ufer zu. Je näher ich kam, desto deutlicher sah ich, dass sich im Wasser etwas bewegte. Fische? Ich kniete an der Wasserlinie nieder und versuchte, die Oberfläche mit meinen Blicken zu durchdringen, was angesichts der bläulichen Beleuchtung in der Höhle alles andere als einfach war. Aber als sich meine Augen einmal auf die veränderten Lichtverhältnisse eingestellt hatten, erkannte ich, was sich dort im Wasser tummelte.

Es waren keine Fische, wie ich zuerst gedacht hatte …

… sondern es waren Schlangen!

„Ihr dürft sie nicht reizen“, erklang Haschims Stimme dicht an meinem Ohr. „Schöpft das Wasser mit der hohlen Hand aus dem Flachen und trinkt und erquickt Euch nach Herzenslust. So haben es auch die anderen gehalten, und alle konnten sich satt trinken, ohne dass die Herren des Flusses sie daran gehindert hätten. Seid im Übrigen gewiss, dass ich es Euch nicht übel ansehen werde, wenn Ihr heute einmal die unreine Hand benutzt, denn Euren rechten Arm werdet Ihr dazu wohl nicht gebrauchen können.“

Damit hatte er allerdings Recht, denn obwohl ich im Augenblick keine Schmerzen mehr verspürte, war die Schulterwunde immer noch nicht ganz verheilt und mein rechter Arm nach wie vor nur eingeschränkt bewegungsfähig. Also kniete ich nieder, beugte mich behutsam – man könnte auch sagen: demütig – vor und schöpfte eine Handvoll Wasser. Dann führte ich sie langsam an den Mund, öffnete die Lippen und schlürfte das Leben spendende Nass in mich hinein. Nie habe ich etwas Köstlicheres getrunken. An die Süße und Frische dieses einfachen Flusswassers kam kein schäumendes deutsches Bier und kein Rot- oder Weißwein aus den südlichen Ländern Europas heran. Es war eine Labung für Körper und Seele, und wären meine Tränendrüsen nicht so vollständig ausgetrocknet gewesen, wären mir gewiss Tränen der Dankbarkeit für diese Gottesgabe über das Gesicht geronnen.

„Immer vorsichtig! Ihr müsst Euren Körper erst wieder an so viel Flüssigkeit gewöhnen.“

„Ja … ja …“ Aber eine zweite, eine dritte Handvoll würde ich mir wohl noch gönnen dürfen, oder nicht? Danach aber zwang ich mich, mit dem Trinken aufzuhören, und benetzte mit den nächsten Handvoll erst einmal mein Gesicht, meinen Nacken, goss mir Wasser über den Kopf, bis meine Haare klatschnass waren und der Rest an mir herunterrann. Dann trank ich wieder – und wieder – und wieder – bis Haschims Stimme mich ermahnte: „Dabei lasst es nun bewenden oder Euer Magen wird sich gegen Euch auflehnen und alles wieder erbrechen. Später könnt Ihr noch genug trinken. Der Fluss wird schließlich nicht versiegen, während wir hier sind, und seine Herren werden Euch das Wasser später ebensowenig verweigern, wie sie es jetzt tun.“

Damit hatte er allerdings Recht, denn während der ganzen Zeit, in der ich getrunken hatte, hatten sich die Schlangen nicht im Geringsten um mich geschert, selbst wenn hin und wieder eine von ihnen nur wenige Meter an jener Stelle vorbeischwamm, an der Haschim und ich am Ufer knieten.

„Wo sind die anderen?“, fragte ich. „Geht es ihnen gut?“

„Sie sind nicht weit von hier“, erwiderte Haschim. „Ich habe sie schon ein Stück vorausgeführt und bin dann zurückgekommen, um über Euch zu wachen, bis Eure Bewusstlosigkeit endete. Kommt, ich will Euch zu ihnen bringen.“

Und er half mir auf die Beine, sodass ich auf ihn gestützt am Fluss entlangtaumeln konnte. Dass er die zweite Hälfte meiner Frage nicht beantwortet hatte, fiel mir wohl auf, aber ich war immer noch zu geschwächt, um mir Gedanken darüber zu machen. Später würden wir gewiss darauf zurückkommen. Im Augenblick war ich einfach nur froh, am Leben zu sein, getrunken zu haben und bald wieder trinken zu können, denn neben uns strömte breit und ruhig der unterirdische Fluss dahin, und wie Haschim sehr richtig gesagt hatte: Er würde in der Zeit, in der wir hier waren, nicht versiegen. Er existierte vielleicht seit Millionen von Jahren, denn so lange musste es gedauert haben, bis er sich seinen Weg durch den massiven Fels gebahnt hatte, und er würde noch viele weitere Millionen von Jahren existieren, länger womöglich, als es Menschen auf der Erde gäbe. Neben ihm waren wir nur ein Fliegendreck auf der unendlich langen Skala der Zeit, und wenn uns eines keine Sorgen bereiten musste, dann seine Beständigkeit und die Dauer seiner Existenz.

Nach einigen hundert Metern bogen wir um eine Felsnase, die uns bisher den Blick auf den weiteren Verlauf des Flusses versperrt hat. Was ich sah, als wir sie umrundet hatten, ließ meinen Atem für einen Augenblick stocken, so unglaublich war es.

Vor uns hatte der Fluss eine kleine Bucht ausgehöhlt, und in dieser Bucht schwamm – eine arabische Dhau!

Während meiner ausgedehnten Reisen im Orient hatte ich schon jede Menge Dhaus gesehen und war auch mit einigen gereist. Man traf sie auf den Meeren rings um die arabische Halbinsel ebenso an wie an der afrikanischen Mittelmeerküste oder auf dem Nil, aber dass wir eine davon hier, Hunderte von Metern unter der Erdoberfläche, entdecken würden, hätte ich selbst in meinen kühnsten Träumen nicht für möglich gehalten.

Ich blinzelte ein paarmal, um mich davon zu überzeugen, dass dieser Anblick keine durch die gespenstischen Lichtverhältnisse hervorgerufene Sinnestäuschung war. Wie leicht kann man etwa bei unsicherem Licht einen großen Felsblock für den Rumpf eines Schiffes halten! Aber die Dhau blieb, was sie war: klein zwar und, wie ich jetzt bemerkte, ohne Segel und mit auf halber Höhe zersplittertem Mast, aber unzweifelhaft eine arabische Dhau. Und neben ihr, hingehockt am Ufer, warteten ein wenig verloren drei menschliche Gestalten auf uns: Halef, Marijke und Sir David.

„Diese Dhau", sagte Haschim, „wird uns geradewegs nach Hadramaut tragen."

Weswegen konnte er mit so großer Sicherheit behaupten, dass der Fluss geradewegs nach Hadramaut floss, und wann und wodurch hatte er von der Existenz der Dhau erfahren? Handelte es sich bei ihrer Entdeckung um einen glücklichen Zufall, der ihn selbst genauso überrascht hatte wie mich und wohl auch die anderen, oder hatte er womöglich schon droben in der Wüste geahnt oder gespürt, dass sie hier unten für uns als Transportmittel bereitstand, genau wie er geahnt oder gespürt zu haben schien, dass es hier einen unterirdischen Fluss gab, zu dem man durch ein Gangsystem hinuntersteigen konnte? Unwillkürlich fiel mein Blick auf den in der bläulichen Beleuchtung noch schwärzer wirkenden Knotenstock, den er mit der linken – der unreinen – Hand umklammert hielt, während er mich mit der rechten stützte. Hatte dieser magische ‚Stab der Macht' etwas damit zu tun?

„Sihdi! O Sihdi! Du lebst!" Es war Halefs Stimme, die plötzlich durch die Höhle hallte. Der liebe Kleine hatte unser Kommen als Erster bemerkt und mich natürlich sofort erkannt. Jetzt sprang er auf und raste wie eine Kanonenkugel auf mich zu, um sich mir in die Arme zu werfen, ein Ausdruck überschäumender Freude, der zwar meinem Herzen und meiner Seele, nicht aber meiner verletzten Schulter gut tat.

Lachend wehrte ich ihn mit dem unbeschädigten linken Arm ein wenig ab. „Vorsicht, Freund Halef", meinte ich gerührt. „Du wirst doch gewiss nicht wollen, dass Scheik Haschim mich jetzt, wo ich eben ein wenig genesen bin, wieder mit seinen Salben und Zaubersprüchen traktieren muss. Mag er sich die für eine Zeit aufheben, in der er sie nötiger brauchen wird. Aber glaube mir: Ich bin ebenso froh, dich zu sehen, wie du es bist, mich zu sehen."

„And so am I!", ließ sich nun Sir David vernehmen, der inzwischen auch herangekommen war und meine Linke ergriff, um sie wie einen Pumpenschwengel auf und ab zu schütteln. „Wir hatten Euch schon fast … *well, we'd nearly given you up for dead, old chap*. Aber Scheik Haschim beruhigte uns und sagte, er würde sich um Euch kümmern, sodass wir uns keine Sorgen zu machen bräuchten. – *Well done*, Scheik", dies zu Haschim gewandt. „Ihr seid in der Tat ein großer Heiler, und wenn Ihr bereit wäret, unseren Ärzten daheim im Reich Ihrer Majestät, der Königin Victoria, einen Teil Eurer Kunst beizubringen, dann möchte das sehr wohl die Heilkunst in Europa revolutionieren. Wie wäre es? Schlagt ein, begleitet mich nach *Great Britain*, und ich werde Euch in die höchsten Kreise einführen, damit Ihr dort als

angesehener Lehrer der medizinischen Wissenschaft wirken könnt!“

Haschim schüttelte lächelnd den Kopf. „Ich fürchte, außerhalb meiner Heimat wirkt meine Heilkunst nicht so, wie sie es hier bisweilen tut. Und außerdem – nicht mir allein müsst Ihr für Karas Gesundung danken. Einen Gutteil dazu hat er selbst durch seine unverwüstliche Konstitution beigetragen, die Allah – er sei gepriesen! – ihm in seiner unendlichen Weisheit geschenkt hat.“

„Genau“, meinte ich. „In Deutschland sagt man: Unkraut vergeht nicht.“ Dann wurde ich übergangslos ernst. „Aber wo ist Sergeant McMurray? Schon oben an Deck? Oder auf Erkundung?“

Halef und Sir David, die eben noch so glücklich gewirkt hatten, ließen mit einem Mal die Köpfe hängen, und Scheik Haschim legte mir traurig die Hand auf die Schulter. „Sergeant McMurray ist tot. Eine Schlange hat ihn gebissen, bevor wir mit unserem Abstieg begannen.“

Seine Worte trafen mich wie ein Keulenschlag. Mit den Gefühlen, die sie in mir auslösten, stürmten zugleich Bilder auf mich ein – nein, es waren eher Bildfetzen, denn nichts davon war vollständig, hatte einen Anfang und ein Ende. Ein schreiender McMurray, der unter einer gleißenden Sonne vom Boden aufsprang – eine Schlange, die wie eine Stahlfeder durch die Luft schnellte – ein Röcheln – ein warnender Aufschrei Scheik Haschims – andere Schlangen – Schwärze – dann nichts mehr. Die Bilderflut verebbte so rasch, wie sie Sekundenbruchteile zuvor begonnen hatte.

„Aber dann müssen wir wieder hinauf! Wir können ihn doch nicht so einfach dort oben liegenlassen! Oder habt Ihr ihn schon begraben?“

Scheik Haschim schüttelte den Kopf und der Druck seiner Hand verstärkte sich, als wolle sie mich wie vorhin am Ufer am Losstürmen hindern. „Nein, wir konnten ihn nicht begraben. Aber wir können auch nicht mehr zurück. Der Weg hier herunter war steil und gefährlich, und noch einmal nach oben zu klettern, hieße, unser Leben unnütz aufs Spiel setzen. Außerdem würden *sie* es nicht erlauben." Er deutete mit der anderen Hand auf den Fluss, in dem sich die Schlangen tummelten. „Der Sand wird ihm ein würdiges Grab bereiten."

„Aber seine Erkennungsmarke – und die Papiere von Sergeant McIlroy ..."

„Nichts davon konnten wir mitnehmen."

„Wenn ich nach England zurückkehre, werde ich ihren Familien und ihrem Regiment Bericht erstatten", fügte Sir David hinzu. „Es waren tapfere Männer und gute Gefährten. Darum werde ich auch alles in meiner Macht Stehende tun, damit ihre Angehörigen eine ordentliche Pension erhalten, und wenn ich diese aus eigener Tasche aufstocken muss. *I know, it's not much of a consolation, but ...*"

Und damit musste ich mich bescheiden, auch wenn es mir schwerfiel.

Langsamen Schrittes begaben wir uns nun dorthin, wo Marijke auf uns wartete. Sie tat sich weiterhin schwer, Gefühle zu zeigen, dennoch gelang es ihr, mit der Hand vorsichtig über die noch wunde Schulter zu streichen und mich leise zu begrüßen: „Auch ich freue mich, dass Ihr wieder genesen seid, Mijnheer Kara."

Dann deutete sie auf die Dhau. „Nun?"

„Ja, wir sollten wirklich langsam an Bord gehen", nickte Halef und blickte sich unbehaglich in alle Richtungen um. „Hier in dieser Höhle graust es mir, und die Gesellschaft so vieler Schlangen, auch wenn sie sich meistens im Wasser tummeln und nur selten an Land kommen, ist auch nicht eben Balsam für meine Seele."

„Weiß vielleicht irgendwer, wie lange dieser Kahn hier schon liegt?", erkundigte sich Marijke. „Jahre? Jahrzehnte? Oder vielleicht nur Tage?"

„Wenn es nur Tage sind, dann könnte noch jemand von der Besatzung am Leben sein", warf ich ein. „Vielleicht sind die ja nur bewusstlos und benötigen unsere Hilfe. Halef, du bist der Leichteste und Gewandteste von uns. Willst du als Erster gehen? Ich würde es ja selbst versuchen, aber mein Arm …"

„Natürlich, Sihdi." Halef war sofort Feuer und Flamme für diese Unternehmung. „Der obere Rand der Reling ist ja kaum mehr – nun, vielleicht zwölf oder dreizehn Fuß über dem Wasserspiegel. Wenn Scheik Haschim und Sir David mir ihre breiten Schultern leihen würden?"

„Natürlich."

„Of course."

Sofort wateten die beiden Angesprochenen in das flache Wasser und bildeten das, was wir bei uns eine ‚Räuberleiter' nennen. Halef mochte diesen Begriff nicht kennen, aber eine Räuberleiter zum Entern eines Schiffes zu benutzen, vermochte er sehr wohl. Mit der Behendigkeit eines Affen – womit ich ihn ansonsten natürlich nicht vergleichen will – kletterte er an den beiden hochgewachsenen Männern nach oben, die ihm beim Aufschwung auf ihre Schultern tüchtig nachhalfen, nahm auf diesen einen schwankenden Stand und reckte sich dann so hoch hinauf, wie er nur konnte. Tatsächlich gelang es ihm ohne größere Schwierigkeiten, die Reling zu erfassen. Mit einem Ruck zog er sich hinauf, einen Augenblick lang sah man noch seine Beine über der Reling zappeln, und dann vernahmen wir den lauten Plumps, mit dem kopfüber er auf dem Deck der Dhau aufschlug.

Im nächsten Moment ertönte von oben sein erschrockener Aufschrei. „Sihdi, Sihdi, die Besatzung ist wirklich noch an Bord!"

Unwillkürlich griffen wir alle nach unseren Waffen. Wenn die Männer, denen das Schiff gehörte, uns nun feindlich gesonnen waren?

Jetzt erschien Halefs vom Sturz auf das Deck leicht zerknautschter Turban über der Reling, und dann flog etwas zu uns herunter, das sich als Ende einer Strickleiter entpuppte.

„Steigt herauf! Es ist ganz ungefährlich!“, rief der Kleine uns zu.

Scheik Haschim ließ sich nicht zweimal bitten, sondern folgte dieser Aufforderung fast ebenso behände, wie Halef vorhin die Räuberleiter erklettert hatte. Sekunden später stand auch er an Deck, und gleich darauf hörten wir sein grimmiges Lachen. Dann beugte er sich über die Reling zu uns herunter. „Halef hat Recht“, sagte er. „Es ist wirklich völlig ungefährlich. *Diese* Besatzung wird uns nichts mehr tun, selbst wenn sie jemals böse Absichten uns oder anderen gegenüber gehegt hätte. – Kara, steigt Ihr als Nächster, damit Sir David Euch auffangen kann, wenn Eure Kräfte Euch unterwegs verlassen und Ihr zurückrutscht. Danach möge dann die Sayida Maryam folgen und zum Schluss Sir David selbst!“

Mit einiger Mühe hangelte ich mich mit einem Arm an der schwankenden Strickleiter hinauf, das letzte Stück von Haschims starkem Arm unterstützt, der zu mir heruntergriff und mich über die Reling zog. Und während er auch den anderen half, blickte ich mich auf dem Deck der Dhau um.

Halef hatte die Wahrheit gesprochen: Die Besatzung war wirklich noch an Bord – sieben Männer, oder genauer gesagt das, was von diesen Männern noch übrig geblieben war, nämlich blanke Skelette, die in den verschiedensten Haltungen überall auf dem Deck verstreut lagen. Was sie getötet haben mochte, würden wir vielleicht bei einer genaueren Untersuchung der sterblichen Überreste dieser Bedauernswerten herausfinden. Hunger und Durst konnten es wohl nicht gewesen sein, denn der Fluss führte ja genügend süßes Wasser, und auch Fische, die man angeln und von denen man sich ernähren konnte, wenn die im Bauch der Dhau eingelagerten Vorräte zur Neige gingen, schwammen darin bestimmt im Übermaß, dessen war ich mir sicher. Von irgendetwas mussten sich ja auch die Schlangen ernähren.

Die Schlangen! Waren sie es gewesen, die diese Männer getötet hatten? War die Besatzung der Dhau in ihrem unterirdischen Reich nicht willkommen gewesen, und waren deshalb Schlangen an Bord gekrochen, um die Eindringlinge mit einem Biss …?

„O mein Gott! Grundgütiger Gott, wie entsetzlich!“ Während ich meinen Gedanken nachhing, war auch Marijke von Haschim über die Reling gehievt worden und stand jetzt direkt neben mir.

„Beruhigt Euch“, sagte Haschim, der gerade noch Sir David half, dessen graukarierter Zylinder eben hinter der Reling auftauchte. „Es sind nur Skelette, sie können Euch nichts tun.“

„Aber sehen Sie denn nicht? Die armen Kerle sind gefoltert worden! Dort, auf den Schienbeinen …!

Ich tat einen Schritt nach vorne und kniete mich neben einem der Toten nieder. Tatsächlich, Marijke hatte Recht: Tiefe, schwarz verfärbte Einritzungen verunstalteten sein Schienbein – sein *linkes* Schienbein –, und wenn man ihm diese wirklich zu seinen Lebzeiten beigebracht hatte, dann musste er entsetzliche Qualen gelitten haben, als das scharfe Instrument, mit dem die Einritzungen verursacht worden waren, durch Haut und Fleisch und bis tief in den Knochen geschnitten hatte. Beim Gedanken daran packte auch mich das schiere Grauen, dann gewann ich jedoch meine Kaltblütigkeit zurück und schaute genauer hin.

„Es sind arabische Schriftzeichen!“, rief ich aus.

„Bist du dir sicher, Sihdi?“, fragte Halef. „Was steht denn dort?“

„‚Allah ist eine – eine unendliche Kugel, deren – deren Mittelpunkt überall und deren Umfang nirgends ist‘“, entzifferte ich mit einiger Mühe. „Was mag das bedeuten?“

„Ein Bannspruch“, antwortete Haschim, und ich vermeinte ein leichtes Zittern in seiner zuvor so ruhigen und beherrschten Stimme zu vernehmen. „Steht so etwas auch auf den anderen Schienbeinen?“

Halef kniete schon neben dem nächsten der Skelette. „Ja, hier auch! ‚Allah ist ganz in allem, was in ihm ist.‘ Sihdi, Sihdi, mir wird ganz seltsam zumute. In was für eine Art von dunkler Magie sind wir hier hineingeraten?"

„Nicht *dunkle* Magie." Jetzt klang Haschim beinahe zornig. „Dunkle Magie würde nicht den Namen des Allerhöchsten benutzen. – Schauen wir weiter."

Mit einem weiten Schritt wollte er über das Skelett hinwegsteigen, neben dem Halef kniete, aber mitten in der Bewegung erstarrte er und zog den Fuß, den er schon gehoben hatte, vorsichtig wieder zurück. „Beim Propheten!", sagte er. „Das ist nicht gut. Das ist gar nicht gut."

„Was ist nicht gut?"

„Schaut selbst."

Und das tat ich.

In dem Brustkorb des Skeletts ringelte sich ein ganzes Nest von Schlangen. Als ich mich ganz langsam darüberbeugte, streckte eine davon ihren Kopf aus dem Gewimmel und fauchte mich mit einem Geräusch an, das ich früher schon einmal gehört zu haben meinte und das mir eiskalte Schauer den Rücken hinunterlaufen ließ. *Tssssssssssssss* ...

„Nicht zu nahe", warnte Haschim. „Ich denke, dann werden sie uns nichts tun."

Ganz langsam arbeiteten wir – Haschim, Halef und ich, denn Sir David und Marijke konnten ja nicht genügend Arabisch – uns von Skelett zu Skelett vor und lasen laut, was auf ihren Schienbeinen – ihren *linken* Schienbeinen – geschrieben stand.

„‚Allah ist ganz in allem, was in ihm ist.'"

„‚Allah ist das, worüber hinaus nichts Besseres gedacht werden kann.'"

„‚Allah ist das, dem allein alles gegenwärtig ist, was der Zeit gehört.'"

„‚Allah ist der Gegensatz zum Nichts durch das Sein.'"

„‚Allah ist das einzige Wesen, das Wörter nicht bezeichnen und das Geistwesen nicht erkennen können.'"

„‚Allah ist das unbewegt Immerbewegende.'"

In allen sieben Skeletten ringelten sich Schlangen, die bei unserem Näherkommen bedrohlich zischten. Das letzte Skelett, das wir in Augenschein nahmen und das ganz dicht bei der Ruderpinne der Dhau lag, wies darüber hinaus noch eine Besonderheit auf: In der Hand hielt es eine Schriftrolle mit einem großen Siegel daran, die mit etwas umwickelt war, das ich im ersten Augenblick für ein Lederband hielt. Doch als ich nach der Rolle greifen wollte, wurde ich eines Besseren belehrt: Das ‚Lederband' war nichts anderes als eine weitere Schlange, die mich wütend anfauchte und es mir unmöglich machte, die Schriftrolle oder das Siegel näher zu untersuchen.

„What in God's name does that mean?", rief Sir David aus, der unsere Bemühungen von der Reling aus beobachtet hatte. Wie immer, wenn er sehr aufgeregt war, verfiel er in sein heimisches Idiom, das Scheik Haschim gut genug verstand, um ihm eine Antwort auf diese Frage geben zu können.

„Das weiß ich auch nicht, Sir David. Aber eines kann ich immerhin mit Sicherheit sagen." Damit wandte er sich an Marijke. „Zu Eurer Beruhigung, Sayida Maryam: Diese Männer sind nicht gefoltert worden. Man hat ihnen die Bannsprüche erst in die Knochen geritzt, als sie schon lange tot waren. Das Schwarze, was Ihr in den Ritzungen seht, ist kein getrocknetes Blut, sondern eine Art von – magischem Staub, wozu immer dieser auch dienen mag. Vielleicht werden wir es eines Tages herausfinden. Jetzt kann ich nicht mehr dazu sagen."

„Und was machen wir nun mit den Skeletten?", erkundigte ich mich. „Ich meine, wir wollen doch die Dhau benutzen, um nach Hadramaut zu gelangen, nicht wahr? Sollten wir die Skelette nicht vorher an Land schaffen und begraben?"

„An Land schaffen?" Haschim lachte beinahe bitter auf. „Glaubt Ihr denn, Kara, dass *sie* es gestatten würden?" Er wies auf das wimmelnde Schlangennest im Brustkorb jenes Seemanns, der ihm gerade am nächsten lag. „O nein. Auch wenn es uns nicht eben lieb ist: Wir werden uns auf Reisegefährten einstellen müssen. Doch wenn wir Glück haben, werden uns weder die einen noch die anderen ein Leid zufügen. Ich jedenfalls werde mein Bestes tun, um sie daran zu hindern, auch wenn ich damit, wie eines Eurer Sprichwörter sagt, ‚den Teufel mit dem Beelzebub austreiben' muss. Allah stehe mir und uns allen bei." Mit diesen Worten hob er den schwarzen ‚Stab der Macht' und hielt ihn mit beiden Händen wie zu einer Beschwörung umfasst.

Zweiundzwanzigstes Kapitel
Die Fahrt auf dem Totenschiff

Meine Leser werden nun vermutlich von mir erwarten, dass ich eine dramatische Schilderung unserer Fahrt auf dem unterirdischen Fluss nach Hadramaut hierhersetze: Stromschnellen, die zu überwinden uns allen das Äußerste an Mut und Körperkraft abverlangten; Engstellen, an denen es für einige furchtbare Augenblicke so erschien, als würde es der Dhau niemals gelingen, sie heil und in einem Stück zu überwinden, wenn sie nicht sogar darin steckenblieb, sodass wir unsere Weiterreise nur auf einem behelfsmäßig zusammengezimmerten Floß würden fortsetzen können; ein entsetzlicher Ruck und splitternde Planken nach dem Kontakt mit einem unter der Wasseroberfläche verborgenen Felsen; verzweifelte Schöpfaktionen im Gefolge davon, um die Dhau auf den letzten Meilen bis Hadramaut wenigstens halbwegs über Wasser zu halten; schließlich der Aufschrei: „Mann über Bord!" und eine kühne Rettungsaktion im Kampf mit riesigen Wasserschlangen oder angriffslustigen Krokodilen, die unsere winzige Nussschale von allen Seiten belagerten und mit weit aufgerissenen Kiefern nach der bedauernswerten Person schnappten, die da eben über Bord gegangen war und nun mit letzten Kräften nach dem Tau zu greifen suchte, das wir ihr von Deck aus zuwarfen …

Aber so leid es mir auch tut: Ich muss meine Leser enttäuschen. Nichts dergleichen geschah. Die Fahrt verlief vielmehr ruhig und ohne alle Komplikationen, da das an allen Stellen gleichmäßig tiefe Flussbett nur ein geringes Gefälle aufwies, sodass das Wasser mit einer Gemächlichkeit dahinströmte, dass selbst ein ungeübter Flussschiffer – und das waren wir ja letztlich alle – die Dhau recht mühelos mit der Ruderpinne in der Flussmitte halten konnte. Trotz meiner immer noch nicht ausgeheilten Schulterverletzung war selbst ich in der Lage, turnusmäßig meine Wache an der Pinne zu übernehmen und uns buchstäblich ‚mit links' durch die alles andere als reißenden Fluten zu steuern.

Ein Problem allerdings gab es und das hing mit den Lichtverhältnissen dieser unterirdischen Welt zusammen.

Ich hatte ja schon gesagt, dass das bläuliche Licht, das die langgestreckte Höhle erhellte, von einer Lebensgemeinschaft aus Algen, Flechten und Pilzen abgegeben wurde, die die Felswände wie ein dicker Teppich überzogen. Dieser Teppich nun wies aus Gründen, die sich keiner von uns zu erklären vermochte, alle paar Meilen kleinere und größere Lücken auf, ja, es gab sogar lange Abschnitte, in denen er vollständig fehlte. Als Ergebnis davon bewegte sich die Dhau während der Zeit, in denen sie diese Passagen durchfuhr, in absoluter Schwärze vorwärts, weshalb die sehr reale Gefahr bestand, in der Finsternis auf das flache Ufer aufzulaufen oder in den gelegentlich vorkommenden Engstellen die Felswände zu streifen, beides Dinge, die dem etwas altersschwachen Rumpf der Dhau gewiss nicht gut bekommen wären.

Als wir uns der ersten dieser dunklen Passagen näherten und das Licht um uns herum immer schwächer wurde, saß gerade Halef an der Ruderpinne. Er griff spontan in seinen Burnus, nahm seine magische Lichtkugel heraus und schaltete sie mit einem einzigen Wort ein.

Doch kaum erhellte sie die Höhle vor uns, begann auf einmal ein Rauschen und Zischen und Brodeln im Wasser, man sah den Fluss regelrecht schäumen, und die vorher so ruhige Dhau schaukelte gefährlich hin und her. Scheik Haschim, der am Bug stand und die Gefahr als Erster erkannte, war mit wenigen Schritten bei Halef und befahl ihm, das Licht sofort wieder auszuschalten.

„Offenbar mögen die Wesen hier kein fremdes Licht“, erklärte er, „und wir sollten sie nicht erregen. Ich schlage vor, auch wenn Eure Wacht noch nicht beendet ist, Euch für eine Weile an der Pinne abzulösen. Meine Augen sind in der Dunkelheit vielleicht ein wenig schärfer als Eure.“

„Wenn Ihr eine Katze seid, dann mag das allerdings der Fall sein“, erwiderte Halef ein wenig spöttisch, räumte aber bereitwillig seinen Platz und überließ ihn dem Scheik. Nachdem das Wasser sich sofort wieder beruhigt hatte, lenkte Haschim uns tatsächlich ohne jegliche Probleme durch die gefährliche Passage, während wir anderen uns nervös irgendwo an der Reling festklammerten, um bei einer etwaigen Grundberührung nicht über das Deck zu schlittern und unliebsame Bekanntschaft mit einem der Skelette oder – ein noch unangenehmerer Gedanke! – einer der es bewohnenden Schlangen zu machen.

Mit Haschim am Ruder gelangten wir jedoch so sicher durch die plutonische Finsternis, dass es einem Wunder gleichkam. Als nach vielleicht einer Stunde das Licht zurückkehrte, weil die Felswände wieder mit dem blau leuchtenden Bewuchs überzogen waren, übergab er die Pinne wieder an Halef und legte sich, als habe die Fahrt durch die Dunkelheit ihn doch ein wenig erschöpft, zu einem Schläfchen nieder, mit der Maßgabe, ihn sogleich zu wecken, wenn wir uns wieder einer dieser Dunkelpassagen näherten.

Was mir auffiel, war, dass er die ganze Zeit über den schwarzen Knotenstock besonders fest umklammert hielt. Für einen Augenblick durchzuckte mich der Gedanke, dass es dieser magische Stab war, der Haschim die übermenschliche Fähigkeit verliehen hatte, in völliger Schwärze zu sehen, aber dann verwarf ich ihn sofort wieder. Nein, es musste eine andere, eine *rationale* Erklärung für dieses Phänomen geben, auch wenn ich im Moment trotz heftigen Nachgrübelns nicht in der Lage war, sie zu finden!

Die dunkle Passage blieb nicht die einzige, und durch sie alle führte uns Haschim als Rudergänger so sicher, als sei der Flusstunnel taghell erleuchtet. Trotz seiner schlafwandlerischen Sicherheit blieben diese Durchfahrungen für uns andere eine arge Nervenprobe – zum einen, weil wir immer noch damit rechneten, dass Haschim irgendwann einen Fehler machte und wir Schiffbruch erleiden würden; zum anderen, weil die Dunkelheit unsere Sinne aufs Äußerste schärfte und wir jedes schabende Geräusch und jedes leise Zischen, das an unsere Ohren drang, jenen Schlangen zuschrieben, die unsere Reise auf der Dhau begleiteten. In Wirklichkeit handelte es sich dabei aber nur um ein Reiben von Kleidungsstoff gegen das Deck, wenn jemand seine Körperhaltung vorsichtig veränderte, oder ein etwas angespannteres Aus- oder Einatmen. Die Schlangen hingegen blieben genau dort, wo sie sich schon die ganze Zeit befunden hatten. Was sie damit bezweckten, dass sie mit uns fuhren, blieb uns jedenfalls vorerst ein Rätsel.

So also verlief unsere Fahrt im Großen und Ganzen vollkommen ruhig. Allerdings gilt es noch ein Gespräch, das ich während der Fahrt führte, meinen Lesern zu berichten.

Während ich wieder einmal Dienst an der Ruderpinne tat, gesellte sich Scheik Haschim zu mir, und ich nutzte die Gelegenheit für eine Bitte, die meinem Verständnis für das, was ich erlebt hatte, helfen sollte. „Ich möchte Euch fragen, ob Ihr auch ein Wunder für mich vollbringen könnt."

„*Auch* eines für Euch?"

„*Auch* eines für mich, sehr recht. Oder ist es etwa kein Wunder, wie Ihr uns durch die dunklen Passagen lenkt, als stände allein über Eurem Haupt eine strahlende Sonne, während wir anderen in tiefster Finsternis verharren müssen?"

Da lachte Haschim laut auf, aber es war – wie merkwürdig! – kein sehr fröhliches Lachen.

Hätte ich es beschreiben müssen, hätte ich es eher ‚verzweifelt‘ genannt.

„Nun, was für ein Wunder kann ich für Euch bewirken, Freund Kara Ben Nemsi?“

„Wenn Ihr es vermögt, so gebt mir meine Erinnerung zurück.“

„Habe ich sie Euch denn genommen?“

„Ihr wisst genau, worauf ich hinaus will.“

„Ihr meint, ich soll Euch das zurückgeben, was Ihr dann gleich wieder, wie es Eure abendländische Art ist, als ‚Halluzinationen‘ abtun werdet?“

„Ja.“

Die Kürze meiner Antwort und die absolute Ernsthaftigkeit in meiner Stimme veranlassten den Scheik, auf jedes weitere Geplänkel zu verzichten. Natürlich wusste er genauso gut wie ich, worum es mir bei meinen Worten ging – nämlich um die Umstände unseres Abstiegs in die Unterwelt und die Tatsache, dass ich diese ganz einfach ‚vergessen‘ hatte, wie man seltsame Traumgespinste vergisst, und zwar genau in dem Augenblick, als Haschim mich hier unten in der Höhle aufgeweckt hatte.

„Nun gut“, sagte Haschim. „So sei es.“

Und damit strich er mir mit der Hand über die Stirn, ganz ähnlich, wie er es bei mir und vielen anderen schon oft getan hatte, um unsere Schmerzen zu lindern. Diesmal aber wichen nicht etwa Schmerzen von mir, sondern etwas senkte sich auf mich herab. Plötzlich waren die Traumgespinste wieder da, die ich damals vergessen hatte – nein: die er damals von mir genommen hatte. Sie wehten wie dünne Schleier durch mein Gehirn, verfestigten sich nach und nach, wurden zu Erinnerungen.

Erinnerungen, die ich, die mein europäischer Verstand nicht akzeptieren konnte. „Schlangen?“, sagte ich ungläubig. „Wir waren …“

„Ihr wisst doch, es sind nur ‚Halluzinationen‘. Ihr hattet Wundfieber, Ihr hattet einen Sonnenstich und darum erinnert

Ihr Euch nicht an das, was wirklich geschehen ist. Was wirklich geschah, war, dass wir durch Stollen in die Tiefe gewandert sind, immer auf den Spuren der Schlangen. Alles andere ist ein Fiebertraum. Damit solltet Ihr Euch zufrieden geben. – He, Vorsicht!“ Seine Hand schoss vor und packte die Ruderpinne, um die Dhau wieder vom Ufer wegzulenken.

Einen Augenblick lang war ich unaufmerksam gewesen und hätte unser zerbrechliches Schifflein beinahe auf Grund gesetzt.

„Danke, Haschim“, sagte ich. „Könnt Ihr vielleicht für einen Augenblick die Pinne …?“

„Natürlich.“ Wir tauschten die Plätze und ich fand Zeit, meine Gedanken zu ordnen. „Eine andere Frage habe ich noch …“

„Fragt, und ich will Euch nach bestem Wissen und Gewissen antworten.“

„Ich sehe, dass Ihr Alis Knotenstock immer fester umklammert haltet, je länger er sich in Eurem Besitz befindet. Was hat es damit auf sich?“

Wieder lachte Haschim bitter auf. „Ob ich ihn umklammert halte oder er mich, das ist noch die Frage. Sagt: Glaubt Ihr wirklich immer noch, all das, was uns widerfahren ist, sei zufällig passiert?“

„All das? Was meint Ihr damit?“

„Das ausgetrocknete Wasserloch – Alis Tod – das Bitterwasser, das aus dem Felsen quoll … War diese Abfolge von Ereignissen nur ein Zufall oder steckte dahinter nicht vielleicht die Lenkung durch ein Bewusstsein, durch eine höhere Macht?“

„Ich weiß nicht, worauf Ihr hinaus wollt.“ Aber im Stillen wusste ich es wohl doch, und der Gedanke erfüllte mich mit Entsetzen.

„Schaut her.“ Er streckte mir den schwarzen Knotenstock entgegen. „Dieses unscheinbare Ding ist wirklich ein Stab der Macht. Es kann Wasser finden, und es kann noch viele andere Dinge, gute wie böse. Hauptsächlich aber böse.“

„Vor allem kann der Stab sich auch irren. Das ausgetrocknete Wasserloch …"

„Kein Irrtum. Der Stab hat uns absichtlich dort hingeführt."

„Aber gesetzt einmal, es wäre wirklich so: Warum?"

„Ihr habt gesehen, dass der Stab Schlangen anlocken kann, nicht wahr? Gut, es war in Euren Augen nur eine ‚Halluzination', aber tut doch einmal so, als sei es keine gewesen. Wenn Ihr das schafft, dann könnt Ihr Euch vielleicht auch vorstellen, dass der Stab nicht nur Schlangen anlocken kann, sondern auch …"

„… Skorpione", flüsterte ich.

„Ja, Skorpione. Der Stab war von Ali enttäuscht und wollte unbedingt auf mich übergehen, weil ich ein so viel stärkerer Magier bin, einer, der mit den ungeheuren Möglichkeiten des Stabs so viel mehr anfangen kann. Deshalb hat er Ali betrogen und ihn zu der ausgetrockneten Wasserstelle gelockt, um ihn dort …"

„… durch den Skorpion umzubringen."

„Sehr richtig. Und dann hat er uns zum Bitterwasser und zu den Schlangen geführt, damit wir den unterirdischen Fluss und die Dhau mit den Skeletten finden würden. Aus irgendeinem Grund, den ich bisher nicht verstehe, will der Stab nicht nur selbst unbedingt nach Hadramaut, sondern er will auch, dass die sieben Skelette dorthin gelangen. Warum, das werden wir vielleicht erst erfahren, wenn wir in Hadramaut angekommen sind."

„Und während unserer Reise …"

„… erlangt der Stab immer mehr Macht über mich. Glaubt mir, es ist ein äußerst unbehagliches Gefühl, und wenn ich könnte, wie ich wollte, würde ich diesen Stab gerne so schnell loswerden wie nur irgend möglich, aber leider ist das nicht so einfach."

Das, was Haschim mir da erzählte, nahm immer mehr den Anschein von irgendetwas Verdrehtem an, aber in diesem Augenblick wehrte ich mich nicht dagegen, so erschüttert war ich. „Könnt Ihr den Stab denn nicht einfach wegwerfen?“

„Einfach so über die Reling, meint Ihr?“ Er lachte bitter auf. „O nein. Der Stab ist sehr … anhänglich, und ich wage nicht, mir auszumalen, was geschehen würde, wenn er anschließend wieder zu mir zurückkehrte. Und das würde er, auf dem einen oder anderen Wege, darauf könnt Ihr Euch verlassen.“

„Also werdet Ihr ihn erst dann wieder los, wenn Ihr sterbt?“

„Vielleicht. Vielleicht auch nicht. Es hängt ein wenig davon ab, was wir in Hadramaut erfahren und was das Rätsel der Skelette ist. Aber ungefährlich wird es ganz bestimmt nicht sein. – Hier, nehmt die Pinne wieder. Ich muss mich noch ein wenig ausruhen, denn bald werden wir sicherlich wieder an eine dunkle Passage geraten, und selbst mit der Hilfe des Stabes ist es für mich äußerst kräftezehrend, mich in völliger Finsternis zu orientieren. Und es wäre doch äußerst bedauerlich, wenn wir auf den letzten Meilen bis Hadramaut doch noch Schiffbruch erlitten, nachdem unsere Reise bisher so gut verlaufen ist.“

Damit verließ er mich wieder und ich hatte endlich Zeit, auseinanderzusortieren, was von seinen Worten Wahrheit und was orientalischer Aberglaube gewesen war. Aber so sehr ich mir auch den Kopf zergrübelte, es wollte mir einfach nicht gelingen, und darum schreibe ich das, was zwischen uns gesprochen wurde, hier ohne jede Auslassung und jede Übertreibung hin. Möge der Leser entscheiden, was er davon für bare Münze nehmen will und was nicht. Damals wie heute bin ich dazu außerstande.

Einige Stunden später erreichten wir tatsächlich von Neuem eine der dunklen Passagen und Scheik Haschim übernahm die Ruderpinne von Halef, der unterdessen mich abgelöst hatte.

Wie sich herausstellte, sollte es die letzte solche Passage vor Hadramaut sein – und die bei Weitem seltsamste. Denn während wir wieder einmal in völliger Dunkelheit dahinfuhren, wurde das Schlingern des Schiffes stärker, als würde es sich diesmal wirklich über Stromschnellen bewegen. Zugleich vernahm ich ein so lautes und andauerndes Schaben und Zischen, dass ich es unmöglich den Bewegungen oder dem Atem eines meiner Reisegefährten zuschreiben konnte. Nein, diese Geräusche konnten in ihrer Häufigkeit und Dauer nur von den Schlangen stammen, die ihre angestammten Plätze in den Skeletten verließen! Aber warum? Wollten sie jetzt, so kurz vor Hadramaut, doch noch über uns herfallen und ihre Giftzähne in uns schlagen?

Am ganzen Körper zusammengekrampft und mit bis aufs Äußerste angespannten Nerven wartete ich, was geschehen würde. Tatsächlich streifte mich im nächsten Augenblick eine trockene, schuppige Haut, aber dann war die Berührung auch schon wieder vorüber und ich ahnte neben mir ein Hinaufschlängeln zur Reling. Heller, es wurde heller … tatsächlich, dort über die Reling verschwand gerade ein braungelber Schwanz – und dann war die Schlange fort, hinabgetaucht ins Wasser. Noch ein Aufklatschen – noch eines – noch eines – und zugleich wurde es immer heller, heller, heller … Es war eine Helligkeit, die keine Ähnlichkeit mit dem bläulichen Schimmer der unterirdischen Flusshöhle hatte. Im nächsten Augenblick schoss die Dhau zwischen hoch aufragenden Felswänden in gleißendes Sonnenlicht hinaus.

Das Erste, was ich sah, nachdem meine Augen sich an das grelle Licht gewöhnt hatten, war, dass sich von den Schlangen keine mehr an Bord befand. Dann wurde ich gewahr, dass die Skelette ihre Position verändert hatten. Vom Gewicht der Schlangen befreit und wohl unter dem Einfluss des heftigen Schlingerns der Dhau waren sie hierhin und dorthin gerutscht. Sie lagen auch jetzt noch nicht still, sondern richteten sich auf – bewegten Arme und Beine … Und da erkannte ich, dass es nicht die Bewegung des Schiffes gewesen war, die auch die Skelette in Bewegung versetzt hatte.

Sie bewegten sich vielmehr aus sich selbst heraus.

Friedhelm Schneidewind

Episode 3
Die Gelehrten von Hadramaut

Dreiundzwanzigstes Kapitel
Ein wundersamer Empfang

Langsam nur nahm ich Einzelheiten meiner Umgebung wahr, noch immer blendete mich das grelle Sonnenlicht. Wie einen Schatten sah ich Scheik Haschim sich auf die Reling zubewegen, steif, als wäre er eine Marionette, die von einem unsichtbaren Puppenspieler an Schnüren geführt wurde. Als ich wieder deutlich sehen konnte, erkannte ich, dass er eskortiert wurde, wahrhaft eskortiert – von den sieben Skeletten. Eines schritt vor ihm, zwei an jeder Seite und zwei hinter ihm, aber nicht, als würden sie ihn bedrohen oder zwingen, nein, ihre Bewegungen hatten etwas Ehrfurchtsvolles an sich, als seien sie seine Leibwache. Und das erste Skelett, das etwas größer war als die anderen, wie nun, da sie alle aufrecht standen, zu erkennen war, hielt in seiner linken Hand die Schriftrolle und wies mit ihr nach vorne.

Ein erstauntes Keuchen ließ mich herumfahren. Marijke hatte sich aufgerichtet, hinter ihr standen Sir David und Halef, mit zitternder Hand wies sie auf die Skelette – auf ihre Beine, wie ich erkannte, als ich mich wieder umdrehte. Und nun sah auch ich es: Die Schriftzeichen auf den Schienbeinen leuchteten.

„Lasst uns ihnen folgen“, raunte ich den dreien zu und griff nach meinen Gewehren, die, gut verpackt, bereitlagen. Langsam richteten wir uns auf und erreichten die Reling, wenige Schritte vom Scheik und seinen Begleitern entfernt, nahezu gleichzeitig mit ihnen. Während das erste Skelett auf die Reling trat, als sei diese der breiteste Steg der Welt, und Haschim es ihm zwar steif, aber sicheren Schrittes gleichtat, schauten wir über die Holzkante – und es ging wohl nicht nur mir so, dass wir mühsam Rufe des Erstaunens unterdrücken mussten. Ich habe schon viele erstaunliche Szenarien gesehen, und in den letzten Monaten hatte es gar manches gegeben, was an Skurrilität und Originalität alles zuvor Dagewesene in den Schatten stellte, doch dies hier schien mir gar am absonderlichsten zu sein.

Der Fluss, auf dem wir gekommen waren, verbreiterte sich zu einem kleinen Teich in einer Art Kaverne, die nach oben geöffnet war. Mächtige Felsen dräuten von allen Seiten, viele Meter hoch, doch nach oben ließen sie den Blick frei auf einen strahlend blauen Himmel, und das Sonnenlicht, das mich zunächst so geblendet hatte, zauberte wundersame Reflexe auf das Wasser. Auf der gegenüberliegenden Seite floss dieses ab durch einen Stollen, der mich mit den davorhängenden Ranken an jenen erinnerte, durch den einst der Schut den Weg zu seinem unterirdischen Gefängnis genommen hatte. Doch war die Strömung hier weitaus geringer als an jener Stelle, an der ich beim ersten Kampf mit dem Schut um mein Leben geschwommen war. Sie war aber stark genug, um unsere Dhau ein Stück nach oben zu schieben; unser Schiff lag nun auf einer Art Anlegestelle, als wäre diese für es geschaffen, und möglicherweise war dies ja sogar so. Dahinter führten Stufen rund um die Kaverne nach oben, ähnlich einer in den Fels geschlagenen Serpentine. Allerdings wirkte das Ganze eher wie ein künstlich angelegter Schlot, trotz der Natürlichkeit der Felsen, denn nach oben zu verengte sich die Kaverne wieder.

Ich hatte dieses skurrile Bild gerade in mich aufgenommen, als Haschim mit beiden Händen den Knotenstock umklammerte, ihn gen Himmel hob und direkt hinter dem ersten Skelett, aber im Gleichschritt mit ihm, einen Schritt auf die Treppe machte; die Hände des untoten Wesens hielten die Schriftrolle ebenfalls umklammert, als sei es ein Spiegelbild unseres Freundes. Die anderen Skelette folgten den beiden, und als das letzte die Treppe betreten hatte, blieben alle stehen; der Scheik drehte sich zu uns um.

„Folgt mir, meine Freunde!“, sprach er in bestimmtem und doch vertraut freundlichem Ton. Seine Augen blickten klar; wenn er denn in einer Art Trance gefangen gewesen war, so war dies vorbei. „Nicht nur die Skelette, auch der Stab ist heimgekehrt. Er wird uns führen zu jenen, die uns weiterhelfen können.“

Er drehte sich um und begann, die Stufen hinanzusteigen, gefolgt von den Skeletten, deren Schienbeine immer noch im Glanz der eingravierten Schriftzeichen leuchteten. Wir wechselten vielsagende Blicke, dann schlossen wir uns an.

Da auf der nach kurzer Zeit schmaler werdenden Treppe nicht Platz für zwei Menschen nebeneinander war, mussten wir hintereinander gehen. Auf einen kurzen Wink von mir betrat Halef als Erster von uns die Treppe, Marijke folgte ihm, ihr schloss sich Sir David an, und ich übernahm die Rückendeckung, traute ich mir doch zu, es am ehesten mit eventuell auftauchenden Gefahren aus der Tiefe aufnehmen zu können. Allerdings rechnete ich nicht damit.

Ich habe schon mehr als einmal beschrieben, in welchen Zustand der Versenkung, der Trance und mangelnden Konzentration ein langer Abstieg über dunkle Treppen führen, wie gefährlich ein solcher gleichbleibender Zustand der Monotonie sein kann. Vor jenem Tag im Hadramaut hätte ich nie vermutet, dass dergleichen bei einem Aufstieg in hellem Sonnenschein geschehen könne. Und doch ertappte ich mich immer wieder dabei, wie ich auf die karierten Beine des Lords starrte, die in gleichmäßigem Takt vor mir auf- und abstiegen wie die Kolben jenes Dampfautomobils, das ich im Vorjahr in Paris hatte bewundern dürfen und mit dem der Franzose Amédée Bollée in nur 18 Stunden von Le Mans nach Paris gefahren war. Vielleicht hat die geneigte Leserin sich einmal von den gleichmäßigen Bewegungen der Kolben eines Dampfschiffs in Trance versetzen oder der weitgereiste Leser sich von den ebenmäßigen Auf- und Abbewegungen der Kolben einer Dampflokomotive fesseln lassen – so ging es mir bei diesem endlos scheinenden Aufstieg rund um die Kaverne, auf der schmalen Treppe, links von mir der Felsen, rechts der immer tiefer werdende Abgrund mit dem kleinen See in der Tiefe und vor mir die auf- und absteigenden Röhren der Hosen von Sir David. Als dieser plötzlich Halt machte, wäre ich beinahe auf ihn geprallt und konnte gerade noch rechtzeitig stehenbleiben. Erst jetzt fiel mir auf, dass nicht nur der Durchmesser der Kaverne sich zuletzt stetig verringert hatte, wir also eine immer enger werdende Spirale beschritten hatten, sondern auch, dass der Fels immer stärker seine natürliche Textur verloren hatte, bis er hier eindeutig von Menschenhand geglättet war. Sir David stand nun vor einer Art Durchgang, ähnlich einem Torbogen, den die anderen schon durchschritten haben mussten; wir folgten ihnen.

Wie einst Orpheus waren wir der Unterwelt entstiegen, wie er den Acheron hatten wir einen unterirdischen Fluss überwunden, der wie der schwarze Totenfluss in einem See endete, doch anders als der Aufstieg des Orpheus aus der Unterwelt endete der unsere nicht in einer Wildnis, sondern zu meiner Überraschung – in einer Stadt! Wir standen auf einem runden Platz mit vielleicht 30 Schritt im Durchmesser, begrenzt von einer niedrigen Mauer. Dahinter erhoben sich in alle Richtungen Häuser und Gebäudeensemble, zahlreiche Bauten in vielen verschiedenen Stilrichtungen, da man wohl im Lauf der Zeit immer wieder neue Gebäude und Anbauten errichtet hatte, von denen nicht wenige mehrere Stockwerke hatten. Dennoch machte dieses Sammelsurium auf mich einen geschlossenen und in sich stimmigen Eindruck, als habe über seiner Errichtung eine wachsame und ordnende Macht gewaltet. Wir befanden uns wohl am tiefsten Punkt, vielleicht im Mittelpunkt, denn alle Gebäude und Straßen strebten nach oben; jenseits konnte ich die karge Felslandschaft ausmachen, die ich hier, im unwirtlichen nördlichen Hochland des Hadramaut, erwartet hatte. Schließlich konnten wir nicht weit weg sein vom Rand der Rub al-Chali. Als ich mich umdrehte, konnte ich hinter dem Torbogen, durch den wir gekommen waren, die Rundung der Kaverne sehen, die hier mitten in einer Stadt lag, ebenfalls umgeben von Gebäuden, und dahinter in der Ferne hohe Berge. Mich umwendend, erkannte ich, dass die Mauer uns gegenüber auch von einem Torbogen durchbrochen wurde, durch den ich eine von Zypressen gesäumte Allee erblicken konnte, die zu einem größeren weißen Gebäude führte.

Meine nun wieder voll erwachte Aufmerksamkeit wurde gefesselt von der Szenerie, die sich meinen Augen darbot. In der Mitte der ebenen, sauber geglätteten Fläche vor uns erhob sich ein großes purpurrotes Zelt, unter dessen Vordach drei Menschen standen, die sich nun, da ich als Letzter unserer Gruppe das Plateau betreten hatte, in unsere Richtung in Bewegung setzten.

Hochgewachsen und von edler Gestalt schritten sie langsam auf uns zu, in der Mitte ein ehrwürdiger Greis, zu seiner Linken ein kräftiger Mann mittleren Alters, auf seiner anderen Seite eine etwa gleichaltrige Frau. Schön waren alle drei, mit edlen Gesichtszügen und langen dunklen Haaren. Zu welchem Volk oder Stamm sie gehörten, konnte ich nicht erkennen; es mochte eine Mischung aus vielen Vorfahren arabischen Ursprungs sein. Und auch ihre Kleidung gab mir keinen Hinweis: Sie trugen Hemden aus silberner und Pumphosen aus blauer Seide sowie Umhänge aus fein gewirkter grüner Wolle. Als sie sich bis auf wenige Schritte genähert hatten, sanken alle drei plötzlich auf die Knie und senkten die Köpfe. Ich konnte nicht erkennen, ob diese Ehrerbietung Scheik Haschim oder den Skeletten galt. Auch der Scheik schien dies nicht zu wissen, aber aufgrund seiner uns bekannten Abneigung gegenüber demütigen Gesten ergriff er sofort das Wort und sprach die Knieenden im vornehmsten Arabisch an.

„Seid gegrüßt im Namen Allahs des Allmächtigen und Allerbarmers. Doch vor wem auch immer Ihr hier knien mögt, es geziemt sich nicht, sein Haupt vor einem Menschen in einer

Art zu neigen, die nur Allah und seinem Gesandten zusteht, daher bitte ich Euch, erhebt Euch und erweist meinen Gefährten und mir die Ehre, uns mit Euch und Eurem Land vertraut zu machen.“

Sofort hoben die drei ihre Köpfe und standen nach einem kurzen Blickwechsel auf. Der Älteste antwortete in ebenso reinem Arabisch: „Seid ebenfalls gegrüßt im Namen Allahs des Herrn der Welt, und ebenso im Namen von Al-Magest, dem weisen Oberhaupt unseres Bait al-Ilm al-Hikma. Doch ehe wir uns in Förmlichkeiten ergehen, gestattet, dass wir Euch nach diesem langen Aufstieg Gelegenheit zum Ausruhen geben und für Eure Erfrischung sorgen, danach ist Zeit für den Austausch von Höflichkeiten und Wissenswertem.“

Aus dem Zelt traten plötzlich ein junger Mann und eine junge Frau, ähnlich gekleidet wie die Älteren, und tischten in bewundernswerter Geschwindigkeit auf kleinen Tischchen und runden Lederkissen ein wahres Festmahl auf. Dies gab Sir Lindsay Gelegenheit, mich zu fragen: „Wo sind wir hier? Was bedeutet dieser Name, Bait irgendwas?“

„Wenn ich es richtig übersetze, soviel wie Haus des Wissens und der Weisheit. Doch was dies ist und was es bedeutet, weiß ich so wenig wie Ihr.“

Unsere Aufmerksamkeit wurde plötzlich gefesselt durch die Skelette, die sich auf einmal bewegten. In nahezu militärischem Aufmarsch reihten sie sich vor dem Greis auf, dann fielen sie auf die knochigen Knie und erhoben bittend die Knochenhände, die Hände des Anführers umklammerten dabei noch die Schriftrolle. Mit einem Ruck schob er sie dem alten Mann entgegen. Dieser betrachtete ihn ernst, nahm die Hand mit der Schriftrolle zwischen seine Hände und begann in einer mir unbekannten Sprache zu deklamieren, dabei klang seine Stimme sehr traurig. Obwohl ich viele Sprachen und Dialekte kenne, verstand ich ihn nicht, die Sprache schien eine Mischung aus Arabisch und Hebräisch zu sein, ich erinnere mich nur an einzelne Wörter wie *fol*, *saát* und *baray*, was, wie ich später erfuhr, „Omen“, „sehr lange Zeit“ und „unschuldig“ bedeutet.

Lange schauten sich die beiden danach an, und in den Augenhöhlen der Skelette begann es zu glühen. Sie alle nickten ernst, dann erlosch langsam das Glühen in den Augenhöhlen und auch das der Schriftzeichen an den Schienbeinen. Die Skelette setzten sich und rührten sich nicht mehr. Der alte Mann wandte sich zu uns um, und ich sah, dass er weinte.

Langsam wischte er sich das Gesicht mit seinem Umhang ab, dann kam er zu uns herüber.

„Bitte nehmt Platz und erfrischt Euch. Währenddessen will ich gerne erzählen, was Ihr sicher wissen wollt. Doch wäre es sehr schön für uns, zu wissen, wer uns die Ehre seines Besuchs erweist.“ Dabei verbeugte er sich und deutete auf die Sitzkissen. Erst als wir fünf saßen, ließen er und seine beiden Begleiter sich nieder.

Ich hatte erwartet, dass mein guter Halef sich die Gelegenheit nicht entgehen lassen würde, uns in seiner blumigen Sprache vorzustellen, doch als ich ihn ansah, winkte er mit den Augen kaum merklich in Richtung des Scheiks. Nur kurz erstaunte mich seine Feinfühligkeit, doch gleich wurde mir wieder einmal bewusst, wie sehr sich mein ehemaliger Diener und jetziger guter Freund doch entwickelt hatte. Im Laufe unserer gemeinsamen Reisen war er nicht nur älter und klüger, sondern auch weise geworden. Scheik Haschim, der nun alle Augen auf sich ruhen fühlte, begann bedächtig, dabei mit der linken Hand den Knotenstock fest umklammernd:

„Es ist für uns eine große Freude, in Hadramaut zu sein; dieses Land zu erreichen, erstreben wir schon lange. Als wir aufbrachen, waren wir einige mehr, doch manche unserer Begleiter haben diese Reise nicht überlebt. Ich bin Scheik Haschim, ein Rang, der mir durch Geblüt und Taten zusteht, und ein nicht ganz unbegabter und unwissender Magier. Außerdem bin ich der Unselige, den dieser Stock“ – während er den Knotenstock emporhob, meinte ich für einen Moment einen Zug der Verbitterung in seinen Zügen zu erkennen – „auserkoren hat. Neben vielem anderen hoffe ich, in diesem wundersamen Land davon Befreiung zu erwirken. Neben mir …“

Während Haschim erst Marijke und dann Sir Lindsay vorstellte, kamen meine Gedanken zum ersten Mal seit langer Zeit zur Ruhe; ich wollte ein wenig zur Besinnung kommen, doch es gelang mir nicht wirklich. Was hatte ich nicht alles in den letzten Tagen erlebt! Die Verwandlung in eine Schlange konnte ich mir noch gut als Halluzination erklären, auch was der Knotenstab scheinbar Scheik Haschim antat. Das war wohl Autosuggestion; dass so etwas funktionierte, wollte ja erst kürzlich der französische Apotheker und Psychologe Émile Coué bewiesen haben. Aber die sich bewegenden Skelette …

„… Hadschi Dawuhd al Gossarah. Schließlich unser verehrter Kara Ben Nemsi, ein tapferer Kämpfer, Gelehrter und Schriftsteller aus dem Abendland, der vieles weiß und hier noch viel mehr lernen und erfahren möchte.“ Da hätte ich doch beinahe meine eigene Vorstellung verpasst! Ich nickte ernst in die Runde.

Nun ergriff unser Gastgeber das Wort. „Es freut uns, dass Ihr hierhergefunden habt, und vor allem, was Ihr mitgebracht habt, oder ich sollte besser sagen: was Euch mitbrachte, weil Ihr es ihm ermöglichtet. Über diesen Weg ist nach Hadramaut seit Jahrhunderten niemand mehr gekommen: durch die Wüste, durch die Spalten des Felslabyrinths, durch die Dunkelheit und Nässe, akzeptiert von den lebenden und toten Bewohnern der uralten Dhau und auch von dem Schiff selbst, das nun, wie seine Besatzung, heimgekehrt ist. Doch nun erlaubt, dass ich uns vorstelle: Ich bin Rohabu sayyod, der Dekan der Fakultät des Wassers. Dies hier sind Yayg sayyod und sein Schüler Yagán sayyod“ – er wies auf den älteren und den jungen Mann – „sowie Teff sayyod und ihre Schülerin Yaganót sayyod, Lehrer und Lehrlinge in unserer Fakultät. Denn wisset, in unserer Akademie gibt es fünf Fakultäten, neben unserer die der Luft, des Feuers, der Erde und der *materia prima*.“

Während wir uns erfrischten und den Speisen und Getränken zusprachen – einer auserlesenen Auswahl an Obst, Gebäck, Fisch, Tee und verschiedenen Säften –, erzählte Rohabu sayyod uns ein wenig über die Akademie von Hadramaut. Wie so oft handelte es sich um eine Geschichte von Flucht und Vertreibung, doch im Gegensatz zu vielen anderen Geschichten ging diese gut aus. „Unser erster Vorläufer war das *Dār al-Hikma* in Kairo, das Haus der Weisheit", erläuterte er.

Scheik Haschim hob die Hand und, nachdem ihm ein Nicken unseres Gastgebers die Unterbrechung erlaubt hatte, fragte er: „Wurde es nicht auch das Haus der Wissenschaft genannt, *Dār al-Ilm*? Wenn ich mich recht erinnere, hat es der Fatimiden-Imam-Kalif Hakim im Jahre 1005 gegründet. Er hieß wie ich, auch wenn die Aussprache eine andere ist, und wie ich war er sehr interessiert an Philosophie, Astronomie, Astrologie, Mathematik, Medizin und anderen Wissenschaften, die man deshalb dort studieren konnte."

„Das stimmt", nahm Rohabu sayyod den Faden seiner Erzählung wieder auf. „Aber dann brach das Fatimidenreich langsam zusammen, und 1068 wurden die Akademie und die Bibliothek vernichtet. Die Lehrer und Forscher, die fliehen konnten, legten mithilfe der mitgenommenen Bücher hier auf der Hochebene des Hadramaut den Grundstein für unsere geheime Akademie. Und als fast 200 Jahre später, 1258, das Haus der Weisheit, *Bayt al-Hikma*, in Bagdad von den Mongolen nach deren Eroberung der Stadt zerstört wurde, fanden die Überlebenden auch Zuflucht hier im Hadramaut."

„Hier also befindet sich ihre umfangreiche Bibliothek!", mutmaßte Haschim. „Es gibt zahlreiche Gerüchte in den Kreisen der Wissenden, was aus dieser riesigen Sammlung an Werken aus der Antike geworden sein könnte."

Unser Gastgeber nickte. „Sie hatten ja Zeit genug gehabt, das Wissen aus Jahrhunderten zu sammeln, schließlich war ihre Akademie schon 825 vom Abbasiden-Kalif al-Ma'mūn gegründet worden. Und sie brachten viel geheimes Wissen mit. Seither nennen wir unsere okkulte Universität Bait al-Ilm al-Hikma."

„Was hat es mit Skeletten und der selbstfahrenden Dhau auf sich?", fragte ich unseren Gastgeber nach dem Mahl, als wir genüsslich an einer Wasserpfeife sogen.

Der greise Dekan zögerte einen Moment. „Heutzutage ist es friedlich hier. Die Universität hat Mittel, zu verhindern, dass sie angegriffen, beschädigt oder gar zerstört wird. Nicht zuletzt die Heimlichkeit dient unserem Schutz. Doch ab und zu in der Vergangenheit gab es Angriffe, die unsere Existenz gefährdeten, den schlimmsten vor rund 350 Jahren, als eine geheime Nachfolgeorganisation der Assassinen, die ja offiziell schon als aufgelöst galten, einen fast erfolgreichen Eroberungsversuch startete. Mithilfe eines mächtigen magischen Artefakts, eines Zauberstabs aus Palisander und Ebenholz, der in seinem Innern eine geheime Quelle großer Macht und unbekannter Herkunft bergen soll, gelang es ihnen, unsere Verteidigung zu überwinden und beinahe die Halle der Weisheit zu erobern. Sieben unserer klügsten und weisesten Lehrer konnten den Besitzer schließlich töten, den Stab zeitweise erheblich schwächen und ihn aus der Region entfernen. Das kostete sie das Leben, doch ehe sie starben, schworen sie, dafür zu sorgen, dass der Stab erst nach Hadramaut zurückkehren werde, wenn es eine Möglichkeit gäbe, ihn unschädlich zu machen."

Er schaute uns ernst an. „Seit drei Jahrhunderten will der Stab zurück in die Akademie, seit drei Jahrhunderten wachen unsere untoten Vorfahren und lassen den Stab nicht zurückkehren. Euch haben sie nicht nur passieren lassen, sondern samt dem Stab hierher begleitet. Irgendjemand von Euch bringt Hoffnung nach Hadramaut. Irgendjemand von Euch kann uns helfen, den Stab zu vernichten!"

Vierundzwanzigstes Kapitel
Die Halle der Weisheit

Während unseres Gesprächs fiel mein Blick immer wieder auf die Skelette, die regungslos im Sand knieten, die Hände immer noch flehend erhoben. Ich konnte mir nicht erklären, woher ihre Belebtheit stammte, doch wenn das, was uns der alte Mann erzählt hatte, stimmte – und ich sah keinen Grund, daran zu zweifeln –, dann waren sie seit Jahrhunderten tot und doch nicht tot, belebt zu irgendeinem Zweck. Wenn ich die Akademie richtig einschätzte, dürfte es sich eher um eine göttliche denn eine teuflische Einwirkung handeln. Hatte nicht der Gott, an den wir alle glaubten, egal wie wir ihn nannten, schon ganz andere Wunder bewirkt, über die in unserem Alten Testament wie im Koran meiner Freunde berichtet wurde?

Ich wandte mich an unseren Gastgeber. „Was wird mit ihnen geschehen?“, fragte ich und wies auf die Skelette.

„Sie werden uns begleiten und hoffentlich durch jemanden von Euch von ihrer langen Wache erlöst, falls es uns mit Eurer Hilfe gelingt, den Stab zu vernichten! Doch lasst uns nun aufbrechen!“, fuhr Rohabu sayyod mit erhobener Stimme fort und stand auf. Wir anderen taten es ihm gleich, und während die jungen Leute die Reste des Mahls und das Mobiliar wegräumten, schritten wir auf den Torbogen zu, der in die Stadt führte. Als Haschim an ihnen vorbeiging, erhoben sich die Skelette und folgten ihm.

Die Türöffnung war so breit, dass wir zu zweit oder dritt nebeneinander hindurchschreiten konnten: Rohabu sayyod wurde flankiert von Yayg sayyod und Teff sayyod, hinter ihnen kamen deren beiden Lehrlinge. Scheik Haschim und Sir

Lindsay bildeten das nächste Paar, ihnen folgte der Anführer der Skelette, hinter dem diese in zwei Dreierreihen die Pforte passierten. Obgleich wohl niemand von uns mit einer Gefahr rechnete, hatten Halef und ich Marijke in die Mitte genommen, sie ließ es widerspruchslos geschehen.

Hinter der Mauer öffnete sich zwischen den zahllosen Gebäuden eine breite Allee, gesäumt von hohen, alten, ehrwürdigen Zedern. Unwillkürlich musste ich an den alttestamentarischen König Salomo denken, der solche Bäume für den Bau des Jerusalemer Tempels erworben haben soll; sicher waren dies die edelsten und ehrwürdigsten Exemplare von *Cedrus libanotica* gewesen, solche, wie wir sie hier in Massen vor uns sahen und wie Salomo sie besungen haben soll, so heißt es zumindest im ersten Buch der Könige.

Diese Allee war eindeutig als Prachtstraße gedacht: Nur wenige hundert Schritt lang, doch sehr repräsentativ, führte sie direkt auf das weiße Gebäude zu und endete davor auf einem größeren Platz, auf dem wir schon erwartet wurden. In einem Halbkreis standen vier Gruppen von Menschen, die jeweils eine verblüffende Ähnlichkeit mit unseren Begleitern aus der Stadt aufwiesen: jeweils ein Greis oder eine Greisin in der Mitte, zur Linken stets ein kräftiger Mann mittleren Alters, zur Rechten eine etwa gleichaltrige Frau, hinter ihnen jeweils ein Jüngling und eine junge Frau. Kaum hatten wir alle den Platz betreten, begannen sie zu singen, einen wunderschönen mehrstimmigen Hymnus, dessen Melancholie und zugleich höchste Kunstfertigkeit mich an die bulgarischen Stimmen und georgischen Chöre denken ließ, denen ich schon lauschen durfte. Der Gesang dauerte nicht lange und endete in einem Hauch von Pianissimo, dann verneigten sich alle tief, eindeutig vor Scheik Haschim. Nun ergriff Rohabu sayyod das Wort, indem er sich zu uns umwandte.

„Euch zu Ehren und zu Eurem Empfang haben sich hier die Dekane der anderen vier Fakultäten versammelt, die ich Euch vorstellen möchte, ehe wir Euch Eure Gemächer zuweisen, denn es gelüstet Euch sicher nach Erfrischung und Reinigung."

Ich musste mir nicht alle Namen merken, denn mir fiel auf, dass sie alle nach dem gleichen Muster gebildet waren wie die aus der Fakultät des Wassers, und auch die Kleidung war im gleichen Stil gehalten, nur mit anderen Farben. Die Dekanin der Fakultät der Luft hieß Rohabu haytam, was Haupt des Himmels bedeutete, wie man uns erklärte, ihre Begleitung waren Yayg haytam und Teff haytam, Mann und Frau des Himmels, die Lehrlinge Yagán haytam und Yaganót haytam, Junge und Mädchen des Himmels. Sie alle trugen Hemden aus weißer und Pumphosen aus gelber Seide, ihre Umhänge waren aus hellblauer Wolle. Goldfarben waren die Hemden der Fakultät des Feuers, orange die Hosen und leuchtendrot die Umhänge, ihre Namen endeten mit hyom, was Sonne bedeutete; Rohabu hyom war ein Greis mit kantigen Zügen und strengem Blick. Das Gesicht der Dekanin der Fakultät der Erde hingegen strahlte Güte und Weisheit aus; Rohabu baythabu war ganz in Braun verschiedener Tönung gekleidet.

„Wir alle werden unser Möglichstes tun, um Euch den Aufenthalt hier angenehm und nützlich zugleich zu gestalten und vor allem den Scheik und uns von dem verfluchten Stab zu befreien. Am meisten wird Euch dabei sicher unsere Fakultät des Traumes helfen können unter Leitung von Rohabu ham, der Weisesten der Weisen, die mit ihrer Fakultät die Quintessenz erforscht, die *materia prima*."

Die Frau, auf die Rohabu haytam nun wies, musste weitaus älter sein als alle anderen hier auf dem Platz und erinnerte mich sehr an die von mir über alles geschätzte Marah Durimeh, mit ihren weißen Haaren, der geraden Haltung, dem stolzen und doch warmherzigen Blick. Von ihrer blendendweißen Kleidung stachen nur der purpurrote Gürtel und der gleichfarbige Umhang ab. Als mein Blick dem ihren begegnete, hatte ich für einen unendlich scheinenden Moment den Eindruck, sie könne in die Tiefe meiner Seele schauen.

Doch schon wurde ich aus dieser Versenkung gerissen: Die Lehrlinge kamen, um uns unsere Räume zu zeigen. Sie führten uns in ein Gebäude neben dem Platz, das unschwer als Gästehaus zu erkennen war. In dem altorientalischen Stil glaubte ich hellenistische, byzantinische und persische Einflüsse zu erkennen, etwa in der Form und den weiten Abständen der Säulen und Pfeiler. Die Innenwände waren verkleidet mit hellem Holz mit schöner Maserung. Unsere Gemächer bestanden jeweils aus einem großzügigen Schlafraum mit einem Diwan, einem niedrigen Tisch, Sitzkissen und Truhen; in den anschließenden Badezimmern waren die bronzenen Badezuber bei unserer Ankunft schon mit heißem Wasser gefüllt.

Natürlich nutzten wir alle die Gelegenheit, ein ausgiebiges Bad zu nehmen und frische Kleidung anzulegen. Als ich danach auf den Gang trat, der unsere Zimmer verband, erwartete mich Scheik Haschim, den Knotenstock fest mit der Linken umklammert.

„Geschätzter Freund“, sprach er mich an, „lasst uns ein paar Worte wechseln, bevor man uns zum Mahl ruft. Geht mit mir ein paar Schritte.“ Als wir langsam den Gang entlangwandelten, hatte ich keine Zeit, die außerordentliche Architektur zu würdigen, ihr würde ich mich später widmen. Ich spürte, dass ein Freund in seelischer Not um Hilfe ersuchte, und wandte mich ihm ganz zu.

„Ich weiß, dass Ihr für einen Freund alles zu tun bereit seid, und auch, dass ich auf Euch ebenso bauen kann wie Ihr jederzeit auf mich. Nun möchte ich um etwas Besonderes bitten. Dieser Stab, das habt Ihr auch schon erkannt, hat sich an mich und mich an sich gebunden. Diese Bindung wird immer stärker und trübt schon manches Mal meine Gedanken, und ich muss gestehen, sie macht mir Angst. Ich kann mir keine Macht vorstellen außer der des Allmächtigen, die diesen Fluch brechen könnte. Unser Gastgeber hat angedeutet, dass es Möglichkeiten geben mag, die Bindung zu lösen, und dass wir mit Hilfe der Weisen dieser Akademie diese finden könnten. Ich bitte Euch nun um zweierlei. Ihr bewertet manches anders als Halef oder ich, mit Eurem abendländischen wissenschaftlich geschulten Denken, doch bitte, helft mit bei meiner Suche und öffnet Euren Verstand auch für Dinge, die Ihr für nicht möglich haltet, denn es gibt zwischen Himmel und Erde weitaus mehr, als wir zu sehen vermögen, wie einer Eurer abendländischen Meister sagte. Lasst uns mit unseren verschiedenen Blicken auf die Welt vielleicht etwas entdecken, was einem allein entgehen mag."

Haschim suchte meinen Blick, und ich nickte und drückte seine Schulter, ich vermochte nicht zu sprechen. Er fuhr fort: „Ihr wisst, ich bin kein furchtsamer Mann; ich habe Löwen bekämpft und gegen Geister gestritten und manches überlebt, was andere in den Wahnsinn getrieben hätte. Doch vor diesem Stab fürchte ich mich. Er mag mich verwunden oder körperlich vernichten, davor habe ich keine Angst. Aber ich fürchte um die Gesundheit meines Geistes, ich fürchte um meine Seele." Er stockte, dann blieb er stehen, wandte sich langsam zu mir um und blickte mir mit ernster Miene ins Gesicht. „Mein Freund, ich bitte Euch: Wacht über mich, mit all Euren Sinnen und Geisteskräften, mit Eurem klaren Verstand, der nichts von Magie wissen will und sie gerade deshalb besonders erfolgreich bekämpfen mag. Und wenn Ihr merkt, dass ich meinen Willen verliere, weil dieser Stab mich beherrscht, wenn Ihr beobachtet, dass mein Geist zerbricht: Rettet mich! Schlagt mich nieder, bindet mich, wenn es sein muss, bis ich wieder zu klarem Verstand komme. Versprecht Ihr mir das?"

Ich gebe selten ein Versprechen und ich schwöre nie, gilt für mich doch Jesu Belehrung im Matthäusevangelium: „Schwöret überhaupt nicht … Euer Ja sei ein Ja, euer Nein ein Nein; alles andere stammt vom Bösen." Doch einem Menschen in solch seelischer Not, einem Freund das Versprechen abzuschlagen, ihm in höchster Qual beizustehen, das brachte ich nicht über das Herz. Und so brach es aus mir heraus: „Ich verspreche es Euch!"

Als wir zurück zu unseren Zimmern kamen, warteten dort bereits unsere Gefährten und ein paar Lehrlinge, die uns zum abendlichen Mahl bringen sollten. Auf der gegenüberliegenden Seite des Platzes – auf dem die Skelette immer noch regungslos standen; sie hatten sich seit dem Gesang der Dekane nicht gerührt –, führte man uns ins Speisehaus, architektonisch ein Spiegelbild des Gästehauses. Wir aßen in einem kleinen Saal alleine mit den fünf Dekanen. Die Gespräche plätscherten oberflächlich dahin, niemand wollte der Begegnung mit dem Rektor der geheimen Universität, Al-Magest, vorgreifen, die für den nächsten Vormittag vorgesehen war. Dennoch oder vielleicht gerade deshalb war es ein sehr angenehmer und unterhaltsamer Abend, der uns nach den überstandenen Strapazen und Abenteuern gut tat.

Nach einer sehr erholsamen Nacht und einem reichhaltigen Frühstück im Speisehaus holten uns die fünf Dekane, um dem Rektor der Akademie unsere Aufwartung zu machen.

Das Licht aus acht wunderschönen bunten Glasfenstern fiel gedämpft, aber vielfarbig auf die rcich verzierten weißen Marmorwände der Halle der Weisheit. Wir hatten sie durch ein Portal betreten, das auf der Außenseite ebenso einfach und schmucklos gehalten war wie das gesamte Gebäude. Sein äußerlicher Schmuck waren einzig das Strahlen des weißen Marmors, aus dem es erbaut war, und seine Form: ein vollendetes Oktagon, mit einer Kuppel, die elegant aus den acht Seiten emporwuchs und gekrönt wurde von einer weißen Kugel.

Im Innern hingegen war jede der acht Wände mit einem anderen Zierrat versehen, als wolle man zeigen, wie diese Akademie im Laufe der Zeit verschiedene kulturelle Einflüsse und Traditionen aufgesogen habe. Ganz im Sinne der orientalischen und islamischen Architekturornamentik gab es keine bildlichen Darstellungen, doch auf jeder Wand ein anderes grundlegendes Motiv, das lediglich ikonografisch dargestellt war: Tauben, Strauße, Gazellen, Granatäpfel, Trauben, Lanzen, Schwerter und Vasen. Dies alles war nicht farbig, sondern als Relief ausgeführt, und das Material war jeweils ein anderes; ich erkannte Gips, Marmor, Alabaster und Perlmutt.

Diese Pracht in Verbindung mit dem durch das farbige Glas fallenden Sonnenlicht erzeugte in mir eine Atmosphäre der Ehrfurcht, vergleichbar mit meinen Gefühlen in einer großen Kathedrale des Christentums, einer bedeutenden Moschee des Islam oder einer ehrwürdigen Synagoge des Judentums. Dabei war offensichtlich, dass diese kunstvolle Ausgestaltung nicht dem Prunk oder der Einschüchterung dienen sollte, sondern der Erbauung und wohl auch dem Lob und der Verehrung von – ja was? Eher Allah, den die Muslime hier verehrten, oder vielleicht doch der Wissenschaft und der geheimen Künste?

Meine Gedanken wurden abrupt unterbrochen, als sich von einem Diwan im Hintergrund ein Mann erhob und auf uns zutrat, der mir ungemein bekannt vorkam, obwohl ich ihn noch nie gesehen hatte. Ich brauchte einige Sekunden, bevor ich begriff, warum dies so war. Er erinnerte mich an meinen alten treuen Freund Mohammed Emin, den verstorbenen Scheik der Haddedihn. Wie dieser hatte er die Gestalt und das Äußere eines echten Patriarchen. Ich erinnerte mich an meine Gedanken, als ich dem Scheik vor Jahren zum ersten Mal begegnet war, als wäre es gestern gewesen: dass just so Abraham ausgesehen haben musste, wenn er aus seinem Haus im Hain Mamre trat, um seine Gäste zu begrüßen. Wie Mohammed Emin hing Al-Magest, denn dieser musste es sein, der schneeweiße Bart bis über die Brust herab, und mehr noch als der Scheik machte dieser Greis den Eindruck eines rüstigen Mannes. Aber ein Weiteres erkannte ich an ihm, eine hoheitsvolle Haltung, ohne arrogant zu wirken, die mir ebenfalls bekannt vorkam. Ich blickte kurz zu meinem Freund Haschim hinüber – ja, dies war seine Haltung, wenn er überzeugen wollte, ohne zu drohen, eine ihm wohl durch Erziehung und persönliche Autorität eigene Haltung, die einem Fürsten angemessen war. Wie unser Gastgeber mochte wohl Haschim einst aussehen, auf seine alten Tage, dermaßen hoheitsvoll und edel.

Der Greis musterte uns scharf, dann trat er auf Marijke zu. „Es sei mir gestattet, nach westlicher Sitte zuerst die Dame zu begrüßen." Und er überraschte sie und uns Zuschauer mit einem formvollendeten Handkuss. Dann nahm er umstandslos die beiden Hände von Scheik Haschim in die seinen und drückte sie. „Es ist mir eine Ehre und Betrübnis zugleich, den Träger des schwarzen Stabes zu empfangen. Ich wünsche Euch und uns, dass es uns gelingen möge, seine Macht zu brechen, auf dass Ihr danach Euer Wissen und Eure Weisheit wieder befreit zum Wohle der Menschen einsetzen könnt."

Dann wandte er sich Sir Lindsay zu und sprach ihn zu meiner Verblüffung in einem zwar stark akzentgefärbten, aber fehlerfreien Englisch an. „Sir, wir haben selten Gäste aus dem fernen Europa." Dabei nickte er Marijke und mir kurz zu. „Deshalb ist es uns eine besondere Freude, Euch zu begrüßen; ich hoffe auf einen fruchtbaren Austausch, bei dem beide Seiten lernen mögen." Er wandte sich mir zu und fuhr auf Englisch fort: „Dies gilt selbstverständlich auch für unsere beiden anderen europäischen Gäste."

Schließlich drehte er sich zu Halef um und wechselte wieder ins Arabische. „Werter Hadschi, ich sehe, Ihr seid wie Scheik Haschim den Mächten der Magie gegenüber aufgeschlossen." Dabei blickte er auf den Beutel, in dem Halef seine Leuchtkugel trug; ich fragte mich, ob er sie durch den Stoff hindurch zu sehen und ihre Eigenart zu erkennen vermochte. Doch verwarf ich den Gedanken sofort wieder. Sicher hatte der Rektor irgendwie von meines Freundes Aufgeschlossenheit gegenüber dem, was er als Magie bezeichnete, gehört.

Die letzten Sätze, die Al-Magest an Halef gerichtet hatte, hatte ich nicht mitbekommen, doch jetzt erhob er seine Stimme. „Und nun, meine Freunde, lasst uns gemeinsam beratschlagen, was Ihr und wir tun können, um die Magie des Stabes zu brechen und Freund Haschim aus seinem Bann zu lösen."

Es folgten intensive Beratungen, die bis in den Abend dauerten und nur durch ein kurzes Mittagsmahl unterbrochen wurden. Ihr Ergebnis war ein Plan, von dem wir hofften, dass er uns hinreichend schnell zum nötigen Wissen verhelfen möge.

Wir würden uns aufteilen. Scheik Haschim, Marijke und ich, als diejenigen, die sowohl verschiedener Sprachen mächtig wie auch mit Büchern vertraut waren, würden unsere Forschungen in der Bibliothek beginnen. Halef und Sir Lindsay würden versuchen, in den spärlichen Bildergalerien der Akademie Hinweise zu finden; dabei spielten des Lords mangelnde Arabischkenntnisse keine so entscheidende Rolle. Die Dekane stellten jeweils einige ihrer besten Leute ab, um uns zu unterstützen, und versicherten uns, dass sie persönlich selbstverständlich jederzeit auch bereit seien, uns zu helfen.

Al-Magest fasste dies alles noch einmal zusammen und erläuterte dann: „Ich selbst werde Euch natürlich auch unterstützen, wann und wie ich kann. Doch mag auch mein Wissen groß sein, meine Kraft ist es nicht mehr. Al-Magest wird nach dem Tode des früheren immer eine oder einer der Dekane; ich selbst war einst Rohabu ham und erforschte den Äther. Die Führung und Verwaltung der Akademie und das Alter fordern ihren Tribut, dennoch verfüge ich noch über einige Macht und Kenntnisse, die nützlich sein mögen. Bedenkt alle: Wir haben nicht viel Zeit. Niemand vermag zu ermessen, wie schnell der Stab an Stärke gewinnt und was er oder der von ihm beherrschte Magus dann anzurichten vermag. Lasst uns eilig, aber doch mit Bedacht vorgehen."

Fünfundzwanzigstes Kapitel
Bücher, Rollen, Pergamente

Ich komme aus einem Land, in dem die meisten Kinder lesen können und Bücher nichts Besonderes sind; wer mag, kann sie in Buchhandlungen kaufen, in Leihbüchereien und Gemeindebibliotheken ausleihen. Eine Bibliothek sollte mich also nicht überraschen können. Doch die Bibliothek der arkanen Universität von Hadramaut beeindruckte mich sehr – nicht so sehr wegen ihrer Größe, sondern wegen der Vielfalt unterschiedlicher Schriften. Mich hat schon immer die Bibliotheca Augusta in Wolfenbüttel fasziniert: wegen ihrer Größe und der Zahl der aufbewahrten Werke, vor allem aber wegen der Gleichartigkeit der zehntausende Inkunabeln, wie man die im 15. und 16. Jahrhundert entstandenen Wiegendrucke auch nennt. Herzog August von Braunschweig-Lüneburg hatte seine über 100.000 Bücher im 17. Jahrhundert alle in weißes Pergament binden lassen; die Meter um Meter neben- und übereinanderstehenden gleich aussehenden Bände in vielen Regalen in der Bibliotheksrotunde empfinde ich als sehr beeindruckend.

Der Saal, in dem Marijke, Scheik Haschim und ich nun standen, war nicht so groß, die Regale nicht so hoch, die Bücher darin nicht so zahlreich, aber sie waren alle unterschiedlich in Farbe, Dicke und Material der Buchrücken. Drei der vier Wände waren mit Regalen voller Bücher bis zur Decke bedeckt, im Regal an der dem Eingang gegenüberliegenden Wand lagen zahlreiche Schriftrollen. Durch die Tür in der Mitte der Wand konnte ich einen weiteren, größeren Raum erkennen, darin Regale, in denen neben Rollen auch gestapelte Pergamente und

Lederhäute zu erkennen waren, auf einem Regal sah ich Tontafeln.

Beleuchtet wurden die fensterlosen Räume durch mehrere fünfarmige Kandelaber aus Bronze, in denen dicke, nicht rauchende Kerzen brannten; unter den weitgespannten Füßen dieser Armleuchter stand jeweils eine Amphore aus unglasiertem Ton, offensichtlich, um die Luftfeuchtigkeit einigermaßen konstant zu halten.

Während wir drei uns auf den niedrigen Hockern niederließen, die überall standen, fragte ich Rohabu baythabu, die Dekanin der Fakultät der Erde, die uns hierhergeführt hatte: „Sind dies alles Werke aus dem *Dār al-Hikma* in Kairo und dem *Bayt al-Hikma* in Bagdad?"

„Nicht alle", antwortete sie, während sie sich ebenfalls setzte, „doch die meisten Werke hier sind tatsächlich Jahrhunderte alt, manche über tausend Jahre. Doch haben auch immer wieder Neuankömmlinge Bücher und Schriften mitgebracht, manches ist hier bei uns entstanden, als Ergebnis unserer Forschungen."

Rohabu baythabu war die amtierende Bibliothekarin von Hadramaut, ein Amt, das, wie sie uns erläutert hatte, immer die Dekane der Erde innehatten. Denn die Bibliothek war unter der Erde errichtet worden, um die Bücher, Schriftrollen und Pergamente vor klimatischen Einflüssen zu schützen. Sie konnte von allen Mitgliedern der Universität genutzt werden, doch immer nur unter Aufsicht eines voll ausgebildeten Bibliothekars.

„Gibt es eine Systematik, sodass wir bestimmte Bücher leichter finden können? Ist die Bibliothek nach Themen geordnet, nach Titeln oder Autoren?", fragte Marijke. Ich wusste, sie hatte zwar eine gute Schulbildung genossen, aber danach als Frau eines Möbeltischlers sicher nicht allzuviel Kontakt mit Büchern und Bibliotheken gehabt. Doch während ihrer Suche nach den Sklavenhändlern und weiteren Recherchen hatte sie sich aller möglichen Wissensquellen bedient, in Universitäten und Bibliotheken geforscht. Daher überraschte mich ihre präzise Frage nicht.

„Leider nein“, antwortete Rohabu baythabu. „Unsere Bibliothek ist chronologisch geordnet, im nächsten Saal finden sich die ältesten Stücke. Wir haben aber versucht, die Regale aus einer Zeit ein wenig thematisch zusammenfassen, und auf den einzelnen Regalbrettern haben wir die Schriften nach Titeln geordnet und an jedes Brett ein Verzeichnis angeheftet. Doch lasst uns beginnen, indem ich Euch mit der Geschichte des Stabes und seiner sieben Bezwinger vertraut mache; wenn mich mein Gedächtnis nicht täuscht, dürften wir in der Schrift, an die ich denke, auch einen Hinweis auf seine Vernichtung finden.“

Sie trat an eines der Regale und griff nach einem dünnen Buch. Es war in rotes Leder gebunden und mit einer gleichfarbigen Lederschnur umwickelt, die die Bibliothekarin vorsichtig löste.

„Dies ist die Geschichte des schwarzen Stabes und der Helden, die Ihr als Skelette kennt. Es waren die großartigsten, klügsten und mächtigsten Wissenschaftler und Magier ihrer Generation. Die fünf Dekane und zwei ihrer Stellvertreter, drei Frauen und vier Männer, gaben ihr Leben für den Erhalt der Akademie. Es steht Euch frei, dies hier zu lesen, wenn Ihr es möchtet, doch jetzt werde ich es zusammenfassen. Wir wissen bis heute nicht, wer den Stab gefertigt hat; es war ein Verräter in unseren Reihen, der hier die Herrschaft übernehmen und eine Tyrannei errichten wollte. Mit Hilfe des Stabes wäre es ihm beinahe gelungen. Mit vereinten Kräften gelang es den Mitgliedern der Akademie, ihn zu vertreiben, und er kehrte nie zurück. Doch der Stab blieb hier und übernahm die Herrschaft über die damalige Al-Magest. Diese großartige Frau widerstand ihm Monat um Monat, doch war abzusehen, wann sie den Kampf verlieren würde – unter seine Herrschaft geriet oder sich selbst töten oder von uns getötet werden müsste. Und niemand wusste, ob dies möglich war.“

Scheik Haschim war während der letzten Worte bleich geworden. „Das steht mir bevor?“, fragte er, obwohl er es eigentlich schon wusste, wie unser Gespräch am Abend zuvor gezeigt hatte.

Die alte Dame sah ihn an, ihr Blick verriet kein Mitleid, eher mütterliches Interesse.

„Wenn wir keine Möglichkeit finden, den Stab zu vernichten, dann ja. Doch gebt die Hoffnung nicht auf. Die Skelette hätten Euch nicht hierhergeführt, wenn es diese Chance nicht gäbe. Damit lasst mich zum Schluss kommen. Den Stab zu vernichten, gelang nicht, obwohl es zahlreiche Forschungen gab. Doch kurz bevor diese vor dem Abschluss standen, wurde der Stab zu stark, und so gab man die Versuche auf, und die Sieben lösten ihn im letzten Moment von der Al-Magest, indem sie ihre eigene Lebensenergie an den Stab banden. Sie bestiegen die Dhau, die dafür ebenso wie die Anlegestelle am unterirdischen Fluss gebaut worden war, und fuhren davon. Sie versprachen uns, Hinweise zu hinterlassen, wie der Stab bezwungen werden konnte, falls er je wieder auftauchte, und dass sie ihn begleiten würden, wenn der Zeitpunkt seiner Vernichtung gekommen sei.“

Sie stand auf und trat an eines der Regale auf der linken Seite, griff nach einem dünnen Band und schlug ihn auf. Sie blätterte ein wenig, dann sagte sie: „Mit diesem Buch zu beginnen, das ist ihr erster Hinweis. Denn das Folgende dürfte Euch bekannt vorkommen: *Deus est sphaera infinita cuius centrum est ubique, circumferentia nusquam* – oder in unserer Sprache: *Allah ist eine unendliche Kugel, deren Mittelpunkt überall und deren Umfang nirgends ist.*“

Ich sah in den Gesichtern von Marijke und Scheik Haschim, dass sie das Zitat ebenso wie ich erkannt hatten. Es war einer der sieben Sprüche, die in die Schienbeine der Skelette eingraviert waren und zwischenzeitlich geleuchtet hatten.

„Was ist das für ein Buch? Und stehen die anderen Zitate auch darin?“, fragte Haschim die Bibliothekarin. Sie setzte sich und antwortete: „Diese sieben Zitate und siebzehn andere, insgesamt vierundzwanzig.“ Sie reichte ihm das aufgeschlagene Buch. „Dies ist das berühmte ‚Liber viginti quattuor philosophorum‘, das dem legendären Hermes Trismegistos zugeschrieben wird. Dieses Buch der 24 Philosophen beinhaltet ebenso viele Thesen von berühmten Autoren, darunter Plotin, Macrobius, Pseudo-Dionysius und Boethius.“ Haschim reichte mir das Buch weiter, das in dickes braunes Leder gebunden war. Ich sah auf der aufgeschlagenen Doppelseite sorgsam untereinander angeordnete lateinische Sprüche, gesetzt in einer Schwabacher Fraktur, gedruckt in dicken schwarzen Lettern auf dickem handgeschöpftem Papier. Ich schaute Rohabu baythabu an. „Das ist eine lateinische Übersetzung. Wie nahe ist sie dem Original?“

Sie nahm mir das Buch aus der Hand. „Dies ist ein Nachdruck aus dem 17. Jahrhundert der lateinischen Handschrift von Alanus ab Insulis, der sie im 12. Jahrhundert verfasst haben soll. Sie kommt dem Original so nahe, wie es möglich ist. Wir wissen nicht, warum unsere Vorfahren, die gegen den Stab kämpften, sich diese Sprüche ausgewählt haben. Doch vielleicht finden wir in dem Buch einen Hinweis darauf oder die Sprüche führen uns weiter.“

Marijke sprang auf und sprach in entschlossenem Ton: „Da ich kein Latein verstehe, werde ich in den Bücherregalen suchen, ob es irgendwo Schriften über den Stab oder Flüche oder nützliche Magie gibt.“

„Ich werde damit bei den Schriftrollen beginnen“, schloss sich Haschim ihr an.

„Dann übernehme ich die Durchsicht dieses Buches der vierundzwanzig Philosophen“, erbot ich mich. „Und lasst uns hoffen, dass wir auf nützliche Spuren stoßen.“

Die Bibliothekarin drückte mir das Buch wieder in die Hand, aufgeschlagen auf jener Doppelseite, auf der die vierundzwanzig Sprüche standen, und erklärte: „Ich werde auf unseren ältesten Tontafeln schauen.“

Den ersten Vers erkannte ich nicht: *„Deus est monas monadem gignens, in se unum reflectens ardorem."* In Gedanken übersetzte ich für mich: *Gott ist die Einheit, die eine zweite Einheit erzeugt und in sich ihre reflektiert.* Das war eindeutig ein Spruch des im sechsten Jahrhundert lebenden Kirchenvaters Pseudo-Dionysius, genannt Areopagita, denn dieser hatte den Ausdruck Monade, also Einheit, gebraucht für das göttliche Prinzip, mit dessen Hilfe der Schöpfer aus dem Unteilbaren das Zähl- und Messbare schuf. Doch ich hatte keine Zeit, darüber weiter nachzudenken. Mir war wichtig, die lateinischen Originale jener Texte zu finden, die in arabischer Sprache in den Schienbeinen eingraviert waren, um mögliche Abweichungen zu finden; vielleicht waren darin Hinweise für uns verborgen.

Schon im zweiten Spruch erkannte ich jenen, den uns die Bibliothekarin in ihrer Sprache vorgelesen hatte. Ich schrieb ihn sorgfältig in mein Notizbuch, notierte daneben die arabische Form, die ich bei den Skeletten gesehen hatte und die ich meinen Lesern hier erspare, und schrieb in eine dritte Spalte meine deutsche Übersetzung. Beim schnellen Darüberschauen fand ich auch die anderen sechs Verse, mit denen ich genauso verfuhr:

III. Deus est totus in quolibet sui. – Gott ist ganz in allem, was in ihm ist.

V. Deus est quo nihil melius excogitari potest. – Gott ist das, über das hinaus nichts Besseres gedacht werden kann.

IX. Deus est cui soli praesens est quidquid cuius temporis est. – Gott ist der, dem allein alles gegenwärtig ist, was zur Zeit gehört.

XIV. Deus est oppositio nihil mediatione entis. – Gott ist der Gegensatz zum Nichts vermittels des Seins.

XVI. Deus est quod solum voces non significant propter excellentiam, nec mentes intelligunt propter dissimilitudinem. – Gott ist das einzige Wesen, das wegen seiner Außerordentlichkeit oder Exzellenz nicht durch Wörter bezeichnet werden kann und das selbst Geister nicht erkennen können, weil er ihnen zu unähnlich ist.

XIX. Deus est semper movens immobilis. – Gott ist das unbewegt sich stets Bewegende.

Diese Sprüche halfen mir nicht weiter. Wenn es einen Hinweis gab, musste er woanders versteckt sein. Ich schaute jede einzelne Seite des Buches gründlich an, und nicht nur die Innenseiten, sondern auch die Buchbinderblätter. Und tatsächlich stieß ich auf dem hinteren Vorsatz, auf dem Spiegelblatt, dem Papier, das auf der Innenseite des Deckels aufgeklebt war, auf eine Notiz, die mich stutzen ließ. Das Vorsatzpapier in diesem edlen Buch entsprach in seiner Ausfertigung der Wertigkeit des ganzen Werkes; es handelte sich um schweres Marmorpapier, das in Arabien auch als türkisches oder venezianisches Papier bekannt ist. Mir hatte schon immer die persische Bezeichnung „Wolke und Wind“ gefallen, und wolkig war auch dieser eindeutig handgefärbte Vorsatz, mit einem Hintergrund in verschiedenen Brauntönen, darauf verschiedene dunkelrote Ornamente und strudelartig verquirlte Muster, zudem beidseitig unterschiedlich ausgeführt, wie am Fliegenden Blatt erkennbar. Durch diese Farben- und Mustervielfalt wäre mir die Schrift beinahe entgangen, doch so wie ich jede einzelne Seite des Buches gründlich betrachtet hatte, hielt ich es auch hier. Nahe am Falz fiel mir eine unregelmäßige dunkelgrüne Färbung auf; als ich näher schaute, entpuppte sich diese als zierliche arabische Schrift mit einem mir eindeutig scheinenden Fingerzeig: „Der dreimal große Schreiber dieses Buches legte die Grundlage der Alchemie auf Tafeln in der Farbe dieser Schrift.“

Ich sprang auf. „Ich habe etwas gefunden“, rief ich meinen Gefährten zu, die sich sofort um mich versammelten, ebenso Rohabu baythabu. Als ich ihnen den Text vorlas, sah ich in allen Gesichtern ratlose Minen, nur die Dekanin schmunzelte und nickte mir zu. „Eurem zufriedenen Gesichtsausdruck entnehme ich, dass Ihr wisst, um welches Buch es sich handelt, auf das unsere klugen Vorfahren uns verweisen."

Ich nickte. „Hermes Trismegistos bedeutet der dreimal große Hermes; ihm werden zahlreiche Schriften zu Magie und Alchemie zugeschrieben, die man deshalb auch hermetische Schriften nennt. Es gab ihn wohl nie, man hat in der Spätantike die Figur des griechischen Götterboten Hermes, des Gottes der Diebe, der Kaufleute und der Magie, mit dem ägyptischen Gott Thot verschmolzen, dem Götterschreiber, Gott des Mondes, der Wissenschaft und der Magie. Hermes Trismegistos soll der Autor dieses Buches sein" – ich hob das Buch in meiner Hand empor – „und auch der berühmten ‚Tabula Smaragdina'. Die heißt so, weil sie angeblich auf zwei Tafeln aus Smaragd unter einer Hermesstatue in der Cheopspyramide gefunden worden sein soll."

Ich fuhr fort: „Ich kenne das Buch nicht im Original, sondern nur aus einem dieser Schrift gewidmeten Kapitel in einem Buch über Alchemie, das der Bonner Arzt und Privatgelehrte Gottlieb Latz erst vor wenigen Jahren, 1869, im Selbstverlag herausgebracht hat. Angeblich basiert die lateinische Übersetzung auf einer verschollenen arabischen Fassung. Ist sie in dieser Bibliothek zu finden?"

Die Dekanin nickte mir ernst zu. „Nicht nur das. Folgt mir!" Seit wir diese erste Spur gefunden hatten, wirkte die alte Dame auf mich zwanzig Jahre jünger. Mit geradezu jugendlicher Spannkraft betrat sie den nächsten Raum, trat zielgerichtet auf ein Regal zu und entnahm diesem zwei Rollen. „Dies hier ist eine Kopie der ältesten arabischen Überlieferung des ‚Secretum secretorum', wie das Buch auch genannt wird. Sie stammt aus dem Jahre 825 und in ihr wird als Autor ein griechischer Mystiker angegeben, und zwar mit seinem arabischen Namen Balînûs. Dahinter verbirgt sich der Autor dieser Schrift." Während die erste Rolle auf feinstem Pergament geschrieben war, zeigte sie uns nun eine dünne Schriftrolle aus Papyrus; diese musste weitaus älter sein. „Balînûs war Apollonios von Tyana, der im ersten Jahrhundert lebte. Wir glauben nicht, dass diese Schrift wirklich von ihm stammt, aber auf dieser Rolle gibt sich der Autor seinen Namen. Doch dies ist für uns ohne Belang, wir haben hier zwei Fassungen, und vielleicht verbirgt sich in einer von diesen ein weiterer Fingerzeig, der uns zur Lösung führt."

„Ich schlage vor, wir übernehmen den Vergleich gemeinsam", schlug Scheik Haschim vor. „Ihr, Freund Kara, lest die griechische Rolle, ich parallel den arabischen Text, und wir vergleichen sie Wort für Wort und Satz für Satz."

„Und was kann ich tun?", fragte Marijke, während wir in den ersten, besser beleuchteten Raum zurückkehrten.

Die Bibliothekarin antwortete ihr, ehe ich etwas entgegnen konnte: „Wir beide sollten den Herren zuhören und darauf achten, was ihnen entgehen könnte. Sie werden so mit Übersetzen und Vergleichen beschäftigt sein, dass ihnen leicht eine Bedeutung entgehen mag."

Der Text des ‚Liber de secretis naturae', wie eine der frühen lateinischen Übersetzungen heißt, ist nicht lang, im Wesentlichen sind es dunkle, schwer verständliche Sprüche. Noch heute wird die ‚Tabula' von vielen Alchemisten und Astrologen verehrt; sogar der große Isaac Newton übersetzte den Text ins Englische und schrieb einen Kommentar zur ‚Tabula'. Auch die neumodische Gruppe der Okkultisten beschäftigt sich mit den hermetischen Schriften; erst im letzten Juli war in der Zeitschrift ‚Spiritual Scientist' ein Artikel erschienen, in dem eine gewisse Helena Blavatsky den Begriff Okkultismus einführte und über ihre neu gegründete Theosophische Gesellschaft berichtete. Doch fast alle, die sich auf die Smaragdtafeln berufen, zitieren nur einen der Sprüche, den bekanntesten, und davon auch nur den ersten Teil: *„Quod est inferius, est sicut quod est superius, et quod est superius, est sicut quod est inferius – Das was unten ist, ist wie das, was oben ist, und das was oben ist, ist wie das, was unten ist"* – oder in Kurzform: wie oben, so unten. Den zweiten Teil des Spruches zitieren nur Gläubige: *„ad perpetranda miracula rei unius – ein ewig dauerndes Wunder des Einen.“*

Wir stellten schnell fest, dass uns dieser Vers nicht weiterhalf, so wenig wie auf den ersten Blick die folgenden. Sorgsam verglichen wir sie nun, Zeile um Zeile, und schließlich wurden wir fündig.

Als ich den neunten Spruch vorlas, merkte ich schon, während ich das Lateinische ins Arabische übersetzte, wie der Scheik unruhig wurde: *„Hic est totius fortitudinis fortitudo fortis: qua vincet omnem rem subtilem, omnemque solidam penetrabit. – Dieses Ding ist in aller Stärke so stark, dass es das feinste Objekt bezwingen und das härteste durchdringen kann.“*

„Hier heißt es anders!“, unterbrach mich Haschim. *„Diese Harfe ist in aller Stärke so stark, dass sie das feinste Objekt bezwingen und das härteste zerstören kann.“*

Wir alle schauten uns an, in meiner Miene war sicher ebenso ein Gemisch aus Verblüffung und Freude zu erkennen wie in denen der anderen.

„Ich weiß nicht, welche Harfe gemeint sein könnte“, meinte Rohabu baythabu, nachdem sie beide Rollen gründlich untersucht und festgestellt hatte, dass bei dem arabischen Text das Pergament säuberlich abgeschabt und überschrieben worden war. „Lasst uns weiterlesen, ob es einen zweiten Hinweis gibt.“

Wir fanden nur noch eine Abweichung, im übernächsten Spruch hieß es statt *„Hinc adaptiones erunt mirabiles, quarum modus est hic – Auf diese Weise können wundersame Dinge bewirkt werden, wenn man es auf diese Weise tut“*, in Haschims Text: *„Mit dieser Harfe können wundersame Dinge bewirkt werden, wenn man die richtige Weise spielt.“*

Ich erhob mich. „Es wird spät. Lasst uns schauen, was Sir Lindsay und Halef herausgefunden haben, vielleicht sind sie auf nützliche Spuren gestoßen.“

„Habe ich da nicht gerade unsere Namen gehört?“

Des Lords Stimme war ebenso unverkennbar wie die grauen gestreiften Beinkleider, die auf der Treppe zu erkennen waren.

Direkt hinter ihm kam Halef die Stufen herunter. Schnell erzählten wir den beiden, was wir herausgefunden hatten.

„Das trifft sich gut, Sihdi“, meinte Halef. „Wir haben etwas gefunden, was dazu passen dürfte. Doch lasst uns das draußen erzählen; dort können wir das Sonnenlicht und Erfrischungen genießen.“

„Wir wollten uns die Gemälde und Zeichnungen anschauen, die sich hier im Laufe der Jahrhunderte angesammelt haben“, begann Halef seinen Bericht, als wir es uns in einem Innenhof gemütlich gemacht hatten. „Sihdi, das ist bestimmt wie in einem dieser Häuser, von denen du mir erzählt hast, diesen Museen und Galerien. Ganze Wände hängen voller Bilder, und es gibt Vitrinen und Schränke mit Schubladen voller Miniaturen. Wir haben zwei herausgenommen, um sie euch zu zeigen.“ Er reichte mir eine kleine Elfenbeinschnitzerei, die in einem rechteckigen Rahmen Szenen einer Jagd zeigte. „Sie soll aus der Zeit der Fatimiden stammen“, ergänzte er. „Damals war es noch ganz üblich, auch in islamischen Ländern Bilder von Menschen und Tieren zu machen.“

Scheik Haschim nahm mir die kleine Kostbarkeit aus der Hand und meinte: „Ja, heute ist das leider in vielen Regionen und von den meisten religiösen Schulen verboten. Und es gibt so prachtvolle Kunstwerke aus der damaligen Zeit; dies hier ist ein Meisterwerk.“

Ich stimmte ihm innerlich zu; die fein gearbeitete Schnitzerei stand denen, die ich in der Wiener Kunstsammlung und in China gesehen hatte, in nichts nach.

„Aber Ihr habt noch nicht genau genug hingeschaut. Seht hier!“, unterbrach Sir David uns. Er wies mit der Spitze seines Dolches etwa auf die Mitte der Schnitzerei. Nun erkannte ich dort eine kleine Unregelmäßigkeit in der Farbgebung und bei genauer Betrachtung, dass hier ein klein wenig vom erhöhten Relief abgeschabt worden war. Die Stelle war dadurch etwas dunkler und bildete – ein leichter Schauer überlief mich – die Form eines Stabes, wie ihn Haschim in seiner linken Hand trug. Auch er hatte das nun erkannt, und als unsere Blicke sich trafen, erkannte ich in seinem das Spiegelbild meines Erschreckens.

Der Scheik war mit seinen Schlussfolgerungen schneller als ich. „Wie seid ihr ausgerechnet auf diese Schnitzerei gestoßen?“, fragte er Halef und den Lord.

„Man hat uns regelrecht hingeführt“, erwiderte Halef. „Der Eingang zum Haus der Skulpturen und Gemälde wird von zwei Greifen flankiert, die den Eindruck von Wächtern vermitteln.“

Sir Lindsay unterbrach ihn: „Sie sind denen sehr ähnlich, die ich aus dem South Kensington Museum in London und vielen Abbildungen und Skulpturen in Kirchen kenne.“

„Wie sieht denn so ein Greif aus?“, fragte Marijke, die bisher stumm unserer Unterhaltung gefolgt war.

„Ein Greif ist ein Mischwesen mit dem Leib eines Löwen und dem Kopf eines Adlers, aber da gibt es viele Varianten“, erläuterte Sir Lindsay. „Ich habe welche mit und ohne Flügel gesehen, mit Klauen oder Löwentatzen vorne, sogar mit Bart und Reißzähnen.“

„Und wie haben Euch diese Greifen zu der Schnitzerei geführt?“, fragte nun der Scheik.

„Sie haben sich verändert“, erläuterte Halef. „Rohabu hyom hat uns begleitet, der Dekan der Fakultät der Feuers, und er war ganz überrascht, als wir am Eingang ankamen. Er hat uns erzählt, dass sich die Flügel der Greifen bewegt hätten. Sie zeigten jetzt nach innen, auf eine bestimmte Stelle an einer Wand im ersten Raum des Gebäudes, und weil es vier Flügel waren, konnten wir schnell den Schrank finden, auf den sie zeigten.“

„Und Ihr seid dieser Spur gefolgt?“, unterbrach ihn Marijke atemlos und gespannt.

„Nicht sofort“, schaltete sich Sir David ein. „Erst haben wir lange überlegt, wie das zustandegekommen sein könnte. Schließlich kamen wir zum Schluss, dass uns die Greife einen Hinweis geben wollten, wo wir suchen sollten. Wir haben dann den ganzen Schrank durchsucht, diese Schnitzerei und das hier gefunden.“ Er zog aus einem Beutel eine etwa zehn Zentimeter durchmessende, dünne runde Glasscheibe, die auf einer Seite bemalt war. „Dies ist etwas ganz Besonderes, hat uns Rohabu hyom erklärt: ein Porträt der Al-Magest, die hier amtierte, als das Unglück mit dem Stab geschah. Damals war hier einer der berühmtesten Miniaturenmaler Persiens für einige Zeit zu Gast, Kamaleddin Behzad, ein Meister der Porträtkunst. Während er sonst Bücher illustrierte, wählte er für ihr Porträt dieses edle Glas. Und nun schaut.“

Er hielt die Scheibe so, dass wir alle sie gut sehen konnten. Das fein ausgeführte Porträt zeigte eine beeindruckende ältere Frau mit Zügen, die sowohl auf Stärke wie Empfindsamkeit hindeuteten. Der Lord aber wies mit einem Finger auf den Hintergrund, in dem eine Wand zu erkennen war, auf der neben einer schön gestalteten Tür offensichtlich nachträglich mit schwarzer Farbe ein weiterer Türumriss eingezeichnet war.

Halef ergriff das Wort, er war sichtbar aufgeregt. „Das ist eine Geheimtür, die vorher noch nie hier zu sehen war. Und der Feuerdekan weiß, in welchem Haus das ist. Er erwartet uns dort.“

„Dann könnte sich dort die Harfe verbergen!“, entfuhr es Marijke.

Scheik Haschim schüttelte zweifelnd den Kopf. „Das kommt mir alles sehr einfach vor.“

Rohabu baythabu, die bisher schweigend neben uns gesessen hatte, schaute ihn beruhigend an. „Vergesst nicht, wo Ihr seid und wer Euch hierhergebracht hat. Die Skelette haben wohl einen Plan zur Vernichtung des Stabes und verfügen offenbar immer noch über Macht. Ihr solltet euch darüber freuen."

Haschim straffte die Schultern, dann entgegnete er entschlossen:

„So lasst uns nicht länger zögern. Lasst uns gehen!"

Sechsundzwanzigstes Kapitel
Feuer und Schwert

Der Dekan des Feuers erwartete uns in einem älteren eingeschossigen Gebäude, das nicht wie die meisten Häuser, die ich bisher hier gesehen hatte, aus Bruchsteinen oder bearbeiteten Steinen bestand, sondern aus gebrannten Ziegelsteinen, wie man sie im Zweistromland schon seit 5.000 Jahren kannte. Die Tür führte in einen großen Raum, der in den letzten Jahrzehnten offensichtlich wenig genutzt worden war. Die Wände zeigten zwar eine Verzierung mit Arabesken, und der Boden bestand aus schönen Steinfliesen, doch war er leer, und eine dünne Staubschicht auf den Steinbänken ringsum an den Wänden zeugte von einer gewissen Vernachlässigung. Dem Eingang gegenüber erkannten wir die Tür, die wir auf der Miniatur gesehen hatten und die, wie uns die Dekanin erklärte, in einen Lagerraum dieses ehemaligen Lehrgebäudes führte. Neben der Tür stand Rohabu hyom, dessen Gesicht immer noch kantig und streng wirkte, der uns aber lächelnd entgegensah. Ich hatte den Eindruck, der alte Mann habe ein kindisches Vergnügen an der Entdeckung der Hinweise und der Geheimtür und dem möglicherweise folgenden Abenteuer. Rohabu baythabu bildete mit ihren weichen Zügen und erdbraunen Gewändern einen starken Kontrast zu ihm und seiner gold-orange-rot strahlenden Kleidung, und doch verband sie eine

Ähnlichkeit der Haltung und der Selbstsicherheit, die mich beeindruckte.

Der alte Mann nickte uns zu. „Ich weiß nicht, wie die Geheimtür zu öffnen ist. Wir müssen gemeinsam überlegen ..."

Er unterbrach sich, als Scheik Haschim plötzlich vortrat, den schwarzen Knotenstock erhoben, an ihm vorbeischritt und mit dem Stab an eine Stelle an der Wand neben der Tür schlug. Es gab ein zischendes Geräusch und eine türgroße Öffnung tat sich auf: Die Mauer zerfiel einfach zu Staub, dahinter öffnete sich ein dunkler Gang. Haschim drehte sich zu uns um, er blickte erschrocken.

„Ich weiß nicht, was über mich kam, der Stab ... Freund Halef, ich denke, wir könnten ein Licht gebrauchen."

Der Angesprochene ließ sich nicht lange bitten, er griff in den Stoffbeutel, in dem er seit einiger Zeit seine magische Lichtkugel verwahrte, und ließ sie mit einem leise gemurmelten „Al-Bakussu" erstrahlen. Als er an die Öffnung trat, erleuchtete das sanfte und doch helle Licht den Gang bis ans Ende, denn er war nur einige Meter lang. Vor einer Mauer aus bunt glasierten Ziegelsteinen stand ein Holztischchen mit geschwungenen Beinen, auf diesem lagen ein Säbel, ein Schwert und ein schwarzer dicker Stab.

Wir traten vorsichtig näher. Der Säbel erinnerte mich sofort an die edle Damaszenerklinge namens „einschlagender Blitz", die ich von Stojko dem Skipetaren erhalten hatte, nachdem wir ihn aus dem Karaul des Schut befreit hatten, und der jetzt neben Stojkos Handschar eine Wand meines Arbeitszimmers in der fernen Heimat schmückte. Ich hob den Säbel und sah, dass er tatsächlich aus derselben Waffenschmiede stammte: Auch hier bestand der Griff aus Elfenbein, in das jedoch keine Koransure, sondern das islamische Glaubensbekenntnis eingebeizt war, auch hier waren der Name desselben Waffenschmieds aus Damaskus und das Datum der Herstellung zwischen zwei goldenen Halbmonden in arabischen Buchstaben zu lesen, auch hier stand auf der Parierstange ein Name: „Ismi ladġa – ich heiße

Stich!“ Dieser Säbel war vier Jahre nach meinem angefertigt worden, im Jahre 1270, und sicher eine genauso edle Waffe, allerdings waren die Inschriften auf der Klinge etwas weniger blutrünstig. Warnte meine Klinge *„Dihr bahlak* – nimm dich in Acht!“, und forderte *„Iskihni dem* – gib mir Blut zu trinken!“, so stand auf dieser *„Yawman sacīdan* – einen schönen Tag noch!“ und *„Sacīdun bi-macrifatik* – schön, dich kennengelernt zu haben.“ Offensichtlich hatte der Schmied im Laufe der Zeit einen etwas eigenartigen Humor entwickelt. Ich sah Halef an, dass er ähnliche Gedanken wie ich hegte.

Haschim hatte sich inzwischen des Schwerts bemächtigt. „Dies sieht mir nach einem Schwert der Kreuzfahrer aus“, meinte er und hielt es so, dass wir alle es gut sehen konnten. Die etwas über einen Meter lange Waffe hatte eine Klinge mit breiter Hohlkehle. Der Griff bestand aus Holz, war in sehr aufwendiger Art mit geflochtenem Lederband umwickelt und unten von einer massiven Parierstange begrenzt, oben endete er in einem oktogonalen Knauf aus Silber, der mit roten emaillierten Kreuzen ausgeschmückt war. Auf der einen Seite der Klinge war mit goldener Tauschierung die Inschrift „VELENT ME FECIT“ angebracht, auf der anderen Seite stand „HOMO DEI“, sodass ich des Scheiks Vermutung bestätigen konnte:

„Ganz sicher. *Homo dei*, Mann Gottes, das war eine Bezeichnung für einen Kreuzfahrer. Dieses Schwert ist sicher ebenfalls alt und von unschätzbarem Wert. Denn die Schwertschmiede haben nur bis ins 15. Jahrhundert ihren Namen in die Klinge eingelassen wie dieser Velbert.“

„Schwerter und Feuer, was sollen wir damit anfangen?“, fragte Rohabu hyom, der den dritten Gegenstand hochhob, der nun unschwer als dicke, lange Pechfackel zu erkennen war.

„Brennen und zerschlagen“, antwortete ihm mit düsterer Stimme die Dekanin der Erde, die vor der den Gang abschließenden Wand stand und sie aufmerksam studierte. Ich trat näher und erkannte nun, dass diese ebenfalls aus glasierten Ziegelsteinen bestand, ein zentraler Teil aber aus einem Mosaik aus kleinen Glassteinen. Ich winkte Halef heran, damit er uns leuchte. Die Anweisungen für das Ritual zur Vernichtung des Stabes waren klar.

Als wir wieder in dem großen leeren Raum waren, beschlossen wir, das Ritual gleich durchzuführen, um den letzten Rest des Tageslichts, das durch Tür und Fenster hereinfiel, noch zu nutzen. Auch war niemandem von uns wohl bei dem Gedanken, noch eine Nacht verstreichen zu lassen, nachdem wir erlebt hatten, wie sehr der Stab Scheik Haschim kontrollierte.

Während wir den kleinen Tisch aus dem Gang in die Mitte des Raums stellten und beratschlagten, wer welchen Teil des Rituals durchführen sollte, holte die Dekanin zwei der anderen Fakultätsoberhäupter zur Unterstützung; nur Rohabu ham war nicht gekommen wegen eines Experiments mit der *materia prima*, das sie nicht unterbrechen konnte. Rohabu haytam hatte noch zwei der Mitglieder ihrer Fakultät der Luft mitgebracht, Yayg haytam und Teff haytam.

Scheik Haschim kniete sich vor das Tischlein und legte den Stab darauf, beide Hände fest um ihn geschlossen. Der Stab ragte an beiden Enden jeweils etwa 20 Zentimeter über den Tisch hinaus. Dem Scheik gegenüber standen auf der einen Seite Halef, auf der anderen ich. Wir hatten beschlossen, dass es sinnvoll sei, die Waffen jeweils von einem Mann des passenden Glaubens führen zu lassen, Halef also hatte den Säbel mit den Halbmonden auf dem Griff schlagbereit erhoben, ich das Schwert des Kreuzfahrers mit den Kreuzen im Knauf.

Ich war zunächst nicht bereit gewesen, bei diesem Ritual mitzuwirken. So langsam hatte ich mich mit dem Gedanken abgefunden, dass es etwas Ähnliches wie Magie geben könne. Aber im Innersten war ich immer noch zutiefst davon überzeugt und bin dies bis heute, dass es für all dies eine natürliche, eine naturwissenschaftliche Erklärung geben muss. Es gibt in der Geschichte genug Beispiele, dass man mit falschen theoretischen Voraussetzungen zu richtigen praktischen Ergebnissen kommen kann; mir fallen in diesem Zusammenhang immer die Vier-Säfte- und die Temperamenten-Lehre des Galen ein, die über viele Jahrhunderte die Medizin prägten und trotz falscher Annahmen viele sinnvolle Behandlungsmethoden hervorbrachten, und die Heilerfolge des Franz Anton Mesmer mit dem von ihm propagierten animalischen Magnetismus, die in Wirklichkeit auf Hypnose und Suggestion beruhten. Ich denke, dass vieles, was von Menschen als Magie angesehen wird, nur eine diesen unbekannte Technologie ist, wie ich es selbst mehrmals mit dem Henrystutzen erleben konnte. Und so bleibe ich davon überzeugt, dass es nur eine Frage der Zeit und des Fortschritts der Wissenschaft ist, bis wir alle diese Phänomene erklären können.

An vorgeblich magischen Praktiken und Ritualen teilzunehmen, widerstrebte mir schon immer; ich möchte die Hintergründe dessen kennen, was ich tue. Wegen meines Versprechens meinem Freund Haschim gegenüber aber stand ich nun hier, als derjenige der anwesenden Christen, der am ehesten mit einem Schwert umgehen konnte, als Gegenpol zu meinem lieben Halef. Zwischen uns stand der Dekan des Feuers, die Fackel in beiden Händen, Sir Lindsay hinter ihm; er hielt Streichhölzer bereit, um sie zu entzünden. Die Übrigen hatten sich bis zu den Wänden zurückgezogen, Marijke stand in der Gangöffnung.

Haschim hob den Kopf, sah uns ihm Gegenüberstehende der Reihe nach an und nickte dann dem Dekan zu. „Lasst uns beginnen!“

Einen Augenblick später flackerte die Fackel hell auf, Rohabu hyom drückte sie auf den Stab in dessen Mitte, und wir sahen, wie sich das Feuer entgegen der natürlichen Ordnung, die es nach oben streben lassen sollte, nach unten in den Stab fraß, ohne die Tischoberfläche anzugreifen. Als der Stab etwa zur Mitte angekohlt war, blickten Halef und ich uns an, hoben synchron die Waffen, ich zählte laut bis drei, und wir schlugen im gleichen Moment auf das jeweilige Ende des Stabes ein.

Der Schlag, der meinen Körper durchfuhr, war so stark, dass er mich von den Beinen riss; im Fallen sah ich, dass es Halef noch weiter nach hinten geschleudert hatte. Die Waffen waren uns aus den Händen gefallen, doch nicht auf dem Boden angekommen. Sie schwebten über den Enden des Stabes – nein, sie schwebten nicht, die Enden das Stabes hielten sie, aber das war kein Stab mehr, aus dem Holzstab waren fingerähnliche Gebilde geworden, die sich rasch vergrößerten und in einem kurzen Moment große dreifingrige Hände ausbildeten, die nach oben strebten, während sich der Stab ausdehnte und bewegte. Haschim hielt nun in Händen eine Art Riesenschlange, die wuchs und sich wand, bald Mannesdicke gewonnen hatte und drohte, ihm wieder zu entgleiten. Er setzte alle Kraft ein, sie zu halten, doch mit einer fließenden Bewegung warf sie ihn rücklings zu Boden. Die Fackel war erloschen, Rohabu hyom ebenfalls gefallen.

Dies alles geschah in gespenstischer Stille, im Moment der Schläge auf den Stab war es um uns lautlos geworden. Oder hatte ich mein Gehör verloren? Ich konnte die Menschen an den Wänden schreien sehen, doch ich hörte nichts.

Die kopflose Riesenschlange mit den dreifingrigen Händen an den Enden schwebte in der Luft über dem kleinen Tisch und dehnte sich weiter aus, aus den breiten Flanken bildeten sich zwei stämmige Beine mit Füßen ähnlich Bärentatzen; die Hände mit den Schwertern saßen nun am Ende langer kräftiger Arme, und unter der Decke wuchs langsam ein riesenhafter Kopf heran mit Reißzähnen und Hauern ähnlich denen eines Ebers, zwei blutunterlaufenen großen Augen mit riesiger schwarzer Pupille und einer Art Schweinerüssel anstatt einer Nase. Das ganze Wesen war tiefschwarz, seine Haut wirkte wie leicht genarbtes Leder.

Während ich mich emporkämpfte und langsam wieder zu Atem kam, sah ich, dass sich auch Halef wieder aufgerappelt hatte, der Dekan und Haschim aber lagen regungslos am Boden. Mir schossen ungezählte Gedanken durch den Kopf, ob und wie dieses Wesen zu bekämpfen sei; meine Gewehre hatte ich im Zimmer gelassen, mehr als meine Revolver und ein Messer hatte ich nicht dabei. In dem Moment, als ich die beiden Revolver zog, drehte sich das Wesen blitzschnell in einer Art Pirouette und schwang dabei elegant das Schwert und den Säbel; zu meinem Entsetzen sah ich Köpfe durch die Luft fliegen. So rasch ich konnte, jagte ich der Kreatur sämtliche Kugeln in den Leib, dies hatte aber nur den Effekt, dass sie aufhörte, sich zu drehen, und sich mir zuwandte. Ich zog mein Messer und sah schon mein Ende auf mich zukommen. Plötzlich stand Halef neben mir und warf dem Ungeheuer mit voller Wucht seine rot leuchtende Lichtkugel entgegen, mitten ins Maul. Das Wesen klappte das Maul zu, stand einen Moment wie erstarrt, aus seinen Nüstern quoll Rauch, es klappte das Maul auf, spuckte die Kugel aus, drehte sich um und floh durch die Tür, wobei es einen beträchtlichen Teil der Wand mitnahm. In dem Moment setzte der Lärm ein.

„Ich habe doch schon oft gesagt, dass in meiner Kugel ein wohlmeinender Dschinn wohnt, Sihdi“, wiederholte Halef immer wieder. „Erinnere dich daran, wie die Kugel in Ostromdscha das Böse aus der Tiefe vertrieben hat. Auch diesmal half uns der gute Geist der Lampe. Aber ob er das nochmal kann, weiß ich nicht.“ So kampferfahren und tapfer er war, stand er doch noch sichtlich unter dem Eindruck des Erlebten, und mir selbst ging es ja bei aller angeborenen Kaltblütigkeit und trotz langer Erfahrung nicht anders. Mich hatte vor allem die Bestialität des Wesens erschreckt, und ich musste mir eingestehen, dass hier wie bei dem Ifrit, mit dem wir es beim Kampf gegen den Schut zu tun gehabt hatten, jeder Versuch versagen musste, sein Erscheinen und seine Fähigkeiten mit Technik und Wissenschaft zu erklären.

Unsere Bestandsaufnahme war erschreckend gewesen. Yayg haytam und Teff haytam waren tot, beide geköpft. Rohabu hyom war zwar wieder bei Bewusstsein, hatte aber einige gebrochene Rippen und war in seine Gemächer gebracht worden; der alte Mann würde wohl für einige Zeit das Bett hüten müssen. Die anderen drei Dekane kümmerten sich um die Toten und die Alarmierung der Akademie und leiteten die Erforschung dessen ein, was geschehen war.

Der Stab war verschwunden, in seiner neuen Gestalt, als dämonisches Wesen, aber Haschim fühlte immer noch seine Macht – und sie war ihm auch anzusehen: Um beide Handgelenke wand sich eine dünne schwarze Schnur, die stark ins Fleisch einschnitt.

„Ich kann seine Macht spüren, und es ist eine bösartige Macht“, sagte er leise. „Und ich habe Schwierigkeiten, diese lebenden Fesseln daran zu hindern, mir die Handgelenke abzuschnüren. Ich weiß nicht, wie lange wir durchhalten können.“

„Das war eine Falle“, stellte ich fest. „Und die hat der Stab aufgebaut, der ein mächtiges, bösartiges Wesen ist. Was haben wir entgegenzusetzen?“

„Halefs Leuchtkugel“, antwortete Marijke, „ist ihm nicht bekommen.“

„Vielleicht gibt es hier noch mehr Gegenstände, in denen Dschinn wohnen“, meinte Halef. „Sihdi, mit einem Phosphorfläschchen hätte ich das Ungeheuer sicher nicht vertrieben. Wir brauchen mehr Geister wie den der Lampe. Hoffentlich haben sie hier in der Akademie dergleichen, oder zumindest Waffen, mit denen man den Dämon schlagen kann.“

Ich nickte; ich war viel zu erschöpft und zu niedergeschlagen, um mich über Magie oder Wissenschaft zu streiten, auch nicht in der Lage, mir jetzt darüber allzu tiefschürfende Gedanken zu machen.

„Wenn dies eine Falle des Stabes war, dann ist die Harfe vielleicht die Rettung“, meinte Sir Lindsay nachdenklich. „Zwei Fallen halte ich für unwahrscheinlich, und die Skelette müssen ja auch etwas planen.“

„Das können wir nur hoffen“, entgegnete ich. „Lasst uns Al-Magest aufsuchen, wir müssen unsere Verteidigungsmaßnahmen aufeinander abstimmen und überlegen, wie wir die Harfe finden können. Auch mir scheint sie im Moment die einzige Waffe zu sein, mit der wir dieses dämonische Wesen besiegen und unseren Freund Haschim retten können."

„Ja, lasst uns planen", stimmte Marijke zu. „Und mir gefällt der Gedanke, das Ungeheuer mit Musik zu bekämpfen."

Als wir die Halle der Weisheit erreichten, stand zu beiden Seiten des Portals jeweils ein Skelett, in der rechten Hand einen Säbel – nicht so geschmückt und edel gestaltet wie die Waffe des Ungeheuers, das sich aus dem Stab gebildet hatte, doch offensichtlich nicht weniger scharf und tödlich. Die Schriftzeichen auf den Schienbeinen glommen in rotem Schein, ebenso die Augen der Skelette. Ihre Blicke folgten uns, als wir die Halle betraten.

Das Innere der achteckigen Halle hatte sich verändert. In der Mitte waren einige Diwane zu einem Achteck zusammengeschoben worden, vor denen jeweils ein niedriger Tisch stand, hinter manchen war eine größere Truhe platziert.

Auf einem der Diwane lag Rohabu hyom, den es wohl nicht in seinen Gemächern hielt, bleich, aber entschlossen blickend, gestützt von einigen Kissen, die anderen vier Dekane saßen in seiner Nähe; hinter jedem von ihnen stand ein Skelett mit leuchtenden Augen und einem Säbel in der Hand.

Al-Magest erhob sich bei unserem Eintreten und wies auf die Diwane. „Bitte setzt Euch, meine Freunde", lud uns der ehrwürdige Greis ein. „Wir sind zu einer Beratung zusammengetreten, zu der Ihr herzlich eingeladen seid." Meinen fragenden Blick richtig deutend, wies er auf die Skelette. „Sie haben sich direkt nach der Umwandlung des Stabes in einen Dämon gerührt, zunächst unsere Waffenkammer und dann die Dekane aufgesucht, seither sind sie nicht mehr von deren Seite gewichen. Und die beiden beim Portal begleiten mich auf Schritt und Tritt, sobald ich diese Halle verlasse. Wir hoffen sehr, dass sie das Wesen mit ihren Waffen verletzen können."

Während wir uns setzten, schaute er auf das Lederfutteral, das ich bei mir trug. „Ihr habt eure Waffen geholt? Das ist weise, obwohl ich nicht zu sagen vermag, ob sie wirken werden."

Ich nickte. „Das weiß ich auch nicht, aber es kommt auf einen Versuch an."

Al-Magest wandte sich an Scheik Haschim. „Mein Freund, ich kann mir Eure Qualen und den Kampf, den Ihr ausfechten müsst, nur ausmalen, da ich die Aufzeichnungen meiner Vorgängerin kenne, die ebenfalls den Stab bekämpfte, der sie beherrschen wollte. Ich bitte Euch, haltet durch, um Euret- und Eurer Freunde und unserer Gemeinschaft hier willen. Wenn Ihr etwas benötigt oder wir Euch irgendwie unterstützen können, sagt es bitte sofort. Wir werden alles daran setzen, mit Allahs Hilfe den Stab oder das, was daraus geworden ist, zu vernichten."

Es setzte eine lebhafte Beratung ein, deren Ergebnis aber unbefriedigend blieb. Wir wussten zu wenig von unserem Gegner, um wirksame Maßnahmen beschließen zu können. Einig waren wir uns aber, dass die wirksamste Waffe gegen das dämonische Wesen wohl die Harfe sein mochte, die wir allerdings erst einmal finden mussten. Wir würden weiter in der Bibliothek suchen müssen.

„Wenn sie doch nur reden könnten", murmelte irgendwann Marijke mit einem Blick auf die Skelette. Mir kam eine Idee.

„Wenn wir morgen in die Bibliothek gehen, sollten alle Skelette dabei sein. Vielleicht geben sie uns einen Hinweis!", schlug ich vor.

Und so verabredeten wir uns für eine Stunde nach Sonnenaufgang in der Bibliothek: wir Gefährten, die fünf Dekane und auch der Al-Magest.

Siebenundzwanzigstes Kapitel
Tod und Wahnsinn

Nach einer sehr unruhigen Nacht und einem erquickenden und ausgiebigen Frühstück fanden wir uns alle in der Bibliothek ein, auch die sieben Skelette waren da. Der Anführer folgte wie ein Schatten Rohabu ham, die als Erforscherin der *materia prima* wohl eine Sonderstellung hatte. Während wir Übrigen uns verteilten und jeweils ein Regal mit Schriften vornahmen, beobachteten Rohabu hyom, Sir Lindsay und Scheik Haschim uns. Denn diese Suche war so sinn- wie hoffnungslos, wenn wir keine Hinweise fanden. Die drei konnten zusammen den ganzen Raum überblicken; der Lord hatte diese Aufgabe übernommen, weil er sowieso nichts von den Schriften lesen konnte, dem Scheik ging es zu schlecht, als dass er lange hätte stehen können, und der Dekan des Feuers saß wegen seiner gebrochenen Rippen in dem Tragesessel, in dem man ihn hierher transportiert hatte.

„Oh, my god", rief Sir David plötzlich aus. „Die Rolle, die Schriftrolle!"

Wir alle drehten uns zu ihm um, er war aufgesprungen und zeigte auf das Skelett hinter Rohabu ham. „Seht doch! Sie alle stehen wie ein Schatten hinter oder neben ihren Schützlingen, er auch. Sie alle haben den linken Arm nach unten hängen, aber schaut, wohin seine linke Hand deutet." Und tatsächlich: Während der Anführer der Skelette, den Säbel in der Rechten, direkt hinter der Dekanin der fünften Fakultät stand, war die Hand mit der Schriftrolle erhoben und wies auf ein ganz bestimmtes Regalbrett.

Rohabu ham und ich kamen gleichzeitig davor zu stehen.

„Nikolas Flamel“, las sie die Überschrift auf dem angehefteten Verzeichnis.

Ich musste einen Moment überlegen. „War das nicht der Alchemist, dem man nachgesagt hat, er habe den Stein der Weisen und das Elixier des Lebens geschaffen? Wieso habt ihr ein ganzes Brett voll mit seinen Schriften?“, fragte ich die Dekanin.

„Weil das Werk des Flamellus in unserer Erforschung der *materia prima* eine wesentliche Rolle spielt. Wenn man bestimmten Aufzeichnungen glauben darf, lebte er von 1298 bis 1418, ist also 120 Jahre alt geworden! Vielleicht hat er wirklich das Wasser des Lebens geschaffen. Er erforschte die *materia prima*, die man angeblich benötigt, um den Stein der Weisen herzustellen. Und er starb sehr reich, als einziger Alchemist, soweit bekannt, sodass man ihm nachsagte, er habe die Transmutation von Quecksilber in Silber und sogar in Gold vollzogen.“

Nun erinnerte ich mich wieder daran, woher ich den Namen kannte: Victor Hugo hatte Flamel mehrfach in seinem Roman „Der Glöckner von Notre Dame“ erwähnt; der französische Schriftsteller betonte immer wieder die Bedeutung dieses mittelalterlichen Alchemisten. Es würde mich nicht wundern, wenn auch in der Zukunft moderne Autoren über diese faszinierende Persönlichkeit schrieben.

Rohabu ham hatte inzwischen einige Bücher aus dem Regal genommen und wandte sich uns allen zu. „Dies sind Flamels bedeutendste Werke, von denen die meisten erst lange nach seinem Tod erschienen. Wer von euch am besten die Sprache der Franken spricht, sollte sich dieses Buch anschauen, die ‚Sommaire Philosophique‘, 1561 herausgegeben von Jacques Gohorry.“ Sofort trat Marijke einen Schritt vor und nahm ihr das Buch ab; ich wusste, sie sprach hervorragend Französisch, die Aufgabe war bei ihr in besten Händen. Das „Livre des figures hiéroglyphiques“, 1612 in Paris erschienen, nahm ich mir vor, Sir Lindsay erhielt eine englische Ausgabe desselben Werkes,

1624 als „Nicolas Flamel. His Exposition of the Hieroglyphicall Figures“ in London von Erinaeus Orandus herausgegeben. Das Werk enthielt zahlreiche Figuren, die angeblich von Flamel als Giebelschmuck für den Friedhof ‚Cimetière des Innocents‘ in Auftrag gegeben worden waren. Ich wusste, dass man den Friedhof vor etwa hundert Jahren geschlossen hatte, weil er so überfüllt gewesen war, dass die Leichen nicht mehr vollständig verwesen konnten.

Etwa in der Mitte des Buches wurden Sir Lindsay und ich fündig: Auf einem Grabstein war der Tod dargestellt, als Skelett mit Sense in der rechten und Sanduhr in der linken Hand. Darunter stand auf dem Stein in der englischen Ausgabe ein Vers, der in meiner französischen fehlte, in einer engen zittrigen Handschrift und erstaunlicherweise in englischer Sprache: „That is not dead which can eternal lie, and with strange aeons even death may die.“ Kaum hatte der Lord dies halblaut vor sich hingemurmelt, sprangen alle Dekane außer dem verletzten auf, sogar der greise Al-Magest.

„Was ist? Was bedeutet das?“, fragte Halef. Ich übersetzte ihm den Vers: „Das ist nicht tot, was ewig liegen kann, und nach unvorstellbaren Zeiten mag gar der Tod sterben.“

Rohabu ham atmete tief ein. „Das passt“, sagte sie. „Das ‚Kitab Al’Azif‘ ist genau das Buch, in dem mein Vorgänger im Amt“, sie wies auf das Skelett mit der Schriftrolle, „einen weiteren Hinweis verstecken würde. Der Titel bedeutet ‚Buch von Summgeräuschen‘, damit sind die Geräusche gemeint, die Wüstendämonen machen.“ Sie schien sich etwas beruhigt zu haben und setzte sich wieder, die anderen taten es ihr gleich.

Al-Magest übernahm die weitere Erläuterung. „Wir sind erschrocken, weil dieses Buch gefährlich ist. Es enthält Wissen über Dämonen, Ritualbeschreibungen und Zaubersprüche, berichtet von dunklen Kulten, und wer es liest, ist immer in Gefahr, von Wahnsinn befallen zu werden, wie sein Schöpfer. Abdul Alhazred lebte in Sanaa, der Hauptstadt unseres Landes Jemen, im 8. Jahrhundert und war ein anerkannter Poet, ehe er behauptete, in fernen Ruinen die wahre Religion gefunden zu haben. Er schreibt von seltsamen Göttern, die einst die Menschheit vernichten würden; angeblich wurde er selbst von Geistern zerrissen. Wir haben von diesem Buch auch eine griechische Übersetzung, angefertigt um 950 von einem gewissen Theodorus Philetas aus Konstantinopel. Er gab dem Buch den seltsamen Titel ‚Necronomicon'; wir wissen nicht, was das bedeutet."

„Dann müssen wir wahrscheinlich wieder zwei Bücher vergleichen", vermutete ich.

„Warum eigentlich immer diese komplizierten Hinweise?", fragte Marijke in die Runde. „Warum zeigen uns die Skelette nicht einfach den Weg zu der Harfe?"

„Ich vermute", antwortete Al-Magest, „dass es dafür mehrere Gründe gibt. Wir haben gesehen, wozu der Stab fähig ist, vielleicht würde er bei einem direkten Hinweis versuchen, die Harfe zu zerstören. Möglicherweise handeln die Sieben auch so aufgrund ihrer Erfahrung, dass es zu ihrer Zeit einen Verräter in der Akademie gab. Vielleicht aber sind es auch arkane Beweggründe, die ihr Handeln bestimmen, eventuell gehören das Suchen und Finden schon zum Ritual, das zur Vernichtung des Stabes führen soll. Wie auch immer, wir werden weiter Texte vergleichen müssen."

„Das aber erst nach einem Mittagsmahl", schaltete sich resolut die Dekanin der Erde ein. „So eilig wir es auch haben: Ohne Stärkung sind weder Körper noch Geist zur vollen Leistung fähig."

Wer je den metallischen und unangenehmen Geruch viel vergossenen Blutes in der Nase verspürt hat, wird ihn nicht wieder vergessen. Halef und ich, die wir auf dem Weg zum Speisehaus ein wenig vorausgingen, in lockeres Geplauder vertieft, nahmen ihn etwa gleichzeitig wahr. Mein Griff ins Futteral und das Ziehen des Henrystutzens und Halefs Zücken seines Säbels geschahen fast gleichzeitig. Vorsichtig näherten wir uns der Tür des Hauses, den Gefährten Zeichen gebend, sie mögen zurückbleiben. Scheik Haschim blieb mit den anderen stehen, was er sicher nicht getan hätte, wenn er nicht so geschwächt gewesen wäre, Sir Lindsay aber stand im nächsten Moment bei uns, seine Jagdbüchse schussbereit. An der Tapferkeit unseres Freundes zu zweifeln, hatte es noch nie einen Grund gegeben.

Ich nickte ihm zu, und zu dritt spähten wir gemeinsam durch die halboffene Tür. Der Anblick ließ mir den Atem stocken: Die große Eingangshalle mit den Diwanen und kleinen Tischen, der den jüngeren Studenten als Speisesaal diente, war gefüllt mit Leichen, mindestens 20 konnte ich auf den ersten Blick erkennen. Sie saßen und lagen kreuz und quer im Raum, ohne Ausnahme kopflos, doch die Köpfe konnte ich nirgendwo erspähen. Der Boden war glitschig, denn er war voller Blut, das nur ganz oberflächlich angetrocknet war, das Massaker konnte erst vor wenigen Minuten stattgefunden haben, wohl während wir noch auf dem Weg hierher waren. Wieso aber hatten wir nichts gehört? Schlagartig fiel mir die Stille ein, die das Ungeheuer um sich verbreitet hatte, als es erschienen war und wir mit ihm gekämpft hatten.

Zwischen uns schob sich Al-Magest nach vorne, stockte einen Moment und stieß dann einen kurzen lauten Ruf aus, der wohl Alarmruf und Befehl zugleich war. Kurz darauf wimmelte es im Saal von Menschen, zahlreichen Lehrern und Bediensteten, die sich um die Toten kümmerten. Uns führte man in den kleinen fensterlosen Speisesaal im Innern des Gebäudes, in dem wir gestern und vorgestern gegessen hatten. War es erst so kurz her? In diesen zwei Tagen war so viel geschehen, dass es mir vorkam, als seien wir schon viel länger in Hadramaut. Der Appetit war uns allen vergangen, wir tranken nur etwas.

Nach kurzer Zeit setzten sich die drei Dekane des Wassers, der Luft und der Quintessenz zu uns, die sie beschützenden Skelette postierten sich an der Tür. Wir blickten in Gesichter voller Trauer, aber auch Entschlossenheit und Wut.

Rohabu ham ergriff das Wort. „Es verhöhnt uns und zugleich warnt es uns, Niemand, will es uns sagen, ist hier sicher, und wenn wir weitermachen, würde das viele Leben kosten.“ Sie seufzte. „Es hat die Köpfe der Erschlagenen hinter dem Haus aufgetürmt und ihre Haare so miteinander verflochten, dass sie das arabische Zeichen für Ende bilden. Al-Magest, Rohabu baythabu und Rohabu hyom führen im Moment alle Bewohner unserer Universität in die unterirdischen Kavernen, in denen wir unsere Vorräte lagern; dort gibt es nur einen Eingang, den sie mit unseren mächtigsten Magiern und den ihnen folgenden vier Skeletten bewachen werden. Wenn der Dämon nicht durch Erde und Fels streifen kann, muss er an ihnen vorbei. Und auf die Felswände achtet die Fakultät der Erde; wir hoffen, dass wir ein weiteres Gemetzel verhindern können.“

„Doch sicher seid Ihr nicht“, meinte Scheik Haschim mit düsterer Stimme, ich sah seine Zweifel widergespiegelt in den Zügen meiner anderen Gefährten.

„Nein“, entgegnete Rohabu sayyod. „Und so sehr wir uns gefreut haben, als wir Euch und unsere sieben Vorfahren bei Eurer Landung begrüßen durften“, er lächelte melancholisch bei der Erinnerung daran, „so sehr ist diese Freude nun getrübt. Doch nicht wegen Euch, sondern dem, was Euch begleitet hat und uns alle gemeinsam nun herausfordert. Tod und Verderben drohen der gesamten Akademie …“

Er wurde von einem Ruf unterbrochen, gefolgt von dem Geräusch rascher Schritte vor der Tür. „Kommt schnell“, rief eine Stimme, die mir bekannt vorkam. Wir alle sprangen auf und zwängten uns durch die Tür. Die kopflosen Toten lagen fast alle fein säuberlich an einer Wand aufgereiht, doch inmitten des Saals lagen zwei, die man wohl gerade fallen gelassen hatte. Denn darunter lag eine junge Frau, die offensichtlich noch lebte. Yayg haytam und Teff haytam, unschwer an ihren gelbroten Gewändern erkennbar, halfen ihr gerade, sich aufzusetzen, die vier Helfer der anderen beiden Dekane standen daneben, Yayg sayyod war es wohl, der gerufen und dessen

Stimme ich wiedererkannt hatte, war er doch bei unserem Begrüßungsmahl dabeigewesen.

Der Blick der Studentin wirkte irre, aus ihrem Mund quollen unverständliche Wortfetzen, sie war über und über mit Blut bedeckt. Plötzlich verdrehte sie die Augen nach oben, sodass man nur noch das Weiße sah, und sprach mit einer unnatürlich tiefen und lauten Stimme, die mir einen Schauer über den Rücken laufen ließ, in altertümlichem Arabisch. „Ihr alle seid des Todes. Drei Tage noch, und euer Schicksal wird sich erfüllen. Doch wenn ihr mich weiter bekämpft, wird euch früher der Tod oder wie diese hier der Wahnsinn ereilen. Hütet euch, haltet euch zurück, und euch bleiben drei Tage. Drei Tage noch in Freud' und Genuss, oder in Kürze ein schrecklicher Tod." Sie stieß einen schrillen Schrei aus, biss sich auf die Zunge, blutiger Schaum quoll ihr über die Lippen, dabei riss ein gewaltiger Krampf ihren Körper in die Höhe, sodass wir Knochen brechen hörten, dann sank sie tot zusammen.

„Nicht Tod und Verderben", murmelte Rohabu sayyod. „Tod und Wahnsinn!"

„Nein. Das wird nicht geschehen!", entgegnete ihm Scheik Haschim mit lauter, fast trotziger Stimme. Er schien seinen Kampfgeist wiedergefunden zu haben und erklärte uns auch sogleich, warum. „Das Wesen hat einen ersten Fehler begangen. Denn warum diese Warnung, warum die Frist? Weil der Dämon des Stabes uns im Moment nichts oder nur wenig anhaben kann. Vielleicht halten ihn die Skelette ab. Und ob er es in drei Tagen können wird, bleibt abzuwarten. Auf jeden Fall will er uns hindern, die Harfe zu finden und das Ritual zu seiner Vernichtung durchzuführen." Er straffte sich und fuhr mit erhobener und immer lauter werdender Stimme fort: „Ich bin ein Prinz, Sohn und Enkel von Königen, ein Magier mit Wissen und Macht, ich habe vieles gelernt und erfahren. Ich lasse mich nicht einschüchtern! Und ihr, meine Reisegefährten" – er blickte uns der Reihe nach mit bezwingenden Blick an – „seid alle erfahren und stark, gestählt durch Kampf und Leid. Wollt ihr mit mir den Streit wagen? Und ihr hier in unserer Universität“ – sein Blick nahm nun die Dekane und ihr Gefolge ins Visier – „seid nicht nur erfahrene Gelehrte, Führer und Lehrer; ihr seid auch der Magie und Alchemie kundig. Wollt ihr mit mir dieses altehrwürdige Bait al-Ilm al-Hikma und seine Bewohner verteidigen mit all eurer Kraft und euch eurer Vorfahren würdig erweisen, die ihr Leben opferten?“ Er wies auf die Skelette, die tatsächlich den Eindruck erweckten, als würden sie ihm lauschen. „Lasst uns zusammen kämpfen, lasst uns den Dämon besiegen oder bei dem Versuch untergehen, aber lasst uns nicht verzweifeln. Aufgeben ist keine Option. Wahnsinn ist keine Option. Tod ist keine Option.“

In der Bibliothek machten wir uns sofort an die Untersuchung des Buches des wahnsinnigen Abdul Alhazred. Haschim hatte das arabische Original auf den Knien, das „Kitab Al'Azif“, ich verglich es mit der griechischen Übersetzung, dem „Necronomicon“. Schon auf einer der ersten Seiten wurden wir fündig.

„Wir leben auf einer ruhigen Insel des Nichtwissens inmitten schwarzer Meere von Endlosigkeit“, las Haschim auf Arabisch vor. „Wir leben auf einer ruhigen Insel des Nichtwissens inmitten saphirblauer Meere von Endlosigkeit“, entgegnete ich, den griechischen Text ins Arabische übersetzend. „Eindeutig ist die Farbangabe nachträglich geändert.“

„Das alleine bringt uns noch nicht weiter“, meinte Rohabu ham nachdenklich, „aber es engt die Möglichkeiten ein. Lest weiter!“

Nach einigen Seiten stießen wir auf eine weitere Abweichung. Im „Kitab Al'Azif“ stand: „Die größte Gnade auf dieser Welt ist, so denke ich, das Unvermögen des menschlichen Geistes, alle Geschehnisse miteinander sinnvoll zu verbinden.“ Ich aber las: „Die größte Gnade auf dieser Welt ist, so denke ich, das Unvermögen des menschlichen Geistes, alle Halbinseln miteinander sinnvoll zu verbinden.“

Dieser Satz ergab nicht nur keinen Sinn, das geänderte Wort war zudem eindeutig überschrieben. Und kaum hatte ich fertig gesprochen, sprang Rohabu sayyod erregt auf. „Die Insel des Roc!“, rief er aus. Nicht nur wir Gäste, auch die Einheimischen schauten ihn erstaunt an. Er setzte sich wieder und erklärte, nachdem er sich etwas gefasst hatte: „In unserer Fakultät des Wassers gibt es ein großes Wandmosaik, auf dem die Reisen des Sindbad aus ‚1001 Nacht‘ dargestellt sind. Innerhalb eines Meeres, das an den Rand grenzt, sodass man es als endlos betrachten kann, liegt die Insel, auf der Sindbad sich an ein Bein des Vogels Roc gebunden haben soll, um von dort zu entkommen. Und an den Ufern des Meeres gibt es auf dem Mosaik vier Halbinseln; wenn man sie miteinander verbindet, liegt der Schnittpunkt der Linien genau auf der Insel des Roc. Schon seit Jahrhunderten nutzt die Fakultät dieses Mosaik, um den jungen Studenten anhand der Verbindunglinien den Goldenen Schnitt zu erklären.“

„Dann könnten die Skelette das Mosaik als Eingang oder zumindest weiteren Hinweis zur Harfe nutzen“, meinte Rohabu ham. „Lasst uns aufbrechen!“

Achtundzwanzigstes Kapitel
Ein magischer Zweikampf

Die Fakultät des Wassers lag in einem Außenbezirk der Universität, den wir noch nicht betreten hatten. Auf unserem Weg begegnete uns niemand, die Akademie wirkte wie ausgestorben. Alle lebenden Menschen befanden sich in den unterirdischen Kavernen, außer den Mitgliedern unserer kleinen Expedition: die Dekane des Wassers, der Luft und der materia prima und die drei Skelette, die sie begleiteten, und unsere Reisetruppe:

Marijke, Halef, Scheik Haschim, Sir Lindsay und ich. Die Gelehrten trugen zumindest dem Schein nach keine Waffen, die Skelette hatten ihre Säbel, Lindsay, Halef und ich unsere Gewehre, Halef und Haschim obendrein Säbel, und alle Männer trugen Pistolen und Dolche bei sich, Marijke ihren Taschenrevolver. Dass uns irgendetwas davon nutzen würde, konnten wir nur hoffen.

Das Wandmosaik bedeckte die ganze Seite eines kleineren Saals, der offensichtlich als Unterrichtsraum diente. Es war ein Meisterwerk aus sehr kleinen Mosaiksteinen aus glasiertem Ton. Das Meer und die Halbinseln wie auch die Insel des Roc entsprachen ganz der Beschreibung von Rohabu sayyod. „Ich habe hier schon als junger Student gesessen und das Mosaik betrachtet, aber ich habe nie etwas Außergewöhnliches daran bemerkt." Langsam trat er vor die Wand, betrachtete die Insel aufmerksam und drückte dann ganz vorsichtig auf die Abbildung des Vogels, der im Innern der Insel dargestellt war. Ein schabendes Geräusch aus der Mitte des Raums ließ uns alle dorthin schauen: Eine Öffnung entstand im Fußboden, indem sich die Platten, aus denen er bestand, zur Seite schoben; man konnte den Beginn einer Steintreppe erkennen.

Rohabu ham wandte sich an mich. „Werter Kara Ben Nemsi, Ihr seid wohl der erfahrenste Kämpfer unter uns hier. Seid Ihr so gut und übernehmt die Führung in die unbekannten Tiefen?"

Die Treppe führte einige Dutzend Stufen hinab und war nach wenigen Schritten breit genug, dass Halef mit seiner Leuchtkugel neben mir gehen konnte. Wir hielten unsere Waffen bereit, auch wenn ich nicht damit rechnete, dass wir sie brauchen würden. Hinter uns kamen Sir Lindsay und Scheik Haschim, gefolgt von Marijke, den Dekanen und den Skeletten.

Die Treppe machte eine Biegung, dann öffnete sich vor uns ein Raum, etwa 15 Schritt im Geviert und rund drei Meter hoch. Während die uns Folgenden ihn nacheinander betraten, schaute ich mich aufmerksam um. An den Wänden liefen in dem sonst leeren Raum in etwa halber Mannshöhe Marmorsimse entlang, auf denen allerhand Gerätschaften standen. Ich erkannte auf der linken Seite Rüstungen und verschiedene Waffen, alle silbern oder golden glänzend, an der rechten Wand wissenschaftliche und Laborgeräte, unter anderem einen Globus, einen großen Mörser, verschiedene Destillationsapparate und Glaskolben. Uns gegenüber aber standen Instrumente: mehrere Trommeln, eine orientalische Kurzhalslaute, Oud genannt, mehrere Flöten, die nicht mehr waren als offene Rohre mit Löchern, teils mit, teils ohne Mundstück, im Arabischen als Nay bekannt – und eine goldene Harfe, schlank und zierlich, aufrecht stehend, etwa einen Meter hoch.

„Wir haben sie gefun …", rief ich über die Schulter den hinter mir Stehenden zu, doch mitten im Satz hörte ich meine eigene Stimme nicht mehr, es war um mich herum komplett lautlos.

Der Dämon musste hier sein!

Ehe ich mich umdrehen konnte, traf mich ein Schlag in den Nacken, der mich zu Boden warf. Ich fiel auf meine linke Seite, sodass ich nur einen Teil des Raums überblicken konnte. Mein ganzer Körper war wie gelähmt, ich konnte mich nicht rühren und das, was nun geschah, nur bruchstückhaft erkennen. Was ich jetzt schildere, basiert auf meinen Wahrnehmungen und Erinnerungen und dem, was mir die Gefährten später erzählten.

Der Dämon, wie ich das Wesen, in das sich der Stab verwandelt hatte, der Kürze und Einfachheit halber ab jetzt nennen will, da auch die Dekane es so nannten – obwohl ich überzeugt war, dass es kein Dämon in dem Sinne war, wie ihn unsere abendländische und die christliche Dämonologie seit Albertus Magnus und seinem Schüler Thomas von Aquino definieren, aber der Islam hat da ja seine eigenen Traditionen –, hatte seine Gestalt geändert. Der Körper auf nun dünneren Beinen mit kleineren Tatzen war schlanker geworden, insgesamt nur noch etwas mehr als mannsgroß, sodass er problemlos in diesem Raum seine Waffen schwingen konnte, immer noch das Schwert des Kreuzfahrers und den Damaszener-Säbel, und der Kopf wirkte nun wohlproportioniert, trotz Reißzähnen, Hauern, tiefschwarzen Augen und rüsselförmiger Nase. Die Haut war immer noch tiefschwarz, doch nun so glänzend, dass sich in ihr das Licht von Halefs Leuchtkugel spiegelte. Diese war in eine Ecke gerollt, zwischen die Wände mit Waffen und Instrumenten. Halef lag, so viel konnte ich sehen, neben mir; er war bewusstlos, aber lebte, wie ich an dem leichten Heben seines Brustkorbs erkennen konnte. Dass das Monster uns nur niedergeschlagen und nicht geköpft hatte, erstaunte mich. Später sollte ich erfahren, dass es Scheik Haschim, der als Erster das Auftauchen des Dämons bemerkt hatte, gelungen war, unter Aufbietung aller seiner besonderen Kräfte dessen Schläge zu beeinflussen, sodass uns beide, die wir vorne standen, seine Klingen nur mit der Breitseite getroffen hatten.

Dass er so im wahrsten Sinne des Wortes unsere Köpfe gerettet hatte, bezahlte der Scheik nun teuer: Seine Aktion hatte ihn so viele Kräfte gekostet, dass die schwarzen Bänder nahezu die Herrschaft über ihn übernehmen konnten. Ich konnte einen Blick auf ihn erhaschen; er spiegelte sich in einem blank polierten großen Schild, der auf dem Sims mit den Waffen stand. Haschim kniete hinter uns, die Hände wie flehend erhoben, von den Handgelenken tropften Blutstropfen, die schwarzen Schnüre hatten sich ihm tief ins Fleisch gegraben. Seine Blässe erschreckte mich; er hatte die Augen geschlossen und sah aus, als würde er jeden Moment in Ohnmacht fallen. Doch an der Anspannung in seinen Armmuskeln und den mahlenden Bewegungen seiner Kiefer konnte ich erkennen, wie sehr er kämpfte.

Es wäre dem Dämon ein Leichtes gewesen, Haschim zu köpfen, wenn ihn nicht die Skelette daran gehindert hätten. Ich konnte aus dem Augenwinkel und im Spiegelbild auf dem Schild sehen, wie sie gegen ihn kämpften, ihn umkreisten und immer wieder mit ihren Säbeln nach ihm schlugen. Während sie sich bisher immer nur langsam und gemessenen Schritts bewegt hatten, agierten sie nun mit übermenschlicher Geschwindigkeit. Hinter ihnen standen die drei Dekane des Wassers, der Luft und der *materia prima* absolut bewegungslos. Wie mir Rohabu ham später erläuterte, ermöglichten nur ihre Konzentration und die Übertragung ihrer geistigen und magischen Fähigkeiten auf die Skelette diesen ihre Agilität und Beweglichkeit. Dass dies wirklich so war, bezweifle ich, aber solange es mir nicht gelingt, die Existenz und Aktionsfähigkeit der Skelette wissenschaftlich zu begründen und zu erklären, muss ich wohl das Vorhandensein einer der modernen Wissenschaft noch nicht bekannten Kraft für möglich halten, die dann eventuell auch von geschulten Geistern wie denen der Dekane genutzt und gelenkt werden mag. Die drei standen auf jeden Fall am Eingang des Saals wie versteinert. Vielleicht aber waren die Skelette auch nur so aktiv und schnell, weil es gegen ihren alten Feind oder um den Schutz der ihnen anvertrauten Menschen ging.

Während sich hinter mir in gespenstischer Stille ein Kampf auf Leben und Tod abspielte, versuchte ich mit aller Kraft, die Gewalt über meine Glieder zurückzugewinnen. Die Zeit in meiner Wahrnehmung dehnte sich, während ich meine ganze Konzentration aufbot und die zahlreichen Kenntnisse und Techniken anwandte, die ich zur Beherrschung des Geistes und des Körpers während meiner vielen Reisen erworben hatte. Es kam mir wie Stunden vor, doch ganz langsam gelang es mir, erst ein wenig Gefühl in meinen Muskeln zu erreichen und dann auch wieder die Kontrolle über sie zu gewinnen. Als Erstes konnte ich Schultern und Nacken bewegen, und als ich den Kopf hob und mich umsah, erkannte ich, dass es dringend Zeit war, zu handeln. Halef war immer noch bewusstlos, Haschim sah mich mit offenen Augen an und nickte mir zu, er gewann wohl langsam die Beherrschung über seinen Körper zurück.

Für die anderen sah es nicht gut aus. Während die Dekane des Wassers und der Luft, Rohabu sayyod und Rohabu haytam, unverändert starr und steif voller Konzentration den Kampf beobachteten, hielt sich Rohabu ham offensichtlich nur noch aufrecht mit Hilfe von Marijke, die an ihrer Seite stand und sie stützte. Zu Marijkes Füßen sah ich ihre Pistole liegen, die sie anscheinend erfolglos abgefeuert hatte. Und eines der Skelette bewegte sich sichtlich langsamer als die anderen beiden.

Während ich ganz langsam auf die Füße kam, sah ich eine Rauchwolke aufsteigen und erkannte kurz darauf, als die kämpfende Gruppe für einen Moment den Blick freigab, Sir David, der gerade seine Büchse senkte. Er sah mich und schüttelte den Kopf; unsere Waffen konnten den Dämon offensichtlich nicht verletzen. Ich konzentrierte mich auf den Kampf, um eine Möglichkeit zu finden, etwas gegen das Wesen auszurichten. Im Moment fiel mir nicht mehr ein, als die leuchtende Kugel gegen es zu schleudern, in der Hoffnung, auch diesmal würde deren positive Kraft, ob es nun ein Dschinn sein mochte oder was auch immer, etwas ausrichten.

Ich wollte mich gerade in Richtung auf die Lichtkugel in Bewegung setzen, da sah ich etwas, das mir den Atem stocken ließ.

Eines der Skelette schlug so schnell zu, dass der Dämon unmöglich ausweichen konnte – doch das musste er auch gar nicht: Urplötzlich war er nicht mehr da, er stand jetzt etwa einen Meter seitlich neben der Stelle, wo ich ihn eben noch gesehen hatte! Die beiden schnellen Skelette reagierten augenblicklich und konnten so die nächsten Schläge ihres Gegners abwehren, aber nun war mir klar, wieso sie bisher keinen Erfolg gehabt hatten. Dieses Wesen konnte den Raum überwinden, in Gedankenschnelle den Platz wechseln. Wie sollte man einen solchen Feind erfolgreich bekämpfen – vorausgesetzt, man hatte überhaupt Waffen, die ihn verletzten konnten?

Sollte es hier nicht dergleichen geben? Wozu sonst sollten die Gegenstände in diesem Raum so verborgen aufbewahrt werden? Und warum sonst würde der Dämon ausgerechnet hier angreifen? Wenn der Scheik nun Recht gehabt hatte mit seiner Vermutung, dass der Dämon uns hindern wollte, etwas zu finden, mit dem wir das Ritual zu seiner Vernichtung durchführen konnten?

Ich ließ meinen Blick über den Sims mit den Waffen streifen und hoffte auf eine Eingebung – und nicht vergebens! Was ich in der Mitte des Simses erblickte, ließ in mir eine Erinnerung hochsteigen: Ein großer Platz, mir gegenüber neben einem Baum ein riesenhafter Indianer, in den Händen zwei Wurfbeile – das war der Zweikampf gewesen, bei dem ich Peteh, den Häuptling der Blutindianer, besiegt hatte, indem ich ihn mit dem zweiten Tomahawk traf, nachdem er dem ersten ausgewichen war. Konnte hier etwas Ähnliches gelingen?

Ich griff nach einem der drei Beile, die nebeneinanderlagen. Offensichtlich aus reinem Silber gefertigt, war es etwa von der Größe der Wurfbeile, die ich bei den Indianern und den Skipetaren kennengelernt hatte und die mir vertraut waren, allerdings etwas schwerer. Das Beil lag aber hervorragend ausgewogen in meiner Hand, und bei näherem Hinsehen erkannte ich, dass die Klinge mit dem Staub eines roten Edelsteins besetzt war, wohl um ihr die dem Silber fehlende Härte zu verleihen. Ich nahm die anderen beiden Beile und sah, dass ihre Klingen vorne grün und blau waren, ich vermutete, sie waren mit Saphirstaub veredelt.

Ich drehte mich um und sah, dass es höchste Zeit war. Eines der Skelette lag auf dem Boden, Rohabu ham hockte zusammengesunken neben den anderen beiden Dekanen. Diese standen noch, doch war ihren Gesichtern nun die Anstrengung anzusehen. Die beiden Skelette griffen nicht mehr an, sie verteidigten sich nur noch, jedoch wurden ihre Paraden immer langsamer. Haschim warf mir einen zugleich verzweifelten und aufmunternden Blick zu.

Ich hätte gerne den Dämon abgelenkt, indem ich ihn angeschrien hätte, doch immer noch umgab uns die seltsame Stille.

So griff ich nach dem grünen Beil und warf es nach dem Wesen; da sich dieses sehr schnell bewegte, zielte ich auf die breiteste Stelle des Rückens.

Der Wurf sollte dreierlei bewirken: Ich wollte schauen, wie das Beil flog, und mich mit seinen Flugeigenschaften vertraut machen, ich wollte den Dämon ab- und seine Aufmerksamkeit auf mich lenken, und ich wollte testen, ob die Beile ihm überhaupt Schaden zufügen konnten. Wenn dies nicht der Fall war, würde ich sofort nach Halefs Lichtkugel greifen und sie dem Monster ins Gesicht schleudern, wenn sich dieses hoffentlich umdrehte.

Das Beil traf den Dämon von hinten an seiner rechten Schulter – und es drang ein! Eine grüne Flüssigkeit spritzte hervor, wohl das Blut der Kreatur, und diese drehte sich blitzschnell um. Zum ersten Mal seit Beginn des Kampfes war dabei ein Geräusch zu hören, ein entsetzlicher Wutschrei, der dem Maul des Dämons entwich. Dabei blieb alles andere ruhig, dadurch wirkte die Stille noch gespensterhafter und bedrohlicher.

Ich sah, wie das Wesen die Beine anspannte, es wollte wohl auf mich zuspringen. Doch dann sah es, dass ich in beiden Händen ein Beil hielt wie das, das es eben verletzt hatte, und blieb stehen. In solchen Momenten habe ich stets den Eindruck, die Zeit dehne sich und ich hätte nahezu unendlich viel Muße, zu planen und meine nächste Aktion einzuleiten. Natürlich ist dies eine rein subjektive Empfindung, aber ich weiß von vielen anderen Kämpfern, dass es ihnen ähnlich geht. Mit genügend Erfahrung und entsprechender Begabung denkt man vielleicht schneller, und je bedrohlicher eine Situation ist, desto mehr rasen meine Gedanken.

So war es auch nun: Im Bruchteil einer Sekunde erfasste ich die Situation und wusste genau, was ich tun musste. Der Dämon stand wie erstarrt vor mir, doch wenn ich ihm nicht zuvorkam, hätte er mich im nächsten Moment erreicht und erschlagen. Er befand sich nicht mitten im Raum, sondern nahe einer Wand, er konnte sich, von ihm betrachtet, nur nach rechts bewegen.

Bei einem menschlichen Gegner hätte ich daran nicht einen Gedanken verschwendet, ich kannte niemanden, der einem mit voller Wucht geschleuderten Wurfbeil auf diese Entfernung hätte ausweichen können. Doch ich hatte nicht nur gesehen, wie schnell dieses Wesen war, sondern auch seine Fähigkeit beobachtet, durch den Raum zu springen. Deshalb hob ich das Beil in meiner Rechten deutlich sichtbar und schleuderte es dem Dämon ins Gesicht. Doch es klatschte an die Wand hinter ihm, denn schon war er verschwunden und tauchte etwa einen Meter seitlich wieder auf.

Ich aber hatte das Beil aus der Linken im gleichen Moment in meine Rechte fallen lassen – auch wenn ich mit links fast so geschickt bin, wollte ich doch kein Risiko eingehen – und es hinterhergeschleudert, an die Stelle, wo ich mit dem Auftauchen des Dämons gerechnet hatte, wie beim ersten Wurf auf Brusthöhe, um eine gewisse Unschärfe bei meiner Berechnung auszugleichen. Und das Rubinbeil leistete ganze Arbeit! Wieder ertönte ein Wut- und Schmerzgeheul, diesmal noch weitaus lauter als zuvor, doch plötzlich abbrechend, denn der Dämon war verschwunden. Das Beil in der Brust hatte er mitgenommen.

Neunundzwanzigstes Kapitel
Marijkes Musik

Es dauerte einige Zeit, bis wir uns nach dem Vertreiben des Dämons wieder der Harfe und der Vorbereitung des immer wichtiger werdenden Rituals widmen konnten. Die Glückwünsche der Gefährten zu meinem Sieg über den Dämon wehrte ich ab; es war kein wirklicher Sieg gewesen, sondern nur ein Teilerfolg, und dieser war mit sehr viel Glück errungen, unter anderem, weil die Wurfbeile gegen das Wesen etwas bewirkt hatten.

Dem Scheik ging es wieder besser, die Bänder an seinen Handgelenken hatten an Spannung verloren und hingen relativ locker darum, Halef war inzwischen zu sich gekommen. Rohabu sayyod wies ausdrücklich darauf hin, dass der Dämon zwar für den Moment bezwungen sei, aber noch lange nicht besiegt oder gar endgültig verbannt. „Während unseres Studiums beschäftigen wir uns viel mit der islamischen Dämonenwelt. Alle Dschinn gehören zum Fachgebiet meines Freundes und Kollegen von der Fakultät des Feuers, da sie laut dem Koran aus rauchlosem Feuer erschaffen wurden; jene, die in der Wüste gerne als Windhosen auftreten, erforscht die Fakultät der Luft. Mit den mächtigeren unter ihnen, den Dämonen, beschäftigen sich zwei Fakultäten, die der Erde mit den leichenfressenden Ghulen und den Afarit – ein Ifrit aber ist dieser Dämon nicht."

„Sicher nicht", warf Scheik Haschim ein. „Wir erinnern uns noch gut an den Ifrit, mit dem wir es beim Kampf gegen den Schut zu tun hatten; er sah völlig anders aus."

„Nun", entgegnete der Dekan, „das Aussehen der verschiedenen Dschinn kann variieren. Eure Erlebnisse mit dem Ifrit intessieren uns alle hier natürlich sehr. Doch dies muss warten, bis wir mit unserem aktuellen Feind fertig geworden sind. Das Erscheinungsbild dieses Dämons, besonders aber sein eigenständiges Handeln und seine erhebliche Macht weisen ihn als Marid aus – und das ist mein Forschungsgebiet. Die Maride sind die mächtigsten der Dschinn; wenn sie sich in unserer Welt aufhalten, dann in Gewässern, meist tief unter der Oberfläche des Meeres, wo es ganze Reiche unter ihrer Herrschaft geben soll, deshalb ist die Fakultät des Wassers für sie zuständig. Dieser Dämon war jahrhundertelang an den Stab gebunden, zugleich hat er wohl eine Heimstatt in dem unterirdischen Fluss. Er kann wahrscheinlich gar nicht vernichtet, nur endgültig in seine Heimat verbannt werden, sei diese nun tief unter den Wassern oder in einer eigenen Sphäre, aber dies würde uns genügen. Kara Ben Nemsi hat ihn vorläufig vertrieben, und dies mit bemerkenswerter Kaltblütigkeit und Geschicklichkeit" – er deutete eine Verbeugung in meine Richtung an –, „für einen endgültigen Sieg müssen wir jedoch das Ritual durchführen. Zunächst aber sollten wir uns bewaffnen; ich vermute, dass alle Waffen in diesem Raum den Dämon verletzen können."

Sofort rüsteten wir uns aus: Wir Männer nahmen jeweils einen Säbel und zwei Dolche, ich nahm zusätzlich noch die beiden Wurfbeile an mich, Halef einen kurzen Bogen und einen Köcher mit Pfeilen, deren Silberspitzen mit Rubinpulver veredelt waren. Marijke beschränkte sich auf zwei Dolche. Rohabu ham hatten wir in eine Ecke gebettet, ihr Skelett war wieder auf den Beinen und stand wachsam neben ihr. Die alte Dekanin war geschwächt, erholte sich aber langsam und verfolgte aufmerksam unser Tun.

„Wir sollten schnellstmöglich das Ritual zur Bannung oder Vernichtung des Stabdämons durchführen", drängte der Dekan der Luft, Rohabu haytam.

„Aber wir wissen nicht, was wir tun sollen", entgegnete Halef. „Wir wissen, dass wir die Harfe benutzen sollen." Er zitierte aus dem Gedächtnis: „‚Mit dieser Harfe können wundersame Dinge bewirkt werden, wenn man die richtige Weise spielt.' Aber was ist die richtige Weise?"

Marijke schaltete sich ein. „Lasst uns doch zunächst die Harfe anschauen." Sie stand auf, trat an den Sims und hob die Harfe herunter. Diese war etwa einen Meter hoch und bestand aus goldglänzendem Holz, wie ich es nur von einem Baum kannte: vom Milchorangenbaum *maclura pomifera*, den in den USA der Indianerstamm der Osage für seine Bögen benutzte und den man deshalb auch *osage orange* oder Osagedorn nannte. Es galt als das beste und leistungsstärkste Holz, aber als sehr schwer zu bearbeiten. Sollte eine Harfe aus diesem Holz ihren Weg hierher gefunden haben? Es wäre sicher ein außergewöhnliches Instrument.

Als Marijke zu uns trat, erkannte ich an der Maserung, dass meine Vermutung richtig gewesen war; an manchen Stellen wiesen die Harfensäule und der Korpus leichte Verdunkelungen auf, wie sie für dieses Holz typisch sind, das durch das Sonnenlicht im Lauf der Jahre immer dunkler und nach langer Zeit fast schwarz wird. Diese Harfe hatte sicher selten das Tageslicht erblickt. Die hölzernen Teile waren reich mit Einlegearbeiten aus Gold und Perlmutt mit orientalisch wirkenden und mir unbekannten Mustern und Symbolen verziert, die Saiten wirkten, als wären sie aus Gold gesponnen.

Marijke schlug einen Dur-Akkord an, der absolut rein klang, ließ dann einmal alle Saiten von unten nach oben in einem perlenden Arpeggio erklingen, 27 an der Zahl, wie ich später feststellte. „Sie ist perfekt gestimmt!“, sagte sie dann erstaunt. „Aber was das für eine Harfe ist, weiß ich nicht zu sagen. Mein Vater hat mich Klavier lernen lassen, wie es in unseren Kreisen üblich war, und mein Klavierlehrer hatte eine dieser neumodischen Konzertharfen in seinem Salon stehen, die ich ab und zu spielen durfte. Aber diese war fast so groß wie der Flügel, auf dem ich lernte; solche Doppelpedalharfen sind wahre Monster im Vergleich zu diesem zierlichen leichten Instrument. Und es hat nur wenige Halbtöne, ist diatonisch gestimmt.“

Sir David schaltete sich ein. „Ich kenne diese Art Harfen auch nicht. Sie ist viel zierlicher gebaut als die irischen Harfen mit den Stahlsaiten wie etwa die Brian-Boru-Harfe, die ich im Trinity College in Dublin gesehen habe und die das Wappen der Republik Irland schmückt.“

„Es scheint eine Mischform zu sein aus verschiedenen Traditionen“, meinte ich nun. „Diese Harfe gleicht bis ins Detail der einzig erhaltenen Harfe aus dem späten Mittelalter, diese habe ich auf der Wartburg bei Eisenach gesehen, sie soll der Sage nach dem Minnesänger und Reichsritter Oswald von Wolkenstein gehört haben. Man nennt diese Form gotische Harfe, wegen der aufstrebenden schlanken Form und weil Proportionen und Stilelemente der gotischen Architektur entlehnt sind, oder auch burgundische und Renaissance-Harfe. Selbst die Intarsienarbeiten sind ganz ähnlich, aber bei der Wartburgharfe stellen diese Blumen dar, hier haben wir orientalische Motive, und statt aus Ahornholz wurde diese Harfe aus edlem importierten Holz aus Nordamerika gefertigt. Schließlich ist das Instrument mit Metallsaiten bespannt, was auf die irische Tradition hinweist. Mir scheint, hier hat ein arabischer Künstler versucht, das Beste aus verschiedenen Welten zu vereinen."

„Das ist richtig", ertönte nun schwach die Stimme von Rohabu ham aus der Ecke, in der sie lag; sie hatte sich auf die Ellbogen aufgerichtet. „Der Erbauer dieser Harfe war ein berühmter und weitgereister Musiker und Magier aus Persien, der hier seinen Lebensabend verlebte. Er baute dieses Instrument in unserer Akademie als sein letztes Meisterwerk mit Material, das er auf seinen Reisen in der ganzen Welt gesammelt hatte. Vorbild war eine Harfe, die er in den Tiroler Bergen bei einem Ritter und Musiker gesehen hatte. Dieser habe, erzählte der Magus, das Harfenspiel durch Zauberei erworben, deshalb habe er für seine magische Harfe Form und Saitenzahl übernommen. Sie soll nach den Worten des Persers Flüche brechen und Böses vertreiben. Das ist das Instrument, mit dem wir den Dämon besiegen können!" Erschöpft sank die alte Dekanin wieder zurück auf ihre Kissen.

„Und es ist klar, wer die Harfe spielen wird." Ich nickte Marijke dabei zu. „Jetzt müssen wir nur noch wissen, wie Ihr ‚die richtige Weise' spielt."

„Sihdi", meldete sich da Halef zu Wort; er stand vor der Stelle am Sims, von der Marijke die Harfe heruntergenommen hatte. „Hier ist ein Zeichen auf den Fels gemalt."

Wir eilten zu ihm, und nach etwas Drängelei hatten wir es zwar alle gesehen, aber niemand von uns, auch nicht die beiden Dekane, konnte etwas damit anfangen. Es war ein sehr einfaches Zeichen: ein Punkt mit einem Kreis darum.

„Beschreibt mir das Zeichen", ertönte nun die Stimme von Rohabu ham gebieterisch von ihrem Lager. Rohabu haytam übernahm diese Aufgabe; er hatte kaum geendet, da lachte die alte Dekanin. „Mein Freund – unser Kollege aus der Fakultät des Feuers hätte dieses Zeichen sicher sofort erkannt. Es ist der Circumpunctus, das alte Sonnensymbol der Ägypter, das dort für den Gott Ra steht."

Rohabu haytam schlug sich die Hand vor die Stirn. „Bin ich blind! Mir müssen noch die Anstrengungen des Kampfes das Gehirn vernebeln, dass ich das nicht erkannte. Das ist natürlich auch in Astronomie und Astrologie das Symbol für die Sonne, daran sollte ich als Himmelsforscher sofort denken. Aber wie soll uns das weiterhelfen?"

„Nun, in der Alchemie steht das Zeichen auch für Gold, passt also zu der Harfe", erläuterte Rohabu ham. „In der Theologie und Magie war es in der Spät-Antike und im frühen Mittelalter auch ein Symbol für die Monade, die Einzigartigkeit Gottes."

„Deus est monas monadem gignens, in se unum reflectens ardorem", unterbrach ich sie, „*Gott ist die Einheit, die eine zweite Einheit erzeugt und in sich ihre reflektiert.* Das war der erste Spruch im ‚Buch der 24 Philosophen', mit dem unsere Suche begann."

„Dann müssen wir unsere Suche wohl mit dem ‚Liber viginti quattuor philosophorum' fortsetzen!", sagte Rohabu ham resolut. „Helft mir auf, wir müssen in die Bibliothek!"

Während die Dekanin der Quintessenz, Scheik Haschim und ich in dem alten Buch nach weiteren Hinweisen suchten, bewachten die beiden anderen Dekane mit ihren Skeletten, Halef und Sir Lindsay den Eingang. „Ich verstehe dieses alte Latein sowieso nicht", hatte der Lord gemeint, „und hiermit kann ich mich hoffentlich nützlich machen." Er hatte auf den Säbel geklopft, den er aus der geheimen Kammer mitgenommen hatte, und seine Jagdbüchse in eine Ecke zu meinen Gewehren gestellt. Ich wusste, er konnte mit dieser Waffe umgehen, er war schon während seiner Studienzeit ein gefürchteter Fechter gewesen.

Der Hadschi hatte sich ihm angeschlossen und hielt zusätzlich seine Leuchtkugel bereit. „Noch einmal lasse ich mich nicht von diesem Biest übertölpeln", hatte er voll Ingrimm geknurrt. So klein mein geliebter Halef auch war, so furchtlos war er auch, und zudem ein Meister im Kampf mit dem Säbel. Von diesen Männern bewacht konnten wir uns mit voller Konzentration dem ‚Buch der 24 Philosophen' zuwenden.

Doch so sehr wir auch suchten nach weiteren geheimen Eintragungen, wir fanden nichts. Währenddessen widmete sich Marijke der Harfe. Sie hatte sich auf einem niedrigen Hocker niedergelassen, die Harfe zwischen die Knie geklemmt und spielte mit beiden Händen, zunächst zaghaft, dann immer geschickter. Ab und zu erkannte ich eine musikalische Floskel oder ein Motiv: Mal erklang der Beginn eines Präludiums von Bach, dann ein Thema aus einer Klaviersonatine von Mozart, doch wegen der fehlenden Halbtöne blieb es meistens bei einem kurzen Stück; schließlich spielte Marijke vor allem Volks- und Kunstlieder, bei denen sie die Melodie mit der rechten, eine improvisierte Begleitung mit der linken Hand anschlug, oder webte ein Klanggewebe aus Akkorden, Arpeggien und imitierten Glissandi.

Scheik Haschim schlug plötzlich das Buch zu und sagte nachdenklich: „Dieses ist das einzige Buch, das wir untersucht haben, bei dem es nicht um das Vergleichen ging, sondern es einen direkten Hinweis gab, und zwar auf einen Autor. Wie, wenn es auch diesmal um einen Verfasser eines dieser Texte geht?"

Ich erinnerte mich an meine Gedanken beim ersten Lesen des von mir vorhin zitierten Verses und nickte. „Der Autor dieses Spruchs mit der Monade ist der einzige, den ich sicher kenne: Areopagita soll ihn geschrieben haben, auch bekannt als Pseudo-Dionysius, denn er hat den Ausdruck Monade gebraucht für das göttliche Prinzip."

Rohabu ham atmete erleichtert auf. „Das hilft uns weiter, denn von ihm haben wir mindestens ein Werk."

Es stellte sich heraus, dass die Dekanin sich ganz richtig erinnert hatte. Es gab in der Bibliothek zwar keine der originalen Schriften des Pseudo-Dionysius, aber eine mittelalterliche Übersetzung aus dem Griechischen ins Lateinische, verfertigt im Westfrankenreich im neunten Jahrhundert von Johannes Scottus Eriugena im Auftrag seines Königs Karls des Kahlen, dessen Hofdichter er war. Neben diesem schön in dünne Holzdecken und weißes Pergament gebundenen Buch stand ein weiteres mit gleicher Bindung und wie das erste mit zierlichen silbernen Schließen versehen: eine Abschrift des Kommentars des Eriugena zur Schrift „De ecclesiastica hierarchia" des Pseudo-Dionysius über die kirchliche Hierarchie. Rohabuham und ich schlugen die beiden Bücher auf – im wahrsten Sinn des Wortes, denn wie bei mittelalterlichen Büchern mit Schließen üblich, bedurfte es eines Schlages mit der Hand auf den Deckel, um die Schließen aufspringen zu lassen. Haschim und die Dekanin beugten sich über die Übersetzung, ich nahm mir den Kommentar vor. Einer Eingebung folgend, las ich zunächst das Inhaltsverzeichnis, denn ich erinnerte mich, dass Eriugena nicht nur Hofdichter, sondern auch anerkannter Lehrer in den Sieben Freien Künsten gewesen war, und eine davon war die Musik. Tatsächlich fand ich einen Eintrag zu einem Kapitel über den Bezug der *septem artes liberales* zum kommentierten Werk. Ich schlug die Seite mit dem Text zur Musik auf und wusste nach kurzem Lesen, dass ich eine Spur gefunden hatte. Nach ausführlichen Kommentaren zu den beiden *institutiones* von Boëthius, den Eriugena wohl sehr geschätzt hatte, gab es einen kurzen Absatz, der am Rand deutlich markiert war und den ich sofort laut übersetzte: „Zu Zeiten des Autors waren uns noch nicht die Hilfsmittel und Namen vertraut, die uns Paulus Diaconus mit dem Johannes-Hymnus schenkte."

„Natürlich", entfuhr es der Dekanin. „Die Namen der Töne, die im Mittelalter in Europa gespielt wurden, die habe ich einst genauso gelernt wie alle meine Vorgänger. Da bei uns aber andere Namen und Tonarten verwendet werden, weiß ich nicht mehr, welche das sind."

„Damit kann ich dienen", warf ich ein. „Der gute Kantor, der mich in meiner Jugend an der Orgel, dem Klavier und der Geige unterwies, lehrte mich auch die Grundlagen der Komposition. Dazu gehörten die Kirchentonarten, die je nach Ton, mit dem sie beginnen, unterschiedlich klingen. Und die Bezeichnungen der Töne folgten den Anfangssilben des Johannes-Hymnus des Paulus Diaconus, den der mittelalterliche Dichter im 8. Jahrhundert wohl eigens geschrieben hat, um den Menschen, die nicht lesen konnten, beim Memorieren der Töne zu helfen." Aus dem Gedächtnis rezitierte ich die erste Strophe des alten Hymnus auf Johannes den Täufer, wobei ich darauf achtete, die Hebungen der Hexameter nur leicht zu betonen, die jeweils erste Silbe einer Zeile aber deutlich hervorhob, um die Tonnamen zu verdeutlichen. Dabei bemerkte ich, dass Marijke aufgehört hatte zu spielen und mir aufmerksam zuhörte. „*UT queant laxis – REsonare fibris – MIra gestorum – FAmuli tuorum – SOlve polluti – LAbii reatum – Sancte Iohannes.* Die ersten Silben der ersten sechs Zeilen ergeben die sechs Tonnamen: ut, re, mi, fa, so oder sol und la. Die siebte Note, die ihr vielleicht aus der heute üblichen französischen, italienischen und spanischen Tonskala kennt, das si, sprengte den damals üblichen Rahmen eines Hexachord, also eines Tonbereichs von sechs Tönen, und wurde später aus den Anfangsbuchstaben von Sancte Iohannes gebildet, und noch viel später ersetzte man das ut durch das heute übliche do. Aber von beidem kann der Schreiber dieses Werkes" – ich deutete auf den Kommentar des Eriugena – „nichts wissen."

Marijke spielte langsam die sechs Töne, während sie dazu die Namen sprach, die in ihrer Heimat, in Deutschland und Großbritannien üblich sind: „C – D – E – F – G – A. Daraus kann ich natürlich eine Melodie machen, und ich darf wohl keine anderen Töne verwenden. Aber ich denke, wir brauchen mehr Hinweise. Was bedeutet denn dieser Johannes-Hymnus?"

Ich übersetzte sinngemäß: *„Es sollen die Schüler mit lockeren Stimmbändern zum Klingen bringen können die Wunder deiner Taten. Löse die Schuld von der befleckten Lippe, heiliger Johannes.* – Ich sehe nicht, wie uns das weiterbringen könnte."

„Aber ich habe eine Spur", erklang plötzlich die Stimme von Rohabu haytam hinter einem Buchregal. Mir war gar nicht aufgefallen, dass er seine Wächterposition am Eingang aufgeben hatte. Er trat hinter dem Regal hervor, in der Hand ein Buch, dass ich sofort wiedererkannte; das „Kitab Al'Azif", auch bekannt als „Necronomicon". „Während meiner frühen Studien an der Fakultät der Luft habe ich mich auch mit den astronomischen und astrologischen Texten in diesem Buch beschäftigt. Und ich erinnere mich an eine Ritualbeschreibung, in der Musik als Mittel zur Herbeirufung wie zur Bannung eines Dämons beschrieben wird und die genannten Tonnamen vorkommen." Er las uns eine längere Passage des arabischen Textes vor, die uns, die wir ihn verstanden, den Atem stocken ließ.

„Das ist es", entfuhr es Marijke.

„Was hat er gesagt?", fragte Sir David leicht gereizt vom Eingang her; ihm war natürlich unsere Reaktion nicht entgangen.

Ich versuchte mich in einer möglichst wort- und zugleich sinngemäßen Übersetzung ins Englische, dabei immer wieder einen Blick in das Buch werfend, das mir der Dekan vor Augen hielt:

„Um einen Dämon mit Musik zu beschwören und ihn zu bannen, bedarf es eines besonderen Instruments, gefertigt nur aus edelsten Materialien, die aus mehreren Ländern stammen müssen, und versehen mit magischen Symbolen und Schutzzeichen. Um den Dämon in unserer Welt zum ersten Mal zu beschwören, zeichne ein Pentagramm aus dem Blut einer Jungfrau und spiele außen sitzend fünfmal den aufsteigenden Knoten aus den sechs Tönen der alchemistischen Skala, die da sind ut, re, mi, fa, so und la, und du wirst den Dämon beherrschen. Wann immer du ihn in der Folge zu dir rufen willst, so spiele den aufsteigenden Knoten auf demselben Instrument dreimal. Willst du ihn aber bannen für immer von dieser Welt, so setze dich mit deinem Instrument in ein Pentagramm, gezeichnet mit Bienenwachs, rufe den Dämon mit dem dreifachen aufsteigenden Knoten herbei und spiele anschließend fünfmal den absteigenden Knoten, die sechs magischen Töne in der Reihenfolge la, so, fa, mi, re, ut. Doch bedenke und beachte: Alle Töne müssen gleich lang sein; so du dies nicht befolgst oder einen falschen Ton spielst, bist du und sind alle, die mit dir sind, des Todes."

Während ich laut Englisch sprach, hatte Rohabu haytam den Text noch einmal halblaut auf Arabisch mitgesprochen, und alle, die der Sprache mächtig waren, hatten ihm zugehört. Nun herrschte für einige Momente absolute Stille.

Marijke brach sie, in resolutem Tonfall verkündete sie: „Das ist die Lösung, und das bekomme ich hin. Lasst uns nicht zögern, wir sollten das gleich in die Tat umsetzen."

„Ihr habt Recht", stimmte ihr die Dekanin der Quintessenz zu. „Doch sagt man bei uns: Wer gemächlichen Schrittes nicht fehl geht, kommt schneller an als der Eilende ohne Plan. Oder wie schon der römische Kaiser Augustus gesagt haben soll: ‚festina lente!', also ‚eile langsam'. Deshalb lasst uns den Bannversuch gut vorbereiten. Die Dekane sollen sich in der Halle der Weisheit versammeln; das ist der einzige Ort, der dieses Rituals würdig ist."

Das Licht aus den acht wunderschönen bunten Glasfenstern erzeugte an diesem späten Nachmittag eine eher bedrohliche Atmosphäre, doch vermute ich, dass dies mehr meinem inneren Seelenzustand zuzuschreiben war als einer realen Wahrnehmung. Wie oft ist doch der Mensch das Opfer von Sinnestäuschungen oder empfindet ein und denselben Zustand unterschiedlich, je nachdem, wie es in seinem Innern aussieht!

Auch ich bin davor nicht gefeit und erlebte es an diesem Nachmittag ein weiteres Mal.

In der Mitte des oktogonalen Raums war auf den Boden mit Bienenwachs ein großes Pentagramm gezeichnet, wie im „Necronomicon" beschrieben. In der Mitte saß Marijke auf einem niedrigen Sitzkissen, die Harfe zwischen den Knien. An den Wänden standen wir anderen aufgereiht: ihre Reisegefährten, die Waffen aus der geheimen Kammer in den Händen, Halef zusätzlich seine Leuchtkugel bereithaltend, die vier Dekane und Al-Magest sowie die sieben Skelette, auch sie kampfbereit. Niemand sonst war im Raum. Scheik Haschim, der zu meiner Linken stand, war bleich, wenn auch gefasst, doch konnte er ein Zittern in seinen Händen nicht unterdrücken. Was hier in den nächsten Minuten geschah, würde über sein Schicksal entscheiden.

Al-Magest ergriff das Wort: „Ich will keine lange Rede halten; wir alle sind uns der Bedeutung des Augenblicks bewusst. Nach Jahrhunderten sind wir in der Lage und bereit, einen uralten Feind zu besiegen, vielleicht zu vernichten, zumindest zu bannen – dank der Tapferkeit und Treue unserer Vorfahren" – er verneigte sich vor den Skeletten – „und der Hilfe unserer Gäste. Ohne diese wäre nichts hiervon möglich gewesen, alle in der Akademie werden ihnen dafür dankbar sein, solange diese Universität existiert. Doch nun lasst uns zur Tat schreiten und beten und hoffen, dass das altehrwürdige Ritual gelingen möge." Er nickte Marijke zu und trat zurück an die Wand.

Marijke holte tief Luft und spielte dann relativ langsam, aber absolut gleichmäßig mit jeweils drei Fingern der beiden Hände den aufsteigenden Knoten: C – D – E – F – G – A – und noch einmal – und noch einmal.

Von einem Moment zum anderen stand der Marid mitten im Raum, direkt vor und mit dem Rücken zu dem Pentagramm, so wie wir ihn heute schon einmal gesehen hatten: etwas mehr als mannsgroß, mit tiefschwarzer und glänzender Haut, die beiden Waffen in den Händen. Und jeder Ton im Raum verstummte, nur ein ganz leichter Nachhall des letzten Harfentons war zu vernehmen. Einen Moment stand die Kreatur wie erstarrt, dann wirbelte sie um ihre Achse, um sich einen Überblick zu verschaffen, erblickte das Pentagramm und schlug nach Marijke – doch der Säbel wurde mitten in der Luft aufgehalten, direkt über der Linie des schützenden Pentagramms. Auf dem Rücken des Dämons sah ich eine Narbe, dort, wo mein Wurfbeil ihn getroffen hatte; der Marid musste enorme Heilkraft besitzen, die Wunde war schon geschlossen und verblasst. Aber die Narbe bewies: Das Wesen war verwundbar. Und es kam mir vor, als seien seine Bewegungen etwas langsamer als in der Geheimkammer, die Wunde hatte ihn wohl geschwächt.

Als sein Säbel nun plötzlich vom Pentagramm aufgehalten wurde, wirkte der Marid einen Moment wie versteinert, dann riss er beide Waffen hoch und stürzte auf Al-Magest zu, der hinter den ihn schützenden zwei Skeletten stand. Doch er sollte niemanden mehr erreichen.

Marijke hatte nur eine Sekunde gezögert; als sie merkte, dass das Pentagramm sie schützte, begann sie, diesmal etwas schneller, den absteigenden Knoten zu spielen: A – G – F – E – D – C. Die Harfentöne waren in der Stille deutlich zu vernehmen; kaum waren die ersten zwei Töne erklungen, damit also die absteigende Richtung der Melodie zu erkennen, verlangsamten sich die Bewegungen des Dämons, als sei er komplett in Treibsand gefangen, und dies mit jedem Ton mehr – als der erste absteigende Knoten vollendet war, bewegte er sich nur noch zentimeterweise. Seine Augen glühten, sein Maul war weit aufgerissen, doch wir hörten keinen Ton, nichts außer dem silberhellen Klang der Harfe, auf der Marijke nun den zweiten Lauf spielte, gleichmäßig und fehlerfrei mit bewundernswerter Konzentration und Ruhe, und als sie die dritte Tonfolge vollendet hatte, rührte sich der Dschinn nicht mehr, seine Haut war grau und stumpf geworden und das Licht in seinen Augen erloschen, die Schwerter ihm aus den Händen gefallen. Ich blickte zu Haschim und sah, dass auch die ehemals schwarzen Bänder um seine Handgelenke grau geworden waren. Der vierte absteigende Knoten erzeugte in der Steinstatue, zu der der Dämon geworden war, zunächst feine und immer größer werdende Risse, bei der letzten Tonfolge zerbrach die Statue und zerfiel zu feinem grauen Staub, der als Häufchen auf dem Boden lag. Beim letzten Ton, einem von Marijke mit voller Kraft und nahezu jubilierendem Klang angerissenen C, stob ein Windstoß durch den Saal, der das Portal aufriss und die Asche mit einem Schwung hinausblies in die Weiten des Hadramaut.

Haschim reckte mir seine Hände entgegen – seine Handgelenke waren blank und wiesen keine Spuren der schwarzen Schnüre mehr auf.

Wir hatten den Dämon bezwungen.

Dreißigstes Kapitel
Eine mysteriöse Einladung

Was für ein Fest wurde an diesem Abend gefeiert in der Universität! Jahrhunderte hatte der Schatten des Dämons über der geheimen Universität gelegen, stets waren die Gelehrten sich seiner bewusst gewesen, nie konnten sie sich wirklich sicher fühlen. Ich konnte mir die Gefühle der Menschen, die nun von dieser unheilvollen Drohung befreit waren, zwar vorstellen, aber ihre Tiefe sicher nicht nachempfinden.

Die Heldin des Tages war natürlich Marijke van Beverningh. Den ganzen Abend, während in den Häusern und Innenhöfen und auf den flachen Dächern gefeiert wurde, war sie umringt von Alt und Jung, wurde immer wieder gebeten, etwas auf ihrer Harfe zu spielen, und dem Wunsch kam sie gerne nach. Noch immer war ihr Blick ernst, zeigten ihre schönen Züge kein befreites Lächeln, doch schien es mir, als sei sie gelöster, als ich sie jemals zuvor erlebt hatte. Und sie hatte allen Grund dazu, hatte sie doch mit ihrer bemerkenswerten und mutigen Tat mehr Menschen aus seelischer Not und Bedrängnis befreit, als sie an Sklavinnen bei einem Dutzend Sklavenkarawanen hätte befreien können. Vielleicht trug auch die Anwesenheit und Bewunderung der Kinder etwas zu ihrer Stimmung bei, die sie stetig umringten, wo immer sie stand und ging. Zum ersten Mal, seit wir in Hadramaut waren, sahen wir normale Familien, junge und alte Menschen, die zu den Gelehrten gehörten, uns aber bisher nicht begegnet waren, und besonders viele Kinder. Ab und an aber erspähten wir traurige Gesichter, weinende Frauen, Männer und Kinder: die Verwandten jener 24 Menschen, die der Dämon im Speisehaus gemordet hatte.

Für eine Betrachtung und Bewertung des Geschehenen sei es am nächsten Tag früh genug, meinte Al-Magest, wir würden uns dafür genügend Zeit nehmen, doch zunächst sei die Zeit des Feierns gekommen – aber zuvor die der Dankbarkeit. Und damit verneigten er und die Dekane sich vor Marijke. „Ihr und Eure Freunde habt für unsere Akademie so viel getan, dass wir Euch dies niemals angemessen vergelten können“, sagte er zu ihr und schloss mit einer Armbewegung uns andere mit ein. „Ihr alle seid uns hochgeschätzte Gäste und Freunde und stets und so lange willkommen, wie es Euch beliebt. Wir werden morgen mit klarem Kopf und ruhigem Verstand über das Geschehene reden, doch eines möchte ich jetzt und an dieser Stelle sagen: Euch, verehrte Mevrouw van Beverningh, steht nicht nur jedes denkbare Lob zu, sondern auch das Instrument, mit dem Ihr so vollendet die Verbannung des Dämons vollzogen habt. Bitte nehmt diese Harfe als Zeichen unserer Dankbarkeit als Euer Eigentum an.“ Marijke zögerte einen Moment, dann gab sie sich einen Ruck und erwiderte: „Dieses Instrument ist viel zu wertvoll, um es als Geschenk anzunehmen, auch wenn es aus Dankbarkeit geschieht. Es gehört nach Hadramaut, dort sollte es seinen Platz auf Dauer finden. Aber da ich die

Einzige zu sein scheine, die es mit Wirkung zu spielen vermag, nehme ich das Geschenk an, will es in Ehren halten und versuchen, damit noch viel Gutes zu tun. Und wenn ich einst nicht mehr bin, soll es seinen Weg zurückfinden in seine Heimat in Hadramaut."

Danach gab es noch etwas Trauriges zu erledigen: die Vorbereitung der Bestattung der im Kampf Gefallenen, die nach muslimischem Brauch am nächsten Tag erfolgen sollte. Und dazu zählten nicht nur die jungen Menschen, denen der Marid den Kopf genommen hatte, sondern auch unsere tapferen Verbündeten, die Skelette. In dem Moment, in dem der Dämon zu Staub geworden war, war das Leben, oder was immer ihnen Beweglichkeit und Handlungsfähigkeit verliehen hatte, aus ihnen gewichen. Sie waren zu Knochenhaufen zusammengefallen, zwischen ihren Gebeinen lagen die Säbel, der Anführer war nur noch an der Schriftrolle erkennbar. Rohabu baythabu organisierte ihre Überführung in eine Gruft, in der sie bis zur endgültigen Beisetzung angemessen ruhen konnten; als Dekanin der Erde war sie auch zuständig für Bestattungen. „Dies ist eine ebenso süße wie traurige Pflicht, haben sie doch nach Jahrhunderten ihre Aufgabe erfüllt und ihren Frieden gefunden", sagte sie, während sie die Schriftrolle aufhob und Al-Magest übergab. „Doch die Überführung, Waschung und Salbung der 24 jungen Menschen, deren Köpfe wir nun ihren Leibern zufügen können, bringt ihre Verwandten und meine Fakultät an ihre körperliche wie seelische Belastungsgrenze. Deshalb verzeiht uns, wenn wir nicht mitfeiern werden oder zumindest erst am späten Abend zu euch stoßen."

Wenig später gingen die Festlichkeiten los.

Später am Abend zogen Halef und ich uns auf ein Flachdach etwas abseits vom Trubel zurück; wir beide hatten das Bedürfnis, nach so tatenreichen Tagen einmal innerlich aufzuatmen, zur Ruhe zu kommen und uns in aller Beschaulichkeit auszutauschen. So viele Jahre waren wir Seit' an Seit' geritten und hatten gemeinsam gestritten, unsere Freundschaft war so tief und wunderbar, wie ich sie höchstens noch mit meinem indianischen Blutsbruder erleben durfte. Schon lange war Halef kein Diener mehr, sondern ein geschätzter Freund und Vertrauter, und aus dem zu Beginn unserer Bekanntschaft manchmal wunderlichen und oberflächlichen Männlein war ein Mann mit viel Erfahrung und oft tiefen und weisen Gedanken geworden, den ich sehr schätzte.

Auch wenn wir uns oft blind verstanden, tat es sehr gut, einmal gründlich gemeinsam über das Vorgefallene nachzudenken. So saßen wir im herrlichen Schein des vollen Mondes, genossen die Ruhe und unsere Gemeinschaft, tauschten unsere Gedanken aus und bewerteten das Geschehene, immer wieder unterbrochen von vertrauensvollem Schweigen und ab und an vom Griff in eine der Schalen, die wir mitgenommen hatten, nach den eingelegten Granatäpfeln und Quitten, den Datteln und Trauben.

Nachdem wir uns Gedanken gemacht hatten über unsere Weiterreise und noch zu keinem eindeutigen Entschluss gekommen waren, fragte mich mein Freund: „Sihdi, wie stehst du nun zur Magie? Du hast so vieles gesehen: den magischen und verfluchten Stab unseres Freundes Haschim, die Skelette, die sich bewegten und kämpften, den Dämon, der so viele tötete, schließlich die magische Harfe von Mevrouw van Beverningh. Und denke an die Erlebnisse des letzten Jahres zurück: das fliegende Pferd, die Kämpfe gegen den Schut, den Mübarek und Al-Kadir, erinnere dich an die Hexe Qendressa. Kannst du alles dies erklären mit eurer westlichen Wissenschaft?“

Ich ließ mir Zeit mit der Antwort und dachte gründlich nach. Dies hier war keines der Wortgeplänkel, die wir uns so oft und gerne lieferten, es war eines jener ernsten tiefgründigen Gespräche, die ich so sehr schätzte. „Mein lieber Halef“, antwortete ich schließlich, „vieles von dem, was wir erlebt und gesehen haben, kann ich akzeptieren, weil ich sicher bin, dass die Wissenschaft eines Tages Erklärungen finden wird. Denke nur an die Telegrafie; vor 50 Jahren hätte man das Übertragen von Nachrichten über einen Draht für Zauberei gehalten, aber es ist eine technische Anwendung, und wer weiß, ob wir nicht eines Tages ohne Draht telegrafieren können, wie es von Schriftstellern wie dem Franzosen Jules Verne vermutet wird. Vor allem aber gibt es eine Form von Wundern und Wunderbarem, die ich unterscheiden möchte von der Magie, die Menschen und Scharlatane machen, und die auch du, mein lieber Halef, kennst: die, die in unseren heiligen Büchern beschrieben wird, in meiner Bibel und deinem Koran. Wenn ich die lebenden Toten, unsere Skelette, sehe, denke ich an Saul im ersten Buch Samuel, der den verstorbenen Propheten von der Totenbeschwörerin von Endor von den Toten auferwecken lässt, mit Gottes Willen und vielleicht des Satans Hilfe. Alle Zauberer sind auf jeden Fall des Teufels Zöglinge, wie uns Paulus versichert. Wenn Gott ihr Wirken zulässt und uns mit Paulus auffordert, es zu bekämpfen, warum soll ich dann nicht glauben, dass manchmal auch gewisse Kräfte herrschen mögen, die man als Magie bezeichnen kann? Wenn Simon Magus in Rom Wunder wirkt und sogar fliegen kann, ist dies teuflisches Wirken, dem Petrus Einhalt gebietet, indem Gott auf sein Bitten hin den Zauberer abstürzen lässt. Nur so kann es zu einem fliegenden Pferd und dem dämonischen Stab gekommen sein. Deine Lampe ist sicher nicht dämonisch, eines Tages werden wir ihre Funktionsweise verstehen."

„Das steht im Koran ja ganz ähnlich, Sihdi", entgegnete Halef aufgeregt, „dort wird auch von Zauberern und Hexen gesprochen. Aber es gibt eben auch gute und gläubige Dschinn, wie in meiner Lampe und wie sie von Salomo beherrscht wurden, wie es in der 34. Sure heißt, mit Namen Saba: ‚Von den Dschinn waren manche, die unter ihm arbeiteten', und weiter: ‚Sie machten für ihn, was er begehrte.' Die Hexen und schlechten Magier sollen wir bekämpfen, aber es gibt auch gute Magie. Denke nur an die Harfe! Ist Musik nicht auch bei euch eine Wunderkraft?"

„Das ja, aber das ist eher symbolisch gemeint. Auch wenn es heißt, die Stadtmauer von Jericho sei mit Posaunenschall zerstört worden, ist das nur ein Bild für die Macht Gottes."

„Nun, die Harfe von Sayida Maryam hat auf jeden Fall eine wundersame Wirkung gehabt", wurden wir plötzlich unterbrochen. Über die Dachkante erhob sich der Kopf von Scheik Haschim, der langsam die Treppe emporkam. „Ich bitte um Verzeihung, ich hatte nicht vor zu lauschen, ich suchte ein wenig Gesellschaft und folgte Euren Stimmen."

„Bitte setzt Euch, mein Freund", lud ich ihn ein. „Ihr habt ja nichts gehört, was ein Geheimnis wäre, nur unsere fast schon rituelle Disputation über die Existenz und Wirkung von Magie."

„Und Ihr seid immer noch der Meinung, es ließe sich alles wissenschaftlich erklären?", fragte Haschim, während er sich niederließ.

„Irgendwann fast alles; aber ich gebe zu, dass ich als gläubiger Mensch manches einer höheren Sphäre zuschreiben muss, in die wir keinen Einblick haben."

„So lasst es damit vorerst bewenden", meinte der Scheik. „Ich möchte die Gelegenheit nutzen, Euch beiden herzlich zu danken für alles, was Ihr für mich getan habt. Ihr habt mehr befreit als diesen Körper, Ihr habt meine Seele gerettet und mich vor einem grausamen Schicksal bewahrt. Dem Lord und unserer musikalischen Lady konnte ich schon danken, doch bei Euch habe ich erst jetzt die Gelegenheit." Er erhob sich und bot uns beiden jeweils eine offene Hand dar. Auf jeder Handfläche lag ein kleines ovales Medaillon von etwa zwei mal drei Zentimetern aus dezent mit Blumenornamenten verziertem Silber und mit einer dünnen Silberkette.

„Bitte nehmt dies als Zeichen meiner immerwährenden Dankbarkeit und Freundschaft." Er reichte jedem von uns eines der Schmuckstücke und nickte, als ich Anstalten machte, das Medaillon zu öffnen. „Ihr seht darin eine stilisierte Darstellung einer Flasche. Dieses Zeichen geht zurück auf den

Urvater unserer Familie, Abd al-Muttalib ibn Hāschim, den Großvater des Propheten. Seit seiner Zeit wacht unsere Familie über das Wasser aus dem Brunnen Zemzem in Mekka und ist dieses Symbol ihr geheimes Zeichen.“

Eine Erinnerung stieg in mir hoch: Der Ruf „Ein Giaur, ein Giaur!“, hallte in meinen Ohren, als hätte Abu-Seïf ihn erst gestern ausgestoßen – Hannehs Vater und der Vater von Djamila, die wir vor einiger Zeit im Basar von Basra getroffen hatten. Auch da waren wir gerannt, um die junge Diebin zu fangen, aber das war kein Vergleich zu meiner Flucht aus Mekka gewesen. Ich erinnerte mich noch lebhaft an die Geräusche der mich verfolgenden Menschenmenge, die wie das Getöse eines Wasserfalls oder das Geheul eines Orkans geklungen hatte.

„Was ist Euch?“, riss Haschims Stimme mich aus meinen Erinnerungen.

Halef übernahm es, zu antworten: „Wir beide haben ganz bestimmte Erinnerungen an jenen Brunnen“, und ich wusste, er dachte daran, dass er kurz nach meiner Flucht aus Mekka Abu-Seïf getötet und seine Hanneh zur Frau gewonnen hatte.

Haschim drang nicht tiefer in uns, er erläuterte: „Wann immer Ihr einem wahren Haschimiten dieses Medaillon zeigt, wird er Euch zu seinen Freunden zählen und Euch alle Unterstützung geben, derer Ihr bedürft.“ Er stockte einen Moment, dann fuhr er leise fort: „Einst gab es 24 dieser Kleinode. 14 sind verschollen, sechs hat mein Vater vergeben und ich die letzten vier heute Abend. Haltet sie in Ehren, meine Freunde.“ Er umarmte uns beide kurz, wandte sich ab und verließ geschwinden Schritts das Dach.

Halef und ich schwiegen einen Moment nachdenklich, bevor wir uns die Ketten umhängten. „Mir scheint, die Zeit der Überraschungen in Hadramaut ist noch nicht zu Ende“, sagte Halef schließlich.

Von dem Begräbnis am nächsten Tag will ich nicht viel berichten, außer, dass es eine sehr ergreifende Zeremonie war.

Die Toten wurden auf Bahren von jeweils vier Studenten ihrer Fakultät zum Friedhof getragen, in den Kleidern, in denen sie gestorben waren, wie bei Märtyrern üblich, die im Kampf gegen Ungläubige oder Dämonen getötet worden waren. Die Knochen der Skelette hatte man behutsam in edle Leinentücher gehüllt. Auf dem etwas außerhalb gelegenen Friedhof, der wenig Schmuck aufwies, wurden die Toten unter andauernden Koranrezitationen in der Gebetsrichtung nach Mekka in ihre Gräber gelegt. Über dem zugeschütteten Grab markierte jeweils eine Steinplatte das Kopfende, eingraviert waren der Name des Toten, das Datum und ein Koranvers.

Bei den Skeletten kannte man nur den Namen des Anführers, die anderen konnte man nicht namentlich zuordnen. So stand auf sechs der Steinplatten nur „Held im Kampf gegen den Marid“ und darunter der Vers, der in das Schienbein des jeweiligen Skeletts eingraviert war; die Säbel hatte man ihnen in ihre Gräber gelegt.

In der Halle der Weisheit stand für die Dekane und uns ein Mittagsmahl bereit, das wir nachdenklich und größtenteils schweigend einnahmen. Marijke wirkte auf mich immer noch ein wenig gelöster als die letzten Tage, ihr Erfolg und die Feier wirkten wohl nach. Ich konnte sehen, dass sie das Medaillon des Scheiks umgehängt hatte; wir Männer trugen es unter der Kleidung verborgen.

Marijke war es auch, an die sich Al-Magest nach dem Mahl wandte. „Verehrte Sayida Maryam, ich habe die Ehre, Euch die Einladung einer geschätzten Freundin zu übermitteln.“ Er blickte uns alle der Reihe nach an. „Natürlich seid Ihr hier so lange willkommen, wie es Euch gefällt, unsere Gäste zu sein. Und wenn Ihr dieses Land verlassen wollt, so kennen wir Wege, die weitaus weniger gefährlich und anstrengend sind als der unterirdische Fluss. Doch kann es sein, dass Ihr einen anderen Weg wählen wollt, in ein Reich jenseits des auf normalen Wegen erreichbaren. Dies hier“, er hielt ein Pergament mit großem roten Siegel empor, „ist eine Einladung der Königin von Saba."

Wäre mitten in der achteckigen Halle ein Blitz eingeschlagen, hätten wir wohl nicht erstaunter blicken können. „Saba?", entfuhr es Marijke. „Das gibt es doch schon lange nicht mehr, und erst recht keine Königin!"

„In der Welt, aus der Ihr kommt, habt Ihr sicher Recht", erwiderte Al-Magest. „Doch bedenkt, wo Ihr hier seid und was Ihr selbst erlebt habt. Hier ist manches möglich, was anderswo nicht sein kann. Doch muss ich gestehen: Die Existenz von Saba übersteigt auch unsere Möglichkeiten und ist uns zum Teil ein Rätsel. Aber dies erklärt euch am besten Rohabu ham, denn zur Erforschung der Quintessenz gehört auch manches, was uns mit Saba verbindet."

Einige Zeit später saßen wir fünf Gefährten bei Kaffee und Gebäck in einem kleinen Park und beratschlagten über unser weiteres Vorgehen. „Ich will noch einmal zusammenfassen, was die alte Lady uns eben erzählt hat", meinte Sir David, „um sicherzugehen, dass ich alles richtig verstanden habe, so seltsam es auch klingt." Er schwieg einen Moment, um seine Gedanken zu ordnen, dann fuhr er fort: „Es gibt dieses Königreich von Saba seit der Zeit des Königs Salomo. Die Königin ist eine mächtige Magierin, die ihr Reich nach Salomos Tod in einen Raum transportiert hat, der ein klein wenig neben unserer Zeit liegt, oder so ähnlich, denn rein geografisch lag Saba wohl am Rand der Rub al-Chali, also neben Hadramaut. Ein paar Jahrzehnte nach Gründung der Universität hat die Königin Kontakt aufgenommen, aber nur die Dekane und der Al-Magest wissen von ihr. Sie kann scheinbar einige Stellen in Hadramaut auf magische Weise beobachten, aber nicht hören, was hier geschieht. Manchmal tauscht sie Botschaften aus, so wie heute, oder kommt etwa einmal im Jahrhundert zu Besuch. Ob es aber immer dieselbe Frau ist, können unsere Freunde nicht entscheiden, da sie manchmal anders oder jünger aussieht, aber immer gleich redet. Und ganz selten fordert sie jemanden von hier auf, sie zu besuchen."

„Und wir müssen uns jetzt entscheiden, ob und wie wir ihre Einladung annehmen", unterbrach ihn Marijke. „Mir gefällt nicht, dass sie nur Scheik Haschim und mich eingeladen hat. Ich möchte, dass wir zusammenbleiben und gemeinsam weiterreisen. Uns verbindet inzwischen so viel – und außerdem habe ich mit Sir Lindsay einen Vertrag."

„Auch ich möchte Hadramaut nicht ohne euch verlassen", schaltete sich Scheik Haschim ein. „Doch lasst uns, bevor wir darüber debattieren, überlegen, was wir eigentlich von Saba und seiner Königin wissen. Meine Kenntnisse darüber beziehe ich einzig aus dem Koran. In der 27. Sure wird erzählt, dass Salomo, Davids Erbe, mit den Vögeln reden konnte; als er aus ihnen, den Menschen und den Dschinn seine Heerscharen bildete, fehlte der Wiedehopf. Der kam später aus Saba und erzählte Salomo von der Königin, die statt Allah die Sonne anbete. Salomo lud sie ein zu sich, und als sie nicht kommen wollte, ließ er sie samt ihrem Thron von einem mächtigen Dschinn in seinen Palast bringen, wo sie sich unterwarf und mit einem Teil ihres Volkes den Glauben an Allah annahm."

„Auch in unserer heiligen Schrift gibt es eine Geschichte von der Königin von Saba", warf ich ein. „Im Alten Testament ist Salomo aber kein Herrscher über Geister und Dämonen, nur ein zunächst sehr weiser König, der sich am Ende seines Lebens von seinen 700 Haupt- und 300 Nebenfrauen zum Götzendienst verleiten lässt. Doch als er noch gottgefällig lebte und weise war, besuchte ihn die Königin von Saba und stellte ihn mit vielen Rätselfragen auf die Probe, die er alle beantworten konnte. Daraufhin beschenkte sie ihn reich, mit Gold, Edelsteinen, Gewürzen und vor allem sehr viel Sandelholz, aus dem Salomo unter anderem Zithern und Harfen anfertigen ließ. Dann kehrte die Königin mit ihrem Gefolge in ihr Land zurück, mehr wissen wir nicht."

Es folgte ein längeres Schweigen. Schließlich ergriff Haschim das Wort. „Wir können nicht wissen, ob wir es wirklich mit der Königin von Saba zu tun haben, unsere Freunde hier sind auf jeden Fall davon überzeugt. Doch sei es, wie es sei: Ich bin sehr neugierig, wer sie wirklich ist. Ich schlage deshalb vor, wir lassen Al-Magest unsere Einwilligung in den Besuch übermitteln, vorausgesetzt, wir sind alle eingeladen und willkommen."

Wir waren einverstanden.

Einunddreißigstes Kapitel
Durch Sand und Wüste

„Sie hat zugestimmt." Rohabu baythabu überbrachte uns die Nachricht am nächsten Nachmittag, während wir gemütlich im Schatten saßen und plauderten. „Und ich habe die Aufgabe, Euch den ersten Teil des Weges zu weisen. Denn von uns nach Saba ist es weit, in euren Maßen über 600 Kilometer. Selbst mit schnellen Reitkamelen wäret Ihr mehrere Tage unterwegs – wenn es ein einfacher Weg wäre. Doch würdet Ihr Euer Ziel so nicht erreichen, denn zwischen uns und der Königin Reich liegen zahlreiche Geröllfelder und eine Sandwüste, die praktisch undurchdringlich ist. Dennoch werdet Ihr schnell in Saba sein, denn Ihr werdet von unseren Freunden geleitet werden, den Ishmaeliten."

Ich reichte ihr ein Schälchen mit Trauben und lud sie mit einer Handbewegung ein, sich zu uns zu setzen.

„Sind diese Ishmaeliten verwandt mit den Ismailiten, den Schiiten, die sich nach dem Urenkel im siebenten Glied von Ali benennen, Ismail ibn Dschafar?", fragte ich sie.

„Niemand von uns weiß das genau", erwiderte die Dekanin.

„Sie sind wohl Nachfahren der Fatimiden, also mit den Ismaeliten verwandt, doch halten sie ihre Geschichte und Religion geheim, und Ihr werdet sehen, dass sie dafür ihre Gründe haben. Sie sind in diese Gegend einige Jahrzehnte nach unseren Vorfahren gekommen, nach dem Zusammenbruch des Fatimidenreichs, und seit dieser Zeit herrschen sie über ihren Teil der Wüste, verlassen ihn nie und leben mit uns in Frieden und Freundschaft. Manche verbringen einen Teil ihrer Jugend hier bei uns, um zu forschen und zu lernen, doch immer kehren sie zu ihrem Stamm zurück, und nie haben sie uns mehr als das Notwendigste über ihre geheimen Lehren und Künste verraten. Dieses aber ist schon erstaunlich genug; Ihr werdet Euch wundern und die Reise genießen."

Scheik Haschim schaltete sich ein. „Einer unserer entfernten Verwandten war einst Offizier und Wesir unter dem achten Kalif der Fatimiden, al-Mustansir, was nichts Besonderes war, der Kalif hatte damals in jedem Jahr mehrere Wesire. Von diesem Verwandten meiner haschimitischen Vorfahren zeugt heute noch ein geflügeltes Wort in meiner Familie: ‚Er reitet fast wie Ishmael!' Denn es hieß, das Tier, das er nicht reiten könne, müsse erst noch von Allah geschaffen werden. Niemand weiß, was aus ihm wurde, aber eine Legende unserer Familie sagt, er habe mit seinen Getreuen einen Zufluchtsort gefunden, auf dem er und seine Nachfahren die großartigsten Reittiere dieser Welt ritten. Vielleicht …"

Rohabu baythabu unterbrach ihn, während sie sich erhob. „Es mag durchaus sein, dass dies Eure entfernten Verwandten sind, doch dies besprecht selbst mit ihnen. Bitte folgt mir jetzt zu Euren Gemächern, um zu packen, damit wir aufbrechen können und noch bei Tageslicht Eure zukünftigen Reisegefährten erreichen."

Das Packen ging schnell, und auch der Abschied von unseren Freunden in Hadramaut, die wir lieb gewonnen hatten, war kurz, dafür umso herzlicher. Uns allen war bewusst, dass wir uns wahrscheinlich nie wieder sehen würden. Ich umarmte die so unterschiedlichen Führer dieser geheimen Akademie, die mir alle ans Herz gewachsen waren: den Dekan des Wassers, wie immer gekleidet in Silber, Blau und Grün, Rohabu sayyod, der uns als Erster begrüßt hatte, dann die Dekanin der Luft Rohabu haytam, in ihrem strahlenden Weiß, Gelb und Hellblau. Nur vorsichtig drückte ich den alten Rohabu hyom, der immer noch gebückt stand und sichtlich litt; aber so leuchtend wie das Feuer, sein Element, und seine Kleider in Gold, Orange und Rot war sein zur Abwechslung fröhlicher Blick. Rohabu ham, das wusste ich inzwischen, trug ihren Titel als Weiseste der Weisen zu Recht; Gürtel und Umhang in Purpurrot und ihre blendendweiße Kleidung hoben sie trotz gleicher Stellung deutlich von den anderen Dekanen ab. Die Erforscherin der Quintessenz erinnerte mich heute mehr denn je an Marah Durimeh, an deren Güte und Weisheit; ich traute mich zunächst nicht, sie zu umarmen, doch sie zog mich ohne Umschweife an ihre Brust. „Ich wünsche Euch alles Glück der Erde“, flüsterte sie mir zu.

Zuletzt stand ich vor dem Patriarchen der Universität, vor Al-Magest; er breitete weit die Arme aus und zog mich an sich. Dann stieß er mich auf Armeslänge von sich, hielt mich aber immer noch umfasst, und sagte: „Kara Ben Nemsi, Ihr werdet hier auf ewig unvergessen und stets willkommen sein. Es wäre mir eine große Freude, Euch eines Tages wiederzusehen.“

Dann ließ er mich los, um sich den anderen zuzuwenden, und ich wusste, wenn ich es irgendwie möglich machen könnte, würde ich wieder hierher zurückkehren – um in Ruhe die Geheimnisse der Bibliothek zu erkunden und um diesen Menschen noch einmal nahe zu sein.

Für unseren ersten, kurzen Teil der Reise standen Kamele bereit. Rohabu baythabu ritt meistens voran, manchmal aber ließ sie ihr Tier zurückfallen, um sich mit einem von uns ein wenig zu unterhalten. Meine Stimmung war eine gemischte: Es war ein wenig Wehmut dabei, wie immer, wenn ich Freunde oder

Kampfgefährten verlasse und davon ausgehen muss, diese nie wieder zu sehen, aber auch Neugierde auf das, was uns erwartete, insbesondere nach den geheimnisvollen Andeutungen der Dekanin der Erde und den Überlegungen meines Freundes Haschim, und ein wenig Aufgeregtheit, da uns wohl etwas ganz Besonderes bevorstand.

Wenn ich mich umwandte und in die Gesichter meiner Gefährten blickte, vermeinte ich, darin ähnliche Gefühle sich widerspiegeln zu sehen. Nur Marijke schien ein wenig abwesend; sie hatte die Harfe von ihrem Rücken genommen, auf dem sie diese inzwischen fast immer trug, und vor sich auf den Sattel gestützt; leise spielte sie melancholische Melodien.

Nach etwa einer Stunde nicht allzu scharfen Ritts über Geröll und groben Sand wurde der Boden felsiger und erhob sich immer mehr zu unseren Seiten, bis wir in einer Schlucht ritten mit mehr als dreimal mannshohen Wänden. Der Tag neigte sich dem Abend zu und am Himmel zeichnete sich in der klaren Luft ein wunderschöner Sonnenuntergang ab. Die Schlucht machte plötzlich eine Biegung und vor uns standen zwei Männer. Gekleidet in die klassische Tracht der Wüstenbeduinen, standen sie einen Moment regungslos, während wir anhielten, dann deuteten sie eine Verbeugung an. Rohabu baythabu ließ ihr Kamel niederknien und stieg ab, trat auf die beiden zu und umarmte sie nacheinander, während sie ihnen etwas zuflüsterte. Dann wandte sie sich uns zu.

„Dies sind Sahkan und Selim, zwei der Wüstenreiter, die Euch geleiten werden. Ich überlasse Euch nun ihrer Obhut.“ Auch wir stiegen ab und verabschiedeten uns von Rohabu baythabu; ich umarmte sie herzlich, die Dekanin der Erde war mir ans Herz gewachsen. Sie stieg wieder auf, nahm unsere Kamele am Zügel und verschwand um die Biegung, ohne sich noch einmal umzusehen.

Einen Moment standen wir etwas verloren herum, dann übernahm Scheik Haschim die Initiative und eine kurze Vorstellung. Die beiden Männer ließen ihn ausreden, dann sagte der Ältere: „Ich bin Sahkan, der Scheik unseres Stamms, dies ist mein Freund und Stellvertreter Selim. Es ist uns eine Ehre und eine Freude, die Retter unserer Freunde aus der Akademie von Hadramaut nach Saba zu geleiten. Es wird ein anstrengender Ritt werden, deshalb lasst uns zunächst unsere Zelte aufsuchen, speisen und eine geruhsame Nacht verbringen, ehe wir morgen losreiten."

Während wir den beiden folgten, fragte ich Sahkan: „Ihr habt besonders schnelle Reittiere, wurde uns gesagt, mit denen die Reise erheblich rascher gehen soll als üblich?"

Er sah mich von der Seite an und ein feines Lächeln umspielte seine Mundwinkel. „Bitte verzeiht, Kara Ben Nemsi, wenn ich es Euch nicht verrate. Es ist immer ein großes Vergnügen, wenn Gäste zum ersten Mal unsere Freunde unter dem Sattel sehen."

Nach wenigen Minuten öffnete sich die Schlucht auf eine Ebene, auf der der Stamm seine Zelte aufgeschlagen hatte. Während uns die Männer ohne große Gefühlsregung und mit stolzen Blicken entgegenschauten und die Frauen uns zurückhaltend musterten, waren wir gleich von zahlreichen Kindern umringt, die vor allem den Lord in seiner für sie sehr exotischen Kleidung und Marijkes Harfe bestaunten. Sie blieb stehen, nahm das Instrument vom Rücken und entlockte ihm eine lustige Melodie. Nach kurzer Zeit tanzten die Kinder, und bald schlossen sich ihnen immer mehr Frauen und junge Männer an. Selbst in den ernstesten Minen der gesetzten Krieger konnte ich manchmal ein amüsiertes Mundzucken erkennen; es war ein fröhliches Willkommen.

Während des gesamten Abends, der sehr unterhaltsam war, bei Musik, angeregten Gesprächen und hervorragendem Essen, ließen weder das Stammesoberhaupt noch die anderen Männer und Frauen seines Stammes sich etwas über unsere Reise entlocken; es schien ihnen Vergnügen zu bereiten, uns im Dunkeln zu lassen. Außerdem mussten vor allem wir erzählen; sie waren höchst begierig, zu erfahren, wie sich unsere

Abenteuer in der geheimnisvollen Universität und der Kampf mit dem Dämon genau zugetragen hatten. Das Berichten übernahmen in erster Linie Halef und der Scheik, die sich beide durch eine sehr blumige und spannungsreiche Rede auszeichneten. Unsere Gastgeber hingen an ihren Mündern. Am Ende baten sie Marijke, ihnen etwas vorzuspielen, was diese gerne tat; es wurde daraus ein kleines Konzert.

Als Marijke fertig gespielt und den verdienten Applaus entgegengenommen hatte, bat Sahkan sie, ihm das Medaillon zu zeigen, das sie umgehängt hatte.

„Es ist eine besondere Gabe unseres Freundes, Scheik Haschim“, sagte sie, während sie es abnahm und ihm reichte. Sahkan betrachtete das Schmuckstück aufmerksam, öffnete es, dann drehte er sich zu Haschim um und fragte:

„Ihr seid es, der ihr dieses Medaillon gegeben hat, Ihr seid der rechtmäßige Erbe?“

Haschim nickte, sein Gesicht zeigte eine unterdrückte Spannung.

Sahkan hob seine Stimme, sodass man ihn im ganzen Zelt vernahm und alle Gespräche verstummten. „Meine Freunde, lasst uns einen ganz besonderen Gast begrüßen: Scheik Haschim, einen Nachfahren des Großvaters des Propheten aus der Familie, die über das Wasser aus dem Brunnen Zemzem wacht, aus der Familie, aus der auch unser erster Führer, mein Vorfahr Ishmael, stammte. Nach fast tausend Jahren treffen sich hier nach gewaltigen Taten Zweige unserer Familie wieder, welch Glück und welch Segen! Lass dich umarmen, Bruder!“

Ich will den Mantel des Schweigens breiten über die Feier, die nun folgte; es soll genügen zu erwähnen, dass wir weitaus später zum Schlafen kamen, als wir es uns vorgenommen hatten.

Dennoch waren wir am nächsten Morgen früh auf den Beinen; nach einem ausgiebigen und schmackhaften Frühstück empfingen uns Sahkan und Selim vor dem Zelt.

„Unsere Tiere erwarten uns samt ihren Reitern“, erläuterte Sahkan, während wir einen kleinen Hügel vor dem Lager emporstiegen. Die Sonne war kaum aufgegangen und eine erfrischende Kühle umfing uns. Als wir auf der Kuppe des Hügels angekommen waren, blieben wir stehen; der Anblick, der sich uns bot, wirkte auf mich skurril und bedrohlich zugleich, und ich merkte, dass es meinen Gefährten nicht anders ging.

Vor uns in etwa 30 Metern Tiefe erstreckte sich eine Senke mit einem Durchmesser von vielleicht 200 Metern, gefüllt mit feinem Sand und umgeben von hohen Dünen; uns gegenüber gab es einen offenen Durchlass, durch den mehrere Kamele nebeneinander hätten schreiten können und der dahinter die Steinwüste erkennen ließ. Das Erstaunliche aber war nicht dieses überraschend runde Tal, sondern die fünf Kreaturen, die sich darin tummelten und die ich keiner bekannten Spezies zuordnen konnte.

Es waren seltsame riesige Wesen, fast wie gewaltige Schlangen, doch weitaus dicker als solche. Sie glichen gewaltigen braungrauen Regenwürmern, denen man die vordere Hälfte abgeschnitten hatte. Mehr als zwei Meter im Durchmesser und sicher über 15 Meter lang, glitten sie elegant umeinander über den Sand, als ob sie tanzten. Das Vorderteil hielten sie dabei erhoben, es endete in einem großen runden Maul, das, wenn sie es aufrissen, ebenfalls bis auf zwei Meter Breite anwachsen konnte, aus drei sich überlappenden Teilen bestand und mit dem sie sicher einen Mann auf einmal verschlingen konnten. Aus den Tausenden riesiger Zähne hätte man Dolche für eine halbe Armee herstellen können. Unwillkürlich musste ich an einen alten Holzschnitt denken, der den legendären bayrischen Tatzelwurm darstellen sollte, eine nicht geflügelte Variante eines Lindwurms.

Unter uns, am Rand der Senke, standen drei Männer, die uns erwartungsvoll anschauten und die wir gestern schon kennengelernt hatten: Garstil, Kurot und Onnum. Sahkan hatte sie uns als Sandreiter vorgestellt, aber ich hatte dem keine besondere

Bedeutung beigemessen. Nun hatte ich eine Ahnung, was er damit gemeint haben könnte.

„Kommt!“, forderte Sahkan uns auf und begann den Abstieg; wir folgten ihm. Seine drei Stammesgefährten begrüßten uns mit einem Nicken.

„Das“, erklärte Sahkan nun und wies mit einer weit ausholenden Geste auf die fünf Kolosse, „sind die Sandwürmer von Hadramaut. Wir wissen nicht, woher sie kommen oder warum es sie unseres Wissens nur in dieser Wüste gibt, aber es ist unseren Vorfahren vor Jahrhunderten gelungen, sie als Reittiere nutzbar zu machen. Sie sind schnell, stark und haben manch besondere Fähigkeiten. Das werdet ihr bald merken.“

„Mit einer Armee dieser Tiere könntet ihr ganz Arabien unterwerfen“, bemerkte Halef schaudernd.

„Es gibt aber keine Armee“, entgegnete Selim. „Diese Würmer werden älter als ein Mensch und pflanzen sich kaum fort. Wir wissen nicht, woher die jungen Würmer kommen; wenn wir sie zum ersten Mal sehen, sind sie schon halb so groß wie diese, und es gibt immer nur wenige Dutzend Tiere insgesamt. Außerdem sterben sie, wenn sie unsere Wüste verlassen, der Sand oder der Boden außerhalb bekommen ihnen nicht. Und Wasser bringt sie um.“

„Unsere Vorfahren sind hierhergekommen, um Krieg und Zerstörung zu entfliehen. Wir haben kein Interesse, dieses Land zu verlassen oder ein anderes zu erobern“, ergänzte Garstil, der älteste der Reiter. „Wir sind zufrieden mit unserem Leben hier; uns genügt der Kontakt mit der Universität.“

„Nun lasst uns starten. Kommt!“, forderte Sahkan uns jetzt resolut auf, und hinter ihm betraten wir den Talkessel und näherten uns den Riesenwürmern, die ihren Tanz einstellten und sich nebeneinander aufreihten.

Aus der Nähe betrachtet, wirkten die Würmer fast noch gewaltiger und furchterregender; ich hatte noch nie ein Landtier dieser Größe gesehen und fühlte mich an einen Wal erinnert, der sich an Land bewegte. So mochten vielleicht auch die

Dinosaurier, deren Skelette man in Museen bewundern konnte, auf die Vorfahren der Menschen gewirkt haben.

Beruhigend aber waren die langen Sättel, die ich nun erkennen konnte, und die dicken Zügel, die von den Mäulern zu diesen führten. Sogar Steigbügel sah ich.

Die fünf Sandreiter nahmen kleine Handtrommeln von ihren Gürteln, die mir bisher nicht aufgefallen waren, traten jeweils an einen der Kolosse heran und begannen, einen schnellen Rhythmus zu schlagen – jeder allerdings einen anderen, ganz spezifischen, der wohl an ein spezielles Tier angepasst war. Die Würmer senkten daraufhin ihre Köpfe bis zum Boden und lagen regungslos.

Garstil, als der älteste und erfahrenste der Reiter, übernahm unsere Einweisung. Er zeigte uns, wie wir unser Gepäck in den Taschen entlang der Sättel verstauen konnten, und half uns beim Aufsteigen. Wir saßen jeweils hinter einem der Sandreiter und wurden zur Sicherheit mit gepolsterten Ledergurten festgeschnallt.

„Eines sollt Ihr noch wissen", erläuterte er zum Schluss. „Wir reiten mit enormer Geschwindigkeit und werden nur einmal, gegen Mittag, eine Pause machen. Danach kommt noch etwas ganz Besonderes auf Euch zu, ehe wir am Abend Saba erreichen. Doch darüber werdet Ihr mehr erfahren, wenn es soweit ist. Jetzt genießt den Ritt." Während er und seine Stammesgenossen sich vor uns in die Sättel schwangen, musste ich mir eingestehen, dass sie mit ihrer Art, mit Geheimnissen hinter dem Berg zu halten, wohl auf jeder europäischen Bühne oder als Diplomaten hätten reüssieren können; meine Neugier auf den Nachmittag war auf jeden Fall geweckt.

„Enorme Geschwindigkeit" – das traf es ganz gut. Selbst die schnellsten Dampflokomotiven, die ich bisher erlebt hatte, waren langsamer. Wie gut, dass man uns empfohlen hatte, unsere Kopfbedeckungen extra festzubinden! Und nun wusste ich auch, warum zur Kleidung der Sandreiter ein dicht gewebtes

Tuch gehörte, das sie komplett um den Kopf gewunden hatten, sodass nur ein dünner Schlitz für die Augen blieb.

Stundenlang rasten wir durch eine Fels- und Geröllwüste, eine Unterhaltung war wegen des Windes, den die schnelle Reise erzeugte, nicht möglich. So hatten wir Zeit, unseren Gedanken nachzuhängen und die beeindruckende Weite der Landschaft zu genießen. Ich hatte schon oft auf dem Tender einer Lokomotive gestanden oder dem Dach eines Eisenbahnwagons, mir den Fahrtwind um die Nase wehen lassen und auch schon manchen Kampf in luftiger Höhe bei rasender Fahrt ausgefochten. Doch nichts davon war mit diesem wilden Ritt vergleichbar. Dabei waren kaum Erschütterungen spürbar, die Würmer glitten geradezu über den Boden, aber die Geschwindigkeit übertraf alles bisher von mir Erlebte.

Gegen Mittag hielten die Würmer abrupt an. Obwohl ich ein geübter Reiter bin, spürte ich nach dem Absteigen doch meine Beinmuskeln; die ungewöhnliche breitbeinige Sitzweise hatte mich angestrengt. Am Ausdruck in ihren Gesichtern sah ich, dass es Marijke und Sir David wohl noch schlimmer ging. Nachdem wir, im Schatten eines großen Felsens sitzend, ein frugales Mahl aus Brot, Käse und getrockneten Datteln zu uns genommen und mit viel klarem Wasser hinuntergespült hatten, vertrat ich mir ein wenig die Beine und betrachtete die Umgebung. Vor uns änderte sich abrupt die Landschaft: Ich sah hinab auf eine Ebene, deren Ende ich nicht erblicken konnte, aus im Sonnenlicht gleißendem Sand.

„Das ist der gefährlichste Teil der Wüste el-Ahqaf, des südwestlichen Ausläufers der Rub al-Chali“, erklärte Garstil, der neben mich getreten war. „Hier gibt es Stellen, die kein Mensch oder Tier überwinden kann, denn der Sand verschluckt jedes Wesen, als wäre er aus Wasser.“

Ich musste an einen Reisebericht denken, den ich erst kürzlich gelesen hatte. Adolph Gustav von Wrede, der 1807 in Münster geborene und vor mehr als einem Jahrzehnt in Konstantinopel gestorbene deutsche Soldat und Forscher, hatte darin etwas Ähnliches beschrieben. Er war der erste Europäer gewesen, der das Innere von Hadramaut erforscht hatte, und sein Bericht blieb Jahre unveröffentlicht, weil ihm niemand seine ungewöhnlichen Beschreibungen glauben wollte. Erst 1870, sieben Jahre nach seinem Tod, waren seine Reisenotizen unter dem Titel „Reise in Hadhramaut“ in Braunschweig veröffentlicht und mir vom Herausgeber wärmstens empfohlen worden. Diesen kannte ich gut, war Heinrich Freiherr von Maltzan doch nicht nur wie ich Orientreisender und Schriftsteller, sondern hatte ebenfalls als Muslim getarnt eine Pilgerfahrt nach Mekka unternommen und darüber 1865 einen zweibändigen Reisebricht veröffentlicht, weswegen ich seine Bekanntschaft gesucht hatte. Als er mir sein Buch mit von Wredes Reisenotizen in die Hand gedrückt hatte, hatte er mich gewarnt: „Glaubt nicht alles, was der Mann schreibt. Eine Messschnur, die im Wüstensand wie in einem Brunnen versinkt – er hat eine blühende Phantasie. Wahrscheinlich war das eine vom Sand verdeckte Petroleumquelle.“

Ich aber war von Wredes Ausführungen gefolgt, denn ich selbst war schon mehrfach beinahe Opfer von Treibsand geworden. Und nun sah ich mit eigenen Augen, was er beschrieben hatte. In der Wüste el-Ahqaf war er auf zahlreiche Stellen gestoßen, in denen alles im Sand verschwand. Die ganze Gegend nannten die Einheimischen Bahr es Ssafy, nach einem König namens Ssafy, der einst in diesem Sand, als er Hadramaut erobern wollte, den größten Teil seines Heeres verloren habe. Von Wrede untersuchte eine solche Stelle, einen Talkessel, bis oben an den Rand gefüllt mit feinstem Sand, so fein und leicht, dass es ihm vorkam, er stieße mit seinem Stock in Wasser. Er ließ ein Kilogewicht an einer 100 Meter langen Schnur hinab, das, da er die Schnur aus Versehen losgelassen hatte, innerhalb von fünf Minuten komplett im Sand verschwunden war.

Dieser Beschreibung eingedenk, wandte ich mich an Garstil: „Ist das das Bahr es Ssafy?“

Er schaute mich erstaunt an, dann antwortete er: „Nein, diese Ebene hat keinen Namen und niemand kennt sie außer uns. Jedoch ist sie dem Bahr es Ssafy sehr ähnlich, nur erheblich größer und durchgehend unüberwindbar.“

Ich fragte weiter: „Und wie werden wir sie überqueren?“

Er drehte sich um und schritt zu unserer Gruppe zurück. „Folgt mir, wir werden es euch gleich erklären“, warf er mir über die Schulter zu.

Als wir unsere Gefährten erreichten, erhob sich Sahkan und richtete das Wort an uns alle: „Nun beginnt der Teil Eurer Reise, der Euch erschrecken mag, doch seid versichert, er ist ungefährlich. Diese Ebene lässt sich nicht an der Oberfläche überwinden, wer es versucht, versinkt und ist unrettbar verloren. Doch die Sandwürmer sind in der Lage, in der Tiefe durch den Sand zu reisen und sogar noch darunter. Dies scheint mir überhaupt ihre Lieblingsbewegungsart zu sein. Und sie werden uns mitnehmen.“ Unsere erstaunten und wohl auch besorgten Blicke registrierend, fuhr er in beruhigendem Ton fort: „Seid unbesorgt! Diese Wesen verfügen über ihre eigene Magie, mit der sie uns schützen. Es kann uns nichts geschehen. Nur dürft Ihr den Sattel nicht zu verlassen suchen, und haltet Euch ruhig, was auch immer Ihr sehen werdet.“

Es blieb uns nichts anderes übrig, als ihm zu vertrauen, so unglaubhaft dies auch klang. Doch sie waren Freunde der Dekane der Universität, die uns ihnen anvertraut hatten, was mich ihnen glauben ließ, auch wenn mir die Erklärung mehr als seltsam erschien. Atmen unter dem Sand durch Magie! Als unsere Reiter uns jeweils ein sehr fein gewebtes Tuch aus einem mir unbekannten Material reichten, das wir wie sie um den Kopf schlingen sollten, war ich mir sicher, dass dies eine technische Lösung für das Problem war: eine Erfindung, die den Sauerstoff aus dem Sand zog wie die Kiemen der Fische aus dem Wasser. Wenn möglich, wollte ich das Tuch mitnehmen, um es unseren Wissenschaftlern zu überreichen.

Als wir die Würmer bestiegen, fiel mir auf, dass die Zügel nun anders angebracht waren: Sie führten nicht mehr an den Rand der Mäuler, sondern waren an Auswüchsen hinter dem Maul befestigt, die mir bisher nicht aufgefallen waren. Doch hatte ich keine Zeit, mir dies genauer anzuschauen, denn der Ritt ging los.

Die Sandwürmer rasten hinunter in die Ebene und machten plötzlich Buckel; ich wäre trotz der Gurte beinahe aus dem Sattel geschleudert worden. Und dann fraßen sich die Tiere mit ihrem Maul direkt in den Sand! Ich sah diesen auf mich zukommen und rechnete damit, einen Schlag zu verspüren oder zumindest Gegendruck, doch von Wredes Beschreibung erwies sich als zutreffend: Das Eintauchen geschah wie in Wasser.

Ich hatte beim Eintauchen in den Sand für einen Moment instinktiv die Augen geschlossen; als ich sie wieder öffnete, sah ich, dass die Würmer eine Art leuchtende Flügel ausgefahren hatten, die sie und uns umhüllten und wie in einen durchsichtigen Kokon einschlossen. Innerhalb dieses Kokons konnte ich sehen, meinen Vordermann erkennen, doch außerhalb war es dunkel, schwach waren Schlieren an der Kokonwand erkennbar, wohl der Sand, durch den wir glitten.

So ging es eine ganze Weile, und ich fragte mich, was hieran spannend und reizvoll sein sollte, wie Sahkan es versprochen hatte. Ich muss wohl sogar für einen Moment eingenickt sein, denn ich schreckte hoch, als der Wurm plötzlich wieder einen Buckel machte, es ging erkennbar abwärts. Dann brachen wir durch eine Art Wand und ich erblickte eine Wunderwelt.

Ich hatte vor ein paar Jahren den Roman „Die Reise nach dem Mittelpunkt der Erde“ von Jules Verne gelesen und es für doch sehr unwahrscheinlich gehalten, dass unter der Erde nahezu alles so sein sollte wie an der Oberfläche. Nun reiste ich selbst durch die Erde, genauer, durch festeren Sand unterhalb des Treibsands, und der Kokon des Sandwurms ermöglichte mir nicht nur, zu atmen, sondern auch zu sehen. Der Wurm bewegte sich mit enormer Geschwindigkeit und strahlte ein zartes bläuliches Leuchten aus, das den Sand fast durchsichtig erscheinen ließ. Ich sah die Strukturen des Sandes, durch den wir rasten, und es war wunderschön.

Plötzlich schossen wir aus dem Sand in eine Art Höhle, wohl eine unterirdische Kaverne, und unsere Würmer bewegten sich nun mit schlängelnden Bewegungen vorwärts – jetzt sah ich zum ersten Mal die anderen. Durch die Kokons wirkten ihre Sandwürmer wie geflügelte Drachen; ich konnte mich an dem herrlichen Anblick nicht sattsehen. Um uns herum glitzerte und glänzte es, als wir durch Kalksteinhöhlen rasten, wir erblickten unterirdische Bäche, die im Licht der Sandwürmer wie geschmolzene Diamanten wirkten, Kristalle, so groß und leuchtend, dass sie jedem Königsthron zur Zierde gereicht hätten, und leuchtende Pflanzen und Riesenpilze, die mich glauben machten, vielleicht habe Jules Verne doch nicht alles erfunden, was er beschrieb.

Nach einiger Zeit wurde es wieder dunkel und es ging aufwärts, durch dunkle Erde und schließlich harten Fels, wie ich an den mühsameren Bewegungen unserer Reittiere und der Maserung der umgebenden Materie erkennen konnte.

Plötzlich war die Reise vorbei. Wir durchbrachen die Oberfläche und die Würmer hielten abrupt an. Um uns war es dunkel, nur ein schwaches Leuchten von vorne erhellte um uns eine Felshöhle, deren Wände ich nur erahnen konnte. Mit eleganten Bewegungen glitten unsere Vordermänner aus den Sätteln, und ehe wir uns versehen hatten, hatten sie uns losgebunden, uns aus den Sätteln geholfen, die Tücher von den Köpfen entfernt und eingesteckt und unser Gepäck neben uns abgelegt. „Wir können uns hier nicht lange aufhalten“, sagte Sahkan in entschuldigendem Ton. „Weder die Würmer noch wir sind hier willkommen. Geht durch das Portal dort vorne, und ihr werdet Saba erreichen. Solltet Ihr uns jemals wieder besuchen, seid Ihr herzlich willkommen.“ Mit diesen Worten schwang er sich in den Sattel seines Wurms, seine Gefährten taten es ihm gleich und im nächsten Moment zeugten nur sich langsam schließende riesige Löcher im Boden davon, dass wir nicht geträumt hatten.

Wir vergeudeten nicht viel Zeit mit Reden, sahen uns nur einige Momente nachdenklich an, schulterten unser Gepäck – Marijke hatte natürlich ihre Harfe auf dem Rücken hängen – und gingen auf das Leuchten zu. Die Höhle öffnete sich zu einem Ausgang, das Sonnenlicht aber blendete so, dass ich nicht erkennen konnte, was dahinter war. Kurz entschlossen trat ich hindurch. Mich überkam ein seltsames Gefühl, als verlöre ich den Boden unter den Füßen, es war mir, als ob ich falle – und dann war da nur noch Schwärze.

Jacqueline Montemurri

Episode 4
Die Königin von Saba

Zweiunddreißigstes Kapitel
Das geheimnisvolle Tal

Es schien mir, als wäre ich blind und taub zugleich. Diese undurchdringliche Dunkelheit, in der ich mich befand, hatte offenbar auch alle Geräusche verschlungen. War ich allein, oder waren meine Gefährten gleichermaßen in dieser unerklärlichen Schwärze gefangen?

Noch bevor ich irgendetwas vernahm, konnte ich Seltsames erkennen. Zuerst waren es Flecken in allen Regenbogenfarben, welche die Dunkelheit durchbrachen. Sie wurden größer und größer und begannen die Schwärze aufzulösen. Der bunte Farbenrausch wirkte, als ob er leuchtete, und seine Helligkeit nahm stetig zu, bis ich schließlich in gleißendes goldenes Licht hineinglitt. Es war, als würde ich aus einem tiefen Schlaf erwachen und augenblicklich in die Mittagssonne am Zenit schauen. Zugleich schwoll ein Rauschen in meinen Ohren an, als stände ich an einem fallenden Wasser.

Als sich meine Augen an das Sonnenlicht gewöhnt hatten, erblickte ich die mir nur zu gut bekannte felsig zerklüftete Wüstenlandschaft von Hadramaut wieder. Während die Rub al-Chali im Nordosten ihre goldenen Sanddünen wie die in sanften Wellen gelegte Haarpracht einer anmutigen, aber gefährlichen Frau ausbreitete, erinnerte die Felslandschaft von Hadramaut mit ihren zahlreichen Tälern an das zerfurchte Gesicht eines weisen Greises.

Ich versuchte mir mit logischem Verstand zu erklären, was gerade geschehen sein mochte. Hatten wir tatsächlich ein Portal durchschritten? Dies schien mir unmöglich. Ich war mir sicher, dass mein Geist für kurze Zeit durch irgendeine Substanz getrübt gewesen sein musste. War es doch durchaus möglich, mittels verschiedener Pflanzen und Kräuter dem menschlichen Bewusstsein Halluzinationen einzuimpfen. So blickte ich mich um, damit ich eine Bestätigung meiner Theorie fände. Doch ich wurde nur noch weiter verwirrt. War ich immer noch in einer Halluzination oder einem Traum gefangen?

Mitten in dieser leblosen Felslandschaft lag eine grüne Oase. Tief eingekerbt in das Gestein. Ich kniff die Augen zusammen, um besser sehen zu können. Denn irgendetwas schien an dem Bild, welches sich vor mir ausbreitete, nicht zu stimmen.

„Sihdi“, hörte ich zugleich Halefs Stimme neben mir. „Was sehe ich da? Kannst du mir das erklären?“

Nun, es war offenbar kein Traum, denn meine Gefährten waren jedenfalls noch an meiner Seite. Ich war ratlos. „Mein lieber Halef, auch ich muss zugeben, dass mich der Anblick verwirrt. Aber es wird sicher eine logische Erklärung dafür geben.“

Noch im selben Moment, als ich diese Worte aussprach, kamen sie mir unsinnig vor. Was für eine physikalische Begründung sollte dies sein? Sir David Lindsay, Marjike van Beverningh und Scheik Haschim standen neben uns und starrten ebenso ungläubig wie Halef und ich auf die Szenerie.

Vor uns lag in einem tief eingeschnittenen Tal eine Stadt – ja, es war eine Stadt mit prächtigen Bauten. Tempel mit breiten Treppen und verzierten Säulen glänzten in der Sonne. Breite Straßen führten zu weiten Plätzen mit Springbrunnen oder zu mächtigen Gebäuden. Davon zweigten schmale Gassen ab und verloren sich zwischen zahllosen Häusern und mauergesäumten Gärten. Dazwischen spross sattes Grün. Palmen wiegten sich sanft im lauen Wüstenwind, üppig behangen mit süßen Datteln. Aprikosen- und Olivenbäume bogen sich unter der Last ihrer Früchte. Bunte Blumen reckten sich hinter ockerfarbenen Mauern. Um die Stadt herum breitete sich ein grüner Gürtel aus Feldern aus, auf denen Menschen mit Ochsen arbeiteten. Ich glaubte eine Art Getreide zu erkennen, welches auf den Feldern wuchs. Zwischen dem Grün der Pflanzen glitzerten Bewässerungsgräben wie ein Webmuster.

Im Hintergrund erhob sich ein steiler schroffer Berghang. Er wirkte wie eine steinerne ockerfarbene Mauer. Vom Hochplateau der Felsenmauer stürzte ein Wasserfall in das Tal. Sein Rauschen drang bis zu uns herüber, die wir ebenso auf einer Erhöhung standen und in dieses blühende Tal hinabblickten. Das Unverständliche war, dass hinter dem Wasserfall auf der Hochebene kein Fluss oder See zu erblicken war. Er schien einfach aus dem Nichts oder der Bruchkante des Felsens zu entspringen. Ich versuchte mir einzureden, dass es sicher eine Erklärung dafür gab, die meinem wissenschaftlich zugeneigten Verstand genügen würde. Doch in diesem Moment konnte ich es mir nicht zusammenreimen. Das blinkende Wasser kam über den Rand des Plateaus und stürzte schäumend in die Tiefe. Im Tal wurde es von einem halbmondförmigen See aufgenommen, der sich auf der linken Seite zwischen der Stadt und den Feldern erstreckte. Doch auch hier gab es keinen Fluss, der das Wasser weiterführte. Ich redete mir ein, dass es sicher einen unterirdischen Abfluss geben würde. Denn wo sollte das ganze Wasser sonst bleiben? Über der Stadt in der Senke lag eine Dunstglocke wie eine schützende Haube, die ich der Kombination von Wasserfall und Wüstensonne zuschrieb.

Zu all den Ungereimtheiten kam noch, dass ich mir sicher war, auf unseren Karten keinerlei Gewässer im Umkreis mehrerer Tagesritte gesehen zu haben. Täler gab es hier zur Genüge, das war wahr, doch sie waren alle trocken. Noch während ich in diese Gedanken versunken war, vernahm ich Marijkes Stimme hinter mir.

„Was mag das für eine Stadt sein? Ist es wirklich möglich, dass wir ins sagenumwobene Saba gelangt sind?“

„Wie könnt Ihr daran zweifeln?“, antwortete Halef. Seine Stimme klang empört. „Die weisen Männer von Hadramaut haben uns doch den Weg gewiesen.“

„Auch ich bin verwundert, Sayida Maryam." Haschims Stimme zeugte ebenfalls von Unverständnis gegenüber dieser Ungläubigkeit. „Wollt Ihr das Offensichtliche nicht sehen?"

„Nun", antwortete die Holländerin, „ich sehe eine Stadt. Sie wirkt sehr prächtig. Aber ich sehe keine Anzeichen dafür, dass dieser Ort nicht von dieser Welt sein sollte."

„Sayida Maryam, er ist von dieser Welt. Doch er ist es auch wieder nicht", gab Haschim zurück.

Da ich selbst nicht recht an dieses noch immer irgendwo in der Zeit existierende Reich der Königin von Saba zu glauben vermochte, antwortete ich beschwichtigend: „Nun, wir sollten keine voreiligen Schlüsse ziehen. Ich glaube, es gibt eine einfache Erklärung. Wir sind an einem Seitenarm des Wadi Hadramaut. Ich habe die Karten genau studiert. Dieses Talsystem breitet sich wie ein Flussdelta mit zahlreichen Seitenarmen aus. Dies mag einer davon sein."

„Sihdi, dies mag wohl das Wadi Hadramaut sein, doch es ist nicht dasselbe, welches du auf deiner Karte gesehen hast."

„Warum nicht, Halef?"

„Weil es dafür keine Karten gibt. Das wäre so, als wolltest du eine Karte des Dschennet anfertigen oder deines Paradieses." Beschwörend reckte er die Hände in den Himmel. Dabei blickte er ehrfürchtig hinauf, und ich befürchtete, sein großer Turban würde ihm sogleich vom Kopf rutschen.

„Behold, my Lords and my Lady! Dort kommen Reiter. Vielleicht können sie uns darüber aufklären, wo wir sind", warf Lord Lindsay ein.

„Und wann ...", murmelte Halef, „... und wann wir sind!"

Ich schmunzelte ein wenig über Halefs und Haschims offensichtlich üppig sprießende Phantasie. Die Wissenschaften waren schon recht weit fortgeschritten. Doch noch nie habe ich etwas von der Möglichkeit eines Sprungs durch die Zeit gehört. Es konnte einfach nicht möglich sein. Mein Verstand sperrte sich dagegen, so etwas anzunehmen. Für Haschim und Halef allerdings gab es viele Dinge, die mir unerklärlich waren, die sie jedoch mit größter Überzeugung glaubten. So war es mit der Geisterkarawane im Mondlicht und mit manch anderen seltsamen Gegebenheiten, die uns widerfahren waren. Auch ich bin hin und wieder der Magie des Augenblicks verfallen gewesen. Doch wenn ich ein wenig Abstand zu der Sache gewonnen hatte, schaltete sich mein wissenschaftlich geprägter Intellekt ein und gab mir eine Vielzahl logischer Erklärungen. So erwartete ich auch hier keine magischen Zaubereien, sondern ich wusste, dass es dafür eine physikalisch logische Lösung geben würde. Ich müsste nur den Ungereimtheiten genauer und mit klarem Verstand auf den Grund gehen.

Sir David hatte Recht. Unten im Tal kam tatsächlich eine Gruppe Reiter aus dem Stadttor heraus. Die breite Straße, auf der sie uns anscheinend entgegenritten, war gesäumt von hohen Palmen. Dazwischen erstreckten sich bunte Blumenrabatten, die hier in dieser kargen Landschaft irgendwie fehl am Platz wirkten.

Als ich das harte Klappern der Hufe auf der mit rechteckigen Steinplatten befestigten Allee vernahm, schaute ich mir die Reiter genauer an. Es waren ihrer sieben. Mit wehenden Gewändern flogen sie uns regelrecht entgegen. Unter ihren roten Umhängen erkannte ich glänzende Brustpanzer und auf dem Kopf trugen sie Helme, auf denen bunte Federbüschel prangten. Über die Schultern hatten einige einen Bogen und einen Kescher mit Pfeilen gehängt, andere von ihnen trugen lange verzierte Speere in den Händen. Die hinteren beiden Reiter waren unbewaffnet und ohne Helm.

Beim Näherkommen erstarrte ich. Die vordersten fünf Reiter waren Frauen, ich möchte sagen, es waren Amazonen, wie ich sie aus phantastischen Büchern her kannte oder den Erzählungen von Schreibern der Antike. Ihre bloßen Arme zeigten Muskeln, die eines trainierten Jünglings würdig waren, ebenso die Beine, die aus den kurzen Gewändern hervorblickten. Metallene Schafte verhüllten die Schienbeine. Die hinteren beiden Reiter waren Männer. Sie standen in ihrer Statur den

Amazonen in nichts nach, waren jedoch weniger prächtig gekleidet.

Die fünf Kriegerinnen blieben einige Meter vor uns in einer Reihe stehen. Die zwei Männer hielten sich etwas zurück. Es wirkte auf mich, als ob die Reiter nicht wagten, eine unsichtbare Grenze zu überschreiten. Die Pferde tänzelten nervös auf der Stelle. Auch sie waren mit feinstem Tuch behangen und ihr silbernes Zaumzeug schillerte im Sonnenlicht und klirrte leise wie eine fremdartige Melodie.

„Nieodmienny“, sprach uns die offensichtliche Anführerin der Truppe an. Ihr schwarzer Hengst kratzte mit dem Vorderhuf auf den Steinplatten. Ich bemerkte zartes Grün zwischen den Ritzen der Platten. Die Steine wirkten neu und poliert. Doch genau vor den Hufen des Pferdes erschienen mir die Platten zunehmend rauer und verwitterter, je näher sie unserem Standort waren. Vor unseren Füßen schließlich war nur felsiger Grund, kein Anzeichen von Moos oder sonstigem Leben. Ein seltsamer Schauer ergriff mich.

„Chehellm noschie“, sprach die Amazone weiter auf uns ein.

Ich war zwar des Arabischen mächtig, verstand jedoch kein Wort. „Lieber Halef, kennst du diesen Dialekt?“

„Es tut mir sehr leid, Sihdi, aber diese Sprache ist mir nicht vertraut. Sie muss sehr alt sein.“

„Auch ich kann sie leider nicht verstehen“, gestand Scheik Haschim.

Die Kriegerin auf dem Pferd lächelte uns an, als ob sie unsere Worte verstanden hätte. Sie hob die Hand und gab uns ein Zeichen, welches ich so deutete, dass wir zu ihr kommen sollten. Da augenscheinlich keine Gefahr von ihr ausging, machte ich den ersten Schritt.

Halef hielt mich am Arm zurück. „Sei vorsichtig, Sihdi. Es könnte eine Falle sein.“

„Guter Halef, du hast Recht. Wir wissen nicht, woran wir hier sind. Doch wir können es nicht ergründen, wenn wir nicht mutig voranschreiten.“

„Nun gut, dann versuche dein Glück. Ich werde auf dich achten. Sobald diese Weibsbilder zu ihren Waffen greifen, werden sie Hadschi Halef Omar kennenlernen.“

„Dessen bin ich mir gewiss, mein Freund“, antwortete ich lachend. Ich warf noch einen Blick zu meinen anderen Gefährten und sah die entschlossenen Gesichter von Lindsay, Haschim und Marijke. So ging ich festen Schrittes auf die fünf Amazonen zu. Als ich sie fast erreicht hatte, hob die Kommandantin die Hand und gebot mir damit Einhalt. Sie wies auf meine Gewehre, die ich über der Schulter trug, und deutete auf den Boden vor meinen Füßen. Verstand ich diese Geste richtig, so sollte ich meine Waffen ablegen. Vielleicht war es Leichtsinn, vielleicht aber auch Vertrauen in meine Freunde oder auch eine Eingebung. Jedenfalls kam ich der Aufforderung nach und legte meinen Henrystutzen und den Bärentöter vor mir auf dem Boden nieder. Es war genau die Grenze, an welcher die verwitterten Steine mit sandigen Ritzen in polierte Platten umrahmt von moosgefüllten Fugen übergingen. In diesem Moment ließen die Kriegerinnen ihre Pferde einige Schritte zurücktreten und öffneten eine Gasse für mich. Wieder hörte ich die Worte in der uns unbekannten Sprache:

„Nieodmienny!“

Da ich keinerlei Aggression erkennen konnte, wagte ich es, näherzutreten. Ich schritt mitten in die gebildete Gasse.

„Nieodmienny! Willkommen. Ihr werdet schon erwartet.“

Überrascht blickte ich die Frau auf dem schwarzen Rappen an. „Ihr sprecht meine Sprache, werte Dame?“

Sie lächelte geheimnisvoll. „Mein Name ist Sefu. Das bedeutet *Schwert*. Ich bin die Kommandantin der Leibwache unserer Königin.“

Ich verbeugte mich vor ihr und stellte mich ebenfalls vor: „Man nennt mich hier Kara Ben Nemsi.“

„Die Königin erwartet Euren Besuch, Kara Ben Nemsi, und vor allem auch den Eurer Begleiterin. Bittet Sie doch herein.“

'Herein?', grübelte ich. Wir waren doch noch nicht in irgendeinem Gebäude. Aber ich drehte mich zu meinen Gefährten um und winkte ihnen zu. Die vier standen wie angewurzelt da und blickten mich entgeistert an.

„Einen Moment, Kommandantin Sefu, ich werde sie wohl holen müssen."

Die Amazone nickte mir auffordernd zu. Ich schritt sogleich zurück zu Halef und den anderen, die mich immer noch mit Unverständnis ansahen.

„Sihdi", begann Halef. „Du sagtest, dass du dieser Sprache nicht mächtig bist."

„Das stimmt, Halef."

„Nun, dann sag mir doch, wie du dann mit ihr reden konntest."

„Ich habe ihre Sprache nicht benutzt. Die fremde Kriegerin hat plötzlich meine Sprache gesprochen."

„Du meinst, diese Amazone kann Deutsch?"

Bei dieser Frage wurde ich stutzig. Ich konnte mich beim besten Willen nicht daran erinnern, in welcher Sprache sie mich anredete. Ich wusste nur, dass ich sie verstanden hatte.

„Aber ich hörte doch genau, dass du dich mit ihr in dieser seltsamen Sprache verständigt hast, Sihdi."

„Da irrst du dich, Halef, mein Freund."

Lindsay zog die Augenbrauen hoch. Ich war verwirrt.

„Kommt jetzt", entgegnete ich. „Sefu sagte, dass die Königin uns erwartet. Vor allem erwartet sie Mevrouw Marijke."

Bei diesen Worten zuckte die Holländerin sichtlich zusammen.

„Mich? Woher kennt sie mich? Welche Königin ist eigentlich gemeint?"

„Ich denke, das sollten wir gemeinsam herausfinden."

Meine Freunde folgten mir zu den Amazonen, die uns mit unergründlichem Lächeln erwarteten. Auch ihnen gab die Anführerin ein Zeichen, ihre Waffen abzulegen. Aber Halef schüttelte den Kopf.

„Sihdi, ich werde auf keinen Fall schutzlos in diese Stadt gehen. Diese Kriegerinnen haben schließlich auch Waffen.“

Ich überlegte einen Augenblick, dann trat ich nahe an die Kommandantin Sefu heran: „Werte Sefu, wir möchten unsere Langwaffen nicht unbeaufsichtigt in der Wüste lassen, verstehen jedoch auch Euer Ansinnen, dass wir als Gäste keine Bedrohung darstellen sollten. Deshalb schlage ich vor, dass unser Freund Halef unsere Langwaffen in Verwahrung nimmt und wir unsere Kurzwaffen vorerst behalten. Schließlich tragt Ihr ebenfalls Waffen. Vertrauen gegen Vertrauen.“

Sefu zögerte einen Moment, dann erwiderte sie: „Nun gut, möge es so sein. Vertrauen gegen Vertrauen.“

Also gab ich meine Gewehre in Halefs Obhut. Widerwillig taten es mir Lindsay und Haschim gleich.

„Sihdi, ich komme mir vor wie ein Packesel“, stöhnte mein Freund. Ich musste lachen, denn genauso sah der Arme auch aus.

Halef hatte zwar Recht, dass wir nicht zu vertrauensselig sein durften, doch ich spürte, dass wir keine andere Wahl hatten, wenn wir keinen Kampf provozieren wollten. Und das hatte ich nicht vor. So schritt ich in die Gasse zwischen die Kriegerinnen. Marijke, Haschim und Lindsay folgten mir. Halef dagegen stand einen Augenblick unschlüssig mit den Waffen in den Händen und über der Schulter da, dann erst folgte er uns. Die Pferde der Amazonen schnaubten, schüttelten ihre Mähnen und scharrten mit den Hufen.

Die Sprecherin der Amazonen lenkte unsere Aufmerksamkeit wieder auf sich. „Willkommen. Die Königin erwartet Euch bereits“, erklang die Stimme der Anführerin. Ihre sonnengebräunte Haut glänzte im Licht des Tages. Jetzt bemerkte ich auch ihr langes schwarzes Haar, welches in zahlreichen geflochtenen Zöpfen hinten aus dem Helm quoll und rücklings über den Harnisch wallte.

Bei diesen Worten stieß Marijke van Beverningh einen leisen Schrei aus.

„Holländisch. Sie sprechen Holländisch“, flüsterte sie.

„Was redet Ihr, Sayida Maryam? Sie spricht Arabisch“, bemerkte Haschim.

Lindsay lachte auf: *„Well*, ich würde sagen, Englisch. *Of course*, Englisch.“

„Ihr seid im Irrtum“, mischte sich die Amazone ein. „Ihr seid alle im Irrtum.“

Nun blickte auch ich verstört auf. Denn meines Erachtens sprach sie eindeutig Deutsch. Halef grummelte noch neben mir herum und grämte sich wegen der Waffen.

„Kommt nun“, forderte sie uns auf. Sodann wendete sie ihr Pferd und trabte voraus. Die vier Kriegerinnen und Diener, so nahm ich an, folgten ihr zu Pferde, und wir fünf schritten hinter ihnen her.

Wir näherten uns der Stadt auf der mit polierten Steinplatten befestigten Straße. Blumenrabatten säumten den Weg. Insekten schwirrten zwischen den Pflanzen. Schmetterlinge und kleine Kolibris sogen mit ihren Rüsseln und Schnäbeln Nektar aus den Blüten. Ein süßer Duft nach Honig und Früchten hüllte uns ein. Die Palmen, welche die Straße säumten, spendeten wohltuenden Schatten. Obwohl es Mittagszeit war, die Sonne hoch am Himmel ihre glühenden Strahlen aussandte und der Weg zur Stadt äußerst weit erschien, erreichten wir frisch und in kurzer Zeit das Stadttor. Es war fast wie ein Traum. Die Zeit schien hier anders zu vergehen, als wir es gewohnt waren. Das Tor war gewaltig, als könne es sich einer Armee widersetzen. Da es jedoch weit offenstand, schien eine Gefahr dieser Art nicht befürchtet zu werden.

Innerhalb der zinnenbewehrten Stadtmauer säumten prächtige Häuser die Straße. Sie erinnerten einerseits an arabische Bauten, aber andererseits auch an ägyptische Gebäude. Spitzbogige Fenster, Türen und Toreingänge waren im oberen Bereich mit Arabesken und floralen Motiven verziert. Die Mauern wurden durch Stuckornamente und Reliefs bereichert, welche Szenen aus dem Leben der Menschen zeigten: Bauern, die

Felder bestellten, Soldaten – oder Amazonen – auf Streitwagen oder zu Pferde, Töpfer, Schuhmacher, Schneider, Schmiede. Es war eine Fülle von Bildern, die auf uns einströmte. In den Hauseingängen erhaschte ich den Blick auf bunte Bodenmosaike aus winzigen bunten Steinen oder Glasstücken. Ich vermochte es nicht zu unterscheiden. Sie zeigten maritime Motive, was mir angesichts der Lage dieser Stadt mitten im felsigen, wüsten Hadramaut sehr befremdlich erschien. Doch noch beeindruckender war die Fülle an Goldverzierungen. Kunstvoll gestaltete Türknaufe in Form von Tierköpfen oder Göttergestalten, Scharniere und Statuen glänzten in der Sonne. Diese erinnerten an die ägyptische Mythologie, Gestalten mit Hunde- oder Falkenköpfen. Reich verzierte Säulen trugen geschwungene Dächer. So gelangten wir auf einen weitläufigen Platz, in dessen Mitte sich ein großer Brunnen befand. In dessen Zentrum stand ein Baum. Die Äste waren Fontänen aus Wasser. Unter dem Baum erblickte ich die sonderbarsten Tiere. Besonders fielen mir die vielen Gazellen auf.

„Wir sind am Ziel“, hörte ich die Amazone sagen. Sie stieg vom Pferd ab, wie auch ihre vier Gefährtinnen. Die zwei Diener folgten dem Beispiel und nahmen stumm die Zügel der Tiere in Empfang. Dann geleiteten uns die Kriegerinnen über den Platz. Auf der anderen Seite der Fontäne führte eine gewaltige Treppe hinauf zu einem mit goldenen Säulen geschmückten Palast. Wir folgten ihr hinauf. Die Stufen waren aus weißem Marmor. So viel Reichtum hatte ich noch nie zuvor gesehen. Und langsam reifte in mir ein Verdacht, der gänzlich gegen meine innere wissenschaftliche Überzeugung war: Wir befanden uns im Reich der Königin von Saba.

Dreiunddreißigstes Kapitel
Die Königin von Saba

Als wir die Treppe erklommen hatten, bot sich uns ein atemberaubender Ausblick über die Stadt. Goldene Kuppeln glänzten auf einigen Dächern. Auf anderen wiederum erblickte ich Terrassen, auf denen exotische Pflanzen blühten, Frauen, die völlig unbekleidet in runden Bassins badeten oder unter Baldachinen auf Sofas ohne Rückenlehnen, die wir in Europa Recamieren nennen, lagen und süße Früchte verspeisten. Der Wasserfall im Hintergrund sah aus dieser Perspektive wie ein diamantenbesetzter Vorhang aus, der sich in einer sanften Brise bauschte. Er wirkte von hier aus sehr viel näher. Sein Rauschen drang allerdings gedämpfter an unsere Ohren als draußen auf der Anhöhe. Wahrscheinlich wurde das Geräusch hier unten in der Stadt von den zahllosen Mauern verschluckt.

Vier der Amazonen blieben an den goldenen Säulen zurück, die wie gigantische Wächter auf dem oberen Sims standen und das Dach des Palastes trugen. Die Kommandantin Sefu jedoch führte uns ins Innere hinein. Mit einer einladenden Geste gebot sie uns, ihr zu folgen. Ich zögerte einen Moment und blickte meine Gefährten an. Sir Davids Augen glänzten bei all der Pracht und Herrlichkeit. Er war uns recht wortlos gefolgt und drehte den Kopf in alle Richtungen, als gälte es, den unbeschreiblichen Reichtum, den er erspähte, mit seinen Augen aufzusaugen. Marijke sah besorgt aus, doch auch interessiert. Mir schien, sie ließ sich, genau wie ich, nicht durch Äußerlichkeiten blenden, sondern versuchte die seltsame Situation mit klarem Verstand zu ergründen. Halefs und Scheik Haschims Ausdruck dagegen zeugte von Ehrfurcht. Halef erwiderte sogleich meinen Blick und sprach, als könne er meine Gedanken lesen:

„Bist du nun überzeugt, Sihdi, dass dies ein magischer Ort ist?“

„Nun, Halef, ich denke, dass es ein sehr besonderer Ort ist. Ein interessanter Ort, und wir werden sein Geheimnis ergründen.“

„Du weichst auch keinen Deut von deiner angeblich wissenschaftlichen Meinung ab, Sihdi. Doch bedenke, was du in Hadramaut gelernt hast. Es gibt viele Wissenschaften unter der Sonne. Nur, weil du etwas nicht mit deinen Geräten messen kannst, heißt das nicht, dass es das nicht gibt. Vielleicht gibt es nur noch keine Apparatur, um es zu messen. Oder willst du auch behaupten, dass es keine Liebe gibt, keine Freude, keinen Hass – nur weil du diese Dinge nicht an einem Zeiger einer Apparatur ablesen kannst?“

„Da magst du durchaus Recht haben, lieber Halef. Trotzdem reicht es mir nicht aus, an etwas zu glauben. Ich benötige Fakten.“

„Ich bin mir sicher“, raunte plötzlich Haschim, „dass sich die Magie offenbaren wird.“

Ich lächelte ihm zu, da es nicht an der Zeit war, ein Streitgespräch zu führen. Ich wollte auch nicht am Glauben meiner Freunde rütteln. Zu gegebener Zeit würden sich die natürlichen Erklärungen offenbaren, da war ich mir sicher.

Die Amazone war ein Stück vor uns ebenfalls stehengeblieben und blickte uns auffordernd an. Ich gab meinen Freunden ein Zeichen, dass wir ihr weiter folgen sollten.

„Ich muss Euch bitten, werte Herren, nun auch Eure übrigen Waffen abzulegen, denn den Thronsaal darf man damit nicht betreten.“ Während sie es sprach, kam einer ihrer Diener angeeilt. Sie übergab ihm ihren Bogen.

„Ihr könnt sie gern in die Obhut meines Dieners geben.“

Das behagte mir nicht. Also schlug ich meinerseits vor: „Ich möchte sie lieber in der Obhut eines Freundes wissen.“

„Nun gut“, erwiderte Sefu, „dann lasse ich Euren Freund in Euer Quartier führen. Dort könnt ihr Eure Waffen für die Zeit Eures Besuchs sicher verwahren.“

Halef blickte ein wenig verdrießlich drein, denn sicherlich wollte er auch gern die Königin sehen. Doch ich nickte ihm zu und er verstand. Wir übergaben ihm sodenn auch unsere Pistolen und Messer. Der Diener führte ihn schließlich durch den Korridor aus unserem Blickfeld heraus. Kaum hatte ich mich dann zum Weitergehen gewendet, fühlte ich eine Hand an meinem Arm.

„Mijnheer Kara, dieser Ort behagt mir nicht.“

Das Gesicht der Holländerin wirkte mit einem Mal sehr blass. Ihre Augen waren groß wie die eines verschreckten Kaninchens.

„Was ist geschehen, Mevrouw Marijke? Habt Ihr etwas Bedrohliches gesehen?“, fragte ich erstaunt.

„Ich kann es nicht sagen. Es ist recht seltsam. Ich habe nichts gesehen, doch spürte ich plötzlich eine innere Angst, als ob uns Gefahr drohe.“

Meine Hand zuckte bei diesen Worten zu meiner Waffe, doch der Henrystutzen war in Halefs Verwahrung. Ich sah mich um, konnte aber keinerlei Gefahr entdecken. Die Halle, in der wir uns befanden, führte den Blick zwischen zahlreichen Säulen hindurch in weitere Räume, die mit bauschenden Vorhängen abgeteilt waren. Zierliche Lampen hingen an goldenen Ketten von der Decke, die ich mehr erahnen, denn sehen konnte. Der warme Schein der Leuchten reichte nicht sehr weit und tauchte den Raum in ein geheimnisvolles Licht. Mir war, als hätte ich im Hintergrund eine Katze um die Säulen streichen gesehen. Doch als ich nochmals genauer hinblickte, um mich zu überzeugen, war das Tier verschwunden. Um die Frau nicht weiter zu ängstigen, erwähnte ich dies nicht.

„Wir werden vorsichtig sein und auf alle Ungewöhnlichkeiten achten“, antwortete ich nur kurz. Ich schob es auf die Anstrengung der letzten Zeit, weshalb Marijke nun so nervös wirkte. Ich wusste da noch nicht, wie sehr ich mich irrte.

Wir folgten der Kriegerin durch Gänge mit Säulen und goldenen Statuen an den Wänden. Der Boden war mit bunten Mosaiken verziert. Szenen der Jagd, des Lebens und des Krieges registrierte ich beim Vorübergehen. Doch fand ich nicht die Zeit, diese genauer zu betrachten. Schließlich gelangten wir in einen weitläufigen Raum. In der Mitte befand sich ein Bassin mit klarem Wasser, auf dem bunte Blüten schwammen. Ein süßer Duft ging davon aus. Grüne Pflanzen wuchsen in großen irdenen Schalen. Ich fragte mich, wie das ohne das Sonnenlicht möglich war. Exotische Vögel zwitscherten in goldenen Käfigen, und dann strich wieder diese Katze um die Säulen. Für den Bruchteil einer Sekunde traf mich ihr Blick, und mir schauderte. Ich hatte das Gefühl, von ihrem durchdringenden Blick durchbohrt zu werden. Er wirkte intelligent und irgendwie menschlich. Doch dieses Gefühl währte nur einen geringen Augenblick, und schon war das Tier hinter einer Reihe seidener Vorhänge verschwunden.

Sefu verbeugte sich vor diesen sanft wehenden Stoffbahnen, drehte sich lächelnd zu uns um und entfernte sich durch den Gang, durch den wir den Raum betreten hatten.

Etwas unschlüssig standen wir da. Plötzlich hörte ich ein leises Seufzen. Ich drehte mich um und gewahrte, wie Haschim – unser Scheik Haschim von edlem Geblüt – auf die Knie fiel, als wolle er einem König huldigen. Noch bevor ich ihn nach seiner Absicht befragen konnte, ertönte hinter den Vorhängen eine zwar recht tiefe, doch weibliche Stimme:

„Seid mir willkommen, Fremde aus dem Abendland. Tragt Wissen und Weisheit über meine Schwelle. Und auch Ihr Gläubigen fühlt Euch als Gäste in meinem Haus."

Bei diesen Worten fiel auch Lindsay auf die Knie. Ich blickte der Stimme entgegen und gewahrte einen Schatten hinter dem zarten Stoff. Dann glitten die Stoffbahnen auseinander wie die Vorhänge in einem Theater. Dahinter befanden sich einige

Stufen, die auf ein Podest führten. Dort stand ein prunkvoller Thron, besetzt mit Edelsteinen jeder Farbe, mit zierlichen Durchbrüchen und Verzierungen, als handle es sich um ein geklöppeltes Deckchen. Dabei schien er aus hellem Holz oder gar Elfenbein zu bestehen. Daneben saßen am Boden zwei Mädchen. Ihre pastellenen Tuniken waren so zart, dass sie kaum etwas von ihren anmutigen grazilen Gestalten verhüllten.

Vor dem Thron stand eine Frau. Das Wort trifft es nicht wirklich. Es war eine weibliche Gestalt fast göttinnengleich. Ihr schlanker Körper war in einen Hauch von Nichts gehüllt. Der zarte Stoff umschmeichelte ihre reizenden Rundungen wie das klare Wasser eines Gebirgsbachs die Kiesel auf seinem Grund.

Ich fühlte mich bei ihrem Anblick wie berauscht. So ein Gefühl war mir bis dato unbekannt. Ich konnte keinen klaren Gedanken fassen. Mein Verstand schien benebelt wie durch ein Narkotikum, und mein Körper wollte mir nicht mehr gehorchen. Ich sank auf die Knie wie meine Gefährten. Selbst die Holländerin war neben mir zu Boden geglitten. Wie die Ölgötzen starrten wir dieses himmlische Wesen an. Mein Mund formte ein Wort, welches ich selbst nicht verstand: „Ayesha“.

Erst viele Jahre später hörte ich von einem phantastischen Roman eines Engländers. Ich fragte mich, in Erinnerung unserer Erlebnisse hier, ob nicht doch ein Funken Wahrheit in seiner Geschichte enthalten war, auch wenn dies gänzlich gegen meinen wissenschaftlichen Intellekt sprach. Denn er schrieb über eine unsterbliche *Königin des Todes*, die Jahrtausende über ihr Reich im fernen Afrika regierte. Er nannte sie *Ayesha*, und ich hatte keine Erklärung dafür, warum mir viele Jahre zuvor beim Anblick dieser Frau dieser Name über die Lippen kommen konnte.

Es war Marijke, die mich ungewollt aus dem sonderbaren Bann löste. Denn in einem Anfall von Furcht krallte sie ihre Hand in meinen Arm. Der Schmerz ließ die unsichtbare Kette zwischen der unbekannten Schönen und mir zerbrechen. Mein Verstand setzte wieder ein. Ich versuchte sogleich, das

Geschehen zu analysieren, und war mir gewiss, dass der süße Duft, der uns umgab, diese berauschende Wirkung erzielte. Es musste eine Art Gift sein, das die Sinne beeinflusste.

Ich erhob mich und verbeugte mich vor der schönen Dame.

„Dürfen wir Euren Namen erfahren, edle Frau?“, fragte ich und merkte, wie meine Gedanken wieder klarer wurden. Vielleicht, so spekulierte ich, sammelte sich die betäubende Substanz in Bodennähe. Also musste ich zusehen, dass meine Gefährten sich ebenfalls erhoben.

„Erlaubt Ihr, dass wir uns erheben und von Angesicht zu Angesicht mit Euch sprechen?“

Sie schien einen Moment zu zögern, doch gewährte mir schließlich mit einer gebieterischen Geste den Wunsch. Ich zog die Holländerin auf die Füße und dann Sir David. Der Lord brauchte etwas länger als ich, bis sich sein Verstand wieder geklärt hatte. Doch schließlich sah ich in seinen Augen, dass auch bei ihm der Bann gebrochen war. Ich zog mit seiner Hilfe Scheik Haschim auf die Füße.

„Meinen Namen wollt Ihr wissen?“ Ihre Stimme füllte den Raum wie der Ton eines ganzen Orchesters. Sie war zwar von ruhiger und freundlicher Art, doch gleichzeitig schwang auch etwas Bedrohliches in ihr mit.

„In Palästina“, so begann sie zu erklären, „nennt man mich *Die Königin des Südens*.“ Anmutig, fast als ob sie schwebte, stieg sie die Treppen des Podests zu uns herab. Ihr schwarzes, kunstvoll geflochtenes Haar reichte über ihren Rücken hinab bis zu ihrem Gürtel, der anmutete, als wäre er eine lebendige Schlange. Sein Schillern erschien mir wie die Bewegung eines sich windenden Reptils. Sie strich zwischen uns hindurch wie die Katze zwischen den Säulen, die ich vorhin gesehen hatte.

„In Arabien habe ich viele Namen: *Bilqîs* und auch *Aziz* werde ich dort genannt.“

Mir fiel dabei ein, dass ich von einer Gazelle im Jemen gehört hatte, die *Gazella Bilkis* genannt wurde. Und draußen in der Stadt auf dem Platz war der Brunnen verziert mit unzähligen

Gazellen. Ich fragte mich, ob das ein Zufall war, und nahm mir vor, dies bei Gelegenheit zu ergründen.

„In Äthiopien heiße ich *Mâkedâ*." Nun stand sie vor Haschim. Der Scheik blickte sie unverwandt an, regte sich jedoch nicht. Bei ihm schien der Bann noch immer zu wirken.

„Im Allgemeinen werde ich *Die Königin von Saba* genannt", verkündete sie mit lauter Stimme. Haschim reagierte noch immer nicht. Die Königin streifte mit ihrer Hand fast beiläufig seinen Arm und Rücken. Dann wandte sie sich zu Lindsay um.

„Wie ich sehe, habt Ihr adliges Blut in Euren Reihen", hauchte sie. Ich war mir nicht sicher, ob sie damit den Scheik oder den Lord meinte.

Lindsay jedenfalls reagierte prompt. Er schlug die Hacken zusammen und antwortete in fast militärischem Ton: „Sir David Lindsay, Madam. Zu Ihren Diensten."

Die Königin lächelte gönnerhaft. Schließlich wendete sie sich mir zu. Ihr Blick war durchdringend wie jener der Katze. Es bedurfte meiner ganzen Kraft, ihm standzuhalten.

„Ein Weiser und Gelehrter – und doch ein Zweifler. Ein Reisender durch ferne Welten", kommentierte sie meine Person. „Ihr habt viele Namen." Ihre Hand streifte meine Brust, als sie mich umrundete. „Ihr tragt den Namen eines fernen Kriegervolkes genauso wie den eines abendländischen Schreibers. Wie soll ich Euch ansprechen? Ka ..."

„Kara Ben Nemsi werde ich hier genannt", fiel ich ihr ins Wort.

„Nun gut", hauchte sie. Ich spürte ihren Atem in meinem Nacken. „Wie es Euch beliebt – Kara Ben Nemsi."

Weiter strich sie zwischen uns hindurch, fast wie eine Tänzerin: schön, grazil, anmutig, geheimnisvoll – und bedrohlich zugleich. Nun wandte sie sich der Holländerin zu. Marijke folgte ihr mit den Augen. Ich konnte Angst und zugleich Faszination in ihnen erkennen.

„Eine beeindruckende Frau", flüsterte die Königin. Sie schlich um Marijke herum wie eine Löwin um ihre Beute, bereit zum tödlichen Sprung. Zugleich aber auch wie eine Verliebte um ihren Geliebten, der ihr eröffnet hatte, sie auf ewig zu verlassen. Eine tiefe Sehnsucht und genauso eine befreiende Hoffnung strahlten aus ihrem Gesicht. Ich vermochte das zu diesem Zeitpunkt nicht zu deuten. Später machten mir diese Eindrücke durchaus Sinn. Doch in dem Augenblick war ich verwirrt.

„Was glaubt Ihr hier zu finden?“, hauchte sie der Holländerin ins Ohr. „Euer Seelenheil?“

Marijke zuckte zusammen. Doch dann versteifte sich ihre zarte Gestalt. „Wir kommen auf Eure Einladung hin. So wurde es uns in Hadramaut angetragen.“

„Ja, das ist wohl wahr. Ich habe Euch den Weg weisen lassen.“ Die Königin umrundete die Frau, als begutachte sie eine Ware. „Was tragt Ihr da auf Eurem Rücken?“

„Ein Instrument.“

Die Königin von Saba musterte die goldene Harfe, die Marijke noch immer mit sich trug, wie ein ekliges Insekt. „So werdet Ihr mir sicher in nächster Zeit etwas darauf vorspielen.“

„Gewiss. Wenn Ihr es wünscht. Doch Ihr habt uns sicher nicht der Musik wegen hierhergeführt.“

„Nein, in der Tat nicht. Ich habe Euch beobachtet und mich gelüstet es, an Eurem Wissen über die Welt da draußen teilzuhaben. Ihr habt Euch als würdig erwiesen, meinen Palast zu betreten. Viele sind schon am Übergang des Portals gescheitert. Und andere meisterten den Durchgang mit Bravour und stellten sich dann trotzdem als unwürdig heraus. Ihnen gelüstete es nach materiellen Schätzen ...“ Dabei streifte ihr Blick kurz Lindsays hagere Gestalt. „... und nicht nach wahrer Macht und Weisheit.“ Nun erhob sie bedrohlich die Stimme. „Ich zerschmetterte die Unwürdigen. Ich zerquetschte sie wie Würmer.“ Dann wurde sie wieder sanft und lieblich. „Doch seid mir willkommen und fürchtet Euch nicht. Ich fühle ein besonderes Band zwischen mir und einigen von Euch. Bei dem einen oder anderen allerdings bin ich mir noch nicht recht sicher, ob er ein würdiger Gast meines Reiches ist.“

Wieder durchbohrte mich ihr Blick, und diesmal – vielleicht mag es meiner Einbildung entsprungen sein, vielleicht könnte ich es auch auf die angespannte undurchschaubare Situation schieben, in der wir uns befanden – spürte ich einen physischen Schmerz in meinem Kopf, als würden Nadeln durch meinen Schädel gebohrt. Ich versuchte, es mir nicht anmerken zu lassen. Doch trieb es mir das Wasser in die Augen. Die Königin bedachte mich mit einem kaum merklichen Lächeln. Ich konnte nicht anders und musste den Blick von ihr wenden. Sogleich ließ der Schmerz nach.

„Nun denn“, erhob sie erneut die Stimme, „ich sehe, dass die Reise Euch angestrengt hat. Meine Diener werden Euch in Eure Gemächer führen. Ruht Euch aus.“ Sie drehte sich um und schritt die Treppen zu dem Podest nach oben, setzte sich auf ihren Thron und erschien mir plötzlich noch größer als gerade eben. Ich war mir sicher, dass meine Sinne noch vernebelt waren. Diese Frau musste über phänomenale Kenntnisse der Chemie verfügen.

Aus dem Dämmerlicht angrenzender Gänge traten Männer hervor. Sie hatten weiße kurze Leinentücher um die Lenden geschlungen. Ihre sonnengebräunte muskulöse Haut glänzte im Licht der Lampen. Der Oberkörper und die Beine waren unbekleidet. Als Schmuck trugen sie einen breiten Halskragen, der aus winzigen bunten Perlen gefertigt war. Ich konnte keinerlei Waffen erkennen. Doch beim Anblick ihrer gestählten Körper war ich mir sicher, dass wir es nicht einfach haben würden, diese kleine Armee zu überwältigen. Doch im Moment schien dies auch nicht von Nöten zu sein. Sie eskortierten uns durch Gänge und Treppen hinauf in höhere Etagen. Schließlich gelangten wir auf eine weitläufige Dachterrasse. Auf der einen Seite führten zahlreiche spitzbogige Türen mit herrlichen Verzierungen in verschiedene Gemächer. Auf der anderen Seite wurde uns ein zauberhafter Ausblick auf die Stadt geschenkt, die sich vor dem glitzernden Vorhang des Wasserfalls vor uns ausbreitete.

In einem der verzierten Durchgänge erblickten wir Halef. Er wedelte mit einem Schlüssel in der Hand herum. Als unsere Eskorte sich zurückgezogen hatte, erkundeten wir zunächst die Räumlichkeiten und jeder wählte sich ein Zimmer als Schlafgemach. In Halefs Raum befand sich eine Art Waffenschrank. Es war eine vergitterte Nische in der Wand. Hinter einer verschnörkelten metallenen Gittertür konnte ich unsere Ausrüstung erkennen. Da Halef sich den Schlüssel zu dem Verschlag an den Gürtel band, wusste ich meinen Henrystutzen und den Bärentöter in guter Verwahrung.

So begab ich mich in mein eigenes Gemach. Es standen Wasserkrüge und frische Kleider bereit. Ich erfrischte mich. Doch die seltsamen Kleider zu tragen, konnte ich mich nicht überwinden. Ich wäre mir zu wenig bekleidet vorgekommen.

Als wir uns draußen auf der Terrasse wieder trafen, waren es auch nur Haschim und Marijke, die den Mut aufgebracht hatten, sich der ungewöhnlichen Garderobe zu bedienen. Der Holländerin stand die Tunika, die sie sich als Kleidungsstück ausgesucht hatte, durchaus gut, und sie war auch nicht aus so zartem Stoff wie die der Königin und ihrer Dienerinnen, sondern aus sittsamem Leinen. Der Gürtel stellte auch bei ihr eine Schlange dar. Doch war diese aus goldenen Fäden gewirkt, mit Perlen und Edelsteinen verziert.

Auch Haschim wagte es, mit bloßem Oberkörper und dem kurzen Tuch um die Lenden zu erscheinen. Wir anderen drei schmunzelten und konnten uns ein paar lustiger Kommentare nicht enthalten. Doch der Scheik nahm uns mit seiner würdevollen Erscheinung und seinem erhabenen Gebaren bald den Wind aus den Segeln. So lagerten wir uns auf Recamieren, die um einen prachtvoll gedeckten Tisch herumstanden, und kosteten von den herrlichen Speisen. In dem Bassin begann eine Fontäne zu sprudeln, die uns eine angenehm kühle Brise bescherte, und von irgendwoher erklang liebliche Musik.

Vierunddreißigstes Kapitel
Fremde Mauern

Als ich am nächsten Tag in der Früh auf die Terrasse trat, saßen Lindsay, Haschim und Halef schon in der Morgensonne und genossen ein üppiges Frühstück. Ich gesellte mich zu ihnen.

„Ich hätte sie auch gern gesehen", meinte Halef ein wenig verträumt.

„Die Königin?", fragte ich.

„Ja, die Königin von Saba. Wie ist sie denn so?"

„Faszinierend, *indeed*, eine geheimnisvolle Frau", entgegnete Lord Lindsay an meiner Stelle.

„Glaubst du nun, Sihdi, dass wir ins Reich Saba gelangt sind?"

„Wie es scheint, Halef, sind wir in einer Stadt, in der eine äußerst geheimnisvolle Frau unter dem Namen Königin von Saba regiert. Das glaube ich."

Halef schüttelte missbilligend den Kopf. „Sihdi, was bedarf es denn noch, um dich zu überzeugen? Dieses Reich ist – wie soll ich sagen – aus unserer Zeit gefallen. Du bist hier an einem Ort, den es gar nicht geben dürfte."

Ich presste nachdenklich die Lippen aufeinander. „Ich sehe noch keine Veranlassung, dies anzunehmen. Wir werden sehen ... Ich bin bereit, es zu erforschen."

Noch bevor Halef etwas erwidern konnte, trat Marijke aus ihrem Gemach. Sie trug die Tunika vom Vortag und wirkte sehr entspannt und ausgeruht. *„Goedemorgen*, meine Herren", strahlte sie.

„Haben Sie gut geschlafen, Mevrouw Marijke?", fragte ich.

„Ja, äußerst gut. Ich fühle mich wie neugeboren."

Sie setzte sich zu uns und beteiligte sich an dem köstlichen Mal.

„Nun, wenn niemand etwas dagegen hat, würde ich nach dem Frühstück gern die Stadt besichtigen“, eröffnete Sir David.

„Oh, da schließe ich mich gerne an“, antwortete Halef.

Die Holländerin und Scheik Haschim nickten ebenfalls zustimmend.

„Eine gute Gelegenheit, das Geheimnis zu ergründen“, gab ich lächelnd zurück.

„Vielleicht erlaubt Ihr es *mir*, Euch ein wenig unser Reich zu zeigen“, hörten wir da plötzlich eine freundliche Stimme. Eine hochgewachsene Frau war zu uns getreten, die ich sofort wiedererkannte. Als wir in Dauha die Sklavinnen befreit hatten, war mir eine Frau aufgefallen, die trotz ihrer elenden Lage ihren Stolz nicht verloren hatte und die keine Europäerin zu sein schien.

Und auch Marijke wusste sofort, wer sie war: „Ihr gehört doch zu den Frauen, die wir den Klauen der Sklavenhändler entrissen haben!“

Sie nickte. „Meine Königin hatte mich nach Suez geschickt, doch dort war ich unvorsichtig, wurde von einem Sklavenjäger gefangen genommen und später dem Führer der Karawane nach Dauha verkauft. Ohne Euch wäre ich längst in irgendeinem arabischen Harem verschwunden und hätte meine Freiheit kaum wiedergesehen. Über meinen Bericht hat unsere Königin das erste Mal von Euch erfahren.“

Dann berichtete sie, wie Turnerstick im Persischen Golf zwei indische Frauen britischen Kriegsschiffen übergeben hatte, anschließend um die arabische Halbinsel herumgesegelt war und in Aden dann die Sabäerin ausgestiegen war und von dort aus den Weg nach Hause gefunden hatte. Anschließend wollte Turnerstick die Frauen durch das Rote Meer und den Suezkanal ins Mittelmeer bringen.

Wir bestürmten die Frau daraufhin, uns mehr über ihre Zeit auf Turnersticks Schiff zu berichten und wie die Frauen sich in ihr zeitweiliges Matrosendasein eingefügt hatten, doch leider wurde unsere Neugierde nicht befriedigt, denn zwei Dienerinnen der Königin erschienen nun auf der Terrasse. Ihre weißen Tuniken schillerten wie der Wasserfall im Hintergrund der Stadt. Eine der Damen trat näher heran, verbeugte sich und verkündete mit regloser Miene: „Die Königin wünscht ein Gespräch mit der werten Frau Marijke van Beverningh."

Ich war beeindruckt, mit welcher Zungengewandtheit sie den Namen der Holländerin aussprach, fast akzentfrei. Doch bemerkte ich auch, wie das Gesicht Marijkes zu einer wie versteinert wirkenden Maske erstarrte.

„Ich werde Sie begleiten, Mevrouw Marijke", erklärte ich deshalb. Marijke nickte zustimmend und sichtlich erleichtert. Die Dienerinnen blickten mich erstaunt an, erwiderten jedoch nichts. Gleichzeitig verneigte sich die von uns befreite Sabäerin ergeben und verschwand ohne ein weiteres Wort wieder.

So folgten wir beide den anmutigen Frauen hinunter in die große Halle. Am Durchgang zum Thronsaal verwehrte uns ein Vorhang den weiteren Ausblick. Die Dienerin, die zu Marijke gesprochen hatte, bat die Holländerin mit einer einladenden Geste, hindurchzutreten. Marijke folgte der Einladung und verschwand hinter der sich sanft blähenden Stoffbahn. Als ich ihr folgen wollte, hielt mich die zart erscheinende Frau mit einem eisernen Griff zurück, den ich ihr nicht zugetraut hatte. Ich blickte sie erstaunt an.

„Die Königin verlangte nicht nach Euch", erklärte sie mir kühl.

Ich blieb also stehen. Sicherlich wäre es mir ein Leichtes gewesen, an der Dame vorbeizukommen. Doch es widerstrebte mir, einer Frau gegenüber Gewalt anzuwenden. Ich sah auch im Moment keine bedrohlichen Anzeichen. Marijke schien nicht in unmittelbarer Gefahr zu schweben. Also verharrte ich auf der Stelle und lauschte, ob ich nicht etwas von dem, was da drinnen vor sich ging, mitbekäme. Und wirklich konnte ich die Stimme der Königin von Saba vernehmen.

„Seid mir willkommen, edle Frau. Erlaubt mir, Euch Sayida Maryam zu nennen, wie Euer Mitreisender Scheik Haschim es tut. Auch mir kommt dieser Name leichter über die Lippen."

„Wenn Ihr es wünscht, so habe ich nichts dagegen, Eure Hoheit", hörte ich die Antwort der Holländerin.

„Nennt mich Mâkedâ."

„Sehr gern, Eure Hoheit – ähem, Mâkedâ."

„Nun, Sayida Maryam, Ihr müsst Euch nicht ängstigen. Ich werde Euch kein Leid zufügen. Ich möchte Euch gern näher kennenlernen."

Nach einer kurzen Pause erhob die Königin ihre bis dahin leise, sanfte Stimme. Ihr Ton wirkte mit einem Mal rau, und mir war sofort bewusst, dass er nicht der Frau an ihrer Seite, sondern mir galt: „Allein! Ich möchte mit Euch ungestört sprechen."

Die Dienerin an meiner Seite blickte mit kühlem Ausdruck zu mir auf und wies mir mit ausgestrecktem Arm den Weg nach draußen. Kurz zögerte ich. Doch dann entschloss ich mich, ihrer Anweisung Folge zu leisten. Ich hatte keine Veranlassung, Marijke in Gefahr anzunehmen. Die Königin hätte uns des Nachts mit Leichtigkeit töten lassen können, wenn sie dies vorgehabt hätte. Also begab ich mich durch die Säulengänge hinaus auf den Platz, den ich gestern schon überquert hatte. In der Mitte, am Gazellen-Brunnen, erblickte ich meine drei Freunde.

„Wo ist Sayida Maryam?", fragte Haschim besorgt.

„Bei der Königin."

„Ihr habt sie allein gelassen?" Sein Blick hatte fast etwas Vorwurfsvolles.

„Es blieb mir keine andere Wahl. Aber ich denke, sie ist nicht in Gefahr."

Haschim nickte mir vertrauensvoll zu. Wir waren lang genug zusammen und hatten so manches gefährliche Abenteuer bestanden, dass er sich gewiss sein konnte, kein Leichtsinn habe mein Handeln bestimmt.

„Nun“, begann Sir David, „dann schlage ich vor, dass wir diese wunderbare Welt ein wenig erkunden.“ Er lächelte erwartungsvoll.

„Gut. Gehen wir“, erwiderte ich.

Doch bevor wir auch nur einen Schritt getan hatten, erblickte ich oben an dem Säulenspalier zu den Eingängen des Palasts fünf Gestalten. Sicheren Schritts marschierten sie die Stufen zum Platz herunter. Ihre Harnische glänzten in der Sonne. Beim Näherkommen erkannte ich Sefu und ihre Kriegerinnen wieder. Die vier Amazonen blieben auf der untersten Stufe stehen und ihre Kommandantin schritt zielstrebig auf uns zu.

„Ich wünsche Euch einen guten Morgen, meine erhabenen Herren. Die Königin befiehlt, dass ich Euch unsere Stadt zeige.“ Sie verbeugte sich.

Meine Gefährten und ich erwiderten den Gruß.

„Das ist aber sehr freundlich von Ihrer Hoheit“, gab Halef zurück. „Wir hatten soeben vor, Eure wunderbare Stadt zu besichtigen.“

„Mit einem kundigen Führer ist dies sicher ein noch bereicherndes Vergnügen“, meinte Sir David mit strahlender Miene.

Ich selbst war skeptisch, ob dies wirklich zu unserem Vorteil war oder ob die Königin uns dadurch vielleicht nur unter Aufsicht stellen wollte. Aber ich sah keine Möglichkeit, mich dem zu entziehen, ohne einen Konflikt auszulösen. Also folgte ich der Kriegerin und meinen Gefährten durch das Labyrinth der Straßen.

Wir kamen an den Werkstätten verschiedener Handwerker vorbei. Männer arbeiteten mit entblößten Oberkörpern in der Hitze von Schmiedefeuern oder Backöfen. Eher selten erblickten wir Frauen. Und wenn doch, so waren sie keineswegs verschleiert, so wie es im Orient meist üblich war. Sie trugen aufwändig geschneiderte Tuniken, mit reichlich Zierwerk versehen und um die Hüften goldene Gürtel. Diademe schmückten ihre prächtigen Haarschöpfe und Perlengeschmeide die zarten Hälse. Sie schienen die Arbeiten zu beaufsichtigen und gaben Anweisungen.

Ich beobachtete zahlreiche mir im Orient vertraute Arbeitsvorgänge. Vieles wurde wie noch in antiken Zeiten mit der Hand gefertigt. Dies war für Halef natürlich wieder Beweis genug dafür, dass es sich hierbei um eine sehr alte Kultur handelte. In der Werkstatt eines Schneiders jedoch stutzten wir. Denn was wir dort sahen, war weder mit Halefs Theorie, dass diese Stadt aus längst vergangenen Zeiten entsprungen war, noch mit meiner nüchternen Analyse, dass es sich um eine uns einfach nur noch unbekannte orientalische Ansiedlung handelte, vereinbar. Der Schneider benutzte eine höchst moderne Nähmaschine. Erst auf der Weltausstellung in Wien, die unlängst stattgefunden hatte, war ein ähnliches Fabrikat vorgestellt worden. Auf einem Pult stand ein filigran verziertes metallenes Gestell mit Spulen für Garn und einem Handrad. Ein Riemen umspannte ein weiteres Rad und reichte bis an ein Pedal. Mit seinen Füßen trieb er dieses an und die Bewegung wurde über den Riemen in einen Mechanismus im Innern der Maschinerie bis zu einer Nadel am Ende des Arms geführt, die eilig auf- und abhüpfte. Nun war ich doch recht sprachlos beim Anblick dieser modernen Technik.

„Woher stammt diese Apparatur?“, fragte ich den Mann.

Er blickte von seiner Arbeit auf und starrte mich erschrocken an, als ob er mich jetzt erst wahrgenommen hätte. An seiner statt antwortete mir Sefu.

„Ihr seid nicht die ersten Gäste, die wir aus Eurer Welt hier empfangen.“

„Aus unserer Welt?“

Sefu lächelte nur zur Antwort.

„Siehst du, Sihdi? Was versuche ich dir denn beständig mitzuteilen?“, flüsterte Halef mir zu.

„Diese Gäste bringen uns manchmal wertvolle Geschenke mit“, führte die Amazone weiter aus.

„Und wo sind diese Gäste?“, fragte ich weiter.

„Nun“, erklärte die Kriegerin gelassen, „das ist gänzlich verschieden. Die Würdigen leben manchmal geraume Zeit in unserer Mitte und verlassen uns wieder. Die Unwürdigen jedoch ...“ Sie gab mir einen Wink und ich folgte ihr hinaus auf die Straße. Sie marschierte forschen Schritts in eine Seitengasse und schließlich in einen Innenhof. Dort standen drei hölzerne Pfähle mit eisernen Ketten daran. Es war sofort ersichtlich, dass sie dazu dienten, Menschen festzubinden.

„Die Unwürdigen enden meist hier“, erklärte Sefu.

Ich bemerkte, wie sämtliche Farbe aus Halefs und Lindsays Gesichtern entwich. Haschim konnte ich keine Furcht anmerken.

Nach diesen Worten trat die Kriegerin ein Stück zur Seite. Es schien mir, als spräche sie mit jemandem. Doch konnte ich keine Person in der Nähe bemerken. Schließlich kam sie wieder auf unsere kleine Gesellschaft zu und verkündete:

„Die Königin erwartet mein Erscheinen. Seht Euch noch gern in unseren Mauern um. Wir haben nichts zu verbergen.“ Dann verschwand sie aus dem Torbogen, durch den wir in dieses Atrium gekommen waren.

„Auf welch magische Weise mag sie wohl mit ihrer Königin gesprochen haben?“, fragte Halef.

„Vielleicht benutzte sie eine Art Morsetelegraf“, sinnierte ich.

„Oder Telepathie“, meinte Haschim.

„*My Lords*, schaut euch das an!“, hörten wir plötzlich Lindsays Stimme. In diesem Moment erschien sein Kopf neben einer der Säulen aus dem Schatten eines Laubengangs, welcher den Innenhof umrahmte. Er winkte uns eifrig zu.

So schritten wir ihm zügig entgegen. Denn die Neugier, was unser Freund gefunden haben mochte, trieb uns voran. Als wir ihn erreichten, stand Sir David an einer prächtig bemalten Wand. Es war ein farbenfrohes Fresko, was uns erwartete. Dieses schier überbordernde Bild zog sich an der Mauer des Säulengangs entlang. Hier und dort wurde es von spitzen Fenstern mit filigranem Zierwerk in ihren Spitzbögen unterbrochen. Bei näherem Hinsehen jedoch schauderte mir. Die Darstellungen waren allesamt grauenvolle Szenen von Folterungen und Hinrichtungen. Der geneigte Leser mag mir an dieser Stelle verzeihen, wenn ich die entsetzlichen Abbildungen auf diesen Gemälden nicht weiter ausführe. Es sei nur so viel erwähnt, dass es uns einen kalten Schauer über den Rücken jagte, zu welchen Gräueltaten diese Menschen hier im Stande sein sollten. Was konnte das Verbrechen der armseligen Opfer gewesen ein?

Haschim konnte uns bei dieser Frage eine zwar nicht befriedigende, doch zumindest richtungsweisende Antwort geben. Denn an einer Stelle des Bildes waren Schriftzeichen zu erkennen. Einige muteten wie ägyptische Hieroglyphen an und andere wiederum wie arabische Buchstaben. Scheik Haschim übersetzte uns den seltenen arabischen Dialekt wie folgt:

Wer uns teilhaben lässt an den Wundern seiner Zeit
Und würdig die Grenzen dies' Reiches betritt,
Dem stehen unsere Tore weit.
Die Magie auf ihren Schwingen nimmt ihn mit.

In wem die Macht von Saba erwacht,
Er wird mit der Weisheit Salomons bedacht.

Das Geheimnis hier ist stets gewahrt,
Doch der Unwürdige soll daran sich nicht weiden.
Ihm wird der Rückweg nicht offenbart,
Sondern tausend Qualen des Todes soll er erleiden.

„Also, die Unwürdigen scheinen hier dem Tode geweiht“, resümierte ich.

„Siehst du, Sihdi, wir hätten unsere Waffen nicht in dieser Vitrine lassen sollen“, erwiderte Halef.

In meinem Innern konnte ich ihm nur zustimmen. Aber es sträubte sich irgendetwas in mir, dies frei heraus zu sagen.

Jedoch wuchs meine Besorgnis bezüglich unserer Mitreisenden. „Wir sollten Marijke suchen."

Halef nickte zustimmend.

Als wir am Palast ankamen, waren die Amazonen an den Eingängen verschwunden. Wir teilten uns auf. Lindsay und Halef sollten sofort unsere Quartiere aufsuchen, für den Fall, dass die Holländerin sich zwischenzeitlich schon nach dort zurückgezogen hatte. Haschim und ich wollten im Thronsaal nach ihr suchen, sofern uns der Weg nicht versperrt würde. Wir schritten durch den Säulengang mit möglichst wenigen Geräuschen. Doch trotzdem wurden wir gehört. Denn wie auf ein stilles Kommando traten zwei der Kriegerinnen aus einem Seitengang und versperrten uns den Weg. Wir blieben stehen. Was konnten wir nun tun? Haschim und ich wechselten vielsagende Blicke und kamen zu dem stillen Einverständnis, uns scheinbar zurückzuziehen. Also bewegten wir uns langsam rückwärts und bogen schließlich in einen schmalen Gang ab. Ein flüchtiger Blick um die Ecke verriet mir, dass die beiden Wachen uns nicht folgten.

„Ein seltsames Verhalten", murmelte ich.

„Vielleicht wollten sie uns absichtlich in diesen Gang locken", meinte Haschim. „Wir sollten vorsichtig sein."

„Wir werden auf der Hut sein", gab ich zurück und blickte mich interessiert um. Der Korridor, in dem wir uns befanden, war schmal, aber hoch genug, dass wir aufrecht gehen konnten. Die Decke wölbte sich als Rundbogen über unseren Köpfen. Die Wände waren kaum verziert. Im vorderen Bereich wurde er von einigen Fackeln beleuchtet. Weiter hinten verlor er sich in Dunkelheit. Deshalb nahm ich mir eine der Fackeln aus der Wandhalterung und Haschim tat es mir gleich. Mutig und neugierig zugleich schritten wir voran. Nach kurzer Zeit kamen wir an eine Treppe, die sich nach unten wand. Wir folgten ihr. Kühle Luft schlug uns entgegen. Die Treppe führte uns in ein weitläufiges Kellergewölbe ohne irgendein

Fenster. Unsere Fackeln taten hier gute Dienste und erhellten einen kleinen Kreis um uns herum. Zunächst konnte ich nur festgestampften Lehmboden erkennen. Doch beim Weitergehen stießen wir schließlich auf eine Wand. Ich war überrascht, dass dieses Gemäuer hier unten ebenfalls mit bunten Mosaiken besetzt war. Im Schein der Fackeln konnte ich eine Prozession auf den kunstvollen Abbildungen erkennen. Ich schritt an der Wand entlang und bemerkte, dass es sich um die Darstellung einer Beerdigung handeln musste. Eine Gruppe Amazonen-Kriegerinnen trug eine Bahre, auf der eine Frau lag. Ihr Haar war ergraut und auch ihre Tunika hatte eine ebenso graue Farbe. Ich schloss daraus, dass es sich um eine alte Frau handeln musste. Über ihr schwebte ein Stern. Ich hielt meine Fackel näher an das Mosaik und erkannte, dass es weitere Sterne gab. Es war ein Sternenbogen, der zu einer anderen Frauenfigur führte. Sie lag ebenfalls auf einer Bahre. Diese Figur trug jedoch das schwarze, kunstvoll geflochtene Haar, welches ich an der Königin gesehen hatte. Sie war bekleidet mit einer weißen Tunika. Im weiteren Verlauf der Abbildung schien diese Frau von der Bahre aufzustehen und sich auf den Thron zu setzen. Es war genau derselbe Thron, den ich oben im Saal erblickt hatte.

„Was soll das bedeuten?“, fragte Haschim.

„Ich weiß es auch nicht so recht zu deuten“, antwortete ich. „In vielen Religionen glaubt man an Wiedergeburt. Vielleicht stellt es das Leben nach dem Tod im Himmel dar“, spekulierte ich.

Wir schritten ein Stück weiter und fanden noch weitere ähnliche Darstellungen der gleichen Szene. Die Steinchen und bunten Scherben, aus denen sie gefertigt waren, unterschieden sich. Es schien so, als ob diese eine Szene nach vielen Jahren immer wieder aufs Neue hier mit Mosaiksteinchen an die Wand geklebt worden war.

„Möglicherweise stellt es auch eine Ahnentafel dar“, grübelte ich weiter.

Schließlich endete das Mosaik und grobes Mauerwerk war zu erkennen. Wir folgten der Mauer und bemerkten, dass wir uns im Kreis bewegten. Die Treppe schien sich in der Mitte eines unterirdischen Saals zu befinden. Also war es nicht erstaunlich, dass wir wieder auf das erste Mosaik stießen. Anscheinend war die Szene die wir nun entdeckten, die früheste Darstellung, die in dem Raum gefertigt worden war. Die Farben waren schon etwas verblasst. Sie unterschied sich auch im Inhalt von den anderen. Diesmal stellte sie einen Mann und eine Frau dar. Der Mann saß auf einem Thron und die Frau brachte ihm Geschenke dar. Im weiteren Verlauf sah man beide als Paar eng umschlungen, und in der letzten Darstellung schien sie von ihm wegzugehen. Dabei hielt sie einen Säugling in ihren Händen.

„Das kommt mir bekannt vor", erklärte ich. Mit der Fackel die Wand beleuchtend, schritt ich zur Eröffnungsszene zurück. „Es erscheint mir als eine Darstellung der Begegnung zwischen dem König Salomon und der Königin von Saba, wie es in alten Schriften berichtet wurde", versuchte ich das Bild zu deuten. „Und", ich lachte bei meiner Ausführung erheitert, „der König ist Euch wie aus dem Gesicht geschnitten, Haschim."

Mein Gefährte trat näher heran und betrachtete das alte Werk. Dann zuckte er unwillkürlich zurück, als hätte ein Schrecken ihn durchfahren. „Wir sollten nicht vergessen, wozu wir hier sind: nämlich um die Sayida Maryam zu finden", brachte er hastig hervor.

„Ihr habt Recht, mein Freund", antwortete ich, und wir leuchteten mit unseren Fackeln den Raum ab, bis wir die Treppe wiedergefunden hatten. Eilig erklommen wir die Stufen. Sie schienen kein Ende nehmen zu wollen. Endlich erblickten wir das Licht des Tages wieder. Doch als wir aus dem Torbogen traten, befanden wir uns nicht, wie erwartet, in der Nähe des Thronsaals, sondern auf dem Dach des Palastes. Wir erkannten unsere Terrasse wieder. Und dort an dem plätschernden Bassin standen – offensichtlich wohlauf – Lindsay, Halef und Marijke.

Fünfunddreißigstes Kapitel
Abendrot über Saba

Als sich der Himmel im Westen purpur färbte und den Wasserfall im Hintergrund in einen rosa Nebelschleier verwandelte, saßen wir auf unserer Terrasse über der Stadt bei einem üppigen Mahl. Diener und Dienerinnen hatten köstliche Speisen aufgetragen. Haschim und Halef freuten sich über Couscous, Hammelfleisch und Joghurt. Auch Fladenbrote und Falafel sah ich auf dem Tisch. Lindsay fand Lamm mit Minzsoße vor und eine mit Hackfleisch gefüllte Pastete. Marijke hatte Poffertjes entdeckt – kleine süße Pfannkuchen, die in Holland sehr beliebt waren. Und selbst Kartoffelklöße, eine Spezialität aus meinem Heimatland, fanden sich in einem irdenen Gefäß. Des Weiteren waren Linsen aufgetischt und gefülltes Gemüse. Alle Speisen waren appetitlich angerichtet in silbernen oder porzellanenen Schüsseln auf verzierten Tabletts oder feinsten silbernen Tellern mit zierlichen Borden. In der Mitte der Tafel befand sich ein Kunstwerk aus verschiedensten Früchten. Es schien den Palast der Königin darzustellen.

Als die Dienerschaft die Terrasse verlassen hatte, fragte ich die Holländerin: „Mevrouw Marijke, wollt Ihr uns vielleicht von Eurem Besuch bei der Königin berichten?“

„Oh, Mijnheer Kara, das werde ich gern tun.“

Lindsay und Haschim blickten nun interessiert auf. Auch Halef unterbrach sein Kauen.

„Die Königin ist eine wirklich beeindruckende Persönlichkeit. Sie regiert ihr Land ganz allein. Dabei trachtet sie vor allem nach Harmonie und Frieden in ihrem Reich“, begann Marijke zu erzählen. Dabei leuchteten ihre Augen verklärt. „Sie hat ganz außergewöhnliches Wissen über viele Länder, auch über meine Heimat. Wie Ihr seht, weiß sie sogar, was man bei uns gerne isst.“ Dabei biss sie lachend von einem der kleinen Pfannkuchen ab.

„Hat sie denn erwähnt, welcher Art ihr Interesse an uns ist?“, fragte Haschim.

Marijke kaute auf dem Gebäck herum und schien zu überlegen. „Eigentlich hat sie darüber nichts Genaueres gesagt. Sie wollte hauptsächlich Persönliches von mir wissen: Wie ich hierhergekommen bin – also in den Orient. Wie ich in die Hände der Sklavenhändler gelangte und ...“ Sie unterbrach ihre Rede einen Moment. „... und wie ich mich als Sklavin gefühlt habe – was ich dachte – ob ich mich meinem Schicksal ergeben oder ob ich um meine Freiheit gekämpft hätte.“ Marijkes Miene verfinsterte sich und ihr Blick schweifte in die Ferne. Anscheinend holten die unliebsamen Erinnerungen sie ein. „Aber seltsamerweise konnte ich mich ihr öffnen. Es fiel mir leicht, ihr mein Innerstes zu offenbaren.“ Dann verstummte sie und begann wieder von den Speisen zu essen. Mir schien, sie wollte nichts weiter von der Begegnung berichten.

„Aber was genau könnte denn das Anliegen der Königin sein, dass sie uns zu sich einlud. Nur das Interesse am Schicksal einer Frau?“, fragte Sir David zwischen zwei Bissen Fleisch mit Minzsoße. „Entschuldigt, *my Lady*, es war nicht persönlich gemeint. Ich bin nur etwas verwirrt. *Indeed.* Ich hatte erwartet, dass die Königin weltpolitische Anliegen hätte, oder dergleichen.“

„Sicherlich lädt die Königin immer wieder Menschen zu sich ein, um sich über die Welt da draußen auf dem Laufenden zu halten“, warf Halef ein.

„Die Welt da draußen“, wiederholte ich lächelnd. „Was genau meinst du damit?“

„Sihdi, dir kann doch nicht entgangen sein, dass diese Welt hier schon seit Tausenden von Jahren besteht. Im Grunde abgeschnitten vom Rest der Welt. Nur dadurch konnte sie ihr Reich erhalten.“

„Ach, Halef, woher nimmst du diese Überzeugung?“
„Sihdi, spürst du nicht diese unsagbare Zeit?“
Ich schüttelte den Kopf. „Wie sollte das möglich sein?“
„Ich glaube, dass ihr Reich sich in der Zeit versteckt. In einer Art Zwischenzeit oder wie du es auch immer nennen willst. Vielleicht gibt es kein Wort dafür. Doch das bedeutet nicht, dass es nicht so ist.“
„Wie kann sich ein ganzes Reich in einer Zwischenzeit verstecken? Das ist, wissenschaftlich gesehen, unmöglich“, widersprach ich.
„Da bin ich mir nicht so sicher“, hörte ich nun Haschims Stimme. Er schaute recht trüb drein und schien dies mehr zu sich selbst gesprochen zu haben. Plötzlich blickte er auf und genau in meine Augen. „Erinnert Euch an die Wandmalerei in dem unterirdischen Gewölbe.“
„Oh, *very interesting*. Welche Wandmalerei?“, fragte Sir David. „In der gleichen Art, wie wir sie in diesem Atrium vorfanden?“
„Nun“, begann ich zu berichten. „Scheik Haschim und ich fanden rein zufällig den Weg in ein unterirdisches Gewölbe. Dort waren an den Wänden zum einen Darstellungen, die ich als den biblischen Besuch der Königin von Saba bei König Salomon interpretieren könnte, und zum anderen gab es noch Abbildungen der Königin selbst. Sie wiederholten sich vielfach. Vielleicht waren es Ahnentafeln oder Darstellungen von Bestattungen oder der Krönungszeremonie. Wir konnten es nicht recht deuten.“
„Vielleicht, Sihdi, war es die Königin selbst, wie sie durch die Jahrhunderte wandelt.“
„Ach, Halef, was redest du da? Kein Mensch kann Hunderte von Jahren leben. Auch nicht diese Königin.“
„Wie kannst du so etwas sagen, Sihdi? Denke daran: *Der Unwürdige soll tausend Qualen des Todes erleiden.*“ Halefs Stimme hatte einen ehrfürchtigen Flüsterton angenommen. „Wir sollten vorsichtig sein mit unseren Gedanken und Äußerungen.“

„Halef, mein Freund. Ich denke, dass du Recht hast, was die Vorsicht betrifft. Denn noch immer wissen wir nicht, was diese Herrscherin mit ihrer Einladung in ihr Reich bezweckt. Doch trotz allem sollten wir bei klarem Verstand bleiben und uns nicht durch Wandmalereien in die Irre führen lassen."

„Also, *my Lords*. Ich muss gestehen, dass auch ich ein wenig besorgt bin. Vor allem die Tatsache, dass hier das weibliche Geschlecht – im wahren Sinne des Wortes – das Regiment führt, ist doch wahrlich befremdlich."

„Nun, es mag ungewöhnlich sein, doch auch bei anderen Völkern bin ich solchen Amazonen-Heeren schon begegnet", erwiderte ich auf Lindsays Bemerkung.

„Und waren sie so grausam, wie es uns die Bilder in diesem Atrium zeigten?"

„Das kann ich nicht sagen. Ich habe Derartiges noch nicht erlebt. Und auch hier sind es ja zunächst erst einmal nur Bilder an einer Wand. Wir sollten vorsichtig sein, aber nicht in Panik verfallen, Sir David."

„Well, dann werde ich noch etwas von diesen köstlichen Speisen probieren. Womöglich ist das unsere Henkersmahlzeit." Lindsay lachte überschwänglich.

„Also, meine Herren, ich kann Ihnen versichern, dass die Königin nichts Böses im Schilde führt. Sie war äußerst freundlich zu mir und zeigte keinerlei bedrohliche Haltung", nahm nun Marijke das Wort wieder auf.

„Vielleicht, weil Ihr eine Frau seid", gab Halef zu bedenken. „Das weibliche Geschlecht scheint hier eine überragende Rolle zu spielen, während die Männer nur für die grobe Arbeit und als Diener gebraucht werden."

„Ich finde diese gesellschaftliche Ordnung doch in höchstem Maße interessant", gab die Holländerin lächelnd zu.

Halef grummelte nur etwas Unverständliches vor sich hin. Sir David wiegte bedächtig den Kopf und Haschim war äußerst still. Er starrte vor sich hin, als schwebte er in einer anderen Sphäre. Kurze Zeit später entschuldigte er sich dann auch und verzog sich in sein Gemach. Wir anderen blieben noch geraume Zeit auf der Terrasse sitzen und genossen die Aussicht. Der Sonnenuntergang schien sich ungewöhnlich lang hinzuziehen für diese südliche Breite. Noch immer erstrahlte der Himmel in tiefem Rot. Auf den Dächern der nahen Gebäude wurden Fackeln entzündet, und Lachen drang zu uns herüber. Junge Mädchen vergnügten sich in den beleuchteten Bassins. Diener reichten ihnen Trauben und Getränke in goldenen Pokalen. Versonnen blickte ich auf die Idylle, und das Gefühl der Bedrohung, welches wir zu spüren geglaubt hatten, löste sich allmählich auf wie ein Nebelschleier am Morgen, wenn die Sonne durch die Wolken bricht.

Nur Halef gab keine Ruhe. „Siehst du, Sihdi? Die Sonne ist mitten in ihrem Untergang stehengeblieben. Das muss doch auch dir, mit deinem wissenschaftlichen Verstand, zu denken geben. Die Zeit – die Zeit ist hier eine andere."

„Ja, ich gebe zu, dass der Sonnenuntergang ungewöhnlich lang erscheint. Doch die Sonne kann nicht stehenbleiben." Ich lachte. „Sie bewegt sich doch gar nicht. Sondern wir, die Erde ist es doch, die durch ihre Drehung den Tag- und Nachtrhythmus schafft."

„Wie du das auch immer sehen willst. Ich sehe, dass sie die Zeit hier im Griff haben."

„Du meinst, dass hier die Zeit manipuliert wird?"

Halef zuckte mit den Schultern. Ich sah, wie er nach dem Schlüssel an seinem Gürtel tastete und ihn in der Hand hielt. Es war der Schlüssel zu dem Schrein, in dem unsere Waffen bewahrt waren.

Als schließlich der Himmel seine natürliche Schwärze erhalten hatte und die Milchstraße über uns zu flimmern begann, verabschiedete sich auch die Holländerin, und wir drei Verbliebenen rauchten noch eine Weile, bis auch wir unser Nachtlager aufsuchten.

Sechsunddreißigstes Kapitel
Verlockung

Als die Sonnenstrahlen durch die zierlichen Verschnörkelungen der Fensterläden in mein Gemach strömten und filigrane Muster auf den Fußboden und die Wand malten, erwachte ich aus einem erholsamen Schlaf. Trotz der besorgten Gedanken des Abends hatte ich eine angenehme Nacht. Ich rekelte mich ausgiebig, und nachdem ich mich an dem Wandbrunnen erfrischt hatte, legte ich meine Kleider an.

Wie erwartet war auf der Terrasse schon ein üppiges Frühstück gerichtet. Ich trat hinaus in die Morgensonne. In den Straßen der Stadt herrschte noch keine Betriebsamkeit. Es war sehr still. In den grünen Pflanzen, die das Wasserbecken einrahmten, saßen einige bunte Vögel und zwitscherten und trällerten eine lockende Melodie. Als ich näher herantrat, flatterten sie auf. Einen Moment schwirrten sie über meinem Kopf herum, dann flogen sie auf das Dach eines anderen Gebäudes und setzten sich in einen Blütenstrauch. Ihre Schwingen leuchteten in den Farben des Regenbogens. Die Art war mir nicht bekannt.

Während ich diese morgendliche Idylle betrachtete, kamen auch Halef, Marijke und Lindsay aus ihren Gemächern. Sie grüßten und schienen bester Laune zu sein. Wir setzten uns um die gedeckte Tafel und begannen, von den Speisen zu kosten.

„Wo ist Scheik Haschim?“, fragte plötzlich die Holländerin.

„Oh, er wird noch im Land der Träume weilen“, grinste der Lord.

„Das kann ich mir nicht vorstellen“, entgegnete ich.

„Ich werde nachschauen“, entschied Halef.

So erhob sich mein Freund und ging zum Gemach von Haschim. Zaghaft klopfte er an die Tür. Doch er erhielt keine Antwort. Also bekräftigte er sein Begehren mit lauten Schlägen. Aber auch darauf folgte keine Reaktion. Da begann mich die Sorge zu durchzucken, und ich sprang auf, eilte zur Tür und stieß die Flügel auseinander. Wir blickten in den Schlafraum unseres Freundes und fanden ihn leer. Das Bett war unberührt.

„*Devil*, wo könnte er sein?“, fragte Lindsay.

„Er wird uns doch nicht verlassen haben?“, meinte Marijke besorgt.

„Das glaube ich nicht. Ich denke, er wird sich hier im Palast aufhalten. Vielleicht sucht er nach Antworten“, spekulierte ich.

„Sihdi, vielleicht ist er entführt worden.“

„Mhm. Aber warum?“

„Nun jedenfalls war er gestern Abend sehr einsilbig, *indeed*.“

Wir schritten nachdenklich zu dem gedeckten Tisch zurück.

„Ich muss zuerst etwas essen, bevor ich nachdenken kann, *my Lords* ... und *my Lady*“, gestand Sir David und begann das Frühstück fortzuführen.

Alle waren recht still. Auch ich grübelte darüber nach, wo Haschim sein könnte und warum er ohne Ankündigung gegangen war. Eine Entführung konnte ich mir nicht recht vorstellen, da Haschim sich gut zu wehren wusste. Das Schlafgemach wies auch keinerlei Spuren eines Kampfs auf. Aber natürlich konnte der Entführer eine List angewandt haben oder ein betäubendes Gift. Doch dann bliebe immer noch die Frage nach dem Motiv.

„Nun gut, meine Freunde“, begann ich. „Ich glaube, dass Haschim noch hier im Palast ist. Entweder versucht er, ohne uns einige Antworten zu bekommen, oder er wurde tatsächlich entführt.“

„Entführt?“ Marijkes Stimme klang fast entrüstet.

„Etwas anderes will mir im Moment dazu nicht einfallen“, erwiderte ich.

„Dann müssen wir ihn auf der Stelle suchen“, entschied Halef und sprang auf.

„Nicht so eilig, mein Freund. Ich denke, wir sollten das schlau und vorsichtig angehen. Vielleicht haben wir bessere Chancen, ihn zu finden, wenn wir ihn nicht zu offensichtlich suchen.“

„Was schlägst du also vor, Sihdi?“

„Wir teilen uns auf. Mevrouw Marijke wird hierbleiben, für den Fall, dass Scheik Haschim zurückkehrt. Sir David, Ihr werdet mit Halef in der Stadt suchen, zum Beispiel in dem Atrium mit der Wandmalerei.

„Und was machst du, Sihdi?“

„Ich werde im Palast suchen.“

„Gut“, meinte Halef. „Aber wir sollten ein paar Waffen mitnehmen. Wenigstens die Pistolen und Dolche. Die können wir in unseren Gewändern verbergen.“

„Da hast du vermutlich Recht. Also dann, an die Arbeit.“

Halef öffnete den Waffenschrank, und wir rüsteten uns unauffällig aus. Ich verbarg meine Pistole und mein Bowiemesser so gut es ging unter meiner Kleidung, um im Notfall schnell danach greifen zu können. Dann verabschiedeten wir uns und wünschten uns Glück.

Auf dem Weg zum Thronsaal begegnete ich keinem Menschen. Erst am Zugang zu dem besagten Raum stand einer der Wachen. Er war in Größe mir ebenbürtig, doch recht mächtig an Gestalt. Mit verschränkten Armen stand er da wie ein Fels in der Brandung und wich keinen Deut zurück, als ich auf ihn zutrat.

„Wir sind Gäste der Königin“, trat ich selbstbewusst auf.

Doch von meinem Gegenüber kam keine Reaktion. Wie eine Statue stand er da.

So versuchte ich, mich an ihm vorbeizuzwängen. Da erwachte er plötzlich zum Leben und seine Hand umfasste meinen Arm wie eine Schraubzwinge. Ich blickte zurück, um mich zu vergewissern, dass wir allein waren. Der Korridor war leer.

Es wäre ein Übermaß an Reaktion gewesen, mein Messer zu ziehen, da der Mann nicht bewaffnet war. Also griff ich zu dem Mittel, für das ich auf der anderen Seite des großen Ozeans berühmt war, und schmetterte ihm meine Faust gegen die Schläfe. Er verdrehte die Augen und sofort versagten ihm die Knie. Bewusstlos sank er zu Boden. Nun war der Weg frei.

Ich schritt durch die Vorhänge hindurch und betrat den Saal. Es war niemand zu sehen oder zu hören. Die Vögel in den goldenen Käfigen nahe des Bassins zwitscherten ihr verführerisches Lied. Auch diesmal schwammen wieder duftende Blüten in dem klaren Wasser. Ich hielt deshalb Abstand dazu, um nicht wieder in den Bann des Giftes – wie ich annahm – zu gelangen. Doch diesmal konnte ich diesen speziellen süßen Duft, der uns bei unserer Ankunft umweht hatte, nicht wahrnehmen.

Ich blickte mich unentschlossen um. Sollte ich es wagen, die Stoffbahnen zum Thron-Podest zu durchschreiten? Noch bevor ich einen Entschluss gefasst hatte, erblickte ich wieder diese geheimnisvolle Katze. Sie strich um die Säulen und verschwand hinter den leicht wehenden Vorhängen. Dann gewahrte ich einen Schatten vom Thron her und in diesem Augenblick öffneten sich die zarten Stoffe und ließen den Blick auf die Königin von Saba frei. Sie stand auf der obersten Stufe vor ihrem Thron und blickte mit finsterer Miene auf mich herab.

„Ihr wagt es, ungebeten meine Räume zu betreten?“, durchbrach ihre mächtige Stimme die Stille.

Ich deutete eine Verbeugung an und antwortete: „Verzeiht, hohe Herrscherin, ich bin auf der Suche nach unserem Freund Scheik Haschim.“

„So?“ Ich meinte, dass ein Lächeln über ihr Gesicht huschte wie der Schatten einer vorüberziehenden Wolke. „Wieso sollte er sich in meinen Gemächern aufhalten?“

Darauf wusste ich natürlich keine rechte Antwort zu geben. „Nun, o Königin von Saba, wir suchen ihn in allen Winkeln Eures Reiches.“

Sie schritt von ihrem Podest herab und begann mich zu umrunden wie vorhin die Katze die Säulen. Ein kalter Schauer lief mir über den Rücken.

„Ihr braucht Euch nicht um Haschim – wie ihr ihn fälschlicherweise zu nennen pflegt – zu sorgen. Er ist aus freien Stücken gekommen. Es ist sein Schicksal, das ihn hierherführte."

„Ich verstehe nicht, was Ihr damit meint."

„Das müsst Ihr auch nicht, Kara Ben Nemsi. Scheik Haschim ist mir ein willkommener Gast in meinem Haus. Das muss Euch genügen."

Ihr Gewand wehte wie ein durchsichtiger Wasserfall um ihre anmutige Gestalt. Doch so bezaubernd und liebreizend sie für den Blick war, so bedrohlich schien sie mir zugleich für die Seele.

„Verzeiht, hohe Königin von Saba, doch ich will mich mit eigenen Augen davon überzeugen, dass es ihm gut geht."

Sie blickte mich unerwartet direkt an, und es war mir nun, als steche jemand mit einem Dolch in meine Augen.

„Ihr *wollt?"*, donnerte ihre Stimme mir entgegen. *„Wollt?"*

Erschrocken zuckte ich zurück und meine Hand glitt unter das Gewand zu meiner Waffe. Mir wurde bewusst, dass meine Wortwahl an dieser Stelle nicht wohlbedacht war. Ihre Stimme erfüllte wie eine gewaltige Glocke den Saal. Ich war nicht fähig, die Pistole zu ziehen, und starrte die Königin nur an.

„Ihr wagt es, mich mit einer Waffe zu bedrohen?", warf sie mir entgegen.

Dies verwunderte mich, denn noch hatte ich meine Waffe nicht einmal berührt. Ich fürchtete fast, dass sie des Gedankenlesens mächtig sein könnte. Deshalb wollte ich etwas Entschuldigendes erwidern, brachte jedoch keinen Ton heraus.

„Das sollt Ihr mir büßen, Kara Ben Nemsi!", donnerte sie.

Mir war, als flöge sie um mich herum, und dann blickte sie mich mit einem eisigen Ausdruck in den Augen an, beschrieb mit den Armen einige seltsame Bewegungen, und schließlich geschahen Dinge, die mein wissenschaftlicher Verstand sich zu begreifen weigerte. Es wirkte, als schossen Blitze aus ihren Augen. Sie durchfuhren mich wie eisige Speere. Mein Körper versteifte sich und unbeschreibliche Kälte breitete sich in mir aus. Es war, als würde ich bei lebendigem Leibe zu Eis gefrieren. Ich konnte beobachten, wie meine Gliedmaßen zu einer schwarzen glänzenden Struktur erstarrten. Obwohl ich mich dagegen zu wehren versuchte und mich bemühte, zu schreien und wild um mich zu schlagen, spielte sich dies nur in meinem Kopf ab. Jegliche Bewegung und jegliche Artikulation waren mir versagt. Ich war machtlos dieser Prozedur ausgesetzt und auch nicht in der Lage, darüber nachzudenken.

Halefs Stimme echote in meinem Kopf, als befände ich mich in einer tiefen Höhle:

Das Geheimnis hier ist stets gewahrt,
Doch der Unwürdige soll daran sich nicht weiden.
Ihm wird der Rückweg nicht offenbart,
Sondern tausend Qualen des Todes soll er erleiden.

Ein Entsetzen und eine unkontrollierte Panik ergriffen mich, die mir fast den Verstand, aber zumindest zunächst die Besinnung raubten.

Irgendwann begann mein Gehirn wieder zu arbeiten. Noch immer war ich in Dunkelheit und Starre gefangen. Doch ich zwang mich zur Ruhe. Eine erneute Panikattacke würde mir in meiner Lage keine Hilfe sein. Ich versuchte auch alle Fragen, die mir zu diesem Geschehen durch den Kopf schossen, zu unterdrücken. Denn im Moment war es unwichtig, ob ich Opfer einer Magie geworden war oder ob es sich um eine Art Hypnose handelte. Wichtig war es zunächst, einen klaren Gedanken fassen zu können. Um einen Ausweg – sollte es überhaupt einen geben – aus meiner prekären Lage zu finden, musste ich meinen Verstand gebrauchen.

Aber, lieber Leser, ich muss zugeben, dass mich diese Situation zum ersten Mal in meinem Leben an den Rand des Erträglichen trieb. Nie zuvor hatte ich eine derartige Verzweiflung gespürt wie in dieser Erstarrung. Man muss sich das vorstellen, als ob man schlagartig am ganzen Körper ab dem obersten Halswirbel gelähmt sei und zugleich lebendig in einem Sarg begraben wurde. Nur das Gehirn arbeitete noch und war beständig damit beschäftigt, diese Situation zu verstehen und gleichzeitig die immer wieder aufkeimende Panik zu bekämpfen.

Was mich letztlich davon fernhielt, in den Wahnsinn abzugleiten, war die Stimme der Holländerin.

„Ihr habt mich gerufen, Mâkedâ?"

Zuerst wusste ich nicht, ob es ein Wunschtraum war oder ob ich wirklich ihre Stimme vernahm. Doch dann hörte ich die Königin antworten:

„Ja, Maryam, das habe ich."

Die Stimme der Königin von Saba war hierbei liebenswürdig und zart, ganz das Gegenteil zu dem, was ich erlebt hatte.

„Wie kann ich Euch zu Diensten sein?", hörte ich nun erneut Marijke.

„Oh, liebe Maryam, nicht Ihr sollt mir zu Diensten sein. Ich möchte Euch zu Diensten sein."

War das dieselbe Königin, dieselbe Frau, mit der ich gesprochen hatte? Obwohl mich nunmehr neue Fragen quälten, wurde ich innerlich etwas ruhiger, sobald ich dieses Gespräch vernahm. Und diese eintretende innere Ruhe schien zu bewirken, dass mein Sehnerv seine Arbeit wiederaufnahm. Denn mit einem Mal durchbrachen helle Flecken die undurchdringliche Schwärze, die mich umgeben hatte. Allmählich konnte ich Umrisse und schließlich das Geschehen im Thronsaal deutlich erkennen.

Mevrouw Marijke und die Königin standen in trauter Zweisamkeit nahe des Bassins. Die Königin hatte der Holländerin vertraulich die Hand auf die Schulter gelegt und lächelte sie an. Beide Frauen trugen eine Tunika mit goldenem Schlangengürtel. Ihre Ähnlichkeit war verblüffend. Aus der Ferne verschwammen die Unterschiede der Frauen – die arabischen Züge der Königin und die europäischen der Holländerin – derart, dass man sie für Schwestern halten konnte.

Oder war es nur mein verworrener Blick, wie der eines Trunkenen, der sich die Ähnlichkeit zusammenreimte? Als sie sich ein wenig zu mir umdrehten, war nichts mehr davon zu erkennen. Selbst die Größe der Frauen war nun recht unterschiedlich. Wäre es mir möglich gewesen, so hätte ich mir verdutzt die Augen gerieben. Aber mein starrer Zustand ließ dies nicht zu.

„Ich schätze Euch sehr, Maryam. Trotz Eurer Jugend seid Ihr gebildet und stark. Ihr wärt eine gute Führerin“, hörte ich die süßliche, fast werbende Stimme der Herrscherin.

„Nein“, widersprach die Holländerin, „ich eigne mich nicht zur Anführerin von irgendwem oder irgendetwas.“

„Oh, da bin ich anderer Meinung.“ Die Königin führte Marijke hoch auf das Podest zu ihrem Thron. „Was meint Ihr, Maryam, welche Eigenschaften eine Herrscherin haben sollte?“

Die Holländerin schien einen Moment zu überlegen. „Sie muss gewillt und in der Lage sein, Entscheidungen zu treffen. Und sie muss Durchsetzungsvermögen haben.“

„Wie sieht es mit Gerechtigkeitssinn aus?“

„Ja, Gerechtigkeit ist sehr wichtig. Eine Herrscherin muss in der Lage sein, Recht zu sprechen, ohne dass ihre persönlichen Gefühle sie dabei behindern.“

„Ihr meint also, dass eine Herrscherin auch manchmal schmerzliche Entscheidungen treffen muss?“

„Ja. Wenn ein Unrecht geschehen ist, muss es gesühnt werden, egal, wer darunter leidet“, erwiderte die Holländerin selbstbewusst. „Ein Mörder muss bestraft werden, auch wenn seine Frau oder seine Kinder dann leiden müssen.“

„Wenn Ihr dieser Meinung seid, dann habe ich hier ein Geschenk für Euch.“

Die Königin gab ihren Dienern ein Zeichen und diese verschwanden sogleich hinter den Vorhängen zum Ausgang. Währenddessen führte Mâkedâ Marijke von dem Thron-Podest herunter.

Alsbald erschienen zwei von ihren Dienern wieder und zerrten einen dritten Mann zwischen sich her in den Thronsaal herein. Dieser jammerte und stöhnte. Dem Unglücklichen waren die Hände auf den Rücken gebunden und auch die Füße an den Knöchel mit Stricken gefesselt. Die zwei Diener warfen das wehrlose Geschöpf mitleidlos vor den beiden Frauen zu Boden. Marijke blickte zunächst fassungslos auf den am Boden liegenden Mann, wohl wegen der hier plötzlich gezeigten Erbarmungslosigkeit. Doch allmählich wandelte sich ihr Ausdruck, während sie den Menschen zu ihren Füßen musterte.

Der Mann wand sich in seinen Fesseln und winselte. Doch die Holländerin zeigte keinerlei Mitgefühl mehr. Ihre Augen wurden zu schmalen Schlitzen, und den Mund presste sie, fast wütend, zusammen.

„Erkennt Ihr diesen Barbaren, Maryam?“, fragte die Königin.

Marijke nickte langsam. „O ja, werte Mâkedâ. Dies ist einer der fünf Lakaien des Sklavenhändlers Abu Kurbatsch, die Mijnheer Kara, Halef und Scheik Haschim in der Wüste laufen ließen, obwohl ich ...“

Sie verstummte, und ich erinnerte mich nur zu gut an ihre Mordpläne. Schon damals war ich äußerst überrascht gewesen von der Gnadenlosigkeit, die dieser liebreizenden Dame innewohnte.

„Was würdet Ihr gern mit diesem Geschöpf tun?“, fragte die Königin.

„Ich würde ihn am liebsten erschießen. Das sagte ich damals schon zu Haschim und Kara. Doch sie ließen dieses mitleidlose Gesindel einfach frei.“

„Oh, Ihr müsst mich verwechseln, liebe Frau“, jammerte der Gefangene. „Ich war noch eben mit meiner Handelskarawane auf dem Weg nach Kairo, und plötzlich erwachte ich hier. Ich weiß nicht, welcher Zauber dies ermöglicht hat. Vielleicht bin ich auch in einem Alpdruck gefangen ... Oh, habt Gnade mit einem einfachen Händler."

„Händler?" Marijkes Stimme war nun fast so gewaltig wie die der Königin. Sie echote bedrohlich im Thronsaal wider. „Händler? Ja, Sklavenhändler. Das seid Ihr."

Der Mann auf dem Boden rollte sich ängstlich zusammen unter der Anklage der Frau. „Oh – oh, nein – Ihr verwechselt mich."

„Könnte es möglich sein, liebe Maryam, dass ich Euch den falschen Mann gebracht habe?" Die Stimme der Herrscherin von Saba war warm und lieblich. Ein Lächeln flog über ihre Züge hinweg.

„Nein", erwiderte Marijke kühl. „Ich kenne dieses Gesicht. Wir haben seinen Anführer in der Wüste getötet, als sie uns nachstellten und überfielen. Er und seine vier Kumpane durften das Weite suchen. Doch ich hatte inständig gehofft, dass eine höhere Macht ihre Bestrafung ausführen würde. Wie ich sehe, ist dies nicht geschehen."

„Aber nun kann es geschehen." Wie eine Katze strich die Königin um die Holländerin herum. „Wünscht Ihr es?"

„Ja." Marijke antwortete ohne Zögern.

Wenn ich nicht in dieser unbeschreiblichen Kälte erstarrt gewesen wäre, so hätte mich sicher ein kalter Schauer überlaufen bei ihren Worten. Doch in dieser Situation war ich einfach nur schockiert über die Reaktion meiner Reisegefährtin.

„Sagt es mir in deutlichen Worten", bat die Königin.

„Ich wünsche den Tod dieses Mannes", antwortete Marijke. Ihr Blick war erbarmungslos auf den Gefangenen gerichtet.

„Oh, bitte, liebe Frau. Ich weiß nicht, was hier geschieht. Habt Erbarmen, habt Mitleid", jammerte der Mann.

„So wie ihr Mitleid mit den Menschen habt, die ihr als Sklaven verkauft. Du hast dieses Leben selbst gewählt und somit auch dessen Ende", warf ihm die Holländerin entgegen.

Ich kannte Mevrouw Marijke nicht wieder. War so viel Hass und Verbitterung in ihr, dass sie den Tod eines wehrlosen Menschen forderte? So musste es wohl sein. Ich wusste ja nicht viel über das Leid, das ihr während ihrer Gefangenschaft als Sklavin widerfahren war. Womöglich hatte ich es nicht ernst genug genommen. Doch bei diesem Anblick wurde mir bewusst, dass es größer gewesen sein musste, als es meine Vorstellungskraft zugelassen hatte.

Die Königin streckte die Arme aus und richtete sie wie Langwaffen gegen den Gefangenen. Der zarte Stoff ihres Gewandes umspielte ihre Gestalt. Sie wirkte so fein und zerbrechlich. Doch ich musste nun miterleben, welch todbringende Macht in ihr schlummerte. Sie blickte kühl und starr auf den Helfer des Sklavenhändlers hernieder.

Der Mann auf dem Boden begann sich zu winden wie in einem furchtbaren Schmerz. Er stöhnte und klagte, und schließlich begann er zu schreien. Eine markerschütternde Melodie von Panik und Todesangst drang aus seiner Kehle. Ich konnte mich des grausigen Schauspiels nicht erwehren, und so froh ich über meine wiedererlangte Sehkraft war, so frustrierend war es in diesem Moment, nicht den Blick abwenden zu können. Ich war gezwungen, zuzusehen und gleichermaßen nicht zu begreifen, wie das Erblickte auf wissenschaftliche Weise zu erklären war. Die Augen der Königin schienen sich in Glutbälle zu verwandeln. Wie flüssige Lava loderte es in ihren Höhlen. Dann schossen tatsächlich Blitze daraus hervor, ebenso aus ihren ausgestreckten Fingern. Diese elektrischen Entladungen trafen den Gefangenen am Boden. Er zuckte in unkontrollierten Krämpfen zusammen. Seine Schreie gellten schrill wie ein Heer von verlorenen Seelen beim Anblick des Fegefeuers. Der Stoff seines Gewands begann sich an zahlreichen Stellen in schwarze Flecken zu verwandeln. Rauch stieg daraus empor. Dann sah ich mit Grausen, wie auch seine Haut sich unter den Blitzen aufzulösen begann. Das rohe Fleisch kam darunter zum Vorschein und letztlich gar der blanke

Knochen. Die Schreie verstummten, und während das unglückliche Geschöpf noch einige abwehrende Bewegungen versuchte, die nun zwar möglich waren, da die Fesseln längst unter dem Feuerblick der Königin zu Asche verbrannt waren, aber dennoch sinnlos, ja fast grotesk, zerfielen seine Gliedmaßen zu schwarzem Staub. Zunächst lösten sich die Hände und Füße in Asche auf und schließlich die Arme und Beine. Zum schaurigen Schluss der Körper und am Ende der Kopf. Der Prozess erinnerte mich an das Abbrennen einer Lunte, unaufhörlich fortschreitend mit einem jähen Ende.

Es schien mir, als wollte die Henkerin sicherstellen, dass der Delinquent bis zum Schluss die grausame Hinrichtung mit seinen eigenen Augen verfolgen konnte. Nun wusste ich, dass die Bilder an den Wänden des Innenhofs keiner Phantasie eines entrückten Künstlers entsprungen waren. Nein, diese furchtbaren Grausamkeiten entsprachen in diesem so idyllisch anmutenden Reich der Wirklichkeit.

Wie eine Figur aus schwarzem Sand am Strand des Hades – der Unterwelt, des Totenreichs – lag der Leichnam des Mannes nun auf dem bunten Mosaikboden. Eine leichte Geste des Arms der Königin – wie in einem grazilen Tanz – bewirkte, dass sich die schwarze Asche emporhob, zu einer diffusen Wolke formierte und letztlich in alle Winde zerstäubte. So war nichts mehr von dem unglücklichen Opfer übriggeblieben. Nichts, was auf seine einstige Existenz hindeutete. Und – auch viele Jahre danach noch – war ich mir nicht sicher, ob dieser Vorfall wirklich stattgefunden hatte, oder ob er meiner eigenen Phantasie entsprungen war, in einer von sorgfältig gewählten Substanzen erzeugten Bewusstseinstrübung. Denn auch meine Erstarrung zu einer schwarzen Statue war nichts, was ich mit physikalischen Formeln zu erklären vermochte. Dies kam mir in dem Augenblick, als sich die schwarze Wolke verflüchtigte, wieder schmerzhaft ins Bewusstsein. Mein Hirn signalisierte mir, dass sich mein Körper in erneut aufsteigender Panik verkrampfen wollte. Doch war dies, da er sich schon in dieser unerklärbaren Starre befand, nicht möglich. Mein Lebenswille bäumte sich gegen dieses schwarze Gefängnis auf. Ich glaubte fast, ich könnte schreien oder meine Muskelkraft wäre in der Lage, den metallenen oder kristallinen Überzug zu sprengen. Aber es war vergebens. Weder mein geistiger Wille noch die übermenschliche Kraft der Verzweiflung waren im Stande, mich aus meiner Lage zu befreien.

Mir schien – oder war es gar nur Wunschdenken –, dass ich schrie: „Mevrouw Marijke, blickt mich an. Erkennt Ihr nicht Kara Ben Nemsi in dieser metallenen Statue?“

Die Holländerin reagierte allerdings nicht. Worauf auch? Ich konnte mich weder durch Bewegung noch durch Laute bemerkbar machen, und der Telepathie – falls es dergleichen wirklich geben sollte – war ich nicht mächtig. So konnte ich nur still das Geschehen in meinem Blickfeld weiter beobachten und den Gesprächen lauschen. Innerlich sackte ich jedoch kapitulierend zusammen.

Marijke hatte einen zufriedenen Ausdruck im Gesicht. Es war fast ein Strahlen.

„Ist Eure Rache ein wenig befriedigt, Maryam?“, fragte die Königin. Nichts an ihr deutete auf die Furie hin, die ich soeben erlebt hatte. Sie war wieder das liebreizende Geschöpf, welches sie uns stets vorgegeben hatte.

„Liebe Mâkedâ. Ja, ich bin befriedigt. Dieser Mann hat seine gerechte Strafe erhalten. Und die anderen Schergen des Sklavenhändlers werde ich auch noch finden und zur Strecke bringen.“

Die Königin von Saba blickte erfreut die Holländerin an.

Marijke erwiderte den Blick und sprach: „Aber die Macht, mit der ihr diesen Mann getötet habt, ist mir ein Rätsel.“

„Erschreckt Euch diese Macht?“

„Ja und nein. Ja, denn damit kann man Furchtbares bewirken. In der Hand des falschen Menschen könnte diese Macht schlimmes Leid über die Menschheit bringen. Und nein, weil sie gleichwohl Gerechtigkeit und Frieden bringen könnte. In den richtigen Händen könnte man damit alles Unrecht von der Erde tilgen."

„Ja, Maryam, man könnte damit das Unrecht und die Gewalt von der Erde löschen. Würdet Ihr dies gern tun wollen?"

Die Königin legte eine Hand auf Marijkes Schulter. Wie beiläufig führte sie die Holländerin, während sie miteinander sprachen, dem Ausgang zu.

„Was würdet Ihr dazu sagen, meine liebe Maryam, wenn ich Euch offenbaren würde, wie *Ihr* diese Macht nutzen könntet?"

„Ich?" Marijke wirkte erschrocken und zugleich fasziniert.

„Ja, Ihr, liebe Maryam."

Die beiden Frauen erreichten nun die Vorhänge des Ausgangs. Ein leichter Luftzug blähte die zarten Stoffe. Während sie durch die wehenden Stoffbahnen aus meinem Blickfeld entschwanden, drehte sich die Königin noch einmal um, blickte mir direkt in die Augen und lächelte mich an. Ein Schmerz durchzuckte mich, als hätte sie mir einen Dorn aus Gletschereis in mein Herz gerammt. Erneut schwanden mir die Sinne und erlösende Dunkelheit hüllte mich ein.

Siebenunddreißigstes Kapitel
Offenbarung

Ich hörte zunächst das leise Plätschern eines Wassers. Zuerst wusste ich nicht mehr, wo ich mich befand und in welch grausamem Zustand mein Körper gefangen war. Vögel zwitscherten und trällerten eine exotische Melodie. Allmählich kamen die Erinnerungen zurück. Ich war zu einer schwarzen, metallenen Statue erstarrt.

Diesmal blieb die Panik aus. Mein Verstand hatte begriffen, dass sie mir nichts nutzte. Ich musste ruhig bleiben und einen Ausweg ersinnen. Beruhigend wirkte sich zudem auf mich aus, dass ich auch mein Sehvermögen wieder erlangt hatte. So erblickte ich vor mir neuerlich das Bassin inmitten des Thronsaals der Königin von Saba. Am Rand des Beckens saß ein junger Mann mit bloßem Oberkörper und schwarzem Haar. Er hielt eine Hand in das Wasser und schien versonnen mit dem kühlen Nass zu spielen. Diese Bewegung erzeugte das Plätschern, welches ich vernahm.

Aus den Tiefen der Halle schlich erneut diese Katze herbei, die ich schon des Öfteren hier erblickt hatte. Sie steuerte auf den Mann zu und begann an ihm entlangzustreichen. Dabei schnurrte sie genüsslich. Der Mann strich ihr zärtlich über den Rücken. Dann blickte mich das Tier mit seinem kalten, aber beängstigend menschlichen Blick an. Es bleckte die spitzen Zähne und fauchte. Federnden Schrittes entschwand es hinter den Vorhängen zum Thronsaal. Der Mann am Bassin blickte ihm nach. Die Vögel im Raum waren bei Erscheinen der Katze verstummt. Nun begannen sie von Neuem zu zwitschern. Als der junge Mann zu den gefiederten Sängern in den goldenen Käfigen aufblickte, erkannte ich mit Entsetzen Scheik Haschim in ihm.

„Haschim“, wollte ich rufen. „Schaut Euch die Statue genauer an. Erkennt Ihr mich nicht? Ich bin es, Euer Weggefährte Kara Ben Nemsi!“

Doch konnte ich noch immer keine Töne erzeugen. Mein Zustand hatte sich nicht geändert, starr wie in Metall gegossen und in unbeschreibliche Kälte gehüllt, stand ich da. Vor aller Augen war ich ausgestellt, doch keines dieser Augen erkannte mich. Wie nur sollte ich mich bemerkbar machen? Ich hatte keinerlei Gewalt über meinen Körper. Nur die Sehkraft und das Hörvermögen und meine stummen, quälenden Gedanken waren mir geblieben. So konnte ich nur mit Entsetzen feststellen, dass mein Freund nicht er selbst war. Sein sonst so klarer und vernünftiger Blick schien in andere Gefilde entrückt. Was hatte diese Frau ihm angetan?

Kaum hatte ich an die Königin gedacht, bewegten sich die zarten Stoffe vor dem Thron-Podest in verspieltem Reigen. Ihre zierliche Gestalt erschien zwischen den wehenden Bahnen wie ein Lichtstrahl der Morgensonne zwischen den Ritzen einer Jalousie. Anmutig schritt sie auf Haschim zu. Dieser erhob sich beim Anblick der schönen Herrscherin.

„Oh, wie lange habe ich auf diesen Augenblick gewartet", hauchte sie. Und mir war, als könnte ich ein Glitzern in ihren Augen erblicken, wie von Tränen der Freude.

Haschim verbeugte sich stumm.

„Wo seid Ihr nur gewesen – all die unendlichen Jahrhunderte?" Und tatsächlich rollte nun eine Träne aus ihrem Auge wie ein glitzernder Diamant.

Diese Frau war mir ein Rätsel. Ich lernte sie als gebildete, hohe Herrscherin kennen sowie als rachsüchtige Furie mit ungewöhnlichen Kräften und – ich wage diese Worte kaum zu denken – als unbegreifliche Magierin. Nun schien all diese Erhabenheit von ihr abzufallen und sie stand da, zerbrechlich und von Emotionen übermannt, wie eine einfache Frau aus dem Volk.

„Ich hatte so gehofft, dass Ihr den Weg zu mir findet, so gehofft. Aber Ihr seid nicht gekommen. Das Warten allein hätte mir kein Glück gebracht, nur den unausweichlichen Tod."

Haschim blickte der Frau versonnen in die Augen.

Die Königin streckte eine Hand nach ihm aus und strich ihm zärtlich über die Wange. „Erkennt Ihr mich nicht, mein Geliebter? Habe ich mich so verändert? Ich war immer darauf bedacht, eine ähnliche Gestalt zu wählen – eine Gestalt, die Euch gefällt."

Plötzlich hörte ich Haschims Stimme. Sie war leise und von ungewöhnlicher Zartheit. So hatte ich meinen Freund noch nie vernommen. „Ihr seid eine wunderschöne Frau, meine Königin."

„Und Ihr seid ein wunderschöner Mann, mein König." Sie verbeugte sich vor Haschim.

Ich begriff das Ganze keineswegs. Was sie sprach und welche Bedeutung dies hatte, wurde mir in diesem Moment nicht bewusst.

„Oh, mein Geliebter. Warum seid Ihr nicht schon früher zu mir gekommen? Damals, als mein Reich noch Eurer Welt angehörte? Warum nur?“

Haschim antwortete nicht. Wusste er, wovon sie sprach?

Ich jedenfalls vernahm nur Rätsel. Hatte Halef Recht damit, dass dieses Reich außerhalb unserer Welt lag? Ich konnte mir das wissenschaftlich nicht erklären.

„Er war ein so prächtiger Junge“, fuhr die Königin fort, „und Ihr habt ihn nur kurz kennengelernt. Viel zu kurz.“

„Wen, meine Königin?“, vernahm ich nun den Scheik.

„Euren Sohn, den ich unter meinem Herzen trug, als ich Euch verließ.“

„Meinen Sohn? Das ist unmöglich.“

„Es ist möglich. Diese eine Nacht mit Euch in Jerusalem, diese eine Nacht in Euren Gemächern veränderte mein Leben. Dieser ganze Besuch bei Euch veränderte mein Leben. Schon als ich vernahm, dass es da einen so weisen und gebildeten König gab, konnte ich nicht an mich halten, Euch meine Aufwartung zu machen und Euch mit meinen Reichtümern zu überschütten. Doch dann hattet Ihr mein Herz erobert. Und das schien mir mehr wert als alle Reichtümer auf dieser Erde. Und in dieser einen Nacht schenkte uns Euer Gott einen Sohn.“

„Königin, Ihr seid eine wahrlich bezaubernde Frau. Doch mir scheint, Ihr verwechselt mich.“

„Nein.“ Diesmal wurde ihre Stimme laut, und ich erkannte *die* Königin wieder, die mich zu dieser leblosen Metallfigur erstarren ließ.

„Nein, ich verwechsle Euch nicht. Ich spüre es genau. Ihr seid es. Auch wenn Ihr Euch dessen nicht bewusst seid. Noch nicht. Ich werde Euch helfen, Euch an Euch selbst zu erinnern – an Euren Sohn – und an uns.“

„Aber ich weiß, wer ich bin“, antwortete Haschim. Er blickte der Königin fest in die Augen, und ich meinte, endlich den Blick meines treuen Gefährten darin wieder zu erkennen. „Ich bin Haschim, der erstgeborene Sohn des Emirs des Hedschas, der Kronprinz der Haschmiten.“

Die Königin lächelte verständnisvoll. Sie strich ihm über den Arm bis zur Hand. Dann nahm sie seine Hände in die ihren.

„Ja, das seid Ihr. Wahrlich, das seid Ihr in *diesem* Leben. Doch in Eurem wahren Leben seid Ihr ein anderer. Könnt Ihr Euch wirklich nicht erinnern? Haben die Jahrtausende Eure Seele verändert, Eure Erinnerung an Euch selbst getilgt?“

„Nein, ich erinnere mich nicht“, gab Haschim zu. „Aber, wenn ich in Eure Augen blicke, würde ich mich gern erinnern, an Euch und an uns.“

„Das ist ein guter Anfang. Also schlummert noch etwas von Eurem wahren Ich in Euch. Ich werde es suchen. Ich werde es finden und freilegen.“ Die Königin lächelte glücklich.

„Oh, erhabene Herrscherin. Ich glaube, Ihr werdet nichts finden, was Euch gefällt.“

Hoffnung machte sich in mir breit, dass Haschim den Reizen dieser Verführerin widerstehen konnte.

„Das lasst meine Sorge sein. Ich werde Euch von uns erzählen: Ihr hattet einen Sohn. Unseren Sohn – Menelik. Er war meine Sonne, mein Augapfel. Denn er war ein Teil von Euch. Ich sah immer nur Euch in ihm.“

„Menelik“, wiederholte Haschim. Er schien nachdenklich. „Nein, Königin, das ist nicht möglich. Ich habe keinen Sohn.“

„Nicht in diesem Leben, mein König. Eure Seele hat die Jahrhunderte auf phantastische Weise überdauert. Sie muss nur befreit werden vom Staub der Zeit. Ihr seid der wahre Magier. Ich dagegen musste meine Seele mit der größten Anstrengung bewahren.“

„Ich verstehe nicht, wovon Ihr sprecht.“

„Nein? Dann setzt Euch zu mir, und ich werde versuchen, Eure Erinnerung zurückzuholen.“

Sie geleitete Scheik Haschim oder das, was sie von ihm übriggelassen hatte, zu einem kleinen säulenumrundeten Bereich, der mit bunten Polstern belegt war. Darauf ließen sie sich nieder. Die Königin klatschte in die Hände, worauf zwei Diener erschienen, die ihnen Speise und Trank auf einem kleinen Tischchen anrichteten. Sie selbst goss sodann roten Wein aus einer mit Edelsteinen besetzten Karaffe in goldene Pokale und reichte Haschim einen davon.

„Trinkt, mein Geliebter."

„Meine Religion verbietet mir den Genuss solcher Getränke."

„Sorgt Euch nicht darum. Ihr seid im falschen Körper gefangen. Das wird Euch bald offenbart."

Sie machte wieder eine dieser seltsamen Bewegungen mit ihrem Arm und Haschim führte gehorsam den Becher an seine Lippen.

„Euer Sohn wurde unter dem Namen Bäynä Lehkem geboren", begann sie zu berichten. „In Eurer Sprache heißt das Ibn Hakim und bedeutet *Sohn des weisen Mannes.* Versteht Ihr? Der weise Mann wart Ihr selbst."

Haschim stellte den Becher auf den Tisch. Seine Augen waren von einem seltsamen Glanz erfüllt. Er lehnte sich in den Kissen zurück und betrachtete die Frau mit funkelnden Augen. So hatte ich ihn noch nie erlebt.

„In seinem zwanzigsten Lebensjahr besuchte er Euch in Jerusalem. Als Ihr ihn erblicktet, rieft Ihr aus: *‚Wie kommst du hierher?'* Was auf Amharisch *Menelik* bedeutete. So gabt Ihr ihm seinen Namen."

„Ich kann mich nicht entsinnen", gestand Haschim mit nun trübem Blick. Er schüttelte leicht den Kopf, als wolle er einen bösen Traum verscheuchen.

„Das werdet Ihr noch. Trinkt." Sie gab ihm erneut den Pokal und Haschim trank von der roten Flüssigkeit.

Ich wäre ihm zu gern zur Hilfe gesprungen. Denn ich befürchtete, dass sie ihm ein Gift einflößte, welches seine Sinne trübte und ihn sein wahres Ich vergessen ließ. Doch war ich ja gefangen in dem unnatürlichen Zauber dieser Königin – ja, ich begann an dieser Stelle wirklich an eine Art Magie zu glauben, derer sie fähig sein musste. So unberechtigt waren meine Gedanken nicht, wie sich bald herausstellen sollte.

„Ich bin Haschim aus dem Hause der Haschmiten“, bäumte sich sein Inneres noch einmal gegen die Wirkung des Tranks auf. „Ich habe der Königswürde entsagt, um als Magier durch die Lande zu ziehen.“

‚Ja!‘, jubelte ich ungehört. ‚Kämpfe dagegen an, mein Freund. Lass dich von dieser Königin nicht manipulieren.‘

„Um mich zu finden“, fügte die Königin hinzu und legte ihre Wange auf die seine. „Du bist durch die Lande gezogen, um mich zu finden.“

„Um Euch zu finden“, murmelte Haschim.

‚Nein!‘, schrie mein Geist in stummer Verzweiflung. ‚Nein, Haschim. Ihr seid der Herr Eurer Sinne. Beherrscht Euch!‘

Je mehr mein Inneres tobte, umso ruhiger schien die Königin zu werden und umso umnebelter erschien mir Haschims Verstand. Ich war verzweifelt.

„Eure Königswürde ist nicht von Bedeutung. Auch ich werde der meinen entsagen, für Euch.“

„Von was sprecht Ihr nur? Ich kann nicht folgen.“

„Von unserem Glück.“

„Aber Königin ... ich …“, stotterte Haschim. Er war sichtlich verwirrt, nicht nur von dem Trank, sondern auch von ihren geheimnisvollen Worten.

„Denkt nun zurück. Denkt zweitausendneunhundertfünfzig Jahre zurück“, flüsterte sie, als wolle sie ihn hypnotisieren. Ihre Wange lag noch immer an der Haschims. Der Mann schloss ergeben die Augen. „Euer Sohn besuchte Euch an Eurem Hof in Jerusalem, doch Eure Ältesten missbilligten Eure Zuneigung zu ihm. Sie veranlassten, dass er wieder nach Äthiopien zurückgeschickt werden sollte. Ihr gabt ihm ihre Erstgeborenen zum Gefolge mit. Und eine wertvolle Reliquie Eures Gottes brachten sie unbemerkt mit in mein Reich – doch dies soll mein Geheimnis bleiben ... Erinnert Ihr Euch nun?“

„Ich weiß nicht ... vielleicht ...“ Haschim wirkte kraftlos.

„Menelik gründete das Kaiserreich Abessinien und herrschte fünfundzwanzig Jahre als Kaiser. Ich hoffte, dass Ihr ihn nun als ebenbürtig betrachten und zu mir zurückkehren würdet. Doch nichts dergleichen geschah. Ich verstand das nicht, da Ihr doch ein so gewaltiger Magier wart, der sogar die Dämonen beherrschen konnte.“

Haschim schien in Träume versunken. Er reagierte nicht auf ihre Ausführungen. Die Königin schien das nicht weiter zu stören. Sie fuhr mit ihren Erzählungen fort.

„Doch was jammere ich? Ich sollte jubeln und frohlocken. Denn nun habt Ihr den Weg in mein Reich gefunden. Ich habe es im Strom der Zeit versteckt, wie eine Insel mitten in einem reißenden Fluss. Doch Ihr habt es geschafft, die Fluten der Zeit zu überwinden, um zu mir zu kommen, mein König, mein Salomon.“

Bei diesen Worten stockte mir der Atem – falls ich überhaupt atmete in meinem Zustand. Darüber konnte ich im Moment nicht nachdenken, denn die Offenbarungen der Königin von Saba waren zu gewaltig. Also sollte diese Frau die wirkliche, die biblische Königin von Saba sein? Das überstieg meinen Verstand. Kein menschliches Wesen konnte dreitausend Jahre überdauern. Wie sollte das möglich sein? Mir schossen die Bilder durch den Kopf, die Haschim und ich in den Katakomben des Palasts entdeckt hatten. Bilder von Tod und Auferstehung – von Mâkedâ und Salomon – von Salomon, der das Angesicht von Haschim trug. Glaubte sie tatsächlich, dass Haschim eine Reinkarnation des König Salomon sei?

Und als hätte sie meine Gedanken gelesen, blickte sie zu mir herüber. Ihr Körper war über den meines Freundes gebeugt. Der Scheik war inzwischen in einen totengleichen Schlaf gesunken. Er ruhte mit zurückgebogenem Kopf auf den Polstern, wie ein Verurteilter, der die Axt des Henkers erwartete.

Ich kann nicht beschreiben, wie es geschah, doch mit einem Mal stand Mâkedâ genau vor mir. Sie hielt mein Gesicht in ihren Händen und durchbohrte mein Hirn mit ihrem Blick. Wie glühende Zangen umschlossen ihre Finger meinen Kopf. Ein unbeschreiblicher Schmerz durchdrang mich. Mein Schrei war jedoch nur in meinen Gedanken möglich. Sie allerdings hörte ihn.

„Ihr wollt wissen, wie ich die Jahrtausende überstanden habe, Kara Ben Nemsi? Die Antwort habt Ihr doch schon mit eigenen Augen erblickt."

Ja, die Bilder erzählten die Geschichte. Doch ich verstand sie nicht.

„Ihr wollt nicht verstehen, nicht wahr? Euer Geist weigert sich, das Offensichtliche anzunehmen. Nun, dann lasst es mich Euch erklären."

Sie umrundete mich wie eine Katze, und da, wo sie mich mit ihrer Hand berührte, spürte ich einen Schmerz wie von einem glühenden Eisen. Ich hatte Mühe, bei Sinnen zu bleiben. Sie spürte wohl, wie mir die Kräfte schwanden, wollte aber, dass ich ihren Erklärungen folgen konnte, und ließ von mir ab. Sie blickte mich – fast freundlich – an, und für einen Augenblick hatte ich das Gefühl, meinen lebenden Körper zu spüren, als ob das metallene Gefängnis von mir abgefallen sei. Ich spürte, wie meine Brust sich unter meinen Atemzügen hob und senkte. Ich fühlte die Luft in meine Lungen strömen. Wieder nahm sie mein Gesicht in ihre Hände, und diesmal fühlten sie sich warm und angenehm an.

„Ich werde Euch eine kleine Pause gönnen, mein gelehrter Schreiber aus dem Abendland. Ihr glaubt, dass nur *Eure* Magie von Wahrheit und Bestand geprägt ist, und nennt sie Wissenschaft. Doch auch hier in meinem Reich gibt es Methoden, die wirksam sind, obwohl sie nicht mit Eurer Wissenschaft konform gehen. Ich habe gelernt, die Zeit zu beherrschen – nicht auf allen Ebenen, doch kann ich mich und mein Reich sehr wohl darin verbergen. Ich kann sie jedoch nicht nach

Gutdünken vor- oder rückwärtsdrehen. Das blieb mir leider verwehrt. Deshalb musste ich etwas anderes ersinnen, um mir die Unsterblichkeit zu sichern. Es war mit einem unschönen Preis verbunden. Denn selbst die Unsterblichkeit währt nicht ewig. Ich konnte meinen Tod zweihundert Jahre aufschieben. Danach hätte mich das Schicksal eines jeden Menschen ereilt. Doch ich bündelte alle mir zur Verfügung stehende Magie und alles Wissen, was die Reisenden mir zutrugen, und konnte meinen Geist immer wieder in einen neuen, frischen Körper transferieren. So ist mein Geist unsterblich geblieben und mit den Jahrhunderten zunehmend gefüllt worden mit dem Wissen der Menschheit. Doch mein Körper siecht im Rhythmus von zweihundert Jahren dahin. Dann wird es immer wieder Zeit, einen neuen zu finden. Einen jungen, anmutigen Körper, der meines Geistes würdig ist. Unter den bemerkenswertesten Jungfrauen des Landes oder auch hin und wieder einer Reisenden, wählte ich einen neuen Hort für meinen Geist. So war es zuletzt vor fast zehn Jahren."

Ich lauschte gespannt ihren Worten. Unter anderen Umständen hätte ich sie als Humbug abgetan. Doch nach all dem, was ich hier erlebt hatte, musste ich ihr es glauben. Die Bilder der Katakomben zogen wie ein Film vor meinem inneren Auge vorbei.

„Ihr habt die Unsterblichkeit gesucht, um Eurem Geliebten wiederzubegegnen?", sagte ich. Ich erschrak vor meiner eigenen Stimme. Die Königin lächelte mich gütig an.

„Ja", antwortete sie. „Ich habe alles daran gesetzt, Salomon wieder in meine Arme schließen zu können. Und nun werde ich alles daran setzen, ihn zu behalten. Und das ist der Punkt. Ihr seid eine Gefahr für meinen Plan. Denn Ihr werdet es niemals zulassen. Was soll ich nur mit Euch tun? Ich hätte Euch gern als Gelehrten und Berater an meiner Seite gehabt. Doch Eure Treue zu Euren Freunden würde nie zulassen, dass ich meinem Zwang entrinnen könnte – dem Zwang, eine Herrscherin zu sein."

„Ihr irrt Euch, verehrte Königin. Ich möchte Euch nichts Böses. Doch – wie Ihr schon sagtet – werde ich alles daran setzen, dass auch meinen Freunden nichts Derartiges widerfährt.“

„Aber Haschim ist Salomon. Er ist nicht Euer Freund. Er ist gefangen im falschen Körper. Ich hatte gehofft, dass er als wahrer Magier, der er ist, einen Weg finden würde, dem Tode zu entgehen. Und so ist es gekommen, genau, wie ich es vorhergesehen habe. Ich habe ihn wieder.“

„Aber, Königin, Ihr irrt Euch. Das ist Scheik Haschim. Glaubt mir ...“ Weiter kam ich nicht. Sie richtete ihren verderbenbringenden Blick gegen mich und schrie:

„Ihr seid ein Unwürdiger in meinem Reich. Schweigt!“ Sie schwang bedrohlich ihre Arme gegen mich.

Ich spürte, wie der schwarze kalte Bezug mich wieder einhüllte und ich bis ins Mark erstarrte. Erneut brach die Dunkelheit über mich herein. Doch dieses Mal war sie nicht die erlösende Schwärze der Besinnungslosigkeit. Nein, dieses Mal entschwand mein Geist in das Reich der Träume, der Visionen.

Die über mich hereinfallende Finsternis löste sich wieder auf, als hätte mir jemand eine Wolke von Licht entgegengehaucht. Ich öffnete die Augen und blickte in den hell erleuchteten Thronsaal. Sir David Lindsay, Halef und Mevrouw Marijke traten ein. Sie kamen näher, und ich beobachtete, wie sie am Rand des Wasserbeckens stehenblieben und sich unterhielten. Mir war fast, als könne ich den Duft riechen, den die exotischen Blüten, die das Bassin umrahmten, verströmten. Mir war, als könne ich durch die Mauern des Palasts blicken. Im Hintergrund glitzerte der Wasserfall wie ein goldenes Vlies. Fast wie ein Schutzschild vor der Außenwelt. Ich musste mir eingestehen, dass ich Halef Unrecht getan hatte. Ja, dieses Reich der Königin von Saba befand sich eindeutig außerhalb der Welt, deren physikalische Gesetze mir vertraut waren. Hier wurden diese Gesetze an allen Ecken und Enden ausgehebelt. Ob dies nun Realität war oder ob ich durch sonderbare Substanzen dies nur glauben sollte, konnte ich im Augenblick noch nicht sagen. Ich fühlte mich jedoch hier äußerst unwohl. Der Bedrohung, mit der ich es zu tun hatte, war weder auf vernünftige Weise noch mit dem Henrystutzen beizukommen. Hier musste ich auf das irrationale Wissen – falls es dergleichen überhaupt gab – meines Freundes Halef vertrauen. Er hatte zu derlei seltsamen Gegebenheiten einen innigen Bezug oder einen wirklichen Glauben. Dieser Glaube fehlte mir letztendlich, und so konnte ich solchem magischen Gebaren nichts entgegenbringen.

Und wieder geisterte mir der Spruch an der Wand des Atriums im Kopf herum.

... der Unwürdige soll tausend Qualen des Todes erleiden.

Ich war so ein Unwürdiger, denn ich konnte nichts mit diesen unwissenschaftlichen Methoden anfangen. Sie überstiegen meinen Geist. Aber ich konnte sie ergründen und entlarven, falls, ja falls ich aus meiner unglücklichen Lage einen Ausweg fand. So beobachtete ich meine Freunde und hoffte auf Rettung.

„Wir müssen etwas unternehmen, Euer Lordschaft. Nachdem Scheik Haschim verschwunden ist, fehlt nun auch von meinem Sihdi jede Spur." Halef, mein guter treuer Gefährte, sah wahrlich besorgt und zugleich grimmig aus. Er weckte durchaus Hoffnung in mir, dass ich aus meiner prekären Lage befreit werden konnte. „Da sind wir nun hier, um dieser Herrscherin einen Besuch abzustatten und sie nach dem Verbleib unserer Freunde zu befragen, und sie ist nirgends zu sehen."

„Ich kann Euch versichern, meine Herren, dass die Königin nichts damit zu tun hat", entgegnete Marijke. „Sie ist ein durchaus liebenswertes Geschöpf. Ich hatte ein sehr angenehmes Gespräch mit ihr."

Sir David strich seine Jacke glatt und verschränkte die Arme auf dem Rücken. Dann begann er versonnen vor den Augen der anderen auf- und abzuwandern. *„Well, I think*, wir müssen etwas unternehmen. *But*, wir müssen es vorsichtig angehen, *my friends*, sonst verschwindet vielleicht noch jemand von uns. Wir müssen List und Tücke walten lassen." Der Lord blieb dann vor der Holländerin stehen. „Meine liebe Lady Marijke, ich bin überzeugt, dass sich die Königin Euch gegenüber tadellos und korrekt verhalten hat. Doch andererseits ist es meiner Auffassung nach nicht möglich, dass jemand anderes hinter dem Verschwinden von Scheik Haschim und Kara Ben Nemsi stecken kann als sie. Sie ist die absolute Herrscherin hier. Das wird in jeder Sekunde, die wir uns hier aufhalten, klar. Und hättet Ihr die grausamen Bilder an der Wand des Atriums gesehen, würde auch Euch gleichwohl bewusst sein, dass diese Idylle hier trügt."

Wie um Sir Davids Worte zu bekräftigen, fegte eine Windbö durch den Saal. Vorhänge blähten sich. Irgendwo fiel ein Fensterladen mit lautem Krachen ins Schloss. Und Blütenköpfe von den zarten Pflanzen am Bassin regneten in das stille, nun vom Wind gekräuselte Wasser.

„Ja, sie ist eine wahre Herrscherin. Aber sie ist von Gerechtigkeit beseelt. Ich versichere Euch, meine Herren, dass ich nichts Verdächtiges in ihren Gemächern ausmachen konnte. Nichts, dass irgendwie auf das Verschwinden oder den Aufenthaltsort von Scheik Haschim und Mijnheer Kara hingedeutet hätte. Sie hat die beiden zudem mit keiner Silbe erwähnt." Marijkes Worte quollen inbrünstig aus ihr hervor, als ginge es darum, die Königin vor einem hohen Gericht zu verteidigen.

„Die Frage ist doch auch", meinte Halef, „warum sie an Euch so einen Narren gefressen hat, liebe Marijke. Habt Ihr Euch das schon einmal gefragt? Vielleicht hat sie etwas Besonderes mit Euch vor?"

„Wollt Ihr mich ängstigen, guter Halef? Dann seid Ihr an der falschen Adresse. Ich spüre eine wahre Seelenverwandtschaft mit Mâkedâ."

„Seelenverwandtschaft? Mâkedâ?" Halef kräuselte verächtlich die Stirn, soweit ich das unter seinem gewaltigen Turban auszumachen vermochte. „Ihr seid Ihr schon so nah? Nicht ich will Euch ängstigen. Aber Ihr ängstigt mich mit Euren Worten, beim Barte des Propheten."

Marijke sprang auf. Sie sah äußerst zornig aus. „Ich ängstige Euch, Halef? Ängstigen Euch Frauen, die einen eigenen Willen haben?"

„Nein, nicht Frauen, die einen eigenen Willen haben. Nur Frauen, die mordlustige Gedanken haben."

„Das ist ja wohl die Höhe." Die Holländerin fühlte sich eindeutig brüskiert.

„Ach – wolltet Ihr nicht in der Wüste diese wehrlosen Männer ermorden? Die Mordlust sprühte geradezu Funken aus Euren schönen Augen", entgegnete Halef.

„Sie haben es verdient. Und Mâkedâ hat mir einen Weg gezeigt, wie ich diese Sklavenhändler ..." Sie stoppte erschrocken ihren Redefluss.

„Aha", rief Halef aus. „Ich habe es geahnt. Sie hat Euch in Eurer Mordlust bestärkt."

„Nein, das versteht Ihr falsch ... Ich ..."

Wie gern hätte ich etwas zu der Diskussion beigetragen und meinen Freunden die Wahrheit zugerufen. Doch ich war nicht nur in Gestalt einer Statue vor der Welt verborgen, sondern befand mich derzeit in einem Traum. Es war nur eine Illusion. Oder ...?

Mit einem Mal hatte Halef eine Pistole in der Hand. Ich konnte nicht erkennen, woher er sie so schnell gezaubert hatte. Vielleicht war sie in den Falten seines Gewands verborgen gewesen.

Marijke trat einen Schritt zurück. „Ihr bedroht mich mit einer Waffe?" Ihre Stimme überschlug sich fast.

Der Lord, ein echter Gentleman, trat an die Seite der Frau, und ich erschrak. Er hielt sein Gewehr schussbereit gegen Halef gerichtet. Wie war das möglich? Woher nahmen meine Gefährten ihre Waffen? Sie waren doch allesamt in dem Schrein verwahrt.

„Guter Halef, nehmt die Waffe runter. Ihr könnt doch nicht diese Lady bedrohen."

Halef senkte ein wenig den Lauf. „Ihr täuscht Euch in Ihr, Sir David. Sie ist keine Lady. Sie ist eine Hexe." Ich kannte meinen Freund nicht wieder. Was ging da vor? Hatte diese Mâkedâ tatsächlich so viel Einfluss auf meine Freunde?

Lindsay stellte sich zwischen Halef und Marijke. So sah er nicht, wie die Frau hinter ihm anfing, diese sonderbaren Armbewegungen zu vollführen, die ich bei der Königin beobachtet hatte und die jedes Mal Verderben oder gar den Tod brachten.

„Passt auf, Lindsay!", wollte ich rufen. Doch mein Zustand ließ dies nicht zu.

Schon sah ich, wie sein Gewand sich in finsteres Wohlgefallen aufzulösen begann. Rauch stieg empor. Schwarze Flecken fraßen den Stoff. Da endlich bemerkte er, dass etwas Seltsames vonstattenging, und wandte sich abrupt der Holländerin zu. Sie schleuderte ihm sogleich einen Blitz aus ihren Augen entgegen. Alles ging so rasend schnell, dass der Lord nicht zu reagieren vermochte. Er blickte sie nur fassungslos an, während er mit zerfetzter Brust zu Boden sackte. Sein Blut troff auf die steinernen Platten und sickerte in das Bassin. Mit leerem Blick starrte er in meine Richtung.

Halef riss nun die Waffe hoch und drückte ab. Doch im selben Moment traf auch ihn der Blitz der Magierin und riss ihn hernieder. Seine Kugel hatte jedoch das Ziel verfehlt. Marijke stieß einen diabolischen Laut aus, der mich innerlich erschauern ließ. Entsetzen ergriff mich. Ich wollte mich winden und schreien, mich aus der magischen Umklammerung, in der ich mich befand, herausreißen. Doch ich war dessen nicht fähig. Machtlos musste ich meine Freunde in ihrem Blut liegen sehen. Mein treuer Gefährte Hadschi Halef Omar lag sterbend in blutdurchtränktem Gewand vor meinen Füßen, und ich konnte ihm nicht helfen. Ich schrie vor Verzweiflung und ohnmächtiger Wut.

Doch konnte mein Schrei niemanden erreichen, außer mich selbst – und Marijke. Denn diese wandte mir ihren Blick zu und lächelte mich an.

„Seht, was Ihr anrichten werdet, mit Eurer Weisheit!“, klagte sie mich an.

Ich wollte etwas erwidern, doch in diesem Augenblick begann das Bild vor meinen Augen zu verschwimmen. Die grausige Szene löste sich auf wie in einem schwarzen Todesnebel. In den letzten Bildern, die mein Gehirn erreichten, musste ich erkennen, wie sich das liebliche Gesicht der Holländerin in das kühle Antlitz der Königin von Saba verwandelte.

„Seht, Kara Ben Nemsi, was Ihr anrichten würdet. Euer Bann ist zugleich Schutz für Eure Freunde. Was soll ich nur mit Euch tun?“

Die Stimme der Königin verhallte wie ein ersterbendes Echo in meinen Ohren. Es war also nur eine Vision gewesen, die sie mir injiziert hatte, um mir zu zeigen, zu was sie fähig wäre, wenn ich nicht kooperierte. Schließlich hüllten mich wohltuende Dunkelheit und Stille ein.

Achtunddreißigstes Kapitel
Im Sog der Königin

„Ihr habt mich gerufen, Mâkedâ?“ Es war die Stimme von Marijke van Beverningh, die mich aus dem Nichts zurückholte. Fast möchte ich sagen: „Ich öffnete die Augen.“ Doch so einfach konnte das wohl kaum ablaufen. Denn noch immer war mein Körper in dieser schwarzen kalten Masse erstarrt, die mir ein Rätsel blieb. Gern hätte ich sie einer physikalischen oder chemischen Analyse unterzogen, doch war mir das leider nicht vergönnt. Schwarzes Metall gab es meines Wissens nicht. Zumindest nicht in der Welt, die ich kannte. Wenn es nun hier in Sabas Reich physikalische Gesetze gab, die den meinen widersprachen, so konnten sicher auch chemische Sonderheiten existieren, von denen ich keinerlei Kenntnis hatte. Seltsam war auch die Kälte, die mich umgab. Würde ich doch annehmen, dass ein verflüssigter Feststoff, der mich wie eine Glasur überzog, eher Wärme ausstrahlen müsste. Zumindest während der Prozedur des Aufbringens des Mediums auf meiner Haut. Ich erinnerte mich jedoch ausschließlich an unbeschreibliche Eiseskälte, so kalt, dass ich nicht einmal zu zittern vermocht hatte. Aber hier verfingen sich meine Gedanken in Ungereimtheiten, denn ein eingeschlossener Körper war auch nicht des Zitterns mächtig.

Aber womöglich war mein Körper nicht von einer schwarzen Masse überzogen, sondern zu derselben erstarrt. Dies wiederum widerspräche in viel größerem Maße meinem wissenschaftlichen Verstand. Denn wie könnte ich denken, sehen, hören – also auf gewisse Weise lebendig sein – und gleichermaßen mein Herz, mein Blut, all meine Körperzellen zu fester Struktur erstarrt sein?

Nun, also war es wohl einfach mein Sehnerv, der seine Arbeit wieder aufnahm, oder ich erwachte aus tiefer Bewusstlosigkeit – oder es war Mâkedâs Wille. Alles erschien mir nun möglich. Denn ich musste mich auf diese besonderen Gegebenheiten einlassen, um nicht in den Wahnsinn abzudriften.

Verwirrt grübelte ich über all dies nach, kam jedoch zu keinerlei Ergebnis. Ich wusste einfach nicht, wie das alles möglich sein sollte. Im Grunde war es mir in diesem Moment auch ganz gleich. Ich hatte den festen Wunsch, einen Ausweg zu finden und diese Königin zur Strecke zu bringen. Mein Vertrauen setzte ich weiterhin in meine Freunde. Denn die Macht der Königin schien mir begrenzt. Sonst hätte sie sicherlich nicht gezögert, meine Freunde in Wirklichkeit vor meinen Augen zu töten und nicht nur in einer drohenden Vision. Ich vermutete, dass sie zwar in ihrer Verzweiflung zu unsäglichen Taten fähig war, wie ich selbst gesehen hatte, doch in ihrem tiefsten Innern wollte sie keine tyrannische Herrscherin sein. Sie schien sich nach Harmonie und Frieden zu sehnen und nach einer Freiheit, die ein Mächtiger nie erlangen wird. Deshalb verstrickte sie sich in den Plan, mit Haschim als Salomon ein neues Leben zu beginnen.

Ich war erfüllt von Ungeduld und Tatendrang und konnte dem in meiner Erstarrung nicht nachgehen. Was blieb mir also, als wie der Zuschauer eines schaurigen Theaterstücks, ohne die Möglichkeit des Eingreifens in die Handlungen der Darsteller, in meiner Position zu verharren und das dargebotene Schauspiel mit den Sinnen zu verfolgen, die mir geblieben waren?

„Ja, liebe Marijke, ich habe Euch gerufen“, erwiderte die Königin. Ich sah ein freundliches Lächeln auf ihrem Gesicht. Diese Frau schien zwei Seelen zu besitzen. In Gegenwart der Holländerin und Scheik Haschims war sie eine liebenswerte, bezaubernde Frau. Doch sobald ihr etwas gegen den Strich ging, konnte sie sich in eine tod- und verderbenbringende Furie verwandeln.

Ich nahm eine Person wahr, die zu Füßen der Königin auf den Stufen zu ihrem Thron saß. Es war tatsächlich der Scheik. Stumm und mit ausdruckslosem Gesicht hockte er da, wie ein Schoßhündchen der Herrscherin.

Ich konnte an Marijkes kurzem Zusammenzucken bemerken, dass auch sie unseren vermissten Gefährten erkannt hatte. Sie wirkte bleich. Die Königin von Saba erhob sich. Sie blickte sich im Saal um, und auf ihren Wink hin verschwanden alle ihre auf Unsichtbarkeit und Dienstbeflissenheit ausgerichteten Diener. Nur die beiden Frauen und der wie paralysiert dasitzende Scheik Haschim waren noch zugegen. Langsam schritt die Königin von dem Podest herunter, als ob sie schwebte, und trat an Marijkes Seite. Sie legte freundlich den

Arm um die Schulter der Holländerin, gerade so, wie es eine Schwester tun würde, die ein vertrauliches Gespräch einzuleiten gedachte.

„Liebe Maryam", begann sie sogleich, „ich möchte Euch ein wenig von der wunderbaren Welt Sabas berichten."

„Das ehrt mich, Königin."

„Wahrlich, es soll Euch ehren. Denn ich möchte Euch das höchste Gut, welches ich besitze, zum Geschenk machen."

Die Königin war mit der Holländerin ein Stück am Bassin entlanggeschritten. Nun blieb Marijke stehen. Erstaunt blickte sie die Herrscherin an. „Aber warum mir?"

„Lasst mich zunächst etwas von meinem Reich erzählen, dann werde ich Eure Fragen beantworten."

Marijke nickte einverstanden.

„Saba war einst ein großes Reich. Wir hatten Reichtümer in Hülle und Fülle. Und dann erfuhr ich von einem so weisen Mann, dass alle Reichtümer gegen seine Weisheit verblassen sollten."

Marijke runzelte die Stirn.

„Also begab ich mich auf den Weg, ihm meine Aufwartung zu machen. Er war ein so großer und beeindruckender Fürst. Ich kann es nicht in Worte fassen. Nur eins möchte ich euch erzählen: Unsere Herzen fanden zueinander, aber unser Leben ließ dies nicht zu. So ersann ich einen Weg, den Tod zu überlisten und in der Ewigkeit auf meinen König zu warten." Die Königin machte eine Pause. Sie wirkte nunmehr zerbrechlich und zart, nicht mehr gewaltig und todbringend. „Und nun, Sayida Maryam, ist er zu mir gekommen."

„Ihr meint Scheik Haschim?", entfuhr es Marijke mit einem erschreckten Blick auf den Mann, der wie in Trance ganz apathisch vor dem Thron hockte.

„Mag er so in diesem Leben heißen. In meinem ist er Salomon."

Der Holländerin war die Verblüffung anzusehen. „Aber was hat dies alles mit mir zu tun?"

„Ihr seid eine starke und zugleich intelligente Frau. Ihr vereint alle Tugenden, die einer Königin würdig sind. Und Ihr scheut auch nicht davor zurück, Verbrecher ihrer gerechten Strafe zuzuführen.“

„Ich muss gestehen, dass Eure Worte mich ein wenig ängstigen. Was ist es, dass Ihr mir zuteil werden lassen wollt?“

„Es ist mein Leben, Sayida Maryam.“

Marijke blickte sprachlos ins Angesicht der Herrscherin.

„Mein Leben, meine Zukunft“, wiederholte diese lächelnd.

„Aber, wie soll ich das verstehen?“

Auch mir geisterte die Frage im Kopf herum. Was hatte die Königin vor?

Die Herrscherin fasste sich mit beiden Händen in den Nacken. Offensichtlich öffnete sie den Verschluss eines Geschmeides, welches sie um den Hals trug, denn kurze Zeit später hielt sie ein glänzendes Medaillon an einer goldenen Kette vor sich hin. Es funkelte und leuchtete im diffusen Licht des Thronsaals. Ein fast hypnotischer Zauber ging davon aus. Selbst auf mich hatte es aus dieser Entfernung eine beruhigende Wirkung.

„Sayida Maryam, dies ist das Symbol der Königswürde meines Reichs.“ Sie legte die Kette um den Hals der Holländerin. Diese war zunächst ein Stück zurückgezuckt, stand nun aber erwartungsvoll da und ergriff die kleine goldene Scheibe. Mit einem Leuchten in den Augen betrachtete sie das Königinnensymbol.

„Aber, liebe Mâkedâ, ich kann das noch immer nicht verstehen.“

„Ich werde es Euch erklären.“ Sie legte die Hände auf die Schultern Marijkes und blickte ihr tief in die Augen. „Maryam, ich biete Euch mein Reich an, mein Leben, meine Unsterblichkeit.“

Die Holländerin trat einen Schritt zurück. In ihrem Gesicht las ich Entsetzen und Faszination zugleich. „Ich soll die Königin von Saba werden?“

„Ja, liebe Maryam. Ihr sollt mich hier ersetzen.“

Abwehrend hielt die Holländerin die Arme hoch. „Nein. Das muss ein Irrtum sein.“

„Habt keine Furcht, Maryam. Hört mich an.“

„Ich habe das Gefühl, als ob sich der Boden unter mir auftäte und mich verschlingen wollte.“

„Schließt die Augen und fühlt die Kraft des Medaillons“, gebot die Königin.

Marijke blickte verstört drein. Doch schließlich umschlossen ihre Finger ganz fest das goldene Rund. Sie schloss die Augen. Es wirkte fast, als lausche sie einer für mich unhörbaren Stimme.

„Ihr sollt den Geist Sabas erneuern“, erklärte die Königin mit leiser Stimme. „Nach dreitausend Jahren der Herrschaft bin ich es müde. Ich sehne mich nach dem Leben einer einfachen Frau, nach einem Mann, nach Familie und Vertrautheit – und nach einem Ende. Ihr jedoch seid jung und könntet eine neue Ära begründen.“

„Aber, hohe Königin. Das ist nicht möglich. Ich kann unmöglich die Herrscherin von Saba werden“, antwortete Marijke zaghaft.

„Oh, das könnt Ihr. Habt Vertrauen – in mich und in Euch. Mein Entschluss ist nicht leichtfertig gefasst. Ich beobachtete Euch schon sehr lange, und Ihr seid meine Seelenverwandte. Ich fühle es genau.“

Marijke öffnete die Augen. Ihr Blick wirkte nun klarer. „Ich muss dies erst überdenken“, gestand sie und starrte das Medaillon in ihren Händen an.

Mir war, als könne ich in diesem Moment Angst und Verzweiflung in Mâkedâs Blick erkennen. Die Herrscherin schien am Ende ihrer Macht angekommen zu sein. Einem Menschen einen Willen aufzuzwingen war sie demnach nicht in der Lage. Deshalb auch der verzweifelte Versuch, mit den seltsamen Tränken Haschim zu überzeugen, er sei Salomon. Marijke war ihr da wohl eine ebenbürtigere Gegnerin. Ihre Willenskraft hatte sie schon unter der Fuchtel der Sklaverei unter Beweis gestellt. Mit Gewalt oder gar falscher Magie kam die Königin bei ihr nicht weiter. Sie musste das Vertrauen der Holländerin gewinnen. Dies war ihre einzige Chance. Und meine bestand darin, mich Marijke irgendwie bemerkbar zu machen, damit sie nicht in diese Falle tappte. Doch ich konnte mich anstrengen, wie ich wollte, weder meine Muskel- noch meine Geisteskraft konnten den Panzer sprengen, der mich gefangen hielt.

„Gut, auch das gehört zu einer Königin dazu: Ein Entschluss muss wohlüberlegt sein. Doch bedenkt, was es Euch an Möglichkeiten eröffnet. All meine Macht, meine Magie und meine Unsterblichkeit würden auf Euch übergehen."

Marijkes einstiges Entsetzen verlor sich nun gänzlich im Licht der Faszination. In ihren Augen nahm ich ein Flackern wahr, als ob ein Feuer darin erglühte. Es erinnerte mich sogleich an die Frau, welche die Sklavenhändler ohne Zögern erschossen hätte.

„Es wäre wahrlich eine nie wiederkehrende Möglichkeit, Gutes in der Welt zu tun. Mit Eurer Magie hätte ich ein Instrument der Macht in der Hand, mit dem ich den Sklavenhandel ein für alle Mal auslöschen könnte." Marijke lächelte.

„Nun, dann begebt Euch in Eure Gemächer und ruht Euch aus. Lasst die Entscheidung in Euch reifen, wie eine wahre Königin."

„Aber was ist mit meinen Reisegefährten?"

„Sorgt Euch nicht. Es wird sich um sie gekümmert."

Ha, dachte ich wütend, Haschim und ich sind schon außer Gefecht gesetzt. Was wird sie wohl mit Halef und Lindsay vorhaben?

Die Holländerin schritt ein Stück durch den Thronsaal. Sie wirkte nun erhaben und war der Königin von Saba so ähnlich in der Ausstrahlung wie noch nie. Ich war entsetzt ob ihrer schnellen Wandlung.

„Lasst mich mein Spiegelbild sehen", bat sie. „Ich möchte mich überzeugen, ob das Medaillon mir steht – ob ich wirklich dazu auserkoren sein sollte, die Herrscherin von Saba zu werden."

„Nun ..." Die Königin machte eine einladende Geste mit ihrem Arm in den Saal hinein. „Sucht Euch ein spiegelndes Objekt oder das Wasser des Bassins."

Marijke van Beverningh schritt mit suchendem Blick durch den Saal, bis sie schließlich vor mir stehenblieb.

„Welch seltsame Figur. So edel glänzend wie Gold und doch so schwarz wie Pech."

„Ihr habt eine gute Wahl getroffen. Könnt Ihr Euer Antlitz darin sehen?"

Marijke stand vor mir wie vor einem blanken Spiegel. Sie blickte auf meine Brust und drehte und wendete sich hin und her. Dann glitt ihr Blick an meinem Körper hoch und traf den meinen.

„Marijke!", schrie ich. „Marijke van Beverningh, nehmt Vernunft an. Erkennt Ihr mich nicht?"

Schnell wandte sie sich von mir ab. Mir schien es fast, als habe ich Entsetzen in ihren Augen ausgemacht. Doch war dies offensichtlich nur Wunschdenken – die Hoffnung, dass sie das Tun der Königin durchschaute und mich in der seltsamen Statue erkannte.

„Ja, Königin. Ich sah mich darin. Ich sah eine Frau mit dem Würdensymbol von Saba. Womöglich sah ich die zukünftige Königin dieses Reiches. Doch gebt mir etwas Zeit."

„Gewiss. Nehmt Euch Zeit."

Die Königin geleitete Marijke hinaus. Kurz war ich mit Haschim allein.

„Haschim!", schrie ich. Gleichwohl war mir bewusst, dass der Schall meiner Stimme ebenso in dem Metall gefangen war wie mein Körper. „Scheik Haschim! Kommt zu Euch!" Womöglich hoffte ich, auf andere Weise zu meinem Freund durchzudringen. Wie auch immer man es bezeichnen wollte. Im Augenblick wäre ich selbst für unerklärbare Magie dankbar gewesen oder die Fähigkeit der Telepathie.

Jedoch sah ich keine Reaktion bei meinem Gefährten. Ich resignierte.

Wenig später kehrte die Königin zurück. Mit wehendem Gewand eilte sie dem Thron zu, ließ sich neben Scheik Haschim nieder und fasste seinen Kopf mit beiden Händen.

„Habt Ihr das vernommen, Salomon? Unser Plan wird sicherlich gelingen. Wir werden das Reich unerkannt von den Sabäerinnen verlassen können. Ein neues, freies, selbstbestimmtes Dasein wartet auf uns. Allen Würden haben wir dann entsagt und können ein einfaches, umso glücklicheres Leben leben. Gemeinsam."

Haschim erwachte wieder. Sein Körper regte sich. Er blickte der Königin in die Augen.

„Ja, Königin. Es wird so geschehen, wie Ihr sagt."

„Ach, wenn Ihr Euch doch endlich erinnern würdet. Ich muss eine Möglichkeit ersinnen, Eure Seele zurückzuholen. Sie scheint sich gänzlich verirrt zu haben während der Jahrtausende."

„Ja, Königin. Ich habe mich verirrt. Weist mir den Weg. Ich fühle mich verloren."

Ich war der Verzweiflung nahe. Haschim und Marijke waren im Begriff, der Königin zu verfallen. Sie befanden sich im Bann der Herrscherin, und ich war zur Statue erstarrt. Was konnte ich tun? Ich hatte nur meine Gedanken, war aber beileibe nicht in der Lage, mittels ihrer Kraft irgendetwas zu bewegen.

Doch nicht nur ich schien verzweifelt. Auch die Königin wirkte recht unglücklich. Sie erhob sich und half zugleich Haschim auf die Beine. „Kommt, ruht Euch aus. Ich werde Euch einen neuen, einen wirksameren Trank bereiten, der Euch zu mir zurückkehren lässt." Sie geleitete den Scheik zu den säulenumrundeten Polstern, auf denen er teilnahmslos niedersank.

In meinem Zustand hatte ich kein Gefühl für Zeit. Wie lange mochte ich schon so erstarrt sein? War es Tag oder war es Nacht? Ich vermochte es nicht zu sagen. Würde ich bis in alle Ewigkeit so verharren?

Die Königin saß nachdenklich auf ihrem Thron. Sie schien in Grübeleien versunken. Den Trank, den sie erwähnt hatte, hatte sie noch nicht zubereitet. Erdrückende Stille senkte sich über die Szenerie. Selbst die Vögel in den goldenen Käfigen beendeten ihren Gesang und steckten die Köpfe unter ihre bunten Flügel.

Da vernahm ich Schritte. Es waren feste regelmäßige Tritte wie die eines Soldaten. Und wahrlich, es war Sefu, die Kommandantin der Amazonen, die den Thronsaal betrat. Kaum hatte sie die Stoffbahnen durchbrochen, verharrte sie. Mit einer tiefen Verbeugung zeugte sie ihrer Herrscherin Respekt.

„Darf ich eintreten, meine Königin?“

„Trete näher, meine ergebene Sefu.“

Die Amazone schritt nun langsamer dem Thron zu, als sie durch die Gänge geeilt war. Ihre Schritte klangen gedämpfter zu mir herüber. Ihr Umhang umspielte ihre stattliche Gestalt. Der Harnisch glänzte, wie auch ihre Haut, die sich um die starken Muskeln spannte. Trotz ihrer fast maskulinen Statur hatte sie in diesem Moment etwas Weibliches an sich, etwas Verletzliches.

„Was ist dein Begehr, treue Kommandantin meiner Leibwache?“ Mâkedâ erhob sich.

Sefu fiel vor ihr auf ein Knie. Sie beugte das Haupt und sah ihre Herrscherin nicht an.

„Geliebte Königin, Ihr wisst, dass ich Euch treu ergeben bin. So treu, dass Ihr mir die gleiche Unsterblichkeit verliehen habt wie Euch selbst. Seit Jahrhunderten, ja, seit Jahrtausenden war ich stets an Eurer Seite.“

„Das warst du, Sefu. Und du wirst es auch noch lange sein.“

„Seid Ihr Euch dessen wirklich sicher? Werde ich noch lange an Eurer Seite sein? An der Seite meiner einzigen und wahren

Herrscherin?" Die Stimme der Amazone hatte etwas Betrübtes.

„Gewiss. Du bist meine engste Vertraute", entgegnete die Königin.

„Wenn dies so ist, wie Ihr sagt, dann betrübt es mich umso mehr."

Die Königin schritt die Stufen hinunter auf ihre Amazonenführerin zu. „Erhebe dich, Sefu, und spreche mit mir von Angesicht zu Angesicht. Was betrübt dich?"

„Ich werde es wagen, Euch mein Herz zu öffnen, auch, wenn es bedeuten sollte, Euren tödlichen Zorn auf mich zu ziehen. Lieber will ich unter Eurem Blick sterben, als das Reich ins Verderben führen."

„Was redest du da, Sefu?"

„Ich sah diese Frau, diese Marijke van Beverningh, mit Eurem Medaillon."

„Oh", entgegnete die Königin. Und mir schien, als ob sie mit einem Mal etwas von ihrer Selbstsicherheit verloren hätte. „Wirklich?"

„Ihr sagt, ich sei Eure engste Vertraute? Dann bitte ich Euch, mir auch diesmal Euer Vertrauen zu schenken."

Die Königin rang mit ihren Händen. Ich freute mich innerlich. Ja, zum ersten Mal seit meiner Erstarrung, spürte ich so etwas wie Vergnügen. Die Herrscherin begann vor ihrer Kommandantin auf- und abzugehen. Anscheinend suchte sie nach den geeigneten Worten.

„Nun gut, Sefu. Wir haben gemeinsam den Jahrtausenden getrotzt. Ich will dir sagen, was mich umtreibt. Dein Gefühl hat dich nicht im Stich gelassen. Ja, Sayida Maryam trug das Zeichen der Königswürde. Ich habe sie ihr angeboten."

Sefu rang mit ihren Gefühlen. Das konnte ich deutlich erkennen. Sie schluckte und schloss kurz die Augen, als müsse sie ein Schwindelgefühl überwinden, das sie erfasst hatte. Sie brauchte etwas Zeit, um ihre Stimme wiederzuerlangen. Ein leichtes Zittern konnte ich darin trotz allem noch vernehmen.

„Meine Königin. Wieso?“

„Sefu.“ Die Königin nahm nun wahrhaftig die Hände ihrer Kriegerin in die ihren, als seien sie auf gleicher Stufe, wie Freundinnen. „Ich habe die Jahrtausende nur aus einem Grund überdauert.“ Sie blickte zu Haschim hinüber, der geistesabwesend auf den Polstern lagerte. „Nur, um meinen König wiederzufinden und mich mit ihm zu vereinen.“

„Aber, meine Königin, das ist unmöglich.“ Ich konnte deutlich die Verzweiflung in der Stimme der Kriegerin vernehmen. „Woher wollt Ihr wissen, ob er es wirklich ist? Er selbst weiß es ja nicht einmal.“

„Mein Herz ist überzeugt davon. Das genügt.“

„Und selbst wenn dieser Mann dort König Salomon wäre, so habt Ihr kein Recht, die Königswürde an eine Fremde zu übertragen.“

„Kein Recht?“ Die Königin entzog ihrer Kriegerin die Hände und trat einen Schritt zurück. „Ich bin die Herrscherin dieses Reiches und habe jegliches Recht.“ Die Stimme donnerte durch den Raum wie eine Herde wild gewordener Kamele durch die Schluchten des Hadramaut.

Sefus Stimme blieb ruhig. „Aber was habt Ihr dann vor? Wie soll Sabas Zukunft aussehen?“

„Sorgt Euch nicht. Sayida Maryam wird Euch eine gute Königin sein. Sie wird Sabas Geist erneuern und eine neue Ära einleiten. Lass mich meiner Wege ziehen.“

„Aber das ist unmöglich. Wenn Ihr Saba verlasst, werdet Ihr sterblich, und wenn Ihr sterbt, gehen Jahrtausende des Wissens mit Euch verloren. Das kann ich nicht zulassen.“

Die Königin wirkte zornig. „Du kannst es nicht zulassen? Bedenke, wer hier die Herrscherin ist.“

Sefu fiel erneut auf die Knie. „Ihr seid meine Herrscherin, Mâkedâ. Ich bin Euch treu ergeben, bis in den Tod. Doch nur bis in meinen Tod, hört Ihr? Nicht bis in den Euren.“ Es war ein Flehen in ihrem Ton.

„Was willst du damit sagen, Sefu?“

„Ich will damit sagen, dass ich alles in meiner Macht Stehende tun werde, um Euch von Eurem Plan abzubringen."

„Sefu, wenn du mir treu ergeben bist, dann wirst du mich verstehen."

„Nein, meine Königin. Ich verstehe Euch nicht. Eure Königswürde steht an erster Stelle. Das Reich Saba ist wichtiger als Eure Gefühle zu diesem Mann." Sie wies mit ausgestrecktem Arm in Richtung Haschims.

„Wie kannst du es wagen, so mit mir zu sprechen?" Ich bemerkte ein Glühen in Mâkedâs Augen.

Sefu kniete noch immer vor ihrer Königin. Sie erhob ihr Antlitz und blickte ihrer Herrscherin direkt in die Augen. „Geliebte Königin, das Reich wird zerfallen, wenn Ihr es verlasst. Das erste Mal in der Geschichte Sabas würde es keine Reinkarnation Eures Geistes geben. Eure Magie würde auf ewig verloren gehen. Ist das Euer Wunsch?"

Die Königin presste die Lippen aufeinander. „Saba wird weiter bestehen, Sayida Maryam wird eine würdige Nachfolgerin sein. Ich werde Ihr meine Magie übertragen, und das Wissen steht geschrieben in den Pergamentrollen der Bibliothek. Es ist bewahrt."

„Das ist nicht dasselbe." Sefu sank in sich zusammen und senkte den Blick.

„Ich kann dich mitnehmen und du kannst ein sterbliches Leben leben, wenn es dich danach verlangt."

„Nein, meine Königin. Es verlangt mich nicht danach. Ich bin Saba treu ergeben und Euch. Aber nur Euch, der Königin, nicht Euch, der Liebenden."

„Genug jetzt!", brüllte die Herrscherin. Sie ballte die Hände zu Fäusten.

Sefu erhob trotzig das Haupt. „Habt Ihr der Holländerin gesagt, dass Sabas Magie nur in Saba wirkt? Dass sie keinen Einfluss auf die Außenwelt haben wird? Habt Ihr sie mit Lügen gelockt?"

„Es reicht, Sefu. Du forderst deine Königin heraus."

Sie streckte die Hand nach der ergeben vor ihr knieenden Amazone aus. Ihre Augen glühten wie kleine Sonnen.

„Ja, das tue ich. Wenn Saba dem Untergang geweiht ist, dann will ich mit ihm untergehen. Tötet mich, wenn es Euch beliebt.“

Die Königin machte mit dem Arm eine wischende Bewegung und Sefu wurde von der Kraft ihrer Magie zu Boden geschleudert. Sie machte keine Anstalten der Gegenwehr, sondern sah ihrer Richterin mit festem Blick entgegen. Ein Blitz aus den Augen der Magierin fegte durch den Saal und brannte sich in Sefus Harnisch. Sie krümmte sich und unterdrückte einen Schmerzensschrei.

„Ist das die Weisheit, die Ihr von Salomon gelernt habt?“, presste sie hervor und drückte eine Hand auf die blutende Wunde.

Wütend und unbarmherzig holte die Königin zum finalen tödlichen Stoß gegen ihre treu ergebene Kommandantin aus. Der Blitz zischte auf die am Boden liegende Kriegerin zu und bohrte sich nur wenige Fußbreit entfernt vor ihr in den Boden. Auf ein unbemerktes Zeichen hin traten die vier Amazonen der Leibgarde ein. Sie verbeugten sich in militärischem Gebaren.

„Bringt diese Verräterin weg. Ich werde mich später mit ihr befassen“, befahl Mâkedâ.

Die Kriegerinnen packten ihre Kommandantin mit kühlem Blick und schleiften sie aus dem Raum.

Ich war entsetzt und zugleich fasziniert. Die Königin war tatsächlich auf Gegenwehr in ihren eigenen Reihen gestoßen. Und sie war auf Gegenwehr ihrer eigenen Gefühle getroffen. Denn wie sollte ich mir anders erklären, warum sie Sefu am Leben ließ und nicht zu einem Häufchen Asche verbrannte wie den Schergen des Sklavenhändlers?

Neununddreißigstes Kapitel
Entscheidung

Die Königin von Saba stand eine lange Zeit wie versteinert da. Schließlich begab sie sich zu Haschim und setzte sich neben ihn.

„Was sollen wir nur tun, Salomon?“, fragte sie. „Meine engste Vertraute stellt sich gegen mich. Ach, wenn Ihr doch Eure Seele und Weisheit wiederfinden würdet. Dann wüsstest Ihr sicherlich, was das Richtige ist.“ Sie seufzte. „Kann Saba ohne mich Bestand haben? Muss es überhaupt weiterbestehen? Vielleicht ist nun einfach die Zeit gekommen, dass Saba ...“ Mâkedâ schluckte und vollendete den Satz nicht. „Habe nicht auch ich Rechte? Das Recht auf ein freies Leben mit Euch? Ich bin der Jahrtausende überdrüssig. Wer will schon für immer leben, wenn die Liebe sterben muss?“

Haschim blickte teilnahmslos in den Thronsaal hinein.

„Nein!“ Ihre Stimme war nun wieder laut und selbstsicher. „Ich bin die Herrscherin dieses Reiches. Wenn ich Maryam diese Bürde auferlege, dann ist das mein Recht. Auch Sefu muss sich dem unterordnen.“

Ich muss gestehen, dass mir die Königin in diesem Moment leidtat. Sie war hin- und hergerissen zwischen der Bürde der Königswürde und dem Wunsch nach einem freien sterblichen Leben – zwischen einem Leben als Herrscherin und einem als Frau.

In diesem Augenblick bauschten sich die Vorhänge am Eingang. Marijke van Beverningh trat herein. Sie blickte sich zunächst suchend im Saal um. Mir war fast, als verharrte ihr Blick ein wenig länger auf mir als auf den anderen Statuen und Gegenständen, die sie betrachtete. Ihr Blick wanderte weiter bis zu Haschim und der Königin. Marijke lächelte. Sie wirkte entspannt und glücklich. Und ihre Gestalt war fast königlich. Das zarte Gewand umspielte ihre schlanke aufrechte Figur. Der goldene Schlangengürtel glänzte erhaben im diffusen Licht des Thronsaals. Ihr Haar war kunstvoll geflochten wie das der Königin.

„Oh, seid mir willkommen", wurde sie von Mâkedâ begrüßt. „Habt Ihr Euch entschieden?"

„Hohe Königin, liebe Mâkedâ, ich bin noch ein wenig wankelmütig. Aber ich denke, ich werde mich in Kürze entscheiden. Ich möchte gern noch mehr wissen über die Macht, die mir als Königin zur Verfügung steht."

„Nun, dann setzt Euch zu uns." Die Königin machte eine einladende Geste, und die Holländerin näherte sich ihr.

„Sehr verlockend ist es für mich, dass ich diese Macht zum Wohle anderer einsetzen kann. Ich könnte dann endlich meinem großen Ziel, den Sklavenhandel zu zerschlagen, nahe sein." Marijke setzte sich neben Mâkedâ.

Haschim hatte sich in eine Ecke der Polster zurückgezogen.

„Nun, liebe Maryam, Ihr habt gesehen, was diese Macht anrichten kann. Sie darf nicht in falsche Hände geraten."

„Das wird sie nicht. Schließlich habt Ihr Euch wohlüberlegt, ob ich die Richtige bin."

„Ja, das tat ich. Doch – wie soll ich es Euch nur sagen?"

„Oh, sprecht offen. Ich bitte Euch", verlangte Marijke.

„Gut. So hört", begann die Königin zögernd. „Ich möchte ehrlich zu Euch sein, liebe Maryam. Diese Macht kann Sabas Grenzen nicht überschreiten."

„Was soll das heißen?" Marijke starrte ihr Gegenüber verständnislos an.

„Es bedeutet, dass Ihr nicht in der Außenwelt damit gegen den Sklavenhandel kämpfen könnt."

„Oh." Marijke blickte nun nachdenklich und enttäuscht drein. „Aber Ihr habt doch auch den Schergen des Abu Kurbatsch vor meinen Augen damit vernichtet."

„Ja, das ist wahr. Doch es bedurfte einer großen Anstrengung und gewaltigen Magie, um ihn in mein Reich zu zerren. Das vermag ich nicht oft zu vollbringen."

„Aber, wir ..."

„Ihr habt die Grenze freiwillig überschritten", wurde Marijke von der Königin unterbrochen. „Jemanden unfreiwillig hierherzubringen, ist fast unmöglich. Es gelingt nur sehr selten."

„Aber dann ist diese ganze Macht doch sinnlos für mich." Die Holländerin senkte den Kopf.

„Nein. So dürft Ihr nicht denken. Ihr würdet die Königin dieses Reiches sein. Ihr hättet trotz der Einschränkung eine gewaltige Macht. Mit den Gelehrten von Hadramaut könntet Ihr über diese Magie in Verbindung stehen. Vielleicht eröffnet Euch dies den Weg, den Ihr zu gehen gedenkt. Doch in erster Linie sollt Ihr das Reich Saba behüten und verteidigen."

Marijke stand auf und wandte sich der Königin zu. Ich sah auf ihrem Rücken die Harfe glänzen, die sie in Hadramaut geschenkt bekommen hatte.

„Liebe Mâkedâ, ich weiß nicht, ob ich unter diesen Umständen wirklich Euer Angebot annehmen möchte."

Nun erhob sich auch die Königin. Ich konnte einen Funken Zorn – oder war es nur Verzweiflung? – in ihren Augen erkennen. Das beunruhigte mich. Ich befürchtete, dass sie der Holländerin etwas antun könnte. Doch die Gesichtszüge der Königin entspannten sich schnell und wurden wieder weich und freundlich.

„Ihr solltet Eure Entscheidung noch überdenken, meine Liebe."

„Ich weiß nicht", gab Marijke unschlüssig zurück.

Die Königin legte freundlich den Arm um die Holländerin, und ihre Finger trafen die Harfe. Sie stutzte und fragte: „Was tragt Ihr da mit Euch?"

„Es ist eine Harfe."

„Oh, Ihr verspracht mir, dass Ihr mir bei Gelegenheit etwas darauf vorspielen wollt."

Marijke lächelte verlegen.

„Nur keine Scheu. Ich wäre beglückt, Eure Musik zu hören."

„Vielleicht werdet Ihr sie nicht mögen", gab Marijke zu bedenken.

„Ach. Vertraut mir. Ich werde Eure Musik gewiss zu würdigen wissen."

„Nun, wenn Ihr darauf besteht, so werde ich Euch etwas vorspielen."

Marijke nahm das Instrument vom Rücken und setzte sich erneut auf die Polster. Die Saiten glänzten wie goldene Spinnfäden.

Erwartungsvoll ließ die Königin sich neben ihr nieder.

Die Holländerin stellte die kleine Harfe zwischen ihren Knien ab und begann vorsichtig an den Saiten zu zupfen. Ihre Finger glitten leicht über diese hinweg und entlockten ihnen zarte Töne. Ich kannte solch Instrumente in viel größerem Format von den Konzertsälen meiner Heimat. Doch auch diese kleine Variante war in der Lage mit ihrem bezaubernden Klang den Saal auszufüllen, so wie sie es schon in Hadramaut unter Beweis gestellt hatte.

Schließlich begann die Holländerin zu spielen. Die Töne glitten von den Saiten, und ihr reiner Klang erfüllte den Thronsaal. Das Spiel kam mir bekannt vor. Es waren jene Töne, die sie in Hadramaut erlernt hatte: la, so, fa, mi, re, ut. Sie spielte die magischen Töne erneut. Dieses Spiel rührte mich zutiefst. Auch der Königin schien es Tränen in die Augen zu treiben, denn sie erhielten einen flackernden Glanz. Mir wurde ganz warm ums Herz.

Schlagartig durchfuhr es mich wie ein Blitz aus den Augen Mâkedâs: Mir wurde warm ums Herz! Ich fühlte es. Ich spürte, wie die Wärme sich von meiner Körpermitte auszubreiten begann. Es war wie ein ausbrechender Vulkan. Nicht schlagartig mit Knall und Getöse, sondern allmählich und langsam floss die Lava ins Tal. Die Wärme erreichte meinen rechten Arm und strömte in meine Hand. Da sah ich zu meiner

Überraschung und Freude, dass das Schwarz der Hand verblasste. Sie bekam ihre ursprüngliche menschliche Farbe zurück und ich konnte plötzlich die Finger bewegen.

„Sayida Maryam“, vernahm ich da Scheik Haschims Stimme und riss mich vom Anblick meiner zum Leben erwachten Hand los. Ich sah den Scheik neben den Polstern stehen und auf die Frauen blicken. „Was ist geschehen?“

Die Königin zuckte zusammen und sprang auf. „Salomon, Ihr seid zurückgekehrt“, rief sie erfreut aus und streckte die Arme nach ihrem vermeintlichen Liebsten aus.

Dieser zuckte erschrocken zurück. Er verbeugte sich vor ihr und sprach: „Hohe Königin, ich weiß nicht, wie ich hierherkam. Verzeiht.“

„Was geht hier vor?“ Die Stimme der Königin dröhnte durch den Saal. Jetzt erwachte wieder jene Frau zum Leben, die mich in diese Starre versetzt hatte. Ich wollte meinen Freunden eine Warnung zurufen, doch noch war ich nicht dazu fähig. Ich spürte die Wärme in meinem Kopf, konnte aber den Mund noch nicht bewegen.

Marijke blickte nun zu mir herüber, als erwarte sie etwas von mir, ja, als erkenne sie mich. Dabei spielte sie unbeirrt vom Geschrei der Königin weiter die Harfe und ließ ihr liebliches Lied erklingen. Ihre Töne stiegen im Saal auf, als hätte jemand die Türen der goldenen Käfige geöffnet und all die bunten Vögel befreit. Ich war verblüfft, und zugleich erwachte der Kampfgeist in mir und ich verstand. Sie wartete darauf, dass ihr Spiel, welches den Bann Haschims beendet hatte, auch mich vollständig aus meiner Erstarrung erlösen würde. Ich versuchte mich zu bewegen und den Vorgang zu beschleunigen. Mein rechter Arm war nun frei. Mein Körper fühlte sich wieder menschlich an, und auch mein linker Arm und der Kopf waren bald von der magischen Wärme durchdrungen. Ein anderes Wort wäre hier wohl fehl am Platz gewesen. Denn auch wenn sich mein Geist dagegen sträubte, so musste ich es anerkennen. Es war eine Art von Magie.

Inzwischen war die Königin zu ihrem Thron-Podest geeilt und blickte mit loderndem Blick auf das Geschehen herab. „Was tut Ihr da, Maryam? Ihr missbraucht mein Vertrauen in Euch. Haltet ein!“, gellte ihr Schrei durch die Halle.

Doch die Holländerin achtete nicht auf die zornige Herrscherin, die nun drohend ihre Arme erhob. Ihre Augen begannen zu glühen. „Salomon. Haltet sie auf!“

Scheik Haschim runzelte die Stirn. „Ihr irrt Euch, werte Königin, ich bin Scheik Haschim aus dem Hause der ...“

„Ihr seid allesamt Verräter! Eindringlinge in meinem Reich! Warum tut ihr mir das an? Ihr wollt die Sklaverei abschaffen, Maryam? Wisst Ihr, was eine Sklavin ist? Ja, gewiss, Ihr wart es einige Zeit. Doch ich war es Jahrtausende lang. Ihr bringt meinen ganzen Plan zu Fall. Ich wollte doch nur frei sein und dieser trostlosen Einsamkeit entrinnen. Mehr nicht. Doch was tut Ihr? Ihr beschwört meinen Zorn herauf und zwingt mich zu grausamer Rache. Ihr zwingt mich ...“ Ihre Stimme erstarb in ihrer Verzweiflung. Doch dann sammelte sie sich wieder und schrie: „Ihr seid des Todes!“

Die Königin raste vor Wut und Bestürzung. Ihr ganzer Plan sackte wie eine alte Ruine bei einem unerwarteten Erdbeben in sich zusammen.

„Passt auf, Mevrouw Marijke“, brüllte ich, „ihr tödlicher Blick!“

Und diesmal hallte meine Stimme nicht nur in meinem Innern, sondern echote durch den gesamten Saal. Haschim drehte sich überrascht zu mir um. Marijke aber beobachtete die Königin und spielte ohne Unterlass. Die Blicke der Frauen saugten sich ineinander fest.

„Ich habe Euch vertraut, Maryam, und Ihr hintergeht mich“, schrie die Königin.

Sie wirkte plötzlich wieder sehr viel größer. Ihre Gestalt erschien mächtig und voller Unheil. Die Arme vollführten ihre magischen Bewegungen und ihre Augen glühten wie Sonnen.

Marijke hatte sich erhoben und schritt spielend auf die Furie zu. Die Augen der Königin glommen wie ein Vulkanschlot kurz vor dem Ausbruch. Sekundenbruchteile bevor die Blitze aus den Augen der Magierin sie zerschmettert hätten, hob Marijke die Harfe empor und schleuderte sie der Königin entgegen. Das Instrument traf die Herrscherin und zerfiel augenblicklich zu feinstem Staub. Der glitzerte und glimmerte über der Königin, hüllte sie ein und löste sich schließlich in nichts auf. Die große Magierin stand still und starr da, wie eine Puppe. Mitten in ihrer Bewegung war sie erstarrt. Die Arme waren drohend erhoben, der glühende Blick jedoch erloschen. Die magische Harfe war zerstört.

In diesem Augenblick war meine Starre aufgehoben. Die kalte Schwärze, die meinen Körper in den letzten Tagen gefangen gehalten hatte, war gänzlich verschwunden. Ich fühlte mein Blut in den Adern fließen, mein Herz pochen, meinen Atem durch meine Lungen strömen. Jedoch hatten meine Muskeln während dieser langen Zeit des Nicht-Gebraucht-Seins den Sinn ihres Daseins vergessen und ich sackte in mich zusammen. Bevor mein Körper auf dem Boden aufschlug, wurde ich von Händen ergriffen, die mich stützten.

Ich traute meinen Augen nicht. „Halef, mein guter Freund“, stieß ich hervor. „Und Lord Lindsay.“ Ich war überwältigt, meine Freunde wieder in meine Arme schließen zu können. Kurz musste ich an die Drohung der Königin denken, die sie mir als Vision vom Tod meiner Freunde geschickt hatte. Ich fragte mich, welche der Ereignisse, die ich während meiner Starre gesehen hatte, wirklich passiert waren und welche mir nur vorgegaukelt worden waren.

„Sihdi. Du blickst drein, als ob du ein Gespenst gesehen hättest“, vernahm ich Halefs Stimme wie durch einen Schleier. Ich war froh, dass es nicht zu dieser tödlichen Auseinandersetzung gekommen war, die mir die Königin von Saba in dieser Vision offenbart hatte, und dass meine Freunde unversehrt vor mir standen.

„Ihr müsst Euch beeilen, werte Herren. Die Königin wird nicht lang in dieser Starre gefangen sein. Dafür ist sie eine zu große Magierin.“ Zu meinem großen Erstaunen war es Sefu, die plötzlich vor uns stand. Das Loch in ihrer Rüstung und der darunter verborgene Verband sagten mir, dass zumindest dieser Teil der von mir wahrgenommenen Ereignisse nicht falsch war.

Ich streckte mich und fühlte die Kraft meiner Muskeln zurückkehren. Tief sog ich die Luft in mich ein. Noch nie zuvor war ich für einen Atemzug so dankbar gewesen. Atmen war eine sonst so unbeachtete, natürliche Aktion, über die ich nur selten nachgedacht hatte. Manchmal vergisst man einfach, die wichtigen Dinge zu beachten und dankbar dafür zu sein, da man sie für normal und gegeben hinnimmt. Doch in diesem Augenblick war ich dankbar dafür, atmen, mich bewegen und sprechen zu können. Meine Beine trugen mich nun wieder selbst. So schüttelte ich die helfenden Hände meiner Freunde ab. Lindsay reichte mir sogleich meine Gewehre, die er mit den seinen über der Schulter trug wie ein Packesel. Das Bowiemesser und die Pistole waren noch in meinem Gewand verborgen wie vor der Verwandlung.

„Was ist hier geschehen?“, fragte ich und blickte zu Mevrouw Marijke hinüber. Das Geschehen der Drohvision lag auf mir, als wäre der Mord an Halef und Lindsay tatsächlich passiert. Marijke erschien mir wie eine Mörderin. Meine Gefühle waren noch immer verwirrt.

„Auch ich verstehe nicht, was hier vorgeht“, gestand Haschim. Er stand, noch immer mit bloßem Oberkörper, neben der Holländerin. Sein Blick war nicht mehr entrückt, sondern fragend.

„It is a kind of magic“, erklärte Sir David mit einem verschmitzten Lächeln. „Liebe Freunde, es ist Zeit zu verschwinden. Eure Fragen werden wir später beantworten.“

Sefu war schon dem Ausgang zum Thronsaal nahe und drängte uns mit einem Handzeichen zur Eile.

Ich blickte zu der erstarrten Herrscherin hinüber. Marijke näherte sich ihr, und ich sah, wie sie fast zärtlich ihre Hand auf die Wange der Königin legte.

„Verzeiht mir, liebe Mâkedâ. Aber ich habe mich nun entschieden. Ich möchte nicht so enden wie Ihr. Ich verstehe jetzt Eure Einsamkeit und Verzweiflung und Eure Sehnsucht nach einem einfachen Leben mit der Liebe an Eurer Seite. Doch ich kann und will nicht der Schlüssel für Euer persönliches Glück sein. Es tut mir aufrichtig leid." Sie nahm ihre Hände in den Nacken und zog sie nach kurzer Zeit wieder hervor. Eine goldene Kette mit dem Medaillon der Königswürde hing glitzernd in ihren Fingern. Marijke streckte die Arme aus und legte das Geschmeide der erstarrten Königin um den Hals. „Lebt wohl, Mâkedâ. Ich wünsche Euch, dass Ihr Euer Glück findet und den Frieden, der Euch gebührt.", hörte ich sie flüstern, und dann wendete sie sich ab und strebte dem Ausgang zu, an dem wir warteten.

„Sollten wir die Königin nicht lieber außer Gefecht setzen?", fragte ich in Erinnerung an ihre todbringenden Fähigkeiten.

Sefu blickte mich nun streng und entschlossen an. „Keiner wird ihr ein Haar krümmen."

Ich runzelte die Stirn. „Aber sie hat Euch gefangen gesetzt. Womöglich wird sie Euch töten."

„Werter Kara Ben Nemsi, auch ich habe meine Getreuen." Der Vorhang glitt zur Seite und die vier Amazonen der Leibgarde traten ein. Vor geraumer Zeit hatte ich mit ansehen müssen, wie sie ungerührt dabeistanden, als die Königin ihre Kommandantin fast getötet hätte, und wie sie schließlich die Verletzte gefühllos aus dem Raum schleppten. Und nun standen sie hinter ihr?

Als könne Sefu meine Gedanken von meinem erstaunten Blick ablesen, antwortete sie: „Meine Loyalität gehört der Herrscherin von Saba. Auch wenn es Euch jetzt nicht so erscheinen mag, Kara Ben Nemsi. Ich tue das alles nicht für Euch und Eure Freunde, sondern für Saba. Meine Garde steht hinter mir und hinter Saba. Der Fortbestand unseres Reiches ist wichtiger als mein Leben oder mein Tod." Und an ihre Kriegerinnen gewandt: „Ihr bleibt hier und stellt sicher, dass unserer Königin kein Leid geschieht. Wenn sie erwacht, folgt ihr ihren Befehlen. Es gilt das Königreich vor Schaden zu bewahren. Mein Leben galt immer nur dem Wohl unserer Herrscherin Mâkedâ und unserem Reich Saba. Alles andere ist nicht von Bedeutung."

Eine der Kriegerinnen verbeugte sich vor ihrer Anführerin. „Wie Ihr befehlt, Sefu", bestätigte sie. Dann schritten die vier Amazonen in den Thronsaal und postierten sich schützend um ihre Königin herum.

Im Vorübergehen warf eine der Kriegerinnen Scheik Haschim ein Gewand zu. Er fing es auf und schlüpfte geschickt und flink in den Stoff. Nun sah er wieder aus wie mein Freund der Scheik und nicht mehr wie eine seelenlose Kopie seiner selbst. Lindsay warf auch ihm seine Waffen zu, die Haschim geschickt auffing und im Gürtel und über der Schulter verstaute. Er hatte seine würdige Ausstrahlung zurück und nickte uns zu, als Zeichen, dass er bereit sei.

„Nur noch eins, Mevrouw Marijke. Warum habt Ihr die Harfe zerstört? Sie hätte uns auf der Flucht noch gute Dienste leisten können", fragte ich.

„Es war eine Reflexhandlung. Entschuldigt. Aber die Musik schien nicht die richtige Wirkung zu zeigen. Sie brach den Bann von Euch und Haschim, hielt die Königin aber nicht auf."

Ich nickte verstehend.

„Aber, Mijnheer Kara, es war Magie. Glaubt Ihr denn jetzt daran?"

Ich lachte und wusste nichts zu erwidern. Die vergangenen Ereignisse musste ich zunächst verdauen, bevor ich mir ein Urteil bildete. Für weitere Fragen blieb keine Zeit. Sefu drängte uns, ihr zu folgen. Halef ging voran, dann folgte ich mit Marijke, und die Nachhut bildeten Sir David und Scheik Haschim.

Vierzigstes Kapitel
Flucht

Wir eilten durch Flure und Gänge. Unsere Schritte hallten auf dem bunten Mosaikboden wider. Sefu kannte versteckte Wege, die uns verborgen geblieben waren. In Nischen an den Wänden erblickte ich im Vorübereilen einige Statuen. Ich konnte mich des Gedankens nicht erwehren, ob sie womöglich gleichfalls gefangene Seelen waren wie ich noch kurz zuvor. Doch keine der Figuren war von diesem seltsamen schwarzen metallenen Glanz, den ich an mir wahrgenommen hatte. Es blieb auch keine Zeit zu einer genaueren Erkundung. Wir mussten so schnell wie möglich einen Weg aus diesem Reich finden, und dabei blieb uns nichts weiter übrig, als Sefu zu vertrauen.

So rannten wir hinter der Amazone her, die einerseits mit uns auf der Flucht vor der Königin war, aber andererseits dieser treu ergeben schien. Auch wenn ich noch nicht alle Teile des Puzzles kannte, so konnte ich mir aus den vorliegenden doch einiges zusammenreimen und verstand die Beweggründe der Kriegerin. Ihre tief empfundene Liebe und Verbundenheit zu ihrer Herrscherin fragte nicht nach Logik und stand sogar über dem natürlichen Trieb der Selbsterhaltung. Das war das Band der wahren Freundschaft, so wie auch ich es zwischen mir und Halef spürte und zwischen mir und meinem treuen roten Freund auf der anderen Seite des Ozeans. Ich fürchtete jedoch, dass Sefu sich selbst damit dem Untergang geweiht hatte. Denn eine Herrscherin lebte nach anderen Gesetzen als denen der Freundschaft und konnte sich derartige Gefühle nicht erlauben. Leider würde ich damit Recht behalten, wie sich bald danach herausstellen sollte.

Zunächst verlief unsere Flucht durch den Palast wie von keiner Seele beobachtet. Doch kaum dass Sefu einem der Ausgänge zur Stadt zustrebte, postierten sich uns vier Wachen in den Weg. Sie stellten keine Fragen, sondern nahmen sogleich eine kampfbereite Stellung ein. Halef legte postwendend das Gewehr an, aber Sefu drückte den Lauf nach unten. Wir blieben stehen und ich hörte Marijkes schnellen Atem neben mir. Ich selbst hatte zur alten Form zurückgefunden. Mein Körper vergaß also recht schnell die Erstarrung zur schwarzen Statue.

„Ich bitte Euch, keinen Tod über Saba zu bringen", stieß die Kommandantin Sefu hervor.

Diese Bitte kam mir angesichts der Macht ihrer Herrscherin und der grauenvollen Bilder, die an den Wänden des Atriums prangten, äußerst bizarr vor. Doch in Anbetracht ihres inneren Konflikts konnte ich sie wohl verstehen. So ließ ich meine Gewehre über der Schulter hängen und trat kampfbereit neben die Amazone. Keinen Augenblick zu früh, denn die Wachen stürzten sich mit entschlossenem Blick auf uns. Sie trugen, auf den ersten Blick, weder Schuss- noch Stichwaffen bei sich. Im Augenwinkel sah ich, wie Halef sein Gewehr umdrehte und mit dem Kolben in Verteidigung ging. Seinem Gegner jedoch schien das eher wie ein Spielzeug anzumuten, und er fegte es ihm mit Leichtigkeit aus der Hand. Sefu hatte sich sogleich mit einem der Männer, denen sie in Größe und Statur kaum nachstand, in einen Ringkampf gestürzt. Sie warf ihren Gegner mit gekonntem Griff rücklings auf den Boden. Weiter konnte ich das Geschehen nicht verfolgen, denn ein Schrei der Holländerin ließ mich herumfahren. Eine der Wachen hatte sie am Handgelenk gepackt. Ich holte aus und schlug ihm meine Faust gegen die Schläfe. Augenblicklich lockerte sich sein Griff und er sackte bewusstlos zu Boden. Den vierten Mann hatten Haschim und Lindsay im Schwitzkasten. Sie bedurften keiner Hilfe, wie es den Anschein hatte, und so wandte ich mich meinem treuen Halef zu. Der kämpfte verbissen gegen den viel größeren und muskelbepackten Wächter. Furchtlos teilte er Fausthiebe aus, die jedoch keinerlei Wirkung zeigten. Es war wie der Kampf zwischen David und Goliath. Also sprang ich dem Goliath entgegen und meine Faust traf ihn am Kinn. Er stürzte rücklings zu Boden und blickte mich grimmig an. Doch während er sich wiederaufzurichten versuchte, trafen ihn zwei wohlgezielte Hiebe mit Halefs Gewehrkolben und beförderten ihn ins Reich der Träume. Mein kleiner Freund hatte sich flink die Waffe zurückgeholt, die einige Schritte entfernt auf dem Boden gelegen hatte. Nun stand er wie der Sieger eines Boxkampfs mit strahlendem Lächeln über seinem besiegten Gegner.

„Siehst du, Sihdi, deine Hilfe war ganz unnötig. Ich hätte das auch allein geschafft."

„Da bin ich mir sicher, guter Halef", lenkte ich ein. „Ich habe auch nicht daran gezweifelt. Mein Ansinnen war es nur, Zeit zu sparen, damit wir schneller vorankommen." Ich lächelte meinen Freund herzlich an, denn ich wollte seine Gefühle nicht verletzen.

„So kommt weiter!", befahl Sefu, die sich gerade von ihrem bewusstlosen Gegner erhob. Ich hatte den Eindruck, dass ihre Bewegungen ein wenig angestrengter wirkten als vor dem Kampf.

„Seid Ihr verletzt?", fragte ich instinktiv. Im selben Moment wusste ich, dass diese Frage unnütz war. Denn natürlich war sie verletzt. Ich hatte doch selbst gesehen, wie Mâkedâ sie mit ihrem Blitz niedergestreckt hatte. Die Amazone wischte meine Frage mit einer Handbewegung beiseite und nahm wieder die Spitze unseres kleinen Trupps ein.

Wir erreichten den Ausgang und stoppten unseren Lauf. Ich wurde von dem hellen Sonnenlicht geblendet. Meine Augen benötigten ungewöhnlich lang, um sich auf die Helligkeit einzustellen. Doch schließlich erkannte ich, dass wir nicht auf den Platz mit dem Gazellenbrunnen blickten, sondern auf ein Gewirr von Gassen. Es musste also ein anderer Ausgang aus dem Gebäude sein. Sefu sprintete die Treppen hinunter und wir folgten ihr. Die Menschen in den Gassen traten beim Anblick der Kommandantin ehrfürchtig zur Seite und ließen uns passieren. Also hatte sich ihre Verhaftung und somit ihre Degradierung noch nicht bis zum einfachen Volk der Straßen herumgesprochen.

Während wir durch die engen Gassen hasteten, nahm ich die Gelegenheit wahr, Halef ein paar Fragen zu stellen, die mir auf der Seele brannten.

„Lieber Halef, wie habt ihr erfahren, dass ich in dieser Statue gefangen war?“

„O Sihdi, das verdankst du ganz alleine Sayida Maryam. Sie war es, die im Gespräch mit der Königin bemerkte, dass Haschim in ihrer Gewalt war und nicht mehr Herr seiner Sinne. Und sie erkannte dich in der schwarzen Statue.“

„Ich bin überrascht, denn sie ließ sich nichts anmerken. Ich wähnte sie als Werkzeug Mâkedâs.“

„Nun ja, als wir einmal beim Tee auf der Terrasse saßen“, begann Halef zu berichten, während er geschickt einem Marktstand mit bunter Töpferware auswich, der einen Teil der Gasse blockierte. Ich hörte ein Scheppern und dann ein Gebrüll. Als ich mich umdrehte, sah ich Lindsay durch einen Berg Scherben stapfen und sich gestenreich bei dem Händler entschuldigen. Sogleich fühlte ich mich zurück nach Basra versetzt, an jenen Tag, als wir das erste Mal auf Djamila getroffen waren. Jetzt hätten wir das Zelt wohl gut gebrauchen können, welches sie dort entdeckt hatte. Aber meine Gedanken schweiften unnütz ab und ich hatte Halefs Ausführungen nicht zugehört.

„... und Maryam geriet in Streit mit uns, da sie die Königin fortwährend verteidigte“, hörte ich noch.

„Und dann tötete sie dich und Lindsay mit dem magischen tödlichen Blick der Königin“, schloss ich seine Erzählung ab.

„Was?“ Halefs Stimme war trotz der anstrengenden Lauferei laut geworden. Er blickte mich bestürzt an. „Hast du das gesehen, Sihdi?“

„Ja, Halef. Besser gesagt, die Königin hat mich das sehen lassen. Sie wollte mich damit warnen, zu was sie fähig sei. Doch ich denke, sie ist dazu nicht wirklich in der Lage. Denn schließlich hat sie uns in ihr Reich eingeladen."

„Allerdings", gab mir Halef Recht. „Und ich verstehe nicht, warum sie so unwirsch mit ihren Gästen umspringt."

Ich runzelte die Stirn. „Es ist die Verzweiflung. Sie hatte sich wohl einen guten Plan zurechtgelegt, der jedoch wie ein Kartenhaus in sich zusammenfiel."

„Was war das für ein Plan?", fragte mein Freund.

Doch bevor ich weiter erzählen konnte, bog Sefu in einen Innenhof ein. Zuerst wähnte ich mich in dem Atrium mit den grausamen Szenen, doch dies hier war ein anderes. Zwar umrahmte auch hier ein Säulengang den Hof, doch allerorts waren Pferde angebunden. Die Torbögen zwischen den prächtigen Säulen waren Zugänge zu Ställen und Boxen, in denen ich Pferde schnauben und scharren hörte. Jünglinge trugen Stroh- und Heuballen umher, rieben die Tiere ab, kontrollierten ihre Hufe, und in einer Ecke war das glühende Feuer einer Schmiede zu erkennen. Der Hufschmied beschlug gerade einen der stattlichen Hengste.

Wieder einmal war ich verwundert über die technischen Errungenschaften dieses Reiches. Vor dreitausend Jahren zu Sabas Echtzeit, so wusste ich, gab es noch keinen Hufbeschlag bei Pferden. Alexander der Große, so hatte ich gelesen, hatte im vierten Jahrhundert vor Christus viele Pferde verloren, als er durch Asien ritt, da ihre Hufe sich abnutzten, spalteten oder sich entzündeten. Damals gab es immer noch keinen Hufschutz. Erst die Kelten in der Zeit um Christi Geburt herum begannen ihre Pferde mit Eisen zu beschlagen. Von ihnen übernahmen es schließlich die Römer. Irgendwann musste diese Technik ein Reisender auch in dieses Saba gebracht haben. Denn wie lautete die Inschrift an der Wand?

Wer uns teilhaben lässt an den Wundern seiner Zeit
Und würdig die Grenzen dies' Reiches betritt,
Dem stehen unsere Tore weit.
Die Magie auf ihren Schwingen nimmt ihn mit.

Dies war also eins dieser „Wunder seiner Zeit". Saba lernte aus allen Epochen. Ja, hier musste wahrlich ein großes Wissen angehäuft sein. Ich bedauerte in diesem Moment, dass uns die Situation nur die Flucht als Option ließ. Dabei hätte ich gern mehr über die Wunder hier erfahren. Vielleicht gab es hier sogar Kopien der Schriftrollen aus der berühmten Bibliothek von Alexandria. Sie hatte als ein Hort des Wissens in der Antike gegolten. Doch ihr Ende ist bis dato ungeklärt. Der Legende nach wurde all das Wissen bei einem Brand zerstört. Ich seufzte bei dem Gedanken, all das nicht erforschen zu können. Fast wie in einem Abschiedsschmerz wandte ich mich in dem Innenhof um, blickte hinauf zu dem niedrigen Dach und erblickte dahinter den gewaltigen Palast.

„Kommt, wir müssen uns beeilen!" Sefus Stimme holte mich aus meinen Gedanken zurück. Sie führte zwei Pferde vor mich und drückte mir die Zügel eines stattlichen und ungewöhnlich schwarzen Hengstes in die Hand. Das Tier starrte mich mit großen Augen an, stellte die Ohren auf und schnaubte. Ich legte ihm wie in einem Reflex die Hand zwischen die Ohren und musste an meinen treuen Rappen Rih denken.

Meine Gefährten saßen schon auf ihren Pferden. Sefu und ich schwangen uns ebenfalls in die Sättel unserer Tiere, und die Kriegerin preschte voraus, hinaus aus dem Atrium und linker Hand durch die Gasse. Dann hielt sie sich wieder links und schließlich gelangten wir zu einem Torbogen, der uns in die Felder vor der Stadt führte. Nun war der Blick nicht mehr durch Mauern versperrt. In der Ferne konnten wir die gewaltige Felswand erblicken, von welcher der diamantene Wasserfall herabstürzte. Er glitzerte im Licht der untergehenden Sonne und nahm abermals diese rötliche Farbe an, wie ich es schon von unserer Dachterrasse aus erblickt hatte. Und genau darauf hielt die Amazone zu.

„Sihdi", hörte ich Halef neben mir rufen. Er hielt sein Pferd im Galopp eng an meinem. „Was hat sie vor?"

„Ich weiß es nicht, Halef. Wir müssen ihr vertrauen."

„Aber sieh doch. Sie hält auf das Ende des Talkessels zu. Das ist eine Falle."

Ich musste Halef innerlich Recht geben. Das Tal war am Ende durch steile Felsen begrenzt, die wir ohne geeignete Ausrüstung niemals erklimmen konnten. Ich sah keine Spalte, keinerlei Durchgang, der einen Fluchtweg eröffnen würde. Doch Sefu flog auf ihrem Schimmel vor uns her, als wüsste sie genau, was sie tat. Ich folgte ihr unbeirrt. Die Hufe unserer Pferde rissen die Erde auf. Bauern auf den Äckern hielten in ihrer Arbeit inne und blickten uns erstaunt hinterher. Dann hörte ich Sir David rufen. Ich wendete den Kopf und blickte zurück.

Haschim, Marijke und Lindsay waren einige Pferdelängen hinter uns. Der Lord winkte heftig und wies Richtung Stadt. Ich folgte seinem Arm mit dem Blick und erkannte eine Schar Reiter aus dem Torbogen preschen. An der Spitze erkannte ich die Königin von Saba auf einem weißen Pferd. Ihr ebenso weißes Gewand wehte wie ein Kometenschweif hinter ihr her. Flankiert wurde sie von den vier Amazonen ihrer Leibgarde. Dahinter folgten zahlreiche Wächter. Diesmal konnte ich nicht nur die goldenen Harnische der Kriegerinnen, sondern auch Waffen im Sonnenlicht glänzen sehen: Bögen, Schwerter, Lanzen, Schilde. Auch die Wächter im Hintergrund führten dergleichen mit sich.

Die Felder endeten und der Boden wurde steinig. Wir mussten die Pferde zügeln und vorsichtig einen Geröllabhang hinunterreiten. Dann standen wir vor den brausenden Wassern des Flusses, der vom Wasserfall her das Tal durchschnitt. Das Donnern des Falls erfüllte nun übermächtig den Talkessel. Wir mussten schreien, um einander zu verstehen.

Sefu sprang vom Pferd. Sie ging ein Stück am Ufer entlang, als suche sie eine Markierung, ein Zeichen, das ihr den weiteren Weg anzeigte.

„Wir müssen dort hinüber!“, schrie sie schließlich und setzte sich wieder in den Sattel. Sie wies auf einige Felsblöcke, welche mitten im Fluss die Strömung teilten. „Haltet euch rechts davon!“

Die Strömung brauste bedrohlich an uns vorbei. Gischt spritzte an den Felsen hoch. Links davon wurde das aufgewühlte Wasser noch unruhiger und ging in weiß schäumende Stromschnellen über. Meine Gefährten hatten ihre Pferde neben mir zum Stehen gebracht und blickten bestürzt – Marijke sogar recht ängstlich – auf die Naturgewalt.

Sefu nahm einige Seile, die hinter ihrem Sattel befestigt waren, und warf sie uns zu. Dann bildeten wir eine Kette, welche die Amazone anführte. Wir banden die Pferde eins hinter das andere, um besser der Strömung standhalten zu können. Halef, Lindsay und Haschim kamen als Nächste, und dann folgte Marijke. Das Schlusslicht bildete ich. Durch das Brausen des Wassers, das Donnern des Falls und den Abhang, der die Sicht auf die Felder versperrte, konnte ich nicht beurteilen, wie weit unsere Verfolger noch hinter uns waren. Sicherheitshalber nahm ich den Henrystutzen in Anschlag, um im Notfall unsere Flucht decken zu können.

Doch noch war nichts von der Königin und ihrer Armee zu sehen.

Die Pferde schritten mit weit aufgerissenen Augen durch das schäumende Wasser. Es war nicht sehr tief und reichte ihnen nur bis kurz über den Bauch. Doch der Sog der Strömung war stark und verlangte viel Kraft von den Tieren. Als Sefu das andere Ufer erreichte, scheute Marijkes Pferd. Die Holländerin stieß einen spitzen Schrei aus und landete im Wasser. Sogleich wurde sie von der Strömung mitgerissen. Ihr Pferd stieg erneut auf und der Knoten des Seils lockerte sich. Ein fester Ruck meinerseits und ich hatte den Strick frei.

Eilig schulterte ich das Gewehr, um beide Hände benutzen zu können, und gab meinen Freunden ein Zeichen, weiterzuziehen. Scheik Haschim hatte sich schon bereit gemacht, ins Wasser zu springen, um der Frau zu Hilfe zu kommen. Doch ich gebot ihm Einhalt. Es nutzte uns nichts, wenn noch mehr von uns von der Strömung erfasst wurden. Schnell zog ich das Seil zu mir heran und ordnete es in großen Schlingen. Unsere Reisegefährtin war mittlerweile auf einen der Felsen getroffen und krallte sich daran fest. Hilfesuchend blickte sie sich zu mir um. Schnell knüpfte ich eine Zugschlinge. Dann ließ ich den so entstandenen Lasso über meinem Kopf kreisen. Der Riemen surrte durch die Luft und legte sich um Marijkes Oberkörper. Sie begriff sofort und zog geschwind die Arme oben heraus. Ich zog an und die Frau wurde nun sicher von dem Seil umschlossen. Sie hielt sich daran fest und ich zog mit aller Kraft. Dabei gab ich dem Pferd die Ferse und trieb es weiter Richtung Ufer. Im Augenwinkel sah ich auf der angestrebten Flussseite Reiter heranpreschen. Doch ich war mit der Rettung der Holländerin beschäftigt und konnte mir darüber zunächst keine Gedanken machen. Auch wenn die Frau von zarter Gestalt war, so bedurfte es doch all meiner Kraft und der des Pferdes, sie den Fluten des Flusses zu entreißen. Endlich erreichte mein Pferd das Ufer. Sogleich kamen Haschim und Lindsay angelaufen und halfen mit, Marijke ans sichere Land zu ziehen. Erschöpft ließen wir beide uns auf das Ufergeröll sinken.

‚Sicher' war hier jedoch das falsche Wort. Denn als ich noch am Boden nach Atem rang, spürte ich das Vibrieren des Gesteins, welches vom Hufschlag vieler Pferde hervorgerufen wurde. Schnell erhob ich mich und zog Marijke mit mir. Sefu war schon den Hang zum Wasserfall hinaufgeklettert. Wir anderen folgten, so schnell es uns möglich war.

Plötzlich surrten Pfeile durch die Luft und bohrten sich unweit von uns in den Boden. Ich blickte mich um und sah die Königin mit ihrer Leibgarde auf uns zufliegen. Die vier Amazonen saßen freihändig in den Sätteln ihrer galoppierenden

Pferde und spannten ihre Bögen. Ich war mir sicher, dass sie uns mit Leichtigkeit getroffen hätten, wenn es ihre Absicht gewesen wäre. Es waren nur Warnschüsse. Hinter ihnen preschten noch weitere Wachen heran. Auch auf der anderen Flussseite hatten Krieger Stellung bezogen. Wir saßen in der Falle. Wie dieses Heer auf unsere Seite des Flusses hatte gelangen können, wusste ich nicht. Doch sicherlich gab es viele Wege hier, von denen wir nichts wussten.

Als Sefu die ausweglose Situation erkannte, blieb sie stehen. Wir anderen hatten sie nun eingeholt. Lindsay und Halef waren jeweils auf ein Knie gefallen und hatten ihre Gewehre im Anschlag. Haschim und ich standen mit unseren kampfbereiten Waffen neben unseren Gefährten. Marijke hatten wir hinter uns postiert. Sie hätte unter anderen Umständen sicher nach einer Waffe verlangt. Doch nun hockte sie entkräftet, triefend nass und schlotternd am Boden.

„Ich werde dafür sorgen, dass Euch nichts geschieht“, rief uns Sefu durch das Donnern des Wasserfalls zu. „Aber ich bitte Euch, nehmt die Waffen herunter. Gegen diese Armee habt ihr keine Chance.“

„Ihr verlangt Unmögliches von uns, Sefu. Wir werden uns der Königin nicht kampflos ergeben“, entgegnete ich.

„Da kann ich meinem Sihdi nur beipflichten“, fügte Halef entschlossen hinzu.

Sefu drehte sich zu mir um und das erste Mal sah ich pure Verzweiflung im Blick der Kriegerin.

„Und ich kann kein Blutvergießen zulassen. Ich werde weder Euch noch die Königin dem Tod überlassen. Das sollte nicht Sabas Weg sein – und es ist auch nicht meiner.“

Ich wusste nichts zu erwidern. Unsere Lage war aussichtslos gegenüber dieser Übermacht. Auch gab es hier keinerlei Deckung und keinen Fluchtweg. Unser einziger Vorteil war unsere etwas erhöht liegende Stellung.

„Ihr müsst durch den Wasserfall gehen, dann seid Ihr in Sicherheit. Fürchtet Euch nicht ...“ Sie brach ab, als gelte es, ein Geheimnis zu bewahren. Wieder surrten uns Pfeile um die Ohren. Jedoch verfehlten sie weiterhin ihre Ziele.

Ich blickte meine Gefährten an und hob die Hand zum Zeichen, dass wir das Feuer noch nicht erwidern würden.

„Was wolltet Ihr mir sagen, Sefu? Vor was sollen wir uns nicht fürchten?“

Die Amazone schluckte. Ich bemerkte, welch aufwühlenden Kampf sie innerlich mit sich austrug. Schließlich bekundete sie: „Fürchtet nur die Waffen. Aber fürchtet nicht den magischen Blick der Königin. Seine Magie hat so nah an der Grenze des Reiches keine Wirkung.“

Ich atmete erleichtert auf. Ein kleiner Ausgleich war geschaffen. Das gab mir ein wenig Hoffnung. Gegen Pfeil und Bogen und Gewehre hatte ich schon manchen aussichtslos erschienenen Kampf diesseits und jenseits des Ozeans bestanden. Aber gegen die Blitze der Magierin wären wir machtlos gewesen.

„Was habt Ihr nun vor?“, fragte ich Sefu.

„Geht zum Wasserfall, sobald sich die Gelegenheit ergibt.“

„Was wird aus Euch?“

„Das muss Euch nicht kümmern“, erwiderte sie und wandte sich von mir ab. Sie ging einige Schritte auf das Heer der Königin zu und breitete die Arme aus. Der Wasserfall donnerte so laut in dem Talkessel, dass ich größte Mühe hatte, zu verstehen, was sie ihrer Königin zurief.

„Lasst die Fremden ziehen, meine Königin.“

„Du bist nicht in der Position, Bedingungen zu stellen, Sefu. Ergib dich und knie nieder“, entgegnete ihre Königin barsch.

Sefu nahm die Arme herunter, blieb aber stehen.

„Was soll das werden, Sefu? Willst du dich für diese Unwürdigen opfern?“

„Nein, Königin. Ich will mich nicht opfern. Doch ich fürchte auch den Tod nicht, solange er dem Wohle Sabas dient.“

„Du wirst sterben, das ist gewiss. Doch nicht zum Wohl Sabas. Sondern du wirst den Tod einer Verräterin erleiden.“

„Wenn das Euer Wunsch ist, so soll es geschehen. Doch wisst, ich habe weder Saba noch Euch verraten. Ich war und bin Euch treu ergeben“, antwortete Sefu.

„Dein Reden nutzt dir nichts mehr.“

Die Königin gab ein Zeichen und eine der Leibwächterinnen spannte den Bogen. Ihr Pfeil schwirrte durch die Luft und traf ihre Kommandantin, die daraufhin wankte und auf die Knie fiel. Ich sah, wie sie sich den Pfeil aus der linken Schulter zog und vor sich auf den Boden warf. Die zweite Kriegerin der Garde spannte die Sehne. Das konnte ich nicht mitansehen. Ich gab einen Schuss aus dem Henrystutzen in die Luft ab und trat an Sefus Seite.

„Haltet ein, Königin“, schrie ich.

Mâkedâ blickte herablassend von ihrem Pferd auf mich hernieder. Ihr Schimmel und ihr weißes Gewand nahmen allmählich die Farbe des Sonnenuntergangs an. Ihr Blick war unbarmherzig.

Neben mir kam Sefu wieder auf die Beine. Sie presste ihre Hand auf die blutende Wunde. Die Kriegerin ihrer Garde hatte wohlgezielt, denn der Schuss hatte exakt eine ungeschützte Stelle am Rand des Harnischs getroffen. Diese Amazone stand in ihrem Mut und ihrer Verbissenheit in nichts einem Soldaten des Abendlands nach, musste ich bewundernd anerkennen. Mit ihr an der Seite wäre ein jeder Feldherr stolz, in die Schlacht zu reiten. Es machte mich wütend, dass die Königin die Kommandantin ihrer Leibgarde nicht zu schätzen wusste. Mâkedâ begriff nicht, wem sie da Unrecht tat.

„Mâkedâ, Sefu ist Eure treuste Untergebene. Lasst sie gehen.“

„Was geht Euch das an, Kara Ben Nemsi? Ich werde Euch gemeinsam in den Tod schicken, wenn Euch das so viel bedeutet.“

„Herrin, dies darf nicht Sabas Weg sein. Lasst die Fremden frei. Sie haben Euch nichts Unrechtes getan außer Euren Stolz verletzt. Besinnt Euch.“ Sefus Worte trafen die Königin wie ein Schwertschlag. Sie sprang von ihrem Ross. Ihre vier Kriegerinnen blieben auf den Pferden sitzen, die Bögen erneut gespannt. Eine davon schoss einen weiteren Pfeil auf ihre Kommandantin ab. Diesmal durchschlug das Geschoss den Brustpanzer der Amazone und sie ging erneut zu Boden. Wut keimte in mir auf. Ich legte das Gewehr an und zielte auf die Herrscherin.

„Nein! Tut das nicht, Kara Ben Nemsi“, hörte ich Sefus ersterbende Stimme. Sie lag schwer getroffen vor meinen Füßen. Mit vor Schmerz verzerrtem Gesicht zog sie sich den Pfeil aus dem Leib. Ich wollt mich gerade zu ihr hinunterbeugen, als mich ein feuchtes Gewand streifte. Es war Marijke van Beverningh, die an mir vorbeischritt, auf die Königin zu.

„Mâkedâ, lasst meine Freunde gehen“, hörte ich die Holländerin sprechen. „Ich bin es, die Euren Unmut heraufbeschworen hat. Meine Gefährten haben nichts damit zu tun.“

„Ihr irrt Euch, Sayida Maryam. Auch sie haben den Tod verdient. Niemand wird mein Reich verlassen.“

„Hohe Herrscherin, habt Ihr es wirklich nötig, Eure Macht mit Tod und Unrecht zu demonstrieren? Seid Ihr nicht vielmehr mächtiger, wenn Ihr Eure Würde durch Güte und Gerechtigkeit beweist? Die Königin, die ich in den letzten Tagen kennen und schätzen gelernt habe, war zwar unerbittlich gegen Verbrecher, doch sie hatte ein Herz und wusste Recht von Unrecht zu unterscheiden. Sie war nicht auf Rache bedacht, sondern hatte nur das Wohl Ihres Volkes im Auge.“

„Sayida Maryam, Ihr wisst Eure Worte wohl zu wählen. Ja, Ihr wärt eine große Herrscherin geworden.“

„Wenn Ihr das so seht, erfüllt mich das mit Stolz. Doch mir ist auch bewusst, dass ich nie und nimmer an Eure Weisheit heranreichen könnte. Deshalb habe ich Euer Angebot ausgeschlagen. Das Reich Saba braucht Euch, nicht mich. Es braucht Euch, seine wahre Herrscherin.“

„Wahrlich, Ihr seid eine kluge Frau. Ihr habt dieses Privileg ausgeschlagen und darin die Bürde erkannt, die es in Wahrheit ist. Die Last bleibt auf meinen Schultern liegen. All mein Verlangen ist nicht von Bedeutung. Ich muss es ertragen." Als Mâkedâ dies sprach, wanderten ihre Augen mit einem sehnsuchtsvollen Ausdruck hoch zu Scheik Haschim. Ihr Blick verharrte jedoch nur Sekundenbruchteile. Dann schaute sie mich an und neigte ein wenig das Haupt. Fast wie eine kleine Verbeugung. Vielleicht war das ihre Art der Entschuldigung, ohne dass sie ihr Gesicht verlor.

Sodann wandte sie sich wieder der Holländerin zu: „Saba verdankt Euch viel, Sayida Maryam. Ich werde über Euch nachdenken, und ich werde dem Reich eine gerechte, wenn auch einsame Herrscherin sein."

Die Königin stand eine Weile still da. Dann gab sie ein Zeichen und die Kriegerinnen senkten ihre Bögen. Sie blickte noch einmal mit einem traurigen Ausdruck in den Augen an mir vorbei zu meinen Gefährten hoch auf der Anhöhe.

„Ihr habt Recht, Sayida Maryam. Manchmal ist nicht das von Bedeutung, was man sich wünscht, sondern das, was von einem erwartet wird. Ich sehnte mich nach etwas Unerreichbarem. Aber Ihr habt mir die Augen geöffnet. Ihr seid mir ans Herz gewachsen und deshalb vergebe ich Euch. Ihr habt recht getan, die Königswürde abzulehnen, denn Saba braucht seine einzige und wahre Herrscherin. Ich hätte Euch gern als Beraterin an meiner Seite, doch ist dies nicht Euer Lebenswunsch. Deshalb beschließe ich, dass Ihr ziehen dürft. Ihr und Eure Gefährten. Verlasst mein Reich unversehrt."

Marijke fasste die Hand der Königin und ging vor ihr auf die Knie. „Ich danke Euch, weise, ehrwürdige Mâkedâ."

„Erhebt Euch, Sayida Maryam", forderte die Königin die Holländerin auf.

Während die Frauen miteinander sprachen, war ich neben Sefu auf die Knie gesunken. Ich hatte ein Stück ihres Umhangs herausgerissen und versuchte, mit dem Stoff die Blutungen ihrer Wunden zu stoppen. Aber es war vergebens. Ich musste erkennen, dass es ausgereifterer medizinischer Kenntnisse bedurfte als der meinen, der Kriegerin das Leben zu retten – oder Magie.

„Ich bitte Euch noch um das Leben Eurer ergebenen Sefu“, hörte ich Marijke flehen.

„Nein“, war die Antwort der Königin. „Diese Angelegenheit obliegt allein den Gesetzen Sabas. Damit habt Ihr nichts zu tun. Geht jetzt, bevor ich meinen Entschluss überdenke.“

Ich wusste nicht, was ich tun sollte. Sefu hatte uns gerettet und nun lag sie im Sterben. Ich konnte sie unmöglich der Willkür dieser Königin überlassen. Innerhalb der Stadtmauern würde sie wieder im Vollbesitz ihrer magischen Kräfte sein, und dann war Sefus Schicksal besiegelt.

Die Kriegerin schien mein Zögern richtig zu deuten. „Geht, Kara Ben Nemsi. Ich fürchte mich nicht. Dies ist meine Heimat seit dreitausend Jahren. Dies ist meine Königin seit dreitausend Jahren. Wenn das mein Ende sein soll, dann werde ich es hinnehmen. Geht!“

Marijke wandte der Königin den Rücken zu und kam an mir vorbei. Sie streckte mir die Hand entgegen: „Kommt, Mijnheer Kara. Hier gibt es nichts mehr, was wir tun könnten.“

Widerwillig reichte ich ihr die Hand und ließ mich von ihr fortziehen, die Anhöhe hinauf zu unseren Freunden. Wir bestiegen unsere Pferde und ritten dem Wasserfall entgegen, wie Sefu uns geraten hatte. Als ich mich umblickte, sah ich, wie Sefu von ihren Kriegerinnen auf ein Pferd gesetzt wurde und an der Seite der Königin von Saba Richtung Stadt davonritt. Ich wünschte mir, dass die Königin ein Einsehen haben und erkennen würde, wie loyal ihre Kriegerin hinter ihr gestanden hatte. Doch ich würde es nie erfahren.

Das Donnern der Wasser war nun so gewaltig, dass wir keine Unterhaltung mehr versuchten. Vielleicht hing auch jeder seinen eigenen betrübten Gedanken nach. Ein feiner Sprühnebel begann uns einzuhüllen und wir ritten an der glänzend nassen Felswand der Schlucht entlang dem Vorhang aus Wasser entgegen. Die Pferde hatten Mühe, nicht auf dem glitschigen steinigen Grund auszugleiten. Schließlich standen wir vor dem glitzernden Schleier. Ich blickte nochmals ins Tal zurück. Am Ufer des Flusses standen noch einige Wächter und beobachteten unser Fortgehen. Wahrscheinlich sollten sie sicherstellen, dass wir das Reich Saba auch wirklich verließen. Der Haupttrupp des Heeres sowie die Königin mit ihrer Gefangenen und der Garde entschwanden gerade in den Toren zur Stadt. Die Dächer der Gebäude und des Palasts glänzten im roten Schein der versinkenden Sonne. Die Bauern waren von den Feldern verschwunden. Ruhe und Frieden lagen über dem Reich Saba.

Ich nickte meinen Freunden zu und wir trieben unsere Pferde an. Die Wasser stürzten auf uns hernieder, und mitten in dieses Sausen und Brausen, in das Glitzern der diamantenen Tropfen ritten wir hinein.

Einundvierzigstes Kapitel
Nach Norden

Um uns herum war nur Wasser, und ich konnte außer dem weißen Schleier nichts mehr erkennen. Das Donnern war übermächtig. Das Weiß des fallenden Wassers zerfiel in jegliche Farben des Spektrums. Ich hatte das Gefühl durch ein gewaltiges Prisma zu reiten oder durch einen Regenbogen. Überall Farben und gleißendes Licht. Ich war erstaunt, denn ich hatte hinter dem Wasserfall eine dunkle Höhle erwartet, einen unterirdischen Weg hinaus in die Welt. Doch die blendende farbige Helligkeit, das seltsame Nichts, das mich umgab, konnte ich nicht erklären. Vor meinen Augen begann sich alles zu drehen. Das Donnern des fallenden Wassers ging in ein Rauschen über und schließlich erstarb auch dieses.

Ich stand mit einem Mal im steinernen Meer des Hadramaut. Die Sonne stand im Zenit, obwohl ich sie doch eben noch als roten Ball am westlichen Himmel gesehen hatte.

Ich blickte mich um. Mein treuer Halef, Scheik Haschim, Marijke van Beverningh und Sir David Lindsay saßen unweit von mir auf ihren Pferden und starrten ebenso verwirrt in die karge Landschaft wie ich. Vor uns war ein tiefes Tal in die öde Felslandschaft gekerbt. Der Grund war steinig und ausgedörrt. Im Hintergrund erhob sich ein steiler schroffer Berghang. Er wirkte wie eine steinerne ockerfarbene Mauer. Diese Schlucht sah genauso aus wie jene, in der sich die prächtige Stadt befunden hatte, in der wir die letzten Tage verbrachten. Vom Hochplateau der Felsenmauer jedoch stürzte kein Wasserfall in das Tal. Alles wirkte leblos.

Ich stieg vom Pferd und ging einige Schritte in Richtung der Schlucht. Vor mir huschte etwas über den Boden. Ich hockte mich nieder. Es war eine kleine grünliche Echse. Sie hatte runzelige Haut und vier flinke Beine mit langen Krallen. Während ich sie beobachtete, verschwand sie rasch in einer Ritze zwischen den Steinen. Ich streifte mit meiner Hand darüber. Die oberste Schicht aus Staub und Kieseln ließ sich leicht wegwischen. Darunter kam eine blanke Platte zum Vorschein. Ich schreckte zurück. War das die Grenze gewesen? Die Grenze zum Reich von Saba? Jene Stelle, an der uns Sefu und ihre Amazonen abgeholt hatten?

Halef war neben mich getreten.

„Siehst du, Sihdi? Wie ich gesagt hatte. Das Reich Saba ist in der Zeit versteckt."

Ich erhob mich.

„Eine leichte Traurigkeit hat sich in meinem Herzen einquartiert", hörte ich Haschim neben mir. Ich blickte mich um und sah nun alle meine Freunde dastehen, die Zügel ihrer Pferde in den Händen und auf die Schlucht blickend. Und ich wusste, dass ein jeder von ihnen vor seinem geistigen Auge die prachtvolle Stadt da unten erblickte.

„Ich weiß nicht, wie ich es sagen soll“, sprach Haschim weiter, „doch auf unbegreifliche Weise hat diese Königin mein Herz berührt. Auch sie war ...“

„... oder ist“, warf Halef dazwischen.

„... oder ist“, gestand Haschim lächelnd, „eine Magierin, wie ich gern ein Magier sein würde.“

„Lieber Haschim“, begann ich, „wie konnte sie Euch, da Ihr doch selbst ein Magier seid, in diesen Bann legen?“

Haschim blickte mich nachdenklich an. „Das ist mir selbst auch schleierhaft. Es fing schon an, als ich ihr im Thronsaal das erste Mal begegnete. Mein Geist war plötzlich wie in einen Nebel gehüllt. Und als wir in den Katakomben die Bilder von der Königin und König Salomon entdeckten, gab mir das einen Stich ins Herz. Ich glaubte selbst schon daran, König Salomon zu sein. Mit ihren magischen Künsten und Zaubertränken versuchte sie, die Seele König Salomons in mir zu erwecken. Aber anscheinend hat sich meine Seele so stark dagegen gewehrt, dass ich in eine Art Wachschlaf abdriftete. Aber das sind nur meine subjektiven Eindrücke. Wirklich erklären kann ich das Geschehene nicht.“

„Nicht alles muss immer erklärt werden“, meinte Halef.

„Aber eines hätte ich noch gern gewusst“, sagte ich lächelnd. „Woher hat Mevrouw Marijke gewusst, dass uns die Harfe aus dem Bann der Königin befreien konnte?“

„Mijnheer Kara, ich wusste es nicht. Aber ich erinnerte mich daran, was in Hadramaut darüber gesagt worden war, und probierte es aus. Nachdem ich gesehen hatte, was Mâkedâ mit dem Handlanger des Sklavenhändlers getan hatte, war ich zugleich abgestoßen wie fasziniert. Diese Macht und die Königswürde waren ein zu bedenkendes Angebot gewesen. Sefu jedoch öffnete mir die Augen und berichtete mir, dass diese Macht außerhalb Sabas nichtig war. Ich wollte es zunächst nicht glauben. Doch als ich Scheik Haschim mit diesem apathischen Blick bemerkte und schließlich sogar Euch, Mijnheer Kara, in dieser Statue erkannte, vertraute ich mich Lord

Lindsay und dem guten Halef an. Gemeinsam mit Sefu schmiedeten wir den Plan zur Flucht."

„Ich bin Euch sehr dankbar für Euren Mut und Euren Verstand, nicht auf die Verlockung hereingefallen zu sein", erwiderte ich.

„Ja, es war durchaus verlockend, die Herrscherin von Saba zu werden. Die Königin hat eine große Macht. Selbst ohne die Magie hätte ich viel bewirken können. Mâkedâ hat mich sehr berührt. Sie ist eine außergewöhnliche Frau."

„*But*, sie ist auch eine einsame Frau", meinte Lindsay versonnen.

„Ja, sie schien sehr einsam zu sein und einem Traum nachzuhängen, der auch nicht mit ihrer Magie in Erfüllung ging." Der Scheik machte eine Verbeugung zur Schlucht hinunter – oder zum Reiche Saba. „Lebt wohl, Mâkedâ", sagte er mit leiser Stimme. „Ich hoffe, Ihr findet Euren inneren Frieden."

„Das hoffe ich auch", gab Marijke zu.

„*Well*, es ist eine seltsame Sache gewesen. Eine Stadt und doch keine mehr", sinnierte Lindsay.

„Das erinnert mich an eine alte Geschichte aus meiner Heimat", warf ich ein. „Auch sie handelt von einem Ort, der nur alle hundert Jahre für einen Tag sichtbar wird."

„Wie heißt dieser Ort, Sihdi?"

„Er heißt Germelshausen. Es ist fast wie hier. Auch Saba war vor unseren Augen sichtbar und wir waren in dem prächtigen Palast, haben Jahrtausende alte Mauern durchschritten und nun – im nächsten Augenblick ist alles verschwunden."

„Willst du uns die Geschichte vielleicht erzählen, Sihdi?", bat mein guter Freund.

„Ja, der Weg ist noch weit, und wir werden noch an manchem Feuer rasten und es wird Zeit geben, die Geschichte zu erzählen", antwortete ich. „Doch eine Geschichte ist eine Geschichte. Wir sollten sie nicht mit der Realität gleichsetzen. Wir alle haben in den letzten Tagen Dinge gesehen und erlebt, die über unseren Verstand hinausgingen. Es wäre durchaus denkbar, dass wir diese Stelle hier nie verlassen haben und alles nur ein Traum war, ausgelöst von der Hitze der Wüstensonne, von halluzinogenen Pflanzen oder giftigen Dämpfen aus der Erde. Wie können wir da wirklich sicher sein?“, warf ich ein.

„Aber, Sihdi“, meinte da Halef und schaute dabei ein wenig verschmitzt. „Woher sollten wir dann plötzlich die Pferde haben?“

„Auch ich bin mir sicher, dass ich dies alles erlebt habe“, pflichtete Marijke ihm bei. „Die Königin von Saba hat meinem Rachedurst ein Ende bereitet. Ich sehe nun ein, dass ich dem Sklavenhandel nicht im offenen Kampf begegnen kann. Dafür bin ich zu gering und zu unbedeutend. Aber auch die Magie, derer ich als Herrscherin von Saba befähigt gewesen wäre, erschien mir nicht als Allheilmittel. Ich denke, ich werde zurückgehen nach Kairo oder gar zurück nach Holland. Der beste Weg wird sein, wenn ich meine Ziele über politische Einflussnahme verfolge.“

Lindsay blickte beeindruckt auf. „Hört, hört. Das ist ein Wort. Und noch dazu von einer Frau. Meine Unterstützung habt Ihr, Lady Marijke.“

Marijke lachte. „Danke, Sir David, womöglich komme ich darauf zurück.“

„Well. Go on, friends! Das scheint mir doch ein erstrebenswertes Ziel zu sein und ein durchaus spannendes Abenteuer. Lasst uns also ins nächste Abenteuer reiten. Auf nach Norden!“

„Auf nach Norden!“, rief nun auch Marijke, und selbst Haschim und Halef wiederholten es.

Wir trieben unsere Pferde zum Galopp an. Die Hufe wühlten den Boden auf und in einer Staubfontäne entfernten wir uns von der geheimnisvollen Schlucht des Hadramaut, die auf keiner Landkarte verzeichnet war. Halef ritt dicht an meiner Seite und sein großer Turban war ihm ein guter Schattenspender unter der Wüstensonne. Er blickte zu mir herüber und lächelte verschmitzt.

„Nun, Sihdi, da du in eine Statue verwandelt wurdest, glaubst du nun an die Magie?“

„Mein guter Halef, es mag sein, dass es Dinge zwischen Himmel und Erde gibt, die wir nicht wiegen, messen, erklären können – oder zumindest noch nicht –, und solange das so ist, wird es immer Geschehnisse geben, die sich der Mensch durch Magie erklärt.“

„Aber wie willst du das denn anders erklären mit deiner Wissenschaft?“

„Das weiß ich noch nicht. Eines Tages gibt es vielleicht eine Erklärung dafür. Doch, mein lieber Halef, solange das nicht der Fall ist, magst du es meinetwegen Magie nennen.“

Tanja Kinkel

Epilog
Ein gesiegelter Brief

Der Brief, der mir an einem schönen Sommermorgen in Radebeul übergeben wurde, war offenkundig durch viele Hände gegangen und wenigstens ein Dreivierteljahr alt, doch ich erkannte die energischen, klaren Schriftzüge sofort. Schon einmal hatte Marijke mir geschrieben. Ob auch dieser Brief mich zu einem Abenteuer rufen würde? Ich bezweifelte es. Schließlich war sie entschlossen gewesen, von nun an auf dem Weg der politischen Einflussnahme gegen den Sklavenhandel zu kämpfen, und in dieser Beziehung konnte ihr wohl ein Peer wie Sir David Lindsay helfen, doch gewiss nicht ich.

Das Schreiben war versiegelt, eine Gewohnheit, die mehr und mehr aus der Mode kam. Schon wollte ich das Siegelwachs erbrechen, das mir nicht rot, sondern honigfarben entgegenschimmerte, da wurde mir bewusst, was es zeigte. Keinen Buchstaben lateinischer oder deutscher Schrift und auch nicht, wie ich zunächst angenommen hatte, ein heraldisches Symbol. Nein, es handelte sich um zwei Symbole jener eigenartigen Schrift, wie ich sie im Königreich Saba erblickt hatte, und nur dort: eine Mischung aus Hieroglyphen und arabischen Lettern, die selbst für Haschim nur sehr schwer zu entziffern gewesen waren.

Verwunderung, Neugier und – ich gestehe es – ein Hauch von Furcht ergriffen mich. Manchmal, wenn ich in Kälte und Dunkelheit erwachte und nicht sofort wusste, wo ich mich befand, erlebte ich immer noch Momente, in denen ich glaubte, als lebende Statue gefangen zu sein, Momente, in denen ich fürchtete, meine Befreiung und alles, was danach geschah, sei nichts als ein weiterer Traum, den meine Phantasie spann, um mit der unerträglichen Wirklichkeit fertigzuwerden. Zu völliger Hilflosigkeit verdammt zu sein, ohne jede Möglichkeit, diesem Schicksal zu entkommen, ja, noch nicht einmal das Recht des schlimmsten Verbrechers wahrnehmen zu können, gegen die eigene Gefangenschaft zu protestieren: Es war, so glaubte ich immer noch, ein Schicksal schlimmer als der Tod. So etwas verwand auch das tapferste Herz nicht schnell. Auch hatten die letzten Jahre meiner früher unerschütterlichen Überzeugung zugesetzt, immer unterscheiden zu können, was real war und was nur Traum, Aberglauben oder listiger Betrug. Zu viel war inzwischen geschehen, um mir je wieder völlig sicher zu sein, wenn Unerklärliches meinen Weg kreuzte.

Ich war hellwach, die Sonne schien, doch der Anblick des Siegels ließ in mir einen Herzschlag lang jene Hilflosigkeit des Gefangenen zurückkehren, der sogar seinen eigenen Augen nicht mehr trauen konnte, seit ihm der Tod all seiner Freunde als warnende Vision vorgegaukelt worden war. Oder hatte ich damals doch klar gesehen und alles Spätere geträumt? Nein, dachte ich. Nein. Ich bin kein ohnmächtiger Sträfling, der Fluchtphantasien spinnt. Der Traum liegt hinter mir. Nun lebe ich in der Wirklichkeit.

Marijke hatte wohl seinerzeit von der Königin das Siegel als Geschenk erhalten und verwendete es nun in Gedenken an Mâkedâ. Auch wenn sie Mâkedâs Ansinnen letztendlich zurückgewiesen hatte, war sie doch tief von der Königin beeindruckt gewesen. Ja, so musste es sein. Ungeduldig öffnete ich das Siegel, um zu erfahren, was meine Reisegefährtin zu berichten hatte, und lachte dabei innerlich ein wenig über meine eigene Torheit.

Mijnheer Kara, teurer Freund,

Ihr habt mich einst aus der Sklaverei gerettet, und meine Dankbarkeit dafür wird niemals enden. Doch meine Freiheit konntet Ihr mir nicht geben. Was einen Menschen, der einmal Sklave wurde, frei macht, wirklich frei, ist nicht nur die Abwesenheit von Ketten. Mich dünkt, Ihr wisst, wovon ich spreche.

Zunächst glaubte ich, der Kampf gegen die Sklavenhändler würde mich befreien. Ich sagte mir, dass ich so andere vor meinem Schicksal retten würde, sah mich als deren Heldin und hoffte doch vor allem für mich selbst. Ich wollte verletzen, wo ich verletzt worden war, wollte Macht ausüben, wo ich die Ohnmächtige gewesen war. Was daraus wurde, habt Ihr miterlebt. Als ich Euch verließ, dachte ich, von meinem Rachedurst befreit, nun endlich wirklich für andere kämpfen zu können, nicht mehr, um meine eigenen Wunden zu heilen. Ich meinte, durch die Zurückweisung der Königsbürde Mâkedâs eigenem Schicksal aus dem Weg gegangen zu sein: der Einsamkeit der Macht, welche die Mächtigen schließlich so sehr formt und verformt, wie es deren völlige Abwesenheit bei den Entrechteten tut.

Ich dachte zu kurz.

Mijnheer Kara, was ich in der Sklaverei erlitt, wird mich auf ewig prägen. Und so geht es jedem Sklaven, jeder Sklavin. Doch die wenigsten haben wie ich die Freunde und Mittel, ein neues Dasein beginnen zu können. Selbst jene, auf die ein so günstiges Schicksal zutrifft, haben dann niemanden, der versteht, was ihnen geschehen ist. Wenn es Ärzte gibt, welche die Wunden der Seele zu heilen vermögen, so bin ich ihnen bisher nie begegnet, und ich bin weiter gereist als die meisten. Was aus den Frauen wurde und werden sollte, die wir befreiten und die weiter zu befreien ich entschlossen war und bin, das hatte ich zu wenig durchdacht.

Gewiss, Sir David, mit dem ich zunächst darüber sprach, war Feuer und Flamme, wohltätige Stiftungen ins Leben zu rufen, um den befreiten Gefangenen einen neuen Anfang zu schenken. Aber selbst gesetzt den Fall, es fänden sich genügend reiche Menschen wie er, die solche Stiftungen überall gründen, sie können doch nichts an dem Urteil ändern, das in den Augen fast aller Männer steht, die erfahren, was einer Sklavin geschah. Euch nehme ich dabei aus, Mijnheer Kara, und auch unsere gemeinsamen Freunde. Doch erinnert Ihr Euch noch, als ich auf Lindsays Schiff auf dem Schwarzen Meer Euch von jenen Frauen berichtete, die ich in meiner eigenen Sklaverei kennengelernt hatte? Als ich mit ihnen sprach, um sie zu beruhigen, ihnen Hoffnung auf die Zukunft machte, da sagte eine: „Welche Zukunft? Wenn ich wider Erwarten einmal frei kommen sollte und zu meinem Gatten zurückkehren könnte, dann wird er mich nie wieder anfassen." Eine andere stimmte ihr zu und sagte, ihre Familie, die sie jetzt wohl als tot betrauere, würde sie verstoßen, wenn sie erführe, was während ihrer Gefangenschaft geschehen sei. Damals schwor ich ihnen, dergleichen würde nicht geschehen. Doch als ich dann mit Sir David in Kairo war, begegneten wir einem Mitglied des englischen Konsulats dort, der erzählte, seine Schwester, die ebenso wie ich der Sklaverei entkommen war, habe sich umgebracht. „Im Grunde", fügte der selbstgefällige Schnösel hinzu, „war es wohl am Besten so, bei dem, was die Orientalen ihr angetan haben."

Ich erinnerte mich, dass es einen Ort gab, wo sie mit Hochachtung behandelt worden wäre, nicht bestenfalls mit Mitleid und schlimmstenfalls mit Verachtung. Einen Ort, wo sie nicht hätte fürchten müssen, von neuen Sklavenhändlern eingefangen zu werden. Einen Ort, den ich ihr hätte erschließen können.

Als mir Sefu erzählt hatte, dass ich die magischen Kräfte Sabas nicht außerhalb des Königreichs würde nutzen können, da dachte ich daran, was das für meinen Kampf gegen die Sklavenhändler bedeutete, und war enttäuscht. Ich hätte an die Opfer der Sklavenhändler denken sollen, denen all das fehlt, was ich an Freunden und Gut besitze, daran, was sie am dringendsten benötigten, wenn sie der Macht ihrer Peiniger einmal entronnen waren.

Die Erinnerung an Sefu beschämte mich. Sie war es gewesen, die wahrhaft selbstlos gehandelt hatte, das Wohl des Königreichs, der Königin und der Fremden vor Augen, nicht ihre eigenen Bedürfnisse. Warum hatte Mâkedâ wohl nie in Betracht gezogen, ihre Krone jener Kriegerin anzubieten, die schon ihre eigene Unsterblichkeit mit ihr geteilt hatte, wenn sie die Last selbst nicht mehr tragen wollte? Sefus Pflichtbewusstsein hätte es ihr nie gestattet abzulehnen. Vielleicht, Mijnheer Kara, hat Mâkedâ deswegen nicht Sefu den Thron angeboten, sondern einer völlig Fremden. Sie wollte diese Bürde nicht einer Frau auferlegen, die sie liebte, ganz gleich, wie herrschsüchtig und ungleich diese Liebe sonst auch war.

Ich ließ die dicht beschriebenen Bögen sinken, denn allmählich wurde mir klar, worauf das Ganze hinauslief. „Oh, Mevrouw Marijke", murmelte ich, „was habt Ihr nur getan? Seid Ihr wirklich zurückgekehrt und habt nach dem Herrscherreif gegriffen?"

Meine linke Hand, in der ich die Seiten hielt, muss wohl gezittert haben, denn sie entfielen mir, und als ich mich bückte, um sie wieder aufzuheben und glattzustreichen, ehe ich weiterlas, wurde mir bewusst, dass Marijke nicht Papier verwendet hatte, um mir zu schreiben, sondern sehr fein gegerbtes Pergament. Ich konnte die Buchstaben unter meinen Fingerspitzen fühlen. Ja, ein reiches und wundersames Land war dieses Saba. Doch auch eines, in dem nur ein einziger Wille herrschte, der der Königin. Selbst in unseren Landen behagt mir dieses Konzept nicht. Ich bin weiß Gott kein Sozialist, doch scheint mir, dass es sein Gutes hat, die Interessen des Volkes im Parlament vertreten zu wissen und den Reichskanzler die Bürde der Regierung mit dem Kaiser teilen zu lassen. Zudem verfügen weder Kaiser noch Kanzler über magische Kräfte, um jede zornige Regung zur Tat zu machen, die sie empfinden mögen. Ein Heiliger mochte gegen die Versuchung gewappnet sein, sich von solcher Machtfülle korrumpieren zu lassen, und Marijke van Beverningh, so sehr ich sie schätzen gelernt hatte, war gewiss keine Heilige. Die Erinnerung daran, wie sie dem Tod der Sklavenhändler durch Mâkedâs Kräfte nicht nur zugestimmt, sondern diesen sogar gefordert hatte, ließ mich schaudern. Auch konnte ich nicht vergessen, wie ich sie all unsere Freunde hatte töten sehen. Es war eine Gaukelei Mâkedâs gewesen, gewiss, eine Lüge … Doch was, wenn diese

Lüge zur Prophezeiung wurde? Was, wenn wir in ein paar Jahren wieder den Weg nach Saba fanden und Marijke dort zur skrupellosen Tyrannin geworden war?

Ich hielt inne. Wohin trieb mich der Strom meiner Befürchtungen? Erst sollte ich den Brief zu Ende lesen, ehe ich mich den Sorgen um die Zukunft überließ. Während unseres gesamten Aufenthalts in Saba hatte Mâkedâ danach gestrebt, Marijke zu ihrer Nachfolgerin zu machen, gewiss. Doch dies war in der Erwartung geschehen, hinterher selbst ein erfülltes Dasein an der Seite des Mannes führen zu können, den sie liebte und den sie in Haschim wiederzuerkennen geglaubt hatte. Das war nun nicht mehr möglich, unabhängig von Marijkes Entscheidung. Macht und Unsterblichkeit aufzugeben, nur, um als gewöhnliche Sterbliche ein liebloses Dasein zu führen: Wäre Mâkedâ auch dazu bereit? Und würden ihre Amazonen eine Fremde wie Marijke als Herrscherin überhaupt akzeptieren? Sefu hatte die bloße Vorstellung zurückgewiesen. Nein, es war überhaupt nicht gesagt, dass Marijke mir nunmehr als Königin schrieb, und ich sollte wirklich erst herausfinden, was geschehen war, ehe ich sie mir als korrumpierte Tyrannin dachte.

Ich will Euch nicht mit der Schilderung meiner Rückreise nach Saba aufhalten. In Reisebeschreibungen werde ich mich nie mit Euch messen können, Mijnheer Kara, und das, was ich Euch mitteilen möchte, fand ich ohnehin erst, als ich mein Ziel erreicht hatte. Einfach war es nicht. Wie lange ich vor jener Felswand stand, meinen Geist öffnete, wie Mâkedâ es mich gelehrt hatte, und nach der Königin rief – ich könnte es Euch nicht sagen. Doch schließlich wurde Fels zu Wasser, zu jenem Wasserfall, durch welchen wir das Königreich verließen. Diesmal war es jedoch nicht Sefu, die mich erwartete, sondern zwei mir unbekannte Kriegerinnen, von der Königin geschickt. Euer Freund Halef hat wiederholt die Vermutung geäußert, dass in Saba die Zeit völlig anders vergeht, und Mâkedâ hat mir später einmal erklärt, dass aufgrund der fehlenden festen

Bindung zwischen beiden Welten bisweilen in der einen die Zeit viel schneller verläuft als in der anderen. Dann wieder ist es genau umgekehrt, und nur gelegentlich gibt es übereinstimmende Phasen. Für mich war fast ein Jahr vergangen, seit ich Saba verlassen hatte. Für die Kriegerinnen jedoch lag unsere Flucht erst eine Woche zurück, und an dem heutigen Tag sollte sich Sefu für ihre Taten vor allem Volk verantworten. Es galt, keine Zeit zu verlieren.

Mâkedâ hatte den Kriegerinnen Anweisung erteilt, mich in den Palast zu eskortieren, doch das war zum Glück vage genug, dass ich darauf bestehen konnte, umgehend in die ebenfalls im Palast befindliche große Gerichtshalle gebracht zu werden. Sie behandelten mich höflich, doch mit jener Förmlichkeit, die Ablehnung verbirgt, wie ich als ehemalige Sklavin sehr wohl zu erkennen wusste. Es wunderte mich nicht. In mir sahen sie wohl den Grund, dass ihre Befehlshaberin sich mit der Königin überworfen hatte, was in Jahrtausenden nicht geschehen war. Einmal mehr wurde mir bewusst, dass Mâkedâs ursprünglicher Plan, mich einfach an ihrer Stelle zur Herrscherin zu machen, in dieser Form nicht zu verwirklichen war. Loyalität, durch Jahre und Jahrhunderte gewachsen, lässt sich nicht überstreifen wie ein geschenktes Kleid. Ich hatte nichts getan, um von den Bewohnern von Saba akzeptiert zu werden.

Mâkedâ, so stellte sich heraus, war es nicht, die über Sefu zu Gericht saß; es waren die Hohen Frauen von Saba, welche nicht nur die Streitkräfte, sondern auch die Gilden des Königreichs repräsentieren, denen Sefus Fall unterbreitet wurde. Sie sollten über Schuld oder Unschuld befinden. Bei einem Schuldspruch, an dem meine Begleiterinnen nicht zweifelten, würde allerdings Mâkedâ, und nur sie, das Maß des Urteils festlegen. Ich fragte, ob es nicht möglich sei, dass Sefu für unschuldig erklärt würde. Die beiden Kriegerinnen betrachteten mich verständnislos.

„Sie hat gegen den direkten Befehl der Königin gehandelt", erwiderte eine von ihnen schließlich, ein wenig mitleidig, als

müsse sie einem kleinen Kind etwas erklären. „Das bestreitet sie nicht. Sefu würde nie lügen."

Es gab, so stellte sich heraus, sehr wohl etwas wie einen Anwalt, die „Stimme" der Angeklagten, wie der Titel in Saba lautet, doch hatte Sefu abgelehnt, eine „Stimme" in Anspruch zu nehmen; auch dies galt als Schuldeingeständnis ihrerseits. Ich sah sie schon von Weitem. Sie trug keine Verbände; Mâkedâ musste sie mit Magie geheilt haben. Ihr, Mijnheer Kara, würdet das wohl als Widerspruch verstehen oder gar als Grausamkeit und Rachedurst, wenn sie Sefu trotzdem vor Gericht brachte. Aber in diesem Punkt verstand ich die Königin, hoffte zumindest, sie zu verstehen. Sefu, die höchstgestellte Kriegerin ihres Landes, hatte gegen ihren Befehl gehandelt und Gefangenen zur Flucht verholfen. Das konnte niemandem in Saba verborgen geblieben sein. Wenn Mâkedâ darauf keine Konsequenzen folgen ließ, sondern so tat, als sei es nie geschehen, dann lud sie damit zukünftigen Ungehorsam ein. Immerhin gab sie Sefu durch dieses öffentliche Gericht die Möglichkeit, sich zu rechtfertigen, und machte das Urteil nicht von sich alleine abhängig, sodass auch ein Freispruch, an den hier aber keiner zu glauben schien, nicht der ihre wäre.

Es war höchste Zeit, mit dem Grund für meine Rückkehr zu beginnen, und Sefus Schicksal war hierfür entscheidend. Ich bat meine Begleiterinnen, mich zu den Hohen Frauen zu bringen, die in einem Halbrund an einem Ende des ovalförmigen Raumes saßen, während Sefu vor ihnen stand. Mâkedâ saß auf einem erhöhten Stuhl auf der anderen Seite des Raumes. Sie musste längst bemerkt haben, dass ich den Saal betreten hatte. Ich spürte ihre Augen auf mir. Doch sie machte keine Anstalten, ihre Kriegerinnen oder mich zu sich zu rufen.

Sefu hingegen, an der nur dem kundigen Auge neue Narben auffielen und die sonst durch nichts verriet, dass sie bei unserer Flucht dem Tod so nahe gewesen war, sprach mich direkt an, in bitterem, vorwurfsvollem Ton:

„Sayidah Maryam, was tut Ihr hier? Ihr wisst, warum ich Euch half. Um unserem Land die Königin zu erhalten und ihr die Ehre, denn Unrecht an Saba durfte ich sie nicht tun lassen. Nur deswegen. Eure Rückkehr macht meine Tat nutzlos und verhöhnt mich."

Die Hohen Frauen hatten sie gehört, und an der Art, wie sie aufhorchten, erkannte ich, dass meine Begleiterinnen die Wahrheit gesagt hatten: Bisher hatte Sefu darauf verzichtet, sich zu verteidigen. Nun, dann hatte meine Rückkehr bereits etwas Gutes bewirkt.

„Es befleckt meine eigene Ehre", erwiderte ich, „Euch Eurem Schicksal zu überlassen, Sefu. Wie kann ich mir anmaßen, andere retten zu wollen, wenn ich der Frau, der meine Begleiter ihr Leben verdanken, wissentlich den Rücken zuwende? Lasst mich zumindest Eure Stimme hier vor Gericht sein, um diese Schuld zu tilgen."

Das konnte Sefu, die Kriegerin, die so viel auf Ehre hielt, nicht ablehnen, und so erklärte ich den Hohen Frauen, was Sefu getan hatte, warum und wie sie wohl den Wortlaut, jedoch nicht den Geist ihres Eides, der sie an Saba und die Königin band, verletzt hatte.

Schließlich sagte eine würdige Greisin, die, wie ich später herausfand, die Gesandte der Webergilde war: „Es liegt viel Wahrheit in der Art, wie Ihr die Dinge darstellt, Sayidah Maryam. Doch Wahrheit bleibt auch, dass hier in Saba Kriegerin gegen Kriegerin kämpfte, weil Sefu sich mit einer Fremden gegen ihre Königin verschwor. Wie kann man sie hierin unschuldig nennen? All ihre Kriegerinnen haben ihr vertraut, und wie können sie es weiter tun nach einer solchen Tat?"

Mijnheer Kara, Ihr kennt mich. Ihr wisst, dass man mich nicht schüchtern nennen kann, noch schnell verlegen. Doch obwohl ich genau wusste, was ich sagen wollte, fiel es mir in diesem Moment schwer, zu sprechen. Es war die Bürde so vieler Leben, die auf mir lastete, wenn ich mich irrte. Das, dachte ich, war es, was Mâkedâ durch die Jahrtausende empfunden haben musste. Kein Wunder, dass sie sich ein Ende wünschte.

„Weil", erwiderte ich schließlich, „sie büßen wird für ihre Tat. Nicht durch Verlust von Leben, Gesundheit oder Gliedern, sondern durch Taten, wie sie Saba und vielen anderen in Not nur nützen werden. Es gibt in der Welt jenseits der Grenzen von Saba viel Elend, und niemand kann alles lindern. Doch für viele Frauen kann es den Unterschied zwischen einem Leben in Würde und dem Tod von Leib und Seele bedeuten, einen sicheren Ort zu haben, wo sie heilen können, an Körper und Geist. Solche Frauen wird Sefu finden, befreien und nach Saba bringen. Das sei ihre Buße."

Sefu starrte mich an. Wenn sie nun laut protestierte, dass sie nichts von einer solchen Aufgabe wissen wollte, dann war mein Unternehmen schon in den Anfängen gescheitert. Um den offensichtlichsten ihrer Einwände vorwegzunehmen, setzte ich hinzu: „Es würde keine Trennung von Mâkedâ bedeuten, Sefu. Denn ich denke, sie würde mit Euch gehen."

Mâkedâ hatte mich gehört, ob nun durch ihre Kräfte oder weil inzwischen völlige Stille in dem großen Saal herrschte und aller Augen auf uns gerichtet schienen.

„Glaubt Ihr das, Sayidah Maryam?", schallte ihre Stimme durch den Raum; Spott, doch keine Feindseligkeit lag darin. „Glaubt Ihr das wirklich? Dann verratet uns doch, wer dann an meiner Stelle im Land Saba regieren wird? Wollt Ihr nun endlich annehmen, was ich Euch angeboten habe?"

„Ich habe gehandelt, um die Herrschaft einer Fremden anstelle meiner Königin zu verhindern", sagte Sefu heftig zu mir. „Soll das alles sinnlos gewesen sein?"

„Nein", entgegnete ich ihr. „Denn es wird nach wie vor nur eine Königin geben, nämlich Mâkedâ. Es wäre anmaßend von mir, ihr gleichen zu wollen. Aber die Welt dort draußen, jenseits von Saba, sie hat sich geändert, Sefu. Sie ändert sich immer schneller. Hier in Saba habt Ihr Instrumente, die meiner eigenen Gegenwart entstammen, und solche, die aus Salomons

Tagen verblieben sind. Ihr benutzt, was auch immer Euch schön und nützlich dünkt. Warum es nicht genauso halten, was das Regieren betrifft? Die Könige in der Welt dort draußen tragen die Last des Regierens nicht mehr allein, Sefu. Sie haben auch nicht nur einen Wesir, wie die Sultane von Bagdad es hielten; sie haben viele Minister, die zur Regierung beitragen – und einen Kanzler oder Premier, der das, was die Minister erarbeiten, bündelt und lenkt, doch stets der Herrscherin untertan ist. Dieses Amt", setzte ich hinzu, und hier drehte ich mich um und schaute über die Köpfe aller Anwesenden hin beschwörend zu Mâkedâ, „ist eines, das anzunehmen mir eine Ehre wäre. Nicht die Königin, doch die Erste unter Gleichen und verantwortlich sowohl Euch als auch allen anderen Ministern gegenüber, welche die Regierung mit mir teilten. Erweise ich mich als unwert, so mögen sie mich absetzen. Es wäre keine Blasphemie, kein Eidbruch, denn ich trüge keine Krone, im Gegenteil: Es wäre ihre Pflicht, zum Wohle Sabas."

„Und Ihr, Mâkedâ", setzte ich stillschweigend und nur in meinen Gedanken hinzu, „könntet Euer Königreich verlassen, mit einem geliebten Menschen an Eurer Seite. Könntet helfen, statt zu regieren. Könntet die Welt erfahren, wie sie nun ist, und Neues lernen. Auch Ihr wäret frei. Es gibt so viele Arten der Gefangenschaft. Lasst mich der Euren ein Ende setzen."

Sie hörte mich, wie sie es vermag, wenn sie es wünscht und man selbst den eigenen Geist für sie öffnet. Sie verzog keine Miene. Die Stille in der großen Halle schien sich noch zu vertiefen. Wenn Ihr mir die kleine Häresie verzeiht, Mijnheer Kara, es war, als hielte die Schöpfung selbst ihren Atem an.

„Das", sagte Sefu leise, und auch ihre Augen ruhten nun auf der Königin, während alles, was die beiden durch die Jahrtausende miteinander verbunden hatte, zwischen ihnen schwebte, „wäre in der Tat ein ehrenvoller Weg."

„Wer wären denn die übrigen Minister?", fragte eine der Hohen Frauen höchst vernünftig, und ich beeilte mich zu versichern, diese würden ihren eigenen Rängen entstammen und

von der Königin ernannt werden, jede für ein Gebiet, für das sie besondere Kundigkeit vorwies. Die übrigen Hohen Frauen lauschten, äußerten sich jedoch weder zustimmend noch ablehnend. Es war deutlich, dass sie auf die Entscheidung der Königin warteten.

Mâkedâ schloss die Augen. Sie hatte mich einmal gehen lassen und auch Euch, Mjinheer Kara, doch dies waren besondere Umstände gewesen, und glaubt mir, ich war mir sehr bewusst, dass sie nun im Herzen ihrer Macht saß und mich mit einer Geste in Staub zerfallen lassen konnte, wenn sie es wünschte, dafür, dass ich sie enttäuscht hatte. Es konnte sehr wohl sein, dass ich mich in der Deutung ihrer Persönlichkeit irrte; dass sie nach all den Jahrtausenden nicht mehr in der Lage war, etwas Geringeres als vollständigen Gehorsam zu akzeptieren, dass sie nun, nach dem Verlust Haschims, mit desto stärkerer Inbrunst an der Macht hing, dass sie für Sefu nicht längst so stark empfand wie Sefu für sie. Aber so, wie sie in meinen Gedanken geflüstert hatte, so, wie sie meine Träume und Wünsche offengelegt hatte, so hatte ich in ihr Herz geblickt. Daran hielt ich mich fest.

Mâkedâ öffnete ihre Augen wieder. „Ihr wollt also die Last des Regierens ohne den Glanz der Krone. Wahrlich, Sayidah Maryam, Ihr hört nicht auf, mich zu überraschen. Als Erste Ministerin dürftet Ihr Saba allerdings auch nicht mehr verlassen", sagte sie langsam. „Glaubt nicht, dass Euer Schicksal in diesem Punkt anders wäre."

„Das ist mir klar. Wenn ich mich Sabas würdig erweise", fügte ich hinzu. „Und danach werde ich mit allen Kräften streben."

„Dann", murmelte sie, und obwohl sie ihre Stimme nicht hob, schien diese Stimme in all unseren Köpfen widerzuhallen, „soll es so sein."

Mjinheer Kara, so ist es geschehen. Euch schreibt die Erste Ministerin von Saba. Sefu hat bereits die ersten Frauen zu uns gebracht, die nach ihrer Befreiung aus der Sklaverei ohne

Familie oder ohne Mittel dastanden oder, schlimmer, ihre Familie fürchten müssen. Einige von ihnen haben Kinder bei sich, sodass wir, wenn sie Saba nach ein paar Jahren nicht wieder verlassen wollen, wohl bald von Einwanderung sprechen können. Ich muss gestehen, dass ich darauf hoffe. So lange Zeit nur wenig Berührung mit dem Rest der Welt gehabt zu haben, hat Saba märchenhaft reich und sicher gemacht, gewiss, doch es hat, denke ich, auch jene Geisteshaltung gefördert, die Ihr bei Mâkedâ in ihren düstereren Augenblicken saht: die Überheblichkeit der Reichen, die das Elend in der sicheren Ferne wissen. Vor meiner Gefangennahme, fürchte ich, war auch ich nicht frei von solchem Denken und hielt mich doch für eine gute Frau. Seitdem ich erfahren habe, was es bedeutet, noch nicht einmal den eigenen Körper sein eigen zu nennen, ist mir klar, in wie getrennten Welten wir Menschen doch leben, und das ganz ohne Magie, anders als in Saba.

Nie wieder will ich selbst eine Barriere zwischen mir und diesem Wissen errichten, aber hat man erst ein paar Jahre die Macht, so ist gewiss die Versuchung gegeben. Da braucht es ständig neue Anstöße, die nur von Neuankömmlingen kommen können.

Noch jedoch bin ich selbst neu und muss mich mit jedem Tag beweisen. Ich höre den Hohen Frauen zu, gehe jedoch auch auf die Märkte und in die Ställe, um zu erfahren, was man dort spricht, jenseits der Hallen. Wahrscheinlich werde ich nie aufhören zu lernen: Allein die Geschichte von Saba lohnt ein langes Leben des Studiums. Solltet Ihr, teurer Freund, einmal der Reisen müde sein, doch immer noch von Wissenshunger besessen, dann mögt Ihr noch einmal den Weg in dieses Reich finden.

Wünscht mir Glück, Mijnheer Kara! Mag sein, dass ich mir Unmögliches vorgenommen habe. Doch einst erklärten alle um mich auch jeden Gedanken an Flucht und Freiheit für unmöglich und töricht, und Ihr selbst habt bewiesen, wie Unrecht sie damit hatten. Wenn wir Menschen nicht wieder und wieder nach dem Unmöglichen strebten, dann gäbe es nie eine Wendung zum Besseren, nicht wahr?

In Dankbarkeit die Eure

Marjike van Beverningh

Unter ihrer Unterschrift in lateinischen Lettern standen noch einmal die beiden Symbole, die das Siegel geziert und mich so in Unruhe versetzt hatten. Eines glich einem Thronuntersatz, fand ich, und eines einem Brotlaib. Haschim war nicht hier, um sie mir zu entziffern, und so beschloss ich, in ihnen das Ideal zu sehen, dem Marijke zu folgen versprach: Macht, doch eingesetzt für das Volk.

Die verzehrende Unruhe war in meinem Herzen zurückgedrängt. Ich kann nicht behaupten, dass sie ganz verschwunden war. Schon andere vor Marijke hatten mit den edelsten Motiven begonnen und in Blut geendet; ich dachte daran, was ich über Robespierre gelernt hatte. Andererseits hatte sie Recht: Wenn man nicht zumindest versuchte, nach dem Schwierigsten zu streben, konnte sich nie etwas verändern.

Die Sonnenstrahlen, die durch die Scheibe meines Fensters kaum gedämpft wurden, tanzten auf dem Pergament, das so viele Meilen gereist war. Für einen Moment schien mir, ich könnte es fast um mich sehen, spüren, riechen: das zauberhafte Saba, so schön und so gefährlich. Und wieder fragte ich mich: Was, wenn ich es nie verlassen habe? Wenn ich noch immer träume, um nicht mehr gefangen zu sein?

Dann, entschied ich, war dies ein guter Traum. Ich griff nach meiner Feder, um ihn niederzuschreiben.

Über die Autoren

Thomas Le Blanc, geboren 1951 in Wetzlar. Studium der Mathematik, Physik und Pädagogik, Studienrat, dann freier Autor, Journalist, Übersetzer, Lektor, Herausgeber, Reihenentwickler. Herausgeber der zehnbändigen „Sternenanthologien“ bei Goldmann, langjähriger Kulturkorrespondent zahlreicher Tageszeitungen, u.a. DIE WELT und 35 Jahre feste Literaturkolumne im DARMSTÄDTER ECHO. Gründer und Leiter der Phantastischen Bibliothek Wetzlar.

Alexander Röder, geboren 1969 in Kassel. Studium der Germanistik, Medienwissenschaften und Ethnologie. Freier Autor. Veröffentlichung von zahlreichen phantastischen Erzählungen in Anthologien und des historisch-phantastischen Romans DER MÖNCH IN WEIMAR. Autor der Bände 1 bis 4 von KARL MAYS MAGISCHER ORIENT.

Karl-Ulrich Burgdorf, geboren 1952 in Hagen/Westfalen. Studium der Publizistik, Politikwissenschaften und Soziologie. Freier Autor, Journalist und Übersetzer. Veröffentlichung zahlreicher Romane und Erzählungen in phantastischen Genres, u.a. Autor in den Reihen RAVEN, DIE UFO-AKTEN, DIE TERRANAUTEN, STERNENSCHIFF DER ABENTEUER. Romanübersetzungen von Philip K. Dick, Orson Scott Card u.a. Website: www.karl-ulrich-burgdorf.de.

Friedhelm Schneidewind, geboren 1958 in Baumholder/Pfalz. Studium der Biologie und Informatik. Freier Dozent, Autor, Journalist, Herausgeber, Verleger sowie Musiker. Seminarleiter und Referent in den Bereichen Mediengestaltung, Öffentlichkeitsarbeit, Arbeitsrecht und Arbeitssicherheit. Veröffentlichungen: Speziallexika und Essaybände im Fantasygenre (u. a. DAS GROSSE TOLKIEN-LEXIKON), Erzählungen in Anthologien und Zeitschriften. Inhaber des Verlags der Villa Fledermaus. Website: www.friedhelm-schneidewind.de.

Jacqueline Montemurri, geboren 1969 in Lichtenstein/Sachsen, einem Nachbarort von Hohenstein-Ernstthal. Studium der Luft- und Raumfahrttechnik. Verwaltungsangestellte, Dozentin, jetzt Assistentin der Geschäftsführung der Flüchtlingshilfe Velbert und Projekt Deutsch Lernen e.V. sowie freie Autorin. Veröffentlichung von zahlreichen phantastischen Erzählungen in Anthologien und Zeitschriften sowie des Zukunftsthrillers DIE MAGGAN-KOPIE. Website: www.jacquelinemontemurri.blogspot.de.

Tanja Kinkel, geboren 1969 in Bamberg. Studium der Germanistik, Theater- und Kommunikationswissenschaften, Dr. phil. 1997. Autorin von international erfolgreichen Romanen (u. a. DIE PUPPENSPIELER, DAS SPIEL DER NACHTIGALL). Mitglied im PEN-Präsidium, Gründerin der Kinderhilfsorganisation „Brot und Bücher“. Website: www.tanja-kinkel.de.

Inhalt

Weitere Informationen zur Reihe
„Karl Mays Magischer Orient“
finden Sie im Internet auf
www.magischer-orient.karl-may.de